잃어버린 시간을
찾아서 11

사라진 알베르틴

À LA RECHERCHE DU TEMPS PERDU
ALBERTINE DISPARUE

잃어버린 시간을
찾아서 11

사라진 알베르틴

마르셀 프루스트 김희영 옮김

민음사

일러두기

1 이 책은 Marcel Proust의 *Le Temps retrouvé, A la recherche du temps perdu* (Gallimard, "Bibliotheque de la Pleiade", 1989)를 번역했다. 그리고 주석은 위에 인용한 책과 *Le Temps retrouvé*(Gallimard, Collection Folio, 1990), *Le Temps retrouvé*(Le Livre de Poche, 1993), *Le Temps retrouvé*(GF Flammarion, 2011)를 참조하여 역자가 작성했다. 주석과 작품 해설에서 각 판본은 플레이아드, 폴리오, 리브르드포슈, GF-플라마리옹으로 구분하여 표기했다.

2 총 7편으로 이루어진 프루스트의 『잃어버린 시간을 찾아서』를 원고의 길이와 독서의 편의를 고려하여 13권으로 나누어 편집했다. 1편 「스완네 집 쪽으로」(1, 2권), 2편 「꽃핀 소녀들의 그늘에서」(3, 4권), 3편 「게르망트 쪽」(5, 6권), 4편 「소돔과 고모라」(7, 8권), 5편 「갇힌 여인」(9, 10권), 6편 「사라진 알베르틴」(11권), 7편 「되찾은 시간」(12, 13권)

3 작품명 표기에서 단행본은 『 』, 개별 작품은 「 」, 정기간행물은 《 》로 구분했다.

차례

❋ 「사라진 알베르틴」의 주요 등장인물

나와 알베르틴의 주변에서

나(마르셀) 알베르틴의 도주와 죽음이라는 그 고통스러운 시간과 마주하여 긴 애도와 망각의 시간을 보낸다. 발베크의 식당 책임자였던 에메를 투렌과 발베크로 보내 알베르틴의 고모라적 실체에 관한 존재론적 탐색을 시도한다. 망각이 어느 정도 진행되면서 모처럼 불로뉴 숲으로 산책을 갔다가 세 소녀를 만난다. 《르 피가로》에 실린 기고문에 대한 사람들의 반응을 살피기 위해 게르망트 저택을 방문한다. 그곳에서 불로뉴 숲에서 만났던 소녀이자 어린 시절의 친구인 질베르트를 만난다. 어머니와 함께 오랫동안 꿈꾸어 왔던 베네치아로 여행을 떠난다. 우연히 호텔 레스토랑에서 식사하는 노르푸아와 빌파리지 부인을 만난다. 알베르틴이 살아 있다는 전보를 받지만 아무런 감정도 느끼지 못한다. 나중에 질베르트가 생루와의 결혼을 알리기 위해 보낸 전보를 알베르틴이 보낸 것으로 착각했음을 알게 된다. 질베르트의 초대로 콩브레 부근의 탕송빌에 체류하는 동안 지금까지 믿어 왔던 진실과 가치들이 하나씩 붕괴해 가는 것을 본다.

어머니 자식에 대한 헌신적인 사랑과 돌아가신 어머니에 대한 깊은 회한 속에 늘 상복을 입고 지낸다. 글을 쓰지 않고 시간을 낭비하는 아들 때문에 긴 인내와 고통의 시간을 보낸다.

프랑수아즈 콩브레의 레오니 아주머니 댁 요리사였으나 지금은 화자의 집에서 가정부로 일하는 충직한 여인이다. 알베르틴이 화자를 이용한다는 생각에 늘 의혹의 눈초리를 보낸다.

알베르틴(시모네) 가난한 고아 출신으로, 스완 부인의 살롱을 드나들던 봉탕 부인의 조카이다. 발베크 해변에서는 자전거 타는 소녀이며 파리에서는 자동차 산책을 즐기는 소녀로 밖의 감미로운 유혹을 표상한다. 화자를 사랑하고 한 지붕 아래 살지만 화자의 광기 어린 질투와 추궁에 결국은 화자의 곁을 떠나고, 그러다 죽음을 맞이한다.

봉탕 부인 스완 부인 살롱의 단골손님으로 조카딸인 알베르틴을 결혼시켜 집에서 내보낼 궁리만 한다. 알베르틴이 낙마했다는 소식을 화자에게 알린다.

앙드레 알베르틴의 가장 친한 여자 친구로 알베르틴이 베르뒤랭 부인의 연회에 가고 싶어 했던 이유가 단지 뱅퇴유의 딸이 아닌, 봉탕 부인이 알베르틴의 결혼 상대로 생각했던 옥타브를 만나기 위해서였다는 충격적인 사실을 폭로함으로써 화자를 깊은 죄책감에 빠지게 한다. 그러나 동시에 알베르틴의 고모라적 성향에 대한 진실도 털어놓아 화자를 당혹스럽게 하는 모호한 인물이다. 훗날 알베르틴의 구혼자였던 작가 옥타브와 결혼한다.

게르망트가에서

게르망트 공작(바쟁) 프랑스 명문 게르망트가의 12대 후손이자 사촌 누이인 오리안의 남편이다. 거대한 체구와 막대한 부로 포부르생제르맹을 압도하지만 오만방자하고 천박하며, 친척의 사망 소식에도 아랑곳하지 않고 자신의 쾌락만을 추구한다. 《르 피가로》에 실린 화자의 기고문을 읽고 과장이나 은유로 가득한 진부한 문체라고 비난하면서도 화자가 드디어 일거리를 찾았다고 좋아한다.

게르망트 공작 부인(오리안) 게르망트 공작의 아내이자 콩브레 근방에 있는 게르망트성의 성주 부인으로 오랫동안 화자의 몽상의 대상이었던 인물이다. 뛰어난 지성과 재치로 사교계를 석권하며 스완을 비롯한 지적 사단의 우두머리이지만, 남편의 바람기 때문에 하인들을 괴롭히고 사교계에도 권태를 느낀다. 진보적이고 자유로운 사고의 소유자라고 주장하지만, 아내를 소개하고 싶어 하는 스완의 마지막 청을 거절할 정도로 전통적이고 보수적인 포부르생제르맹의 정신에 젖어 있다. 스완이 죽은 후 그 딸인 질베르트의 보호자를 자처하면서 자신의 과오를 보상하려 한다.

마르상트 백작 부인(마리에나르) 게르망트 공작과 샤를뤼스의 여동생으로 조키 클럽 회장을 지낸 마르상트 씨의 아내이자 생루의 어머니이다. 남편과 사별한 후 천사 같은 마음씨와 고결함으로 포부르생제르맹의 존경을 한 몸에 받지만, 아들을 부유한 집안의 딸과 결혼시키는 문제에 대해서는 체면과 염치도 아랑 곳하지 않는다. 드디어는 아들 생루를 부유한 상속녀, 스완과 오데트의 딸이자 포르슈빌 양으로 변신한 질베르트와 결혼시키는 데 성공한다.

샤를뤼스 남작(팔라메드) 게르망트 공작의 동생이자 생루의 외삼촌이다. 왕족의 오만함과 뛰어난 지성을 갖추었으나 기이한 언행으로 사람들을 놀라게 한다. 바이올리니스트 모렐을 만나기 위해 자신의 신분에 맞지 않는 베르뒤랭 부인 살롱의 열렬한 신도가 되지만, 베르뒤랭 부인에 의해 비열한 방법으로 추방당한다. 모렐에게 버림받은 쥐피앵의 조카딸을 양녀로 삼고 캉브르메르 후작 아들과 결혼시키지만 양녀의 죽음으로 사위와 가까운 사이가 된다.

생루(로베르) 게르망트가의 후계자로 동시에르 병영에서 근무하는 군인이자 화자의 친구이다. 유대인 여배우 라셸을 사랑하나 가족의 반대로 뜻을 이루지 못하고 모로코로 파견된다. 진보적인 지식인으로 드레퓌스 지지파이다. 돈 때문에 스완의 딸 질베르트와 결혼하지만, 모렐과의 관계로 아내를 불행하게 한다.

빌파리지 후작 부인(마들렌) 게르망트 공작과 샤를뤼스 남작, 마르상트 백작 부인의 고모이자 노르푸아 후작의 정부이다. 젊었을 때는 미모가 뛰어나고 재기 넘치는 여인이었으나 신분이 확실치 않은 남자와 결혼한 탓에 포부르생제르맹 귀족 사회에서 소외된다. 문학과 예술에 대한 보수적이고 전통적인 가치관을 반영한다.

스완가에서

스완(샤를) 부유한 유대인 증권 중개인이자 뛰어난 예술적 안목의 소유자로 게르망트 공작 부인의 사단에 속한다. 오데트라는 화류계 여인과의 결혼과 드레퓌스 사건의 발발로 사교계에서의 위치가 추락한다. 죽기 전에 오데트와 딸 질베르트를 게르망트 공작 부인에게 소개하고 싶어 하지만 끝내 소망을 이루지 못한 채 죽는다.

스완 부인(오데트) 화류계 여자라는 과거 신분을 세탁하고 우아하고 부유한 부르주아 여인으로 변신한다. 작가인 베르고트가 참석하는 그녀의 살롱은 파리에서 가장 인기 있는 살롱으로 자리 잡는다. 유대인 남편 때문에 실추한 명성을 되찾기 위해 열렬한 민족주의 투사로 변신하면서 생루의 어머니인 마르상트 부인과 교류하고, 스완이 죽은 후에는 포르슈빌 백작과 결혼하여 딸 질베르트를 게르망트가의 후계자인 생루와 결혼시키는 데 성공한다.

질베르트(포르슈빌 양) 스완과 오데트의 딸로 화자가 유년 시절에 사랑했던 소녀이다. 오데트가 포르슈빌 백작과 재혼한 후 백작의 양녀가 되면서 아버지의 이름조차 지워 버린다. 아버지 스완이 남긴 막대한 재산 덕분에 파리에서 가장 인기 있는 상속녀가 되어 게르망트 가문의 후계자인 생루와 결혼하지만, 남편의 애정 행각으로 불행한 결혼 생활을 한다.

포르슈빌 백작 오데트의 많은 정부들 중 하나로 스완이 죽은 후 돈 많은 미망인 오데트와 결혼하여 그 딸인 질베르트를 양녀로 입적하고 포르슈빌 양이라는 이름을 하사한다.

그 밖의 인물들

노르푸아 외교관의 전형으로 빌파리지 부인의 정부이다. 19세기 말 프랑스 문단과 외교사를 논하는 데 뛰어난 기량을 발휘하는 이 인물은 당시 지식인들에게 많은 영향을 미쳤던 《르뷔 데 되 몽드》의 보수적 논조를 풍자하는 장황한 담론을 구사한다. 베네치아에서 우연히 만난 포기 공에게 정치적 조언을 하면서 자신의 건재함을 입증하려 한다.

라셸 생루가 사랑하던 유대인 여배우로 정신적·지적으로 생루에게 많은 영향을 미친다. 화자는 과거 사창가에서 만난 그녀에게 '라셸, 주님께서'라는 별명을 붙인다. 생루 덕분에 게르망트 공작 부인 댁에서 「일곱 공주」를 공연하나 실패로 끝나며 생루와도 헤어진다.

레아 여성에 대한 배타적 취향의 소유자로 알려진 여배우이다. 트로카데로 낮 공연에 그녀가 출연한다는 말을 들은 화자는 프랑수아즈를 보내 알베르틴과의 만남을 방해한다. 그녀가 모렐에게 보낸 편지를 보고 화자는 그녀의 고모라적 실체를 확인한다.

르그랑댕 콩브레에서는 은둔자를 자처했으나 실은 게르망트 일가와 사귈 기회만을 노리는 속물로 캉브르메르 후작 부인의 오빠이다. 메제글리즈 백작으로 자칭한다.

모렐(샤를 또는 샤를리) 동시에르에서 만난 샤를뤼스의 강력한 후원 아래 바이올리니스트로서 명성을 떨치며 쥐피앵의 조카딸에게도 구혼하는 등 행복한 미래를 꿈꾸지만, 신경 발작과 베르뒤랭 부인의 술책으로 쥐피앵의 조카딸과 샤를뤼스를 버리고 샤를뤼스의 조카인 생루와 관계를 시작한다. 이득이 되는 일이라면 뭐든 가리지 않는 출세 지향주의적인 인물이지만 음악가라는 자신의 신분에 강한 자부심을 갖고 있다. 어린 세탁소 여자아이들을 유혹하여 알베르틴에게 소개했다는 의심도 받고 있다.

베르뒤랭 부인 출처를 모르는 막대한 부의 소유자로 예술의 진정한 후원자임을 표방하나 유일한 야망은 게르망트 공작 부인과 같은 파리 사교계의 여왕이 되는 것이다. 샤를뤼스를 추방하고 모렐의 공식 후원자임을 증명하고 뱅퇴유의 음악을 알리는 데도 크게 기여한다. 훗날 게르망트 대공과 결혼함으로써 자신의 소망을 성취한다.

블로크 화자의 학교 친구로 연극 연출가이자 유명한 극작가로 변신한다. 고대 시인의 언어를 인용하면서 현학을 뽐내며 과장되고 무례한 언행으로 불쾌감을 준다. 희화적이고 부정적인 유대인을 표상한다.

사즈라 부인 콩브레의 이웃으로 베네치아에서 우연히 만난 화자의 어머니와 식사를 한다. 자신의 아버지가 빌파리지 부인에 미쳐 재산을 탕진했다고 고백한다.

에메 발베크 호텔의 식당 책임자로 비수기에는 파리의 레스토랑에서 일한다. 알베르틴이 죽은 후 화자는 그에게 알베르틴의 고모라적 성향에 관한 조사를 부탁하고, 그 결과 알베르틴에 관한 충격적인 사실을 알게 된다.

옥타브 발베크에서는 대기업가의 아들이자 모든 시간을 카지노와 골프와 경마, 폴로로 보내는 퇴폐적인 인물로 소개된다. 그러나 화자는 훗날 그가 학교 시절에는 비록 게으른 열등생이었지만 현대 예술에 러시아 발레 못지않은 중요한 역할을 수행한 천재임을 알게 된다. 알베르틴의 구혼자로 알베르틴이 죽은 후에는 앙드레와 결혼한다. 시인이자 소설가이며 극작가이자 영화감독으로 활동한 장 콕토를 모델로 하고 있다.

쥐피앵 게르망트 공작 저택 안마당에 딸린 가게에서 조끼 짓는 재봉사로 일하다가 조카딸에게 일을 넘겨주고 관청에 다닌다. 샤를뤼스와 관계를 맺으면서 그의 충실한 심복이 된다. 전쟁 중에는 샤를뤼스 남작을 위해 동성애자들의 유곽을 경영한다.

쥐피앵의 조카딸(올로롱 양) 쥐피앵의 가게에서 일하다 성실한 양재사로 자리 잡는다. 모렐을 사랑하고 약혼도 하지만 버림받는다. 나중에 샤를뤼스 남작의 양녀가 되어 올로롱 양으로 불리고 캉브르메르 후작의 아들과 결혼하지만, 곧 장티푸스 열병에 걸려 죽음을 맞이한다.

캉브르메르 후작(킹캉) 캉브르메르 후작 부인의 아들로 막대한 재산을 가진 부르주아 출신 르그랑댕의 여동생과 결혼한다. 지적이고 교양 있는 아내에 비해 지나치게 못생기고 무식하며 천박한 인물이다. 발베크 근교의 라 라스플리에르 성관을 베르뒤랭 부부에게 빌려준다.

캉브르메르 후작 부인(르네) 르그랑댕의 여동생으로 캉브르메르 후작과 결혼하여 귀족의 반열에 오른다. 게르망트 가문과 교류하는 것이 유일한 꿈이다.

캉브르메르(레오노르) 캉브르메르 부부의 아들로 샤를뤼스 남작의 양녀인 올로롱 양과 결혼한다. 아내의 이른 죽음 후에는 샤를뤼스 씨의 각별한 사랑을 받는다.

예술가와 그 분신들

라 베르마 당대 최고 여배우로 화자에게 일찍부터 연극 세계에 대한 꿈을 심어준 인물이다. 자식에게 버림받고 비참한 생활을 하다가 드디어는 죽음을 맞이한 라 베르마의 부고 기사를 읽고 화자는 그녀가 연기했던 라신의 「페드르」를 떠올리면서 사랑하는 사람의 떠남이나 부재가 사랑의 출발점임을 절감한다. 당시 유명했던 여배우 사라 베르나르를 모델로 하고 있다.

뱅퇴유 시골 음악 교사로, 콩브레 근교의 몽주뱅에서 딸과 딸의 여자 친구와 함께 살면서 은둔 생활을 한다. 사망 후에는 딸과 딸의 친구가 그의 미발표곡인 칠중주곡을 정리하여 세상에 내놓음으로써 위대한 음악가의 반열에 오른다.

뱅퇴유 양과 여자 친구 콩브레 근교 몽주뱅에서 아버지 뱅퇴유의 사진에 침을 뱉는 모독 장면으로 화자에게 깊은 충격을 주었던 인물들이다. 뱅퇴유가 남긴 난해한 악보를 해독하는 데 많은 노력을 기울여 빛을 보게 함으로써 아버지에 대한 죄책감을 창조적 활동으로 승화시킨다.

베르고트 일찍부터 화자에게 문학에 대한 소명 의식을 불러일으킨 작가의 표상이다. 병으로 두문불출하다 페르메이르의 「델프트 풍경」을 보기 위해 외출하고 미술관에서 쓰러진다. '무엇을 쓸 것인가' 또는 '삶의 글쓰기'에 대한 화자의 성찰에 깊은 영향을 미친다.

엘스티르 「스완」에서는 베르뒤랭의 살롱을 드나들던 비슈라는 이름의 속물로 그려졌으나, 발베크에서는 인상파의 대가로 나온다. 그 모델로는 터너와 모네, 마네와 르누아르와 휘슬러가 거론되며 거기에 16세기의 화가 카르파초가 녹아 있다. 「소녀들」에서는 카르파초의 「성녀 우르술라의 전설」에 나오는 베네치아 풍경과 포르투니의 의상을 환기하면서 화자에게 베네치아에 대한 꿈을 키워 준다.

포르투니 스페인의 화가이자 패션 디자이너이다. 어머니와 함께 베네치아로 이주하여 직물 공장을 설립하고, 그리스 의상이나 르네상스 시대의 그림에서 영감을 받은 의상을 제작한다. 포르투니의 의상은 「갇힌 여인」의 후반부에서는 베네치아로 떠나고 싶은 욕망, 「사라진 여인」에서는 망각의 모티프로 작동한다.

1장

"알베르틴 양이 떠났어요!" 고통은 우리 마음속을 심리학보다 얼마나 더 깊이 탐색하게 하는가! 조금 전만 해도 나는 나 자신을 분석하면서 서로의 얼굴을 다시 보지 않고 헤어지는 이런 이별이야말로 내가 원하는 것이며, 또 알베르틴이 주던 평범한 기쁨과 그녀 때문에 실현하지 못한 풍요로운 욕망을 비교하면서 나 자신이 꽤 현명하다고 느꼈고, 그래서 그녀를 보고 싶지 않으며 더 이상 사랑하지도 않는다는 결론을 내렸다. 그러나 "알베르틴 양이 떠났어요."라는 말 한마디가 얼마나 큰 고통을 불러일으켰는지, 더 이상은 오래 버틸 수 없을 것 같았다. 아무것도 아니라고 믿었던 것이 실은 나의 온 삶이었다. 우리는 얼마나 자신을 모르는 걸까. 고통을 즉시 멈춰야 했다. 마치 죽어 가는 할머니를 보며 어머니가 그랬듯이 스스로를 애정 어린 시선으로 바라보면서, 나는 사랑하는 사람이 괴로워하는 것을 그냥 내버려 둘 수 없다는 선의의 마음에서 스스로에게 말했다. '잠시만 참아. 곧 방법을 찾아볼 테니. 마음을 가라앉혀. 널 이처럼 괴로워하게 내버려 두지는 않을 테니.' 이런 종류의 상념 속에서 자기 보존 본능은 열린 상처에 바를 첫 번째 진통제를 찾아냈다. '이 모든 건 전혀 중요하지 않아. 그녀를 곧 돌아오게 할 거야. 그러니 방법을 찾아보자. 어쨌든 그녀는 오늘 밤 안으로 이곳에 있을 거야. 그러니 괜히 애태울 필요는 없어.', '이 모든 건 전혀 중요하지 않아.'라고 혼잣말하는 걸로 만족하지 않고, 나는 프랑수아즈에게 내 고통을 드러내지 않으면서도 그 일을 중요하게 여기지 않는다는 인상을 주려고 애썼다. 지극히 격렬한 고통을 느낄 때에도 내 사랑은, 특히 알베르틴을 좋아하지 않고 알베르틴의 솔직함을 언제나 의심했던 프랑수아즈의 눈에, 그것이 행복한 사랑이며 공유된 사랑으로 보이는 것이 중요하다는 걸 잊지 않고 있었다. 그렇다, 조금 전 프랑수아즈가 내 방에 오기 전에는 더 이상 알베르틴을 사랑하지 않으며 정확한 심리 분석가로서 아무것도 빠뜨리는 일 없이 내 마음 깊은 곳까지 안다고 믿었다. 그러나 우리의 지성이 제아무리 뛰어나다 해도 우리 마음 깊은 곳을 구성하는 요소들, 또 그것들이 대부분의 시간 동안 머무는 휘발성의 상태로부터 어떤 현상에 의해 분리되고 고정되기 전까지는 짐작도 못하는 그런 요소들을 인지할 수는 없다. 내 마음속을 뚜렷이 들여다볼 수 있다고 믿은 것도 틀린 생각이었다. 그러나 가장 예리한 정신적 지각으로도 깨닫지 못했던 이 인식이, 고통의 갑작스러운 반응에 의해 마치 소금의 결정체처럼 단단하고 눈부신 기이한 형태로 방금 내게 주어졌다. 알베르틴이 내 옆에 있다는 그토록 큰 확신 속에 살아온 내가, 돌연 '습관'의 새로운 얼굴을 본 것이다. 지금까지 나는 습관이 우리 지각의 독창성과 의식마저 제거하고 무로 돌리는 힘을 가졌다고 생각했다. 그런데 이제 나는 습관을 우리에게 고정된 무시무시한 신(神)으로 간주했고, 그 무의미한 얼굴이 그토록 우리 마음속 깊숙이 박혀 있어서, 만일 우리가 거기서 떨어져 나가거나 멀어지기라도 하면 여태껏 거의 알아볼 수 없던 그 신은 어느 누구보다 무서운 고통을 야기하고, 그리하여 죽음만큼이나 잔인한 존재가 된다.

알베르틴을 돌아오게 할 방법을 숙고해야 했으므로 가장 급한 일은 편지를 읽는 것이었다. 그 방법이 내 손안에 있다고 믿었다. 미래는 아직 우리 생각 속에서만 존재하기에 최후의 순간 의지를 개입시키면 여전히 그 미래를 변경할 수 있다고 생각했다. 하지만 그와 동시에 내 힘이 아닌 다른 힘들이 그 미래에 작용하는 걸 보았고, 또 더 많은 시간이 주어져도 그 힘에 맞서 아무것도 할 수 없었던 일도 기억했다. 우리가 앞으로 일어날 일에 대해 아무것도 할 수 없다면, 최후의 순간이 아직 울리지 않았다고 해서 무슨 도움이 되겠는가? 알베르틴이 집에 있을 때, 나는 이별의 주도권을 가지겠다고 결심했었다. 그런데 그녀가 떠났다. 나는 알베르틴의 편지를 열었다. 편지에는 이런 글이 적혀 있었다.

"내 친구, 여기 적은 몇 마디를 직접 당신 앞에서 말로 하지 않는 걸 용서해 줘요. 나는 너무 비겁해서 당신 앞에만 서면 늘 겁이 나고, 억지로라도 해 보려 했지만 그렇게 할 용기가 없었어요. 당신에게 하려고 했던 말은, 바로 우리 사이에 삶이 불가능해졌다는 거예요. 게다가 당신도 요전 날 밤 당신이 벌인 그 느닷없는 언쟁을 통해 우리 관계에 뭔가 변했다는 걸 느꼈을 거라고 생각해요. 그날 밤은 그럭저럭 끝날 수 있었지만, 며칠 후면 돌이킬 수 없는 상황이 될 거예요. 그러므로 서로 화해할 기회가 있을 때 좋은 친구로 헤어지는 편이 낫다고 생각해요. 그래서 내 사랑, 이 편지를 보내는 거예요. 당신을 조금 슬프게 하더라도 내가 느낄 엄청난 슬픔을 생각하여 관대하게 용서해 주길 바라요. 내 오랜 소중한 친구, 난 당신의 원수가 되고 싶지 않아요. 조금씩, 하지만 빠르게 내가 당신에게 무관심한 존재가 되어 간다는 사실만으로도 이미 나는 충분히 견디기 힘들 거예요. 그러니 내 결정은 돌이킬 수 없어요. 프랑수아즈에게 이 편지를 전해 달라고 부탁하기 전에 내 짐가방을 달라고 해야겠어요. 안녕, 나의 가장 좋은 부분을 남기면서. 알베르틴."

이 모든 것은 아무 의미도 없다고 생각했다. 어쩌면 내가 생각했던 것보다는 나은 편인지 모른다. 그녀는 이 모든 일에 대해 아무것도 생각하지 않고, 틀림없이 커다란 충격을 주어 나를 겁에 질리게 하려고 편지를 썼을 것이다. 그러니 가장 급한 일부터 생각해야 한다. 알베르틴을 오늘 저녁에 돌아오게 하는 일 말이다. 봉탕 부부를 내게서 돈을 갈취하려고 조카딸을 이용하는 썩은 사람들이라고 생각하는 건 슬픈 일이지만, 아무려면 어떤가. 알베르틴이 오늘 저녁 이곳에 돌아와 주기만 한다면, 내가 가진 재산의 절반을 몽땅 봉탕 부인에게 준다고 해도 알베르틴과 내가 쾌적하게 살아갈 만큼은 충분히 남을 것이다. 또 동시에 나는 그녀가 원하는 요트와 롤스로이스를 그날 아침에 주문하러 갈 시간이 있는지 계산해 보았다. 이제는 망설이는 마음이 모두 사라졌으므로, 그녀에게 그걸 주는 게 현명한지 아닌지도 더 이상 생각하지 않았다. 만일 봉탕 부인의 동의만으로 충분치 않다면, 만일 알베르틴이 자기 아주머니의 명령에 복종하기를 원치 않고, 돌아오는 조건으로 완전한 독립을 원한다면! 비록 그 일로 나는 조금은 슬퍼질 테지만, 그녀가 독립하도록 내버려 둘 거다. 그녀는 자기가 원하는 대로 혼자 외출할 수도 있을 테고. 내가 가장 좋아하는 것을 위해서라면, 비록 오늘 아침 정확하지만 엉뚱한 추론으로 내가 믿었던 것에도 불구하고, 그녀와 함께 이곳에 살기 위해서는 아무리 고통스러운 희생이라도 감수해야 한다. 게다가 그녀에게 자유를 주는 일이 그렇게 고통스럽다고 할 수 있을까? 그렇게 말한다면 거짓말하는 셈이 될 거다. 나는 그녀가 나와 멀리 떨어진 곳에서 나쁜 짓을 하는 모습을 보는 일이, 내 집에서 나와 함께 권태로워하는 모습을 볼 때 느끼는 종류의 슬픔보다 어쩌면 덜 고통스러울 거라고 이미 여러 번 깨닫지 않았던가. 물론 어딘가 떠나고 싶다고 말하는 순간에는 그것이 어떤 기획된 광란의 파티일지도 모른다는 생각에 그녀를 원하는 대로 내버려 두는 일이 무척 끔찍할지도 모른다. 하지만 "배나 기차를 타도록 해요. 내가 알지 못하는 나라로, 당신이 하는 짓에 대해서는 내가 아무것도 알지 못할 나라로 한 달 동안 떠나요."라고 말하는 것도, 그녀가 나로부터 멀리 떨어져서 지금의 상황과 비교하다 나를 더 좋아한다는 걸 깨닫고 집으로 돌아오는 일을 행복하게 느낄 거라는 생각 때문에 자주 나를 기쁘게 했다. 게다가 그녀는 틀림없이 돌아오고 싶어 할 거다. 사실 그녀는 자유를 요구하지 않았으며, 만일 내가 날마다 새로운 즐거움을 제공한다면 그녀의 그런 자유도 나날이 보다 쉽게 통제할 수 있겠지. 아니, 알베르틴이 바란 것은 내가 그녀에게 더 이상 견디기 어려운 존재가 되지 않고, 특히 — 지난날 오데트가 스완에게 그랬듯이 — 그녀와의 결혼을 결심하는 일일 것이다. 결혼한 후에는 더 이상 독립하는 일에 연연하지 않을 것이다. 우리 두 사람은 이 집에서 행복하게 지낼 수 있을 것이다! 물론 이것은 베네치아로의 여행을 포기한다는 의미였다. 그러나 베네치아처럼 가장 욕망했던 도시들도 — 하물며 가장 매력적인 살롱의 여주인들이나 오락거리, 달리 말하면 베네치아보다 더 욕망했던 게르망트 부인이나 연극은 말할 필요도 없이 — 우리가 고통스러운 관계 때문에 다른 이의 마음에 묶여 있어서 멀리 가지 못한다면, 얼마나 빛바랜 도시, 무관심하고 죽은 도시가 되겠는가! 게다가 결혼 문제에 관해서는 알베르틴이 전적으로 옳았다. 어머니도 결혼을 지연하는 그 모든 짓이 우스꽝스럽다고 생각하시지 않았던가. 나는 오래전에 그녀와 결혼해야 했으며, 그것이 지금 내가 해야 할 일이다. 바로 그것이 그녀 자신조차 한마디도 믿지 않은 편지를 쓰게 한 것이다. 바로 그 일에 성공하기 위해 내가 바라는 만큼이나 그녀도 틀림없이 바라는 것, 즉 이곳에 돌아오는 일을 몇 시간 동안 포기한 것이다. 그렇다, 그것이 그녀가 원한 것이며 그녀 행동의 의도라고 내 관대한 이성은 말했다. 하지만 그렇게 말하면서도 나는 내 이성이 처음 택했던 가정과 같은 가정에 여전히 머무른다고 느꼈다. 그런데 또 다른 가정이 끊임없이 증명되고 있음도 느꼈다. 물론 이 두 번째 가정은 알베르틴이 뱅퇴유 양 그리고 그 여자 친구와 관계가 있다고 명확하게 공표할 정도로 그렇게 대담하지는 못했다. 그렇지만 앵카르빌 역으로 들어선 순간 내가 그 새로운 무시무시한 소식에 함몰되었을 때,* 이 두 번째 가정은 입증되었다. 하지만 이 가정은 그 뒤 알베르틴이 이렇게 미리 알리지 않고, 또 그녀의 행동을 막을 시간도 주지 않은 채 스스로 떠나리라고는 결코 예측한 적이 없었다. 그러나 삶이 내게 가한 새로운 충격을 겪고 난 후 직면한 현실이 물리학자의 발견이나 범죄 또는 혁명의 이면에 관한 예심 판사의 탐문, 역사학자의 우연한 발견처럼 그토록 새로운 것이라 해도, 이 현실은 내 두 번째 가정의 초라한 예측을 넘어서서 그 예측을 실현하고 있었다. 이 두 번째 가정은 내 지성에서 나온 것이 아니었다. 알베르틴이 내게 키스하지 않은 저녁, 창문 여는 소리가 들린

---

* 파르빌 역과 혼동한 것으로 보인다. 여기서 환기된 순간은 알베르틴을 떠나기로 결심한 화자에게 알베르틴이 뱅퇴유 양을 안다는 폭탄 같은 선언을 해서 반전이 일어나는 순간이다.(『잃어버린 시간을 찾아서』 8권 464~466쪽 참조.)

밤에 내가 느꼈던 공포는 합리적 추론에 근거한 공포는 아니었다. 그러나 — 지금까지 많은 일화들이 이미 그 점을 지적했듯이 앞으로 더 많이 보여 줄 테지만 — 진실을 포착하는 데 있어 지성이 가장 예리하고 강력하며 적합한 도구가 아니라는 사실이, 한 번 더 우리가 무의식적 직관이나 기존의 예감에 대한 믿음보다 지성에서 출발해야 할 근거를 제시한다. 그러다 삶이 조금씩 사례별로, 우리 마음이나 정신에서 가장 중요한 것이 합리적 추론이 아니라 다른 힘을 통해서 얻어진다는 걸 깨닫게 한다. 그때 지성은 이런 힘의 우월성을 인식하고 스스로의 자리에서 물러나 그 힘의 조력자와 하인이 되기로 동의한다. 바로 이것이 '경험적 신앙'이다. 지금 직면한 이 예기치 못한 불행은 그토록 많은 전조들을 통해 내가 이미 읽어서 알고 있는 듯했고(알베르틴과 그 두 레즈비언의 우정처럼), 나는 그 전조들에서 (알베르틴 자신의 말에 기대어 그 말을 반박하는 내 이성에도 불구하고) 그녀가 그렇게 노예로 사는 삶에 대해 느끼는 피로와 혐오감을 식별했으며, 또 그 전조들은 이런 피로와 혐오감을 알베르틴의 쓸쓸하고도 온순한 눈동자 뒤에, 까닭 모를 홍조로 느닷없이 달아오른 뺨에, 갑자기 열리는 창문 소리 속에, 눈에 보이지 않은 잉크로 그려 넣고 있었다! 물론 나는 이런 전조를 끝까지 해석하여 그녀의 갑작스러운 출발이 의미하는 것을 명백히 하지는 못했다. 알베르틴의 현존에 안정을 찾은 내 정신은, 아직은 어느 날이라고 확정되지 않은 날에, 다시 말해 존재하지 않는 시간 속에 위치한 출발만을 생각했던 것이다. 따라서 출발을 생각한다고 착각했을 뿐이다. 마치 건강한 사람들이 죽음을 생각할 때면 죽음을 두려워하지 않는다고 상상하지만, 사실상 그들이 건강한 가운데 단순히 반대의 견해를 끌어들인 데 불과하므로, 죽음이 임박하면 그 견해가 변할 수밖에 없는 것과도 같다. 게다가 비록 알베르틴 자신이 스스로 원해서 떠났다는 관념이 내 머릿속에 가장 선명하고 확실한 형태로 수천 번 떠올랐다 해도, 이 출발이 나와 관련하여 무엇이 될지, 다시 말해 실제로 어떤 특이하고 끔찍한 낯선 것이 될지, 어떤 완전히 새로운 불행이 될지는 더 이상 예측하지 못했으리라. 내가 이 출발을 예감하고 여러 해 동안 끊임없이 생각했다 해도 꼬리에 꼬리를 물고 이어지는 온갖 상념이 "알베르틴 양이 떠났어요."라고 말하면서 프랑수아즈가 베일을 걷어 올린 그 상상할 수 없는 지옥과는 강도나 유사성에 있어 별 관계가 없다는 걸 생각하지 못했을 것이다. 상상력은 미지의 상황을 그려 보기 위해 우리가 이미 알고 있는 요소들을 빌리며, 바로 그런 이유로 그 상황을 재현하지 못한다. 그러나 감수성은, 가장 신체적인 것이라 해도, 번갯불이 내는 고랑처럼 거기에는 새로운 사건의 특이하고도 오래 지워지지 않는 흔적이 새겨진다. 그리고 비록 내가 이 출발을 예감했다 해도 그 끔찍한 양상을 그려 보기란 불가능했을 것이며, 또 설령 알베르틴이 그 출발을 알리고 그래서 내가 그녀를 협박하고 애원했다 해도, 그녀를 만류할 수 있으리라고는 감히 생각지 못했으리라! 베네치아에 대한 욕망이 지금은 얼마나 멀게만 느껴지는지! 예전에 콩브레에서 게르망트 부인을 알고 싶어 했던 욕망도 엄마가 내 방에 있기를 바라는 단 하나의 생각에만 몰두하는 시간이 올 때면 멀어졌듯이. 어린 시절부터 느꼈던 그 모든 불안이 새로운 고뇌의 부름을 받고 달려와서는 고뇌를 견고히 하고 고뇌와 동질적인 덩어리로 합쳐지면서 나를 숨 막히게 했다.

물론 이별이 우리 가슴에 가하는 물리적 충격은 우리 육체가 지닌 끔찍한 기록 능력에 의해 그 고통을 우리가 괴로워했던 삶의 모든 시기와 동시대의 것으로 만든다는 데 있다. 물론 이런 심적 충격에는, 어쩌면 조금은 ─ 우리는 그토록 타인의 고통에는 관심이 없으므로 ─ 우리에게 극심한 후회의 감정을 느끼게 하려는 여인의 욕망이 투사되어 있는지도 모른다. 여인이 거짓 출발을 시도하면서 단지 더 나은 조건을 요구하기 위해, 또는 영원히 ─ '영원히!' ─ 떠나면서 복수하기 위해, 또는 계속해서 사랑을 받기 위해, 또는 자신이 남길 추억을 아름다운 것으로 만들기 위해 우리에게 충격을 주고, 그녀 스스로 짜고 있다고 느끼는 피로와 무관심의 그물을 난폭하게 부수고 싶었는지도 모른다. 물론 우리는 이런 심적 충격을 서로 피하자고 약속했으며, 좋게 헤어지자고 서로 얘기했다. 그러나 좋은 이별이란 실제로 드문 법이다. 우리 관계가 좋았다면 헤어지지 않았을 테니까! 게다가 아무리 남자가 무관심을 표명한다 해도, 여인은 막연하게나마 남자가 싫증을 느끼면서도 동일한 습관 덕분에 점점 더 자신에게 집착한다고 느끼며, 또 좋은 이별을 하는 데 있어 가장 중요한 요소 중 하나는 상대에게 자신의 출발을 알리고 떠나는 것이라고 생각한다. 그런데 여인은 미리 알리는 일이 출발을 방해할까 봐 두려워한다. 여인은 누구나, 남자에 대한 그들의 힘이 크면 클수록, 떠날 수 있는 유일한 방법이 도망치는 거라고 생각한다. 여왕이기에 사라지는 여인이 된다. 물론 그녀가 조금 전에 불러일으킨 피로와 그녀가 떠났기 때문에 다시 보고 싶어지는 이런 격렬한 욕망 사이에는 엄청난 거리가 존재한다. 그러나 거기에는 이 작품의 전개 과정에서 이미 언급된 이유나 나중에 주어질 이유 외에도 여러 다른 이유가 있다. 우선 출발은 우리의 무관심이 — 실제이든 그렇다고 믿든 — 가장 심화되는 순간, 진자* 운동의 진폭이 가장 클 때 발생한다. 남성이 그녀를 떠나겠다는 말밖에 하지 않으며 또는 떠날 생각만 하기 때문에, 여인은 '이렇게는 더 이상 계속할 수 없어.'라고 생각한다. 그래서 그녀가 떠난다. 그때 진자는 다른 극점으로 돌아가고, 진폭은 가장 커진다. 그러다가 진자가 재빨리 출발점으로 돌아간다. 이 모든 이유에도 불구하고, 한 번 더 모든 것이 그토록 자연스러워 보인다! 가슴이 뛴다. 게다가 우리를 떠난 여인은 조금 전에 이곳에 있었던 여인과 더 이상 같은 여인이 아니다. 너무도 익숙한 우리 옆에서의 그녀의 삶에, 그녀가 필연적으로 끼어들게 될 다른 삶들이 덧붙으며, 또 어쩌면 그런 삶에 끼어들기 위해 그녀는 우리 곁을 떠났는지도 모른다. 그리하여 우리를 떠난 여인의 삶에서 이런 새로운 풍요로움이, 우리 옆에 있으면서도 어쩌면 자신의 출발을 미리 계획했을 여인에게 소급해서 영향을 미친다. 우리 삶의 일부를 이

---

* 일정한 기준에 따라 왕복 운동을 하는, 줄에 매단 추를 가리킨다.

루는, 그녀가 지나치게 주목했던 우리의 피로나 우리의 질투로부터 유추할 수 있는 일련의 사실에(여러 여자로부터 버림받는 남자들은 언제나 동일하고 예측 가능한 성격과 반응 때문에 언제나 거의 같은 식으로 버림받는다. 말하자면 사람마다 감기 걸리는 방식이 다르듯이, 그들 각자의 고유한 방식으로 배신을 당한다.). 그렇게 신비로워 보이지 않는 이런 일련의 사실에, 아마도 우리가 몰랐던 다른 사실들이 상응하는지도 모른다. 그녀는 얼마 전부터 편지나 구두로, 혹은 심부름꾼을 통해 이런저런 남자나 여자와 관계를 맺어 오면서 어떤 신호가 오기를 기다렸으며, 우리 자신이 그것도 모르고 "X씨가 어제 나를 보러 왔어요."라고 말함으로써 그녀가 기다리던 신호를 주었는지도 모른다. 그녀가 X씨와 만나기로 예정된 전날 저녁에 X씨가 나를 보러 오기로 되어 있었던 것도 모르고 말이다. 얼마나 많은 가정이 가능한가! 다만 가능하다는 점에서 그러했다. 나는 진실을 다만 가능성이라는 점에서 매우 멋지게 축조할 수 있었다. 어느 날 나는 내 애인 중 하나에게 온 편지로 착각하고 편지 한 통을 개봉했는데,* '생루 후작 댁의 방문을 위해서는 반드시 기별을 기다릴 것, 내일 전화로 알리기 바람.'이라는, 서로 합의한 필체로 적힌 편지였으므로, 그것을 일종의 도주 계획이라고 생각했다. 생루 후작의 이름만이 뭔가 다른 것을 의미했다. 내 애인은 생루를 알지 못했지만 내가 그에 대해 애

---

* 화자가 베네치아에서 받은 질베르트의 전보를 알베르틴이 보낸 전보로 착각하는 장면을 예고한다.(382쪽, 408쪽 참조.)

기하는 걸 들었고, 더욱이 편지에 서명된 이름이 언어 형식을 갖추지 못한 일종의 별명 같은 것으로 보였다. 그런데 편지는 내 애인이 아닌 우리 저택에 살고 있는 다른 사람에게 보낸 것이었다. 이름이 다른데도 내가 잘못 읽었던 것이다. 편지는 서로 합의된 기호에 따라 쓴 것도 아니고, 한 미국 여성이 서투른 프랑스어로 썼으며, 실제로 자신의 여자 친구 중 하나라고 생루가 가르쳐 주었다. 그리고 미국 여성이 몇몇 글자를 표기하는 이상한 방식이 외국 사람의 이름에 진짜 이름이지만 별명 같은 모습을 부여했던 것이다. 그러므로 그날 내 의혹은 완전히 틀린 것이었다. 그러나 그 사실들을, 모두가 틀린 사실들을 내 마음속에서 연결하는 지적인 뼈대 자체가 매우 올바르고 완강한 진실의 형태를 취했으므로, 내 애인이(당시에는 나와 함께 평생을 보내리라고 생각했던) 석 달 후 나를 떠났을 때에도 그 일은 내가 처음에 상상했던 것과 완전히 똑같은 방식으로 전개되었다. 내가 처음 편지에 잘못 부여했던 동일한 특징을 가진 편지가, 그러나 이번에는 분명히 어떤 암시의 의미를 가진 편지가 도착했고, 그것은 나의 삶에서 가장 큰 불행이었다. 그럼에도 불구하고 그 불행이 초래한 괴로움보다는 불행의 원인을 알려는 호기심, 다시 말해 누가 알베르틴을 욕망했으며 또 누구를 위해 알베르틴이 나를 떠났는지를 알려는 호기심이 더 앞섰는지도 모른다. 그러나 이런 커다란 사건의 근원은, 아무리 대지의 지면을 답사해도 알아내지 못하는 강의 근원과도 같아서, 결코 발견하지 못하는 법이다. 알베르틴은 그렇게 오래전부터 도주를 계획해 왔던 것이다.

아직 말하지 않은 사실이지만, 내게 키스를 하지 않은 날부터 (그때 그녀는 단순히 꾸민 모습으로 또는 기분이 나쁜 듯 보였는데, 우리가 프랑수아즈더러 '부루퉁해' 있다고 칭하던 모습이었다.) 그녀는 장례식에 간 듯한 표정으로 몸을 꼿꼿이 세우고 굳어 있었으며, 지극히 사소한 일에도 침울한 목소리로 말하거나 느린 동작을 하며 더 이상 미소도 짓지 않았다. 바깥 세계와의 공모를 증명한다고 말할 수 있는 사실은 아무것도 없었다. 나중에 프랑수아즈는 알베르틴이 떠나기 이틀 전에 그녀 방으로 들어갔을 때 방에는 아무도 없었고 커튼도 닫혀 있었지만, 방의 냄새와 소리에서 창문이 열렸음을 감지했다고 말했다. 그리고 실제로 그녀는 알베르틴이 발코니에 있는 걸 보았다. 그러나 나는 알베르틴이 거기서 누구와 연락을 취할 수 있었는지 알 수 없었다. 게다가 창문이 열려 있는데도 커튼이 쳐져 있었다면, 이는 아마도 알베르틴이 내가 외풍을 겁낸다는 걸 알고 있으며, 또 커튼을 치는 것만으로 나를 충분히 보호해 주지 못한다 해도, 그렇게 일찍부터 열려 있던 덧문을 프랑수아즈가 복도에서는 볼 수 없음을 알기 때문이라는 사실로 설명될 수 있다. 아니다, 나는 그녀가 전날에야 떠날 결심을 했다는 걸 증명해 주는 거라곤 지극히 하찮은 사실밖에 알지 못한다. 전날 그녀가 내 방에서 내가 눈치채지 못하는 사이에 많은 양의 포장지와 천을 가져갔으며, 또 그 도움으로 수많은 실내복과 가운을 밤새 내내 아침에 떠나기 위해 포장했다는 것이다. 그것이 내가 아는 전부이며 유일한 것이었다. 그날 밤 그녀가 내게 빌려간 1000프랑을 억지로 돌려준 일에 대해서는, 예외적인 일이 아니었으므로 중요성을 부여할 수 없었다. 돈 문제에 관한 한 그녀는 지극히 세심한 주의를 기울였기 때문이다.

그렇다, 그녀는 전날 포장지를 가져갔지만, 자신의 떠남을 다만 전날에야 깨달았던 것은 아니다! 그녀를 떠나도록 부추긴 것은 슬픔이 아니라 떠나겠다는 결심, 자신이 꿈꾸었던 삶을 포기하려는 결심이었으며, 그것이 그녀로 하여금 그토록 슬픈 표정을 짓게 했던 것이다. 슬픈 표정으로, 거의 숙연하다 싶을 정도로 나를 차갑게 대한 그녀는, 자신의 바람보다 더 오래 내 방에 머물렀던 마지막 날 밤 — 언제나 늦게까지 내 방에 있고 싶어 하던 그녀로부터 다음과 같은 말을 듣는 것이 조금은 놀라웠지만 — 문 앞에서 이렇게 말했다. "안녕, 내 아이. 안녕, 내 아이." 그러나 그때 나는 이 말에 전혀 주의를 기울이지 않았다. 다음 날 아침 프랑수아즈는, 알베르틴이 떠나겠다고 말했을 때 그녀가 얼마나 쓸쓸한 표정을 지었던지, 이전 날들보다 얼마나 몸을 꼿꼿이 세우고 굳어 있었던지(물론 이것은 피로 탓으로 설명될 수 있다. 알베르틴이 옷도 벗지 않고 자기 방과 욕실에 없는, 프랑수아즈에게 부탁해야 하는 물건들을 제외하고 짐을 싸느라 온밤을 보냈기 때문이다.), "안녕, 프랑수아즈."라는 말을 들었을 때 거의 쓰러질 뻔했다고 했다. 우리가 그런 사실을 들을 때면, 평범한 산책로에서 그토록 쉽게 만난 여인들보다 마음에 들지 않았던 여인이, 그녀로 인해 다른 모든 여인들을 포기하는 것이 그토록 원망스럽게만 느껴졌던 여인이, 지금은 그와 반대로 우리가 천 배나 소중히 여기는 여인이 되었음을 알게 된다. 왜냐하면 이 문제는 어떤 쾌락 — 습관에 의해, 또 어쩌면 아무것도 아닌 대상의 평범함 때문에 거의 무(無)가 되어 버린 — 과 다른 종류의 쾌락, 보다 매혹적인 황홀한 쾌락 사이에 존재하는 것이 아니라, 그런 쾌락과 그보다 더 강렬한 그 무엇, 고통에 대한 연민 사이에 존재하기 때문이다.

알베르틴이 그날 저녁 집에 돌아올 거라고 다짐하면서 나는 가장 급한 일부터 서둘러 처리했고, 지금까지 내가 더불어 살아온 믿음이 떨어져 나가면서 생긴 상처를 새로운 믿음의 붕대로 감았다. 그렇지만 자기 보존 본능이 제아무리 빨리 작동한다 해도, 프랑수아즈가 내게 말했을 때 나는 잠시 속수무책이었고, 또 아무리 알베르틴이 오늘 밤 안으로 귀가하리라는 걸 안다 해도, 나 자신이 그 귀가를 스스로 깨닫지 못했을 때 느꼈던 고통은 ("알베르틴 양이 짐 가방을 달라고 했어요, 알베르틴 양이 떠났어요."라는 말이 이어지던 순간) 저절로, 예전 모습 그대로 내 마음속에서 되살아났다. 다시 말해 알베르틴의 임박한 귀가를 아직 몰랐을 때처럼 다시 살아났다. 어쨌든 알베르틴은 돌아와야 했고, 그것도 그녀 스스로 돌아와야 했다. 이 모든 가정을 통해 내가 먼저 나서서 그녀의 귀가를 애원하는 것처럼 보인다면, 이는 본래의 취지에 어긋나리라. 물론 예전에 내가 질베르트에게 했던 것처럼, 더 이상 내게는 알베르틴을 포기할 힘이 없었다. 내 소망은 알베르틴과의 재회보다 예전에 비해 많이 약해진 내 가슴이 더 이상 견디지 못하는 육체적 고통을 끝내는 데 있었다. 그리고 글을 쓰는 일이든 다른 것이든 아무것도 소망하지 않는 데 익숙해지다 보니 나는 예전보다 더 비겁해졌다. 그러나 이번에 내가 느끼는 고뇌는 여러 이유로 다른 것과 비교할 수 없을 만큼 격렬했는데, 아마도 게르망트 부인과 질베르트와는 한 번도 성적 쾌락을 맛보지 못했다는 사실보다는, 그들과는 날마다 매시간 만나지 않았고 또 그럴 가능성이나 욕구도 없었으므로, 적어도 그들에 대한 내 사랑에는 '습관'이라는 엄청난 힘이 결여되었다는 데 중요한 이유가 있을 것이다. 어쩌면 이제는 뭔가를 소망하거나 고통을 스스로 견디지도 못하는 내 마음은 어떤 대가를 치르고라도 알베르틴이 반드시 돌아와야 한다는 단 하나의 해결책만을 생각했고, 그 반대되는 해결책은(자발적인 포기나 점진적인 체념 따위는) 만일 나 자신이 예전에 질베르트에 대해 택하지 않았다면 삶에서는 불가능한, 소설의 해결책으로만 보였으리라. 따라서 나는 이 다른 해결책 역시 받아들여질 수 있으며, 그것도 같은 인간에 의해 받아들여질 수 있다는 걸 깨달았다. 내가 예전과 거의 같은 인간으로 남아 있었기 때문이다. 다만 시간이 그 역할을 했고, 시간이 나를 늙어 가게 했으며, 시간이 우리가 같이 살았을 때 지속적으로 알베르틴을 내 옆에 두게 했다. 그러나 알베르틴을 포기함 없이, 적어도 질베르트에 대해 내가 느꼈던 감정 중에는 알베르틴에게 돌아와 달라고 부탁함으로써 지겨운 놀림감이 되고 싶지 않다는 자존심이 남아 있었으므로, 그녀가 돌아오기를 소망하면서도 거기에 집착하는 모습은 보이고 싶지 않았다. 알베르틴이 떠난 후 나는 처음으로 자리에서 일어났다. 어쨌든 빨리 옷을 입고 알베르틴의 집 문지기에게 그녀의 소식을 알아보러 가야 했다.*

정신적 충격의 파장인 고뇌는 형태의 변화를 갈망한다. 우리는 계획을 세우거나 소식을 알아보면서 이 고뇌를 증발시키려 한다. 고뇌가 수없이 많은 형태로 변신하면서 지나가기를 바란다. 그래도 이 일은 있는 그대로의 고뇌를 간직하는 일보다는 용기를 덜 필요로 한다. 침대가 지나치게 좁고 딱딱하고 추워 보여 우리는 고통과 더불어 드러눕는다. 그러므로 나는 다시 일어섰다. 아주 조심스럽게 방 안을 걸어가면서, 알베르틴이 앉던 의자와 금빛 슬리퍼로 페달을 밟던 피아놀라와 같은, 그녀가 쓰던 물건은 단 하나도 볼 수 없는 곳에 자리를 잡았다. 그 물건들은 모두 내 추억이 가르쳐 준 특별한 언어로 쓴 번역본이나 상이한 판본을 제시하는 듯했으며, 다시 한번 그녀의 출발 소식을 알려 주는 듯했다. 그러나 나는 그 물건들을 쳐다보지 않고도 볼 수 있었다. 힘이 빠진 나는 푸른 새틴 의자에 털썩 주저앉았는데, 한 시간 전만 해도 햇빛이 희미하게 비치는 방 안의 미광 속에 글라시** 기법으로 칠한 의자가 내게 그토록 격정적인 포옹의 꿈을 꾸게 했지만, 지금은 아주 멀어진 꿈이었다. 아! 슬프게도 이 순간 이전에는 알베르틴이 있을 때를 제외하고 나는 한 번도 거기 앉은 적이 없었다. 그러자 더 이상 앉아 있을 수 없어서 다시 일어났다. 우리를 구성하는 수많은 초라한 자아들 중에는 알베르틴의 출발을 모

---

* 알베르틴은 파리에 별도의 개인 처소가 있었던 것으로 보인다.(『잃어버린 시간을 찾아서』 7권 237쪽 참조.)

** 유화에서 색채의 투명함을 살리기 위해 엷게 칠하는 기법.

르는, 그래서 그 사실을 알려 줘야 하는 누군가가 있었다. 나는 모든 존재들에게 — 만일 그들이 낯선 자이며 고뇌에 대한 내 감수성을 받아들이지 않는다면 더욱 잔인했을 테지만 — 내게 닥친 불행을 알려 줘야 했으며, 그 일을 아직 모르는 내 모든 '자아'에게도 알려 줘야 했다. 그리하여 각각의 자아는 차례로 "알베르틴 양이 짐 가방을 달라고 했어요." — 내가 발베크에서 어머니의 가방 옆에 실리는 것을 본 적 있는 그 관(棺) 모양의 가방을 — , "알베르틴 양이 떠났어요."라는 말을 처음으로 들어야 했다. 이들 자아에게 나는 내 슬픔을 알려 줘야 했다. 그 슬픔은 불길한 상황 전체에서 임의로 도출한 비관적 결론이 아니라, 밖에서 온, 우리가 선택하지 않은 어떤 특별한 비의지적 인상이 간헐적으로 되살아난 것이었다. 이런 자아들 중 몇몇을 나는 꽤 오래전부터 만나지 못했다. 이를테면 (이발사가 오는 날임을 생각하지 않았던) 나는 이발했을 때의 자아를 망각했고, 그래서 이발사의 도착에 울음을 터뜨렸다. 마치 최근에 죽은 여인의 장례식에 그녀를 잘 알았던 늙은 하인, 지금은 은퇴한 하인이 왔을 때처럼 말이다. 그러다 갑자기 일주일 전부터 이따금 까닭 모를 공포에 사로잡혔던 일이, 나 자신이 인정하지 않았던 일이 떠올랐다. 그럴 때면 이렇게 혼잣말로 반론을 제기했다. "그녀가 갑자기 떠난다는 가정을 검토해 보다니, 소용없는 짓이야. 터무니없는 일이야. 만일 내가 어느 지각 있는 총명한 사람에게 이런 속내를 털어놓는다면(또 질투가 속내를 털어놓는 일을 방해하지 않는다면, 나는 마음을 안심시키려고 그렇게 했을 테지만), 그 사람은 틀림없이 내게

'당신은 미쳤소, 그건 불가능한 일이오.'라고 말했을 거야." 사실 우리는 요 며칠 동안 한 번도 다툰 적이 없었다. "사람들이 떠날 때는 어떤 동기가 있기 마련이다. 그들은 그 동기를 말한다. 우리에게 대답할 기회도 준다. 아니다, 그렇게 떠나지는 않는다. 유치한 짓이다. 그것은 정말 터무니없는, 단 하나의 가정이다." 그렇지만 나는 매일 벨을 누르면서 그녀를 보면 크게 안도의 숨을 내쉬곤 했다. 그리고 프랑수아즈가 알베르틴의 편지를 내밀었을 때, 비록 논리적으로 안심할 수 있는 이유가 있었음에도 불구하고, 결코 일어날 수 없는 일이지만 어떻게 보면 며칠 전부터 미리 지각하고 있던 그녀의 떠남과 관계된 편지라는 걸 금방 확신했다. 마치 발각되지 않으리라는 걸 알면서도, 자신을 소환한 예심 판사의 서류 첫머리에 적힌 피해자의 이름만 보고도 겁을 먹는 살인범처럼, 나는 절망에 떨면서도 내 통찰력에 거의 만족하며 그렇게 혼잣말을 했다. 내 유일한 희망은 알베르틴이 투렌으로 아주머니를 보러 가는 것이었고, 내가 다시 데려올 때까지 그녀는 거기서 어쨌든 감시를 잘 받을 테니 별다른 일은 하지 않을 것 같았다. 나의 가장 큰 두려움은 그녀가 파리에 남거나 암스테르담 또는 몽주뱅으로 떠나거나 하는 것이었다. 다시 말해 내가 모르는 어떤 준비 과정을 통해 이루어진 은밀한 관계에 전념하기 위해 도망치지 않았을까 하는 것이었다. 그러나 사실은 파리와 암스테르담과 몽주뱅을, 다시 말해 여러 장소를 말하면서 그저 가능한 장소를 생각했을 뿐이다. 그래서 알베르틴의 집 문지기가 그녀가 투렌으로 떠났다고 대답했을 때, 내가 선호한다고 믿었던 그 거주지는 다른 어느 곳보다 무서운 장소가 되었다. 왜냐하면 그 장소는 실재했고, 또 처음으로 현재의 확실성과 미래의 불확실성 때문에 괴로워하던 내가, 알베르틴이 어쩌면 오랫동안, 어쩌면 영원히 나와 떨어져 있기를 바라는 삶을 시작하면서 그 미지의 것을 실현할지도 모른다고 상상했기 때문이다. 그것은 예전에 그녀를 소유하는 행복을 누렸을 때, 바깥에 있는 그 온순한 얼굴, 손에 넣었지만 꿰뚫고 들어갈 수 없는 얼굴을 어루만질 때에도 그렇게 여러 번 나를 혼란스럽게 했던 것이다. 그런 미지의 것이 내 사랑의 근간을 이루고 있었다.

알베르틴의 집 문 앞에서 한 소녀가 나를 커다란 눈망울로 바라보고 있었다. 그녀가 착해 보였으므로, 나는 그녀에게 마치 충직한 눈을 가진 개에게 말하듯 내 집에 같이 가지 않겠느냐고 물었다. 소녀는 만족한 표정이었다. 집에 오자 나는 소녀를 무릎에 앉히고 얼마 동안 토닥거렸지만, 이내 소녀의 존재가 알베르틴의 부재를 너무 심하게 느끼게 해 견딜 수 없었다. 그래서 소녀에게 500프랑짜리 지폐 한 장을 주고 떠나 달라고 했다. 그렇지만 이내 다른 소녀를 내 옆에 두어야 한다는 생각이, 결코 혼자 있으면 안 되고 순결한 존재의 도움을 받아야 한다는 생각이 어쩌면 알베르틴이 얼마 동안 돌아오지 않을지도 모른다는 생각을 견디게 해 주는 유일한 꿈이 되었다.

알베르틴으로 말하자면, 그녀는 내게 오로지 이름의 형태로만 존재했고, 그 이름은 잠에서 깨어날 때의 어떤 드문 휴식 시간을 제외하고는 내 머릿속에 계속 새겨지고 또 새겨졌다.

만일 내가 소리를 내어 생각한다면, 나는 그 이름을 끊임없이 되풀이하고, 그리하여 마치 내가 새로 변한 것처럼, 인간이었을 때 사랑하던 여인의 이름을 끝없이 부르짖고 되풀이하는 전설 속의 새로 변한 것처럼 그렇게 단조롭고 제한된 말만을 계속 지껄였으리라. 우리는 이름을 말하고 또 마음속에 이름을 쓰는 듯 입 밖에 내지 않기 때문에 그 이름은 머릿속에 흔적을 남기며, 그리하여 머릿속은 마치 낙서하기를 좋아하는 누군가가 채워 놓은 벽처럼 마침내 수천 번이나 다시 써 놓은 사랑하는 이의 이름으로 온통 뒤덮이고 만다. 행복할 때면 우리는 생각 속에 내내 이름을 다시 쓰지만, 불행할 때는 더 많이 쓴다. 이미 우리가 아는 것밖에 더 이상 아무것도 주지 못하는 이름을 다시 말하다 보면, 지속적으로 말하고 싶은 욕구가 다시 살아나는 것을 느끼지만, 결국은 피로해진다. 이런 순간이면 나는 관능적인 쾌락은 생각도 하지 않았다. 내 상념 앞에서 그토록 내 존재에 많은 혼란을 초래했던 알베르틴의 이미지는 보이지 않았으며, 그녀의 육체도 마찬가지로 보이지 않았다. 그리고 만일 내가 그 고뇌에 연결된 관념을 — 거기에는 항상 어떤 관념이 들어 있기 마련이다 — 따로 떼어 놓으려 했다면, 그것은 차례로 그녀의 출발 의도에 대한 의혹과, 그녀가 내게 돌아올 마음으로 떠났는지 아닌지에 대한 생각과 더불어 그녀를 데려올 방법에 대한 생각으로 나타났을 것이다. 우리의 불안한 마음에서 불안을 초래한 여인이 극히 작은 자리를 차지한다는 사실에 어쩌면 어떤 상징과 진실이 들어 있는지도 모른다. 사실 그녀라는 인간 자체는 그 불안과 별 관계가 없다. 그 불안은 거의 전적으로 어떤 우연한 일로 우리가 그녀에 대해 예전에 느꼈고, 또 습관 때문에 그녀에게 집착하게 된 감동과 고뇌의 과정과 관계 있다. 이런 사실을 증명해 주는 것으로는(행복할 때 느끼는 권태 이상으로), 우리가 그 동일한 인간을 만날지 말지, 또는 그녀로부터 높은 평가를 받는지 아닌지, 또는 그녀를 우리 마음대로 할 수 있는지 없는지에 대한 질문이(너무도 하찮은 질문이어서 더 이상 묻지도 않는), 만일 그녀라는 인간 자체만을 고려한다면 더 이상 제기할 필요도 없을 정도로 우리와 상관없는 일로 보인다는 점을 들 수 있다. 이때 그 감동과 고뇌의 과정은, 적어도 그녀와 연결된 과정은 망각되었으므로, 다른 여인에게 옮겨져 다시 발전할 수 있다. 그러나 예전에 그 감동과 고뇌의 과정이 아직 그녀와 연결되었을 때, 우리는 행복이 그녀라는 인간에게 달렸다고 생각했다. 그러나 행복은 오로지 우리 불안의 끝에 달려 있었다. 그러므로 사랑하는 여인의 얼굴을 그토록 작게 만드는 무의식은 그 순간의 우리보다는 더 명철하다고 할 수 있는데, 더 이상 기다리지 않기 위해 그녀를 되찾는 일에 우리 목숨을 걸어도 좋다고 생각하는 그런 무서운 비극적 사건에서조차, 우리는 어쩌면 그 얼굴을 잊어버렸거나 불완전하게만 알고, 또 하찮은 것으로 여겼을지 모른다. 여인의 얼굴이 차지하는 이런 미미한 비율은 사랑이 발전하는 방식의 논리적이고 필연적인 귀결이며, 그 사랑이 주관적 성질의 것임을 보여 주는 정확한 비유라고 할 수 있다.

알베르틴이 떠났을 때의 정신 상태는 아마도 군대의 무력

시위를 이용하여 외교적 성과를 위한 토양을 마련하려는 국민의 정신 상태와도 비슷했을 것이다. 그녀는 내게서 보다 나은 조건, 보다 많은 자유와 사치를 얻기 위해 떠났으리라. 이 경우 만일 내게 기다릴 힘이 있다면, 그녀 자신이 아무것도 얻지 못한 것을 보고 스스로 돌아올 때까지 기다릴 힘이 있다면, 우리 두 사람 중 승자는 바로 나 자신일 것이다. 그러나 오직 이기는 것만이 목적인 카드놀이나 전쟁이라면 상대방의 엄포에 저항할 수 있지만, 그 조건은 사랑이나 질투가 유발하는 것과는 다르며, 고뇌가 유발하는 것과도 다르다. 만일 내가 기다리기 위해, '질질 끌기' 위해 알베르틴을 며칠, 어쩌면 몇 주 동안 나와 떨어진 채로 내버려 둔다면, 일 년 넘게 내 목표였던, 단 한 시간도 그녀를 자유롭게 내버려 두지 않겠다는 결심을 망치게 될지도 몰랐다. 그녀가 원하는 대로 나를 배신할 시간과 편의를 제공한다면, 지금까지의 그 모든 조심성은 쓸데없는 것이 될 터였다. 그래서 결국 그녀가 내 의견을 받아들인다 해도, 그녀가 혼자 있었던 시간을 나는 더 이상 잊지 못할 것이며, 그래서 마침내 내가 이긴다 해도 과거에서, 다시 말해 돌이킬 수 없는 상태에서 나는 패자인 것이다.

알베르틴을 다시 데려올 방법으로, 더 나은 조건을 제시하면 돌아온다는 희망을 가지고 떠났다는 가정이 그럴듯해 보였고, 성공할 가능성도 많은 듯했다. 그리고 아마도 알베르틴의 진정성을 믿지 않는 사람들, 이를테면 프랑수아즈 같은 이들에게 이 가정은 틀림없이 그렇게 보였을 것이다. 그러나 아무것도 알기 전에 뭔가 언짢은 기분이나 어떤 태도만 보아도 그녀가 결정적으로 떠날 계획을 꾸민다고 설명하던 내 이성에는, 그 떠남이 실제로 일어난 지금 그것이 위장 행위에 불과하다는 가정은 믿기 어려웠다. 나는 나 자신이 아닌 내 이성을 변명하기 위해 말하고 있다. 위장 행위라는 가정은, 그것이 가능하지 않은 만큼 내게는 더욱 필수적으로 보였고, 그럴듯해 보이지 않은 만큼 더욱 힘을 얻었다. 인간은 나락에 떨어지기 직전 신으로부터 버림받았다고 느꼈을 때, 신에게 기적을 기대하기를 주저하지 않는다. 이 모든 일에서 내가 비록 가장 고통스러웠지만 가장 무기력한 탐정임을 인식했다. 알베르틴의 도주가, 다른 사람을 시켜 감시하는 습관이 내게서 빼앗아 간 능력을 돌려주지는 못했다. 나는 단 하나의 생각만, 다른 사람에게 이 탐색을 맡긴다는 생각만 했다. 이 다른 사람이란 바로 생루였고, 그는 동의했다. 그토록 많은 날들의 걱정을 다른 사람에게 맡기자 나는 기뻤고, 성공을 확신하면서 어쩔 줄 몰라 했으며, 프랑수아즈가 "알베르틴 양이 떠났어요."라고 말했을 때 땀으로 축축이 젖었던 손조차 갑자기 예전처럼 다시 말랐다. 독자는 내가 알베르틴과 함께 살고 또 결혼까지도 결심했던 것이 그녀를 지켜 주고, 그녀가 하는 일을 알고, 뱅퇴유 양과의 습관을 다시 시작하지 못하도록 막기 위한 것이었음을 기억할 것이다. 그녀가 발베크에서 그 일이 그토록 자연스러운 일인 양 말했을 때, 또 내 삶에서 겪은 어떤 슬픔보다 더 큰 슬픔이었음에도 불구하고 아무리 최악의 상상을 한다 해도 지금까지 한 번도 그렇게 상상할 만큼 대담하지 못했던 그 일을 내가 아주 자연스럽게 받아들이는 것처럼 보이는 데 성공했을 때, 내 가슴은 그 끔찍한 폭로로 인해 찢어지는 것만 같았다.(우리가 질투에 사로잡힐 때, 그저 시시한 가정들을 거짓 속에 상상하면서 시간을 보내다가, 정작 진실을 발견해야 할 때가 오면 상상력의 결핍을 느끼게 되는 것은 정말 놀라운 일이다.) 그런데 특히 알베르틴이 악을 행하는 것을 저지하려는 욕망에서 생긴 이 사랑은 그 후에도 이런 기원의 흔적을 간직하고 있었다. '사라지는 존재'가 여기저기 가는 것을 막을 수만 있다면, 그녀와 함께 있는 것은 별로 중요하지 않았다. 나는 그녀가 도망치지 못하도록 그녀와 함께 가는 사람들의 눈에, 그들과의 동행에 감시를 맡겼고, 그리하여 저녁에 그들이 조금이라도 내 마음을 안심시켜 주는 작은 선의의 보고라도 해 오면 내 불안은 유쾌한 기분 속으로 그만 자취를 감추었다.

무슨 짓을 해서라도 알베르틴을 그날 저녁에 집으로 돌아오게 할 거라고 다짐했으므로, 프랑수아즈가 알베르틴 양이 떠났다고 말하면서 내게 불러일으켰던 고통이(그때 불시에 기습당한 내 존재는 한순간 그녀의 떠남을 결정적인 것으로 믿고 있었다.) 잠시 유보되었다. 그러나 처음 느꼈던 고뇌가 이렇게 잠시 중단된 후에도, 그 자체의 독자적인 생명의 비약으로 저절로 내 마음속에 되살아나면서 여전히 끔찍했는데, 그것이 알베르틴을 오늘 저녁 안으로 데리고 오겠다고 다짐하면서 내 마음을 위로했던 고뇌보다 훨씬 먼저 존재했기 때문이다. 그 고뇌를 진정시켜 줄 문장을, 내 고뇌는 알지 못했다. 그녀를 돌아오게 할 방법을 실행에 옮기려면, 그녀를 사랑하지 않는

다는 듯, 그녀의 떠남에도 괴로워하지 않는다는 듯 행동해야
했고, 그녀에게도 계속해서 거짓말을 해야 했는데, 이런 태도
가 내게 성공적인 결과를 가져다주어서가 아니라, 내가 알베
르틴을 사랑한 후부터 내내 그렇게 해 왔기 때문이다. 내가 그
녀를 개인적으로 포기하는 것처럼 보인다면, 그녀를 돌아오
게 하는 방법에서 보다 정력적으로 행동하는 것처럼 보일 것
같았다. 나는 알베르틴에게 그녀의 떠남을 결정적인 일로 받
아들이는 이별의 편지를 쓰기로 결심했고, 다른 한편으로는
생루를 봉탕 부인에게 보내 나도 모르게 가장 거친 압력을 행
사해서 알베르틴이 되도록 빨리 돌아올 수 있게 하려고 했다.
물론 처음에는 거짓으로 꾸몄다가 마침내는 진짜가 되고 만,
이런 무관심을 가장한 편지의 위험을 이미 나는 질베르트와
경험한 적이 있었다. 이 경험이 나로 하여금 질베르트에게 쓴
것과 똑같은 성격의 편지를 알베르틴에게 쓰지 못하도록 막
았어야 했다. 그러나 경험이라고 부르는 것은 성격 중의 한 특
징이 우리 자신의 눈에 드러나는 것에 불과하며, 따라서 그 특
징은 자연스럽게 다시 나타나기 마련인데, 예전에 우리 자신
에 의해 이미 지각된 적이 있으므로 보다 강력하게 나타난다.
그리하여 처음 우리를 인도하던 자발적인 움직임은 기억의
온갖 암시에 의해 더욱 강화된다. 인간에게서 가장 피하기 힘
든 표절은(자신들의 잘못을 끈질기게 반복하면서 악화시키는 민족
의 경우도 마찬가지지만) 바로 자기 표절이다.

나는 생루가 파리에 있다는 걸 알고 그를 소환했다. 예전
에 동시에르에 있을 때처럼 신속하고 유능한 그는 즉시 달려

왔으며, 투렌으로 곧바로 떠나는 것에도 동의했다. 나는 그에게 다음과 같은 계획을 제시했다. 샤텔로* 역에서 내려, 봉탕부인 집의 소재를 문의한 다음, 알베르틴이 알아볼지도 모르니까 그녀가 외출할 때까지 기다려야 한다고 했다. "그럼 네가 말하는 젊은 여자가 나를 안다는 거야?"라고 생루가 물었다. 나는 그렇게 생각하지 않는다고 대꾸했다. 이런 행동의 전망이 나를 한없이 기쁘게 했다. 그것은 내가 처음에 다짐했던 일, 즉 알베르틴을 찾는 기색을 보이지 않겠다는 것과는 모순되었지만, 지금 그 일은 불가피해 보였다. 하지만 이런 방식은 '반드시 해야만 할 일'과 관련해 내가 보낸 누군가가 알베르틴을 만나러 가서 아마 그녀를 데려다줄 거라고 생각하게 해 준다는 점에서 더없는 이점이 있었다. 또 만일 내 마음속을 처음부터 똑똑히 들여다볼 수 있다면, 나는 어둠 속에 가려 있어서 매우 형편없다고 생각했던 이런 해결책을, 의지의 결핍 때문에 내가 택하기로 결심했던 그 인내심을 가지고 기다리는 해결책보다는 훨씬 낫다고 예견했을 것이다. 생루는 젊은 여자가 내 집에서 겨우내 살았는데도 내가 거기에 대해 한마디도 하지 않은 것에 놀란 듯했다. 한편으로 자신이 발베크의 소녀 얘기를 자주 했는데도 그때마다 내가 "응, 여기 살아."라고

---

* 샤텔로는 프랑스 중앙부를 흐르는 루아르강 유역의 투렌이 아닌, 루아르강의 지류로 남서부를 흐르는 비엔강 유역의 푸아투에 위치한다. 이는 알베르틴이 봉탕 씨가 재무 장관으로 재직하는 브뤼셀로 떠나고, 다음에는 봉탕 부인의 별장이 있는 니스로 떠나는 것으로 설정되었던 초고의 교정 과정에서 생긴 오류라고 지적된다.(『사라진 알베르틴』; 플레이아드 IV, 1049쪽 참조.)

한 번도 말하지 않았으므로, 자신을 신뢰하지 않는다고 생각해 기분이 언짢았을 것이다. 어쩌면 실제로 봉탕 부인이 그에게 발베크에 대해 얘기할지도 모른다. 하지만 이 여행이 가져다줄 결과를 생각하기를 바라고 또 그렇게 할 수 있기에는 그의 출발과 도착에 너무 초조했다. 그가 알베르틴을 알아보는 일로 말하자면(게다가 동시에르에서 그녀를 만났을 때, 그는 그녀를 보지 않으려고 철저하게 피했지만), 모든 사람의 말처럼 그녀가 너무 많이 변했고 살도 쪘으므로, 그녀를 알아보기란 거의 불가능했을 것이다. 그는 내게 알베르틴의 사진이 없느냐고 물었다. 처음에는 없다고 대답했다. 그가 열차에서 얼핏 보았을 뿐인 알베르틴에 대해,* 발베크 시절에 찍은 사진을 가지고 알아볼 틈을 주지 않기 위해서였다. 그러나 조금 숙고해 보니, 알베르틴이 최근에 찍은 사진에서도 현재의 모습과 다르듯이 발베크 시절의 모습과는 다를 것이며, 또 사진이든 실물이든 그녀를 알아보지 못할 거라고 생각되었다. 사진을 찾는 동안 그는 나를 위로하려고 내 이마에 부드럽게 손을 댔다. 그가 내 마음속에서 짐작하는 고통이 그에게 불러일으키는 아픔에 나는 감동했다. 우선 그는 라셸과 헤어졌다고는 하나 그때의 감정에서 그리 멀리 있지 않았으므로, 그런 종류의 고뇌에 공감하고 특별한 연민을 느꼈을지 모른다. 마치 같은 종류의 병에 시달리는 누군가를 우리가 보다 가깝게 느끼는 것처럼 말이

---

* 생루는 발베크 근처 동시에르 역에서 알베르틴에게 처음 소개되었다.(『잃어버린 시간을 찾아서』 8권 14쪽 참조.)

다. 게다가 그는 나에 대한 애정이 깊었으므로 내가 괴로워한다는 생각만으로도 견디기 힘들었을 것이다. 또한 내게 고통을 유발한 사람에 대해 어떤 원한과 감탄이 섞인 감정을 느꼈을지도 모른다. 그는 나를 매우 탁월한 사람으로 생각했고, 그래서 내가 다른 존재에게 굴복한 걸 보고 그 존재를 대단히 예외적인 인물로 생각했을 것이다. 물론 그는 알베르틴의 사진을 보고 아름답다고 생각할 테지만, 그래도 트로이의 노인들에게 헬레네가 불러일으킨 것과 같은 인상*을 주리라고는 생각되지 않았으므로, 나는 사진을 찾으면서 겸손하게 말했다. "오! 헛된 상상은 하지 마. 우선 사진의 질이 형편없고, 또 그렇게 감탄할 만한 여자가 아니야. 미인도 아니고. 다른 무엇보다 상냥한 여자라고 할 수 있어." "오! 틀림없이 대단한 여자일 거야." 하고 그는 나를 그렇게 절망과 혼란에 빠뜨릴 수 있었던 존재를 그려 보려고 애쓰면서, 순수하고도 진지한 열광이 담긴 표정으로 말했다. "너를 아프게 한 그녀가 원망스럽긴 하지만, 너처럼 손톱 끝까지 완전히 예술가인 사람은, 모든 것에서 아름다움을 그토록 열정적으로 사랑하는 사람은, 그 아름다움을 한 여인에게서 발견하면 다른 누구보다 괴로워하도록 운명 지어졌다고 난 상상할 수 있어." 나는 방금 막 사진을 찾아냈다. "그녀는 틀림없이 대단한 여자일 거야."라고 내가 사진을 내미는 걸 보지 못한 로베르가 말을 이어 갔다. 그러다 그는 돌연 사진을 보았고, 잠시 사진을 붙들고 있었다. 그

---

* 트로이성의 노인들은 성벽에서 헬레네를 관전한다.

의 얼굴은 놀라움을, 심지어 어리석다는 기색을 표현했다. "바로 이 여자야, 네가 사랑한다는 젊은 여자가?" 하고 그는 내 마음을 언짢게 할까 봐 조금은 놀라움을 약화한 어조로 마침내 말했다. 그는 아무 지적도 하지 않았고, 분별 있고 신중한 표정을, 그러나 병자 앞에서 — 그때까지는 아주 훌륭한 사람이자 친구였던 사람 앞에서 — 짓기 마련인 그런 경멸의 표정을 지었다. 지금은 이 모든 것과 거리가 먼 병자는 격심한 광기에 사로잡힌 듯 자기 앞에 나타난 성스러운 존재에 대해 얘기하면서, 정상인의 눈에는 솜털만 보이는 바로 그곳에서 계속 그 존재를 본다. 나는 이내 로베르의 놀라움을 이해했다. 그 놀라움은 내가 그의 애인을 보았을 때 나를 사로잡았던 놀라움으로, 유일한 차이는 그의 애인에게서 나는 내가 이미 알고 있는 여자를 보았으며, 반면 생루는 이전에 한 번도 알베르틴을 본 적이 없다고 믿는다는 것이었다. 그러나 아마도 우리가 저마다 동일한 인간에게서 보는 것은 이처럼 엄청나게 다른 것인지도 모른다. 내가 발베크에서 알베르틴을 바라보면서 조금씩 미각과 후각과 촉각을 더해 가기 시작한 시절은 이미 오래되었다. 그 후 거기에 보다 깊고 감미로우며 정의할 수 없는 감각이 더해졌고, 다음으로는 고통스러운 감각이 더해졌다. 요컨대 알베르틴은 돌 주위에 눈이 쌓이듯이 내 마음속 설계도면을 거쳐 거대한 건축물을 만드는 중심점에 지나지 않았다. 이런 감각의 단계적인 과정을 보지 못한 로베르는 그 잔해만을 포착했고, 그 단계적 과정에 연루된 나는 반대로 그 잔해를 보지 못했다. 알베르틴의 사진을 보았을 때 로베르를 당혹

스럽게 했던 것은 트로이의 노인들이 헬레네가 지나가는 모습을 보면서,

우리의 아픔은 그녀의 단 한 번의 시선만큼도 가치가 없으리.*

라고 말한 충격과 정확히 반대되는, '뭐라고, 바로 그 때문에 그가 그렇게도 걱정하고, 슬퍼하고, 미친 짓을 했단 말인가!'라는 의미의 충격이었다. 사랑하는 사람에게 고통을 야기하고, 그 삶을 엉망으로 만들고, 때로는 죽음에까지 이르게 하는 인간을 볼 때 우리가 느끼는 이런 종류의 반응은 트로이의 노인들이 느낀 반응보다 훨씬 흔하며, 한마디로 거의 일상적인 것이라 할 수 있다. 그것은 다만 사랑이 개인적인 일이어서가 아니라, 우리가 사랑을 느끼지 못할 때 그것을 피할 수 있는 일이라고 생각하거나 타인의 광기에 대해 논쟁을 벌이는 것이 당연하다고 생각해서도 아니다. 사랑이 이런 아픔을 불러일으키는 단계에 이르면, 연인이 자신과 사랑하는 여인의 얼굴 사이에 끼워 넣는 온갖 감각의 축조물은, 그 얼굴을 감싸고 감추는 거대한 알 모양의 고통스러운 심리적인 막은, 마치 쌓인 눈이 샘물을 감싸면서 둥근 알의 형태를 부여하듯 아주 멀리 나가 있기 때문에, 연인의 시선이 멈추는 지점, 연인이 쾌

* 트로이 성의 노인들은 성벽에서 헬레네를 관전한다. 롱사르의 『엘렌(헬레네)의 소네트』 2권 중 소네트 67편. 롱사르(Pierre de Ronsard, 1524~1585)는 16세기 프랑스의 대표 시인으로 『엘렌의 소네트』(1578)는 사랑과 늙음과 죽음을 노래한 그의 대표작이다.

락과 고통을 만나는 지점은 다른 사람이 그를 보는 지점보다 훨씬 멀어진다. 이는 마치 진짜 태양이, 우리가 하늘에서 그 응축된 빛 덩어리로 태양을 본다고 여기는 곳에서 아주 멀리 있는 것과도 같다. 더욱이 이런 시간에는, 고뇌와 애정의 번데기에 싸인 연인의 눈에는 사랑하는 여인의 가장 보기 싫은 변신마저 보이지 않기 때문에, 여인의 얼굴은 늙고 변할 시간을 가진다. 그리하여 연인이 처음 보았던 얼굴이, 그가 사랑하고 괴로워하면서 보는 얼굴로부터 멀어진다면, 그것은 또한 반대 방향에서 이제 무관심한 구경꾼이 볼 수 있는 얼굴로부터도 멀어진다는 것을 의미한다.(만일 로베르가 젊은 여자의 사진 대신 늙은 정부(情婦)의 사진을 보았다면 어떠했을까?) 또 이런 놀라움을 느끼기 위해서는 처음 우리의 자존심을 그토록 짓밟았던 여인을 만날 필요도 없다. 나의 작은할아버지가 오데트를 알았던 것처럼, 우리는 대개 그런 여인들을 알고 있다. 그때 시간의 차이는 신체 모습뿐 아니라 성격과 개인의 중요성에도 영향을 미친다. 자신을 사랑하는 남성을 괴롭히는 여인은, 마치 스완에게 그토록 잔인했던 오데트가 나의 작은할아버지에게는 지극히 상냥한 '분홍빛 드레스 여인'이었듯이, 자신에게 관심 없는 남성에게는 언제나 착한 여자로 보일 가능성이 많다. 또는 사랑하는 남성이 마치 숨은 신(神)의 결정을 두려워하듯 그 결정 하나하나를 두려워하며 따지는데도, 여인을 사랑하지 않는 남성의 눈에는 자신이 원하는 거라면 뭐든지 기쁘게 하는 그런 하찮은 여자로 보일 수도 있다. 내가 생루의 애인에게서, 포주가 그토록 여러 번 내게 제안했던 '라셸, 주님께서'라는 별명의 여자만을 보았던 것처럼.* 생루와 함께 처음 그녀를 만났을 때, 이런 여자가 어느 저녁에 한 짓을, 누군가에게 낮은 목소리로 말한 것을, 왜 그녀가 헤어지고 싶어 하는지를 알지 못해 그토록 생루가 괴로워할 수 있었는지를 생각하며 놀랐던 일이 떠올랐다. 그런데 나는 이 모든 과거가 향하는, 하지만 내 가슴과 삶의 온 섬유 조직이 어설프게 진동하는 고통과 더불어 향하는 알베르틴의 과거가 생루에게는 하찮게 보일 것이며, 어쩌면 언젠가는 나 자신에게도 하찮게 보일 거라고 느꼈다. 알베르틴의 하찮은 과거, 또는 그 중대성에 대해 지금 내가 가진 정신 상태로부터 어쩌면 점차 생루의 정신 상태로 옮겨 갈지도 모른다고 느꼈다. 왜냐하면 생루가 생각할 수 있는 것, 사랑하는 사람이 아닌 다른 사람이 생각할 수 있는 것에 대해 나는 어떤 환상도 품고 있지 않았기 때문이다. 또 나는 그런 사실 때문에 별로 괴로워하지도 않았다. 아름다운 여자들의 문제는 상상력이 없는 남자에게나 맡기자. 엘스티르가 그린 오데트의 초상화처럼 독창적이지만 전혀 닮지 않은 초상화, 또 사랑하는 여인의 초상화라기보다는 오히려 왜곡된 사랑의 초상화라 할 수 있는 그런 수많은 삶에 대한 비극적 설명을 떠올렸다. 그 초상화에 결핍된 것이라곤 ── 다른 많은 초상화에는 존재하지만 ── 그가 위대한 화가이자 그녀의 연인이었다는 사실뿐이었다.(비록 엘스티르가 오데트의 연인이라고 말하는 사람들도 있긴 했지만.) 이런 차이를 연

---

* 『잃어버린 시간을 찾아서』 3권 265~266쪽 참조.

인의 온 삶이, 어느 누구도 그 광기를 이해하지 못하는 스완과 같은 연인의 삶이 증명한다. 그러나 연인이 엘스티르와 같은 화가로 이중화된다면, 그때 수수께끼의 답은 이미 말해진 것이다. 보통 사람들이 그 여자의 얼굴에서 한 번도 보지 못했던 입술을, 어느 누구도 알지 못했던 코를, 예상하지 못했던 자태를 당신은 눈앞에서 목격한다. "내가 사랑했고 괴로워했고 늘 보았던 것이 바로 이것이다."라고 초상화는 말한다. 나는 생루 자신이 라셀에게 덧붙였던 모든 것을 내 생각 속에서 알베르틴에게 덧붙이려고 했는데, 이제는 그 반대되는 움직임에 의해 알베르틴을 구성하는 요소에서 내 마음과 정신이 더한 것은 모두 제거하고, 라셀이 내게 보였던 대로 알베르틴이 생루에게 어떻게 보일지 그려 보려고 애썼다. 그렇지만 그 일이 중요하기는 한 걸까? 비록 우리 자신이 그 차이를 지각한다 해도, 우리는 거기에 어떤 중요성을 덧붙일 수 있을까? 지난날 발베크에서 알베르틴이 앵카르빌의 아케이드 아래에서 기다리다 내가 탄 자동차로 튀어 올랐을 때, 그녀는 아직 '살이 찌지' 않았고 오히려 심한 운동으로 지나치게 말라 있었다. 보기 흉한 모자 아래의 못생긴 작은 코끝과 허연 벌레처럼 창백한 허연 뺨만 옆으로 보이는 추하고 여윈 모습에 나는 그녀를 거의 알아보지 못했지만, 그래도 그녀가 내 차 안으로 튀어 오르는 모습을 보고 그것이 알베르틴임을, 또 그녀가 약속을 정확히 지키고 다른 곳에 가지 않았음을 알아보기에는 충분했다. 그걸로 충분하다. 우리가 사랑하는 것은 지나치게 과거 속에, 잃어버린 시간 속에 있어서, 더 이상 우리는 그녀의 모든 것을 필요로 하지 않게 된다. 다만 그녀인지 분명히 확인하고, 사랑하는 사람들에게는 아름다움보다 더 소중한 그녀의 동일성에 대해 틀리지 않기만을 바랄 뿐이다. 다른 사람들 눈에 미인을 지배한다고 자만하는 남성들에게도 여인의 뺨은 움푹 들어가고 몸은 마를 수 있으며, 또 여인의 한결같은 특징을 요약하는 기호이자 대수학의 정수 또는 상수(常數)인 작은 코끝만으로도 최고의 상류 사회에서 지극히 환대받는 남성, 또 그런 사회를 좋아하는 남성은 단 하룻저녁도 마음대로 외출하지 못한다. 왜냐하면 그런 남성은 사랑하는 여인이 잠들 때까지 그녀 옆에서 그녀와 함께 있기 위해, 또는 단지 그녀가 다른 사람들과 함께 있지 못하게 하려고 여인의 머리를 빗겨 주거나 풀어 주거나 하면서 시간을 보내기 때문이다.

"정말 확실해?" 하고 그가 내게 물었다. "넌 내가 그 부인에게 남편의 선거 후원회 명목으로 3만 프랑을 제공할 수 있다는 거야? 그 정도로 파렴치한 사람이야? 너 착각하는 거 아니야? 3천 프랑으로도 충분할 텐데." "아냐, 제발 부탁인데, 나한테 정말 중요한 일이니 돈을 아끼지 말아 줘. 그리고 이렇게 말해 줘. 게다가 이 말에는 일말의 진실도 들어 있어. '내 친구는 그의 약혼녀 아저씨의 후원회를 위해 한 친척에게 3만 프랑을 부탁했어요. 약혼이라는 이유 때문에 친척은 친구에게 돈을 주었고요. 또 친구는 알베르틴이 그 일을 전혀 알지 못하게 하려고, 부인께 돈을 갖다 드리라고 제게 부탁한 거랍니다. 그런데 아시다시피 알베르틴이 제 친구를 떠났고, 그래서 친구는 어떻게 해야 할지 모르고 있습니다. 알베르틴과 결혼하지 않는다면 3만 프랑을 돌려줘야 하니까요. 만일 알베르틴과 결혼한다면 적어도 형식상으로나마 알베르틴은 금방 돌아와 야 할 겁니다. 도주가 너무 길어지면 정말 나쁜 결과를 초래할 지도 모르니까요.' 이 말이 일부러 꾸민 것처럼 보여?" "천만에." 하고 생루는 선의와 신중함에서, 또 때로는 생각보다 훨씬 기이한 상황이 있다는 걸 알았으므로 그렇게 대답했다. 요컨대 이 3만 프랑이라는 얘기에, 내가 말한 것처럼 진실이 상당 부분 들어 있을 가능성이 전혀 없는 것은 아니었다. 그것은 가능했고, 그러나 진실은 아니었으며, 이 진실의 부분은 바로 거짓이었다. 그러나 사랑에 절망하는 친구를 진심으로 도와주기를 열망하는 모든 대화가 그렇듯이, 로베르와 나는 서로 거짓말을 하고 있었다. 조언을 하고 지지하며 위로하는 친구는 상대방의 슬픔을 동정할 수는 있지만 절감하지는 못하며, 그가 선의의 도움을 베풀려고 하면 할수록 거짓말을 하기 마련이다. 그리고 절망에 빠진 상대방은 도움을 받기 위해 필요한 사실을 고백하지만, 어쩌면 바로 도움을 받기 위해 많은 것을 숨기기도 한다. 행복한 사람은 그래도 수고를 마다하지 않고, 여행을 떠나고, 자신이 맡은 임무를 수행하며, 그러나 마음속으로는 번민하지 않는다. 지금의 나는 동시에르에서 라셸이 떠났다고 믿었을 때의 로베르와 같은 입장에 놓여 있었다. "어쨌든 네가 원하는 대로 할게. 모욕을 당해도, 너를 위해 미리 감수하지 뭐. 이렇게 노골적인 거래가 조금은 우스꽝스럽게 보이지만, 그래도 우리 세계에는 3만 프랑을 위해서라면 조카딸에게 투렌에 남지 말라고 하는 것보다 더 어려운 일도 기꺼이 할 공작 부인들이나 신앙심 투철한 여인이 많다는 걸 난 잘 알고 있으니까. 어쨌든 네게 도움을 줄 수 있어서 두 배로 기쁘게 생각해. 그 때문에 네가 날 만나는 데 동의하고 있으니까. 만일 내가 결혼한다면." 하고 그는 덧붙였다. "우리가 보다 자주 만날 수 있지 않을까? 너는 내 집에서 조금은 네 집에 있는 것처럼 느낄 수 있지 않을까?" 그러다 그는 어떤 생각을 했는지 갑자기 말을 멈추었다. 아마도 내가 결혼한다면, 알베르틴이 그의 아내와 가까운 사이가 될 수 없을 거라고 생각했을지 모른다고 추측했다. 그리고 나는 로베르와 게르망트 대공의 딸*의 결혼이 가능할 것 같다는 캉브르메르 부부의 말을 상기했다.

기차 시간표를 들여다보고 그는 저녁이 되어야 떠날 수 있다는 걸 알았다. 프랑수아즈가 내게 물었다. "서재에서 알베르틴 양의 침대를 치울까요?" "그 반대로, 침대를 준비해 줘요." 라고 나는 말했다. 알베르틴이 이제나저제나 돌아오기를 기대했고, 프랑수아즈가 그 일에 의혹이 있다고 생각하는 것조차 원치 않았다. 알베르틴의 떠남은 우리 둘 사이에 합의된 일이며, 그녀가 나를 덜 사랑한다는 의미가 아닌 것처럼 보여야 했다. 그러나 프랑수아즈는 불신의 눈초리는 아니라고 해도, 적어도 의혹의 눈초리로 나를 바라보았다. 그녀 또한 두 가지 가정을 하고 있었다. 콧구멍을 벌름거리며 그녀는 불화의 냄새를 맡았는데, 틀림없이 오래전부터 불화를 감지했을 것이다. 만일 그 불화를 절대적으로 확신하지 않았다면, 그건 아마

---

* 딸이 아니라 조카딸이다.(『잃어버린 시간을 찾아서』 8권 134쪽 참조.)

도 나처럼 그녀에게 너무도 큰 기쁨을 가져다줄 일을 완전히 믿지 않으려고 경계했기 때문일 것이다. 이제 일의 무게가 내 피로한 정신이 아닌 생루에게 맡겨졌다. 내 마음은 기쁨으로 들떴다. 마침내 내가 결정을 했고, "받은 만큼 되갚아 주었어." 라고 생각했기 때문이다.

생루가 겨우 기차를 탔을 무렵 나는 응접실에서 블로크와 마주쳤는데, 그가 누르는 초인종 소리를 듣지 못했으므로 어쩔 수 없이 그를 잠시 맞아야 했다. 그는 최근에 알베르틴(발베크에서부터 알고 있는)과 함께 있는 나를 만난 적이 있는데, 그날은 알베르틴이 기분이 몹시 좋지 않던 날이었다. "봉탕 씨와 저녁 식사를 했어." 하고 그가 말했다. "나는 그분에게 어떤 영향력을 가지고 있는데, 그분 조카딸이 더 이상 너에게 상냥하게 굴지 않는 게 조금은 안타깝다고 하더군." 나는 화가 나서 숨이 막혔다. 블로크의 간청이나 하소연이 생루의 교섭이 가져다줄 효과를 모두 망쳐 버릴 뿐만 아니라 나를 직접 그 일에 끌어들여 내가 알베르틴에게 애걸복걸하는 것처럼 보이게 했기 때문이다. 설상가상으로 응접실에 있던 프랑수아즈가 그 말을 전부 들었다. 나는 블로크에게 온갖 가능한 비난을 해 댔고, 그런 부탁은 결코 한 적이 없으며, 더욱이 사실이 아니라고 말했다. 그때부터 블로크는 계속해서 미소를 지었는데, 기뻐서 그랬다기보다는 내 기분을 상하게 한 것이 조금은 거북했던 모양이다. 나를 그토록 화나게 한 것에 대해 그는 놀라면서 웃음을 터뜨렸다. 어쩌면 그가 그렇게 말한 이유는 내 눈에 자신이 저지른 경솔한 행동의 중요성을 축소하려고, 어쩌면 자신이 비열한 성격이어서 바다 표면에 보일 듯 말 듯한 해파리처럼 늘 거짓말을 하며 게으르고 즐겁게 살아가기 때문에, 어쩌면 비록 그가 다른 종족의 인간임에도 불구하고 타인이란 결코 우리 자신과 같은 입장일 수 없는 만큼 우연히 한 말이 얼마나 우리를 아프게 하는지 그 중요성을 이해하지 못하기 때문인지도 모른다. 그를 문밖으로 내쫓고 난 후 그가 한 짓을 만회할 어떤 방법도 찾지 못하고 있을 때 다시 초인종이 울렸고, 프랑수아즈가 경찰서장에게 출두하라는 소환장을 내밀었다. 한 시간 전에 집에 데리고 온 어린 소녀의 부모가 나를 미성년자 유괴로 고소했다는 것이다. 우리 삶에는 바그너의 라이트모티프처럼 서로 얽혀 있다가 갑자기 덮치는 수많은 어려움에서 어떤 아름다움이 생겨나며, 또 사건이란 지성이 자기 앞에 붙들고 있는 작고 초라한 거울, 지성이 미래라고 부르는 것 안에 비친 반사물의 전체 안에 위치하지 않고, 밖에 있다가 '현행범'을 확인하러 오는 누군가처럼 불쑥 솟아오르는 관념에서 나타나기도 한다. 이미 스스로에게 맡겨진 사건은 일의 실패나 만족감에 따라 확대되거나 축소되면서 변한다. 하지만 사건이 단독으로 나타나는 경우는 매우 드물다. 각각의 사건에 의해 야기되는 감정은 서로 모순되며, 또 어떤 점에서는 내가 경찰서에 가면서 느낀 것처럼, 공포감은 우리의 감상적인 슬픔을 불러일으키는 유도제로서 일시적이나마 상당한 효력이 있었다. 경찰서에서 나는 소녀의 부모를 만났고, 그들은 내게 욕을 퍼부었다. "우리는 그런 빵은 먹지 않아요."라고 말하면서 그들은 500프랑을 돌려주었고, 나는 그 돈을 받으려고 하지 않았다. 경찰서장은 '임기응변'에 능한 중죄 재판소 재판장을 감히 흉내도 낼 수 없는 귀감으로 삼고 있는 사람이어서, 내가 말한 말꼬리 하나하나를 포착하여 자신의 재치 있고 가혹한 대꾸를 하는 데 이용했다. 그 사건에서 나의 결백함은 문제조차 되지 않았는데, 그것은 어느 누구도 단 한 순간도 인정하려고 하지 않는 유일한 가설이었다. 그럼에도 기소의 어려움 때문에 소녀의 부모가 거기 있는 동안, 나는 혹독한 질책을 받는 것으로 풀려났다. 그러나 부모가 떠나자, 어린 소녀들을 좋아하는 경찰서장은 어조를 바꾸더니 나를 동업자로 대하면서 훈계했다. "다음번에는 좀 더 능숙하게 처신해야 하네. 정말로 그렇게 느닷없이 유혹해서는 안 되는 거야. 모든 걸 망칠 수도 있으니까. 게다가 저 여자아이보다 나은 아이들을 도처에서 더 싼 값으로 찾을 수 있네. 지나치게 부풀린 금액이었어." 나는 서장에게 진실을 설명해 봐야 이해하지 못할 것 같아, 그가 가도 좋다는 허가를 하자마자 그 틈을 타서 한마디 말도 하지 않고 나왔다. 집에 돌아올 때까지, 지나가는 모든 행인들이 내 일과 행동을 감시하는 사복형사처럼 보였다. 그러나 이런 라이트모티프도 블로크에 대한 분노의 동기와 마찬가지로 오로지 알베르틴의 출발이라는 동기에 자리를 넘겨주기 위해 금방 사라졌다. 그런데 그 출발의 동기가 다시 시작되었고, 생루가 출발한 후부터는 거의 즐거운 음조로 이어졌다. 그가 봉탕 부인을 만나러 가는 일을 맡은 후부터 내 고뇌는 분산되었다. 이는 내가 행동을 했기 때문이라고 생각했으며, 또 나는 진심으로 그렇게 믿었다. 영혼 속에 숨겨진 것을 우리는 결코 알 수 없기 때문이다. 사실 나를 행복하게 한 것은 내가 생각했던 것처럼 나의 우유부단함을 생루에게 떠넘겨서가 아니었다. 게다가 내 생각은 전적으로 틀리지 않았다. 불행한 사건에서(사건이란 4분의 3이 불행한 것이다.) 우리를 치유하는 특효약은 바로 결정을 내리는 것이다. 그 결정은 우리 사유의 갑작스러운 반전에 의해 과거의 사건에서 비롯된 진동을 연장하는 사유의 흐름을 중단하고, 외부와 미래에서 온 반대 사유의 역류로 그 흐름을 차단하기 때문이다. 그러나 이런 새로운 사유는 미래의 밑바닥으로부터 우리에게 희망을 가져다줄 때 특히 이로운 것이다.(그리고 그 순간 내게 쇄도했던 사유가 바로 그러했다.) 여하튼 나를 그토록 행복하게 한 것은 생루의 임무가 실패할 수 없다는, 알베르틴이 틀림없이 돌아오리라는 은밀한 확신 때문이었다. 나는 그 사실을 이해했다. 첫날 생루에게서 답장을 받지 못했을 때 이내 다시 괴로워했기 때문이다. 나의 결정, 생루에게 전권을 위임하는 것은 기쁨의 원인이 아니었다. 그랬다면 기쁨은 지속되었을 테니까. 오히려 그 원인은 '어떤 일이 일어난다 해도'라고 말하면서 실은 '성공이 확실하다'라고 생각한다는 데 있었다. 그리하여 생루의 늦어짐으로 인해 깨어난 생각이, 성공 외에 다른 일이 일어날 수 있다는 생각이 얼마나 끔찍스럽게 느껴졌던지 나의 즐거운 기분은 그만 사라지고 말았다. 사실 우리를 기쁨으로 부풀어 오르게 하는 것은, 비록 그 기쁨을 다른 원인 때문으로 돌리지만, 행복한 사건에 대한 우리의 예상이나 희망이다. 우리가 욕망했던 것의 실현을 더 이상 확신할 수 없을 때면 그 기쁨은 우리를 다시 슬픔 속으로 빠뜨리기 위해 멈춘다. 우리 감각 세계의 건물을 떠받치는 것은 언제나 눈에 보이지 않는 믿음이며, 믿음이 없으면 건물은 흔들린다. 우리는 바로 이 믿음이 사람들의 가치와 무용성을 결정하며 또 그들을 만날 때면 느끼는 열광이나 권태의 감정을 결정하는 걸 보아 왔다. 마찬가지로 오래가지 않아 끝나리라고 확신하는 것만으로도 슬픔이 하찮아 보이기 때문에, 또는 슬픔이 돌연 커져서 한 존재를 우리의 목숨만큼이나, 때로는 그보다 더 가치 있는 존재로 만들기 때문에 믿음은 슬픔을 견디게 한다. 게다가 내가 처음 느꼈던 고통만큼이나 내 가슴의 통증을 격렬하게 만든 것이 있었다. 물론 지금은 그 고통을 느끼지 못한다는 걸 고백해야겠지만, 그것은 바로 알베르틴의 편지 한 구절을 다시 읽는 일이었다. 아무리 한 존재를 깊이 사랑한다고 해도, 존재의 상실로 인한 고통은, 고독 속에서 어느 정도 정신이 원하는 형태를 부여할 수 있다면 견딜 수 있는 것이 된다. 이와는 다른, 덜 인간적이며 우리 자신의 고통이라고도 할 수 없는 고통, 정신세계나 가슴의 영역에서 일어나는 사건처럼 ― 직접적으로는 존재 자체보다는 그 존재를 다시 볼 수 없다는 사실을 인식하는 방법이 그 원인인 ― 예측 불허의 기이한 고통이 있다. 알베르틴만이 문제라면, 나는 어제처럼 오늘 저녁에도 그녀를 만나지 못하는 걸 받아들이고 다정하게 눈물을 흘리며 그녀 생각을 할 수 있었다. 그러나 "내 결정은 돌이킬 수 없어요."라는 글을 다시 읽는 것은 이와 달랐다. 마치 심장 발작을 일으키는 위험한 약을 먹어 더 이상 살아갈 수 없는 것과

1장 57

도 같았다. 이별과 관계된 물건이나 사건, 편지 속에는 존재들이 야기할 수 있는 고통을 확대하고 변질시키는 특이한 위험이 도사리고 있다. 그러나 이런 고통은 오래가지 않았다. 나는 그 모든 것에도 불구하고 생루의 술책이 틀림없이 성공할 것이라고 확신했으므로 알베르틴의 귀가가 분명해 보였고, 그래서 그녀의 귀가를 그렇게 바라는 것이 옳은 일인지 스스로 물어보기까지 했다. 그렇지만 나는 그런 생각을 하며 즐거워했다. 불행히도 경찰서 사건이 끝난 걸로 알고 있던 내게 프랑수아즈가 와서는, 한 형사가 찾아와 내가 집에 젊은 여자들을 끌어들이는 습관이 있지 않은지 물었고, 이에 문지기가 알베르틴 얘기를 하는 줄 알고 그렇다고 대답했으며, 그때부터 우리 집이 감시를 받는 듯하다는 소식을 전했다. 그날 이후 슬픔에 빠진 나를 달래기 위해 어린 소녀를 데려오는 일은 영영 불가능했다. 그러지 않으면 경찰이 소녀 앞에 불쑥 나타나거나 소녀가 나를 악당으로 취급하는 수모를 감수해야 할 것 같았다. 그리하여 나는 우리가 생각하는 것보다 훨씬 더 특정한 어떤 꿈을 위해 살고 있음을 깨달았다. 왜냐하면 다시는 어린 소녀를 어루만질 수 없다는 불가능성이 우리 삶의 모든 가치를 영원히 제거하는 것처럼 보였으며, 더 나아가 이해관계와 죽음의 공포가 이 세상을 이끌어 간다고 생각하면서도, 사람들이 쉽게 재산을 포기하고 죽음을 감수하는 것도 충분히 이해할 수 있을 것만 같았기 때문이다. 만일 경찰이 도착해서 나를 알지도 못하는 그 어린 소녀에게 수치스러운 생각을 품게 한다면, 나는 차라리 죽는 편이 낫다고 생각했으리라! 이런 두 고통 사이에서는 비교하는 일조차 불가능했다. 그런데 우리는 삶에서 자신이 돈을 주고 죽이겠다고 협박하는 존재들에게도 애인이나 단순히 친구라고 할 수 있는 이가 있어서, 그 존재들이 자기 자신보다 그 애인이나 친구의 존경을 받는 일에 더 집착한다는 것을 충분히 생각해 보지 않는다. 그런데 갑자기 나 자신도 모르는 사이에 어느 한순간 혼란에 빠졌는지 (알베르틴이 이미 성년이어서 나와 함께 살 수 있으며 내 애인이 될 수 있음은 생각도 못 하고), 미성년자 유괴가 알베르틴에게도 적용될 수 있는 것은 아닌가 하는 생각이 들었다. 그러자 삶이 모든 쪽에서 꽉 막힌 듯했다. 또 알베르틴과 순결한 삶을 살지 않았다고 생각하면서도, 낯선 소녀를 어루만진 죄로 내게 내려진 처벌을 통해 나는 인간의 징벌 속에 늘 존재하는 관계, 공정한 판결이고 사법적인 오류는 거의 없지만 무고 행위에 관한 판사의 잘못된 견해와 그가 몰랐던 유죄 사실 사이에 일종의 조화를 만드는 그런 관계를 발견했다. 그러자 알베르틴의 귀가가 그녀의 눈에 나를 실추시키고 또 어쩌면 그녀 자신에게도 해를 끼치는 치욕적인 유죄 판결을 초래하여 그녀가 결코 나를 용서하지 않을 거라는 생각이 들었고, 그러자 나는 그녀의 귀가를 바라는 일을 멈추었다. 그 귀가가 나를 소름 끼치게 했다. 그녀에게 돌아오지 말라는 전보를 치고 싶었다. 그러나 그녀가 돌아오기를 바라는 뜨거운 욕망이 다른 모든 것을 덮으면서 물밀듯이 밀려왔다. 그녀에게 돌아오지 말라고, 그녀 없이 살 수 있다고 말할 가능성을 잠시 생각해 본 후, 나는 단번에 알베르틴이 돌아올 수만 있다면, 반대로 나 자신이 모든 여행이나 쾌락, 모든 작업을 포기할 각오가 되었다고 느꼈다. 아! 알베르틴에 대한 내 사랑은, 질베르트를 향했던 내 사랑에 의거해 그 운명을 예측할 수 있다고 믿었는데, 그와는 얼마나 대조적인 방식으로 발전했는가! 그녀를 보지 않고 지내는 일이 얼마나 불가능하게 느껴지는가! 또 예전에는 아무리 미미한 몸짓이라 해도 알베르틴이 옆에 있다는 행복한 분위기에 젖어 있었는데, 지금은 매번 새롭게 예전과 똑같은 아픔을 느끼면서 이별을 습득하는 일을 다시 시작하지 않으면 안 되었다. 그러다 다른 형태의 삶을 제공하는 경쟁자들이 이 새로운 고통을 어둠 속에 내던졌고, 봄의 첫 나날 동안 나는 생루와 봉탕 부인의 만남을 기다리면서, 베네치아와 미지의 아름다운 여인들을 상상하면서 조금은 평온한 시간을 보내기도 했다. 이런 사실을 깨닫자마자 마음속에서 극심한 공포를 느꼈다. 내가 방금 맛본 이 평온함은 내 마음속에서 고통이나 사랑에 맞서 싸우면서 드디어는 그 고통을 물리칠 어떤 위대하고 간헐적인 힘의 첫 출현이었기 때문이다. 내가 지금 막 인식한 예감과 전조는 한순간에 지나지 않았지만 나중에는 내게 영구히 지속될 상태로, 내가 알베르틴 때문에 더 이상 괴로워하지 않고 더 이상 그녀를 사랑하지 않을 삶의 모습이었다. 그리하여 내 사랑은 그것이 물리칠 수 없는 유일한 적인 망각을 인식했고, 그러자 우리에 갇힌 사자가 자신을 삼킬 피톤 뱀을 갑자기 보았을 때처럼 공포에 떨기 시작했다.

나는 내 내 알베르틴을 생각했고, 프랑수아즈가 내 방에 들어와서 그렇게 빨리 "편지가 안 왔어요."라는 말은 결코 하지하게 만들었는지도 몰랐다. 이 무렵 파리에서 가장 아름다운 여인으로 알려진 게르망트 부인의 조카로부터 사랑 고백 편지를 받은 일과 딸의 행복을 위해 불평등한 혼처나 신분 낮은 사람과의 혼인을 감수하려는 부모의 부탁을 받은 게르망트 공작이 했던 교섭에 대해서는 얘기하지 않겠다. 우리의 자존심을 만족시켜 주는 이런 일도, 우리가 사랑을 할 때면 너무도 고통스럽게 느껴질 뿐이다. 우리에 대해 별로 호의적으로 생각하지 않는 여인에게 우리가 전혀 다른 평가를 받고 있는 대상임을 말해 주고 싶어도, 그 여인이 의견을 바꾸지 않을 것이기에, 그런 일을 알려 주는 무례한 짓은 하지 않을 것이다. 공작의 조카딸이 쓴 편지는 알베르틴을 짜증 나게만 했으리라. 마치 잠시 책을 덮어도 책에 관한 생각이 저녁까지 내 머리를 떠나지 않는 것처럼, 눈을 뜨는 순간부터 잠들기 전의 상태로 돌아가 다시 슬픔을 발견했고, 밖에서 또는 안에서 오는 모든 감각은 전부 알베르틴에게만 연결되어, 온통 알베르틴에 관한 생각뿐이었다. 벨이 울렸다. 그녀의 편지였다. 어쩌면 그녀 자신이 왔는지도 모른다! 만일 그때 내가 건강하고, 너무 불행하지 않고, 더 이상 질투하지 않고 그녀를 원망하지 않는다고 느꼈다면, 나는 금방 그녀를 다시 만나러 가서 그녀를 포옹하고, 그녀와 함께 내 온 삶을 즐겁게 보내고 싶었으리라. 그녀에게 "빨리 돌아와요."라는 전보를 보내는 것도 매우 간단한 일로 보였다. 이는 마치 나의 새로운 기분이 나의 의도뿐 아니라 밖의 일도 달라지게 하여 그 일들을 보다 쉽게 만든 것처럼 보였다. 내가 만일 불쾌한 기분이었다면, 그녀에 대한 나의 모

든 분노가 되살아나서 그녀를 포옹하고 싶은 욕망도 느끼지
못하고, 그녀 때문에 행복이 불가능할 것처럼 보여, 그저 그녀
를 괴롭히고 남의 것이 되지 못하도록 방해하기만을 바랐으
리라. 그러나 이런 대립되는 두 기분의 결과는 동일했으며, 그
녀는 가능한 한 빨리 돌아와야 했다. 그렇지만 비록 그녀가 귀
가해서 내게 기쁨을 준다 해도 이내 똑같은 어려움이 다시 제
기될 것이며, 또 정신적 욕망의 충족을 통해 행복을 추구하는
일이 앞을 향해 걸어가서 지평선에 도달하려는 시도만큼이나
어리석은 짓으로 느껴질 것이었다. 욕망이 앞을 향해 나아갈
수록 진정한 소유는 점점 멀어진다. 그러므로 행복, 또는 적어
도 고뇌의 부재를 발견할 수 있다면 우리는 그것을 욕망의 충
족이 아니라 욕망의 점진적인 감소 또는 욕망의 최후 소멸에
서 찾아야 할 것이다. 우리는 사랑하는 사람을 만나려고 애쓰
지만, 망각만이 마침내 욕망의 소멸을 가져다주기에, 만나지
않으려고 애써야 할 것이다. 나는 이런 종류의 진실을 언급한
작가가 그 진실을 담은 책을 한 여인에게 헌정하고 "이 책은
당신 거예요."라고 말하면서 그녀에게 접근하는 것을 기뻐하
는 모습을 상상해 본다. 이렇게 그는 자기가 쓴 책에서는 진실
을 말하면서도 헌사에서는 거짓말을 할 것이다. 왜냐하면 그
책이 여인의 것이 되기를 바란다면, 이는 마치 여인에게서 온
보석이 그의 소유가 되기를 바라는 것에 다름 아니며, 또 그
보석이 소중한 것은 그가 여인을 사랑할 때뿐이기 때문이다.*

---

* 화자는 질베르트가 '기념으로' 간직하라고 준 마노 구슬을(『잃어버린 시간을

한 존재와 우리의 관계는 오로지 우리 사유 속에만 존재한다. 기억이 희미해지면 그 관계는 느슨해지고, 우리는 환상에 쉽게 속아 넘어가고 싶어 하면서도, 또 사랑이나 우정, 예의나 체면, 의무감 때문에 타인을 속이면서도 결국은 홀로 존재한다. 인간은 자신으로부터 벗어날 수 없는 존재이며, 자기 안에서만 타자를 인식하며, 그렇지만 그와 반대되는 말을 하면서 거짓말하는 존재이다. 그리고 내 삶에서 그토록 소중하다고 확신하는 그녀에 대한 내 욕구, 그녀에 대한 내 사랑을, 그럴 능력이 있는 누군가가 빼앗아 갈까 봐 나는 무척 두려워하고 있었다. 투렌에 가는 기차가 통과하는 역 이름을 어떤 매력이나 고통을 느끼지 않고 들을 수 있다면, 내 자아가 축소된 듯한 기분이 들었으리라.(어쨌든 내가 알베르틴에게 무관심해졌다는 증거일 테니까.) 그녀가 매 순간 무슨 일을 하고 무엇을 생각하고 무엇을 원하는지를 끊임없이 물어보면서, 그때마다 그녀가 돌아올 생각인지, 돌아오려고 하는지를 물어보면서, 이렇게 사랑이 내 마음속에 파 놓은 통로를 열어 두고, 다른 여인의 삶이 그 열린 수문을 통해 들어와 다시는 고인물이 되고 싶지 않은 저수지를 넘치게 하는 것은 좋은 일이라고 생각했다. 생루의 침묵이 길어졌고, 두 번째 불안이 — 생루의 전보나 전화를 기다리는 일이 — 알베르틴이 돌아올지 아닐지를 생각하며 그 결과를 걱정하는 첫 번째 불안을 가렸다. 전보를 기다리며 기척이 날 때마다 살피는 일이 그토록 견디기 힘들

찾아서』 2권 365쪽) 알베르틴에게 주었다고 고백한다.(238쪽 참조.)

었으므로, 지금 내 생각의 유일한 대상인 전보의 도착만이 그 내용이 무엇이든 내 고통을 멈출 수 있을 것 같았다. 그러나 마침내 로베르의 전보를 받았을 때, 봉탕 부인을 만났지만 지극히 조심스럽게 행동했음에도 불구하고 알베르틴에게 들키는 바람에 모든 것이 수포로 돌아갔다고 말하는 것을 읽고, 나는 분노와 절망을 터뜨렸다. 내가 가장 피하고 싶은 일이었다. 알베르틴이 이제 알게 된 이상, 생루의 여행은 내가 그녀에게 집착하는 것처럼 보이게 하여 그녀의 귀가를 방해할 뿐이었다. 게다가 그렇게 보이기를 끔찍이도 싫어하는 마음은 내 사랑이 질베르트를 좋아했던 시절 간직하고 있었고 또 지금은 잃어버린 내 자존심으로부터 남은 유일한 흔적이었다. 나는 로베르를 저주했으며, 그런 후 이 방법이 실패했다면 다른 방법을 사용하리라고 생각했다. 인간은 외부 세계에 영향을 미칠 수 있으므로, 계략이나 지성, 이득이나 애정을 연출하다 보면 알베르틴의 부재라는 그 끔찍한 일을 없애는 데 이를 수 있지 않을까? 우리는 자기 욕망에 따라 주변의 사물을 변화시킬 수 있다고 믿는다. 그것 말고는 달리 적절한 해결책이 없기에 그 사실을 믿는 것이다. 그러나 그보다 더 자주, 똑같이 편리한 해결책이 존재한다는 것은 알지 못한다. 그것은 만일 우리가 욕망에 따라 사물을 변화시키지 못한다면 욕망이 점차적으로 변한다는 사실이다. 우리가 견딜 수 없어서 변화를 기대했던 상황이 이제는 별 상관없는 것이 된다 우리가 절대적으로 원해서 장애물을 극복할 수 없었다면, 이제는 삶이 그 장애물을 피하거나 극복하게 해 주며, 그리하여 우리가 먼 과거를 향해 돌아선다 해도, 그것은 눈에 띄지 않는 것이 되어 거의 보이지 않는다. 위층에서 이웃 여자가 연주하는 「마농」의 노래가 들려왔다. 내가 잘 아는 그 곡의 가사를 알베르틴과 내 처지에 갖다 대자 깊은 감동이 차올랐고, 나는 눈물을 흘리기 시작했다. 노래는 다음과 같았다.

슬프게도! 스스로 노에리고 믿고 도망치는 새가,
밤이 되면 종종 절망적인 날갯짓을 하면서
창문을 두드리러 돌아오네.

그리고 마농의 죽음은 이러했다.

마농, 내게 대답해 줘요! ― 내 영혼의 유일한 사랑이여,
나는 오늘에야 그대의 선한 마음을 알았다오.*

마농이 데 그리외에게 돌아갔으므로, 나도 알베르틴에게 그녀 삶의 유일한 사랑인 듯 생각되었다. 그러나 슬프게도, 그녀

_____

* 「마농」은 아베 프레보(Abbé Prévost)의 소설 『기사 데 그리외와 마농 레스코 이야기』를 기초로 쥘 마스네(Jules Massenet)가 작곡한 희가극이다.(오페라 코미크에서 1884년 초연되었다.) 귀족 출신인 데 그리외는 마농을 사랑하지만 마농은 다른 이의 유혹에 빠져 도망가며, 이에 데 그리외는 수도원에서 나와 미국의 유배지로 추방당한 마농을 찾아 나서고, 결국은 죽어 가는 마농을 품에 안고 절규한다는 내용이다. 첫 번째 인용문은 3막 2장에 나오는 것으로 마농이 수도원에 있는 데 그리외에게 사랑을 간청하는 장면이고, 두 번째 인용문은 5막 마지막 이중창에서 데 그리외가 마농의 죽음을 목도하고 노래하는 부분이다.

가 만일 이 순간 같은 곡을 들었다면, 데 그리외의 이름 아래 그녀가 소중히 여기는 사람은 아마도 내가 아닐 것이며, 또 그녀가 설령 그런 생각을 가졌다 해도, 비록 이 곡이 그녀가 좋아하는 음악 장르 가운데 괜찮은 곡이며 보다 섬세하게 만들어진 곡이라 해도, 나에 대한 추억이 그녀가 이 음악을 들으면서 느낄 감동을 방해했을 것이다. 나로서는 알베르틴이 나를 '내 영혼의 유일한 사랑'이라고 부르고 또 그녀 '스스로 노예라고' 생각한 것이 오해였음을 인식하는 그런 감미로운 생각에 빠져들 용기가 없었다. 소설의 여주인공에게 사랑하는 여인의 특징을 투사하지 않고는 소설을 읽을 수 없음을 나는 잘 알고 있었다. 그러나 책의 결말이 아무리 행복하게 끝난다 해도, 우리 사랑이 한 걸음 더 나아가는 것은 아니며, 그러므로 책을 덮었을 때 우리가 사랑하는 여인, 또 소설에서 마침내 우리에게 돌아온 여인이 삶에서 우리를 더 많이 사랑하는 것도 아니다. 몹시 화가 난 나는 생루에게 되도록 빨리 파리로 돌아오라고 전보를 보냈는데, 내가 그토록 감추고 싶었던 교섭을 끈질기게 되풀이하여 사태를 악화시키는 일은 적어도 피하고 싶었기 때문이다. 그가 내 지시에 따라 파리에 돌아오기도 전에, 나는 알베르틴으로부터 이런 전보를 받았다,

"친구에게, 당신 친구 생루를 아주머니에게 보냈더군요. 미친 짓이에요. 사랑하는 친구, 당신이 나를 필요로 한다면 왜 내게 직접 편지를 쓰지 않았나요? 그랬다면 매우 기쁘게 돌아갔을 텐데. 다시는 이런 우스꽝스러운 행동은 하지 마세요!"
"매우 기쁘게 돌아갔을 텐데!"라고? 그녀가 이런 말을 한 건

떠난 것을 후회한다는, 다시 돌아올 구실만을 찾고 있다는 뜻일 거야. 그럼 나는 그녀가 말한 것을 하기만 하면, 그녀가 필요하다고 편지를 쓰기만 하면 되는 거야. 그녀는 돌아올 거야. 그럼 나는 그녀를, 발베크의 알베르틴을 다시 보게 되겠지.(그녀가 떠난 후로 그녀는 내게 다시 그런 존재가 되었다. 언제나 서랍장 위에 가지고 있어 별로 주의를 기울이지 않던 조가비를 혹시 남에게 주든가 잃어버리든가 해서 그것과 떨어지면, 너 이상 생각하지도 않았던 조가비가 다시 생각나는 것처럼, 그녀는 바다의 푸른 산이 만드는 온갖 상쾌한 아름다움을 환기했다.) 그리고 이는 그녀가 다만 상상 속의 존재, 다시 말해 욕망하는 존재가 되었을 뿐만 아니라, 그녀와의 삶이 상상적인 삶, 다시 말해 모든 어려움에서 해방된 삶으로 변했기 때문이다. 그래서 나는 '얼마나 행복할까!'라고 생각했다. 하지만 그녀의 귀가를 확신한 만큼 서두르는 모습을 보여서는 안 되며, 오히려 반대로 생루의 교섭이 야기한 나쁜 효과를 지워야 했다. 이 결혼을 항상 지지해 왔던 생루가 혼자 알아서 한 일이라고 말하면서 나중에 언제라도 그 교섭을 부인할 수 있었다.

그렇지만 그녀의 편지를 다시 읽으면서, 나는 편지 안에 그녀라는 인간이 거의 드러나 있지 않다는 사실에 실망을 금치 못했다. 물론 거기 쓰인 글자는 얼굴 모습이 그러하듯 우리의 사유를 표현한다. 우리는 항상 사유와 마주한다. 하지만 그래도 인간에게 그 사유는 수련처럼 활짝 핀 얼굴이라는 꽃부리에 이리저리 뿌려진 후에 나타난다. 그렇지만 이것은 사유의 내용을 달라지게 한다. 그리고 우리가 사랑에 끊임없이 환멸을 느끼는 이유는, 사랑하는 사람이라는 관념 속의 존재를 기다릴 때 각각의 만남이 우리의 몽상과는 거의 상관없는 육체를 가진 인간을 데려오는 그런 지속적인 일탈에 기인한다. 그리고 우리가 그 사람에게 뭔가를 요구할 때, 그가 보낸 편지에는 그의 자아에 대한 흔적을 거의 찾아볼 수 없다. 이는 마치 대수학의 문자 속에 규정된 연산수가 남아 있지 않고,* 게다가 수 자체도 계산의 대상인 과일이나 꽃의 자질은 더 이상 포함하지 않는 것과도 같다. 그렇지만 사랑이든 사랑하는 사람이든, 그것이 표기하는 문자는 어쩌면 — 한쪽에서 다른 쪽으로 옮기는 것이 불완전하다 할지라도 — 동일한 현실의 번역일 것이다. 편지를 읽으면서 충분하지 않다고 느끼지만, 그래도 편지가 오지 않을까 봐 그토록 죽음과 격정의 고통을 겪었으므로, 그 작고 검은 기호가 비록 말과 미소와 입맞춤 자체는 아닌, 그저 등가물에 지나지 않을지언정, 우리의 고뇌를 진정시켜 주고 우리의 욕망을 채워 주기에 충분하다고 느끼기 때문이다.

나는 알베르틴에게 편지를 썼다.

"친구에게, 마침 편지를 쓰려고 했는데, 당신을 필요로 한다면 금방 달려오겠다고 말해 주어서 정말 고마워요. 옛 친구에 대한 헌신을 그토록 고결한 방식으로 이해해 준 당신에 대

---

* 숫자에 문자를 대입하여 문제를 해결하는 것이 대수학이라면, 사랑하는 사람이 보낸 편지 속 문자나 숫자에서 그 마음의 상태를 알 수 있는 흔적을 전혀 찾아볼 수 없다는 말이다.

해 내 존경심은 커질 수밖에 없네요. 그렇지만 난 그런 부탁을 하지 않았으며, 앞으로도 하지 않을 거예요. 우리의 재회는 적어도 지금으로서는 먼 훗날의 일로, 어쩌면 무정한 소녀인 당신에게는 그렇게 고통스러운 일이 아닐지도 모르죠. 하지만 내게는, 당신이 이따금 무관심하다고 믿었던 내게는 무척이나 고통스럽답니다. 삶이 우리를 갈라놓았군요. 내가 몹시 현명하다고 생각하는 결정을 당신은 놀라운 예감을 가지고 적절한 시기에 내렸어요. 내가 당신에게 청혼해도 좋다는 어머니의 승낙을 받은 날의 바로 다음 날* 당신이 떠났으니까요. 어머니의 편지를 받았을 때(당신 편지와 거의 같은 순간에!) 아침에 깨어나면 당신에게 말하려고 했어요. 아마도 당신은 그런 상황에서 떠나면 내 마음을 아프게 할까 봐 두려웠던 모양이죠. 그리고 우리가 삶을 함께했던 것이 어쩌면 우리에게는 불행이었는지 누가 아나요? 만일 그렇다면 당신의 현명함에 축복이 있기를! 다시 만나게 된다면, 우리는 당신의 현명함으로 인한 모든 결실을 잃게 되겠죠. 당신과의 재회에 내 마음이 끌리지 않아서가 아니에요. 하지만 그 유혹에 저항하는 일도 내게는 그렇게 큰 도덕적 이점이 되지 못해요. 당신은 내가

---

* 초고에는 어머니로부터 편지를 "받은 날"로 표기되었으나, 최종본에서 "받은 날의 바로 다음 날"로 수정되었다. 이 구절 다음에 이어지는 "당신 편지와 거의 같은 순간에"라는 표현에 비추어서 보면 전자의 표현이 맞는 것처럼 보이지만, 거짓말쟁이인 연인은 어떤 점에서는 언제나 자신을 드러내기 마련이어서, 후자의 표현도 가능하다고 지적된다.(『사라진 알베르틴』; 플레이아드 IV, 1953쪽 참조.)

얼마나 유약한 사람인지, 또 얼마나 빨리 망각하는 사람인지 잘 알고 있어요. 그러므로 난 동정을 받을 만한 사람이 못 돼요. 특히 내가 습관의 인간이라는 건 당신도 자주 말했잖아요. 내가 당신 없이 지내기 시작한 습관은 아직 그렇게 견고하지 못해요. 물론 당신과 함께 가졌던, 그리고 당신의 출발로 인해 깨진 습관은 여전히 훨씬 강력하지만요. 그러나 그 습관도 오래가지는 않겠죠. 그래서 어쩌면 그 때문에, 우리가 다시 만나는 것이 귀찮은 일로 느껴지지 않을 때, 이 주 후에는 어쩌면 더 빨리 그렇게 느껴질지 모르지만(내 솔직함을 용서해 줘요.), 이 마지막 며칠을 이용해야 한다고 생각했어요. 완전한 망각이 찾아오기 전에, 사소한 물질적인 일들을 당신과 함께 해결해야겠다고요. 선하고 매력적인 친구인 당신이 오 분 전만 해도 당신의 약혼자라고 믿었던 사람을 도와줄 수 있으리라고 생각해요. 어머니의 허락은 믿어 의심치 않지만, 다른 한편으로 지금까지 당신은 나를 위해 그토록 친절하게도 당신의 자유를 포기했는데, 몇 주 동안의 동거 생활에서는 그런 일이 허용될 수 있었지만, 평생을 같이 살아야 한다면 당신과 마찬가지로 내게도 끔찍한 일이 될 거예요.(이렇게 쓰면서 자칫하면 그렇게 될 뻔했다고, 몇 초만 늦어도 큰일 날 뻔했다고 생각하니 마음이 다 아프네요.) 나는 우리의 삶을 가능한 한 가장 독립적인 방식으로 설계해야 한다고 생각했어요. 그리고 그 시작으로, 몸이 아픈 내가 항구에서 기다리는 동안, 당신이 여행할 수 있도록 요트를 갖게 해 주고 싶었어요. 당신이 엘스티르의 취향을 좋아하니까, 조언을 구하려고 그에게 편지도 보냈어요. 지상에서는 오로지 당신에게만 속하는 전용 자동차를 마련해서, 당신 기분 내키는 대로 외출하고 여행할 수 있게 해 주고 싶었어요. 요트는 이미 거의 준비되었고, 발베크에서 당신이 표명한 소망대로 '백조호'*라는 이름을 붙였어요. 또 당신이 다른 무엇보다 롤스 자동차를 좋아했던 일이 기억나서, 그것도 한 대 주문했어요. 그런데 이제 우리는 영원히 다시 만나지 않을 테고, 배나 자동차(내게는 아무 짝에도 쓸모없는)를 받아 달라고 당신을 설득하는 일도 기대할 수 없으므로, 당신이 어쩌면 그 주문을 취소하는 일을 맡아 주어 — 중개인을 통해서 하긴 했지만 당신 이름으로 주문했거든요 — 내게 불필요한 요트와 자동차의 운송을 피하게 해 줄 수 있지 않을까 생각했어요. 그렇지만 그 일을 위해서나 또 다른 일을 위해서도 서로 얘기할 필요가 있다고 생각해요. 그런데 내가 당신을 다시 사랑할 가능성이 있는 동안은, 그다지 오래 계속되지는 않겠지만, 돛단배나 롤스로이스 때문에 우리가 다시 만나거나 당신 삶의 행복을 농락하는 건 미친 짓일 거예요. 당신이 나로부터 멀리 떨어져 사는 삶을 더 높이 평가하니까요. 아니, 롤스로이스나 요트조차 내가 간직하는 편이 낫겠군요. 그리고 난 그것들을 사용하지 않을 테니, 하나는 장비를 해체한 채로 항구에, 다른 하나는 차고에 늘 있을 것이므로, 요트의 ……에(정확하지 않은 부품 이름을 붙이는 바보짓은 당신 기분을 거스를 테니 감히 하지 못하겠네요.) 당신이 좋아하는 말라르메의 시구를 새

---

* 스완(Swann)이라는 이름도 영어로는 백조(swan)이다.

기도록 하죠.

  지날날의 백조는 상기한다.
  불모의 겨울로부터 권태가 찬란하게 빛났을 때
  그가 살 수 있는 지대를 노래하지 않았기에,
  장렬하지만 희망 없이 해방되려고 했던 자신을.

당신 기억하나요, '순결하고 발랄하며 아름다운 오늘이'로 시작되는 시잖아요.* 슬프게도 오늘은 더 이상 순결하지도 아름답지도 않아요. 하지만 이 오늘이 아주 빨리 견딜 수 있는 '내일'이 되리라는 걸 아는 나 같은 사람에게는 거의 견딜 수 없군요. 롤스로이스로 말하자면, 거기에는 당신이 이해하지 못하겠다고 말한, 같은 시인의 이런 시가 더 어울리겠네요.

  천둥과 루비의 윤심(輪心)이여,
  이 불이 공중에 구멍을 내는 것을 보며

_____

* 프루스트가 1914년 5월 30일(아고스티넬리가 사망한 날이다.)에 아고스티넬리에게 보낸 편지가 거의 그대로 인용되고 있다. 프루스트가 소설을 쓰기 위해, 어느 정도로 자신의 실제 삶에서 체험한 사건들이나 자료들을 이용했는지를 잘 보여 주는 대목이다. 그러나 실제로 아고스티넬리에게 보낸 편지에는 요트가 아닌 비행기로 기재되었으며, 당시 비행기의 값은 대략 2만 7000프랑으로 롤스로이스 값과 거의 같았다고 한다.(『사라진 알베르틴』; 플레이아드 IV, 1054~1055쪽 참조.) 그리고 여기 인용된 말라르메의 「순결하고 발랄하며 아름다운 오늘이」는 말라르메의 작품 중 가장 많이 알려진 것 가운데 하나로, 1899년 발간된 시집 『포에지』에 수록되었다.

내가 즐거워하지 않는지 말해 다오.
흩어진 왕국을 타오르게 하고
내 유일한 석양의 마차로부터
바퀴가 자줏빛으로 죽어 간다는 듯.*

사랑하는 알베르틴, 영원히 안녕. 그리고 다시 한번 우리가 헤어지기 전날 함께했던 즐거운 산책에 감사드려요. 난 그날의 좋은 추억을 간직하고 있어요.

　추신 ─ 생루가 당신 아주머니께 했다고(게다가 난 생루가 투렌에 갔다고는 전혀 믿지 않아요.) 당신이 주장하는 제안에 대해서는 대답하지 않을게요. 셜록 홈스 같은 짓이에요. 당신은 대체 나를 뭐라고 생각하나요?"

　물론 예전에 나는 알베르틴으로 하여금 나를 좋아하게 하려고 "난 당신을 사랑하지 않아요."라고 말하거나 나를 자주 보러 오게 하려고 "난 사람들을 보지 않으면 곧 잊어버려요."라고, 또는 이별에 대한 온갖 생각을 막기 위해 "당신을 떠나기로 결심했어요."라고 말하기도 했다. 마찬가지로 지금 내가 그녀에게 "영원히 안녕."이라고 말한 것은 그녀가 일주일 안으로 반드시 돌아오기를 바랐기 때문이다. "당신을 만나는 일이 내게는 위험한 일일지도 몰라요."라는 말은 그녀를 다시 보

───────────

* 말라르메의 『포에지』에 수록된 「너의 이야기 안으로 들어갔을 때」를 프루스트가 조금 수정해서 인용했다.

고 싶었기 때문이며, "당신 생각이 맞았어요. 우리가 같이 살면 불행해질 거예요."라고 쓴 것은 그녀와 헤어져 사는 것이 죽음보다 더 고통스러웠기 때문이다. 그러나 슬프게도 그녀에게 집착하지 않는 듯 보이기 위해(질베르트에 대한 내 옛 사랑에서 알베르틴에 대한 사랑까지 남아 있는 유일한 자존심인), 또 그녀가 아닌 오로지 나만을 감동시킬 수 있는 뭔가를 말하는 감미로움을 느끼기 위해 이런 거짓 편지를 쓰면서, 나는 그녀가 이 편지의 결과로 부정적인 대답을 쓸지도 모른다는, 다시 말해 내가 한 말을 사실로 인정할 가능성도 있다는 것을 먼저 예상해야 했다. 왜냐하면 알베르틴이 실제의 그녀보다 총명하지 않다 해도, 내가 한 말이 거짓임을 한순간도 의심하지 않았을 것이기 때문이다. 사실 편지 안에 진술된 의도는, 오래 생각해 보지 않아도, 내가 편지를 썼다는 사실만으로도, 설령 내 편지가 생루의 교섭 후에 쓴 것이 아니라고 해도, 내가 그녀의 귀가를 바란다는 걸 증명하기에, 또 점점 더 나를 제 꾀에 넘어가는 모습으로 보이게 하기에 충분했다. 그리고 이런 부정적인 답장의 가능성을 예상한 후에도, 그 답장을 받게 되면 알베르틴에 대한 내 사랑이 돌연 더 격렬해지리라는 것도 미리 생각해야 했다. 또 편지를 보내기 전에는 항상, 알베르틴이 같은 어조로 대답하며 돌아오지 않을 경우 내가 침묵을 지키며 "돌아와요."라는 전보를 보내지 않고 다른 밀사도 보내지 않을 만큼 충분히 고통을 제어할 수 있을지도 자문해야 했다. 다시는 만날 수 없을 거라는 편지를 쓰고 나서 다른 밀사를 보내는 일은 내가 그녀 없이 지낼 수 없음을 보여 주는 결정적인 증거가 되어, 그녀가 나를 더욱 단호하게 거절하는 일로 귀결될 것이다. 더 이상 고뇌를 참지 못한 내가 그녀의 집으로 떠나고, 그래서 어쩌면 그녀가 나를 만나 주지도 않을지 누가 알랴? 그리하여 아마도 이런 엄청나게 서툰 세 가지 행동을 하고 난 후, 그녀의 집 앞에서 자살하는 가장 최악의 서툰 짓을 할지도 몰랐다. 하지만 정신 병리학의 세계는 참으로 끔찍하게 구성되어 있어서, 우리가 다른 무엇보다도 피해야 하는 그 서툰 행위가 바로 우리 마음을 가장 진정시켜 준다. 그 끔찍한 행위가 결과를 알 때까지 새로운 희망의 전망을 우리 앞에 펼쳐 보이고, 잠시나마 그녀의 거절이 우리 마음에 불러일으킨 그 참을 수 없는 고통으로부터 벗어나게 해 준다. 그러므로 고통이 너무 격심해지면, 우리 스스로가 그런 서툰 짓 속으로 달려들어 편지를 쓰고, 다른 사람을 통해 애걸하고, 만나러 가고, 사랑하는 이 없이는 살 수 없음을 증명하려 한다.

　그러나 나는 이 모든 걸 전혀 예측하지 못했다. 이 편지의 결과가 오히려 알베르틴을 아주 빨리 돌아오게 할 것만 같았다. 그래서 그런 결과를 생각하니 편지 쓰는 일이 아주 감미롭게 느껴졌다. 그러나 동시에 편지를 쓰면서 나는 울음을 멈추지 못했다. 우선 조금은 내가 거짓 이별을 연출했던 날과 같은 방식으로, 비록 그 말이 반대의 효과를 목표로 했음에도(자존심 때문에 사랑한다는 말을 고백하지 않으려고 거짓으로 한 말이었음에도), 그것이 표현하는 관념을 잘 보여 주었고 또한 그 관념이 진실이라고 느꼈기 때문에, 그 말 안에는 슬픔이 담겨 있었다. 편지의 결과가 확실해 보이자 나는 편지 보낸 걸 후회했다. 요컨대 알베르틴의 귀가가 그토록 쉬운 일로 생각되었으므로, 우리의 결혼을 귀찮게 만들 여러 이유들이 강력한 힘을 가지고 되돌아왔다. 나는 그녀가 돌아오지 않겠다고 거절하기를 바랐다. 그때 나는 나의 자유, 내 삶의 모든 미래가 얼마나 그녀의 거절에 달려 있는지 계산하는 중이었다. 그녀에게 편지를 쓰다니 얼마나 미친 짓인가! 편지를 다시 찾아오고 싶었지만, 불행하게도 이미 편지는 떠났다! 그때 프랑수아즈가 아래층에서 가져온 신문과 함께 그 편지를 다시 가져왔다. 편지를 보내는 데 우표를 몇 개 붙여야 할지 모른다고 했다. 하지만 그 즉시 나는 의견을 바꾸었다. 알베르틴이 돌아오지 않기를 바랐지만, 내 고뇌에 종지부를 찍기 위해서는 그 결정이 그녀 쪽에서 오기를 바랐고, 그래서 나는 프랑수아즈에게 편지를 돌려주고 싶었다. 신문을 펼쳤다. 신문은 라 베르마의 죽음을 알리고 있었다. 그러자 내가 「페드르」를 관람했을 때 두 가지 다른 방식으로 들었던 것이 떠올랐고,* 또 지금 세 번째 방식으로 사랑의 고백 장면을 생각했

---

* 이 모든 문단은, 다시 말해 "그래서 나는 프랑수아즈에게 편지를 돌려주고 싶었다."에서 "프랑수아즈에게 편지를 내밀었다."까지(78~82쪽)는 화자의 거짓 고백을 라신의 「페드르」와 대조하며 서술한 부분으로, 나중에 추가된 부분이다.(「사라진 알베르틴」; 플레이아드 IV, 1056쪽 참조.) 여기 인용된 대사는 「페드르」의 고백 장면에 나오는 것으로(「페드르」 2막 5장), 화자가 처음 극장에 갔을 때 듣기를 기대했던 장면이기도 하다.(『잃어버린 시간을 찾아서』 3권 32~36쪽) 어떤 점에서 보면, 알베르틴은 트레젠에서 도망친 대가로 바다와 말의 신(神) 포세이돈에 의해 죽음을 맞은 이폴리트라고 할 수 있으며, 화자는 사랑하는 사람을 죽음으로 몰고 간 정념의 화신 페드르라고 할 수 있다.(『잃어버린 시간을 찾아서』 10권 383쪽 참조.)

다. 나 스스로 자주 낭송했으며 또 극장에서 들었던 것이 내 삶에서 직접 체험해야 했던 법칙을 언술하는 듯했다. 우리 영혼 속에는 우리가 얼마나 집착하고 있는지 모르는 것들이 있다. 또는 집착하는 대상 없이도 살아갈 수 있다면, 그 이유는 실패할까 봐 또는 괴로워할까 봐 두려워서 대상의 소유를 하루하루 미루기 때문이다. 이것이 내가 질베르트를 단념하기로 결심했을 때 일어났던 일이다. 우리가 이런 모든 것으로부터 완전히 벗어난 순간보다 먼저, 이 순간은 우리가 벗어났다고 믿는 순간보다는 훨씬 나중 일이지만, 이를테면 소녀가 다른 남자와 약혼이라도 하면, 우리는 거의 미치광이가 되어 울적하지만 평온한 삶을 더 이상 견딜 수 없게 된다. 또는 그 대상을 소유하고 있다면, 우리는 그 대상이 부담스러워 기꺼이 떨쳐 버리고 싶어 한다. 이것이 알베르틴에 대해 내게 일어났던 일이다. 하지만 무관심했던 존재가 출발에 의해 우리로부터 물러간다면, 우리는 더 이상 살아갈 수 없게 된다. 그런데 「페드르」의 '요지'는 이 두 경우를 결합한 게 아니었을까? 이폴리트는 떠나려고 한다. 페드르는 그때까지 그녀의 말에 따르면, 또는 시인이 그렇게 말하게 했는지는 모르지만, 양심의 가책으로 그에게 적대감을 표명한다. 자신이 성공할 수 있을지 어떨지 알지 못하고, 또 사랑을 받는다고도 느끼지 못하기 때문이다. 페드르는 더 이상 견디지 못한다. 그래서 그녀는 그에게 사랑을 고백하러 가며, 또 이것이 내가 그렇게 자주 낭송했던 장면이다.

갑작스러운 출발로 우리와 멀리 떨어져 있게 되실 거라고 들었어요, 왕자님.*

물론 이폴리트의 출발이라는 이 이유는 테제의 죽음을 유발한 이유에 비하면 부차적인 것으로 생각될 수 있다. 그리고 몇 행 더 가서 페드르가 잠시 자신의 말이 이해되지 못한 것처럼 다음과 같이 말할 때면,

왕자님, 제가 명예를 배려하는 마음을 잃기라도 했단 말인가요?

이는 이폴리트가 그녀의 고백을 거절한 때문이라고 생각할 수 있다.

마마, 잊으셨나요?
테제가 제 아버지이며 마마의 남편이라는 사실을?

그러나 이폴리트가 이런 분노를 보이지 않고 또 페드르가 원하는 대로 행복이 이루어졌다면, 그녀는 그 행복 또한 별 가치가 없다고 느꼈을지 모른다. 그런데 행복이 이루어지지 않고 또 이폴리트가 그녀의 말을 오해했다고 사과하는 걸 보면서,

---

* 여기 인용된 「페드르」의 대사는 『페드르와 이폴리트』(신정아 옮김, 열린책들, 2013) 68~75쪽을 참조하여, 문맥에 따라 조금 수정해서 옮겼다. 그 원문은 각각 「페드르」 2막 5장 584행, 666행, 663~664행, 670행, 688~689행에 해당한다. 왕비의 대사는 처음에는 존칭을 쓰다 다음에는 '너'라고 하대하고 있다.

그녀는 마치 내가 프랑수아즈에게 방금 편지를 돌려주었듯이, 그 거절이 이폴리트로부터 오기를 바라면서 지신의 기회를 끝까지 밀고 나가려 한다.

아! 잔인한 사람, 너는 내 말을 너무 잘 알아들었다!

사람들이 내게 얘기했던 오데트에 대한 스완의 엄격함이나 알베르틴에 대한 나의 엄격함, 과거의 사랑을 그 사랑의 변형에 지나지 않는, 연민과 다정함과 감정을 토로하고 싶은 욕구로 이루어진 새로운 사랑으로 바꾸는 엄격함까지, 이 모든 것은 다음의 장면에서도 찾아볼 수 있다.

네가 날 미워하면 할수록, 난 너를 더욱 사랑하게 되는구나.
네 불행마저 너에게 새로운 매력을 주는구나.

'명예를 배려하는 마음'이 페드르가 가장 중요하게 여기는 덕목이 아니라는 증거는, 그녀가 그 순간 이폴리트가 아리시를 사랑한다는 걸 알지 못했다면 이폴리트를 용서하고 외논의 조언을 뿌리쳤을 거라는 점이다.* 사랑에 있어서 모든 행복의

---

* 이 문단의 이해를 위해 「페드르」의 줄거리를 살펴보자. 테제(테세우스)가 미궁의 괴물을 처치한 후 페드르와 결혼하고 트레젠(트로이젠)으로 돌아오자 페드르는 전처 자식인 이폴리트(히폴리투스)를 첫눈에 사랑하게 된다. 테제의 긴 부재에 이어 이폴리트가 트레젠을 떠난다는 소식에, 페드르는 심복인 외논의 꼬임에 빠져 이폴리트에게 사랑을 고백한다. 그러나 이폴리트가 다른 나라의 포로

상실에 버금가는 질투는 명예의 상실보다 더 민감하게 느껴진다. 그때 그녀는 외논(그녀 자신의 가장 사악한 면을 칭하는 이름에 지나지 않는)이 이폴리트를 비방하게 내버려 두고, '그를 변호하는 배려'도 하지 않고, 또 자신을 원치 않는 인간을 어떤 운명에 처하게 하지만, 그럼에도 그 비참한 운명은 그녀의 마음을 전혀 위로해 주지 못한다. 이폴리트의 죽음에 이어 그녀도 스스로 삶을 마감하니까. 적어도 이렇게 페드르를 지나치게 죄 많은 여인으로 만들지 않으려고 라신이 그녀에게 부여한, 소위 베르고트가 온갖 '장세니스트적인'* 세심함이라고 말했을 부분을 떼어 버리자, 내게는 이 장면이 나 자신의 삶에서 일어날 사랑의 이야기에 대한 예언으로 보였다. 하지만 이러한 성찰도 나의 결심을 전혀 바꾸지 못했고, 나는 마침내 편지를 발송하라고, 또 알베르틴에게 시도했던 계획이 실현되지 않은 걸 알자 내게 불가피해 보인 시도를 하려고 프랑수아즈에게 편지를 내밀었다. 욕망의 실현을 하찮은 일로 여기는 것은 틀림없이 잘못된 생각이다. 왜냐하면 욕망이 실현될 수 없다고 믿는 순간 우리는 다시 그 욕망에 집착하며, 욕망이 우리에게서 빠져나가지 않는다고 확신할 때에만 추구할 가치가

인 아리시를 사랑한다는 말에 질투의 광기에 사로잡힌 페드르는 남편 테제(테세우스)가 돌아오자 모든 책임을 이폴리트에게 전가하는 외논의 거짓 자백을 묵인하고, 그 결과 이폴리트는 죽음을 맞이하게 되며, 페드르 역시 자살한다.

* 인간의 자유 의지보다는 신의 은총과 운명 예정설을 믿는 장세니스트적인 세계관 탓에, 페드르의 유죄가 필연적이었다는 견해이다. 「페드르」의 장세니스트적 해석 가능성에 대해서는 『잃어버린 시간을 찾아서』 3권 36쪽 참조.

없다고 생각하기 때문이다. 그렇지만 이런 생각에도 타당한 점이 있다. 왜냐하면 그 실현이나 행복이 확실성을 담보할 때에만 하찮은 것으로 보인다면, 그것이 뭔가 슬픔이 나올 수밖에 없는 불안정한 상태이기 때문이다. 슬픔은 욕망이 보다 완전하게 실현될수록 더욱 격렬해지며, 행복이 자연의 법칙에 반하여 얼마간 연장되면서 습관의 축성을 받으면 받을수록 더욱 견딜 수 없는 것이 된다. 또 다른 의미에서, 편지의 발송에 집착하고 이미 발송되었다고 생각하면 후회하는 이 두 경향은 각각 그 안에 진실을 내포하고 있다. 편지의 발송에 집착하는 점에 대해서는, 우리가 행복 — 또는 불행 — 을 추구하며, 또 동시에 그 결과물을 펼쳐 보이기 시작하는 새로운 행동을 통해 우리를 완전한 절망 속에 내버려 두지 않는 희망이 우리 앞에 놓이기를 소망한다는, 한마디로 말해 현재 겪고 있는 불행을 조금 덜 잔인하게 생각되는 형태로 바꾸려고 한다는 것을 쉽게 이해할 수 있다. 그러나 또 다른 경향 역시 중요하지 않은 것은 아니다. 우리의 시도가 성공하리라는 확신에서 비롯된 이 경향은 환멸의 시작, 욕망의 충족과 마주하면서 우리가 곧 느끼게 될 환멸의 예상된 시작이며, 다른 행복을 배제하고 그 대가로 이런 형태의 행복을 결정한 데 대한 후회의 감정이기도 하다. 나는 빨리 발송하라고 말하면서 프랑수아즈에게 편지를 돌려주었다. 편지가 출발하자마자, 나는 다시 알베르틴의 귀가가 임박했다고 생각했다. 이 귀가로 인해 내 사유 속에는 멋진 이미지들이 계속 떠올랐고, 그 감미로움이 그로 인해 예상되는 위험을 조금은 완화해 주었다. 내 옆에 그녀를 둔다는, 오래전에 잃어버린 감미로움에 나는 취했다.

시간이 지나면서 우리가 거짓으로 말했던 온갖 것이 점점 진실이 되어 가는 걸 나는 질베르트와 함께 너무도 많이 체험했다. 계속해서 오열을 터뜨릴 때에도 나는 무관심을 가장했고, 그 무관심이 드디어는 실현되었다. 점점, 내가 질베르트에게 거짓으로 표현했던 말이 훗날 진실이 된 것처럼, 삶이 우리를 갈라놓았다.* 나는 그 일을 떠올리면서 이런 생각을 했다. '알베르틴이 이렇게 몇 달을 흘려보내면 내 거짓말은 진실이 되겠지. 이제 최악의 상황은 지나갔으니 이달도 그렇게 지나가기를 바라야 하지 않을까? 그녀가 돌아온다면, 물론 아직은 그것을 음미할 상태는 아니지만, 알베르틴에 대한 추억이 희미해지면서 점차 그 매력이 드러나기 시작한 이 진정한 삶도 포기해야 하지 않을까.'

망각의 작업이 아직 시작되지 않았다고는 말할 수 없다. 그러나 망각의 효과 중 하나는 알베르틴의 많은 불쾌한 모습들이, 그녀와 같이 보낸 권태로운 시간들이 더 이상 기억에 떠오르지 않으면서 그녀가 내 옆에 있을 때 소망했던 것처럼 더 이상 여기 없기를 바라는 이유가 되지 못하고, 그리하여 그녀에 대해 내가 다른 여인들에게서 느꼈던 온갖 사랑의 감정으로 미화된 대략적인 이미지를 제공한다는 것이었다. 이런 특별한 형태 아래에서 망각은 나를 이별에 길들게 했으나, 내게 보

---

* "삶이 우리를 갈라놓는다 해도"는 질베르트가 화자의 편지에 대한 답장에서 한 말이다.(『잃어버린 시간을 찾아서』 3권 358쪽 참조.)

다 온순한 알베르틴을 보여 주면서 그녀의 귀가를 더욱 갈망하게 했다.

　알베르틴이 떠난 뒤로 자주 내가 울었다는 걸 아무도 알아채지 못할 거라고 생각될 때에야 나는 벨을 눌러 프랑수아즈를 불렀고, 또 이렇게 말했다. "알베르틴 양이 아무것도 잊어버리지 않았는지 잘 살펴봐야 해요. 아가씨가 돌아왔을 때 방이 잘 정돈되어 있게 청소해 줘요." 이니면 다만 "바로 요전 날 알베르틴 양이 말했는데, 그래요, 바로 아가씨가 떠나기 전날……"이라고 말했다. 나는 알베르틴의 떠남이 프랑수아즈에게 주는 그 끔찍한 기쁨을, 그것이 오래가지 않을 거라고 암시하면서 축소하고 싶었다. 또한 프랑수아즈에게 그 떠남에 대해 얘기하는 것을 내가 두려워하지 않음을 보여 주고, 또 이 떠남이 의도된 것으로서 — 마치 장군들이 부득이한 후퇴를 준비된 계획에 부합되는 전략적 퇴각이라고 칭하는 것처럼 — 내가 그 진정한 의미를 일시적으로 감추고 있는 어떤 사건의 구성 요소이지, 나와 알베르틴의 우정이 끝난 것은 전혀 아님을 보여 주고 싶었다. 그녀의 이름을 끊임없이 부르면서, 그녀의 떠남으로 인해 텅 빈 방, 내가 더 이상 숨도 쉴 수 없는 그 방에 약간의 공기를 불어넣는다는 듯, 뭔가 그녀의 것을 불어넣고 싶었다. 그럴 때 우리는 옷을 주문하고 저녁 식사 준비를 지시하는 것과 같은 일상적인 언어 속으로 고통을 들여보내면서 고통의 크기를 축소하려고 한다.

　알베르틴의 방을 청소하면서, 호기심 많은 프랑수아즈는 알베르틴이 잠들 때 몸에 지니지 않는 개인 물건들을 넣어 두던 작은 장미목 탁자 서랍을 열었다. "오! 도련님, 알베르틴 양이 반지를 가져가는 걸 잊었네요. 서랍 속에 그냥 있어요." 나의 첫 번째 움직임은 "아가씨에게 다시 보내 줘야겠네."라고 말하는 것이었다. 그러나 이 말은 그녀의 귀가가 확실하지 않은 것처럼 보일 위험이 있었다. "그런데," 하고 나는 잠시 침묵한 뒤에 대답했다. "아가씨가 잠시 가 있는 거니 그럴 필요가 없겠네요. 내게 줘요, 좀 보려고요." 프랑수아즈는 뭔가 의심스러운 눈초리로 내게 반지를 내밀었다. 그녀는 알베르틴을 증오했지만, 스스로의 기준에 따라 나를 판단하면서, 내 여자 친구가 쓴 편지를 누군가가 주면 내가 겁내지 않고 그 편지를 열어 볼 거라고 상상했다. 나는 반지를 받았다. "도련님, 반지를 잃어버리지 않게 조심하세요." 하고 프랑수아즈가 말했다. "아름다운 반지라고 할 수 있네요! 누가 그 반지를 주었는지, 도련님인지 아니면 다른 사람인지는 모르겠지만, 여하튼 돈 많고 안목 있는 분이라는 건 알겠네요!" "난 아닌데." 하고 내가 프랑수아즈에게 말했다. "이 두 개의 반지는 같은 사람에게서 온 것이 아니에요. 하나는 아주머니가 준 거고, 다른 하나는 아가씨가 샀어요." "같은 사람에게서 온 게 아니라고요?" 프랑수아즈가 외쳤다. "도련님께서는 농담을 하시나 봐요. 그 반지들은 같은 거예요. 이쪽 반지에 붙은 루비를 제외하면, 반지 두 개에 똑같은 독수리가 있고 안에는 똑같은 이니셜이 새겨져 있어요." 내게 야기한 아픔을 의식했는지는 모르지만 프랑수아즈는 미소를 짓기 시작했고, 그 미소는 이제 그녀의 입가를 떠나지 않았다. "뭐라고, 똑같은 독수리라고요? 미쳤어요. 루비가 없는 반지에는 독수리가 새겨져 있지만, 다른 반지에는 뭔가 사람의 머리 같은 게 새겨져 있어요." "사람의 머리라고요? 어디에 있죠? 제 안경만으로도 금방 독수리의 한쪽 날개를 알아보았는데요. 도련님께서 돋보기로 보면, 다른 쪽에는 다른 날개가 있고 한가운데 머리와 부리가 있는 게 보일 거예요. 깃털도 하나씩 새겨져 있고. 아! 멋진 솜씨예요." 알베르틴이 거짓말을 했는지 알고 싶은 불안한 욕구가 쁘랑수아즈에게 품위를 지켜야 한다는 것, 또 프랑수아즈가 나를 괴롭힐 목적이 아니라면 적어도 내 친구를 헐뜯는 심술궂은 즐거움을 맛보는 일은 막아야 한다는 것마저 잊어버리게 했다. 프랑수아즈가 돋보기를 찾으러 간 동안 나는 숨을 죽이고 있다가, 돋보기를 받고는 프랑수아즈에게 독수리가 루비 반지 어디에 있는지 보여 달라고 했다. 그녀는 다른 반지와 똑같은 방식으로 새겨진 날개와 돋을새김한 각각의 깃털과 머리를 별로 힘 안 들이고 알아보게 했다. 또한 비슷한 모양으로 새겨진 글자에도 주목하게 했는데, 사실 루비 반지에는 다른 글자도 함께 새겨져 있었다. 또 두 반지 안쪽에는 알베르틴의 이니셜이 새겨져 있었다. "그런데 이것들이 같은 반지라는 걸 알려고 이 모든 걸 필요로 하시다니, 정말 놀랍네요."라고 프랑수아즈가 말했다. "가까이서 보지 않아도, 같은 세공에 금을 주름지게 하는 같은 양식, 같은 모양이라는 걸 알아보겠는데. 전 보기만 해도 같은 장소에서 온 것임을 맹세할 수 있어요. 훌륭한 요리사가 만든 음식처럼 식별할 수 있어요." 사실 그녀가 이렇게 전문가의 감정을 할 수 있었던 데에는 증오심이 부추기고 또 소름 끼칠 정도로 세세한 것을 정확하게 살피는 데 익숙한 하인의 호기심 외에 그녀의 안목도 기여했다. 그녀가 실제로 요리를 만들 때 보여 주고, 또 어쩌면 내가 발베크로 출발하면서 그녀의 옷 입는 방식에서 인지한 적 있는, 한때 아름다웠던 여인이 다른 여인의 보석이나 옷차림을 유심히 바라볼 때 갖는, 그런 여인의 교태로 인해 더욱 빛을 발하는 안목이었다. 내가 약상자를 혼동해서, 또 홍차를 너무 많이 마셨다고 느낀 날 베로날 몇 알을 먹는 대신 같은 양의 카페인 정제를 먹었다 해도, 심장이 그처럼 세차게 뛰지는 않았을 것이다. 나는 프랑수아즈에게 방에서 나가라고 했다. 그 즉시 알베르틴을 보고 싶었다. 알베르틴의 거짓말에 대한 증오와 미지의 남자에 대한 질투에, 그녀가 선물을 하게끔 내버려 두었다는 고통이 첨가되었다. 내가 더 많은 선물을 한 건 사실이지만, 우리가 부양하는 여인이 타인에 의해 부양받는다는 사실을 우리 자신이 알지 못하는 한, 그녀는 우리에게 부양받는 여인으로 보이지 않는다. 그렇지만 나는 그녀를 위해 계속 많은 돈을 지출했고, 도덕적으로 야비한 행위임에도 그녀를 소유했다. 이런 야비함을 나는 그녀 속에서 유지하고, 어쩌면 확대하고, 어쩌면 만들어 냈는지도 모른다. 그리고 우리에게 이야기를 짓는 재능이 있다면, 마치 굶주림으로 죽어 가는 사람이 어느 낯선 인간이 1억 프랑이나 되는 재산을 자신에게 물려준다고 확신하는 경지에 이르듯이, 나는 고통을 잠재우기 위해 내 품 안에 안긴 알베르틴이 한마디로 그 다른 반지를 산 것은 제조 방식이 유사하기 때문이며 바로 그녀 자신이 이니셜을 새겨 넣게 했다고 설명하는 모습을 상상하는 것이었다. 그러나 이런 설명은 여전히 허술했고 내 정신에 자비로운 뿌리를 내릴 시간을 갖지 못했으므로, 내 고통은 그렇게 빨리 진정되지 않았다. 또 나는 자기 애인이 상냥하다고 다른 사람에게 말하는 수많은 남성들이 이런 가혹한 형벌에 시달린다고 생각했다. 그들은 이런 식으로 타인에게, 자신에게 거짓말을 한다. 그들이 완전히 거짓말만 한다는 말은 아니다. 그들은 그 여인과 함께 정말 달콤한 시간을 보낸다. 그러나 여인들이 그들의 친구들 앞에서 보여 주고, 그래서 그들이 자랑스럽게 생각하는 상냥함이, 그리고 연인과 단둘이 있을 때에만 허락하고, 그래서 여인들을 찬양하게 만드는 온갖 상냥함이 실은 연인이 괴로워하고 의심하고 진실을 알기 위해 도처에서 탐색하지만 아무 소용 없는 낯선 시간들을 얼마나 감추고 있는지 생각해 보라! 바로 이런 고뇌에 사랑의 감미로움이, 여인의 그토록 무의미한 말이, 무의미하다는 걸 알면서도 여인의 냄새로 향기롭게 만든 말에 매료되는 감미로움이 연결된다. 그 순간 나는 더 이상 추억을 통해 알베르틴의 향기를 들이마시며 즐거워할 수 없었다. 심한 충격을 받은 나는 두 개의 반지를 손에 든 채로, 그 비정한 독수리를 바라보았다. 독수리의 부리가 내 심장을 쪼아 대고, 돋을새김한 깃털 날개가 내 여자 친구에 대해 간직했던 신뢰를 앗아 가고, 그 발톱 아래에서 상처받은 내 정신은 미지의 남자에게 끊임없이 던지는 질문에서 잠시도 벗어날 수 없었다. 독수리가 틀림없이 이름을 상징하는 듯 보이지만, 읽을 수 없는 이름을 가진 그 미지의 남자는 아마도 그녀가 예전에 사랑했고 얼마 전에 다시 만난 남자 같았다. 왜냐하면 독수리가 루비의 밝은 핏빛 테두리 안에 부리를 담근 듯한 두 번째 반지를 처음 본 날이 바로 우리가 함께 불로뉴 숲을 산책했던 그토록 다정하고 가족처럼 느껴지던 날이었기 때문이다.

그런데 아침부터 저녁까지 알베르틴의 떠남으로 줄곧 괴로워했다고 해서, 내가 오직 그녀만을 생각했다는 의미는 아니다. 한편 오래전부터 그녀의 매력은 점점 더 다른 대상에게 스며들었고, 그래서 대상은 결국 그녀로부터 아주 멀어졌지만, 그래도 그녀가 내게 불러일으킨 것과 동일한 감동의 전기를 띠었으므로, 무언가가 내게 앵카르빌이나 베르뒤랭네 사람들, 혹은 레아의 새 역할을 떠올리게 할 때면, 나는 고뇌의 밀물에 휩싸인 듯 강한 충격을 받았다. 다른 한편 나 자신이 알베르틴을 생각한다고 말한다면, 이는 그녀를 돌아오게 하고, 그녀와 만나고, 그녀의 행동을 인지하는 방법을 내가 생각한다는 의미였다. 그러므로 만일 이 끝없는 시련의 기간 동안 내 고뇌에 동반하는 이미지를 도표로 그려 본다면, 거기에는 오르세 역*이나 봉탕 부인에게 제공한 지폐, 전신국의 기울어진 책상에 기댄 채 전보 용지를 채우고 있는 생루의 이미지는 있을 테지만, 알베르틴의 이미지는 결코 찾아볼 수 없을 것이다. 우리의 모든 삶을 통해, 이기심은 언제나 우리 자아에 소중한

---

* 파리 7구에 위치하는 이곳은 지금은 미술관으로 개조되었지만, 예전에는 프랑스 중부와 남서쪽으로 가는 기차가 출발하던 역이었다. 알베르틴의 떠남과 관련해서는 투렌과 샤텔로 행 기차가 이곳에서 출발했다.(『사라진 알베르틴』; 플레이아드 IV, 1058쪽 참조.)

목표를 똑바로 바라보지만, 그 목표를 계속해서 관찰하는 '나' 자신은 결코 바라보지 않는다. 마찬가지로 우리의 행동을 이끄는 욕망도 행동을 향해 내려갈 수 있지만, 결코 자기 쪽으로 다시 올라가지는 못한다. 이는 욕망이 지나치게 실리적이어서 행동으로는 뛰어들면서도 앎을 무시하거나, 아니면 현재의 환멸을 보충하기 위해 미래를 탐색하거나, 아니면 정신의 나태가 자기 성찰의 험난한 비탈을 오르기보다는 상상력의 쉬운 비탈을 미끄러지도록 부추기기 때문이다. 사실 우리의 온 삶이 걸려 있는 이런 위기의 시간에는, 그 삶이 의존하는 존재가 세상의 모든 걸 남김없이 뒤흔들어 놓으면서 그것이 마음속에서 차지하는 광대한 자리를 더 많이 드러내게 되는데, 이와 비례하여 존재의 이미지 자체는 축소되고 마침내는 거의 눈에 띄지 않게 된다. 주위의 모든 것에서 느끼는 감동을 통해 우리는 그 존재의 영향을 인지하지만, 감동의 원인이 되는 존재 자체는 어느 곳에서도 찾아볼 수 없다. 이런 나날 속에서 나는 알베르틴의 이미지를 그려 보는 것이 불가능했고, 그래서 거의 그녀를 사랑하지 않는다고 생각했다. 마치 할머니를 떠올릴 수 없어 절망했던 순간(단 한 번 꿈속에서 우연히 할머니를 보았을 때는 예외였는데, 그때 어머니는 그 꿈이 얼마나 소중하게 느껴졌던지 잠을 자면서도 자신에게 남은 작은 힘을 가지고 그 꿈을 지속시키려고 애썼다고 했다.), 어머니가 할머니의 죽음이 죽을 만큼 괴로웠지만 할머니의 얼굴이 기억에서 사라졌으므로 할머니의 죽음을 슬퍼하지 않는 거나 다름없다고 자책했을 터이며 또 사실상 자책했던 것처럼 말이다.

왜 나는 알베르틴이 여자를 좋아하지 않는다고 믿었을까? 그녀가 특히 최근에 여자를 좋아하지 않는다고 말해서였을까? 하지만 우리의 삶은 끊임없이 거짓말에 근거하지 않는가? 그녀는 내게 단 한 번도 "왜 나는 자유롭게 외출할 수 없는 거죠? 왜 당신은 내가 한 일을 남에게 물어보죠?"라고 말하지 않았다. 그러나 사실 우리 삶은 너무 특이해서, 그녀가 그 이유를 이해하지 못했다면 물어보지 않을 수 없었을 것이다. 그런데 그녀를 가둔 원인에 대한 나의 침묵이 그녀 쪽에서의 지속적인 욕망과 무한한 추억, 그녀의 무한한 욕망과 희망에 대한 동일하고 한결같은 침묵에 상응한다는 것은 이해할 수 있는 일이 아닐까? 내가 알베르틴의 임박한 귀가를 암시했을 때, 프랑수아즈는 내가 거짓말한다는 것을 아는 것 같았다. 그리고 그녀의 믿음이란 평소 우리 하인들을 인도하는 진리, 즉 주인들은 하인 앞에서 모욕당하기를 싫어하며, 또 체면을 유지하는 데 적합한, 조금은 마음에 드는 이야기를 지어내는 거나 다름없는 그런 사실만을 알려 준다는 진리에 조금 더 많이 근거하는 듯 보였다. 그러나 이번에는 프랑수아즈의 믿음이 다른 것에 근거하는 것 같았다. 마치 프랑수아즈 자신이 알베르틴의 정신 속에 어떤 의혹을 일깨우고 부양하여 그녀의 분노를 더욱 커지게 하고, 간단히 말해 그녀로 하여금 자신의 떠남이 불가피하다고 예측하는 지경까지 몰고 간 것으로 보였다. 만일 그것이 사실이라면, 그녀의 떠남을 일시적인 것으로 알고 허락했다는 나의 설명은 프랑수아즈의 불신에 부딪힐 수밖에 없었다. 그러나 알베르틴의 타산적인 성격에 대한 프랑수아즈의 견해나 알베르틴에 대한 증오심에서 그녀가 나로부터 갈취해 갔다고 여기는 '수익'을 부풀려서 과장하는 습관이 프랑수아즈의 확신에 어느 정도 의혹을 야기할 수도 있었다. 그래서 내가 프랑수아즈에게 지극히 당연한 일이라는 듯 알베르틴의 임박한 귀가를 암시했을 때, 프랑수아즈는 (집사가 프랑수아즈를 놀리려고 프랑수아즈가 믿기를 주저하는 정치 소식, 이를테면 성당 폐쇄리든가 사제의 강세 수용 같은 소식을 단어를 바꾸면서 읽어 주었을 때, 프랑수아즈가 부엌 구석에서, 또 신문을 읽을 수 없으면서도 본능적으로 신문을 뚫어지게 들여다보았던 것처럼) 그것이 정말로 그렇게 쓰여 있는지, 내가 지어낸 것은 아닌지를 알 수 있다는 듯 내 얼굴을 쳐다보았던 것이다.

그러나 내가 장문의 편지를 쓰고 난 후 봉탕 부인의 정확한 주소를 찾는 걸 보자, 그녀는 알베르틴이 돌아온다는, 지금까지 어렴풋했던 두려움이 커지는 걸 느꼈다. 다음 날 아침 내게 온 우편물과 함께 봉투에 적힌 필체가 알베르틴의 필체임을 알아볼 수 있는 편지를 내밀어야 했을 때, 그녀의 두려움은 진짜 놀라움으로 배가되었다. 그녀는 알베르틴의 떠남이 단순히 연극에 지나지 않는지 자문하고 있었는데, 이런 가정은 알베르틴이 장차 이 집에서 결정적으로 살게 될 것임을 확인하게 해 주었고, 또 내게서, 다시 말해 프랑수아즈의 주인인 내게서나 알베르틴에게서 우롱당했다는 수치심을 확인하게 해 주었으므로, 그녀를 이중으로 마음 아프게 했다. 알베르틴의 편지를 읽고 싶은 초조한 마음에도 불구하고 모든 희망이 사라져 버린 프랑수아즈의 눈을 바라볼 수밖에 없었던 나는, 그 전조에서 알베르틴의 귀가가 임박했다는 결론을 끌어냈다. 마치 동계 스포츠 애호가들이 제비가 떠나는 모습을 보고 추위가 가까워졌다고 즐겁게 결론을 내리는 것처럼 말이다. 드디어 프랑수아즈가 나가고, 그녀가 방문을 닫은 걸 확인한 후에 나는 불안한 모습을 보이지 않으려고 소리 없이 편지를 개봉했다. 편지는 다음과 같았다. "내 친구, 당신이 내게 말한 그 모든 훌륭한 것들에 대해 감사를 드려요. 내가 당신에게 뭔가 도움이 된다고 생각한다면, 나도 그렇다고 생각하지만, 당신 뜻에 따를게요. 롤스로이스는 취소하도록 하죠. 중개인 이름을 적어서 보내기만 하면 돼요. 오직 팔아 치울 것만을 찾는 사람들에게 당신은 쉽게 속아 넘어갈 거예요. 외출도 하지 않는 당신이 자동차를 가진들 뭐 하겠어요? 우리의 마지막 산책에 대해 좋은 추억을 간직하고 있다니 매우 감동했어요. 내게는 이중으로 황혼이었던 그 산책을(밤이 오고 또 우리는 헤어지려고 했으므로) 나는 결코 잊지 못할 거예요. 그 일은 완전한 어둠이 내릴 때라야 내 머리에서 지워질 거예요."

나는 이 마지막 문장이 그저 말에 지나지 않으며, 또 알베르틴이 죽을 때까지 그 산책에 대해 그렇게 감미로운 추억을 간직할 리 없다고 느꼈다. 나를 떠나기만을 초조하게 바라고 있었으니 산책의 즐거움도 전혀 느끼지 못했을 거라고 생각했다. 그러나 나를 알기 전에는 「에스테르」밖에 읽지 않았던 그 발베크의 자전거 타는 소녀가, 골프 치는 소녀가 이처럼 재능이 있다는 사실에 나는 감탄했고, 또 이런 그녀가 내 집에 있는 동안에 풍부한 자질을 새로이 갖추어 전혀 다른 존재, 보다 완벽한 존재로 변했으므로, 이런 내 생각이 얼마나 옳았던 것인지도 절감했다. 이렇게 해서 나는 발베크에서 그녀에게 이런 말을 했다. "내가 바로 당신에게 부족한 것을 가져다줄 수 있는 사람이기에 내 우정이 당신에게는 소중할 거라고 생각해요."(나는 '신의 섭리임을 확신하면서'라는 헌사를 사진에다 쓰기도 했다.) 그때 나는 이 말을 실제로 믿지 않으면서도 다만 그녀가 나를 만나면 득이 될 거라 느끼도록, 또 그녀가 그 만남에서 느낄지도 모르는 권태를 사라지게 하려고 그렇게 말했는데, 이 말 또한 진실이었다. 요컨대 내가 그녀를 사랑하게 될까 봐 두려워 그녀를 보고 싶지 않다는 말을 했을 때도, 실은 그 반대로 너무 계속해서 만나면 사랑이 무뎌지고 오히려 이별이 사랑을 자극한다는 걸 알았기 때문에 그렇게 말했다. 그러나 실제로 지속적인 만남이 오히려 발베크에서 초기에 느꼈던 사랑보다 그녀에 대해 무한히 강렬한 욕구를 낳게 했으므로, 이 말 또한 진실이 되었다.

그러나 결국 알베르틴의 편지는 아무것도 진전시키지 못했다. 그녀는 중개인에게 편지를 쓴다는 말만 했다. 그런 상황에서 빠져나와 일을 서둘러야 했고, 그래서 이런 생각을 했다. 나는 즉시 사람을 시켜 앙드레에게 편지를 보냈다. 알베르틴이 아주머니 댁에 있으며, 혼자 있어서 외로우니 며칠 동안 내 집에 와서 지내 주면 무척이나 기쁠 것이며, 또 나는 어떤 비밀도 숨기는 짓 따위는 하고 싶지 않으니, 알베르틴에게도 이 일을 알려 주라고 부탁했다. 그리고 동시에 알베르틴에게도 그녀의 편지를 아직 못 받은 척하면서 편지를 썼다.

"내 친구에게, 당신이 이해해 주리라 생각하지만 용서해요. 내가 비밀을 숨기는 짓은 무척 싫어하니, 당신이 그녀와 나로부터 통고받기를 바랐어요. 당신이 우리 집에 와 있는 동안 얼마나 아늑하게 느꼈었는지, 나는 혼자 지내지 못하는 나쁜 습관이 생겼어요. 그런데 이제 당신이 돌아오지 않기로 결정했으니, 당신을 가장 잘 대신해 줄 사람, 내 삶에 가장 적은 변화를 주면서도 당신을 가장 많이 기억나게 해 줄 사람이 앙드레라고 생각했어요. 이 모든 것이 너무 갑작스러운 일처럼 보일까 봐 그녀에게 며칠 집에 와 달라고 했지만, 우리끼리 말인데, 이 경우엔 영원히 그렇게 될 거라는 생각이 드는군요. 내말이 옳다고 생각하지 않나요? 발베크에서 당신 소녀들의 작은 그룹은 언제나 내게 가장 강력한 매력을 행사하던 사회의 핵심 세포였고, 언젠가 내가 거기 가입하게 되면서 얼마나 행복했는지 알아요? 어쩌면 내가 아직도 그 매력을 느끼는 모양이에요. 우리 성격의 운명과 불운한 삶 때문에 사랑스러운 알베르틴이 내 아내가 될 수는 없지만, 그래도 앙드레에게서 어쩌면 나의 아내가 될 사람을 — 당신보다는 매력이 없지만, 그래도 성격적인 면에서 일치하는 점이 많아 같이 살면 더 행복할 것 같은 — 만날 수 있으리라는 생각이 드는군요."

이 편지를 발송한 후, 알베르틴이 "당신이 나를 필요로 한다면 왜 내게 직접 편지를 쓰지 않았나요? 그랬다면 매우 기쁘게 돌아갔을 텐데."라고 썼을 때 그녀는 내가 직접 편지를 쓰지 않았기 때문에 그런 말을 했다고 했지만, 만일 내가 직접 편지를 썼다 해도 그녀는 여전히 돌아오지 않았을 것이며, 앙드레가 내 집에 있고 그러다 내 아내가 되어도 그녀 자신이 자유로워질 수만 있다면 만족했을지도 모른다는 의혹이 갑자기 머리에 떠올랐다. 왜냐하면 그녀는 일주일 전부터, 내가 파리에서 여섯 달 이상이나 매시간 조심해 오던 것을 파기하면서 그녀의 악덕에 몰두할 수 있었고, 또 내가 매 순간 하지 못하게 막았던 것을 할 수 있었기 때문이다. 그곳에서 필시 그녀가 자신의 자유를 잘못 사용할지도 모른다는 생각이 들었고 그런 생각이 슬프기는 했지만 어떤 특이한 점도 보여 주지 않은 채 일반적인 사실로 머물렀고, 또 그녀가 상상하게 하는 그 가능한 애인들의 무한수 중 어느 하나에도 나를 고정하지 못한 채, 내 정신을 일종의 지속적인 움직임 속으로, 고통이 없지도 않은, 그러나 구체적인 이미지의 결여로 조금은 견딜 만한 움직임 속으로 끌고 갔다. 그러나 생루가 돌아오자 그 고통은 견딜 만한 상태에서 끔찍한 고통으로 변했다. 그러나 그가 한 말이 왜 그토록 나를 불행하게 했는지 말하기 전에, 그의 방문 직전에 있었던 사건에 대해 얘기해야 한다. 그 기억이 나를 얼마나 혼란스럽게 했던지, 생루와 대화를 하면서 받은 고통스러운 인상은 아니라 해도, 적어도 그 대화의 실제 파급 효과는 감소시켰다. 그 사건은 이러했다. 생루를 보려고 안절부절못하며 계단에서 기다리고 있을 때(어머니가 계셨으면 할 수 없는 일이었다. '창문 너머에 말하는 것' 다음으로 어머니가 가장 싫어하는 행동이었으니까.) 이런 말이 들려왔다. "뭐라고! 자네는 마음에 들지 않은 녀석을 쫓아 보낼 줄도 모른단 말인가? 어려운 일이 아닐세. 이를테면 녀석이 가져가야 하는 물건을 감추기만 하면 되네. 그러면 그때 주인들이 급해서 부를 테고, 녀석은 아무것도 찾지 못해서 당황하겠지. 녀석에게 몹시 화가 난 아주머니는 '도대체 뭘 하고 있지?'라고 자네에게 말할 테고. 녀석이 늦게 도착할 때면 모두들 화가 났을 테지만, 녀석에게는 여전히 필요한 물건이 없을 거야. 이런 일이 네다섯 번 계속된 다음 자네는 녀석이 해고되는 걸 확신할 수 있을 걸세. 특히 녀석이 깨끗한 상태로 가져와야 하는 물건을 자네가 몰래 더럽히기라도 하면 말이야. 이런 속임수는 수없이 많다네." 이런 마키아벨리적이고 잔인한 말이 생루의 목소리를 통해 나왔으므로, 나는 너무 놀라서 말이 다 나오지 않았다. 나는 생루를 항상 마음이 선하고 불행한 이들에게 그토록 동정심 많은 존재로 여겨 왔는데, 이 말은 마치 그가 사탄 역을 낭송하는 듯한 효과를 자아냈다. 그러나 그가 사탄의 이름으로 말한다는 것은 있을 수 없는 일이었다. "하지만 저마다 생계는 꾸려 나가야죠." 하고 상대방이 말했다. 그때 상대방의 모습이 얼핏 보였는데, 게르망트 공작 부인의 시종이었다. "자네만 괜찮다면 그게 무슨 상관이란 말인가?" 하고 생루가 잔인하게 대답했다. "게다가 자네는 놀려 주는 재미도 맛볼 수 있을 거야. 녀석이 중요한 만찬에 시중들러 올 때 그의 제복에 잉크를 엎지를 수도 있을 걸세. 어쨌든 녀석이 스스로 떠나기를 원할 때까지는 잠시도 가만히 두어서는 안 되네. 게다가 나도 자네가 성공하도록 도와주겠네. 아주머니께 그토록 멍청하고 지저분한 녀석과 함께 시중드는 자네의 인내심에 감탄한다고 말하겠네." 내가 모습을 드러내자 생루가 다가왔다. 하지만 내가 알던 것과는 그토록 다른 말을 하는 걸 듣자 그에 대한 내 신뢰가 다 흔들렸다.* 불행한 사람에 대해 그토록 잔인하게 행동할 수 있는 사람이 봉탕 부인 곁에서의 임무 수행에 있어 혹시 나에게 배신자 역할을 하지 않을지 자문해 보았다. 이 성찰은 그가 떠난 후, 설령 그의 교섭이 실패해도 내가 성공할 수 없다는 증거는 아니라고 생각하는 데 특히 도움이 되었다. 그러나 그가 내 곁에 있는 동안은 예전과 같은 생루, 특히 봉탕 부인과 막 헤어지고 온 친구로 나는 생각했다. 그는 우선 이렇게 말했다. "내게 만족하지 않았겠지. 네 전보를 통해 알 수 있었어. 하지만 공정하지 않아. 나는 내가 할 수 있는 일은 전부 했으니까. 자주 전화를 걸어야 한다고 생각했을 테지만, 네 전화가 항상 통화 중이라고 했어." 그러나 그가 이런 말을 했을 때 내 고통은 견딜 수 없는 것이 되었다. "내가 마지막으로 보낸 전보 다음에 있었던 일부터 말하자면, 나는 일종의 창고 같은 것을 통과한 후 집 안으로 들어갔는데, 그들이 나를 긴 복도 끝에 있는 거실로 들어가게 하더군." 창고, 복도, 거실이라는 단어에, 또 그 단어의 발음이 채 끝나기도 전에, 내 마음은 감전된 것보다 더 빠르게 혼란에 빠졌다. 일 초 동

---

* 동시에르의 병영에서 그토록 다정했던 생루가 행진 중 화자의 인사에 냉담한 답례를 하면서 그의 또 다른 모습을 보여 준 장면에 대해서는 『잃어버린 시간을 찾아서』 5권 222쪽 참조.

안 가장 많이 지구를 돌 수 있는 힘은 전류가 아니라 고통이기 때문이다. 나는 생루가 떠나자 그 충격을 기꺼이 되살아나게 하려고 창고, 복도, 거실이라는 단어들을 얼마나 많이 되풀이했던가! 창고 안이라면 여자 친구와 함께 숨었을지도 모른다. 또 거실에서는 숙모가 없을 때 알베르틴이 무슨 짓을 했는지 누가 알 수 있으랴? 뭐라고? 그렇다면 나는 알베르틴이 사는 집에 창고도 복도도 거실도 없을 거라고 상상했단 말인가? 그렇다. 나는 전혀 그런 모습으로 그려 보지 않았으며, 또는 그저 막연한 장소로 상상했다. 그녀가 있는 장소가 지리적으로 개별화되었을 때, 두세 개의 가능한 장소 대신 그녀가 투렌에 있다는 사실을 알았을 때, 나는 처음으로 고통을 느꼈다. 그녀가 사는 아파트 문지기의 말이 내가 마침내 고통을 느껴야 하는 장소를 지도에 표시하듯 내 마음속에 표시를 해 놓고 있었다. 그러나 그녀가 투렌의 집에 있다는 생각에 익숙해졌을 때에도, 나는 그 집을 결코 보지 못했다. 거실이며 창고*며 복도라는 끔찍한 관념은 지금까지 한 번도 내 상상 속에 떠오른 적이 없었는데, 이제 그것을 본 생루의 망막을 통해 알베르틴이 들어가고 통과하고 살고 있는 방들이 하나씩 하나씩 사라진

---

* '창고'란 단어의 강박적인 반복은 초고에서도 찾아볼 수 있는데, 아마도 이에 대한 대답은 프루스트의 자전적 요소에서 찾을 수 있다고 미이 교수는 설명한다. 즉 우리말로 '창고'라고 옮긴 프랑스어의 hangar에는 '비행기 격납고'란 의미가 있으며, 또 이런 표현은 거주용인 봉탕 부인의 집과는 어울리지 않는 것으로, 아마도 비행사 견습생이었던 아고스티넬리의 흔적으로 보인다는 것이다.(『사라진 알베르틴』; GF-플라마리옹, 388쪽 참조.)

무한히 가능한 방들로서가 아니라 개별적인 방의 형태로 내 앞에 나타난 것 같았다. 거실과 창고와 복도라는 단어와 더불어 내 광기가, 일주일 동안 알베르틴을 내버려 두었던 그 저주받은 장소의 '실재'(단순한 가능성이 아닌)가 드러난 것이다. 슬프게도! 생루가 거실에 있을 때 옆방에서 목청껏 노래하는 소리가 들려왔는데 바로 알베르틴이 노래하는 소리였다고 말하는 걸 들으면서, 나는 마침내 나로부터 해방된 알베르틴이 행복하다는 걸 깨닫고 절망에 빠졌다. 그녀는 자신의 자유를 다시 쟁취한 것이다. 그런데도 나는 그녀가 앙드레의 자리를 차지하러 올 거라고 생각했다! 나의 고통은 생루에 대한 분노로 바뀌었다. "네가 갔다는 걸 그녀가 아는 일만은 절대로 피해야 한다고 그렇게 부탁했건만." "그 일이 그렇게 쉬운 줄 알아! 그 사람들은 그녀가 없다고 주장했어. 아! 내게 만족하지 않는 건 알아. 네가 보낸 전보에서 느낄 수 있었어. 하지만 공정하지 않다고. 내가 할 수 있는 일은 다 했으니." 그녀가 내 집에 있을 때는 며칠이고 내 방에 부르는 일조차 없을 만큼 그녀를 새장에 가두고 있었는데, 이제 그 새장을 떠나 풀려나자 그녀는 내게서 그녀 본래의 가치를 모두 되찾았고, 그래서 모든 사람들이 쫓아다니는, 처음 만났을 때의 그 경이로운 새가 다시 되었다. "어쨌든 요약해서 말해 보지. 돈 문제에 관해서는 뭐라고 말해야 할지 모르겠더군. 지나치게 섬세해 보이는 부인을 상대로 말하자니 부인의 기분을 거스를까 봐 겁이 났어. 그런데 부인은 내가 돈 이야기를 했을 때 한숨을 내쉬지는 않았어. 그리고 잠시 후 우리가 서로를 잘 이해하는 걸 보고 감동한다는 말까지 하더군. 그렇지만 부인이 그 후 한 말들이 얼마나 세련되고 고상했는지, 내가 제안한 돈 때문에 부인이 '우리가 서로를 잘 이해하는 것 같군요.'라는 말을 했다고는 도저히 믿어지지 않을 정도였어. 사실 난 비열한 놈처럼 행동했으니까." "하지만 부인이 이해하지 못했는지도 몰라. 어쩌면 듣지 못했는지도 모르고. 여러 번 반복해서 말해야 했어. 그렇게 했으면 성공했을지도 몰라." "그런데 넌 어째서 부인이 듣지 못했을 거라고 생각하지? 지금 네게 말하는 것처럼 부인에게도 말했어. 부인이 귀머거리도 아니고, 미친 것도 아니고." "부인이 어떤 의견도 말하지 않았단 말이야?" "어떤 의견도." "한 번 더 말해야 했어." "어떻게 한 번 더 말하라는 거야. 방 안에 들어가면서 부인의 표정을 보았을 때, 네 생각이 틀렸고 네가 내게 엄청나게 큰 잘못을 저지르게 한다고 생각했어. 그런 식으로 부인에게 돈을 제안하는 일은 끔찍이도 어려웠으니까. 그래도 네 명령에 복종하려고, 부인이 날 밖으로 내쫓을 거라고 확신하면서도 그 일을 했다고." "그래도 부인이 쫓아내지는 않았잖아. 그러니, 또는 부인이 잘 듣지 못했으니 다시 시작해야 했어. 아니면 그 얘기를 계속하든가." "네가 여기 있으니까 '부인이 듣지 못했다'고 말하는 거야. 반복해서 말하지만, 만약 네가 우리의 대화에 직접 참여했다면 알겠지만, 주위에서는 어떤 소리도 들리지 않았고 나는 그 말을 지체 없이 곧바로 했으니 부인이 이해하지 못한다는 건 있을 수 없는 일이야." "그렇다면 부인은 내가 여전히 자기 조카와 결혼하고 싶어 한다는 걸 확신했을 테지?" "아니야, 그건 아니야. 내 의견을 말해 본다면, 그 부인은 네가 그분 조카와 결혼할 의사가 있다는 걸 전혀 믿지 않았어. 부인이 말하기를, 네가 스스로 헤어지고 싶다고 조카에게 말했다고 하던데. 지금은 네가 결혼하고 싶어 한다는 걸 믿는지는 모르겠지만." 이 말이 조금은 수치심을 덜어 주었고, 그래서 아직은 사랑받을 가능성이 남아 있으며 보다 자유롭게 결정적인 교섭을 할 수 있을 것 같아서 안심했다. 그렇지만 불안했다. "네가 만족하지 못한 것 같아서 미안해." "아니야, 난 너의 친절에 감동했고, 또 감사하고 있어. 하지만 ……할 수도 있었을 텐데." "난 최선을 다했어. 어느 누구도 더 이상은, 아니, 이만큼은 하지 못했을 거야. 다른 사람에게 부탁해 봐." "아냐, 이렇게 될 줄 알았다면 널 보내는 게 아닌데. 네가 실패한 탓에 다른 교섭도 할 수 없게 됐어." 나는 그를 비난했다. 그는 나를 도와주려 했지만 성공하지 못했다. 생루는 그 집을 나올 때 집에 들어오던 다른 소녀들과 마주쳤다고 했다. 나는 이미 여러 번 알베르틴이 그 고장 소녀들과 사귄다고 추측했지만, 그처럼 참을 수 없는 고통을 느낀 건 처음이었다. 자연이 우리 정신에 우리가 끊임없이 또 별다른 위험 없이 하는 추측들을 없애 주는 천연 해독제를 분비하는 능력을 주었다는 사실은 정말로 믿어야겠지만, 생루가 만났다는 그 소녀들에 대해 나에게 면역을 제공해 주는 것은 아무것도 없었다. 알베르틴에 대한 이런 세부적인 것들을 나는 각각의 사람들로부터 들으려고 했으며, 나 자신이 바로 이런 세부 사항을 알기 위해 연대장의 소환을 받은 생루에게 무슨 일이 있어도 내가 묵은 호텔에 다시 들러 달라고 부탁하지 않았던가? 그러므로 세부 사항을 원했던 것은 나 자신, 아니, 차라리 그 세부 사항이 자라서 그것으로 양분을 취하기를 바라는 내 굶주린 고통이 아니었을까? 끝으로 생루는 그 근방에서 과거를 연상시키는 유일하게 낯익은 얼굴을 만나 매우 놀랐는데, 그녀는 라셸의 옛 친구이자 아름다운 여배우로 이웃 별장에서 피서 중이었다고 했다. 그 여배우의 이름만으로도 '어쩌면 그 여자가 그들 중 하나였겠구나.'라고 생각하기에 충분했으며, 내가 알지 못하는 여인의 품 안에 안겨 미소를 지으며 쾌락으로 얼굴이 달아오른 알베르틴을 떠올리기에도 충분했다. 그리고 사실 이번 일이 그런 경우가 아니라고 어떻게 말할 수 있을까? 알베르틴과 사귄 후부터 왜 나는 다른 여자들에 관한 생각은 멀리했을까? 게르망트 대공 부인 댁을 처음 방문했던 날, 왜 나는 집으로 돌아오면서 대공 부인보다는 생루가 말했던 그 사창가를 드나든다는 아가씨와 퓌트뷔스 부인의 시녀를 먼저 생각했을까?* 발베크에도 퓌트뷔스 부인의 시녀 때문에 다시 돌아가지 않았던가? 보다 최근 일로 나는 베네치아에 무척 가고 싶어 했는데, 왜 알베르틴은 투렌에 가고 싶지 않았겠는가? 다만 사실 지금에야 깨달은 거지만, 나는 그녀와 헤어질 수도, 베네치아에 갈 수도 없었다. 내 마음 깊은 곳에서는 '곧

---

* 「소돔」에서 생루는 화자에게 오르주빌 양 같은 사교계 여자들이나 퓌트뷔스 부인의 시녀가 사창가를 드나든다고 말한 적이 있다.(『잃어버린 시간을 찾아서』 7권 223쪽 참조.) 이 말을 듣고 화자는 퓌트뷔스 부인의 시녀를 만나러 발베크에 가는데, 이런 일련의 환기는 에포르슈빌 양(포르슈빌 양, 즉 질베르트)의 등장과 연관이 있다.(248쪽 참조.)

그녀를 떠날 거야.'라고 생각하면서도 결코 그녀를 떠날 수 없다는 걸, 일을 시작하고 건강한 삶을 살고 매일처럼 내일 하겠다고 약속한 그 모든 일들을 결코 하지 못할 거라는 걸 나는 알고 있었다. 다만 내가 마음속에서 무엇을 믿든, 끊임없는 이별의 협박 아래 그녀를 살게 하는 편이 보다 능숙한 처사라고 여겼던 것이다. 그리고 틀림없이 그 가증스러운 술책 덕분에 나는 그녀를 너무도 쉽게 설득했는지도 모른다. 어쨌든 지금은 그 일이 그렇게 지속될 수 없으며, 그녀를 다른 소녀들과 함께, 그 여배우와 함께 투렌에 내버려 둘 수 없었다. 나로부터 빠져나가는 그런 삶의 생각을 견디기 어려웠다. 내 편지에 대한 답장을 기다릴 것이다. 다시 말해 만약 그녀가 슬프게도 악을 행한다면, 하루 늦거나 하루 빠르거나 매한가지다.(이렇게 생각한 것은, 단 일 분도 그녀를 혼자 자유롭게 내버려 두면 거의 미칠 지경이었으므로 그녀 생활의 일 분 일 분을 따져 왔는데, 이제는 그런 습관을 잃어버린 탓인지 질투가 더 이상 예전과 같은 시간 구분을 하지 못했기 때문이다.) 그러나 그녀의 답장을 받는 즉시, 만약 그녀가 돌아오지 않는다면, 내가 그녀를 찾으러 갈 것이다. 원하건 원하지 않건 그녀를 친구들로부터 떼어 놓을 것이다. 게다가 지금까지 추측하지도 못했던 생루의 악의를 발견한 지금, 내가 직접 가는 편이 더 낫지 않을까? 알베르틴을 내게서 갈라놓으려고 생루가 음모를 꾸미지 않을지 누가 알 수 있으랴? 내가 변했기 때문일까? 아니면 어떤 자연스러운 이유로 해서 언젠가 이런 예외적인 상황으로 갈 수밖에 없다는 걸 상상하지 못한 탓일까? 내가 파리에서 그녀에게 말했던 것처럼, 그녀에게 어떤 사고도 일어나지 않기를 바란다고 지금 써 보낸다면 거짓말하는 게 될까! 아! 만일 그런 일이 그녀에게 일어난다면, 내 삶은 그 끊임없는 질투로 영원히 오염되지 않은 채, 즉시 행복이 아니라면 적어도 고뇌의 소멸로 인해 평온함은 되찾을 수 있을 텐데.

고뇌의 소멸? 나는 그것을 정말로 믿을 수 있었을까? 죽음이란 존재하는 것을 지울 뿐 나머지는 그대로 두며, 타인의 존재가 고통의 원인밖에 되지 않은 사람의 마음에서 고통을 도려낼 뿐 그 자리에 어떤 것도 남겨 놓지 않는다는 걸 정말로 믿을 수 있었을까? 고통의 소멸? 신문의 3면 기사를 훑어보면서 나는 스완과 동일한 소망을 품을 용기가 없었던 걸 후회했다.* 만일 알베르틴이 어떤 돌발 사건의 희생물이 되었다가 살아난다면 나는 그녀 곁에 다가갈 구실을 갖게 될 테고, 또 그녀가 죽는다면 스완의 말처럼 살아가는 자유를 되찾을 수 있었을지도 모른다. 그러나 나는 그걸 정말 믿었을까? 스완은 믿었다. 그렇게도 섬세하고 그렇게도 자신을 잘 안다고 생각했던 인간은 믿었다. 우리는 자기 마음속에 있는 것을 얼마나 모르는가! 만일 스완이 아직 살아 있다면, 나는 훗날 그의 소망은 범죄일 뿐 아니라 부조리하며, 사랑하는 여인의 죽음은 그 무엇으로부터도 그를 해방해 줄 수 없다는 걸 가르쳐 주었을 텐데!

---

* 스완이 오데트가 사고로 죽기를 바라는 장면에 대해서는 『잃어버린 시간을 찾아서』 2권 286쪽 참조.

나는 알베르틴에 관해서는 모든 자존심을 버리고, 어떤 조건이라도 좋으니 돌아와 달라고, 그녀가 원하는 거라면 뭐든지 할 용의가 있으며, 다만 일주일에 세 번 그녀가 잠들기 전에 잠깐 키스만 해 주기를 소망한다는 절망적인 전보를 보냈다. 그리하여 만일 그녀가 '일주일에 한 번만'이라고 말했다면, 나는 그 한 번이란 제안도 받아들였을 것이다. 그녀는 영원히 돌아오지 않았다. 내 전보가 발송된 후 곧바로 한 통의 전보를 받았다. 봉탕 부인에게서 온 것이었다. 세상은 우리 각자에게 단번에 창조되지 않는 모양이다. 살아가는 도중에 생각도 해 보지 못한 것들이 우리 삶에 덧붙여진다. 아! 전보의 첫 두 줄이 내 마음속에 야기한 것은 고뇌의 소멸이 아니었다. "가엾은 친구에게, 우리의 사랑하는 알베르틴은 이제 세상에 없답니다. 그토록 그 애를 사랑했던 당신에게 이 끔찍한 소식을 전하는 나를 용서하세요. 그 애는 산책하던 중 낙마하여 나무에 부딪혔답니다. 온갖 노력에도 불구하고 우리는 그 애를 살릴 수 없었습니다. 그 애를 대신해서 왜 내가 죽지 못했을까요!" 아니, 이것은 고뇌의 소멸이 아니라 낯선 고뇌, 그녀가 돌아오지 않으리라는 걸 아는 고뇌였다. 하지만 나는 그녀가 어쩌면 돌아오지 않을지도 모른다고 여러 번 생각하지 않았던가? 사실 나는 여러 번 생각했다. 하지만 단 한순간도 그 사실을 믿지 않았음을 지금에야 알아차렸다. 내 의혹 때문에 생긴 아픔을 견디기 위해 그녀의 현존을, 그녀의 입맞춤을 필요로 했으므로, 발베크 이후 늘 그녀와 함께 있는 습관이 몸에 배어 있었다. 그래서 그녀가 외출해서 혼자 있을 때에도, 여전히 마음속에서는 그녀를 포옹하고 있었다. 그녀가 투렌으로 떠난 후에도 나는 계속 그렇게 했다. 그녀의 정숙함보다 그녀의 귀가를 더 필요로 했다. 그래서 내 이성이 때로 그녀의 귀가를 별 탈 없이 의심할 때에도, 내 상상력은 그녀가 귀가하는 모습을 잠시도 쉬지 않고 그려 보고 있었다. 본능적으로 나는 그녀가 떠난 후에도 여전히 키스하는 것처럼 보이는 내 목과 입술에, 이제는 영영 키스를 받지 못할 목과 입술에 손을 댔다. 마치 할머니가 돌아가셨을 때 어머니가 "내 가엾은 아들, 그토록 너를 사랑하시던 할머니가 다시는 널 포옹하지 못하시겠구나."라고 말하면서 나를 어루만졌던 것처럼, 나는 목과 입술에 손을 갖다 댔다. 내 미래의 모든 삶이 내 가슴에서 송두리째 뽑혀 나간 듯했다. 미래의 삶이라고? 그렇다면 알베르틴 없이 살아가는 삶을 내가 때때로 생각하지 않았단 말인가? 전혀 아니다! 그렇다면 오래전부터 내 삶의 모든 순간을 죽을 때까지 그녀에게 바쳤단 말인가? 물론이다. 그녀와 분리할 수 없었던 이 미래를 나는 알아보지 못했지만, 봉합한 것이 떨어져 나간 지금 나는 상처가 크게 벌어진 가슴에서 미래가 차지했던 자리를 인지했다. 아직 아무것도 모르는 프랑수아즈가 방에 들어왔다. 나는 격노한 표정으로 소리쳤다. "무슨 일이지?" 그러자(때로 우리 옆의 현실과 같은 자리에 다른 현실을 갖다 놓는 말들이 있는데, 그것은 현기증이 날 때처럼 우리를 혼란에 빠지게 한다.) 그녀가 말했다. "도련님께서는 그렇게 화내실 필요가 없어요. 오히려 기뻐하실걸요. 알베르틴 양으로부터 두 통의 편지가 왔어요." 그때 나는 내가 정신적 균형을 잃은 누군가의 눈길을 하고 있다고 느꼈다. 나는 기쁘지 않았지만, 그렇다고 해서 그 편지를 의심하지도 않았다. 마치 방에서 긴 의자와 동굴이 같은 자리를 차지하는 걸 보는 누군가와도 같았다. 현실적으로 보이는 게 아무것도 없으므로 그는 땅바닥에 쓰러지고 만다. 알베르틴이 보낸 두 통의 편지는 그녀의 죽음을 야기한 산책 직전에 쓴 것이 틀림없었다. 첫 번째 편지는 이러했다. "내 친구에게, 앙드레를 당신 집에 오게 한다는 의사를 표명하면서 내게 보여 준 신뢰에 감사드려요. 앙드레도 기쁘게 받아들이리라고 확신하며, 또 그녀를 위해서도 매우 다행스러운 일이라고 생각해요. 재능 있는 친구니까, 당신 같은 동반자가 사람들에게 베풀 줄 아는 그 훌륭한 영향력을 보다 잘 이용할 거라고 생각해요. 그런 생각은 당신에게나 그녀에게 득이 될 거예요. 그러므로 앙드레가 조금이라도 곤란하다고 하면(그러리라고는 생각하지 않지만), 내게 전보를 치세요. 그녀를 설득하는 일은 내가 맡을게요." 두 번째 편지는 그보다 하루 후에 쓴 편지였다. 사실 그녀는 그 편지들을 거의 같은 순간에 썼으며, 첫 번째 편지에 하루 전 날짜를 적었는지도 모른다. 왜냐하면 나는 그녀가 내 곁에 돌아오려는 생각밖에 없다고 엉뚱한 상상을 했지만, 반면 이 일과는 무관한 사람, 이를테면 상상력 없는 인간이나 평화 조약의 협상자, 또는 거래를 검토하는 상인도 나보다는 훨씬 나은 판단을 했을 테니까. 편지에는 이런 말밖에 없었다. "내가 당신에게 돌아가기엔 너무 늦었을까요? 아직 앙드레에게 편지를 보내지 않았다면, 나를 다시 받아들이는 데 동의할 건가요? 당신 결정에 따를게요. 내가 얼마나 초조한 마음으로 그 결정을 기다리고 있는지 생각한다면, 지체하지 말고 곧 알려 주기를 애원할게요. 내가 돌아가는 것이 그 결정이라면, 즉시 기차를 탈게요. 내 모든 진심을 담아, 알베르틴."

알베르틴의 죽음이 내 고뇌를 지우기 위해서는, 그 충격이 투렌에서뿐만 아니라 내 마음속에서도 그녀를 사라지게 했어야 했다. 그런데 그녀가 내 마음속에 이토록 생생했던 적은 일찍이 없었다. 한 존재가 우리 마음속으로 들어오기 위해서는 형태를 갖추고 시간이란 틀에 복종해야 한다. 연속적인 순간을 통해서만 나타나는 존재는 한 번에 한 모습밖에 보여 주지 않으며, 그 모습에 대해서도 단 하나의 사진밖에 생산하지 않는다. 오로지 순간들의 집합으로만 이루어진 존재에게 그것은 큰 약점이지만, 또한 큰 힘이기도 하다. 존재는 기억의 영역에 속하며, 또 어느 한순간의 기억은 그 후 일어난 일을 전혀 인지하지 못한다. 그러나 그때 그 기억이 기록한 순간은, 그리고 그 순간과 더불어 드러난 존재는 여전히 살아 있으며 여전히 지속된다. 그리고 그런 파편화는 다만 죽은 이를 살아나게 할 뿐만 아니라 죽은 이를 무한대로 증식한다. 내 마음을 달래기 위해 망각해야 했던 것은 한 명의 알베르틴이 아니라 무한한 알베르틴이었다. 알베르틴을 잃은 슬픔이 견딜 만한 상태에 이르자, 나는 다른 알베르틴, 다른 수백 명의 알베르틴과 더불어 같은 일을 다시 시작해야 했다.

그리하여 내 삶은 송두리째 변했다. 홀로 있을 때 내 삶이 아늑하게 느껴졌던 이유는 알베르틴 때문이 아니라, 그녀와 나란히 동일한 순간의 부름을 받은 과거가 지속적으로 되살아났기 때문이다. 빗소리에 콩브레의 라일락 향기가, 발코니에서 움직이는 햇살에 샹젤리제의 비둘기 떼가, 아침 더위로 무뎌진 소리에 상큼한 버찌가 되돌아왔다. 바람 소리와 부활절의 도래에 브르타뉴나 베네치아로 떠나고 싶은 욕망이 되돌아왔다. 여름이 오고 낮이 길어졌으며 날씨는 디웠다. 그새는 아침 일찍부터 학생들과 선생님들이 마지막 시험을 준비하느라 공원의 나무 아래로 오는 시기였다. 그들은 대낮의 열기보다는 덜 타오르지만, 그래도 벌써 메마른 투명함을 띤 하늘에서 떨어지는 단 한 방울의 시원함이라도 거두려고 그곳에 왔다. 내 어두운 방에서 예전과 다름없지만 지금은 고통만을 주는 환기력에 의해, 나는 밖의 무거운 공기 속에 석양빛이 집과 성당의 수직 벽면에 황갈색 회반죽을 바른다고 느꼈다. 그래서 프랑수아즈가 내 방에 들어와 자기도 모르게 주름 접힌 두꺼운 커튼을 흐트러뜨릴 때면, 그 '오만한 브리크빌'*의 새로이 복원된 성당 정면을 아름답게 비추던 과거의 햇살이 내 몸에 만든 상처 때문에 나는 터져 나오는 비명을 억눌러야 했다. 그때 알베르틴은 "이 성당은 복원되었어요."라고 말했다. 그 탄식 소리를 어떻게 설명해야 할지 몰랐으므로 나는 프

---

* 「소돔」 2부에서는 오만한 마르쿠빌 성당으로 지칭된다.(『잃어버린 시간을 찾아서 8권 287쪽 참조.) 아마도 실제 모델이 노르망디에 있는 '오만한 브레트빌'인 탓에 이런 오류가 생긴 것으로 보인다고 지적된다.(『사라진 알베르틴』; 리브르 드포슈, 116쪽 참조.)

랑수아즈에게 "아! 목이 말라!"라고 말했다. 그녀는 방을 나갔다가 다시 돌아왔으나, 어둠 속 내 주위에서 끊임없이 터져 나오는 수천 개의 눈에 보이지 않는 추억 중 고통스러운 추억의 폭발에 나는 급히 얼굴을 돌려야 했다. 방금 그녀가 사과주와 버찌를 가져온 것을 보았다. 발베크에서 농장 일꾼이 마차 안으로 가져다주었던 바로 그 사과주와 버찌로, 예전에 그와 비슷한 것이 내게 타오르는 대낮의 어두운 식당을 통해 들어온 무지개와 완벽한 교감을 이루게 했다. 그때 나는 처음으로 레제코르 농장을 생각했다. 알베르틴이 발베크에서 시간이 없다고, 아주머니와 함께 외출해야 한다고 말했던 몇몇 날들에, 어쩌면 그녀는 어느 여자 친구와 함께 내가 보통 가지 않는 곳임을 알고 있는 농장으로 갔을지도 몰랐다. 내가 마리앙투아네트 농장에서 무턱대고 지체하다가 "오늘 그녀를 보지 못했는데요."라는 말을 들었을 때, 그녀는 나와 함께 외출할 때 했던 똑같은 말로 자기 여자 친구에게 "그 사람이 이곳에서 우릴 찾을 생각은 하지 못할 테니, 우린 방해받지 않을 거야."라고 말하고 있었다.* 나는 더 이상 햇빛을 보지 않으려고 프랑수아즈에게 커튼을 쳐 달라고 했다. 그러나 햇빛은 계속 내 기억 속으로 스며들면서 나를 괴롭혔다. "이 성당은 내 마음에 들지 않아요, 복원된 거니까요. 그러니 내일은 생마르탱르베튀**로

---

* 레제코르 농장과 마리 앙투아네트 농장 겸 식당은 작은 그룹의 소녀들이 자주 드나들던 곳이다.(『잃어버린 시간을 찾아서』 4권 432쪽 참조.)
** 「소돔」에서는 생마르스르베튀로 나온다.(『잃어버린 시간을 찾아서』 8권 289쪽 참조.)

가요, 모레는 ……로 가고." 내일, 모레, 그것은 어쩌면 지금 시작되어 영원히 계속될 우리 공동생활의 미래였으며, 내 마음은 미래를 향해 달려들지만, 알베르틴이 죽은 이상 미래는 존재하지 않는다.

프랑수아즈에게 시간을 물었다. 6시였다. 마침내 예전에 내가 알베르틴과 함께 투정을 부리면서도 그토록 좋아하던 무더위가 고맙게도 사라지려 했다. 하지만 내가 거기서 무엇을 얻을 수 있단 말인가? 상쾌한 저녁이 시작되었다. 일몰이었다. 내 기억 속에서 우리가 돌아가기 위해 함께 들어섰던 도로 끝 마지막 마을 너머로 멀리 있는 휴양지와도 같은 곳이 보였는데, 발베크에서는 언제나 우리가 함께 길을 멈추고 머물렀던 곳이지만, 지금은 그날 저녁 안으로는 도저히 도달할 수 없는 곳으로 보였다. 그때는 함께였지만, 지금은 그 동일한 심연 앞에서 돌연 길을 멈춰야 했다. 그녀가 죽었으니까. 커튼을 치는 것만으로는 충분치 않았고, 나는 석양의 오렌지색 띠를 보지 않기 위해, 이 나무에서 저 나무로 응답하는 그 눈에 보이지 않는 새들의 노래를 듣지 않기 위해, 지금은 죽어 부재하는 여인을 그때 다정하게 포옹했던 나의 양쪽 팔로 기억의 눈과 귀를 틀어막으려고 애썼다. 저녁이면 습기를 먹은 나뭇잎이나 활 모양으로 휜 길을 오르내리는 일이 주던 감각을 피하려고 애썼다. 그러나 그 감각은 다시 나를 사로잡아 알베르틴이 죽었다는 관념이 타격을 가하기에 필요한 거리나 활력을 확보할 만큼 현재의 순간으로부터 충분히 멀리 나를 데리고 갔다. 아! 다시는 결코 숲속에 들어가지 않을 것이다. 나무 사이로 산책도 하지 않으리라. 하지만 광대한 평원은 그보다 덜 잔인하다고 할 수 있을까? 나는 얼마나 여러 번 알베르틴을 찾으러 갔다가 함께 돌아오는 길에 크리크빌의 광대한 평원을 통과했던가! 때로 안개 낀 날씨에 자욱한 안개가 우리로 하여금 거대한 호수에 둘러싸인 듯한 환각을 일으켰고, 때로는 투명한 저녁에 달빛이 대지를 비현실적으로 만들고 낮 동안에 멀리 떨어져 있던 대지를 천상에서 아주 가까이 있는 듯 보이게 하면서, 들판과 숲을 흡수하여 마노 구슬 안에 비치는 단 하나의 푸른빛 나뭇가지처럼 하늘 안에 가두고 있었다!

프랑수아즈는 틀림없이 알베르틴의 죽음을 기뻐했을 테지만, 뭔가 예절이나 술책 따위로 슬픔을 가장하지 않은 점만은 정당하게 평가해야 한다. 하지만 그녀가 가진 고대 법전의 불문율과 무훈시에 나오는 눈물 흘리는 중세풍 농촌 여자의 전통은 알베르틴에 대한 증오심 그리고 하물며 욀랄리에 대한 증오심보다 더 오래된 것이었다. 그리하여 이런 오후 끝자락에 내 고뇌를 충분히 빨리 감추지 못하는 바람에, 그녀는 옛 시골 소녀의 본능으로 나의 우는 모습을 목격했다. 예전에 짐승을 잡으면서 몹시 괴롭혔고, 닭의 목을 조르고 바닷가재를 산 채로 굽는 데서 기쁨을 느꼈으며, 또 내가 병이 들었을 때 마치 그녀 스스로 올빼미에게 입힌 상처를 살피는 듯 내 나쁜 안색을 관찰하고 그 뒤에는 불길한 어조로 그것이 불행의 전조인 양 알렸던 그런 본능이었다. 그러나 콩브레에서부터 지녀 온 이런 '관습법'이 그녀로 하여금 눈물이나 슬픔을 가벼이 보지 않도록 했고, 또 그녀는 그 눈물이나 슬픔을 사람들이 플란넬 재킷을 벗거나 억지로 밥을 먹는 것만큼이나 불길한 일로 판단했다. "오! 안 돼요. 도련님께서는 이렇게 울어선 안 돼요. 도련님께 해로울 거예요." 그러고는 내 눈물이 멈추기를 바라면서, 마치 그것이 피바다인 양 불안한 표정을 지었다. 불행하게도 나는 그녀가 기대하는, 또 어쩌면 진심이었을지도 모르는 감정의 토로를 돌연 멈추게 하는 냉담한 표정을 지었다. 어쩌면 프랑수아즈는 일랄리와 마찬가지로 알베르틴이 나로부터 아무 이득도 취할 수 없게 된 지금, 알베르틴에 대한 증오를 멈추었을지도 모른다. 그렇지만 프랑수아즈는 내가 울고 있으며, 또 내 가족의 나쁜 본보기에 따라 남에게 우는 모습을 '보이고' 싶어 하지 않는다는 사실을 잘 이해하고 있음을 보여 주고 싶어 했다. "우시면 안 돼요, 도련님." 하고 이번에는 보다 침착한 어조로 말했는데, 동정심을 표한다기보다는 오히려 자신의 통찰력을 보여 주려는 것 같았다. 또 그녀는 덧붙였다. "언젠가는 그렇게 될 일이었어요. 그 아인 지나치게 행복했어요. 불쌍한 것, 자기가 얼마나 행복한지도 모르고."

지나칠 정도로 긴 여름날 저녁, 해는 얼마나 느리게 저무는지! 건너편 집의 희미한 형체가 그 끈질긴 하얀빛으로 끝없이 하늘에 수채화를 그려 넣었다. 마침내 집 안이 어두워졌고, 나는 현관방 가구에 머리를 부딪쳤다. 그러나 완전히 어둠 속에 잠겼다고 생각한 계단 유리문에 꽃의 푸른빛인지 곤충 날개의 푸른빛인지 반투명의 푸른빛이 비쳤고, 만일 내가 그 빛을 마지막 반사, 강철처럼 날카로운 반사, 하루해가 그 지칠 줄 모르는 잔인함 속에 가하는 최후의 일격으로 느끼지 않았다면, 아마도 그 푸른빛은 아름답게 보였을 것이다. 그래도 완전한 어둠이 마침내 내렸으나 그 순간에도 안마당 나무 옆에서 별 하나가 반짝이기라도 하면, 저녁 식사 후 달빛이 융단처럼 깔려 있는 샹트피 숲으로 자동차를 타고 떠났던 일을 떠올리기에 충분했다. 거리에서, 파리의 인공조명 한가운데에서도, 의자 등받이에 비친 자연의 순수한 달빛을 따로 분리하여 모으는 일이 있었는데, 달빛은 잠시 내 상상력 속에서 도시를 자연 속으로 들어가게 했고, 들판의 무한한 정적을 환기하면서 알베르틴과 함께했던 산책의 고통스러운 추억을 파리 위로 번지게 했다. 아! 밤은 언제쯤 끝날 것인가? 그러나 새벽의 첫 번째 찬 공기에 몸이 떨렸다. 그 찬 공기가 발베크에서 앵카르빌로, 앵카르빌에서 발베크로 해가 뜰 때까지 몇 번이고 서로를 데려다주던 그런 여름날의 감미로움을 내 몸속에 다시 가져다주었다. 이제 내게는 미래에 대해 단 하나의 희망 — 두려움보다 훨씬 마음을 아프게 하는 —, 알베르틴을 망각한다는 희망밖에 없었다. 언젠가는 알베르틴을 망각할 수밖에 없다는 걸 알고 있었다. 이미 질베르트와 게르망트 부인을 망각했고, 할머니조차 망각했으니까. 그리고 우리가 더 이상 사랑하지 않는 사람들로부터 우리를 멀어지게 하는 저 무덤 속의 망각처럼 그렇게 절대적이고 평온한 망각에 대한 가장 정당하고 잔인한 형벌은, 우리가 아직 사랑하는 사람들에게조차 이런 망각이 불가피하다고 어렴풋하게나마 인지한다는 점이다. 사실을 말하면 우리는 망각이 고통스럽지 않은 상태, 무관심한 상태라는 걸 알고 있다. 그러나 동시에 내 과거의 모습과 미래의 모습을 생각할 수 없으므로, 영원히 내게서 떨어져 나갈 이 모든 애무와 입맞춤과 다정한 잠의 보호막을 절망 속에서 생각했다. 그러자 그토록 다정한 추억의 폭발이 알베르틴이 죽었다는 관념에 부딪혀 산산조각 나며 정반대되는 흐름에 충돌하면서 나를 억눌렀으므로, 나는 더 이상 그 자리에 있을 수 없었다. 자리에서 일어났다. 하지만 갑지기 겁에 질려 하던 행동을 멈추었다. 내가 알베르틴과 헤어졌던 순간, 아직 그녀의 입맞춤으로 뜨겁고 빛났을 때 보았던 것과 같은 여명이 이제 커튼 위로 불길한 칼날을 뽑아 들었고, 그리하여 싸늘하고 집요하며 농밀한 하얀빛이 칼로 찌르듯 내 가슴속으로 파고들었기 때문이다.

곧 거리의 소음이 시작될 테고, 소리의 울림에 의한 갖가지 음향의 질적 차이로 끊임없이 상승하는 기온을 읽을 수 있게 될 터였다. 그러나 몇 시간 후 버찌 냄새가 스며들 이런 더위 속에서 내가 발견한 것은 (우리가 받는 약 처방에서 약의 성분 중 하나를 다른 성분으로 바꾸기만 해도, 각성제나 흥분제였던 것이 진정제의 효과를 주는 것처럼) 더 이상 여인들에 대한 욕망이 아니라, 알베르틴의 떠남에서 오는 고뇌였다. 게다가 내 모든 욕망의 추억에는 쾌락의 추억처럼 그녀가, 또 고뇌가 스며들어 있었다. 그녀의 존재가 귀찮게 느껴질지도 모른다고 생각했던 그 베네치아에도(아마도 어렴풋이 내가 그곳에서 그녀의 존재를 필요로 하리라고 느꼈기 때문인지는 모르지만), 알베르틴이 더 이상 존재하지 않는 지금은 가고 싶지 않았다. 예전에 나는 알베르틴이 내게서 이 모든 것을 담는 그릇이었으며, 그래서 항아리에서 꺼내듯 오로지 그녀를 통해서만 그것들을 받을 수 있다고 느꼈으므로, 알베르틴이 나와 이 모든 것 사이에 놓여 있는 장애물이라고 생각했다. 그러나 항아리가 부서진 지금 내게는 그 모든 걸 붙잡을 용기가 없었고, 그래서 낙담한 채로 더 이상 음미하고 싶은 생각도 나지 않아, 그 모든 것에서 시선을 돌렸다. 따라서 그녀와의 이별은 그녀의 현존 때문에 내게 닫혔다고 생각한 그 모든 가능한 쾌락의 영역을 전혀 열어 주지 못했다. 게다가 그녀의 현존이 어쩌면 여행이나 삶을 즐기는 데 방해가 되었을지는 모르지만, 이런 장애물도 다만 다른 종류의 장애물을 은폐했을 뿐, 그 장애물이 사라지자 다른 장애물들이 온전한 형태로 다시 나타났다. 이렇게 해서 예전에 어느 다정한 사람의 방문에 의해 내 작업이 방해를 받았을 때처럼, 다음 날 혼자 있을 때에도 역시 일을 하지 않았다. 병이나 결투, 미쳐 날뛰는 말 때문에 죽음의 임박했음을 느낄 때에도, 우리는 곧 잃게 될 삶이나 쾌락, 미지의 고장을 얼마나 즐겼을 것인가! 이런 위험이 지나가고 우리가 발견하는 것은 전과 똑같은 울적한 삶으로, 거기서 이 모든 것은 전혀 존재하지 않았다.

물론 이런 짧은 밤들은 그렇게 오래 지속되지 않았다. 겨울은 마침내 돌아올 테고, 그러면 나는 지나치게 일찍 동이 트는 새벽까지 그녀와 밤새 내내 했던 산책의 추억들을 더 이상 두려워할 필요가 없으리라. 그러나 첫서리가 내리면, 얼음 속에 보존된 내 초기 욕망의 싹들을 다시 가져다주지 않을까? 한밤

중에 그녀를 찾으러 사람을 보낼 때면, 벨소리가 울릴 때까지 그토록 시간이 길게 느껴졌는데, 지금은 그 소리를 영원히 기다린다 해도 헛된 일이었다. 또 그 첫서리는 두 번이나 그녀가 오지 않을까 하는 생각에 몸을 떨면서 느꼈던 첫 번째 불안의 싹도 가져다주지 않을까? 그 시기에 나는 그녀를 아주 드물게만 만나고 있었다. 그러나 그녀의 방문들 사이에 놓인 시간적 거리가, 몇 주 지나 내가 수유하려고 시도히지 않았던 미시의 삶 깊숙한 곳으로부터 돌연 알베르틴을 솟아오르게 했음에도 불구하고, 질투에 대한 부단한 생각이 내 마음속에 응결되고 결집되는 것을 끊임없이 중단하고 방해하면서 평점심을 유지하게 해 주었다. 그 시기에 내 마음을 안심시켜 주던 시간적 거리마저, 회고적으로 생각해 보면, 내가 모르는 미지의 행동을 그녀가 할 수 있다는 사실에 무관심하지 않게 되면서부터는, 특히 그녀의 방문이 영원히 가능하지 않게 된 지금에 와서는 고뇌의 흔적을 남겼다. 그리하여 그녀가 찾아왔던, 또 그런 이유로 그토록 감미롭게 느껴졌던 1월의 밤들이, 이제는 살을 에는 듯한 북풍 속에 당시에는 몰랐던 불안을 불어넣으면서, 서리가 내리던 날 속에 보존된 내 사랑의 초기 싹들을, 그러나 유해한 싹들을 가져다줄 터였다. 그래서 질베르트를 알고 함께 샹젤리제에서 놀던 시절부터 내게는 항상 슬퍼 보였던 추운 날씨가 다시 시작된다고 생각하자, 밤새 내내 알베르틴을 기다렸던 그 눈 오는 밤과 유사한 밤이 다시 돌아온다고 생각하자, 내 슬픔과 내 마음 때문에 정신적으로 내가 가장 두려워했던 것은 —— 환자가 신체적 관점에서 자신의 폐를 걱정하듯이 ─ 큰 추위가 돌아오는 것이었고, 그리하여 어쩌면 내가 가장 보내기 힘든 계절은 겨울일지도 모른다고 생각했다. 모든 계절과 연결된 알베르틴의 추억을 지우려면, 마치 편측마비에 걸린 노인이 다시 읽고 쓰기를 배우듯, 비록 그 계절을 다시 알게 된다 해도 온 계절을 망각해야 했다. 온 우주를 단념해야 했다. 오로지 나 자신의 진정한 죽음만이(그러나 불가능한 일인) 그녀의 죽음으로부터 내 마음을 위로해 줄 수 있다고 생각했다. 나는 자아의 죽음이 불가능한 일도 예외적인 일도 아니라는 걸 생각하지 못했다. 죽음은 우리가 모르는 사이에, 필요한 경우 우리의 의사에 반하여 날마다 일어나고 있으며, 또 나는 자연만이 아니라 인위적인 상황과 보다 관습적인 종류의 일들이 계절 속에 연루시키는 온갖 종류의 반복에 괴로워했다. 그러다 곧 작년 여름 발베크에 갔던 날이 돌아올 테고, 그때 아직 질투와는 불가분의 관계가 아니었던, 또 알베르틴이 온종일 하는 일에 대해서도 불안해하지 않던 내 사랑이 최근의 그토록 상이하고 특별한 사랑이 되기까지 얼마나 많은 진화 과정을 거쳐야 했던지, 마치 알베르틴의 운명이 변하기 시작하고 끝이 났던 그 마지막 해가 내게는 한 세기라도 되는 듯 그토록 충만하고 다양하고 광대한 것으로 보였다. 그러다 그보다 늦은 날들, 그러나 여전히 이른 시기에 속하는 날들에 대한 추억이 있었다. 날씨가 나쁜데도 모든 사람들이 외출한 일요일, 공허한 오후 나절의 바람과 빗소리가 집에 남아 '지붕 밑 철학자'* 흉내를 내라고 권유할 것 같은 날에 기다리지도 않았던 알베르틴이 갑자기 찾아와 처음으로 나를 애무하다가 등잔을 들고 온 프랑수아즈 때문에 방해를 받은 그 시간이 ─ 그때 알베르틴은 내게 관심이 있었고, 그녀에 대한 내 애정도 당연히 희망에 차 있었으니 두 배로 죽어 버린 ─, 그 시각이 다가오는 것을 어떤 불안한 마음으로 바라보게 될 것인가! 그리고 계절이 보다 깊어지면서, 금빛 먼지 속에 잠긴 부엌방이나 여학생 기숙사가 예배당처럼 반쯤 열려 있는 찬란한 밤들, 거리를 장식하는 그 여신 같은 존재들이 우리와 그리 멀지 않은 곳에서 그들과 유사한 이들과 얘기를 나누고 있어 그 신화적 삶 속으로 꿰뚫고 들어가고 싶은 열정을 불러일으켰지만, 이제 그런 밤들도 내 옆에서 여신 같은 존재들에게 가까이 다가가는 것을 방해하던 알베르틴의 애정만을 떠올리게 할 뿐이었다

게다가 순수한 자연의 시간에 관한 추억에도, 그것을 뭔가 특이한 것으로 만드는 어떤 정신적 풍경이 필연적으로 덧붙여지기 마련이다. 훗날, 거의 이탈리아의 날씨와도 같은 첫 화창한 날들에 염소지기의 뿔나팔 소리가 들릴 때면, 동일한 날이 그날 빛 속에 번갈아 섞어 놓은 것은 알베르틴이 어쩌면 레아와 두 소녀와 함께 트로카데로에 가지 않았는지를 알고 싶어 하는 불안한 마음과 프랑수아즈가 알베르틴을 데리러 그곳에 갔을 때 당시에는 내게 귀찮게 생각되었던 아내라는 존재가 주는 것 같은 가족적이고 가정적인 따사로움이었다. 프

---

* 1850년에 발간된 에밀 수베스트르(Emile Souvestre)의 『지붕 밑 철학자, 행복한 남자의 일기』를 가리키는 것처럼 보인다.(『사라진 알베르틴』; 리브르드포슈, 124쪽 참조.)

랑수아즈가 전화로 알베르틴이 내 말에 존경을 표하고 복종한다면서 함께 돌아오겠다고 전하는 말이 나를 자랑스럽게 한다고 생각했다. 그러나 틀린 생각이었다. 내가 그 전화 메시지에 열광한 이유는 사랑하는 여인이 정말로 내게 속하며, 나를 위해서만 살며, 비록 멀리 있을 때조차 내가 그녀를 보살필 필요 없이 그녀가 나를 그녀의 남편이나 주인으로 간주하며, 그래서 내가 신호를 보내기만 하면 즉시 돌아오리라는 것을 느끼게 했기 때문이다. 이렇게 해서 그 전화 메시지는 멀리서, 내 행복의 원천이 있는 그 트로카데로 가(街)에서 발신되어 내게로 온 감미로움의 작은 조각이었고, 그것이 내 쪽으로 내 마음을 진정시켜 주는 미립자, 방향성 진통제를 보내면서 마침내 내 정신을 그토록 평온하고 자유로운 상태로 만들었으므로 — 단 하나의 걱정도 나를 구속하는 일 없이 바그너의 음악에 몰두하게 하면서 — , 나는 열광하는 마음도 행복을 느끼지 못하게 하는 초조한 마음도 없이, 그저 알베르틴의 확실한 도착만을 기다리면 되었다. 그녀가 돌아온다는, 그녀가 내 말에 복종하고 내게 속한다는 이 행복감의 원인은 자만심이 아닌 사랑에 있었다. 지금 내가 신호를 보내기만 하면 내 명령에 따라 쉰 명의 여자가 트로카데로가 아닌 인도에서 돌아온다고 해도, 나와는 아무 상관 없는 일처럼 느꼈을 것이다. 그러나 그날 혼자 방에서 음악을 연주하는 동안 나를 향해 온순하게 돌아오는 알베르틴을 느끼면서, 나는 햇빛을 받은 먼지 조각마냥 공중에 흩어진 물질 가운데 하나를, 마치 다른 물질이 몸에 이로운 것처럼, 우리 영혼에 이로운 물질로 들이마셨다. 그러다 삼십 분 후 알베르틴이 도착했고, 알베르틴과 함께 산책했다. 이런 도착과 산책에 대해 나는 그것이 확실성을 동반했으므로 권태롭다고 여겼는데, 바로 그 확실성 때문에, 프랑수아즈가 그녀를 데리고 돌아온다고 전화한 순간부터 그 확실성이 뒤에 올 시간들을 황금빛 평온함으로 채워 넣으면서, 그 시간들을 앞의 날과는 완연히 다른 두 번째 날로 만들었다. 왜냐하면 이 두 번째 날은 그때까지와는 다른 정신적 기반을 가지고 있어서 그날을 유일한 날로 만들면서, 지금까지 내가 경험해 온 날들, 또 내가 결코 상상할 수 없었던 날들의 다양한 형태에 — 마치 우리가 살아온 세월의 연속적인 달력 속에 그런 날들이 존재하지 않았다면, 결코 여름날의 휴식을 상상할 수 없는 것처럼 — 덧붙여졌기 때문이다. 그날은 이제 그 평온함에 당시 느끼지 못했던 고뇌가 더해졌으므로 내가 완전히 기억한다고도 말할 수 없는 날이었다. 그러나 먼 훗날, 알베르틴을 그토록 사랑했던 시절에 앞서 내가 거쳐 갔던 시간을 반대 방향에서 조금씩 다시 거슬러 올라갔을 때, 상처가 아문 내 가슴이 죽은 알베르틴으로부터 별 고통 없이 분리되었을 때, 그래서 마침내 알베르틴이 트로카데로에 남아 있는 대신 프랑수아즈와 함께 쇼핑하러 갔던 그날을 별 고통 없이 기억할 수 있었을 때, 나는 그때까지 경험하지 못했던 정신적 계절에 속하는 그날을 즐거운 마음으로 회상할 수 있었다. 그날에 어떤 고통도 더하지 않고, 오히려 반대로 마치 우리가 어떤 여름날들을 실제로 경험할 때면 무더운 생각밖에 나지 않지만 나중에 생각하면 비로소 그 혼합물로부터 순도가 보증

된 금과 부서지지 않는 청금석을 추출하듯이, 정확히 그날을 기억할 수 있었다.*

이렇게 해서 나를 그토록 고통스럽게 했던 그 몇 해가 알베르틴에 대한 추억에, 6월의 늦은 오후에서 겨울밤, 바다 위 달빛에서 새벽의 귀가, 파리에 내린 눈에서 생클루 공원의 낙엽에 이르기까지 연속적인 빛깔과 다양한 모습을, 계절 또는 시간의 재를 뿌렸다. 뿐만 아니라 내가 알베르틴에 대해 연이어 품었던 특별한 생각, 그 순간마다 내가 떠올렸던 그녀 몸의 형태, 어느 정도 차이는 있지만 그 계절에 그녀와 만났던 횟수에 따라 조금은 드물게 또는 집중적으로 그녀와의 만남을 기다리며 느꼈던 불안이나 어느 순간 느꼈던 그녀의 매력, 그리고 마음속에 품었다가 사라진 희망의 재도 뿌렸다.** 이 모든 것이 내 회고적 슬픔의 성격을, 그 슬픔에 결합된 빛과 향기의 인상만큼이나 달라지게 했고, 또 내가 살아온 태양년(太陽年)의 봄과 가을과 겨울만으로도 그녀와 결코 분리될 수 없는 추억 때문에 그토록 슬프게 느껴졌던 각각의 해를 태양의 위치가 아닌 그녀와의 만남을 기다리는 일로 정의되는 감정년(感情年)으로 보완하면서 슬픔을 배가했다. 이런 감정년에서 낮의 길이나 기온의 상승은 내 희망의 비약적인 발전과 우리 내밀함의 진전, 그녀 얼굴의 점진적인 변모와 그녀가 했던 여행, 그

* 여기서 금과 청금석은 각각 태양과 하늘을 상징하는 은유이다.
** 여기서 '뿌리다'로 옮긴 imposer는 보통 '부과하다', '가하다', '강제로 받아들이게 하다'라는 의미를 갖고 있지만, 가톨릭교의 사순절이 시작되는 수요일 재의 의식에서는 참회와 애도의 상징인 재를 '뿌리다'라는 의미를 갖고 있다.

녀가 내 옆에 없는 동안 보낸 편지의 횟수와 그 문체, 그녀가 귀가하면서 어느 정도 차이는 있지만 나를 보려고 서둘러 달려오는 모습에 의해 측정될 수 있었다. 끝으로 이런 날씨의 변화와 상이한 날들이 각기 다른 알베르틴을 떠올리게 했다면, 그것은 다만 유사한 순간들의 환기를 통해서만은 아니었다. 사랑을 하기 전에도 언제나 각각의 계절은 나를 다른 인간, 다른 지각을 가졌기에 다른 욕망을 가진 인간으로 만들었음을 독자는 기억할 것이다. 그 인간은 전날 폭풍우와 절벽만을 꿈꾸다가도, 봄날이 어쩌다 부주의하게도 잘 이어지지 않은 수면의 열린 틈새 사이로 장미 향기를 살짝 밀어 넣기라도 하면 금방 잠에서 깨어나 이탈리아로 떠나려고 했다. 사랑을 할 때에도, 정신적 대기 상태가 불안정하고 내 믿음의 압력이 변하면 어떤 날에는 내 고유한 사랑의 시계(視界)가 좁아지고, 그렇지 않은 날에는 무한히 넓어지고, 또 어느 날에는 미소를 짓게 할 만큼 아름답다가도 다른 날에는 폭풍우를 일게 할 만큼 일그러지지 않았던가? 우리는 오로지 자신이 소유한 것에 의해서만 존재하며, 실제로 우리 옆에 있는 것만을 소유한다. 얼마나 많은 추억과 기분과 관념이 우리 자신으로부터 멀리 떨어진 곳으로 여행을 떠나 우리의 시계로부터 멀어지는가! 그때 우리는 그것들을 더 이상 우리 존재를 이루는 전체 속에 포함할 수 없다. 그러나 그것들은 우리 마음속에 들어오는 비밀 통로를 가지고 있다. 어떤 밤에는 더 이상 알베르틴을 그리워하지 않고 잠들기도 했는데 — 우리는 우리 자신이 기억하는 것만을 그리워할 수 있다 — , 잠에서 깨어나는 순간 나의 가장 명철한 의식 속으로 추억이란 함대 전체가 순항하러 온 것을 보고 그 함대를 놀랍게도 뚜렷이 구별할 수 있었다. 그러면 나는 전날 무(無)에 불과했던 사람이 그토록 뚜렷이 보인다는 사실에 눈물을 터뜨렸다. 알베르틴이란 이름과 죽음의 의미가 변했다. 그녀의 배신이 돌연 그 중요성을 회복했다.

이제 그녀를 생각하기 위해 내가 마음대로 떠올릴 수 있는 것은 그녀가 살아 있을 때 자주 본 것과 같은 이미지뿐인데, 어떻게 그녀가 내게 죽은 여인으로 보이겠는가? 비 오는 날 그녀의 가슴을 불룩 나오게 하는 그 몸에 꼭 달라붙는 전투사의 고무 비옷 차림으로 머리에는 뱀이 득실거리는 터번을 두르고,* 신화에 나올 법한 자전거 바퀴에 몸을 구부리고 빠르게 달리던 그녀는 발베크 거리에 공포를 뿌리고 다녔다. 또는 저녁에 샴페인을 가지고 샹트피 숲으로 갈 때는 도발적으로 변한 목소리, 광대뼈 부분만 달아오른 그 창백하고 흥분한 얼굴의 그녀를 마차 안의 어둠 속에서 잘 식별할 수 없어, 더 잘 보려고 달빛이 비치는 쪽으로 갖다 대었는데, 이제는 끝없이 이어지는 어둠 속에서 그녀를 기억하려고, 다시 보려고 해 봐야 헛된 일이었다. 섬 쪽으로 난 산책로에서는 작은 동상이었으며, 피아놀라 옆에 앉을 때는 커다란 점이 있는 통통하고 고요한 얼굴이었던 그녀, 그렇게 그녀는 차례차례로 비를 맞으며 빠르게 달리던 소녀, 도발적이고 창백한 소녀, 부동의 자세로

---

* 그리스 신화에 나오는 메두사의 모습을 형상화한 묘사이다. 고무 비옷을 입은 알베르틴에 대해서는 『잃어버린 시간을 찾아서』 8권 25쪽 참조.

미소 짓는 음악 천사였다. 이처럼 각각의 알베르틴은 알베르틴을 그려 볼 때마다 내가 다시 돌아가는 순간이나 시기에 결부되어 있었다. 그리고 그 과거의 순간은 부동의 순간이 아니다. 그 순간들은 그것을 미래로 — 그 자체가 이미 과거가 된 미래로 — 이끄는 움직임을 기억 속에 간직하며, 그리하여 우리 자신도 미래로 이끌고 간다. 나는 비 오는 날 고무 비옷을 입은 알베르틴을 한 번도 포옹한 적이 없었다. 그녀에게 그 갑옷을 벗어 달라고 청하고 싶었고, 만일 그녀가 그렇게 해 주었다면, 나는 그녀와 더불어 야영지에서의 사랑을, 여행의 유대감을 경험할 수 있었을 것이다. 그러나 이제 그 일은 가능하지 않다. 그녀가 죽었으니까. 나는 그녀를 타락하게 할까 봐 두려워서 그녀가 내게 주려는 듯 보였던 쾌락도 알지 못하는 척 행동했는데, 만일 그러지 않았다면 그녀는 다른 이들에게 쾌락을 구하러 가지 않았을지도 모른다. 이제 그 쾌락이 내 몸속에 격렬한 욕망을 불러일으켰다. 나는 그와 비슷한 쾌락을 다른 여인 곁에서는 맛보지 못할 것이다. 그런 쾌락을 줄 여자를 찾아 온 세상을 헤맨다 해도 만나지 못할 것이다. 알베르틴이 죽었기 때문이다. 나는 다음의 두 사실 중 하나를 택하고 무엇이 진실인지 결정해야 할 것 같았다. 그토록 알베르틴이 죽었다는 사실이 — 내가 몰랐던 현실에서 온, 그 투렌에서의 삶이 — 그녀에 관한 내 모든 사유와 욕망과 회한, 연민과 분노와 질투와 모순을 이루었기 때문이다. 그녀의 삶이라는 목록에서 빌린 이런 숱한 추억들이, 그녀의 삶을 떠올리게 하고 연루시키는 이런 감정의 풍요로움이 알베르틴이 죽었다는 사실을 믿지 못하게 하는 것 같았다. 이런 감정의 풍요로움은 내 애정을 간직하는 기억이 그 애정에 온갖 다양한 형태를 부여한 탓이었다. 이런 순간들의 연속에 지나지 않은 것은 다만 알베르틴만이 아니었다. 나 자신도 마찬가지였다. 그녀에 대한 내 사랑은 단일한 것이 아니었다. 다시 말해 미지의 것에 대한 호기심에는 관능적 욕망이, 거의 가족적으로 보이는 따사로운 감정에는 때로는 무관심이, 때로는 격렬한 질투가 더해졌다. 나는 단 한 사람의 남자가 아니라 때에 따라 정열적인 남자, 무관심한 남자, 질투하는 남자가 등장하는, 시시각각 변하는 혼성 부대의 행렬과도 같았다. 이 질투하는 남자들은 어느 하나도 동일한 여인에 대해 질투하지 않는다. 그리고 아마도 바로 거기에 내가 원하지 않는 치유의 방법이 있는지도 모른다. 그 군중을 구성하는 요소는 자기도 모르는 사이에 하나씩 다른 요소로 대체되고, 또 다른 요소가 나타나 그 요소를 제거하고 보강하며, 그리하여 마침내 우리가 단일한 존재였다면 생각할 수 없는 변화가 완성된다. 내 사랑이나 인격의 복합적인 성격이 고뇌를 증식하고 다양하게 만들었다. 그렇지만 언제나 두 그룹으로 분류될 수 있는 고뇌는 신뢰와 질투 어린 의혹으로 번갈아 나를 몰두하게 하면서 알베르틴에 대한 내 모든 사랑의 삶을 축조했다.

이토록 내 마음속에 생생하게 살아 있는 알베르틴(내가 그랬듯이 현재와 과거라는 이중의 멍에를 짊어지고 있는)을 죽었다고 생각하는 것이 힘들었다면, 어쩌면 또한 그녀가 즐겨 과오를 저지르던 육체와 그 과오를 저지르기를 열망하던 영혼으로부터 벗어난 지금, 더 이상 그런 과오를 저지를 수 없는데도 그런 과오에 대한 의혹이 이토록 내 마음속에 고통을 불러일으키는 것은 모순된 일인지도 모른다. 만일 그 고통에서 그녀가 예전에 야기한 인상으로부터 스스로 사라질 운명임을 비추는 반사체 대신 물질적으로 존재하지 않는 인간의 정신적 현실에 대한 증거를 볼 수 있다면, 아마 나는 그 고통을 축복했을 것이다. 다른 사람들과 쾌락을 느낄 수 없는 여인에게 내 애정을 밝힐 수만 있다면, 그녀는 더 이상 질투를 유발하지 않았을 것이다. 하지만 그 일은 불가능했다. 왜냐하면 나는 내 애정의 대상인 알베르틴을 그녀가 살아 있었을 때의 추억을 통해서만 발견할 수 있었기 때문이다. 그녀 생각만 해도 그녀는 되살아났고, 그녀의 배신만 해도 결코 망자의 배신일 수 없었다. 그녀가 배신을 저질렀던 순간이 그녀뿐만 아니라 느닷없이 그녀를 관조하기 위해 불려 나온 내 자아에도 현재의 순간이 되었기 때문이다. 그리하여 새로이 죄를 짓는 여인이 나타날 때마다 그 여인에 대한 질투에 사로잡힌 가엾은 남성이 동시적으로 짝을 이루면서, 어떤 연대기 착오도 이들 커플을 떼어 놓지 못했다. 최근 몇 달 동안 나는 그녀를 내 집에 유폐하고 있었다. 그러나 지금 내 상상 속에서 알베르틴은 자유로운 몸이었다. 그녀는 이 자유를 악용했고 이 여자, 저 여자에게 몸을 허락했다. 예전에 나는 끊임없이 우리 앞에 펼쳐진 불확실한 미래를 생각했고, 또 그 미래를 읽어 보려고 시도했다. 그런데 지금 마치 미래의 분신처럼 내 앞에 놓인 것은 ── 불확실하고 판독하기 어렵고 신비롭기 때문에 걱정스럽고, 내가 미래에 대해서처럼 영향을 미칠 가능성이나 환상을 품을 수 없기 때문에 잔인하고, 또 내 삶 자체만큼이나 멀리 펼쳐질 테지만 거기에는 미래가 야기할 고뇌를 위로해 줄 동반자가 없기 때문에 더욱 잔인한 ─ 더 이상 알베르틴의 '미래'가 아니라, 그녀의 '과거'였다. 그녀의 '과거'라니? 틀린 말이다. 왜냐하면 질투에는 과거도 미래도 없으며, 또 질투가 상상하는 것은 항상 '현재'이기 때문이다.

대기의 변화는 내적 인간에게 다른 변화를 야기하고, 망각했던 자아를 깨어나게 하며, 습관에 의한 무기력증을 방해하고, 이런저런 추억이나 고뇌에 힘을 준다. 아니, 그보다 이 새로운 날씨가, 이를테면 발베크에서 비가 쏟아질 듯한 날씨에 알베르틴이 몸에 꼭 달라붙는 옷을 입고 하느님만이 그 이유를 아는 장거리 산책을 떠났던 일을 떠올리게 할 때면, 얼마나 많은 힘을 주는가! 만일 그녀가 살아 있다면, 아마도 오늘 같은 날씨에 투렌에서 그와 비슷한 소풍을 하러 떠났을지도 모른다. 그러나 이제 그녀는 그렇게 할 수 없고, 나는 그런 관념에 시달릴 필요가 없었다. 그런데도 마치 팔다리가 잘린 사람에게서처럼, 날씨의 작은 변화는 더 이상 존재하지 않는 사지(四肢)에서 느끼는 통증을 되살아나게 한다.

문득 오랫동안 생각해 보지 못한 추억 하나가 떠올랐다. 그 추억이 결정화된 모습으로 나타날 때까지 내 기억의 눈에 보이지 않는 액체 속에 용해되어 있었기 때문이다. 이렇게 해서 몇 년 전 누군가가 목욕 가운 얘기를 했을 때 알베르틴이 얼굴을 붉혔던 일이 생각났다. 그 시기에 나는 아직 그녀로 인해 질투심을 느끼지 않았다. 하지만 그 후 나는 그녀에게 그 대화를 기억하는지, 또 그녀가 얼굴을 붉힌 까닭을 말해 줄 수 있는지 물어보고 싶었다. 누군가가 내게 레아의 친구인 두 소녀가 호텔에 설치된 목욕 시설*에 간다고 말한 적이 있었는데, 그것도 단지 샤워를 하기 위해 가는 게 아니라는 말을 듣고 더욱 신경이 쓰였다. 그러나 알베르틴의 기분을 상하게 할까 봐 겁이 났고, 또는 좀 더 나은 때를 기다렸다 말하려고 차일피일 미루다가 그 일을 더 이상 생각하지 않았다. 그런데 갑자기, 알베르틴이 죽고 나서 얼마 후, 나는 수수께끼를 밝힐 수 있는 유일한 존재가 죽으면서 영원히 해명되지 않고 남아 있는 수수께끼가 지닌 그런 불편하고 과장된 성격으로 각인된 추억을 인지했다. 적어도 알베르틴이 샤워장에서 나쁜 짓이라곤 아무것도 하지 않았는지, 다만 의심스럽게 보였던 것은 아닌지, 적어도 그런 사실만이라도 알 수 있지 않을까? 발베크에 누군가를 보내면 어쩌면 알 수 있을지도 몰랐다. 그녀가 살아 있다면 나는 아마 아무것도 알아내지 못했을 것이다. 하지만 더 이상 죄인의 원한을 두려워할 필요가 없을 때면, 사람들의 혀는 이상하게도 잘 풀리고 남의 잘못을 쉽게 얘기하는 법이다. 우리의 상상력은 초보적이고 단순한 상태로 구성되어 있어서(기압계든 열기구든 전화든 인간의 발명품은 초기 모델을 나중에 완벽하게 개량하는 탓에 거의 그 초기 모델을 알아보지 못하게 하지만, 우리의 상상력은 그런 수많은 변형을 거치지 않으므로) 한 번

---

* 해변에 설치된 간이 샤워 시설을 말한다.

에 지극히 적은 것만을 보여 주는 탓에, 이 샤워장에 대한 기억이 나의 내적 관점의 온 영역을 차지했다.

때로 잠의 어두운 거리에서 별로 심각하지 않은 악몽에 부딪히기도 했다. 그 주된 이유가 꿈이 야기한 슬픔이 약을 먹고 인위적으로 잠을 청한 후에 느껴지는 거북함처럼 기껏해야 한 시간밖에 지속되지 않기 때문이다. 또 다른 이유에서도 그러한데, 우리는 그런 꿈을 이삼 년에 한 번, 매우 드물게만 만나기 때문이다. 더욱이 이미 그런 꿈을 꾼 적이 있는지도 확실치 않다. 차라리 처음 꾼 것이 아니라는 성질이 착각이나 세분화(이분화라는 말로는 충분치 않은)를 통해 그 꿈에 투사된 것인지도 모른다.

물론 나는 알베르틴의 삶이나 죽음에 의혹을 품고 있었으므로, 훨씬 오래전에 조사에 착수해야 했다. 하지만 알베르틴이 여기 있을 때 나를 알베르틴의 말에 복종하게 했던 동일한 피로감과 무기력이, 그녀를 더 이상 보지 못하게 된 후에도 아무것도 시도하지 못하게끔 방해했다. 그렇지만 몇 해 동안 질질 끌어온 이런 나약함으로부터 때로 섬광 같은 에너지가 솟아나기도 했다. 적어도 나는 지극히 부분적인 일에 관해서만 조사하기로 결심했다. 마치 알베르틴의 일생을 통해 그 밖에 다른 일은 아무것도 없는 것 같았다.* 나는 발베크에서의 현장 조사를 위해 누구를 보낼지 생각했다. 에메가 그 일에 적합할 것 같았다. 그는 그 장소들을 기가 막히게 잘 알고 있을 뿐

---

* 목욕 가운 얘기를 했을 때 알베르틴이 얼굴을 붉혔던 일을 가리킨다.

만 아니라, 이해타산을 따지고, 자신이 섬기는 주인에게 충실하고, 모든 종류의 도덕심에 무관심하며 — 돈만 충분히 지불하면 우리 의사에 복종해서 이런저런 방식으로 그 의사에 방해가 되는 것은 모두 없애 주고, 또한 양심의 가책을 느끼지 않는 만큼이나 경솔하고 무기력하고 부정직하지도 않기 때문에 —, 우리가 "충직한 사람들이야."라고 말하는 사람이다. 이런 사람들에게는 절대적 신뢰를 품을 수 있다. 에베가 떠났을 때, 나는 그가 그곳에서 알아내기 위해 시도할 일을 내가 지금 알베르틴 자신에게 물어볼 수 있다면 얼마나 좋을까 생각했다. 그러자 그녀에게 내가 하고 싶어 하는, 또는 내가 하려고 하는 질문에 대한 관념이 그녀를 부활시키려는 노력 덕분이 아니라, 우연한 만남인 듯 — '포즈를 취하면서' 찍는 사진이 아니라, 스냅 사진을 찍을 때처럼 — 항상 살아 있는 사람으로 보이게 하는 그런 알베르틴을 내 곁에 데려다주었고, 동시에 우리 두 사람의 대화를 상상하고 그것의 불가능성도 인지하게 했다. 나는 지금 막 알베르틴이 죽었다는 관념을 다른 측면에서 접한 것이다. 부재하는 이를 실제로 만나도 그 아름다운 이미지가 변질되지 않은 그런 따사로움을 불러일으키는 알베르틴은 또한 그 부재가 영원하다는 슬픔, 또 그 가엾은 소녀가 영원히 삶의 즐거움을 박탈당했다는 슬픔을 불러일으켰다. 그러자 곧 나는 갑작스러운 전이 작용에 의해, 질투의 고문에서 이별의 절망으로 이동했다.

지금 내 마음을 가득 채우는 것은 증오에 찬 의혹 대신 죽음에 의해 실제로 잃은 누이와 함께 보낸, 그 신뢰에 찬 다정한 시간에 대한 감동 어린 추억이었다. 왜냐하면 내 슬픔은 알베르틴이 현실적으로 내게 존재했던 모습과는 무관하게, 사랑이란 가장 보편적인 감정을 경험하고 싶은 내 마음이 그녀가 그런 사람이었다고 조금씩 설득하면서 만들어 간 모습과 연관이 있었기 때문이다. 그러자 내게 그토록 권태롭게 보였던 삶이— 적어도 나는 그렇게 믿고 있었다 — 실은 반대로 감미로운 삶이었음을 깨닫게 되었다. 아무리 시시한 얘기도 그녀와 함께하면서 보낸 짧은 순간에는, 사실 당시에는 내가 지각하지 못했지만, 이미 관능적인 기쁨이 덧붙어 있었으며, 그것이 나로 하여금 다른 모든 것을 버리고 언제나 그 순간만을 집요하게 추구하도록 했다는 걸 이제야 깨닫게 되었다. 내가 기억하지 못하는 아주 작은 사건이, 그녀가 마차 안 내 옆자리에 앉았을 때, 또는 그녀 방에서 내가 앉은 탁자 맞은편에 앉으려고 했을 때 한 동작이 내 영혼에 감미로움과 슬픔의 소용돌이를 번지게 하면서, 점차 내 영혼은 온통 그 소용돌이에 휩싸였다.

나는 우리가 저녁 식사를 하던 이 방을 한 번도 멋지다고 생각한 적이 없지만, 그저 내 여자 친구에게 거기 사는 만족감을 느끼게 하려고 멋진 방이라고 했다. 그런데 지금은 커튼이며 의자며 책이 더 이상 나와 무관하게 느껴지지 않았다. 예술만이 지극히 하찮은 것들에 매력과 신비로움을 주는 것은 아니다. 그것과 내밀한 관계를 맺는 힘은 고통에도 부여된다. 불로뉴 숲에서 돌아와 베르뒤랭 집에 가기 전에 우리가 함께했던 저녁 식사에 나는 어떤 주의도 기울이지 않았지만,

지금은 그 식사의 아름다움과 경건한 부드러움에 눈물이 가득한 시선을 돌렸다. 사랑의 인상은 삶의 다른 인상과 비교할 수 없고, 우리가 그 인상 한가운데 잠겨 있을 때는 그것을 의식하지 못하는 법이다. 대성당의 높이도, 거리의 소음과 이웃하는 집들로 붐비는 성당 아래에서 위를 쳐다볼 때가 아니라, 그곳에서 멀리 떨어진 근처 언덕의 비탈에서 바라볼 때, 즉 도시 전체가 사라지거나 지면에 닿을락 말락 한 어렴풋한 형체를 이룰 때 비로소 고독한 저녁의 명상 속에서 그것의 유일하고 영원한 순수 높이를 측정할 수 있다. 나는 그날 저녁 눈물을 흘리며, 그녀가 했던 온갖 진지하고 바른말들을 생각하며 알베르틴의 이미지에 키스하려고 했다. 어느 날 아침 나는 기다란 형태의 언덕을 안개 속에서 보는 듯했고, 또 초콜릿차의 뜨거운 맛을 느끼는 듯했으며, 그동안 내 가슴은 알베르틴이 나를 보러 와서 내가 그녀에게 처음으로 키스했던 오후의 추억으로 찢어질 듯했는데, 그건 불을 붙인 온수 장치에서 딸가닥거리는 소리를 방금 들었기 때문이었다. 화가 난 나는 프랑수아즈가 가져온 베르뒤랭 부인의 초대장을 내던졌다. 처음으로 라 라스플리에르에 만찬을 들러 가면서, 나는 죽음이 모든 존재를 똑같은 나이에 덮치지 않는다는 사실에 강한 인상을 받았는데, 알베르틴이 그렇게 젊은 나이에 죽었는데도 브리쇼는 여전히 베르뒤랭 부인 댁의 만찬에 계속해서 갈 것이고 또 베르뒤랭 부인도 계속 손님들을 — 아마 앞으로도 많은 세월 동안! — 초대하리라고 생각하자, 그 인상은 보다 강한 힘을 가지고 다가왔다. 그러자 곧 브리쇼란 이름이 파티가 끝나 그가 나를 집까지 데려다주고 그래서 내가 집 아래에서 알베르틴 방의 불빛을 쳐다보던 그날 밤의 끝을 생각나게 했다. 나는 이미 여러 번 그날 밤에 대해 생각했지만, 그 추억을 이런 쪽에서 접근해 본 적은 없었다. 왜냐하면 비록 우리에게 속한 추억이라 해도 거기에는 우리가 모르는, 또 이웃 사람이 열어 주어야 열리는 작은 문이 숨겨져 있으며, 그래서 적어도 우리가 예전에 한 번도 가 보지 않은 쪽으로 가다 보면, 갑자기 집에 와 있는 자신을 발견하는 경우가 있기 때문이다. 그렇게 지금 집에 돌아가면서 발견할 공허를 생각하자, 이제는 영원히 불빛이 꺼진 알베르틴의 방을 아래에서 쳐다볼 수 없다고 생각하자, 그날 밤 브리쇼와 헤어진 뒤 거리를 배회하러 가지 않고 다른 데서 사랑을 나누지 않은 데 대해 권태와 후회를 느낀 것이 얼마나 잘못된 일이었는지 깨달았다. 또 그때 나는 위쪽에서 내가 있는 곳까지 빛을 반사하던 보물이 완전히 내 소유물이라고 확신했으므로 그 가치를 계산하는 일을 소홀히 했으며, 그래서 그 가치는 내가 상상하며 평가했던 다른 하찮은 쾌락에 비해 필연적으로 열등한 것으로 보일 수밖에 없었다. 감옥에서 나온 듯 보인 그 빛이 내게는 얼마나 삶의 충만함과 감미로움을 담고 있었으며, 또 그것이 알베르틴이 발베크에서 나와 같은 지붕 아래 잤던 날 밤 잠시 나를 황홀하게 하고, 그러다 영원히 불가능하다고 생각했던 삶의 실현에 지나지 않았음을 이해했다. 파리에서 그녀의 집이기도 한 내 집에서 보낸 삶이 발베크의 그랜드 호텔에서 그녀가 나와 같은 지붕 아래 잤던 밤에 내가 꿈꾸었고 또 불가능하다고 생각했던 바로 그 마음속 깊은 평화의 실현이었음도 이해했다.

　베르뒤랭 집에서 열린 그 마지막 파티 전 불로뉴 숲에서 돌아오는 길에 알베르틴과 나누었던 대화는 내 지적인 삶에 알베르틴을 조금 끼어들게 하여 몇몇 부분에서는 우리를 서로에게 동등한 존재로 만들었는데, 만일 그 대화가 없었다면 내 마음은 위로받지 못했을 것이다. 물론 내가 애징 싶인 마음으로 회상하고 있다 해도, 그녀의 지성이나 나에 대한 그녀의 상냥함이 나와 교제했던 사람들의 지성이나 상냥함보다 훨씬 뛰어났기 때문은 아니었다. 캉브르메르 부인은 발베크에서 이렇게 말했다. "어쩌면! 당신은 천재 엘스티르 같은 사람과 나날을 보낼 수 있을 텐데도 사촌 누이하고만 보내고 있으니!" 알베르틴의 지성은 마치 우리가 입천장에서 느끼는 감각을 과일의 달콤함이라고 부르는 것처럼, 어떤 연상 작용을 통해 내가 그녀의 달콤함이라고 부르는 것을 내 몸속에 깨어나게 하여 나를 기쁘게 해 주었다. 그리고 사실 알베르틴의 지성을 생각할 때면, 내 입술이 본능적으로 나오면서 어떤 추억을 맛보고 있었는데, 나는 그 추억의 현실이 내 밖에 존재하고 또 한 존재의 객관적인 우월성 속에 있기를 바랐다. 내가 그녀보다 지성이 뛰어난 인간들과 교제했던 것은 확실하다. 그러나 사랑은 무한하고 이기적이며, 그런 이유로 사랑하는 존재의 지적이고 도덕적인 모습을 객관적으로 정의하는 일은 무척 어려우며, 우리는 그들에 대한 욕망과 두려움에 따라 끊임없이 그들의 모습을 수정하지만 우리와 분리하지는 못한다.

그들은 우리의 애정이 외재화한 거대하고도 모호한 지대에 지나지 않기 때문이다. 그토록 많은 불안과 쾌락이 지속적으로 밀려드는 우리 자신의 몸에 대해 우리는 나무나 집과 행인과 같은 그렇게 분명한 실루엣은 갖지 못한다. 또 알베르틴을 그 자체로 알기 위해 더 많은 노력을 기울이지 않은 것도 어쩌면 잘못이었을 것이다. 마찬가지로 그녀의 매력이란 관점에서도 나는 오랫동안 그녀가 달력의 연도 속, 내 추억 속에 차지했던 여러 다른 위치만을 생각했고, 또 그녀가 단순한 시각의 차이에서 비롯하지 않은 어떤 자발적인 변화로 풍요로워진 모습을 보며 놀랐다. 이처럼 그녀의 성격도 다른 누군가의 성격처럼 이해하려고 노력해야 했을 것이다. 만일 그렇게 했다면 그것은 어쩌면 내게 왜 그녀가 그토록 집요하게 자신의 비밀을 감추려고 했는지 설명해 주었을 테고, 그녀의 그 기이한 집착과 나의 한결같은 추측 사이에 갈등이 오래 지속되어 알베르틴을 죽음에 이르게 하는 일도 피하게 해 주었을 것이다. 그러자 나는 그녀에 대한 커다란 연민과 함께 살아남은 자의 수치심을 느꼈다. 사실 내 고뇌가 조금 가라앉는 시간이면, 어떤 점에서 나는 그녀의 죽음으로 혜택을 받고 있는 것 같았다. 왜냐하면 여인이 행복의 요소가 되는 대신 슬픔의 도구가 될 때면 우리 삶에 가장 유익한 존재가 되며, 또 여인이 우리를 고뇌하게 하면서 발견하게 하는 진리의 소유보다 더 소중한 것은 아무것도 없기 때문이다. 할머니의 죽음과 알베르틴의 죽음을 가까이 놓고 생각하는 순간이면, 내 삶은 이중의 살인으로 더럽혀진 듯했는데, 세상의 비겁함만이 나를 용서해 줄 것 같았다. 이해를 받고 멸시받지 않는 것을 가장 큰 행복이라고 믿으면서, 다른 이들은 그녀보다 훨씬 그 일을 잘해 주었을 텐데도, 나는 오로지 그녀로부터 이해를 받고 멸시받지 않기를 꿈꾸었다. 우리는 사랑을 받고 싶기 때문에 이해받고 싶어 하며, 사랑하기 때문에 사랑받고 싶어 한다. 타인의 이해에는 관심이 없으며, 타인의 사랑을 귀찮아한다. 알베르틴의 지성과 마음씨를 조금 소유했다는 기쁨은 그것의 내재적 가치에서 오는 것이 아니라, 그 소유가 그녀의 완전한 소유를 향해 한 단계 더 나아가게 한다는 데에 있다. 그 소유는 내가 그녀를 처음 본 날부터 나의 목표이자 공상의 대상이었다. 여인의 '상냥함'을 말할 때면 우리는 아마도 여인을 볼 때 느끼는 기쁨을 밖으로 투사하는 것에 지나지 않는지도 모른다. 마치 아이들이 "내 귀여운 작은 침대, 내 귀여운 작은 베개, 내 귀여운 작은 산사나무"라고 말할 때처럼 말이다. 게다가 이것은 왜 남성이 그들을 속이지 않는 여성들에 대해서는 결코 "그녀는 상냥해."라고 말하지 않고, 다만 그들을 속인 여성에 대해서만 자주 그렇게 말하는지를 설명해 준다. 엘스티르의 정신적 매력이 훨씬 크다고 말한 캉브르메르 부인은 옳았다. 그러나 우리는 다른 이들처럼 우리 밖에, 우리 사유의 지평선에 그려진 인간의 매력과, 어떤 우연한 일로 그러나 끈질긴 위치 선정의 오류 때문에 우리 몸속에 자리 잡아 어느 날 작은 해상 열차의 복도에서 그 인간이 한 여인을 바라보았는지 아닌지를 회고적으로 생각하면서 마치 심장에 박힌 총알을 찾는 외과 의사가 주는 아픔을 느끼게 하는 인간의 매력을 동일한 방식으로 평가할 수는 없다. 한 조각의 크루아상도 우리가 먹을 때면 루이 15세의 식탁에 차려졌던 멧새나 어린 토끼, 붉은 자고새 요리보다 더 많은 기쁨을 맛보게 하며, 또 우리가 산 위에 누워 있을 때면 우리 눈앞 몇 센티미터 떨어진 곳에서 파르르 떨리는 풀잎 끝이 몇 리 밖 멀리 있는, 현기증 날 것 같은 바늘처럼 뾰족한 산꼭대기를 감출 수도 있다. 더욱이 우리가 사랑하는 여인의 상냥함이나 지성을, 그것이 아무리 하찮다 할지라도 높이 평가하는 것은 잘못이 아니다. 우리의 잘못은 다른 이들의 상냥함과 지성에 무관심한 데 있다. 사랑하는 여인에게서 올 때라야 거짓은 분노를, 선의는 항상 우리 마음속에 고마운 마음을 다시 불러일으키기 시작한다. 그리하여 육체적 욕망은 우리의 지성에 진정한 가치를, 우리의 정신적 삶에는 단단한 토대를 마련하는 경이로운 힘을 가지게 된다. 다시는 결코 그 성스러운 존재, 다시 말해 모든 것을 다 얘기할 수 있으며 속내를 털어놓을 수 있는 존재를 만나지 못할 것이다. 속내를 털어놓는다고? 그러나 다른 사람들은 알베르틴보다 더 많은 신뢰를 보여 주지 않았던가? 다른 이들과 더불어 보다 폭넓은 대화를 나누지 않았던가? 신뢰나 대화 같은 평범한 것들도, 다소간 불완전한 것이라 해도, 거기에 사랑이, 유일하게 성스러운 사랑이 끼어들기만 하면 별 상관이 없다. 검은 머리칼 아래 분홍빛 알베르틴이 피아놀라 앞에 앉으려고 하는 모습이 다시 떠올랐다. 그녀가 벌리려고 하던 내 입술에서 나는 그녀의 혀를, 먹을 수는 없지만 자양분 많은 성스러운 어머니의 혀를 느꼈으며, 알베르틴이 다만 그 혀를 내 목과 배의 표면에 스치기만 해도 혀의 불길과 이슬이 살갗 밖에서 하는 애무가 마치 안감이 비치는 천처럼 뭔가 살 속에서 하는 애무를 밖으로 드러낸 듯하여, 지극히 멀리 밖에서 건드리기만 해도 삽입할 때와 같은 신비로운 쾌감을 띠었다.

그 무엇도 내게 돌려주지 못하는 이 모든 감미로운 순간들의 상실이 내게 느끼게 한 것이 절망이라고 나는 말할 수조차 없다. 절망에 빠지기 위해서는 불행할 수밖에 없는 이 삶에 아직 더 매달려 있어야 한다. 발베크에서 해 뜨는 모습을 보았을 때, 앞으로 행복한 날이 내게 단 하루도 남아 있지 않음을 깨닫고 나는 절망에 빠졌다. 그래서 그때부터 나는 이기적인 사람으로 남았다. 그러나 지금 내가 매여 있는 자아, 보존 본능을 작동하게 하는 생명의 비축물을 만드는 자아는 더 이상 살아 있는 자가 아니었다. 내 힘과 생명력과 내가 가진 가장 좋은 것을 생각할 때면, 나는 내가 소유했던 보물을(내 몸속에 감추어져 있어 타인은 정확히 알 수 없으므로 나 혼자만 소유한다는 감정을 불러일으키는) 지금은 더 이상 소유하지 않기 때문에 어느 누구도 내게서 빼앗아 갈 수 없다고 생각했다. 사실을 말하면 나는 그 보물을 소유한다고 상상하고 싶을 때에만 그 보물을 소유했다. 내가 저지른 경솔함은 다만 내 입술로 알베르틴을 바라보고, 또 내 마음속에 그녀를 자리 잡게 하면서 자아의 내면에 그녀를 살게 하고, 관능적인 쾌락에 가족적인 사랑을 섞은 것만도 아니었다. 나는 우리의 관계가 사랑이며, 또 내가 하는 키스에 그녀가 온순하게 응답했으므로 우리가 사랑이라고 부르는 관계를 서로가 실천한다고 믿고 싶었다. 마침내 그

렇게 믿는 습관이 배었고, 그렇게 해서 나는 사랑하는 여인만
잃은 것이 아니라 나를 사랑했던 여인, 내 누이이자 내 아이,
나의 다정한 연인도 함께 잃었다. 그리하여 결국 스완이 느끼
지 못했던 행복과 불행을 동시에 알게 되었다. 왜냐하면 스완
은 오데트를 사랑하고 또 그로 인해 질투에 시달렸던 시간 내
내 그녀를 거의 만나지 못했고, 어떤 날에는 그녀가 마지막 순
간에 가서야 약속을 취소했을 정도로 그녀의 집에 가는 일이
어려웠기 때문이다. 그러나 그 후 그는 그녀를 아내로 맞이하
여 자기 것으로 만들었고, 죽을 때까지 소유했다. 반대로 나는
알베르틴을 질투할 때에도 그녀를 내 집 안에 둘 수 있었으므
로 스완보다는 행복했다고 할 수 있다. 스완이 그토록 자주 꿈
꾸었지만 거기에 대해 무관심해진 후에야 물질적으로 실현했
던 것을 나는 사실상 이미 실현했던 것이다. 그러나 마지막에
스완이 오데트를 간직했던 것과 달리 나는 알베르틴을 붙잡
아 둘 수 없었다. 그녀는 도망쳤고 죽었다. 왜냐하면 무슨 일
이든 정확히 똑같이 반복되는 것은 없으며, 또 성격도 닮고 상
황도 비슷해서 대칭적인 사례로 제시하기 위해 선택할 만큼
유사한 삶이라고 해도, 많은 점에서는 대립되기 때문이다. 물
론 주된 대립(예술)은 아직 드러나지 않았다. 비록 내가 죽는
다 해도 그렇게 대단한 것을 상실한 것은 아닐 것이다. 그저
하나의 텅 빈 형태, 작품이 없는 텅 빈 액자만을 잃었으리라.
앞으로 내가 거기에 무엇을 넣을 수 있을까 하는 문제에는 무
관심했지만, 나는 그 안에 포함된 것을 생각하며 행복해하고
자랑스러워하면서 그토록 감미로웠던 시간의 추억에 기댔고,

그러자 그 정신적인 받침대가 임박한 죽음도 파기하지 못하는 행복감을 내게 전해 주었다.

발베크에서 내가 그녀를 부르러 사람을 보낼 때면, 그녀는 나를 기쁘게 하려고 머리에 향수를 붓는 일로 잠시 지체했을 뿐 얼마나 빨리 달려왔던가! 내가 그토록 다시 보고 싶어 했던 발베크와 파리의 이미지들은 그녀의 짧은 삶에서 아직은 최근에 속하지만, 이내 우리가 넘기는 페이지와도 같았다. 내게는 추억에 지나지 않는 이 모든 것이 그녀에게는 행동이었으며, 그 행동은 마치 비극에서의 그것처럼 빠른 죽음을 향해 치닫고 있었다. 사람들은 우리 마음속에서 하나의 방식으로 진화하지만 또 다른 방식으로 우리 밖에서 진화하기 때문에(알베르틴의 성격이 내 기억에 연유하지 않는 자질들로 풍요로워졌음을 주목한 저녁에 난 그 사실을 절감했다.) 지속적으로 서로에게 작용한다. 알베르틴을 알려 하고 또 그 후에는 그녀의 전부를 소유하려고 애쓰면서, 오로지 경험에 의지하여 존재의 신비와 고장의 신비를 —— 우리의 상상력이 다르게 보이게 했던 —— 우리 자아의 초라한 요소들과 비슷한 것으로 축소하고 또 우리의 심오한 기쁨마저 자체 파괴로 몰고 가는 욕구에만 복종하려고 했지만 아무 소용 없는 일이었다. 나의 이런 행동이 그 차례로 알베르틴의 삶에 영향을 미칠 수밖에 없었으니까. 어쩌면 나의 재산이나 찬란한 결혼의 전망에 그녀의 마음이 끌렸을지도 모르지만, 나의 질투가 그녀를 만류했을 것이다. 그녀의 선의나 지성 또는 죄책감이나 교활한 술수가 그녀로 하여금 수인(囚人)의 삶을 감수하게 했지만, 그 삶은 단순히 내 정신 작업의 내적 발전에 의해 주조되어 내가 점점 더 끔찍하게 만든 것으로 알베르틴의 삶에 영향을 미치지 않을 수 없었고, 또 그 충격의 여파가 점점 더 내 심리 상태에 새로운 고통스러운 문제점들을 제기할 수밖에 없었다. 왜냐하면 그녀는 내가 만든 감옥에서 도망쳤고, 만일 내가 없었다면 소유하지도 못했을 말을 타다가 죽었으며, 또 죽은 후에도 여러 의혹을 남겨, 만일 그 사실 여부가 밝혀진다면 발베크에서 알베르틴이 뱅퇴유 양과 아는 사이였다는 사실을 알았을 때보다 더욱 잔인할 것이다. 내 마음을 진정시켜 줄 알베르틴이 더 이상 여기 없기 때문이다. 그러므로 그 자체 속에 갇혀 산다고 믿는 영혼의 이런 긴 탄식이 독백으로 보이는 것은 다만 겉으로만 그러했는데, 현실의 울림이 그 탄식을 빗나가게 하고 또 그것은 이런저런 삶이 자발적으로 전개되는 주관적 심리학의 에세이 같아 보이지만, 조금 거리를 두고 보면 순전히 사실주의적 소설에 다른 현실, 다른 삶의 '줄거리'를 제공하고 그 줄거리의 급변이 차례로 이 심리학 에세이의 흐름을 굴절시키거나 방향을 바꾸기 때문이다.* 우리 사랑의 톱니바퀴가 얼마나 팽팽하게 조였으며 우리 사랑이 얼마나 빠르게 진행되었던지, 그것은 발자크의 중편 소설이나 슈만의 몇몇 발라드에서처럼 처음에는 지체하고 중단되고 주저하면서 전개되다가 빠른 결말로

---

* 이런 심리학 에세이와 소설 사이에 존재하는 갈등이 바로 『잃어버린 시간』에서의 장르의 혼합을 정의한다고 지적된다.(『사라진 알베르틴』; 리브르드포슈, 145쪽 참조.)

끝났다!* 내게는 한 세기가 흘러갔다고 느껴질 정도로 그렇게 길었던 이 마지막 해에 ── 알베르틴은 발베크에서 시작하여 파리를 떠날 때까지 내 생각에 대해 그토록 여러 번 입장을 바꾸었고, 또한 나와는 무관하게, 대개는 내가 모르는 사이에 그녀의 마음 자체가 변했다 ── 비록 짧은 순간밖에 되지 않았으나 내게는 거의 무한에 가까운 충족감, 영원히 불가능하지만 내게는 필수적이었던 충족감과 더불어 나타났던 그 애정이 넘치는 멋진 삶을 위치시켜야 했을 것이다. 필수적이라고 해도 어쩌면 그 자체로서 그런 것은 아니며, 아마 처음에는 필수적이라기보다는 뭔가 필연적인 것이었는지도 모른다. 만일 내가 고고학 서적에서 발베크 성당에 대한 묘사를 읽지 않았다면, 만일 스완이 거의 페르시아풍의 성당이라고 말하면서 내 욕망을 노르망디의 비잔틴 예술 쪽으로 유도하지 않았다면, 고급 호텔 전문 회사가 발베크에 위생적이고 안락한 호텔을 건축하여 부모님에게 내 소원을 들어주게 하고 나를 발베크로 보낼 결심을 하게 하지 않았다면 알베르틴을 만나지 못했을 테니까. 물론 오래전부터 그토록 욕망했던 발베크에서 내가 꿈꾸어 왔던 페르시아풍의 성당도, 그 영원한 안개도 찾

---

* 프루스트는 발자크의 「금빛 눈의 소녀」나 「사라진」, 「랑제 공작 부인」과 같은 작품에서 "느린 전개와 숨 막히는 듯한 빠른 결말"을 지적한 바 있다. 그리고 "슈만의 몇몇 발라드에서처럼"이란 표현은 슈만이 발라드를 작곡한 적이 없다는 점에서 오류로 지적되며, 이는 아마도 「스완」에 묘사된 쇼팽의 악절을 환기하는 듯 보인다고 추정된다.(『사라진 알베르틴』; 리브르드포슈, 145쪽 참조.)

지 못했다. 1시 35분의 그 멋진 기차*도 내가 상상해 왔던 모습에 부응하지 않았다. 그러나 상상력이 기대하게 한 것, 우리가 찾으려고 그토록 노력해도 발견할 수 없는 것 대신 삶은 우리가 전혀 상상도 해 보지 못한 뭔가를 가져다주기도 한다. 콩브레에서 내가 그토록 슬픈 마음으로 어머니의 저녁 키스를 기다렸을 때 그 불안이 치유될 수 있으며, 또 어느 날인가 어머니 때문이 아니라 한 소녀 때문에, 처음에는 바다의 수평선에 떠오른 한 송이 꽃, 그러나 생각하는 꽃에 지나지 않았던 소녀를 매일 보러 갈 정도로 끌리면서 느꼈던 불안한 마음이 다시 나타나게 되리라고 누가 생각할 수 있었을까? 그리고 나는 그런 소녀의 정신 속에서 순진하게도 내가 빌파리지 부인의 지인임을 알아보지 못하는 걸 괴로워할 정도로 커다란 자리를 차지하기를 소망했다. 그렇다, 어머니가 보러 오지 않는다고 했을 때 그토록 괴로워했던 아이처럼, 나는 몇 년이 지난 후 낯선 소녀의 저녁 인사와 키스 때문에 얼마나 괴로워해야 했던가. 그런데 그토록 필연적인 알베르틴을, 지금은 오로지 그녀에 대한 사랑만으로 내 영혼이 구성되어 있는 알베르틴을, 만일 스완이 발베크 얘기를 하지 않았다면, 나는 결코 알지 못했을 것이다. 만일 내가 그녀를 알지 못했다면 그녀의 삶은 더 오래 지속되었을 테고, 내 삶도 지금과 같은 고통에서

---

* 여기서 시간 표기는 어느 정확한 기차를 가리키기보다는 사실의 효과를 자아내는 데 목적이 있는 듯 보인다. 이 기차는 「스완」에서는 1시 22분 기차로(『잃어버린 시간을 찾아서』 2권 337쪽), 이 책의 뒷부분에서는(264쪽) 1시 50분 기차로 표기되었다.(『사라진 알베르틴』 플레이아드 IV, 1071쪽 참조.)

벗어날 수 있었을 것이다. 이렇게 해서 나는 오로지 내 이기적인 애정 때문에, 예전에 할머니를 죽게 했듯이 알베르틴을 죽게 한 것 같았다. 그 후 발베크에서 이미 그녀와 사귄 후에도, 내가 나중에 했던 것처럼 알베르틴을 사랑하지 않을 수 있었다. 왜냐하면 질베르트를 단념하고 언젠가 다른 여인을 사랑할 수 있다는 걸 알았을 때, 어쨌든 과거에 나는 질베르트밖에 사랑할 수 없다는 것을 전혀 의심하지 않았기 때문이나. 그런데 알베르틴에 대해서는, 사랑하는 여인이 그녀가 아닐 수 있으며 다른 여인일 수 있다는 것을 더 이상 의심하지 않았고, 오히려 확신하고 있었다. 스테르마리아 양의 경우, 내가 불로뉴 숲의 섬으로 그녀와 식사를 하러 갈 예정이었던 저녁에 그녀가 약속을 취소하지 않았다면, 그 일은 충분히 가능했을 것이다. 그때라면 한 여인이 그 자체로 유일하며 우리를 위해 예정된 필연적 존재로 보이게 하는 개인의 관념을 도출하게 하는 상상력의 활동이 스테르마리아 양에게 실행되기에 그리 늦지 않았을 것이다. 적어도 나를 생리적 관점에 둔다면 그런 배타적 사랑을 다른 여인에게도 느낄 수 있다고 말할 수 있었으리라. 그렇다고 해서 모든 여자에 대해서 그렇다는 말은 아니다. 왜냐하면 갈색 머리의 통통한 알베르틴은 붉은 머리의 날씬한 질베르트와는 닮지 않았으며, 그럼에도 그들은 둘 다 똑같이 건강한 몸과 관능적인 뺨, 포착하기 힘든 의미의 시선을 가지고 있었기 때문이다. 이런 여자들을 다른 남자들은 쳐다보지도 않았을 테지만, 그 다른 남자들은 내 '마음을 끌지 못하는' 여자들 때문에 미친 짓도 했을 것이다. 질베르트의 관능적이고 의지 강한 개성이 알베르틴의 몸속으로 이주했다는 느낌이 들었고, 물론 조금 다르기는 하지만 지금에 와서 숙고해 보니 그들은 매우 깊은 유사성을 보여 주었다. 인간은 항상 같은 방식으로 감기에 걸리고 병에 걸린다. 다시 말해 그러기 위해서는 어떤 상황의 도움이 필요하다. 우리가 사랑에 빠질 때면, 언제나 어떤 특정 유형의 여인과 더불어 — 물론 그 유형은 매우 폭넓은 것이지만 — 이루어지며, 이는 자연스러운 일이다. 알베르틴이 나를 꿈꾸게 했던 첫 시선은 질베르트의 첫 시선과 전혀 다르지 않았다. 질베르트의 모호한 개성과 관능성, 의지적이고 교활한 성격이 이번에는 매우 다르지만 또한 비슷한 점이 없지도 않은 알베르틴의 몸속에 구현되면서 나를 유혹하러 왔다고 생각할 수 있다. 그러나 알베르틴과 함께 살았던 삶은 다른 이들과의 삶과 완연히 다른 것이어서 고통스러운 불안이 지속적으로 내 사유를 하나의 덩어리로 응결시켜 어떤 방심도 망각의 틈도 끼어들지 못하게 했으므로, 그녀의 살아 있는 육체는 질베르트의 육체와 달리 훗날 내가 여성의 매력이라고 인식했던(다른 사람들에게는 그렇지 않을 수도 있지만) 것을 단 하루도 멈추는 일 없이 지니고 있었다. 그러나 그녀는 죽었다. 나는 그녀를 망각할 것이다. 그때가 오면 지금과 같은 다혈질적 기질과 불안한 몽상이 다시 돌아와서 내 마음을 혼란스럽게 하지 않을지 누가 안단 말인가? 그러나 그것이 그때 어떤 여자의 모습으로 육화될지는 예측할 수 없었다. 마치 뱅퇴유의 소나타에 대한 추억이 그의 칠중주곡 연주회를 상상할 수 없게 했던 것처럼, 질베르트의 도움이 있었다 해도 나는 알베르틴의 모습을 그려 보거나 사랑하게 되리라고는 상상할 수 없었을 것이다. 더욱이 처음 알베르틴을 만났을 때, 나는 다른 소녀들을 사랑한다고 믿었다. 게다가 내가 만일 한 해 먼저 그녀를 알았다면 그녀는 해 뜨기 전의 잿빛 하늘만큼이나 흐릿하게 보였으리라. 만일 내가 그녀에 대해 변했다면 그녀 자신도 변했고, 또 내가 스테르마리아 양에게 편지를 쓴 날 내 침대에 왔던 소녀는, 단순히 사춘기 때 갑자기 성숙한 여성이 폭발한 것인지 아니면 내가 결코 알 수 없는 어떤 일련의 상황 때문인지는 모르지만, 더 이상 내가 발베크에서 알았던 소녀와 같은 사람이 아니었다. 어쨌든 내가 어느 날인가 사랑할 여인이 어느 정도 그녀와 흡사하다고 해도, 다시 말해 여성을 선택하는 내 방법이 완전히 자유롭지 않다고 해도, 그 선택은 그래도 어쩌면 필연적인 방식으로 뭔가 개인보다 광대한 어떤 유형의 여인을 향하고 있음을 의미했으며, 그리하여 그것은 알베르틴 개인에 대한 내 사랑의 온갖 필연적인 성격을 제거하고 내 욕망에 만족하게 했다. 우리가 빛보다 더 지속적으로 우리 눈앞에 보고 있는 여인의 얼굴은, 눈을 감고도 그 아름다운 눈과 아름다운 코를 한순간도 멈추지 않고 계속 사랑하면서 그 모습을 다시 보기 위해서라면 모든 방법을 마련했을 그런 유일한 여인도, 만일 우리가 그녀를 만났던 도시와 다른 도시에서 다른 거리를 산책하고 다른 살롱을 드나드는 모습으로 만난다면 다른 여인이 되었으리라는 걸 우리는 잘 알고 있다. 우리가 '유일하다'고 생각하는 여인은 무한한 존재이다. 그렇지만 그녀를 사랑하는 우리 눈에 그녀는 농밀하고 파괴할 수 없으며 오랫동안 다른 여인으로 대체할 수 없는 존재이다. 그 이유는 여인이 우리 마음속에 파편화된 상태로 존재하는 수많은 다정한 조각들을 일종의 마술적인 부름으로 솟아오르게 하고, 그 사이에 있는 모든 균열을 지우고, 그 조각들을 한데 모으고 결합하지만, 이런 그녀에게 윤곽을 부여하고 사랑하는 사람으로서의 온갖 단단한 질료를 제공하는 것은 바로 우리 자신이기 때문이다. 비록 우리가 그녀에게 1000명의 인간 가운데 하나에 지나지 않고, 또 어쩌면 그들 중에서도 가장 최하의 인간이라 해도, 우리에게 그녀는 우리의 온 삶이 지향하는 유일한 존재라는 사실이 바로 여기에 있다. 물론 그 사랑이 필연적인 것이 아니며, 스테르마리아 양과 더불어서도 그것은 이루어질 수 있었으며, 뿐만 아니라 그런 일이 없었다고 해도 사랑을 그 자체로 인식하고, 다른 여인들에게 느꼈던 것과 지나치게 흡사하다는 걸 발견하고, 또한 그 사랑이 알베르틴보다 훨씬 광대하다는 걸 느끼고, 마치작은 암초를 둘러싸는 물결처럼 그것이 알베르틴을 감싸고 있어서 그녀를 알아보지 못하는 거라고 느꼈다. 그러나 알베르틴과 같이 살면서 나는 점점 더 나 자신이 주조한 사슬로부터 벗어나지 못했다. 알베르틴이란 인간을 그녀가 내게 불어넣지 않은 감정에 결부하는 습관이 그 감정을 그녀의 특유한것으로 믿게 했다.. 어떤 철학 학파가 주장하듯이, 습관이 두현상 사이의 단순한 연상 작용에 인과율의 힘과 필연성의 환상을 부여하는 것처럼 말이다.* 나는 내 교우 관계나 재산이 내게 고통을 면하게 해 주리라고, 어쩌면 지나치게 효과적으로 해 줄 거라고 생각했다. 왜냐하면 그것이 나로 하여금 느끼고 사랑하고 상상하는 일을 면하게 해 줄 것처럼 보였기 때문이다. 그리하여 나는 사회적 교류나 통신 수단이 없는 한 시골 소녀가 슬픈 일을 겪은 후 그 슬픔을 인위적으로 달래지 못해 오랜 몽상의 시간을 가질 수밖에 없는 걸 부러워했다. 그런데 나는 나와의 거리를 무한대로 커지게 할 수 있는 온갖 것을 가진 게르망트 부인에게서 사회적 특권도 언제든지 변할 수 있는 죽은 질료에 불과하다는 견해나 사상에 따라 그 거리가 갑자기 제거되는 것을 보았고, 그와 유사한 방식이긴 하나 역으로 나의 교우 관계나 재산, 우리 시대의 문명과 내 지위가 누리는 모든 물질적 수단이 알베르틴의 집요하고도 대립되는 의지와 육탄전을 벌이는 순간을 잠시 미루게 한 데 불과하다는 것을 지금 깨달았다. 또 포병대의 준비 작전이나 엄청난 화포의 사정거리도 사람이 사람에게 달려드는 순간을 지연하는 데 불과한 현대 전쟁에서처럼 어떤 압력도 그 의지에 영향을 미칠 수 없으며, 또 그런 전쟁에서는 가장 강인한 심장을 가진 사람이 이기기 마련이라는 것도 깨달았다. 물론 나는 생루와 전보나 전화를 주고받을 수 있었고 투르의 우체국과도 수시로 연락을 취할 수 있었지만, 아무리 전보나 전화를 기다려 봐야 헛된 일로 별 성과가 없지 않았는가? 사회적 이점도 없고 아는 사람도 없는 시골 소녀나 문명 발달 이전의 인간들은 현

---

* 19세기 영국의 철학자 존 스튜어트 밀(John Stuart Mill, 1806~1873)의 연합 심리학을 암시한다고 지적된다.(『사라진 알베르틴』; 리브르드포슈, 150쪽 참조.)

대인들보다 덜 욕망하기 때문에, 언제나 접근할 수 없다는 걸 알고 그래서 비현실적으로 보이는 것에 대해 미련이 적기 때문에 덜 괴로워하는 것은 아닐까? 우리는 우리에게 몸을 맡기려고 하는 사람을 더 많이 욕망한다. 기대는 소유에 앞서고, 미련은 욕망의 확성기이다. 스테르마리아 양이 불로뉴 숲에 있는 섬으로 저녁 식사 하러 오는 것을 거절한 사실이 그녀를 사랑하지 못하도록 가로막았다. 그러나 그 후 적절한 때 그녀를 다시 만났다면, 그런 사실만으로도 그녀를 사랑하기에 충분했으리라. 그녀가 오지 않을 거라는 사실을 알자마자, 어쩌면 누군가가 그녀를 질투해서 다른 사람들로부터 멀리 떼어 놓아 영원히 그녀를 볼 수 없으리라고 도저히 믿기 어려운 — 그리고 그렇게 실현된 — 가정을 하면서 나는 몹시 번민했고, 그래서 그녀를 다시 볼 수 있다면 내가 가진 모든 것을 줄 수 있다고 생각했다. 그 일은 내가 겪은 가장 큰 고뇌 가운데 하나였으며, 그 고뇌는 마침내 생루의 도착에 의해 진정되었다. 그런데 어느 일정 나이부터 우리의 사랑이나 연인은 고뇌의 산물이다. 우리의 과거와 그 과거가 새겨진 육체의 상흔이 우리의 미래를 결정한다. 특히 알베르틴의 경우, 그녀에 대한 내 사랑이 필연적이지 않다는 사실은 비록 그와 유사한 사랑이 없었다 해도 그녀에 대한, 다시 말해 그녀와 그녀 친구들에 대한 내 사랑의 역사 속에 기재되어 있었다. 왜냐하면 그 사랑은 질베르트에 대한 사랑과 동일한 것이 아닌, 여러 소녀들 사이에 분산되어 만들어진 사랑이었기 때문이다. 그리고 내가 그녀의 친구들과 함께 있는 걸 좋아한 것은 바로 그녀 때문이며 또 그녀 친구들이 어딘가 그녀와 비슷했기 때문이라는 것 또한 사실이다. 어쨌든 내가 오랫동안 소녀들 사이에서 망설인 것은 가능한 일이었으며, 내 선택이 한 소녀에서 다른 소녀로 왔다 갔다 하다가, 한 소녀를 좋아한다고 생각했을 때 다른 소녀가 나를 기다리게 하거나 만남을 거절하기만 해도, 그녀에 대한 내 사랑이 작동하기에 충분했던 것도 사실이다. 앙드레가 발베크로 나를 보러 오기로 예정된 날, 내가 앙드레에게 별 애착이 없는 것처럼 보이게 하려고 "아! 참 안됐네요. 며칠 전에만 왔어도. 지금 난 다른 사람을 사랑하고 있어요. 하지만 상관없어요. 당신이 내 마음을 달래 주기만 하면." 하고 거짓으로 말할 준비를 했는데, 앙드레가 방문하기 조금 전에 알베르틴이 나와의 약속을 지키지 않기라도 하면 내 심장은 계속해서 고동치며 다시는 결코 그녀를 만나지 못할 것 같다는 생각이 들었고, 그래서 정말로 그녀를 사랑하게 된 적이 여러 번 있었다. 그러다 앙드레가 도착하면, 나는 "아! 참 안됐네요. 며칠 전에만 왔어도. 지금 난 다른 사람을 사랑하고 있어요."라고 사실대로 말했다.(알베르틴이 뱅퇴유 양을 안다는 걸 알고 난 후 그녀에게 파리에서 말했던 것처럼.) 앙드레는 내가 고의로 진심이 아닌 말을 했다고 생각했을 테지만, 만일 내가 전날 알베르틴과 행복한 시간을 보냈다면 나는 실제로 같은 단어를 사용해 그렇게 말했을 것이다. 게다가 알베르틴이 뱅퇴유 양과 아는 사이임을 알고 앙드레가 알베르틴을 대신하게 되었을 때에도 내 사랑은 두 소녀 사이에서 양자택일해야 했고, 따라서 결국 한 번에 하나의 사랑밖에 존재하지 않았다.

그러나 이런 일은 예전에 이 두 소녀와 반쯤 사이가 틀어졌을 때에도 일어난 적이 있었다. 먼저 화해를 청해 온 소녀가 내 마음을 진정시켜 줄 테고, 다른 소녀와 그냥 사이가 틀어진 채로 남아 있으면 나는 그 소녀를 사랑할 터였다. 이 말은 내가 먼저 화해를 청해 온 첫 번째 소녀와 결정적으로 맺어질 수 없다는 말은 아니다. 왜냐하면 비록 첫 번째 소녀가 두 번째 소녀의 잔인함으로부터 나를 별 효과 없이 위로해 준다 해도, 만일 두 번째 소녀가 돌아오지 않는다면 나는 결국 그 두 번째 소녀를 잊게 될 테니까. 그런데 이 두 소녀 중 적어도 어느 한쪽은 돌아올 거라고 확신했으며, 그렇지만 얼마 동안은 어느 소녀도 돌아오지 않는 경우가 있었다. 그때 내 고뇌는 두 배가 되었고 내 사랑도 두 배가 되었는데, 한 소녀가 돌아오면 그 소녀를 사랑하지 않게 되리라는 생각을 유보하고, 그때까지 두 소녀 모두 때문에 괴로워하기 때문이다. 어느 특정 나이의 운명과도 같은 사랑은 비교적 이른 시기에 찾아올 수 있다. 그때 우리는 사람 자체보다는 버림을 받았다는 사실 때문에 사랑하며, 어렴풋한 얼굴과 존재하지 않는 영혼을 가진 그 사람을 최근에 어떤 이유로 선택했는지도 설명하지 못하면서 결국 그 사람에 대해 단 하나의 사실만을 알게 된다. 더 이상 괴로워하지 않기 위해서는 "당신을 만나러 와도 될까요?"라는 말을 그 사람으로부터 들어야 한다는 것을. 프랑수아즈가 "알베르틴 양이 떠났어요."라고 말한 날, 알베르틴과의 이별은 비록 조금은 약화된 형태이긴 하지만 다른 수많은 이별의 비유와도 같았다. 왜냐하면 우리가 사랑한다는 걸 깨닫기 위해서는,

어쩌면 사랑하는 사람이 되기 위해서라도, 이별의 날은 와야 하기 때문이다.

헛된 기다림이나 한마디 거절의 말이 우리의 선택을 결정하는 경우, 고뇌의 매를 맞은 상상력이 재빨리 작업을 개시하여, 겨우 시작 단계의 사랑을, 또 몇 달 전부터 초벌 상태로 남아 있도록 정해진 그 형체도 없는 사랑을 얼마나 미친 듯이 빠른 속도로 만들어 가는지, 때로는 지성이 마음을 따라가지 못해 놀라 소리치기도 한다. "넌 미쳤어, 대체 어떤 새로운 생각 속에서 그토록 고통스럽게 사는 거야. 이 모든 것은 현실적인 삶이 아니야." 사실 이런 순간에 우리가 사랑하는 여인의 배신을 통해 활력을 되찾지 못한다면, 우리 마음을 육체적으로 진정시켜 주는 건전한 기분 전환의 수단만으로도 사랑을 무산시키기에 충분하다. 어쨌든 알베르틴과의 그 삶이 본질적인 면에서 필연적이지 않았다 해도 내게는 필수적인 것이 되었다. 게르망트 부인을 사랑할 때, 나는 그녀가 아름다움뿐만 아니라 지위나 부 같은 너무도 강력한 유혹의 수단을 가지고 있어 많은 남자들의 것이 될 만큼 그토록 자유로우며, 그런 그녀에게 나 자신이 매우 미미한 영향력밖에 주지 못할 거라고 생각하면서 불안에 떨었다. 그런데 알베르틴은 가난하고 이름 없는 집안 출신으로, 틀림없이 나와 결혼하기를 원했을 것이다. 그렇지만 나는 나 혼자만을 위해 그녀를 소유할 수 없었다. 사회적 조건이 어떠하든, 앞을 내다보는 혜안이 어떠하든, 사실인즉 우리는 타인의 삶을 좌우하지 못한다. 왜 그녀는 내게 "그런 취향을 가지고 있어요."라고 말하지 않았을까? 그렇게 했다면 내가 그녀의 뜻에 따라, 그녀가 그런 취향을 충족할 수 있도록 허락했을 텐데. 내가 읽은 소설에는 사랑하는 남자의 비난이 여인에게 말할 결심을 하지 못하게 하는 얘기가 있다. 나는 그 책을 읽으면서 부조리한 상황이라고 생각했다. 나 같으면 우선 여인에게 강제로 말하게 하고, 다음에는 서로 화해를 하리라고 생각했다. 그런 쓸데없는 불행한 짓이 무슨 소용이 있단 말인가? 그러나 지금 나는 우리에게는 불행을 만들 자유가 없으며, 아무리 우리의 의지를 잘 안다 해도 소용없는 일이며, 타인은 그 의지에 복종하지 않는다는 걸 깨달았다. 그렇지만 우리를 지배하는 이 피할 수 없는 고통스러운 진실, 우리 눈에 보이지 않는 진실, 우리 감정의 진실, 우리 운명의 진실을 우리는 얼마나 여러 번 자신도 모르게, 원하지도 않으면서 우리 자신이 아마도 거짓말이라고 믿었던 말로, 그러나 사건이 일어난 후에는 예언적 가치를 가지게 될 말로 말했던 것인가. 당시에는 그 말에 포함된 진실을 깨닫지 못한 채 서로에게 말했고 더구나 연극을 한다고 믿으면서 했던 말들을, 그 거짓이 우리도 모르게 그 말 안에 포함되었던 것에 비하면 지극히 미미하고 흥미롭지 않은, 전적으로 우리의 초라한 위선에 국한된 것이라고 생각하면서 했던 말들을 나는 떠올렸다. 우리가 보지 못했던 심오한 현실의 이면에는 거짓과 오류가 있었으며, 그 너머에 진실이, 중요한 법칙이 우리로부터 빠져나가고 스스로를 드러내기 위해 '시간'을 필요로 하는 우리 성격의 진실이, 우리 운명의 진실이 있었다. 내가 발베크에서 "당신을 만날수록 더 많이 사랑하게 될 거예요."(그렇지만 그 모든 순간의 내밀한 몸짓이 나를 질투라는 방식을 통해 그토록 그녀에게 집착하게 했다.)라고, "당신의 정신 형성에 내가 도움이 될 수 있다고 느껴요."라고 말했을 때 나는 거짓말을 한다고 믿었다. 파리에서 "조심하도록 해요. 만일 당신에게 무슨 사고라도 나면 내가 결코 위로받지 못하리라는 걸 생각해 둬요."라고 말했을 때(그러자 그녀는 "사고는 일어날 수 있어요."라고 대답했다.), 또 내가 그녀를 떠나고 싶은 시늉을 했던 밤에 "당신을 좀 더 바라보게 해 줘요. 곧 다시는 보지 못할 테니까, 영원히 보지 못할 테니까."라고 말했을 때에도 그러했다. 그러자 그녀는 같은 날 밤 주위를 둘러보면서 이렇게 말했다. "이 방과 이 책들, 이 피아놀라, 이 집의 모든 것을 다시는 보지 못한다고 생각하니 믿을 수 없어요. 하지만 사실이군요."* 끝으로 그녀는 마지막 편지에서 아마도 내가 '허세를 부린다'고 생각했는지 "나의 가장 좋은 부분을 남기면서"**(그리고 사실 지금에 와서 생각해 보니, 그녀는 자신의 지성과 선의, 아름다움을 내 기억의 충실함과 힘에, 그러나 슬프게도 연약한 힘에 맡겼던 게 아닐까?)라고 썼으며 또 "밤이 오고 또 우리는 헤어지려고 했으므로 이중으로 황혼이었던 그 순간은 내 정신이 완전한 어둠에 휩싸일 때까지는 결코 지워지지 않을 거예요."***라는 구절도 썼다. 이 구절을 그녀는 그녀 정신이 완전한 어둠에 휩싸이기 전날 썼다. 그 마지막 희미한 빛 속에서, 그토록 빠르지만 순간의 불안이 무

---

* 『잃어버린 시간을 찾아서』 10권 289쪽 참조.
** 18쪽 참조.
*** 94쪽에 나온 편지가 조금 수정된 형태로 다시 인용되었다.

한대로 나누는 빛 속에서, 그녀는 어쩌면 우리가 함께한 마지막 산책을 떠올렸을 것이고, 또 모든 것이 우리를 버렸다고 생각하는 순간, 마치 무신론자가 전쟁터에서 기독교인이 되는 것처럼 우리 스스로가 신앙을 창조하는 그 순간 어쩌면 그토록 여러 번 저주하면서도 존경했던 친구에게 구원을 청했을 것이며, 또 친구는 — 모든 종교는 유사하므로 — 잔인하게도 그녀가 스스로를 인식하고, 그에게 마지막 생각을 털어놓고, 마침내 죄를 고백하고, 그의 품에서 죽어 갈 시간을 가지기를 소망했을 것이다. 그러나 그때 그녀가 스스로를 인식할 시간이 있었다 해도, 우리가 행복이 어디 있는지, 해야 할 일이 무엇인지를, 다만 행복이 더 이상 가능하지 않을 때라야, 더 이상 그 일을 할 수 없을 때라야 이해한다면 무슨 소용이 있겠는가. 그것이 가능할 때면 뒤로 미루기 때문일까? 아니면 사물이란 관념적이고 공허한 상상적인 것 속에 투사되어 무겁고 추악한 생활 환경의 쇄도에서 벗어날 때라야 강한 매력을 행사하고 쉽게 실현될 것 같은 모습을 띠기 때문일까? 우리가 죽는다는 관념은 죽음 자체보다 잔인하지만, 타인의 죽음이란 관념보다는 덜 잔인하다. 한 인간을 삼키고 나서 어떤 소용돌이의 흔적도 없이 다시 잔잔해진 자리에 그 사람이 제거되었다는 현실이, 어떤 소망도 어떤 앎도 더 이상 존재하지 않는 현실이 펼쳐지는 그런 타인의 죽음보다는. 그리고 이런 현실로부터 그 사람이 살았던 관념으로 거슬러 올라가는 일은, 아직은 최근의 일인 그의 삶에 관한 추억에 대해, 그 추억이 일관성이 결여된 이미지나 우리가 읽은 소설 속의 인물이 남긴 추억에 동화될 수 있다고 믿는 것만큼이나 어려운 일이다.

적어도 그녀가 죽기 전에 내게 편지를 썼으며, 만일 그녀가 살아 있다면 내게로 돌아왔으리라는 걸 증명해 주는 그 마지막 전보를 보냈다는 사실 때문에 나는 행복했다. 그렇게 해서 그 일은 보다 감미로워졌을 뿐만 아니라 한층 아름다워 보였는데, 만일 그 사건이 전보를 보내는 일 없이 불완전한 상태로 끝났다면, 조금은 예술이나 운명의 형성 깊은 모습은 띠지 못했으리라. 사실 사건이 다르게 펼쳐졌다 해도 마찬가지였을 것이다. 왜냐하면 모든 사건은 특별한 형태의 주물(鑄物)과도 같아서 어떤 종류의 사건이든 사건을 중단하고 결론을 내리는 일련의 사실에 대해 하나의 형태를 부과하고, 우리는 그 형태를 대체할 수 있는 것을 모르는 탓에, 그것이 유일하게 가능한 형태라고 생각하기 때문이다.

왜 그녀는 "그런 취향을 가지고 있어요."라고 말하지 않았을까? 그랬다면 나는 그녀의 뜻에 따라 그녀가 만족할 수 있도록 허락했을 것이며, 그래서 지금 이 순간에도 그녀와 키스하고 있었을 텐데. 나를 떠나기 사흘 전 그녀가 뱅퇴유 양의 친구와 결코 그런 관계를 가진 적이 없다고 맹세하면서 거짓말을 했던 것을, 맹세하던 순간에 얼굴의 홍조가 사실을 고백했던 것을 떠올려야 하다니 이 얼마나 슬픈 일인가! 가엾은 소녀, 적어도 그녀는 뱅퇴유 양과 그 여자 친구를 만나는 기쁨이 그날 베르뒤랭 집에 가려는 욕망과 무관하다고 맹세하지 않을 정도의 정직함은 가지고 있었다. 왜 그녀는 모든 것을 끝까지 고백하지 않았을까? 어쩌면 그녀의 부인(否認)에 부딪혀 산산조각 났던 나의 온갖 간청에도 불구하고, 그녀가 결코 "그런 취향을 가지고 있어요."라고 말하지 않은 것은 조금은 내 잘못인지도 모른다. 왜냐하면 발베크에서 캉브르메르 부인의 방문 후 내가 알베르틴과 처음으로 그 주제에 대해 얘기했던 날, 앙드레와 지나치게 열정적인 우정을 가졌을 뿐 어쨌든 다른 짓을 하리라고는 생각하지도 못하고 있던 내가 그런 종류의 품행에 대해 몹시 격하게 혐오감을 표명하면서 단호한 방식으로 비난했기 때문이다. 내가 그런 짓을 혐오한다고 솔직하게 선언했던 날, 알베르틴이 얼굴을 붉혔는지는 기억할 수 없다. 나는 그 일을 기억할 수 없다. 왜냐하면 우리는 전혀 주의를 기울이지 않다가 오랜 시간이 지난 후에야 그때 그 사람이 어떤 태도를 취했는지 알고 싶어 하는 일이 흔히 있는데, 훗날 그때 나눈 대화를 다시 생각하다 보면, 그때 그 사람이 취했던 태도가 고통스러운 문제를 규명해 줄 것처럼 보이기 때문이다. 그러나 우리 기억에는 균열이 있고, 그 일의 흔적도 없다. 우리는 자주 이미 중요하게 보였던 일이나 순간에도 충분히 주의를 기울이지 않았으며, 어떤 말을 잘 듣지 않았고, 어떤 몸짓도 주목하지 않았으며, 또는 그 말과 몸짓을 망각했다. 그래서 훗날 진실을 발견하고 싶을 때면, 증언집과도 같은 우리의 기억을 뒤지면서 이 추론에서 저 추론으로 거슬러 올라가다가 그 말이나 몸짓에 이르지만, 그것을 기억할 수 없어 아무 소용 없이 스무 번이나 동일한 여정을 반복하고, 길은 더 멀리 뻗지 못한다. 그녀는 얼굴을 붉혔을까? 그녀가 얼굴을 붉혔는지 아닌지는 알지 못하지만, 그녀가 내 말을 듣지 않았을 수는 없으며, 그 말의 기억 때문에 내게 고백하려고 한 순간 그녀가 돌연 말을 멈추었다고 나중에 생각했다. 그리고 지금 그녀는 어느 곳에도 존재하지 않으므로, 이 극에서 저 극으로 온 지구를 돌아다녀 봐야 결코 알베르틴을 만날 수 없으리라. 그녀 위로 닫힌 현실이 다시 평평해지면서 깊숙이 가라앉은 존재의 흔적까지 지워 버렸다. 마치 샤를뤼스 부인을 알았던 사람들이 무심한 표정으로 "멋진 분이었어요."라고 말하는 것처럼, 이제 그녀는 하나의 이름에 지나지 않았다. 그러나 나는 알베르틴이 의식조차 못 하는 이런 현실의 존재를 한순간도 더는 생각할 수 없었다. 왜냐하면 내 온갖 감정과 상념이 그녀의 삶에 결부된 채로, 그녀가 내 마음속에 지나치게 존재했기 때문이다. 그녀가 이런 사실을 안다면, 아마도 삶이 끝난지금 그녀의 친구가 그녀를 망각하지 않은 데 감동하여 예전에는 무관심하게 여겼을 일에도 민감하게 반응할지 모른다. 그러나 우리는 사랑하는 여인이 부정한 짓을 저지를까 봐 그토록 두려워하기 때문에, 아무리 은밀한 짓이라 해도 그녀에게 그런 짓을 저지르지 않으려고 조심하는 법이다. 망자가 어디엔가 살아 있다면, 알베르틴이 내가 기억한다는 사실을 아는 것만큼 할머니가 내가 망각한 사실을 알 거라고 생각하자 소름이 끼쳤다. 요컨대 죽은 여인에게서도 똑같이 그녀가 몇몇 사실을 안다는 걸 터득하는 기쁨이 그녀가 '모든 것'을 안다고 생각하며 느끼는 공포를 보완한다고 확신할 수 있을까? 그리고 우리는 사랑했던 사람들이 죽은 후 우리를 심판하게될까 두려워, 아무리 그 희생이 고통스럽다 해도 그들을 친구로 간직하는 일을 이따금 단념하지 않는가?

알베르틴이 했을지도 모르는 일에 대한 나의 질투 어린 호기심에는 한계가 없었다. 몇몇 여인을 매수했지만 아무것도 알아내지 못했다. 내 호기심이 이토록 생생했던 것은 한 존재가 우리에게서 금방 사라지지 않고, 진정한 불멸은 아니지만 살아 있을 때와 같은 방식으로 우리의 사유를 계속해서 차지하는 어떤 삶의 아우라에 젖어 있기 때문이다. 그 존재는 여행을 떠난 것 같다. 매우 이교도적인 방식의 존속이다. 반대로 사랑하기를 멈출 때면, 존재가 부추기는 호기심은 존재의 죽음보다 먼저 사멸한다. 이렇게 해서 나는 질베르트가 어느 날 저녁 누구와 함께 샹젤리제를 산책했는지를 알려고 조금도 움직이지 않았다.* 그런데 나는 이런 호기심이 절대적으로 비슷하며, 그 자체로 가치가 없고 지속될 가능성이 없다는 것도 인지했다. 그러나 알베르틴의 죽음이라는 사실로 인해 강요된 이별이 질베르트와의 자발적인 이별처럼 동일한 무관심에 이르리라는 걸 미리 알고 있었음에도, 나는 일시적 호기심의 충족을 위해 가혹하게도 모든 걸 계속해서 희생했다. 이런 호기심 때문에 나는 특히 에메를 발베크에 보냈는데, 그가 현장에서 많은 사실을 알아낼 수 있다고 느꼈기 때문이다. 만일 그녀가 무슨 일이 일어날지 알 수 있었다면, 그녀는 내 옆에 남아 있기를 원했을 것이다. 그러나 이 말은 일단 자신이 죽은 모습을 본다면 내 곁에 살아 있는 편을 더 좋아했으리라는 말

* 이 일화에 대해서는 『잃어버린 시간을 찾아서』 3권 342~343쪽 참조.

과도 같다. 삶이 내포하는 모순 자체에 의해 이런 가정은 부조리하다. 그러나 이 가정이 완전히 무해한 것만은 아니었다. 왜냐하면 알베르틴이 이 사실을 알고, 사후에 그걸 이해할 수 있고, 내 곁에 돌아오는 걸 다행스럽게 여겼을 거라고 상상한다 해도, 그런 그녀를 보면 포옹하고 싶었을 테고, 그러나 슬프게도 그 일은 불가능했으며, 그녀는 결코 돌아오지 않을 것이기 때문이다. 그녀가 죽었으니까. 나의 상상력은 저녁마다 우리가 함께 바라보던 하늘에서 그녀를 찾고 있었다. 그녀가 살아 있지 않음을 위로해 주기 위해 그녀가 좋아하던 달빛 너머로, 그녀가 있는 곳까지 내 사랑을 올라가게 하려고 애썼다. 또 이처럼 아득히 멀리 있는 존재에 대한 사랑은 종교와 같은 것이어서, 내 생각은 기도처럼 그녀를 향해 올라갔다. 욕망이 보다 격렬해지면 믿음을 낳는다. 나는 알베르틴이 떠나지 않기를 욕망했으므로 그녀가 떠나지 않을 거라고 믿었다. 그녀가 죽지 않기를 욕망했으므로 죽지 않았다고 믿었다. 나는 회전 테이블*에 관한 책을 읽기 시작했고, 영혼 불멸의 가능성을 믿기 시작했다. 하지만 그것만으로는 부족했다. 마치 영원이 삶과 흡사하다는 듯, 죽은 후에도 육체를 가진 그녀와 다시 만나야 했다. 왜 '삶'이라고 말한 걸까? 나는 쉽게 만족하지 못하는 사람이었다. 죽음에 의해 영원히 쾌락을 박탈당하기를 원치 않았다. 그러나 죽음만이 쾌락을 빼앗아 가는 것은 아니었다. 죽음이 없어도 쾌락은 둔화하고 말 것이다. 아니, 오랜 습관과

---

*『잃어버린 시간을 찾아서』 2권 282쪽 참조.

새로운 호기심의 작용에 의해 이미 그것은 둔화하기 시작했다. 게다가 실제 삶에서 알베르틴은 신체적으로 조금씩 변했을 테고, 나는 나날이 그런 변화에 적응했으리라. 하지만 그녀 삶의 순간적인 장면만을 회상하는 나의 추억은, 그녀가 살아 있다면 더 이상 예전 모습이 아닌 다른 모습의 그녀와 재회하고 싶었다. 추억이 원한 것은 기적이었다. 과거로부터 벗어날 수 없는 기억의 한계를 자연스럽고 자의적인 방법으로 충족해 주는 그런 기적이었다. 그렇지만 나는 고대 신학자와도 같은 순진함을 가지고 그 살아 있는 존재가 내게 설명하는 모습을 상상했고, 그녀가 내게 줄 수 있는 설명이 아니라, 지극히 모순된 일이지만, 그녀가 살아 있을 때 내내 거절했던 그런 설명을 하는 모습을 상상했다. 이렇게 해서 그녀의 죽음은 일종의 꿈이었으며, 내 사랑은 그녀에게 뜻하지 않은 행복 같았으리라. 나는 죽음에서 모든 것을 단순화하고 해결하는 대단원의 편리함과 낙천적인 사고만을 받아들였다.

이따금 나는 그리 멀지 않은 곳, 저세상이 아닌 곳에서 우리가 결합하는 모습을 상상했다. 지난날 질베르트를 샹젤리제에서 함께 놀던 친구로만 알았을 때, 저녁에 귀가할 때면 나는 그녀에게서 사랑을 고백하는 편지를 받거나 그녀가 우리 집으로 들어오는 모습을 상상하곤 했는데, 동일한 욕망의 힘이 처음 그것이 질베르트에 대한 욕망을 좌절시키는 물리적 법칙에 대해 더 이상 신경 쓰지 않던 시절처럼(사실 내 욕망이 결정권을 가졌으므로 틀린 생각이 아니었다.)* 이제 나로 하여금 알베르틴으로부터 편지를 받을지도 모른다는 생각을 갖게 했다. 비록 그녀가 낙마 사고를 당하긴 했으나 어떤 소설적인 이유로(사실 오랫동안 죽었다고 믿었던 사람들에게 이따금 일어나는 일이다.) 그녀가 회복되었다는 소식을 알리기를 원치 않았으며, 지금은 깊이 뉘우치면서 나와 함께 영원히 살러 오게 해 달라고 간청하는 그런 편지 말이다. 그리고 나는 몇몇 사람들, 게다가 합리적으로 보이는 몇몇 사람들이 보이는 가벼운 광기가 어떤 것인지 잘 이해할 수 있었고, 그녀가 죽었다는 확신과 집으로 들어오는 그녀의 모습을 보려는 지속적인 희망이 마음속에 공존하고 있음을 느꼈다.

나는 아직 에메로부터 소식을 받지 못했다. 그렇지만 그는 지금쯤이면 틀림없이 발베크에 도착했을 것이다. 물론 나의 조사는 부차적인 일에 관한 것이었고, 그것도 아주 자의적인 방식으로 택한 것이었다. 만일 알베르틴의 삶이 진짜로 비난 받을 만하다면, 거기에는 그보다 더 중요한 일들이 많이 포함되어 있을 테고, 목욕 가운에 관한 대화를 나누었을 때 그녀가 얼굴을 붉혔던 것처럼, 우연이 다만 그 일들을 다루는 걸 허락하지 않았을 뿐이라고 생각했다. 그렇지만 그 일들은 내가 직접 눈으로 보지 못했으므로 내게는 존재하지 않는 거나 다름 없었다. 그러므로 내가 특히 그날을 강조하고 몇 해가 지난 후 그날을 재구성하려고 한 것은 완전히 자의적인 것이었다. 알베르틴이 여성을 사랑한다면 내가 그 용도를 알지 못했던 그

---

* 이런 욕망에 대한 보상으로 화자는 질베르트의 초대 편지를 받는다.(『잃어버린 시간을 찾아서』 3권 133~134쪽)

녀 삶의 수많은 다른 날들이 있었을 테고, 그것을 알아 두면 또한 흥미로울 것 같았다. 나는 에메를 발베크의 다른 많은 장소로, 발베크 외의 다른 많은 도시로 보낼 수도 있었다. 그러나 그런 날들은 바로 내가 그 용도를 알지 못했으므로 내 상상 속에 그려지지 않았고 존재감도 갖지 못했다. 사물이나 사람은 내 상상 속에서 그것의 개별적인 삶을 가질 때라야 비로소 존재하기 시작했다. 그와 비슷한 다른 수많은 것이 있다면 그것은 내게 나머지를 표상하는 것에 지나지 않았다. 내가 오래전부터 알베르틴에 관한 의혹이란 측면에서, 샤워장에서 있었던 일을 알고 싶었던 것은, 여인의 욕망에 대해 사창가에 드나드는 아가씨와 퓌트뷔스 부인의 시녀를 알고 싶었던 것과 동일한 태도였다. 그들과 똑같이 가치가 있고 우연이 그것에 대한 얘기를 알게 해 줄 수많은 소녀들과 하녀들이 있다는 걸 알면서도 — 바로 생루가 말했던 사람들로 그들이 내게는 개별적으로 존재했기 때문이다. — 나는 그들과 교류하고 싶었다. 어쩌면 내 건강 상태와 우유부단함, 그리고 생루의 말처럼 '질질 끄는 버릇' 때문에 뭔가를 실현하기 힘든 어려움이 몇몇 의혹을 규명하는 일을 마치 어떤 욕망의 성취처럼 날마다 달마다 해마다 미루게 했다. 하지만 나는 이 의혹을 기억 속에 간직하고, 의혹의 진상을 알아내는 일을 결코 잊지 않겠다고 맹세했다. 왜냐하면 그 의혹이 내 머리를 떠나지 않았고(다른 것들은 형체가 없는 탓에 내 눈에 존재하지 않았으므로), 또한 우연 자체가 현실 속에서 그런 의혹을 선택했다는 사실이 바로 그 의혹을 통해 내가 알고 싶었던 약간의 현실, 진정한 삶의 현실과 접촉할 수 있다는 걸 보증했기 때문이다. 그리고 단 하나의 작은 사실도, 적절하게 선택할 줄만 안다면 실험가에게는 수많은 유사 사실에 관한 진리를 가르쳐 줄 일반 법칙을 확정하기에 충분하지 않을까? 삶이 진행되는 과정에서 알베르틴이 연속적으로 나타났듯이, 그녀는 내 기억 속에 '시간'의 파편으로 존재했는데, 내 사유가 이런 그녀에게 통일성을 복원해 주고, 한 존재를 다시 주조하고, 또 이 존재에 관해 일반적인 판단을 내리고, 그녀가 내게 거짓말을 했는지, 여자들을 좋아했는지, 그들과 자유롭게 사귀기 위해 나를 떠난 것인지를 알고 싶었다. 샤워장 담당자의 이야기가 어쩌면 알베르틴의 품행에 관한 내 의혹에 영원히 종지부를 찍어 줄지도 몰랐다.

내 의혹이라니! 슬프게도 나는 알베르틴의 출발이 내 과오를 드러나게 할 때까지는 그녀를 다시 만나지 못해도 상관없으며, 어쩌면 유쾌하게 느낄지도 모른다고 생각했다. 마찬가지로 그녀의 죽음은, 내가 그녀의 죽음을 소망한다고 믿었던 일이, 그 죽음이 나를 해방해 줄 거라고 믿었던 일이 얼마나 잘못된 생각이었는지도 가르쳐 주었다. 마찬가지로 내가 에메의 편지를 받았을 때, 지금까지 내가 알베르틴의 미덕에 관한 의혹으로 그토록 극심하게 괴로워하지 않은 것은 사실상 그것이 전혀 의혹이 아니었기 때문이라는 것도 깨달았다. 내 행복이나 내 삶은 알베르틴이 정숙한 여인이라는 사실을 필요로 했고, 그래서 그것은 결정적으로 그녀가 정숙하다는 사실을 상정하고 있었다. 이런 믿음의 보호 아래 내 정신은 형태는 부여해도 신뢰하지 않은 일련의 가정들을 별다른 위험 없이 서글프게도 연출할 수 있었다. '그녀는 어쩌면 여자들을 좋아하는지도 몰라.'라는 생각은 마치 사람들이 '나는 오늘 저녁 죽을 수 있어.'라고 생각하는 것과도 같았다. 사람들은 그렇게 생각하지만 믿지는 않으며, 내일을 위한 계획을 세운다. 바로 이것이 내가 어떻게 해서 알베르틴이 여자를 좋아하는지 아닌지 확신하지 못하면서도, 따라서 알베르틴의 행동에 대한 어떤 유죄 사실도 내가 자주 생각했던 것 이상의 소식은 가져다주지 못할 거라고 잘못 생각하면서도, 에메의 편지가 불러일으킨 인상 앞에서, 다른 이들에게는 별 의미 없는 인상 앞에서 그토록 예상치 못한 고통을, 지금까지 느꼈던 고통 중 가장 가혹한 고통을 느낄 수 있었는지를 설명해 준다. 그리고 이 고통은 이런 인상들과 더불어 그리고 슬프게도 알베르틴 자신의 이미지와 더불어, 화학에서 말하는 일종의 침전물 같은 것을, 모든 것이 분리될 수 없는 하나의 실체를 만들어 냈는데, 내가 조금은 상투적인 방식으로 분리한 에메의 편지는 그 고통에 대해 어떤 생각도 줄 수 없었다, 왜냐하면 편지를 이루는 각각의 단어들이 그것이 유발한 고통으로 즉시 변형되고 영원히 물들었기 때문이다.

"도련님,

좀 더 일찍 편지를 드리지 못해서 죄송합니다. 도련님께서 제게 만나 보라고 하신 사람이 이틀 동안 이곳에 없었고, 또 제게 보여 주신 신뢰에 답하기 위해서라도 빈손으로 돌아가고 싶지 않았습니다. 마침내 (A양)을 잘 기억하는 분과 조금

전에 얘기할 수 있었습니다."

조금은 초보 수준의 교양을 가진 에메는 A양을 이탤릭체로 적거나 따옴표 안에 넣고 있었다. 그러나 그는 따옴표를 붙이려고 할 때면 괄호를 썼고, 괄호 안에 뭔가를 넣으려고 할 때면 따옴표를 썼다. 마찬가지로 프랑수아즈도 '누군가가 우리 거리에 산다(demeurer)'는 의미로 '남아 있다(rester)'고 말했고, '두 분이 남아도 된다'는 의미로는 '두 분이 산다'고 말했다. 서민들에게 이런 오류는 흔히 단어를 바꾸는 것에 지나지 않았지만 — 더욱이 프랑스어란 언어가 그런 것처럼 — 몇 세기 지나는 동안 그 단어들은 상호적으로 서로의 자리를 차지했다.

"그분 말에 따르면 도련님의 추측이 완전히 확실하다는군요. 우선 (A양)이 샤워장에 올 때마다 자신이 보살펴 드렸다고 하더군요. (A양)은 자기보다 나이가 많고 언제나 회색 옷을 입는 키 큰 부인과 자주 샤워를 하러 왔는데, 샤워장 담당자*는 그 부인의 이름은 몰랐지만, 소녀들의 뒤를 쫓아다니는 걸 자주 보았기 때문에 그 부인을 알고 있었다는군요. 그러나 부인이 (A양)을 알고 난 후부터는 다른 소녀들에게 주의를 기울이지 않았다는군요. 부인과 (A양)은 늘 샤워장에 갇힌 채로

---

* '샤워장 담당자'라고 번역한 la doucheuse는 예전에 온천장이나 해수욕장에서 샤워하는 손님들을 돌보고 샤워 시설을 정비하는 일을 맡았던 사람을 뜻한다. 샤워장은 호텔의 부속 건물로, 호텔 밖 해변에 설치된 샤워 시설을 가리킨다.

오래 머물렀고, 또 회색 옷을 입은 그 부인은 나와 함께 얘기를 나눈 분에게도 팁으로 적어도 10프랑을 주었다고 했어요. 그분이 제게 말한 것처럼, 아무것도 아닌 일로 시간을 보냈다면 10프랑이나 되는 돈을 주지는 않았을 거라고 생각되는군요. 또 (A양)은 가끔 피부가 까맣고 손 안경을 든 부인하고도 왔다고 했어요. 그러나 대개는 자기보다 나이 어린 소녀들과 왔는데, 특히 붉은 머리의 소녀와 함께 왔다고 하더군요, 회색 옷을 입은 부인을 빼고, (A양)이 데리고 온 사람들은 보통 발베크가 아닌 꽤 먼 곳에서 온 사람들이었다고 했어요. 그들은 결코 함께 들어오지 않고, (A양)이 먼저 들어와서 여자 친구를 기다리니까 샤워장 문을 열어 두라고 했으며, 나와 함께 얘기를 나눈 분은 그 말이 무슨 뜻인지 이해했다고 했죠. 다른 것은 잘 기억나지 않아서 더 이상은 자세히 말하지 못했는데, 꽤 오래된 일이라 쉽게 이해가 가더군요. 게다가 그분은 매우 신중하고, 또 (A양)이 꽤 많은 돈을 벌게 해 주었으므로, 더 이상 알려고 하지 않는 게 자신에게도 득이 됐겠죠. 아가씨가 돌아가셨다는 말을 듣고는 진심으로 슬퍼했어요. 사실 그처럼 젊은 나이에 돌아가시다니, 자신에게도 가족에게도 정말로 큰 불행이니까요. 더 이상 알아낼 것이 없다고 생각되는 발베크를 떠나도 좋은지 도련님의 명령만 기다리겠습니다. 이 짧은 여행을, 게다가 더없이 좋은 날씨여서 더욱 즐거웠던 여행을 하게 해 주신 도련님께 다시 한번 감사를 드립니다. 이번 여름에 짧게라도 이곳에 잠시 출현해 주시기를 기대해 봅니다.

더 이상 말씀드릴 만한 흥미로운 이야기가 없기에, 이만 총 총."*

이 말들이 얼마나 내 마음 깊은 곳까지 닿았는지를 이해하려면, 내가 알베르틴에 대해 제기한 질문들이 부차적이고 그저 그런, 세부적인 것에 관한 질문이 아니었음을 상기해야 한다. 비록 이 세부적인 질문은 우리가 아닌 다른 존재들, 침투할 수 없는 생각의 비옷을 입은 존재들에 대해 사실상 우리가 던질 수 있는 유일한 질문으로 타인의 고통과 거짓과 악덕과 죽음 사이로 나아가게 해 주지만 말이다. 아니다. 알베르틴에게서 그것은 본질에 관한 질문이었다. 다시 말해 마음속 깊은 곳에서 그녀는 무엇이었는지, 그녀가 무엇을 생각하고 무엇을 좋아했는지, 그녀가 내게 거짓말을 했는지, 그녀와 나의 삶이 스완과 오데트의 삶만큼 그렇게 비참했는지? 그리하여 에메의 대답은 비단 알베르틴에 관한 일반적인 대답이 아닌 특수한 것에 관한 — 바로 그렇기 때문에 — 대답, 알베르틴과 내게서 마음 깊은 곳까지 닿는 대답이었다.

마침내 나는 회색 옷을 입은 부인과 함께 작은 오솔길을 통해 샤워장에 도착하는 알베르틴의 모습에서, 알베르틴의 추

* 이 편지는 작품의 내적 연대기에 따르면 대략 1902년에 일어난 일로, 1881년에 태어난 것으로 추정되는 화자의 나이 스물한 살에 일어난 일로 추정된다. 따라서 '도련님'이란 호칭은 별 무리가 없어 보이지만, '므시외(Monsieur)'란 호칭을 '도련님'으로 옮긴 것은 순전히 역자의 자의적인 판단에 의한 것임을 밝혀 둔다.

억이나 시선 속에 갇혔다고 상상하며 두려워했던 것에 못지 않은, 그런 신비스럽고 무서운 과거의 한 편린을 보았다. 내가 아닌 다른 사람이라면 아마도 이런 세부 사항을 하찮게 여겼을 테지만, 알베르틴이 죽은 지금 그녀가 그것을 반박할 수 없다는 불가능성이 그 세부 사항에 일종의 개연성 같은 것을 부여했다. 알베르틴에게 그 세부 사항이 사실이었다 해도, 만일 그녀 스스로가 그걸 고백했다면, 아마 그녀 자신의 과오도 — 그녀의 양심이 그것을 결백하다고 여기든 죄가 있다고 여기든, 그녀의 관능이 그것을 감미롭다고 여기든 싱겁다고 여기든 — 내가 그것과 분리하지 않는 그 끔찍하고도 형언할 수 없는 인상에서 벗어날 수 있었으리라. 여성에 대한 내 사랑의 도움을 받아, 비록 알베르틴에게 여성이 나와 똑같은 것은 아니었다 해도, 나는 그녀가 느낀 것을 조금은 상상할 수 있었다. 그리고 내가 그토록 자주 욕망했던 것처럼 그녀가 욕망하는 모습을 그려 보고, 내가 그토록 자주 거짓말했던 것처럼 그녀가 내게 거짓말하는 모습을 그려 보고, 내가 스테르마리아 양이나 다른 많은 소녀들, 또는 시골에서 만난 농부 아가씨에게 그랬던 것처럼 그녀가 이런저런 소녀들에게 정신이 팔려 돈을 쓰는 모습을 그려 보는 것은 이미 고뇌의 시작이었다. 그렇다, 내 모든 욕망이 그녀의 욕망을 이해하는 데 어느 정도는 도움이 되었다. 그것은 이미 커다란 고뇌였으며, 거기서 모든 욕망은 보다 격렬해질수록 보다 잔인한 고통으로 변하는 것이었다. 이는 마치 우리의 감수성이란 대수학에서 욕망이 동일한 계수를 가지고 다시 나타나지만, 덧셈이 아닌 뺄셈의 기호로 나타나는 것과 같았다. 그러나 알베르틴에 대해 나 자신이 판단해 본다면, 그녀가 자신의 과오를 어떤 의도로 숨기려 했든 ― 그녀 스스로 죄가 있다고 판단하거나 또는 나를 아프게 할까 봐 걱정한다고 짐작되는 ― 그녀에게 그 과오는 욕망이 연출하는 상상력의 밝은 빛 속에서 자신이 제멋대로 마련한 것이기에 그래도 삶의 나머지 부분과 같은 성질로 보였을 것이다. 그것은 그녀에게는 감히 기절할 용기가 없었던 쾌락이었으며, 내게는 그녀가 숨기면서 나를 아프게 할까 봐 피하려고 했던 고통이었지만, 그런 쾌락이나 고통은 삶의 다른 쾌락이나 고통 한가운데서 나타날 수 있었다. 그러나 샤워장에 도착해서 팁을 주려고 준비하는 알베르틴의 이미지는 아무 예고도 없이, 나 자신이 이미지를 구상하는 일도 없이 밖으로부터, 에메의 편지로부터 내게 온 것이었다.

아마도 회색 옷을 입은 여인과 함께 알베르틴이 조용하고도 결연하게 도착하는 모습에서 나는 그들이 약속한 밀회를, 샤워장으로 사랑을 나누러 가는 그들이 매우 조심스럽게 감추어 온 이중 생활의 구조와 타락한 체험을 연루하는 관습적인 행동을 읽을 수 있었고, 또 그 이미지들이 알베르틴이 죄가 있다는 끔찍한 소식을 가져다주었으므로, 그 이미지들은 즉각적으로 내게 육체적 고통을 유발했고, 그리하여 그 이미지는 더 이상 고통과 분리되지 않았다. 그러나 고통이 이내 이미지에 영향을 미쳤다. 어떤 객관적 사실이나 이미지는 우리가 거기 접근할 때의 내적 상태에 따라 달라진다. 또 고통은 취기와 마찬가지로 현실의 강력한 변경자이다. 이런 이미지에 결합된 고뇌가 곧바로 회색 옷의 여인과 팁, 샤워장, 알베르틴이 회색 옷 입은 여인과 함께 결연한 걸음걸이로 도착한 길 — 내가 한 번도 생각해 보지 못했던 거짓과 과오로 가득한 삶을 잠시 엿보게 하는 — 을 내가 아닌 다른 사람에게 보이는 것과 완전히 다른 것으로 만들어 버렸다. 내 고뇌는 이미지들의 질료 자체를 변하게 했고, 그러자 나는 지상의 광경을 비추는 빛 속에서 그 이미지들을 바라보지 않게 되었다. 그것은 다른 세계, 저주받은 낯선 별자리의 조각이자 '지옥'의 전망이었다. 발베크 전체가, 이웃 고장 전체가 '지옥'이었다. 에메의 편지에 따르면, 알베르틴은 거기서 그녀보다 어린 소녀들을 샤워장으로 자주 데려갔다고 했다. 예전에 발베크란 고장에 대해 상상했던 신비로움은 내가 그곳에 살면서 이내 사라졌지만, 알베르틴을 알게 되면서 해변을 지나가는 그녀를 보고 그녀가 정숙한 여자가 아니기를 바랄 정도로 그녀에게 꽤 미쳐 있었을 때에는 그녀가 그 신비로움을 구현한다고 생각했는데, 지금은 그 신비로움에 발베크와 관계되는 모든 것과 마찬가지로 얼마나 끔찍스러운 지옥의 이미지가 스며들었는가! 저녁마다 내가 베르뒤랭네 별장에서 돌아오는 길에 들를 때면 그토록 친숙하게 느껴져 마음을 가라앉혀 주던 아폴롱빌*…… 같은 역의 이름들도 지금은 알베르틴이 그중 어느한 곳에 살았고 다른 곳까지 산책했으며 또 세 번째 역에는 자

---

* 초고에는 이 역 이름 다음에 다른 역 이름들을 기재할 것이라는 작가의 지문이 쓰여 있었다고 지적된다.(『사라진 알베르틴』; 플레이아드 IV, 1075쪽)

주 자전거를 타고 갔다고 생각하자, 내가 아직 알지 못했던 발베크에 도착하기 전 할머니와 함께 작은 지방 열차를 타고 그토록 혼란스러운 마음으로 그 역 이름들을 처음 보았을 때 느꼈던 것보다 더 지독한 불안감을 내 마음속에 일게 했다.

질투가 가진 힘 중 하나는 우리에게 외적 사건의 현실과 영혼의 감정이 미지의 것과 관련이 있다는 것 그리고 수많은 추측의 가능성을 깨닫게 하는 데 있다. 우리는 사물을, 사람들이 생각하는 바를 정확히 안다고 여기는데, 이는 우리가 그 일에 신경을 쓰지 않는다는 단 하나의 이유에서이다. 그러나 우리가 질투하는 사람처럼 앎을 열망할 때면, 현기증을 일으키는 만화경처럼 아무것도 식별할 수 없다. 알베르틴은 누구와 어느 집에서 어느 날 나를 배신했을까? 그녀가 내게 이런저런 말을 했던 날일까? 아니면 내가 낮에 그녀에게 이러저런 말을 했다고 기억하는 날일까? 나는 아무것도 알 수 없었다. 게다가 나에 대한 그녀의 감정이 어떤 것이었는지, 그 감정을 불어넣은 것이 이해관계인지 아니면 애정인지도 알 수 없었다. 그러다가 돌연 어떤 하찮은 사건이 떠올랐다. 이를테면 알베르틴이 생마르탱르베튀*라는 이름이 흥미롭다고 말하면서 그곳에 가고 싶어 했던 일이 생각났다. 어쩌면 단지 그곳에 사는 농부 여자를 소개받았던 것일까. 그런데 지금 에메가 샤워

---

* '옷을 입은 성마르탱(Saint-Martin-le-Vêtu)'을 뜻한다. 이름에 대한 알베르틴과의 대화를 고려한다면, 이는 생마르스르베튀(Saint-Mars-le-Vêtu)와 혼동한 것으로 보인다고 지적된다.(『잃어버린 시간을 찾아서』 8권 289쪽, 『사라진 알베르틴』; 플레이아드 IV, 1075쪽 참조.)

장 여자에게서 들은 것을 내게 알려 준다 해도, 그가 알려 주었다는 사실을 알베르틴은 영원히 알지 못할 것이기에 내게는 아무 의미가 없었다. 알베르틴에 대한 내 사랑에는 알고 싶은 욕구보다 내가 안다는 것을 보여 주려는 욕구가 더 강했기 때문이다. 그 점이 우리 두 사람 사이에 놓인 상이한 환상의 벽을 무너뜨렸지만, 그녀로 하여금 나를 더 많이 사랑하게 하지는 못했고, 오히려 정반대의 결과를 초래했다. 그런데 그녀가 죽고 난 후에는 아는 것을 보여 주고 싶은 두 번째 욕구가 첫 번째 욕구로 생긴 효과에 결합되었다. 내가 아는 것을 그녀에게 알려 주고 싶은 대화 장면이 모르는 것을 질문하는 대화만큼이나 선명하게 떠올랐다. 다시 말해 내 옆에서 그녀를 보고, 그녀가 선의로 내 말에 답하는 소리를 들으며, 두 뺨이 다시 볼록해지고, 심술궂은 기색이 사라지고, 슬픈 빛이 서린 눈길을 보았다. 다시 말해 여전히 그녀를 사랑하고, 내 질투 어린 분노를 고독한 절망 속에 망각했다. 내가 알게 된 것을 결코 그녀에게 알려 줄 수 없으며 또 내가 방금 발견한 것의 진실(어쩌면 그녀가 죽었기 때문에 그걸 발견할 수 있었는지 모르지만) 위에 우리 관계를 새롭게 설정할 수 없다는 이런 불가능성으로 인한 고통스러운 신비가 그녀의 행동이 함축하는 보다 고통스러운 신비로 대체되면서 슬픔을 자아냈는지도 모른다. 뭐라고? 내가 샤워장 이야기를 알고 있다는 사실을 알베르틴에게, 더 이상 아무것도 아닌 알베르틴에게 그토록 알려 주고 싶어 하다니! 이것 역시 우리가 죽음을 성찰할 때면 우리의 삶 외에 다른 것은 그려 볼 수 없다는 불가능성의 영향으로 초래된 결과 중 하나였다. 알베르틴은 이제 아무것도 아니었다. 그러나 내게 그녀는 발베크에서 다른 여인들과의 밀회를 숨기고 그 사실을 나로 하여금 모르게 하는 데 성공했다고 상상하던 바로 그 사람이었다. 사후에 일어날 일을 성찰할 때에도, 그때 우리가 실수로 투사하는 것은 여전히 우리 자신의 살아 있는 모습이 아닐까? 요컨대 더 이상 아무것도 아닌 여인이 그녀가 육 년 전에 저지른 일이 알려졌다는 걸 모른다고 해서 슬퍼하는 것은, 우리가 죽고 나서 한 세기가 지난 후에도 여전히 독자들이 우리 얘기를 열광적으로 해 주기를 바라는 것보다 더 우스꽝스러운 짓이라고 할 수 있다. 전자보다는 후자에 더 많은 현실적 근거가 있다 해도, 나의 회고적인 질투로 인한 회한 역시 다른 인간에게서 볼 수 있는 사후의 영광에 대한 욕망과 마찬가지로 관점의 오류에서 비롯되었다. 그러나 알베르틴과의 이별이라는 엄숙하고도 결정적인 인상이 한순간 그녀의 과오라는 관념으로 대체되긴 했지만, 결국 거기에 돌이킬 수 없는 성격을 부여함으로써 그 과오를 더욱 심화하고 말았다. 마치 끝없는 해변에 홀로 있는 듯, 삶에서 길을 잃은 채 어느 쪽으로 가도 그녀를 결코 만나지 못할 것만 같았다. 다행스럽게도 나는 기억 속에서 — 거기에는 모든 종류의 것들이, 위험한 것이나 유익한 것들이 뒤섞여 있어서 기억이 하나씩 하나씩만 빛을 보는 — 자신의 일에 필요한 연장을 찾은 일꾼처럼, 때마침 할머니의 말 한마디를 찾아냈다. 샤워장 담당자가 빌파리지 부인에게 한 그 믿기 힘든 이야기에 대해 할머니는 내게 이렇게 말한 적이 있다. "틀림없이 거짓말하는 병에 걸린 여자일 거다." 이 기억은 내게 큰 도움이 되었다. 샤워장 담당자가 에메에게 한 말이 도대체 무슨 영향을 미칠 수 있단 말인가? 더욱이 그 여자는 결국 아무것도 보지 못했다. 나쁜 짓을 한다는 생각 없이 그저 친구들과 샤워를 하러 갔을 수도 있다. 어쩌면 샤워장 담당자가 자기 자랑을 하고 싶어서 팁의 액수를 과장했는지도 모른다. 한번은 프랑수아즈가 레오니 아주머니로부터 '매달 100만 프랑을 낭비해도' 좋을 만큼 돈이 많다는 말을 들은 적이 있다고 했는데, 그건 터무니없는 말이었다. 또 한번은 레오니 아주머니가 욀랄리에게 1000프랑짜리 지폐 네 장을 주는 걸 보았다고도 했는데,* 50프랑짜리 지폐를 넷으로 나눈다고 해도 내게는 믿기 어려운 말이었다. 이렇게 나는 언제나 앎의 열망과 괴로움에 대한 두려움 사이에서 왔다 갔다 하며 그토록 힘들게 얻은 그 고통스러운 확신을 떨치려고 했고, 점차 그 일에 성공했다. 그러자 순수한 애정이 되살아났고, 하지만 이내 이 애정과 더불어 알베르틴과 헤어진 슬픔이 되살아났는데, 그때 나는 질투에 시달렸던 최근의 몇 시간보다 훨씬 더 불행했는지도 모른다. 그러나 발베크를 생각하다가 갑자기 떠오른 발베크 호텔 레스토랑의 이미지(여태껏 나를 한 번도 괴롭힌 적 없었고, 내 기억에서 가장 무해한 것 중 하나로 보였던)로부터 질투가 느닷없이 되살아났다. 유리창 반대편 쪽에서 어둠 속에 몰려든 사람들이 마치 환하게

---

* 욀랄리에게 주는 동전을 거금으로 생각하는 프랑수아즈에 대해서는 『잃어버린 시간을 찾아서』 1권 192쪽 참조.

불 켜진 수족관의 유리 칸막이 앞에 있는 것처럼, 찬란한 빛 사이로 움직이는 그 기이한 존재들을 바라보있는데,* 그때 하나로 뒤엉킨 사람들 사이에서 어부와 서민의 딸들이 프티부르주아 출신의 소녀들과 서로 몸을 부딪치고 있었다.(예전에는 한 번도 생각해 보지 못했던 일이다.) 돈이 아니라면 어쨌든 인색함과 전통 때문에 지금까지 그들 부모에게 금지되었던 이런 새로운 사치를 선망하는 프티부르주아 출신 소녀들 중에는 아직 나와 사귀기 전의 알베르틴이 틀림없이 있었을 테고, 그녀는 거의 매일 저녁마다 그곳에 와서 어린 소녀를 유혹하고, 몇 분 후 어둠 속 모래밭이나 절벽 아래 있는 어느 버려진 오두막에서 만났을 것이다. 그러다가 다시 슬픔이 살아났다. 나는 마치 유배지로의 추방 선고와도 같은 엘리베이터 소리를 들었는데, 그것은 내 방이 있는 층에 멈추는 대신 위로 올라가고 있었다. 그렇지만 내가 방문해 주기를 바라는 단 한 명의 사람은 결코 나를 보러 오지 못할 것이다. 그녀가 죽었으니까. 그런데도 엘리베이터가 내 방이 있는 층에서 멈추자 다시 내 가슴은 두근거렸고, 그래서 한순간 이렇게 생각했다. '그래도 이 모든 것이 꿈에 지나지 않는다면! 어쩌면 그녀일지 몰라. 벨을 울릴 테고, 그녀가 돌아온 거야. 프랑수아즈는 분노보다 공포에 질린 표정으로 들어와서 말하겠지. 그녀는 원한을 품기보다 미신을 더 많이 믿으니까 산사람보다는 어쩌면 유령으로 여겨지는 사람을 더 많이 무서워할지도 모르고, '도

---

* 『잃어버린 시간을 찾아서』 4권 73쪽.

런님은 누가 왔는지 결코 알아맞히지 못하실 거예요.'라고 말할지도 몰라.' 나는 아무것도 생각하지 않으려고 신문을 들었다. 그러나 진짜 고통을 체험한 적 없는 사람들이 쓴 기사를 읽는 건 무척이나 견디기 어려웠다. 어느 시시한 노래에 대해 한 사람은 "눈물을 흘릴 정도이다."라고 썼는데, 만일 알베르틴이 살아 있었다면, 나는 그 노래를 아주 즐겁게 들었을 것이다. 또 대작가라고 할 수 있는 또 한 사람은 기차에서 내리는 순간 사람들이 환호했으므로 "잊지 못할" 환대의 표시를 받았다고 말했다. 만일 내가 지금 그런 표시를 받는다면 나는 한순간도 그렇게 생각하지 않을 것이다. 세 번째 사람은 따분하기 짝이 없는 정치만 없다면 파리의 삶이 "매우 즐거울" 거라고 단언했다. 그러나 정치 문제가 없어도 그 삶은 내게 끔찍했을 것이며, 만일 알베르틴과 다시 만날 수만 있다면 정치 문제가 있어도 즐거웠을 것임을 나는 잘 알고 있었다. 사냥에 관한 기사를 쓰는 기자는(그때는 5월이었다.) "이 시기는 진짜 사냥꾼에게는 매우 괴로운 계절, 아니, 더 낮게 표현하면 한심한 계절이다. 사냥할 것이 아무것도, 정말로 아무것도 없기 때문이다."라고 썼다. 또 '살롱'*의 담당 기자는 이렇게 썼다. "'전람회'를 조직하는 이런 방식 앞에서 우리는 커다란 절망을, 무한한 슬픔을 느낀다." 내가 느낀 감정이 얼마나 강렬했던지, 행복이나 불행을 느끼지 못한 사람들의 표현은 거짓이나 흐릿한 것으로 보이게 했고, 반대로 지극히 시시한 몇 줄의 글

---

* 『잃어버린 시간을 찾아서』 6권 246쪽 참조.

은 아무리 멀리 있어도 노르망디나 니스,* 물 치료 시설, 라 베르마나 게르망트 공작 부인, 또는 사랑이나 부재, 배신과 관련되기만 하면 얼굴을 돌릴 틈도 없이 돌연 알베르틴의 이미지를 떠오르게 했고, 그러면 나는 다시 눈물을 흘리기 시작했다. 게다가 보통 나는 그런 종류의 신문은 읽을 수 없었다. 신문을 펼치는 단순한 몸짓이 알베르틴이 살아 있을 때 했던 것과 비슷한 몸짓을, 또 그녀가 너 이상 살아 있지 않다는 걸 싱기시켰기 때문이다. 그래서 끝까지 펼칠 힘도 없이 신문을 떨어뜨리곤 했다. 각각의 인상은 동일한 인상을 환기했으나 알베르틴의 존재가 떨어져 나간 탓에 상처받은 인상을 환기했고, 그러면 나는 마음속에서 그토록 고통에 시달리는 훼손된 순간들을 끝까지 살아갈 용기를 결코 갖지 못했다. 그녀가 차츰 내 생각에서 존재하지 않고, 내 마음속에서도 강력한 존재가 되기를 멈추었을 때에도 나는 갑자기 괴로워했고, 그녀가 여기 있던 시절처럼 그녀 방으로 들어가서 전기 스위치를 찾고 피아놀라 옆에 앉아야만 했다. 친숙한 작은 수호신들로 나뉜 그녀는 촛불이나 문손잡이, 의자 등받이에서 오래 살았고, 또 불면의 밤이나 마음에 드는 여인의 첫 번째 방문이 주는 감동과도 같은 비물질적인 영역 속에도 살았다. 그럼에도 내 눈이 낮에 읽은 구절, 또는 내 생각이 읽었다고 기억하는 몇몇 구절만

---

* 봉탕 부인의 별장이 위치하는 니스의 환기는(41~42쪽에서 생루를 샤텔로에 보낸 것과는 달리) 초고의 흔적으로 보이며, 이는 알베르틴의 도주에 대한 묘사가 1913년 아고스티넬리의 실제 도주에 많은 영향을 받고 있음을 시사한다.(『사라진 알베르틴』; GF-플라마리옹, 391쪽 참조.)

으로도 자주 내 마음에 잔인한 질투를 불러일으키기에 충분했다. 그렇게 하기 위해 그 구절들은 여인의 부도덕함을 증명하는 타당한 논거를 제공할 필요도 없이 알베르틴의 삶과 관련된 과거의 인상들을 되찾게 해 주기만 하면 되었다. 그러자 그녀가 저지른 과오는 그것에 대해 늘 생각하는 습관 때문에 힘이 무뎌지지 않은 어느 잊힌 순간, 아직 알베르틴이 살아 있던 순간으로 옮겨 갔고, 그러자 그것은 뭔가 보다 가깝고 보다 고통스럽고 보다 끔찍한 모습을 띠었다. 그러면 나는 샤워장 담당자의 폭로가 분명히 거짓인지 다시 생각해 보는 것이었다. 에메를 투렌에 보내 봉탕 부인의 별장 근처에서 며칠 지내게 하는 것이 진실을 아는 최선의 방법일 것이다. 만일 알베르틴이 한 여자가 다른 여자와 맛보는 쾌락을 좋아했고, 그녀가 나를 떠난 것이 그런 쾌락을 더 이상 빼앗기지 않기 위함이었다면, 그녀는 자유의 몸이 되자마자 자신이 잘 아는 고장에서 그 일에 몰두하려 했을 테고 또 성공했으리라. 그 일을 하기에 내 집보다 편리하지 않다고 생각했다면 그 고장에 칩거할 결정은 하지 못했을 테니까. 물론 알베르틴의 죽음으로 내 관심사가 달라지지 않은 것은 그리 놀라운 일이 아니었다. 애인이 살아 있을 때 우리가 사랑이라고 부르는 것을 형성하는 대부분의 사유는, 그녀가 옆에 없을 때에도 여전히 떠오르는 것이다. 이처럼 우리에게는 부재하는 이를 몽상의 대상으로 삼는 습관이 있으며, 따라서 그 사람이 단지 몇 시간만 부재해도 그 몇 시간 동안 그 사람은 이미 추억에 지나지 않는다. 그러므로 죽음은 많은 것을 달라지게 하지 않는다. 에메가 돌아왔을 때 나는 그에게 니스로 떠나 달라고 부탁했고, 그렇게 해서 내 사유와 슬픔, 아무리 먼 곳이라 해도 한 존재에 연결된 이름이 불러일으키는 마음의 동요뿐 아니라 내 모든 행동과 내가 시도한 탐문, 오로지 알베르틴의 행동을 알기 위해 사용한 돈에 이르기까지, 그해 내내 내 삶은 온통 사랑으로, 진정한 관계로 채워졌다. 그러나 이 관계의 대상은 죽은 여인이었다. 사람들은 때로 존재의 죽음 후에도 뭔가 살아남을 수 있다고 말한다. 만일 그 존재가 예술가라면 그는 자신에 관한 뭔가를 조금은 작품에 남길 것이다. 어쩌면 같은 방식으로 한 존재에게서 채취하여 다른 존재의 가슴에 접목한 일종의 꺾꽂이가, 생명이 떨어져 나간 존재의 죽음 후에도 그 존재의 생명을 계속 이어 나가는지도 모른다.

에메는 봉탕 부인의 별장 옆에 묵었다. 그는 객실 청소 담당 여종업원과 알베르틴이 자주 자동차를 하루 동안 빌렸다는 대여업자와 알게 되었다. 그 사람들은 아무것도 눈치채지 못했다고 했다. 두 번째 편지에서는, 그 도시의 한 세탁소 소녀에게서 그녀가 세탁물을 가져갈 때면 알베르틴이 특별한 방식으로 팔을 잡았다는 얘기를 들었다고 했다. "하지만 아가씨는 다른 짓은 결코 하지 않았어요."라고 세탁소 소녀는 말했다고 했다. 나는 에메에게 돈을 보냈는데, 그가 한 여행과 그가 편지로 내게 초래한 고통의 값을 치르기 위해서였다. 하지만 마음속으로는 그런 일은 늘상 있는 일이며 그것이 어떤 타락한 욕망도 입증하지 못한다고 생각하면서 그 아픔을 치유하려고 노력하고 있었는데, 그때 에메로부터 전보를 받았다.

"아주 흥미로운 얘기를 들었음. 도련님께 전할 소식이 많음. 곧 편지가 갈 것임."

다음 날 나는 편지를 받았고, 봉투만 보고도 몸이 떨렸다. 나는 그 편지가 에메로부터 온 것임을 금방 알아보았는데, 아무리 미천한 인간이라 해도 각각의 인간에게는 그에게 종속된, 동시에 살아 있으면서도 일종의 마비된 상태로 종이 위에 누워 있는, 그만이 소유하는 글씨체가 있기 때문이다.

"처음에 세탁소 여자아이는 아무 말도 하지 않으려고 하더군요. 알베르틴 양이 팔을 꼬집었을 뿐 다른 짓은 결코 아무것도 하지 않았다고 하면서요. 하지만 전 그 여자아이의 입을 열게 하려고 저녁 식사에 데리고 가서 술을 마시게 했죠. 그러자 여자아이는 알베르틴 양이 해수욕하러 갈 때면 바닷가에서 자주 만났다고 하더군요. 알베르틴 양은 이른 새벽에 일어나서 해수욕을 하는 습관이 있었는데, 그들이 만난 장소는 녹음이 짙어서 아무도 볼 수 없고, 또 그 시각에 그들을 볼 수 있는 사람은 아무도 없었다고 했어요. 또 세탁소 여자아이는 자기 여자 친구들도 데리고 갔는데, 그들은 해수욕을 하고, 그런 다음에는 그곳 날씨가 이미 무척 덥고 나무 아래로 햇빛이 너무 강하게 내리쬤으므로 풀밭에 앉아 몸을 말리고 애무하고 간질이면서 놀았다고 하더군요. 세탁소 여자아이는 여자 친구들과 노는 것을 무척이나 좋아했고, 또 알베르틴 양이 언제나 가운을 입고 자기 몸에 비비는 걸 보고, 아가씨의 가운을 벗기고 목과 팔, 심지어는 알베르틴 양이 내미는 발바닥까지 혀로 애무했다고 털어놓더군요. 세탁소 여자아이도 옷을 벗고, 물속으로 서로를 밀어 넣으면서 즐겼다는군요. 그날 저녁 그 아이는 더 이상은 말하지 않았어요. 그러나 도련님의 명령에 충실한 저는 도련님을 기쁘게 하는 일이라면 뭐든지 하고 싶었으므로, 그 아이와 잠을 자려고 함께 데리고 갔죠. 세탁소 여자아이는 알베르틴 양이 수영복을 벗었을 때 했던 것과 똑같은 짓을 해 주기를 바라느냐고 제게 묻더군요. 또 그 아이는 이렇게 말했죠. 손님께서 아가씨가 얼마나 팔딱거렸는지 보셨다면. 아가씨는 제게 '아! 넌 날 황홀하게 하는구나.'*라고 하셨어요. 그러고는 너무 흥분해서 절 깨물지 않고는 못 배기더군요. 전 세탁소 여자아이의 팔에서 아직도 그 깨문 자국이 남아 있는 걸 볼 수 있었습니다. 그래서 알베르틴 양이 느낀 쾌감을 이해했죠. 그 아인 정말 능숙했으니까요."

발베크에서 알베르틴이 뱅퇴유 양과의 우정을 말했을 때,** 나는 몹시 괴로웠다. 그러나 그때는 알베르틴이 나를 위로해 주기 위해 옆에 있었다. 그런 후 알베르틴의 행동을 지나치게 캐려고 애쓴 탓에 그녀를 내 집에서 떠나게 했고, 그래서 프랑수아즈가 그녀의 출발을 알렸을 때, 홀로 된 나를 발견하고 더욱 고통을 느꼈다. 그러나 적어도 내가 사랑한 알베

---

* '황홀하게 하다'라는 관용어의 프랑스어 표현은 mettre aux anges로, 직역하면 '천사로 만들다'이다. 원문에서는 괄호를 치고 표기했지만, 여기서는 괄호 속의 괄호를 피하기 위해 작은따옴표로 표시했다.
**『잃어버린 시간을 찾아서』 8권 465~468쪽 참조.

르틴은 내 마음속에 있었다. 지금 그런 그녀 대신 내가 발견한 것은 — 내가 상상했던 것과는 달리, 죽음에 의해서도 끝나지 않은 호기심을 너무 멀리 밀고 간 데 대한 징벌로 — 거짓말과 배신을 수없이 반복하면서, 그런 쾌락은 한 번도 맛본 적 없다고 맹세하면서 내 마음을 달콤하게 달래 주던 소녀와는 완전히 다른 소녀, 자유를 다시 찾은 기쁨에 취해 정신을 잃을 정도로 쾌락을 맛보기 위해 길을 떠나, 동이 틀 무렵 루아르 강변에서 다시 만난 세탁소 여자아이에게 "넌 날 황홀하게 하는구나!"라고 말하면서 그 아이를 깨물기까지 하는 소녀였다. 내가 알던 알베르틴과는 다른 알베르틴. 그러나 이 다르다는 말은 우리가 다른 사람들에 대해 말하면서 사용할 때의 의미가 아니었다. 만일 다른 사람이 우리가 생각했던 것과 다르다 해도, 그 다름은 우리에게 그토록 깊이 타격을 주지 못한다. 또 직관의 시계추는 안쪽에서 흔들리는 것과 똑같은 진동만을 밖에서도 투사할 수 있기 때문에, 우리는 이런 다름을 다만 타인의 표면적 영역에만 위치시킨다. 예전에 한 여인이 여자를 좋아한다는 말을 들었을 때, 그 여인은 바로 그런 이유로 해서 특별한 본질을 가진 전혀 다른 여자로 보이지는 않았다. 그러나 사랑하는 여인의 경우, 그것이 사실일지도 모른다는 생각 때문에 느끼는 고통에서 벗어나기 위해서는, 그녀가 무엇을 했는지를 아는 것뿐만 아니라 그녀가 그런 행동을 하면서 느꼈던 것, 자신의 행동에 대해 어떤 생각을 품고 있었는지를 알고 싶어 한다. 그때 우리는 점점 고통 깊숙이 내려가며, 마침내는 그런 고통의 깊이에 의해 신비와 본질에 이르게 된

다. 나는 내 지성과 무의식이 온 힘을 다해 참여한 호기심 덕
분에, 삶을 잃을지도 모른다는 두려움으로 괴로워할 때보다
훨씬 더 괴로운 고통을 내 마음 깊은 곳까지, 내 육체까지, 내
가슴까지 느꼈다. 그렇게 해서 이제 나는 그녀에 대해 알게 된
모든 것을 알베르틴의 가장 깊은 곳까지 투사할 수 있었다. 그
리하여 알베르틴의 악덕의 실체가 내 몸 깊숙한 곳까지 스며
들게 한 고통은 훗날 내게 마지막 역할을 했다. 내가 할머니에
게 드렸던 고통*처럼, 알베르틴이 내게 준 아픔이 그녀와 나를
잇는 마지막 끈이 되었고, 그래서 그것은 추억보다 더 오래 살
아남았다. 모든 신체적 현상이 보유하는 에너지 보존 법칙에
따라, 고뇌는 기억의 가르침마저 필요로 하지 않기 때문이다.
그것은 마치 숲속의 달빛 아래서 아름다운 밤을 보낸 사실을
망각한 남자가 그때 걸린 류머티즘으로 여전히 고통을 느끼
는 것과도 같다.

그녀가 부인했으나 실제로 가지고 있었던 그 취향은, 내가
냉철한 성찰을 통해서 발견한 것이 아니라 "넌 날 황홀하게 하
는구나."와 같은 구절을 읽으면서 느낀 격렬한 고통 속에서,
그 취향에 특별한 성질을 부여하는 고통 속에서 발견한 것이
었다. 이 취향은 마치 소라게가 자기 몸에 덧붙은 새로운 껍데
기를 끌고 다니는 것처럼,** 뿐만 아니라 다른 소금과 접촉하

---

* 할머니가 자신의 병이 위중함을 알고 마지막 사진을 남기려 한 소망에 대해
화자가 오인하는 장면을 암시한다.(『잃어버린 시간을 찾아서』 4권 247~249쪽
참조.)
** 대부분의 소라게는 자라면서 자기 몸집만 한 고둥 껍데기를 끌고 다니다가

면 색깔이 변하고 나아가 일종의 침전물로 인해 그 성질까지 변하는 소금처럼 알베르틴의 이미지에 덧붙여졌다. 세탁소 소녀가 자기 여자 친구들에게 "상상해 봐, 난 믿을 수 없었어. 그 아가씨도 그런 부류 중 하나라는 걸."이라고 말했을 때, 나는 그들이 처음에는 의심하지도 못했던 악덕을 나중에 알베르틴이란 인간에게 추가했으며, 뿐만 아니라 그녀가 다른 인간, 그들과 같은 인간이며, 그들과 같은 언어를 사용한다는 걸 알았고, 그래서 그것은 그녀를 다른 이들의 동향인으로, 내게는 더욱 낯선 존재로 만들었다. 이런 발견은 내가 그녀에 대해 가졌던 것, 마음속에 품었던 것이 그녀의 아주 작은 부분에 지나지 않으며, 나머지 부분은 그토록 신비롭고 중요한 개인적 욕망일 뿐만 아니라, 그녀가 다른 이들과 공유하면서 언제나 내게 숨기고 나를 배제했던 것으로까지 확대된다는 걸 보여 주었다. 마치 자신이 적국 출신의 스파이라는 사실을 숨겨 온 여인처럼. 아니, 스파이보다 더 기만적으로 자신을 숨겼는지도 모른다. 왜냐하면 스파이는 단지 국적에 관해 사람들을 속이지만, 알베르틴은 그녀의 가장 깊은 곳에 있는 인간에 관해, 자신이 통상적인 인간에 속하지 않고 거기 섞여 숨어 지내면서 결코 하나로 녹아들지 않는 낯선 종족에 속한다는 사실에 관해 속였으니까. 나는 울창한 풍경 속에 벌거벗은 여인들을

몸이 커지면 살던 껍데기를 버리고 새로운 껍데기를 찾는데(이런 특성으로 '은둔자 게'라고 불린다.), 평생 방황하는 소라게와 껍데기만 남은 몸으로 감싸 주다가 버림받는 고둥의 관계는 슬픈 사랑 이야기의 상징으로 간주된다.(네이버 지식백과 '집게' 항목 참조.)

그린 엘스티르의 그림 두 점을 본 적이 있었다.* 그중 한 그림에서 소녀들 중 하나가 마치 알베르틴이 세탁소 여자아이에게 발을 내밀었을 때처럼 발을 들어 올렸다. 다른 발로는 다른 소녀를 물속에 밀어 넣었고, 다른 소녀는 발을 수면에 스칠 정도로 푸른 물에 담그면서 넓적다리를 쳐든 채로 즐겁게 저항했다. 이제 나는 들어 올린 넓적다리가 무릎의 기울기와 어우러져 백조의 목과 동일한 곡선을 그렸던 것을 떠올렸는데, 그것은 알베르틴이 내 침대 옆에 누웠을 때 그녀의 넓적다리가 그렸던 것과 같은 곡선이었다. 나는 여러 번 그녀에게 그 모습이 엘스티르의 그림을 연상시킨다고 말하고 싶었다. 그러나 여인들의 벌거벗은 몸의 이미지를 그녀에게 떠올리게 하지 않으려고 그 말을 하지 않았다. 지금 나는 내가 발베크에서 알베르틴의 친구들 가운데 앉아 있을 때 그토록 좋아했던 그룹을 알베르틴이 세탁소 여자아이와 친구들 사이에서 재구성하는 모습을 보고 있었다. 만일 내가 오로지 아름다움에만 민감한 아마추어였다면, 나는 알베르틴이 천 배나 아름다운 그룹을 구성한다고 인식했을 것이다. 그룹의 구성 요소들이 지금은 위대한 조각가들이 베르사유의 숲 여기저기에 뿌려 놓은, 또는 분수대 속에서 물결의 애무에 몸을 씻고 윤을 내는 여신

---

* '자연의 풍경 속에서 목욕하는 여인'이란 소재는 상징주의 유파의 화가들에게는 친숙한 소재이다. 이 문단에서 프루스트의 묘사는 특히 퓌비 드 샤반 (Puvis de Chavannes), 몽티셀리(Monticelli), 또는 엘스티르의 모델 가운데 하나인 르누아르의 「목욕하는 여인들」을 떠올린다고 지적된다.(『사라진 알베르틴』; 플레이아드 IV, 1078쪽 참조.)

들의 나신상이었기 때문이다. 이제 내게는 세탁소 여자아이 옆에 있는 알베르틴이 발베크에서 내게 나타났던 것보다 훨씬 더 해변의 소녀로 보였다. 숨 막히는 더위와 초목 한가운데에서 대리석으로 만든 벌거벗은 여인이라는 복제화 속의 그녀는, 마치 수상 부조물마냥 물에 발을 담그고 있었다. 내 침대에 누웠던 그녀의 모습을 떠올리면서 나는 구부러진 넓적다리를 본다고 생각했으나, 사실 내가 본 것은 다른 소녀의 입술을 찾고 있는 백조의 목이었다. 그러자 나는 더 이상 넓적다리가 아닌 대담한 백조의 목을 보았으며, 그것은 마치 관능적인 모습을 소묘한 습작에서처럼 특별히 여성적 쾌락에 전율하는 레다와 같은 여인의 입술을 찾고 있었다.* 거기에는 백조 한 마리만 있고, 그래서 레다는 더욱 홀로 있는 듯하다. 마치 전화를 통해 듣는 목소리의 억양을, 그것을 객관적으로 표현해 주는 얼굴과 분리하지 않으면 잘 식별할 수 없는 것과도 같다. 이런 습작에서 쾌락을 불러일으키는 여인은 부재하고 무기력한 백조가 그 여인을 대신하고 있으므로, 쾌락은 이런 여

---

* 레다는 스파르타의 왕비로, 백조로 변신한 제우스의 유혹을 받았고, 그래서 낳은 딸이 바로 아름다움의 대명사인 헬레네로 알려져 있다. 레다와 백조의 신화는 미켈란젤로를 비롯한 많은 화가들에게 풍성한 그림 소재를 제공했는데, 그 중에서도 프루스트는 아마 조반니 볼디니(Giovanni Boldini)의 「레다와 백조」(1884)와 특히 귀르타브 모로(『잃어버린 시간을 찾아서』 4권 106쪽 참조.)가 그린 「레다와 백조」를 환기하는 것처럼 보인다. 그는 일찍이 '백조와 화류계 여자'를 귀스타브 모로의 '본질적인 특징'으로 규정한 바 있다.(프루스트, 『에세이와 평론』; 플레이아드, 667~674쪽, 『사라진 알베르틴』; 플레이아드 IV, 1078쪽 참조.)

인을 향해서 가는 대신 쾌락을 느끼는 여인에게 집중된다.* 때로 내 마음과 기억 사이에 소통이 중단되기도 했다. 알베르틴이 세탁소 여자아이와 했던 일은 더 이상 아무것도 표상하지 않는, 거의 대수학의 약자 같은 의미만을 가질 뿐이었다. 그러나 매시간 수백 번이나 중단되었던 전류가 다시 복원되면서 내 마음은 지옥불로 가차 없이 타올랐고, 그동안 나는 나의 질투로 부활한, 정말로 살아 있는 알베르틴이 세탁소 여자아이의 애무에 몸을 긴장하면서 "넌 날 황홀하게 하는구나."라고 말하는 모습을 눈앞에서 보고 있었다. 그녀가 과오를 저질렀을 때는, 다시 말해 지금의 나와 같은 모습이었을 때는 그녀가 살아 있었으므로 그 과오를 아는 것만으로 충분하지 않았고, 내가 알고 있다는 걸 그녀가 알기를 바랐다. 그래서 그런 순간에 그녀를 다시 볼 수 없다고 생각하며 회한에 사로잡혔다고 해도, 그 회한에는 질투의 흔적이 새겨져 있었고, 그래서 그것은 내가 사랑했던 시절의 가슴 아픈 회한과는 다른, 그녀에게 다음과 같은 말을 할 수 없다는 데서 오는 회한이었다. "넌 네가 날 떠난 후에 무슨 짓을 했는지 내가 결코 알지 못할 거라고 생각했겠지만, 난 다 알고 있어. 루아르 강변에서 세탁소 여자아이에게 '넌 날 황홀하게 하는구나.'라고 말한 것도 알고 있어. 또 깨문 자국도 보았어." 아마도 나는 이렇게 생각했을 것이다. "왜 이렇게 괴로워한단 말인가? 세탁소 여자아

---

* 백조의 존재('무기력한 존재'로 추락한)에도 불구하고, 프루스트는 여기서 모든 남성적 요소가 배제된 채 홀로 쾌락을 맛보고 있는 알베르틴-고모라의 이미지를 재현하고 있다.

이와 쾌락을 맛본 사람은 이제 아무것도 아니며, 따라서 그 사람이 한 행동이 어떤 가치를 간직하는 것도 아닌데 말이야. 그녀는 내가 안다고 생각하지 못할 거야. 그렇지만 내가 알지 못한다고도 생각하지 못할 거야. 아무것도 생각하지 못하니까."

그러나 이런 성찰도 그녀가 쾌락을 맛보았던 순간으로 나를 데리고 간 그 쾌락의 광경보다 나를 설득하지는 못했다. 우리에게는 우리가 느끼는 것만 존재하며, 우리는 그것을 죽음이라는 허구의 장벽에 의해 멈추는 일 없이 과거로, 미래로 투사한다. 그녀의 죽음으로 인한 회한이 그 순간 질투의 영향을 받아 그토록 특별한 형태를 취했다면, 그 영향은 자연스럽게 내가 욕망하는 것을 실현하고자 하는 노력에 불과한 신비주의나 영혼 불멸의 꿈으로까지 확대되었다. 그래서 그 순간 만일 베르고트가 가능하다고 믿었던 것처럼 테이블을 돌리면서 그녀의 영혼을 불러낼 수 있다면, 또는 X신부가 생각했던 것처럼 다른 삶에서 그녀와의 만남에 성공할 수만 있다면, 나는 단지 그녀에게 "세탁소 여자아이와의 일을 알고 있어. '넌 날 황홀하게 하는구나.'라고 말했다지, 또 깨문 자국도 보았어."라는 말만 되풀이할 수 있기를 바랐을 것이다. 세탁소 여자아이의 이미지에 맞서 나를 구원하러 와 준 것은 물론 그 이미지가 잠시라도 지속되는 경우 이미지 자체였다. 왜냐하면 우리가 인식하는 것은 정말 새로운 것뿐이며, 우리를 놀라게 하는 어조의 변화를 우리 감수성에 갑자기 끌어들이는 것, 아직 습관에 의해 빛바랜 복제화로 바뀌지 않는 것뿐이기 때문이다. 그러나 알베르틴이 내 마음속에 존재하는 방식은 오로지 수많은 부분, 수많은 알베르틴으로 파편화된 모습이었다. 단지 그녀가 선하고 총명하고 진지했던 순간이, 또는 다른 무엇보다도 스포츠를 좋아했던 순간이 떠올랐다. 그리고 사실 이런 파편화가 어쩌면 내 마음을 진정시켜 주었던 것은 아닐까? 왜냐하면 그것이 그 자체로 현실적인 것은 아니라고 해도, 그녀가 내게 나타났던 연속적인 시간의 형태나 내 기억에 남아 있는 형태에 기인한다면, 마치 마술 환등기에 투사된 휘어진 이미지가 채색 유리판의 휘어진 모양에 기인하는 것처럼, 나름대로 어떤 객관적인 진실을 표현하는 것은 아닐까? 즉 우리 각자는 단일한 인간이 아니라, 우리 안에 다른 도덕적 가치를 지닌 수많은 인간을 가지고 있으며, 또 비록 방탕한 알베르틴이 존재한다 해도, 그렇다고 해서 그것이 다른 알베르틴을, 나와 함께 자기 방에서 생시몽에 관해 대화하기를 좋아했던 알베르틴의 모습을 방해하지 못한다는 것을. 우리가 헤어져야 한다고 내가 말했던 저녁, 그녀는 그토록 쓸쓸하게 얘기했다. "이 피아놀라, 이 방, 이 모든 것을 다시는 보지 못할 거라고 생각하니……." 그리고 내가 한 거짓말이 마음속에 일으킨 감정의 동요를 보고, 그녀는 그토록 진지한 연민의 어조로 내게 외쳤다. "오! 안 돼요, 당신을 아프게 하느니 차라리 무슨 짓이라도 할게요. 그래요. 당신을 다시는 보려고 하지 않을게요." 그때 나는 더 이상 혼자가 아니었다. 그런 착한 알베르틴이 돌아온 이상, 나는 알베르틴이 내게 초래한 고통의 해독제를 달라고 요구할 수 있는 단 한 사람을 되찾은 셈이었다. 물론 나는 여전히 그 세탁소 여자아이의 이야기를 하고 싶었으나, 승리에 찬 잔인한 태도를 취하지 않았고, 내가 알고 있다는 걸 심술궂게 보여 주려고 하지도 않았다. 알베르틴이 살아 있었다면 그랬을 것처럼, 세탁소 여자아이의 이야기가 사실인지 아닌지 다정하게 물어보았다. 그녀는 그 말이 사실이 아니며, 에메가 정직하지 않고, 아무 성과 없이 돌아갈 수 없어서 내가 준 돈을 마땅히 받아야 할 돈으로 보이게 하려고, 세탁소 여자아이로 하여금 자기가 원하는 것을 말하게 했다고 단언했다. 물론 알베르틴은 계속 거짓말을 했다. 그렇지만 그런 모순된 말들의 밀물과 썰물 사이에서, 나는 내 노력 덕분에 뭔가 진전이 있다는 걸 느낄 수 있었다. 그녀가 처음 순간에 속내를 털어놓지 않았는지는(어쩌면 사실 본의 아니게 빠져나온 말일지도 모르지만) 단언할 수 없었다. 다시 말해 기억이 나지 않았다. 게다가 그녀는 뭔가를 아주 기이한 방식으로 부르는 습관이 있었는데, 그 말이 그것을 가리키는지 아닌지도 확실치 않았다. 그러나 내 질투에 대해 느낀 감정이 그녀로 하여금 처음 친절하게 털어놓았던 말을 끔찍하게 여기고 취소하게 했는지도 모른다. 하기야 알베르틴은 그 말을 내게 할 필요조차 없었다. 그녀의 결백을 확인하기 위해서는 그녀와 키스만 해도 충분한데, 이제 우리를 갈라놓은 칸막이가 — 손으로 만질 수 없는 단단한 칸막이처럼 두 연인 사이에 불화가 생기면 연인들의 입맞춤도 거기 부딪쳐 산산조각 나는 — 제거되었으므로 나는 그녀에게 키스할 수 있었다. 아니다, 그녀는 내게 어떤 것도 말할 필요가 없었다. 가련한 소녀가 아무리 하고 싶은 것을 한다 해도, 우리 두 사람에게는 우리를 갈라놓는 것 이상으로 우리를 결합시키는 어떤 감정이 있었다. 그 이야기가 사실이라고 해도, 또 알베르틴이 자신의 취향을 감추었다고 해도, 그것은 단순히 나를 슬프게 하지 않으려는 생각에서 한 짓일 거다. 나는 그런 알베르틴에게서 그 말을 듣는 감미로움을 느꼈다. 하기야 다른 알베르틴을 만난 적이 있었을까? 다른 사람과의 관계에서 오해가 생기는 두 가지 주요 원인은 우리 자신이 착한 마음을 가졌거나 아니면 그 사람을 사랑한다는 것이다. 한 번의 미소나 시선, 어깨만으로도 우리는 사랑에 빠진다. 그것으로 충분하다. 그래서 희망과 슬픔의 긴 시간 동안 우리는 한 사람을 만들어 내고 한 성격을 구성한다. 그리고 훗날 사랑하는 사람을 더 잘 알게 될 때면, 우리가 어떤 잔인한 현실과 마주쳐도 이런저런 시선이나 어깨를 가진 존재에게서 우리를 사랑하는 여인의 착한 성격이나 본성을 제거하지 못한다. 젊었을 때부터 알아 온 사람이 아무리 나이를 먹어도, 그 사람에게서 그가 가졌던 젊음을 떼어 낼 수 없는 것처럼 말이다. 나는 그런 알베르틴의 아름답고 착하고 동정심 많은 눈길과 통통한 뺨, 많은 점들이 나 있는 목덜미를 떠올렸다. 그것은 죽은 여인의 이미지였으나, 이 죽은 여인은 살아 있었으므로, 그녀가 살아서 내 곁에 있었다면 틀림없이 했을 일을(만일 내가 다른 삶에서 그녀를 만났다면 했을 일을) 쉽게 즉시 할 수 있었다. 나는 그녀를 용서했다.

이런 알베르틴 곁에서 살았던 순간이 내게 그토록 소중했으므로, 나는 어느 한순간도 놓치고 싶지 않았다. 그런데 이따금 흩어진 재산 부스러기를 되찾듯이 잃어버렸다고 생각했던 조각들을 다시 찾곤 했다. 스카프를 목 앞이 아닌 목 뒤로 매면서, 나는 한 번도 다시 생각해 보지 못했던 산책을 떠올렸는데, 그때 알베르틴은 차가운 공기가 내 목에 닿지 않도록 나에게 키스한 후 스카프를 그런 식으로 매 주었다. 그토록 사소한 몸짓을 통해 기억 속에 되살아난 이 단순한 산책이 마치 우리가 사랑했던 죽은 여인에게 속하는 내밀한 물건, 우리에게 그토록 가치 있는 물건을 여인의 늙은 하녀가 가져다줄 때 느끼는 것과 같은 기쁨을 주었다. 나의 슬픔은 그로 인해 풍요로워졌으며, 더욱이 스카프 생각은 그 후로 한 번도 해 보지 못했으므로 더욱 그러했다.

이제 다시 자유롭게 풀려난 알베르틴은 비상(飛翔)을 재개했다. 남성이며 여성들이 그녀 뒤를 쫓아다녔다. 그녀는 내 마음속에 살고 있었다. 알베르틴에 대해 계속되는 이 커다란 사랑은 어떻게 보면 내가 그녀에 대해 느꼈던 감정의 그림자와도 같아서, 그 감정의 여러 부분을 재생하고 또 죽음 너머까지 반사하는 감정의 현실과 동일한 법칙에 따르고 있음을 깨달았다. 왜냐하면 내가 알베르틴에 대한 상념 사이에 어떤 간격을 두고, 그래서 그 간격이 너무 길어지면 그녀를 더 이상 사랑하지 않을 수도 있었기 때문이다. 이런 단절로 인해 그녀는 마치 할머니가 지금 내게 그렇듯이 무관심한 존재가 될지도 몰랐다. 그녀를 생각하지 않고 너무 많은 시간이 흘러가면 생명의 원칙이기도 한 연속성이 내 추억 속에서 끊길 테고, 그렇지만 얼마의 시간이 지난 후에는 다시 이어질 수도 있었다. 알베르틴이 살아 있을 때에도 알베르틴에 대한 내 사랑은 그렇게 오랫동안 그녀를 생각하지 않다가 끊어진 관계를 다시 이어 가는 식으로 전개되지 않았던가? 그런데 나의 추억도 같은 법칙에 따라야 했는지, 너무 긴 시간적 공백은 견딜 수 없었던 모양이다. 왜냐하면 그 추억은 북극광처럼 알베르틴이 죽은 후에도 그녀에 대해 내가 가졌던 감정만을 반사했기 때문이다. 추억은 내 사랑의 그림자와도 같았다. 현재의 자아는 더 이상 알베르틴을 사랑하지 않았으며, 그녀를 사랑했던 자아는 죽었다. 그러나 그 자아 속에 에크모빌*이란 단어가 놓여 있었고, 그걸 체험했던 자아의 일부가 평상시에는 그렇게 괴로워하지 않던 것들에 대해 눈물을 흘리기 시작했다. 마치 국립 도서관에 놓인 책들이 어느 날 파괴될 책들을 알게 해 주는 것처럼, 위대한 음악가가 부른 음반이 오페라좌 지하실에 매장되었다가 가수가 죽고 나서 영원히 침묵할 거라고 믿었던 목소리로 다시 노래하기 시작하는 것처럼.** 미래와 마찬가지로 우리는 과거를 단번에 맛보지 않고 한 알 한 알 맛본다.

　게다가 나의 슬픔은 그토록 다양한 형태를 띠었으므로, 때로 나는 그것을 알아보지 못했다. 나는 커다란 사랑을 할 수 있기를 바랐고, 내 곁에서 함께 살 사람을 찾고 싶었으며, 그것이 내게는 더 이상 알베르틴을 사랑하지 않는다는 표시로 보였지만, 실은 여전히 그녀를 사랑한다는 표시였다. 왜냐하

---

* 칼바도스에 실재하는 이 지명은 아직까지는 소설에서 발베크의 인근 마을이나 작은 지방 열차가 통과하는 마을로 언급되지 않았다.(『사라진 알베르틴』; 리브르드포슈, 187쪽 참조.)
** 1910년에 발간된 가스통 르루의 『오페라의 유령』을 연상시키는 대목이다.

면 커다란 사랑을 하고 싶은 이 욕망은 알베르틴의 통통한 뺨에 입을 맞추고 싶은 욕망과 마찬가지로, 그녀에 대한 내 그리움의 일부에 지나지 않았기 때문이다. 만일 내가 그녀를 망각했다면, 사랑 없이 사는 삶이 보다 현명하고 보다 행복하다고 느꼈을 테니까. 이렇게 알베르틴에 대한 그리움은 누이동생을 가지고 싶은 욕망을 낳았지만 그 욕망은 충족될 수 없었다. 그러므로 알베르틴을 그리워하는 마음이 조금씩 약화하는 날에는 누이에 대한 욕망도, 그리움의 무의식적 형태에 지나지 않는 이 욕망도 덜 절박해질 터였다. 그렇지만 내 사랑의 두 잔재는 동일하게 빠른 진행으로 감소한 것이 아니었다. 때로는 그녀에 대한 그리움이 완전히 빛을 잃을 만큼 결혼을 결심한 시간도 있었지만, 누이를 갖고 싶은 욕구는 반대로 여전히 큰 힘을 간직했다. 반면 훗날 내 질투 어린 기억이 사라졌을 때 알베르틴에 대한 애정이 돌연 가슴에서 솟구쳤고, 그때 나는 다른 여인을 사랑했던 일을 생각하면서 그녀가 내 사랑을 이해하고 공유해 줄 거라고 생각했고, 그러자 그녀의 악덕은 그녀를 사랑하는 원인 같은 것이 되었다. 그녀가 생각나지 않는 순간 질투가 되살아나기도 했다. 비록 알베르틴에 대해 질투를 느꼈지만 말이다. 그때 누군가가 앙드레의 연애 사건을 말해 주었으므로 나는 앙드레에 대해 질투를 느낀다고 생각했다. 그러나 앙드레는 내게 이름을 빌려준 사람, 나를 알베르틴에게 간접적으로 연결해 주는 샛길이나 전기 콘센트에 지나지 않았다. 이렇게 우리는 꿈속에서 누군가에게 다른 얼굴이나 다른 이름을 부여하는 일이 있는데, 그렇지만 그 근본적인 정체성에 대해서는 결코 틀릴 수 없는 사람이었다. 요컨대 이런 특별한 경우, 일반 법칙과 대립되는 밀물과 썰물에도 불구하고, 알베르틴이 내게 남긴 감정은 그 감정을 낳게 한 첫 원인의 추억보다는 더 어렵게 소멸된다는 점이었다. 감정만이 아니라 감각 또한 그러했다. 이런 점에서 오데트를 사랑하지 않게 되면서 자신의 마음속에 사랑의 감각을 다시 만들어 내지 못했던 스완과 달리, 나는 이미 다자의 이야기에 지나지 않는 과거를 여전히 다시 살고 있다고 느꼈다. 내 자아는 어떻게 보면 이분화되어 제일 윗부분은 이미 단단하고 냉각되었지만, 아랫부분은, 이미 오래전에 내 정신이 알베르틴을 생각하는 일을 멈추었음에도, 섬광 같은 불빛이 예전의 전류를 다시 흐르게 할 때면 여전히 타올랐다. 그녀의 어떤 이미지도 그것을 보충해 주는 고통스러운 심장의 고동 소리나 발베크에서 이미 장밋빛으로 물든 사과나무 꼭대기를 스치는 차가운 바람이 불 때면 내 눈에 흘리게 했던 눈물을 동반하지 않았으므로, 나는 내 고뇌의 재발이 순전히 병리학적 원인 때문은 아닌지, 또 내가 추억의 부활이나 사랑의 마지막 단계로 여겼던 것이 실은 심장병의 시작은 아니었는지 자문하는 지경에 이르렀다.

어떤 종류의 병에는 환자가 병 자체와 혼동하기 쉬운 이차 증상이 있기 마련이다. 그 증상이 멈추어도 환자는 자신이 생각했던 것보다 병이 낫지 않은 걸 보고 놀란다. 샤워장과 세탁소 소녀에 대한 에메의 편지로 야기된 고통이 — 그로 인해 유발된 '합병증'이 — 바로 그러했다. 그러나 내 영혼을 담당

하는 의사가 진찰했다면, 그 밖의 다른 관점에서 내 슬픔 자체
는 치유되어 가는 중이라고 생각했을 것이다. 아마도 내 마음
속에서 나는 동시에 과거와 현재의 현실 속에 잠긴 인간, 양서
류 중의 하나였으므로, 알베르틴에 대한 생생한 추억과 그 죽
음의 인식 사이에는 언제나 모순이 있었는지도 모른다. 그러
나 이 모순은 어떻게 보면 과거에 느꼈던 모순과는 상반된 것
이었다. 알베르틴이 죽었다는 관념은 초기에 내 마음속에서
그녀가 살아 있다는 관념과 그토록 격렬하게 부딪혔고, 마치
파도가 밀려오면 어린아이가 도망치듯이 내가 그 앞에서 도
망쳐야 했던, 즉 그녀의 죽음이라는 관념이 끊임없이 쇄도하
면서, 최근까지 그녀가 살아 있다는 관념이 차지했던 자리를
마침내 차지하고 말았다. 내가 의식하지 못하는 사이에 이제
알베르틴의 죽음이란 관념은 ─ 그녀의 삶에 대한 현재의 추
억이 아니라 ─ 대부분 나의 무의식적 몽상의 바탕을 이루게
되었고, 그리하여 내가 자신에 대한 성찰을 하기 위해 돌연 그
몽상을 중단하기라도 하면, 알베르틴이 죽은 처음 날들처럼
내게 놀라움을 야기하는 것은 그토록 내 마음속에 생생하게
살아 있는 알베르틴이 더 이상 이 세상에 존재하지 않는다는
사실이 아니라, 이 세상에 존재하지 않는 죽은 알베르틴이 아
직도 내 마음속에 생생하게 살아 있다는 사실이었다. 서로 잇
닿은 인접한 추억들이 쌓인 어두운 터널, 그 아래에서 내 사유
는 아주 오래전부터 몽상에 잠겨 터널을 주목하지도 않았는
데, 그 어두운 터널이 잠시 비치는 햇살에 끊기면서 멀리 미소
짓는 푸른 세계가, 알베르틴이 무관심하고 매력적인 추억에

지나지 않는 세계가 어른거렸다. 저것이, 하고 나는 생각했다. 정말 그녀란 말인가? 또는 내가 그토록 오래전부터 어둠 속에서 되새기던, 내게는 유일한 현실로 보였던 바로 그 사람이란 말인가? 조금 전까지만 해도 나였던 인물이, 오로지 알베르틴이 저녁 인사를 하러 오고 키스해 줄 순간만을 끊임없이 기다리면서 살던 인물이 일종의 자아 증식에 의해 마치 나 자신으로부터 반쯤 떨어져 나간 지극히 미미한 부분으로 보였다. 그리하여 나는 마치 방긋 꽃망울이 벌어지기 시작하는 꽃처럼, 죽은 세포가 떨어져 나가면서 젊음을 되찾는 상쾌함을 느꼈다. 게다가 그 짧은 순간에 떠오른 영감이, 지나치게 한결같은 의견을 증명하기 위해서는 반대 의견이 필요한 것처럼, 어쩌면 알베르틴에 대한 사랑을 더 잘 의식하게 했는지도 모른다. 이를테면 1870년의 전쟁을 경험한 사람들이 마침내 그들에게 전쟁이란 생각이 아주 자연스럽게 여겨졌다고 말했는데, 이는 그들이 전쟁을 충분히 생각하지 않아서가 아니라 늘 전쟁에 대한 생각만을 했기 때문이라고 한다. 그리고 전쟁이 얼마나 기이하고 중요한 것인지를 이해하기 위해서는, 오랫동안 전쟁 외에 다른 것은 보지 않으면서 보기를 멈추었던 괴물 같은 현실이, 그 일시적인 공백 위로 갑자기 뚜렷이 드러날 때까지는 뭔가 그들을 지속적인 강박으로부터 벗어나게 해 주고, 전쟁이 그들의 삶을 지배한다는 사실을 잠시 잊어버리게 하고, 평화 시 그들의 모습이었던 것과 유사한 모습을 되찾게 해 주는 것이 필요했다.

만일 알베르틴에 대한 상이한 추억들이 단계적으로 물러가지 않고 동시에 똑같이 한꺼번에 내 기억의 모든 전선에서 철수한다면, 그녀의 배신에 대한 추억도 달콤했던 추억과 더불어 동시에 멀어지면서 망각이 내 마음을 진정시켜 주었을지도 모른다. 그러나 그 일은 그렇게 되지 않았다. 마치 조수가 불규칙적으로 낮아지는 해변에서처럼 나를 물어뜯는 이런저런 의혹이 쇄도했지만 그녀의 다정했던 현존의 이미지가 내게 치료약을 가져다주기에는 너무 멀리 물러가 버렸다고나 할까. 배신으로 말하자면, 아무리 오래전에 일어난 일이라 해도 내게 과거의 일이 아니었고, 그래서 고통을 느꼈다. 그러나 그것이 과거의 일이 되었을 때, 다시 말해 내가 그 일을 덜 생생하게 그려 볼 수 있게 되었을 때 내 고통은 감소했다. 우리가 어떤 일로부터 멀어지는 것은 흘러간 세월이 실제로 얼마나 되었는가 하는 것보다는, 오히려 그것을 바라보는 기억의 시각적인 힘에 비례하기 때문이다. 이는 마치 전날 밤에 꾼 꿈의 기억이 모호하고 흐릿해서 몇 년 전에 일어난 사건보다 더 오래된 사건처럼 느껴지는 것과도 같다. 그러나 알베르틴의 죽음이라는 관념이 내 마음속에서 계속 진행되고 있음에도, 그녀가 살아 있다는 감각의 썰물이 알베르틴의 죽음이라는 관념의 진행을 멈추지는 못해도 적어도 거기에 역행하여 그 규칙적인 진행을 방해하고 있었다. 그 시기에(아마도 그녀가 내 집에 갇혀 있었던 시간들을 잊어버린 탓인지, 또 그녀가 그런 짓을 하지 않았음을 알고 있었으므로 그 과오가 내게는 거의 상관없는 것처럼 보여 그로 인한 괴로움을 지워 버린 탓인지, 내게는 그 시간들이 그만큼 결백의 증거가 되었다.) 알베르틴이 죽었다는 관념(그

때까지는 늘 그녀가 살아 있다는 관념에서 출발했다.)과 동일하게 새롭고 견딜 수 없는 관념, 내가 깨닫지 못하는 사이에 내 의식의 바탕을 조금씩 형성하면서 알베르틴이 결백하다는 관념을 대체한 관념, 다시 말해 그녀에게 죄가 있다는 관념과 함께 일상적으로 살면서 극심한 고통에 시달렸음을 이제 나는 깨닫고 있다. 그녀를 의심한다고 믿었을 때에도 나는 반대로 그녀를 믿고 있었다. 마찬가지로 여전히 그녀를 의심한다고 상상하면서도, 그녀에게 죄가 있다는 확신 ── 대립되는 관념이 그러하듯 자주 반박되는 ──을 나의 다른 관념의 출발점으로 삼았다. 그 시기에 나는 몹시 괴로워했고, 그럴 수밖에 없었음을 이제 이해한다. 우리는 고통을 완전히 겪고 나서야 고통에서 벗어날 수 있다. 훗날 알베르틴이 살아 있다는 생각을 내 성찰의 토대로 삼은 것과 마찬가지로, 나는 그녀를 모든 접촉에서 지키고 그녀가 결백하다는 환상을 주조하면서 그저 치유의 시간을 늦추었을 뿐이다. 치유에 선행하는 그 필요한 긴 고통의 시간을 늦추었기 때문이다. 그런데 알베르틴이 유죄라는 관념에 습관이 작용할 때면 그 일은 내 삶의 여정에서 이미 체험한 것과 같은 법칙에 따르게 될 것이다. 게르망트란 이름이 수련으로 에워싸인 길과 질베르 르 모베를 그린 채색 유리의 의미와 매력을 상실했던 것처럼,* 알베르틴의 존재는 바다의 푸른 기복이 지닌 매력과 의미를 상실했으며, 스완의 이

---

* 게르망트 가(家)를 상징하는 수련과 질베르 르 모베의 채색 유리에 대해서는 『잃어버린 시간을 찾아서』 1권 293~294쪽과 187~188쪽 참조.

름이나 엘리베이터 보이, 게르망트 대공 부인과 그 밖의 수많은 이들도 그들이 내게 의미했던 모든 것을 상실했다. 이런 매력과 의미는, 마치 하인을 훈련하러 온 누군가가 일을 가르쳐 주고 나서 몇 주 후에는 물러가는 것처럼, 내 마음속에 단 한마디의 말, 그렇지만 혼자 살아갈 수 있을 만큼 충분히 성숙한 말을 남겼다. 마찬가지로 알베르틴의 유죄라는 그 고통스러운 힘도 습관에 의해 내 밖으로 보내질 것이었다. 게다가 그때까지는 동시에 양쪽에서 행해지는 공격처럼, 이런 습관의 활동에 두 연합군이 협조할 것이다.* 알베르틴의 유죄에 대한 관념이 보다 개연성 있고 보다 습관적인 것이 될수록 내게는 덜 고통스러워지리라. 그러나 다른 한편으로는 이 관념이 예전보다 덜 고통스럽고, 또 지나치게 고통을 느끼지 않으려는 욕망이 내 지성에 영향을 주어 그녀가 죄를 지었다는 확신에 대한 반론이 하나씩 사라지면서, 또 하나의 작용이 다른 작용을 재촉하면서, 나는 알베르틴이 결백하다는 확신에서 유죄라는 확신으로 빨리 옮겨 갈 것이었다. 알베르틴의 죽음이라는 관념과 그녀의 잘못이라는 관념이 내게 일상적인 것이 되기 위해서는, 다시 말해 내가 그 관념을 망각하고 마침내 알베르틴 자신도 망각하기 위해서는 그 관념과 더불어 살아가야 했다.

나는 아직 이런 망각의 단계에는 이르지 못했다. 때로 책을 읽는 중에 지적인 흥분 상태로 보다 선명해진 기억이 내 슬픔

---

* 여기서 두 연합군은 알베르틴의 죄에 대한 관념이 습관으로 인해 덜 고통스러워진다는 것과 알베르틴의 유죄에 대한 화자의 반박이 습관에 의해 사라진다는 것의 은유적 표현이다.

을 되살아나게 했고, 때로는 반대로 이를테면 폭풍우 치는 날씨에 대한 불안이 일으킨 슬픔이 우리 사랑의 어떤 추억을 보다 높은 곳, 보다 빛 가까이에 이르게 했다.

게다가 죽은 알베르틴에 대한 내 사랑은, 잠시 무관심과 다른 사람에 대한 호기심으로 점철된 간격이 있은 후 재개될 수 있었다. 마치 알베르틴이 발베크에서 키스를 거절한 후에 내가 게르망트 부인이나 앙드레, 스테르마리아 양에게 더 많은 관심을 가졌다가 다시 알베르틴을 자주 만나게 되면서 사랑이 재개되었던 것처럼 말이다. 그런데 지금도 다른 일에 몰두할 때면 잠시 이별을 할 수 있었고 ― 이 경우에는 죽은 여인과 ― , 그러면 그때 그녀는 내게 보다 무관심한 존재가 되었다. 이 모든 것은 그녀가 여전히 내게 살아 있다는 동일한 이유 때문이었다. 그리고 훗날 내가 그녀를 사랑하지 않게 되었을 때에도, 그 사랑은 우리가 금방 피로를 느끼지만 잠시 휴식을 취하고 나면 곧 다시 살아나는 욕망 중의 하나로 남았다. 나는 한 명의 살아 있는 여인을 쫓아다녔고, 그런 후 다른 여인을 쫓아다녔고, 그러다 다시 내 죽은 여인에게 돌아갔다. 자주 알베르틴에 대해 어떤 뚜렷한 관념도 형성할 수 없을 때면, 나 자신의 가장 어두운 부분에서 우연히 빠져나온 한 이름이 더 이상 가능하지 않다고 믿은 그런 고통스러운 반응을 불러일으켰는데, 이는 마치 더 이상 생각하지 못하는 사람의 뇌에 바늘을 찌르면 사지가 움츠러드는 것과도 같았다. 그리고 이런 자극이 오랜 기간 동안 아주 드물게 찾아오는 걸 보고, 이번에는 나 자신이 과거에 연결되기 위해, 그녀를 보다 잘 기억하기 위해 슬픔의 기회나 질투의 발작을 찾아 나섰다. 왜냐하면 한 여인에 대한 그리움은 부활한 사랑에 지나지 않으며 또 사랑과 같은 법칙에 복종하기 때문에, 내 그리움의 힘은 알베르틴이 살아 있을 때 그녀에 대한 내 사랑을 커지게 했던 것과 동일한 이유로 증가했으며, 이런 이유의 선봉에는 언제나 질투와 고통이 자리했기 때문이다. 그러나 그런 기회도 대개는 — 이를테면 병이나 전쟁의 경우, 가장 통찰력 있는 혜안이 예측했던 것보다 훨씬 오래 지속될 수 있기 때문에 — 나도 모르는 사이에 생겨나서 그토록 격렬한 충격을 초래했으므로, 나는 추억을 청하기보다는 고통으로부터 자신을 보호해야 한다는 생각을 더 많이 했다.

게다가 '쇼몽'과 같은 말이 의혹을 일깨우기 위해서는(두 개의 상이한 이름에 공통되는 음절은, 마치 전기 기술자가 좋은 전도체라면 아무리 작은 것에도 만족하듯이, 내 기억 속에서 알베르틴과 내 마음 사이의 접촉을 복구하기에 충분했다.) 의혹에 연결될 필요도, 과거를 여는 암호, 마술적인 '참깨'가 될 필요도 없었다.* 그 과거는 우리가 너무도 여러 번 들여다본 탓에 더 이상 주목하지 않고, 문자 그대로 소유하지도 못하는 것이었다. 과거가 줄어든 우리는 이런 상실을 통해, 마치 한 각(角)을 잃으면 한 면이 소실되는 기하학 도형처럼 우리 인성의 형태가 변했다고 생각했다. 이를테면 몇몇 문장에 알베르틴이 어떤 몸이나

---

* 화자의 질투를 불러일으킨 쇼몽(뷔트쇼몽) 공원에 대해서는 『잃어버린 시간을 찾아서』 9권 31쪽 참조. '참깨'로 환기되는 『천일야화』는 「되찾은 시간」의 주요 모티프로 작용한다.

집, 어떤 물질적 해결책이나 특별한 것의 실현을 위해 찾아 나섰을지도 모르는 거리나 길의 이름만 들어 있어도, 그 문장은 잠재적이고 존재하지 않는 질투를 구현하기에 충분했다. 여러 번 그저 잠을 자는 동안에도 꿈의 반복이, '다 카포'*가 기억의 여러 페이지를, 달력의 여러 장을 단번에 넘기면서 과거로 거슬러 올라가게 하여 나를 고통스러운 오래된 인상으로 데려다줄 때가 있었다. 이미 오래전 다른 인성에 자리를 내주었던 인상이 이제 다시 내 옆에 현존하는 것이었다. 보통 이런 인상은 서투르지만 감동적인 무대 연출을 동반하기 마련이어서, 지금은 그날 밤에 일어난 일로 추정되는 장면을 내 눈앞에 보여 주고 내 귀에 들리게 하는 환각을 일으켰다. 게다가 사랑 이야기, 망각에 맞선 투쟁 이야기에서 무한히 세분화되는 시간을 고려하지 않고, 사건의 추이를 삭제하고, 커다란 대조를 이루는 것만 대립시키고, 낮 동안에 그토록 서서히 짜 놓은 위로의 작업을 한순간에 해체하여 밤이면 한 여인과의 만남을 주선하면서도 결국은 그 여인을 망각하게 만드는, 비록 다시 만나지 않는다는 조건이긴 하지만, 그런 깨어 있는 상태보다는 꿈이 훨씬 더 중요한 자리를 차지하는 것은 아닐까? 사람들이 뭐라고 하든 우리는 꿈에서 일어나는 일이 전적으로 현실이라는 인상을 받는다. 다만 전날의 경험에서 끌어낸 이유만이 그것을 불가능한 일로 생각하게 하는데, 이 경험은 꿈을

---

* 흔히 D. C.로 표기되는 다 카포(da capo)는 처음부터 끝까지 되풀이하라는 음악 용어이다.

꾸는 동안에는 우리에게 감추어졌던 것이다. 따라서 이 사실 같지 않은 삶이 우리에게는 진정한 삶으로 보인다. 이따금 내적 조명의 결함이 심술궂게도 우리 연극을 망치게 했다. 적절하게 무대에 올린 내 추억이 삶의 환상을 제공하면서, 나는 실제로 알베르틴과 만나기로 약속을 하고 또 그녀를 만난다고 믿었다. 그러나 그때 나는 그녀 쪽으로 걸어갈 수 없었고, 하고 싶은 말도 할 수 없었으며, 그녀를 보기 위해 꺼진 촛대에 다시 불을 붙일 수도 없었다. 이런 불가능성은 내 꿈에서 다만 잠자는 이의 부동성이나 침묵, 실명(失明)으로 나타났다. 마치 환등을 비출 때 드러나서는 안 되는 커다란 그림자가, 즉 환등기 자체나 환등을 비추는 사람의 그림자가 나타나 갑자기 환등에 비친 인물을 지워 버리는 것과도 같다. 때로는 알베르틴이 내 꿈속에 나타나 다시 나를 떠나고 싶어 했으며, 그럼에도 그녀의 결심은 내 마음을 움직이지 못했다. 내 기억에서 잠의 어둠 속으로 한 줄기 경고하는 빛이 스며들 수 있었기 때문이다. 그리고 알베르틴 속에 살면서 그녀의 미래의 행동과 그녀가 통고한 출발에서 온갖 중요성을 제거한 것은, 바로 알베르틴이 죽었다는 관념이었다. 그러나 자주 알베르틴이 죽었다는, 보다 선명한 추억조차 그녀가 죽었다는 관념을 파괴하는 일 없이 그녀가 살아 있다는 감각과 결합하기도 했다. 나는 그녀와 얘기했고, 내가 말하는 동안 할머니는 방구석에서 왔다 갔다 했다. 그녀의 턱 한 부분이 부식된 대리석처럼 조각조각 부스러졌지만 놀랍다는 생각이 전혀 들지 않았다. 알베르틴에게 발베크의 샤워장과 투렌의 세탁소 소녀에 관해 질문할 게 있다고 말했으나, 시간도 많고 급한 일도 없으므로 나는 그 일을 나중으로 미루었다. 그녀는 나쁜 짓은 아무것도 하지 않았으며, 다만 전날 뱅퇴유 양의 입술에 키스했을 뿐이라고 맹세했다. "뭐라고요, 그녀가 여기에 있다고요?" "그래요. 당신과 헤어져야 할 시간이네요. 조금 후에 그녀를 만나러 가야 하거든요." 그리고 알베르틴이 죽은 후부터 나는 그녀를 그녀 삶의 마지막 기간처럼 더 이상 수인(囚人)으로 붙잡고 있지 않았으므로, 그녀의 뱅퇴유 양 방문이 나를 불안하게 했다. 하지만 그런 모습을 보이고 싶지 않았다. 알베르틴은 그녀에게 키스만 했다고 했지만, 그녀가 모든 것을 부인했던 시절처럼 틀림없이 다시 거짓말을 했을 것이다. 조금 후면 아마 키스하는 것만으로 만족하지 않게 될 것이다. 물론 어떤 점에서 나의 이런 우려는 틀린 것인지도 모른다. 사람들의 말에 따르면, 죽은 자는 아무것도 느끼지 못하고 아무것도 할 수 없다고 하니까. 사람들은 그렇게 말들 하지만 나의 할머니는 돌아가셨는데도 여전히 몇 해 동안 계속 살아 계셨고, 지금도 방 안을 왔다 갔다 하고 계시지 않은가. 그리고 틀림없이 내가 잠에서 깨어났을 때 죽은 사람이 계속 살아 있다는 생각을 이해하거나 설명하는 것은 불가능했다. 그러나 우리가 꿈이라고 부르는 그 일시적인 광기의 시간 동안 나는 수없이 그런 생각을 해 왔으므로, 마침내 그 생각에 익숙해졌다. 꿈의 기억도 꽤 자주 반복되면 오래 지속될 수 있다. 오늘날에는 병이 나아서 이성을 되찾았으므로 정신생활 초기 동안 말하고 싶었던 것을 다른 사람들보다 조금은 더 잘 이해할 수 있을 테지만, 그런 사람이 정신병원을 방문한 사람들에게, 의사가 이성을 잃었다고 주장하는데도 그렇지 않다고 고집을 부리면서, 자신의 건전한 정신 상태를 설명하기 위해 환자들 각각의 허황된 망상을 분석하려고 시도하면서 다음과 같은 결론을 내리는 모습을 상상해 본다. "저기 모든 사람들과 비슷한 모습으로 보이는 자를 당신은 미쳤다고 생각하지 않겠지만, 저자는 미쳤어요! 자신이 예수 그리스도라고 믿고 있으니까요. 그렇지만 그렇게 될 수는 없죠. 내가 바로 예수 그리스도니까요."* 또 내 꿈이 끝나고 나서 오랜 시간이 지난 후에도 나는 알베르틴이 내게 했다고 말한 키스 때문에 괴로워했는데, 그 말을 아직도 듣고 있는 듯했기 때문이다. 사실 그 말을 입 밖에 낸 것은 바로 나 자신이었으므로, 그 말은 틀림없이 내 귓전을 스쳐 갔을 것이다. 나는 종일 알베르틴과 계속 얘기하고 질문하고 용서하고, 그녀가 살아 있는 동안 늘 말하고 싶었지만 잊어버렸던 것을 복원했다. 그러다 기억에 의해 소환된 그 존재가, 이 모든 말들의 대상인 그 존재가 현실 세계의 어떤 것에도 상응하지 않고, 또 삶의 의지를 지속적으로 부추기는 충동이, 오늘날에는 사라진 충동이 하나의 통일된 개성적인 모습을 부여했던 얼굴에서 각각의 상이한 부분들이 파괴되었다고 생각하자 갑자기 겁이 났다. 또 어떤 때는 꿈을 꾸지도 않았는데 잠에서 깨어나자마자 내 안에서 바람의 방향이 바뀌는 것을 느꼈다. 내 과거

---

* 예수 그리스도의 일화는 이미 「갇힌 여인」에서 언급된 적이 있다.(『잃어버린 시간을 찾아서』 10권 24쪽 참조.)

의 깊숙한 곳으로부터 온, 다른 방향에서 지속적으로 부는 차가운 바람이 평소에는 내 귀에 들리지 않았던, 멀리서 시간을 알리는 종소리와 출발을 알리는 기차의 기적 소리를 들려주었다. 나는 책을 잡으려고 했다. 내가 특별히 좋아하던 베르고트의 소설 한 권을 다시 펼쳤다. 호감 가는 인물들이 내 마음을 매우 기쁘게 했고, 금방 책의 매력에 사로잡힌 나는 개인적인 기쁨인 듯 사악한 여인이 벌을 받기를 소망했다. 약혼자들의 행복이 확실시되자 눈물을 글썽였다. "그렇다면." 하고 나는 절망적으로 소리쳤다. "알베르틴이 했을 일에 그토록 중요성을 부여한다고 해서 그녀의 인격이 정말로 현실적인 그 무엇이며, 결코 파기될 수 없으며, 어느 날인가 하늘에서 지금과 똑같은 모습으로 만날 수 있다고 판단하지는 못할 거야. 내가 한 번도 본 일이 없어서 마음대로 얼굴을 그려 보는, 그 베르고트의 상상 속에서만 존재하는 인물의 성공을 내가 이토록 소망하고, 초조하게 기다리고, 눈물을 흘리면서 받아들이고 있으니 말이야." 게다가 그 소설에는 매력적인 소녀들과 연애편지, 만남이 이루어지는 황량한 오솔길이 등장했다. 그것이 남몰래 사랑할 수 있다는 걸 상기시켰고, 마치 알베르틴이 아직도 그 황량한 오솔길에서 배회할 수 있다는 듯 내 질투심을 일깨웠다. 또 소설에는 젊은 시절에 사랑했던 여인을 오십 년 만에 재회하는 남성의 이야기도 있었다. 남성은 여인을 알아보지 못하고, 그녀 옆에서 권태를 느낀다. 이것은 내게 사랑이 영원히 지속되지 않는다는 걸 상기시켰고, 또 내가 알베르틴과 헤어졌다가 노년에 무관심한 상태에서 그녀를 만날 운명이라는 듯 나를 혼란스럽게 했다. 프랑스 지도가 눈에 띄기라도 하면, 겁에 질린 내 눈은 질투심을 느끼지 않기 위해 투렌과 마주치지 않으려 했고, 또 불행하다고 느끼지 않기 위해 발베크와 동시에르가 표시된 노르망디와 마주치지 않으려고도 했다. 발베크와 동시에르 사이에는 우리가 함께 그토록 여러 번 돌아다녔던, 내가 위치를 아는 모든 길들이 있었다. 프랑스의 여타 도시나 마을 이름 가운데 그저 눈에 띄었거나 귀에 들렸던 이름 중, 이를테면 투르란 지명은 다르게 구성된 듯했다. 실체가 없는 이미지가 아니라, 즉각적으로 내 심장에 작용하여 심장의 박동 수를 증가시키고 통증을 느끼게 하는 유독한 물질로 구성된 것 같았다. 그리고 만일 이 힘이 다른 이름으로 확대되어 여타의 이름들이 그 힘에 의해 그토록 상이한 것이 되었다면, 자신에게 보다 가까이 있으면서 오로지 알베르틴에게만 몰두하던 나로서는 이 거부할 수 없는 힘이 다른 사람과 별로 다르지 않은 한 평범한 소녀에게서 나왔다는 사실에 어떻게 놀라지 않을 수 있겠는가? 그 힘은 어떤 여자라도 만들어 낼 수 있는 것으로, 우리의 꿈과 욕망, 습관과 애정이 번갈아 나타나는 고통과 쾌락의 필요한 개입에 의해 서로 얽히면서 접촉한 결과이다. 이것은 기억이 우리의 실제 삶, 즉 정신생활을 유지하기에 충분하므로 그녀의 죽음 후에도 오래 계속되었다. 알베르틴이 열차에서 내리면서 생마르탱르베튀에 가고 싶다고 말하던 모습이 떠올랐고, 또 그보다 앞서 폴로 모자를 뺨까지 내려 썼던 모습 역시 눈에 선했다. 나는 행복의 가능성을 되찾았고, '우리는 함께 캉페를레, 퐁타벤까지 갈 수 있어요.'*라고 생각하며 그 가능성을 향해 달려들었다. 발베크 근방에서 그녀를 떠올리게 하지 않는 역은 하나도 없었으므로, 그 땅은 마치 아직까지 보존된 신화의 고장인 듯, 내 사랑의 가장 오래된 매혹적인 전설, 그 후에 일어난 일로 인해 지워진 전설을 생생하고도 잔인한 현실로 되살아나게 했다. 아! 발베크의 침대에 다시 누워야 한다면 어떤 고통을 느낄까? 내 삶은 침대의 구리 틀 주위를 마치 움직이지 않는 중심축이나 고정대 주위처럼 빙빙 돌면서 움직였고, 할머니와의 즐거운 대화나 할머니의 죽음에 대한 공포, 알베르틴의 감미로운 애무와 그 악덕의 발견을 연속적으로 거기 걸쳐 놓으면서 진화하고 있었다. 그리고 이제 새로운 삶이 펼쳐지는 그곳에서 바다를 반사하는 유리문이 달린 책장을 보며 나는 알베르틴이 결코 그 삶 속으로 들어오지 못하리라는 걸 깨달았다. 발베크 호텔은 단 하나의 무대 배경을 가지고 여러 해 전부터 가장 다양한 연극을 공연하는 — 그 무대 배경이 희극이나 첫 번째 비극, 두 번째 비극, 또는 순전히 시적인 연극의 공연에 사용되는 — 시골 극장 같은 것이 아니었을까? 그 호텔은 이미 내 과거 속으로 멀리 거슬러 올라가 있었다. 그리고 내 삶의 새로운 시기 동안 호텔의 벽 사이에서 벽과 책장과 거울이라는 그 부분만은 여전히 예전 그대로라는 사실이, 결국 변한 것은 그 전체의 나머지, 나 자신이라는 걸 보다 생생하게

---

* 화자의 몽상의 대상이었던 고장의 이름에 대해서는 『잃어버린 시간을 찾아서』 2권 343~344쪽 참조.

느끼게 했다. 그리하여 그것은 내게 아이들이 낙천적인 비관
주의에 따라 자기들만 제외되었다고 믿는 것과 달리, 삶과 사
랑과 죽음의 신비가 타자를 위해 마련된 것이 아니라 지나간
세월을 통해 우리 자신의 삶에 합체되었음을 자랑스럽게, 하
지만 고통스럽게 깨닫는다는 인상을 주었다.

　이렇게 해서 신문을 읽는 일은 끔찍했고 게다가 해로웠다.
사실 우리 마음속에는 숲의 갈림길처럼 각각의 관념에서 다
른 많은 길들이 시작되고 있어, 가장 기다리지 않던 순간에 나
는 새로운 추억 앞에 놓였다. 포레가 작곡한 「비밀」이란 가곡
의 제목이 브로이 공작의 『왕의 비밀』로, 또 브로이란 이름이
쇼몽이란 이름으로 나를 인도했다.* 또는 성금요일이라는 단
어가 골고타 동산을 생각나게 했고, 골고타라는 말의 어원이
'칼부스 몬스(calvus mons)'의 등가어인 쇼몽을 생각나게 했
다.** 그런데 어떤 경로로 쇼몽에 이르게 되었는지는 모르겠

---

* 당시의 신문, 특히 《르 피가로》는 가곡을 규칙적으로 게재했으며, 따라서 프
루스트가 별다른 설명 없이 환기하는 이 연상 고리가 처음에는 객관적 사실의
나열처럼 보일 수 있다. 「비밀」은 포레가 1882년 아르망 실베스트르(Armand
Silvestre)의 시를 가지고 작곡한 가곡이며, 「왕의 비밀」은 알베르 드 브로이
(Albert de Broglie) 공작이 1878년에 발간한 역사책이며, 또 공작은 쇼몽쉬르
루아르 성을 구입해서 복원했다. 그러나 이런 객관적 사실의 나열 뒤로 보다 깊
은 차원의 의미 유추가 가능한데, 즉 실베스트르의 작품에서 비밀은 바로 사랑
하는 이의 이름이며, 또 브로이 공작의 어머니는 스탈 부인의 딸로 그 이름이 알
베르틴이며, 마지막으로 브로이 공작의 소유인 쇼몽 성이 바로 스탈 부인이 추
방당했을 때 머물렀던 칩거지라는 점에서, 알베르틴에 대한 화자의 강박적 사고
를 표현한다.(『사라진 알베르틴』; 플레이아드 IV, 1083~1084쪽 참조.)
** 골고타(Golgotha)는 아르메니아어 gulgalt('해골의 장소' 또는 '해골 모양
의 언덕'을 의미하는)의 그리스어 표현으로, 라틴어로는 칼바리아(calvaria)라고

지만, 그 순간 나는 엄청난 충격에 사로잡혔으므로, 그때부터는 추억을 찾으려는 생각보다는 그저 고통을 피해야겠다는 생각밖에 없었다. 그런 충격을 느낀 후 몇 분이 지나자, 천둥소리처럼 그렇게 빨리 이동하지 않는 지성이 그 이유를 말해 주었다. 쇼몽이 뷔트쇼몽 공원을 떠올렸고, 봉탕 부인은 앙드레가 자주 알베르틴과 함께 그곳에 갔다고 말했으며, 반면 알베르틴은 뷔트쇼몽을 한 번도 본 적이 없다고 말했다. 일정한 나이가 지나면 우리의 추억들은 서로 너무도 얽혀 버려서, 거기에 대한 우리의 생각이나 우리가 읽은 책은 거의 중요하지 않게 된다. 우리는 도처에 흔적을 남기고, 모든 것은 풍요롭고 위험하며, 그래서 파스칼의 『팡세』에서만큼이나 중요한 발견을 비누 광고에서도 할 수 있다.

물론 당시에 내게 지극히 하찮은 일로 보였던 뷔트쇼몽 같은 사건은 그 자체만으로는 샤워장 담당자나 세탁소 소녀의 이야기보다 알베르틴을 비난하기에 그렇게 중요하지도 결정적이지도 않은 사건으로 보였다. 그러나 우선 이렇게 우연한 기회에 다가온 추억은 우리 마음속에서 온전한 형태의 상상력을, 다시 말해 이 경우 우리를 고통스럽게 하는 힘을 발견하지만, 이와 반대로 이 힘은 우리가 의도적으로 온 정신을 기울여 재창조한 추억에서는 부분적으로 마멸되기 마련이다. 그런데 이

한다. 그런데 골고타의 또 다른 어원으로 추정되는 '칼부스 몬스(calvus mons)'에서 calvus는 대머리를 뜻하며, 따라서 골고타를 쇼몽(chaumont)처럼 '민둥산(mont chauve)'으로 해석할 수도 있다는 말이다. 따라서 뷔트쇼몽은 어원적으로 '민둥산의 산' 또는 '민둥산의 언덕'으로 풀이될 수 있다.

마지막 추억들은(샤워장 담당자, 세탁소 여자아이) 흐릿하기는 하지만 언제나 기억 속에 남아 있어서, 마치 희미한 불빛이 비치는 복도에 놓여 있어 분간할 수는 없지만 그래도 우리가 부딪치지 않기 위해 피해서 가는 가구들처럼, 나는 그 추억에 길들어 있었다. 이와는 반대로 뷔트쇼몽 공원이나 발베크의 카지노 거울을 응시하던 알베르틴의 시선, 게르망트네 파티 후 내가 그토록 기다렸던 밤에 그녀의 까닭 모를 늦어짐* 같은 그녀 삶의 부분들은 오랫동안 내 마음 밖에 있었던 일들로, 그 부분이 내 마음에 동화되고 결합되어 마침내 내가 진정으로 소유하는 내면의 알베르틴이 만드는 그 감미로운 추억에 합쳐질 수 있도록 그토록 알고 싶어 했던 것들이다. 습관이라는 무거운 장막의 한 모서리를 들어 올리자(살아가는 동안 내내 우리를 바보처럼 만드는 습관은 우주의 거의 모든 것을 가리고, 또 어두운 밤 삶의 가장 위험하고 가장 취하게 만드는 독극물을 상표도 바꾸지 않은 채 아무 기쁨도 주지 않는 무해한 것으로 교체한다.), 그 추억들이 마치 첫날의 일인 양, 다시 나타나는 계절과 일상의 시간들에 변화를 가져다주는 상쾌하고 날카로운 새로움과 더불어 내게 돌아왔다. 쾌락의 영역에서도 그 추억들은 이를테면 아름다운 봄의 첫날 마차에 오르거나 동이 틀 무렵 집을 나올 때면 우리의 하찮은 행동마저 명철하고 열광적인 시선으로 바라보게 하여, 그런 열광이 이전 날들을 전부 합친 것보

---

* 알베르틴이 거울을 응시하던 시선과 늦은 귀가에 대해서는 『잃어버린 시간을 찾아서』 7권 356쪽과 237~240쪽 참조.

다 그 강렬한 순간을 더욱 중요하게 만든다. 지나간 날들은 그보다 앞선 날들을 조금씩 뒤덮고, 지나간 날 또한 다음에 오는 날들 속에 매몰된다. 그러나 지나간 각각의 날들은 마치 가장 오래된 책들이 보관된 거대한 도서관에 놓인 아무도 찾으러 오지 않는 한 권의 책처럼 우리 마음속에 놓여 있다. 그렇지만 이 지나간 날은 다음에 이어지는 시대의 반투명한 층을 관통하고 표면으로 올라와 우리 마음속에 펼쳐지면서 모든 것을 덮어 버린다. 그러면 잠시 이름들이 옛 의미를 되찾고, 존재들은 옛 얼굴을 되찾으며, 우리는 당시의 영혼을 되찾고, 그리하여 그때 우리를 그토록 고통스럽게 했던, 오래전부터 해결되지 않던 문제를 인지하고 어렴풋하게 고뇌를 느끼지만, 그 고뇌도 조금은 견딜 수 있는 것이 되어 오래 지속되지 않는다. 우리의 자아는 연속적인 상태의 중첩으로 만들어진다. 그러나 이 중첩은 산의 지층처럼 불변의 것이 아니다. 지속적인 상승 운동이 오래된 지층을 표면 위로 드러나게 한다. 나는 게르망트 대공 부인 댁에서의 파티가 끝난 후 알베르틴의 귀가만을 기다리던 날로 돌아가 있었다. 그날 밤 그녀는 무엇을 했을까? 나를 배신했을까? 누구와? 에메가 폭로한 사실을 내가 받아들인다 해도, 그것은 이 예기치 못한 문제로 인한 불안하고 가슴 아픈 호기심을 전혀 줄여 주지 못했다. 마치 각각의 다른 알베르틴이, 각각의 새로운 추억이 저마다 특수한 질투의 문제를 제기하여 다른 이들의 해결책은 거기 적용될 수 없을 것 같았다.

그러나 나는 그녀가 그날 밤 어떤 여인과 함께 지냈는지 알고 싶었으며, 뿐만 아니라 그때 그녀의 몸 안에 일어났던 일이 그녀에게 어떤 특별한 기쁨을 의미했는지도 알고 싶었다. 이따금 발베크에서 그녀를 찾으러 갔던 프랑수아즈는 알베르틴이 누군가를 기다리는 듯 불안하고 탐색하는 표정으로 창문에 기대어 있는 모습을 보았다고 했다. 알베르틴이 기다리던 소녀가 앙드레라는 말을 내가 들었다고 가정한다면, 알베르틴이 그녀를 기다리던 정신 상태는, 그녀의 불안하고도 탐색하는 시선 뒤로 감추어진 정신 상태는 과연 어떤 것이었을까? 그 취향은 알베르틴에게 어떤 중요성이 있었으며, 그녀를 사로잡는 생각에서 어떤 자리를 차지했을까? 아! 슬프게도 내 마음에 든 소녀를 주목할 때마다 스스로 동요했던 모습을, 때로는 그녀를 보지 않고 단지 말하는 것만 듣고도 나를 멋지고 흥미로운 인물로 보이게 하려는 생각에 식은땀을 흘렸던 모습을 상기하자, 나를 괴롭히기 위해서는 똑같이 알베르틴을 사로잡았을 그 관능적인 흥분 상태를 상상하는 것만으로도 충분했다. 이는 레오니 아주머니의 병의 실체에 대해 회의적인 태도를 보인 의사의 방문 후에 레오니 아주머니가 환자가 느끼는 온갖 고통을 보다 잘 이해할 수 있도록 환자의 고통을 의사에게 느끼게 하는 기구가 발명되기를 바랐던 것과도 같다. 이런 것에 비하면 스탕달이나 빅토르 위고에 관해 우리가 함께 나눈 진지한 대화는 그녀에게 별 영향을 끼치지 못하고, 또 그녀의 마음이 이미 다른 존재들에 끌려 나로부터 멀어지고 다른 곳에서 실현될 거라는 생각만으로도 내게는 고통을 안겨 주기에 충분했다. 그러나 그 욕망이 그녀에게 중요했다고 해도, 그녀가 욕망을 보호하는 신중한 태도가 그 욕망이 질적으로 어떤 것인지, 더 나아가 그녀가 그 욕망에 대해 스스로에게 말할 때 그 욕망을 어떤 식으로 규정하는지는 보여 주지 못했다. 육체적 고통에 있어 우리는 적어도 스스로 그 고통을 선택하지 않는다. 병이 고통을 결정하고 부과한다. 그러나 질투로 말하자면, 자신에게 적합한 것처럼 보이는 고통을 선택할 때까지 우리는 어떻게 보면 모든 종류의 고통을, 모든 크기의 고통을 겪어야 한다. 사랑하는 사람이 우리와 다른 존재와 쾌락을 느끼고, 또 그 존재가 우리가 줄 수 없는 감각을 그녀에게 주고, 또는 적어도 그 외모와 이미지와 태도에 의해 우리와는 전혀 다른 것을 그녀에게 보여 준다고 생각할 때 느끼는 고통보다 더 큰 어려움이 어디 있겠는가! 아! 왜 알베르틴은 생루를 사랑하지 않았을까! 그랬다면 훨씬 고통을 덜 느꼈을 텐데!

물론 우리는 각각의 존재가 가진 특수한 감성을 알지 못한다. 대개는 알지 못한다는 사실마저 인식하지 못한다. 타자의 감성에 무관심하기 때문이다. 그러나 알베르틴에 관한 나의 불행이나 행복은 이 감성의 실체에 달려 있었다. 그런데 나는 이 감성이 내게 낯선 것임을 깨달았고, 이 낯설다는 사실 자체가 이미 내게는 고통이었다. 알베르틴이 느꼈던 그 낯선 욕망과 쾌락을 한 번은 본 듯한, 또 한 번은 들은 듯한 착각에 사로잡혔다. 알베르틴이 죽은 후 며칠이 지나 앙드레가 집으로 찾아왔을 때, 나는 그 욕망과 쾌락을 보았다고 생각했다. 내 눈에 처음으로 그녀가 아름다워 보였고, 숱 많은 웨이브 진 머리칼이며 거무스레하게 그늘진 울적한 눈이며, 바로 이것이 아마도 알베르틴이 그토록 사랑했던 것이며 사랑의 몽상 속에 그녀가 품었던, 그토록 발베크로부터 서둘러 돌아오고 싶어 했던 날 미리 느끼는 욕망의 시선을 통해 그녀가 보았던 것이 물질화된 것인지도 모른다고 생각했다. 무덤 너머 저편에서 내가 발견할 줄 몰랐던 존재로부터 미지의 어두운 꽃 한 송이가 내게로 전해진 듯, 뜻하지 않게 발굴한 지극히 귀중한 유물처럼 앙드레라는 알베르틴의 '욕망'의 화신을, 마치 아프로디테가 제우스의 욕망의 화신인 것처럼 내 앞에서 보는 것 같았다. 앙드레는 알베르틴의 죽음을 슬퍼했지만 나는 이내 그녀가 친구의 부재를 그렇게 아쉬워하지 않는다는 느낌을 받았다. 죽음에 의해 강제로 친구와 멀어진 앙드레는 결정적 이별이란 운명을 쉽게 받아들이는 듯 보였는데, 알베르틴이 살아 있을 때는 앙드레의 동의를 받지 못할까 겁이 나서 나는 감히 그녀에게 알베르틴과 헤어져 달라고 부탁하지도 못했다. 그런데 지금은 반대로 앙드레가 알베르틴을 단념해도 내게 별 득이 되지 않는 순간에 그녀가 별 어려움 없이 그 일을 승낙하는 듯 보였다. 앙드레가 내게 알베르틴을, 그렇지만 죽은 알베르틴을 물려주었고, 그러자 나는 알베르틴이 단순히 삶을 잃은 것만이 아니라, 앙드레에게서 유일한 필수적인 존재가 아닌, 다른 이로 대체될 수 있는 존재라는 걸 알았으므로, 그녀는 내게서 조금은 회고적으로 현실감도 상실했다.

알베르틴이 살아 있는 동안에는, 나는 앙드레에게 그들이 뱅퇴유 양의 여자 친구와 가졌던 우정의 성격에 대한 속내를 감히 물어보지 못했다. 내가 앙드레에게 하는 모든 말이 드디어는 알베르틴에게 전해지지 않으리라는 확신이 없었기 때문이다. 지금은 그런 질문을 해도 별 소득이 없을 테지만, 그래도 위험하지는 않았다. 나는 앙드레에게 심문하는 어조가 아니라, 내가 언제나 알고 있었다는 듯, 어쩌면 알베르틴을 통해 알았다는 듯 앙드레 자신의 여성에 대한 취향과 그녀와 뱅퇴유 양의 관계를 얘기했다. 그러지 앙드레는 미소를 지으며 별로 어렵지 않다는 듯 그 모든 사실을 고백했다. 그 고백에서 나는 다음과 같은 잔인한 결론을 도출할 수 있었다. 우선 앙드레는 발베크의 젊은 남자들에게 그토록 다정하게 교태를 부리면서도 자신이 그런 습관에 몰두했다는 걸 어느 누구도 짐작하지 못했다는 사실을 전혀 부인하지 않았으므로, 이런 새로운 앙드레를 발견한 나는, 유추의 길을 통해 알베르틴이, 질투를 한다고 느끼는 나만을 제외하고 어느 누구에게라도 똑같이 쉽게 속내를 털어놓았으리라고 생각했다. 그러나 다른 한편으로 앙드레가 알베르틴의 가장 친한 친구였고, 또 앙드레 때문에 아마 알베르틴이 일부러 발베크에서 돌아왔으므로, 앙드레가 그런 취향을 가졌다고 고백하는 지금, 내 정신에 부과된 결론은 알베르틴과 앙드레가 언제나 함께 관계를 가졌다는 사실이었다. 물론 낯선 사람 앞에서는 받은 선물을 감히 펴 볼 용기를 내지 못하다가 선물을 준 사람이 떠난 다음에야 포장지를 풀어 보듯이, 앙드레가 있는 동안에는 그녀가 내게 준 고통을 살펴보기 위해 자신을 되돌아볼 생각을 하지 못했지만, 나는 이미 내 육체의 하인인 신경이나 심장에 커다란 장애가 일어나고 있다는 걸 느꼈으며, 예의상 그 장애를 눈치 채지 못한 척하며, 오히려 손님으로 맞이한 아가씨와 매우 상냥하게 얘기하면서 이런 내면의 사건 쪽으로 시선을 돌리지 않았다. 알베르틴에 대한 얘기를 하며 앙드레가 "아! 그래요. 그 애는 슈브뢰즈 골짜기로 산책 가는 걸 매우 좋아했어요." 라고 말하는 것을 들었을 때는 특히 가슴이 아팠다. 그 아련한 존재하지 않는 세계에서 알베르틴과 앙드레의 산책이 이루어 졌고, 그래서 앙드레가 사후의 악마 같은 창조 작업을 통해 신의 작품에 그 저주받은 골짜기를 추가하는 것 같았다. 나는 앙드레가 알베르틴과 했던 모든 일을 예의상 능숙하게, 또는 자만심이나 어쩌면 감사하는 마음에서 점점 다정한 모습을 보여 주려고 애쓰면서 말한다고 느꼈고, 반면 알베르틴의 결백에 내가 부여할 수 있는 공간이 점점 줄어들면서, 아무리 노력해도 원을 그리며 서서히 거리를 좁혀 오는 맹금에 둘러싸인 짐승처럼 얼어붙은 모습을 하고 있는 자신을 보는 것 같았다. 맹금은 자기가 원할 때면 노리는 먹잇감이 결코 빠져나가는 일 없이 언제라도 덮칠 수 있다고 확신하기 때문에 결코 서두르지 않는다. 그렇지만 나는 앙드레를 바라보았고, 마치 사람들이 눈을 응시하면서 최면을 걸어도 두려워하지 않는 척하는 이들의 쾌활하고 자연스럽고 확신에 찬 어조로, 앙드레에게 다음과 같은 말을 슬쩍 끼워 넣었다. "당신이 화를 낼까 봐 지금까지는 한 번도 말하지 못했지만 이제는 그녀 얘기를 하는 게 편안하게 느껴지네요. 당신이 알베르틴과 가졌던 그런 종류의 관계에 대해서는 나도 이미 오래전부터 알고 있었다고 말할 수 있어요. 비록 당신은 이미 알았겠지만, 그래도 '알베르틴이 당신을 매우 좋아했어요.'라는 말을 들으면 기쁠 거예요." 나는 앙드레에게 그런 취향을 가진 알베르틴의 여자 친구와 함께 그녀가 그런 종류의 관계를 하는 모습을 내가 지켜보게 해 준다면(내 앞에서 하는 게 너무 거북하게 느껴지지 않도록 단지 애무하는 모습만이라도 보여 준다면) 몹시 흥미로울 거라고 말했고, 또 그녀의 반응을 알아보기 위해 로즈몽드와 베르트,[*] 알베르틴의 모든 여자 친구들을 거명했다. "당신이 말한 것을 결코 당신 앞에서는 하지 않을 것이며, 뿐만 아니라 난 당신이 말하는 여자 친구들 중 어느 누구도 그런 취향을 가졌다고는 믿지 않아요." 나는 나를 유인하는 괴물에게 본의 아니게 다가가면서 "뭐라고요! 그렇다면 당신 동아리의 소녀들 중 당신과 함께 그런 짓을 한 사람은 알베르틴뿐이었다고 믿게 하려는 건 아니겠죠."라고 말했다. "그렇지만 난 알베르틴과 결코 그런 짓을 한 적이 없는걸요." "그러니까, 내 귀여운 앙드레, 당신은 내가 적어도 삼 년 전부터 아는 걸 왜 부인하는 거죠? 난 그걸 조금도 나쁘게 여기지 않는데요. 오히려 반대예요. 알베르틴이 다음 날 당신과 함께 베르뒤랭 부인 댁에 가고 싶어 했던 저녁만 해도, 당신은 어쩌면 기억할 거예요……." 말을 다지어내기도 전에, 나는 앙드레의 눈에서 너무 뾰족해서 보석상도 잘 사용하지 않는 보석처럼 그렇게 날카로운 눈길을, 또

---

[*] 베르트란 이름은 「소녀들」에 나오지 않는다. 이 이름은 갈리마르의 교정지에서 삭제되어 지젤로 바뀌었다.(『잃어버린 시간을 찾아서』 4권 497쪽, 『사라진 알베르틴』; 플레이아드 IV, 1086쪽 참조.)

연극이 시작하기 전 무대 커튼 가장자리를 살짝 들어 올렸다
가 금방 사람들 눈에 띄지 않으려고 이내 달아나는 특권을 가
진 사람들의 얼굴처럼 뭔가에 몰두하는 듯한 눈길이 스쳐 가
는 것을 보았다. 그 불안한 시선은 곧 사라졌고, 모든 것은 다
시 원래대로 돌아갔지만, 이제 내가 보게 될 것은 모두 나를
위해 꾸며낸 모습에 지나지 않으리라는 걸 나는 느낄 수 있었
다. 그 순간 거울에 비친 내 모습이 보였고, 나는 앙드레와의
어떤 유사성에 강한 충격을 받았다. 만일 내가 콧수염을 깎는
일을 오래전에 중단하지 않아서 단지 희미한 콧수염 자국만
남았다면 그 유사성은 거의 완벽했을 것이다. 어쩌면 발베크
에서 겨우 자랐을까 말까 한 내 콧수염을 바라보면서, 알베르
틴은 돌연 파리에 돌아가고 싶어 견디지 못할 만큼 격렬한 욕
망에 사로잡혔는지도 모른다. "하지만 당신이 나쁘게 여기지
않는다는 이유만으로, 사실이 아닌 걸 사실이라고 말할 수는
없어요. 나는 알베르틴과 아무 짓도 하지 않았다고 맹세할 수
있어요. 또 알베르틴도 그런 짓을 몹시 싫어했다고 확신해요.
당신에게 그런 말을 한 사람들은 거짓말을 한 거예요. 어쩌면
관심을 끌려는 목적에서 그랬는지도 모르죠." 하고 앙드레는
질문하듯, 경계하는 표정으로 말했다. "그렇다면 좋아요. 말
하고 싶지 않은 것 같으니까." 하고 나는 증거를 보여 주고 싶
지 않은 표정을 짓는 편을 더 좋아한다는 듯 대답했는데, 실은
그 증거란 것을 나는 갖고 있지 않았다. 그렇지만 막연히 그저
우연히 튀어나왔다는 듯 뷔트쇼몽이란 이름을 입 밖에 냈다.
"알베르틴과 함께 뷔트쇼몽에 가기는 했어요. 그러나 그곳이

뭐 특별히 나쁜 덴가요?" 나는 거기에 관해, 어떤 시기에 특별히 알베르틴과 가까이 지낸 것처럼 보이는 지젤에게 애기해 줄 수 없느냐고 물었다. 그러나 앙드레는 최근 지젤이 자기에게 비열한 행동을 했으며, 그래서 지젤에게 부탁하는 일만은 아무리 나를 위한 일이라고 해도 거절할 수밖에 없다고 말했다. "지젤을 만나도." 하고 그녀는 덧붙였다. "내가 그 애에 관해 애기했다는 건 말하지 마세요. 적을 만들 필요는 없으니까요. 그 애는 내가 자기를 어떻게 생각하는지 알고 있어요. 하지만 난 언제나 그 애하고 심하게 사이가 틀어지지 않는 편이 낫다고 생각했어요. 어차피 다시 화해할 테니까요. 게다가 그 애는 위험해요. 누구든 그 애가 내게 지난주에 보낸, 그렇게도 간악한 거짓말을 하고 있는 편지를 읽는다면, 아무것도, 설령 세상에서 가장 아름다운 행동이라고 해도 그 기억을 지울 수 없으리란 걸 이해할 거예요." 간단히 말해 비록 앙드레가 남에게 결코 감추지 않을 만큼 그런 취향을 가졌고 또 알베르틴이 그녀에 대해 틀림없이 커다란 애정을 느끼고 있었음에도 불구하고, 앙드레가 알베르틴과 결코 육체적 관계를 가진 적이 없으며 또 알베르틴이 그런 취향을 가졌다는 것도 계속 몰랐다고 한다면, 그건 알베르틴이 그런 취향을 가지지 않았고 아무와도 그런 관계를 가진 적이 없는 것이며, 만일 그런 관계를 가졌다면 다른 누구보다도 바로 앙드레와 가졌을 거라고 생각했다. 그리하여 앙드레가 떠났을 때, 나는 그녀의 그토록 분명한 단언이 내 마음을 평온하게 해 주었다는 걸 깨달았다. 그러나 그 단언은 어쩌면 망자에 대한 추억이 여전히 그녀의 마음속에 남아 있어, 그녀가 그래야만 한다고 생각하는 의무감에서, 어쩌면 알베르틴이 생전에 부인해 달라고 부탁했던 것을 어느 누구도 믿지 못하게 하려는 생각에서 말한 것인지도 몰랐다.

알베르틴이 느낀 쾌락을 여러 번 상상하려고 애쓴 후에 나는 한순간 앙드레를 응시하면서 그걸 보는 듯했고, 다른 한번은 눈이 아닌 귀를 통해 그 쾌락의 존재를 포착했다고 믿었다. 알베르틴이 자주 가던 동네 세탁소의 두 소녀를 사창가로 불러들였다. 한 여자아이가 애무하자, 다른 여자아이의 갑작스러운 비명이 들렸는데, 처음에는 무슨 소리인지 잘 구별하지 못했다. 직접 체험하지 못하는 감각에서 나오는, 본래의 표현력 풍부한 소리의 의미를 우리는 결코 정확히 이해할 수 없기 때문이다. 옆방에서 들리는 소리를 눈으로 보지 않고 그저 듣기만 한다면, 마취하지 않고 수술하는 병자가 지르는 비명 소리를 미친 듯이 터져 나오는 웃음소리로 착각할 수도 있다. 또 자식이 방금 죽었다는 소식을 들은 어머니가 내는 소리도, 우리가 그 까닭을 모른다면, 짐승이 지르는 소리나 하프가 울리는 소리만큼이나 인간의 소리로 적용해서 해석하기 힘들 것이다. 이 두 종류의 소리, 병자의 소리와 어머니의 소리가 우리 자신이 느낄 수 있는 감각의 유추를 통해, 비록 다르기는 하지만 고통이라고 부르는 것을 표현한다는 사실을 이해하기 위해서는 약간의 시간이 필요하다. 또 옆방에서 들리는 세탁소 소녀의 소리가, 물론 매우 다르기는 하지만 내가 느꼈던 감각의 유추를 통해 쾌락이라고 부르는 것을 표현한다는 사실을 이해하기 위해서도 약간의 시간이 필요했다. 쾌락은 그것을 느끼는 존재를 송두리째 흔들어 놓고 낯선 언어를 내지르게 할 정도로 강력했는데, 그 낯선 언어는 어린 여자가 체험한 온갖 감미로운 내적 드라마의 모든 단계를 가리키면서 설명하는 듯 보이지만, 내 눈에는 타인에 대해 영원히 드리워진 장막이 저마다의 내밀한 신비 속에서 일어나는 일을 감추고 있었다. 두 소녀는 게다가 내게 아무것도 말해 줄 수 없었다. 그들은 알베르틴이 누구인지 알지 못했다.

소설가들은 흔히 서문에서 어떤 고장을 여행하다 누군가를 만났으며 그가 그들에게 한 인간의 삶에 관한 이야기를 해 주었다고 주장한다. 그렇게 그들은 그들이 만난 친구에게 발언권을 넘기고, 그 친구가 그들에게 해 주는 얘기가 바로 그들의 소설이다. 그렇게 해서 파브리스 델 동고의 삶은, 파도바의 어느 교회 참사 회원에 의해 스탕달에게 서술된다.* 사랑할 때, 다시 말해 다른 사람의 삶이 신비롭게 보일 때 우리는 얼마나 거기에 대해 정통한 화자와 만나기를 열망하는가! 그리고 물론 그런 화자는 존재한다. 우리 자신이 자주 어떤 열정도 느끼는 일 없이 그저 이러저런 여인의 삶에 관해 우리 친구에게 얘기하거나, 또는 그 여인의 사랑에 관해 아무것도 알지 못하는, 우리 이야기에 호기심을 가지고 귀 기울이는 낯선 사람에게 얘기하는 일이 있지 않은가? 블로크에게 게르망트 대공 부인

---

* 스탕달의 『파르마의 수도원』에 대해서는 『잃어버린 시간을 찾아서』 5권 169쪽 참조.

이나 스완 부인에 관해 얘기했을 때의 나란 인간이 존재한다면, 알베르틴에 관해서도 얘기했을 테고, 그런 인간은 언제나 존재하지만…… 우리는 결코 그런 인간을 만나지 못한다. 만일 그녀를 알았던 여인들과 만날 수 있다면 내가 몰랐던 것을 모두 알 수 있을 텐데. 그렇지만 낯선 이들에게는 나만큼 그녀의 삶을 잘 아는 사람도 없는 것처럼 보였으리라. 그녀의 가장 친한 친구인 앙드레조차 나는 알고 있지 않은가? 이렇게 우리는 장관의 친구라면 어떤 사건에 대한 진실을 알고 있다고 믿으며, 또는 소송에 휘말릴 일이 없다고 생각한다. 그러나 그 친구가 장관과 교제하면서 장관에게 정치 얘기를 할 때마다 장관은 일반론에 머무르며 기껏해야 신문에서 언급한 것만을 말하거나, 또는 문제가 생길 때마다 장관에게 하는 많은 교섭이 "그 일은 내 권한 밖이오."라는 말로 귀결되며, 그리하여 친구 자신은 그에 대해 아무 권한도 없음을 느낀다. '이러저런 증인들과 만날 수만 있다면!' 하고 나는 생각했는데, 비록 그런 증인을 만난다 해도, 앙드레가 가르쳐 준 것보다 더 많은 것을 알아내지는 못했을 것이다. 비밀을 위임받은 앙드레 자신이 넘겨주기를 원치 않았기 때문이다. 이런 점에서 나는 스완과 달랐다. 스완은 더 이상 질투를 느끼지 않게 되자 오데트가 포르슈빌과 함께 했을지도 모르는 일에 대한 관심도 잃어버렸는데, 나는 질투가 끝난 후에도 오히려 그 반대로 알베르틴의 세탁소 소녀를, 그녀의 동네 사람들을 알고 싶었으며, 그곳에서의 그녀의 삶과 그녀의 은밀한 관계를 재구성하고 싶었으며, 또 그런 일에만 매력을 느꼈다. 그리고 욕망은 언제나, 질베르트나 게르망트 공작 부인의 경우에도 그랬지만 상대의 매력에 대해 미리 듣거나 아는 경우에만 생기는 법이므로, 알베르틴이 예전에 살았던 동네에서 나는 그녀와 같은 환경의 여인들을 찾아 나섰는데, 그들의 존재만이 내 유일한 욕망의 대상이 되었다. 설령 내게 가르쳐 줄 것이 아무것도 없다 해도, 나는 알베르틴이 사귀었거나 사귀었을지도 모르는 여인들, 그녀와 같은 환경이거나 또는 그녀 마음에 늘었던 환경의 여인들, 한마디로 알베르틴과 비슷한 매력을 가진, 또는 그녀의 마음에 들었던 여인이라는 매력을 가진 여인에게만 마음이 끌렸다. 이렇게 알베르틴 자신을, 또는 알베르틴이 좋아했을지 모르는 타입의 여인들을 환기하다 보니, 그 여인들이 내게 질투와 회한이 섞인 잔인한 감정을 깨어나게 했는데, 이런 감정은 나중에 슬픔이 진정되었을 때 조금은 매력이 없지도 않은 호기심으로 바뀌었다. 그리고 이런 여인들 중에는 특히 서민층의 소녀들이 있었는데, 그들의 삶이 내가 아는 삶과 너무도 달랐기 때문이다. 물론 우리는 사유를 통해서만 뭔가를 소유하며, 식당에 걸린 그림도 우리가 이해하지 못한다면 소유하는 것이 아니며, 한 고장에 산다고 해도 그 고장을 바라보지 않는다면 소유하는 것이 아니다. 그런데 예전에 파리에서 알베르틴이 나를 만나러 와서 그녀를 품 안에 껴안을 때면, 나는 발베크를 다시 소유한다는 환상에 사로잡혔다. 마찬가지로 직공 아가씨를 포옹할 때면, 알베르틴의 삶과 공장의 분위기, 계산대에서의 잡담과 누추한 곳의 영혼과 순간적이지만 밀접한 접촉을 하는 듯한 환상에 사로잡혔다. 앙드레며 이 모든 여인들이, 알베르틴과 관계된 이 모든 것이 ─ 알베르틴 자신이 발베크에 대해서 그랬듯이 ─ 마치 기쁨의 대용품처럼 점점 빛이 옅어지면서 다른 기쁨을 대신했고, 그리하여 그것은 발베크로의 여행이나 알베르틴과의 사랑처럼, 다시는 닿을 수 없는 기쁨 없이도 지내게 해 주었다. 그 기쁨은 (예전에 루브르 박물관으로 티치아노의 그림을 보러 가는 기쁨이 베네치아에 가지 못하는 것을 위로해 주었듯이) 식별할 수 없는 미묘한 차이로 서로 분리되면서 우리의 삶을 최초의 욕망 ─ 우리 삶에 색조를 부여하고 거기 녹아들지 않는 것은 모두 제거하고, 그리하여 주조색을 퍼뜨리는 ─ 주위에 일련의 동심원적 지대, 인접하고 조화로우며 점점 빛이 옅어지는 지대로 배열한다.(이 일은 이를테면 게르망트 공작 부인이나 질베르트에 대해서도 일어났었다.) 알베르틴을 내 곁에 두고 싶다는, 이제는 결코 실현될 수 없음을 내가 아는 욕망이란 관점에서 본다면, 앙드레나 이 여인들은 아직 알베르틴의 얼굴만 겨우 알고 지내던 어느 저녁, 내가 그녀를 곁에 두고 싶다는 욕망을 품으면서 결코 실현될 수 없으리라고 느꼈을 때 보았던, 그 휘어진 가지에 매달린 채로 햇살을 받고 있던 싱그러운 포도송이와도 같았다. 알베르틴의 육체와 사회적 특징들 ─ 그런 특징에도 불구하고 내가 사랑했던 ─ 이 이제 내 사랑의 추억에 결합되면서 예전 같으면 내가 본능적으로 가장 선택하지 않았을 여인, 다시 말해 프티부르주아 출신의 갈색 머리를 가진 소녀 쪽으로 나의 욕망을 이끌었다. 물론 내 마음속에서 부분적으로 다시 태어나기 시작한 것은 거대한 욕망으로, 알베르틴에 대한 사랑만으로는 충족될 수 없는 것이었다. 삶을 알고 싶다는 이 거대한 욕망을 나는 예전에 발베크의 길에서나 파리의 거리에서 느꼈으며, 그 욕망이 알베르틴의 마음속에도 존재한다고 생각했을 때, 나 외의 다른 이들과 그 욕망을 충족하는 수단을 그녀로부터 빼앗고 싶어 했을 정도로 그것은 나를 괴롭혔다. 그녀의 욕망이란 관념을 감당할 수 있는 지금, 그 관념이 금방 내 욕망을 깨어니게 했으므로 이 두 개의 거대한 욕구는 합쳐졌고, 나는 우리가 함께 그에 전념할 수 있기를 바라면서 '저 소녀라면 그녀 마음에도 들 거야.'라고 중얼거렸다. 이런 느닷없는 우회를 통해 그녀와 그녀의 죽음이 생각났고, 그러자 너무도 슬퍼진 나는 내 욕망을 더 멀리 밀고 나갈 수 없을 것 같았다. 예전에 메제글리즈와 게르망트 쪽이 전원에 대한 내 취향의 토대를 이루면서 오래된 성당이나 수레국화, 금빛 미나리아재비가 없는 고장에 대해서는 깊은 매력을 느끼지 못하게 했는데, 그때와 마찬가지로 알베르틴에 대한 내 사랑은 마음속에서 어떤 특정 타입의 여인들을 매력 충만한 과거와 연결하면서, 그런 여인들만을 배타적으로 찾게 했다. 그러나 지금은 다시 알베르틴을 사랑하기 전처럼, 그녀로부터 방사되는 화음과 비슷한, 그녀에게만 전적으로 연결되지 않는 추억과 대체 가능한 요소들을 찾게 했다. 이제는 오만한 금발의 공작 부인 같은 여인은 좋아할 수 없었다. 왜냐하면 그런 여인은 알베르틴과 그녀에 대한 나의 욕망, 그녀와의 사랑에서 내가 느꼈던 질투와 그녀의 죽음으로 인한 내 고뇌에서 연유하는 감동을 하나도 깨어나게 하지 못했기 때문이다. 우리의 감각이 보다 생생해지기 위해서는, 감각과는 다른 그 무엇, 쾌락으로는 충족될 수 없지만 욕망에 더해지면 욕망이 부풀어 올라 절망적으로 쾌락에 매달리게 하는 그런 감정을 불러일으켜야 하기 때문이다. 알베르틴이 다른 여인들에 대해 느꼈을지도 모르는 사랑이 점점 나를 괴롭히지 않게 되면서, 나는 그 여인들을 내 과거에 연결해 뭔가 보다 현실적인 것을 그들에게 부여했는데, 그건 마치 콩브레의 추억이 금빛 미나리아재비와 산사나무 꽃에, 새로운 꽃보다 더 많은 현실성을 부여하는 것과도 같았다. 앙드레에 대해서조차도 나는 더 이상 분노하며 '알베르틴이 그녀를 사랑했어.'라고 생각하지 않고, 오히려 스스로에게 내 욕망을 설명하려는 듯 "알베르틴도 그녀를 좋아했어."라고 조금은 감동 어린 어조로 말하는 것이었다. 아내를 잃은 남자가 처제와 재혼하면 사람들은 그가 위로받을 거라고 생각하지만, 실은 반대로 위로받을 수 없다는 증거임을 지금에야 나는 깨달았다.

이렇게 나의 끝나 가는 사랑은 새로운 사랑을 가능하게 하는 듯 보였고, 또 오랫동안 사랑을 받았던 여인이 훗날 연인의 애정이 식어 가는 걸 느끼면서, 마치 루이 15세에 대해 퐁파두르 부인이 그랬듯이* 그저 뚜쟁이 역할에 만족하며 자신의 영향력을 유지하려고 하는 것처럼, 알베르틴이 내게 새로운 어린 소녀들을 제공해 주는 것 같았다. 예전에 나의 시간

* 루이 15세의 정부인 퐁파두르 부인에 대해서는 『잃어버린 시간을 찾아서』 1권 247쪽 참조.

은 이 여인 또는 저 여인을 욕망하던 시기로 나뉘어 있었다. 한 여인이 주는 격렬한 쾌락이 진정될 즈음이면, 거의 순결하다고 할 수 있는 애정을 주는 여인을 갈망했으며, 그 욕망은 보다 능숙한 애무에 대한 욕구가 처음 여인에 대한 욕망을 다시 불러들일 때까지 계속되었다. 그러나 이제 그렇게 번갈아 욕망하던 일도 끝났고, 또는 적어도 그런 시기 중 한 시기가 무한히 연장되고 있었디. 네가 소망하는 것은 새로운 여인이 내 집에 와서 살고, 저녁마다 나와 헤어지기 전에 누이 같은, 가족 같은 키스를 해 주는 것이었다. 그래서 — 만일 타자의 현존이라는 그 견디기 어려운 체험을 하지 않았다면 — 어떤 입술보다는 그저 입맞춤에, 사랑보다는 쾌락에, 인간보다는 그저 습관에 더 미련이 있다고 생각할 수 있었다. 나는 그 새로운 여인이 내게 알베르틴처럼 뱅퇴유의 음악을 연주해 주거나, 그녀처럼 나와 더불어 엘스티르에 관한 대화를 나눌 수 있기를 바랐다. 그러나 이 모든 것은 불가능했다. 그들의 사랑은 알베르틴의 사랑만큼 가치가 없을 거라는 생각이 들었다. 이는 미술관 방문이나 음악회에서의 저녁 시간, 편지와 대화를 허락하는 그 모든 복잡한 생활, 초기의 가벼운 연정에서 관계를 가지고 그 후에는 보다 진지한 우정으로 이어지는 이 모든 일화가 결합된 사랑이, 오케스트라가 피아노보다 더 풍부한 음을 내듯이 단지 몸을 맡기는 것만을 아는 여자에 대한 사랑보다 훨씬 많은 가능성을 가지고 있기 때문일까. 아니면 보다 깊은 곳에서, 알베르틴이 내게 준 것과 같은 애정을 원하는 욕구, 교양이 있으면서도 동시에 누이 같은 소녀가 주

는 애정을 원하는 욕구는 — 알베르틴과 동일한 환경의 여인
에 대한 욕구처럼 — 다만 알베르틴에 대한 추억, 그녀에 대
한 내 사랑의 추억이 부활한 것에 지나지 않는 걸까. 그리고
나는 한 번 더, 우선 추억이란 창의적인 것이 아니며, 우리가
이미 소유하는 것 외에 다른 것을 욕망하기에, 하물며 더 나
은 것을 욕망하기에는 무력하다고 느꼈다. 다음으로 추억은
정신적인 것이어서 그것이 찾는 상태를 현실이 제공할 수 없
다고 느꼈다. 끝으로 추억이 구현하는 부활은 망자에게서 나
온 것이므로, 그것은 사랑하고 싶은 욕구의 부활이라기보다
는 부재하는 여인에 대한 욕구의 부활임을 믿게 한다. 따라서
내가 선택한 여인이 알베르틴과 닮았다 해도, 또 내가 그녀의
애정을 얻는 데 성공하고 그 애정이 알베르틴의 애정과 닮았
다 해도, 그 닮음은 내가 자신도 모르게 찾고 있던 것의 부재
를, 나의 행복을 소생시키기 위해 필요한 것의 부재를 더 많
이 느끼게 했다. 내가 찾았던 것은 곧 알베르틴 자신과 우리
가 함께 살았던 시간, 나 자신도 알지 못하면서 찾고 있던 과
거였다. 물론 맑은 날씨에 파리는 온갖 종류의 헤아릴 수 없
는 소녀들로 꽃핀 듯 보였는데, 내가 욕망해서가 아니라 그들
이 알베르틴의 어두운 욕망에, 그 낯선 밤에 뿌리를 내리고
있었기 때문이다. 그녀가 아직 나를 경계하지 않던 초기에 그
녀는 내게 이런저런 소녀에 대해 "저 애는 예쁘네요. 아름다
운 머리칼을 가졌어요."라고 말했다. 겨우 그녀의 모습만 알
뿐 그녀를 잘 알지 못했을 때, 나는 그녀의 삶에 대해 온갖 종
류의 호기심을 품었고 또 내 삶에 대해서도 많은 욕망을 갖고

있었는데, 그 모든 것이 알베르틴이 다른 여인들과 함께 있을 때 쾌락을 느끼는 방식을 보고 싶다는 단 하나의 호기심으로 통합되었다. 어쩌면 그렇게 함으로써, 그들이 떠나면 나는 마지막에 남은 자로서, 또 그녀의 주인으로서 그녀와 함께 단둘이 남아 있을 수 있다고 생각했기 때문인지도 몰랐다. 알베르틴이 이런저런 여인과 밤을 보낼 가치가 있을까 생각하며 망설이는 모습이나, 상대가 떠났을 때 그녀가 느끼는 만족감 또는 어쩌면 환멸을 보면서, 나는 알베르틴이 내게 불러일으켰던 질투를 규명하고 적정 비율로 환원할 수 있었을 것이다. 그녀가 쾌락을 느끼는 모습을 보면서 그 쾌락을 측정하고 한계도 알아냈을 테니까.

자신의 취향을 그토록 거칠고 끈질기게 부인하면서 그녀는 얼마나 많은 쾌락과 감미로운 삶을 우리에게서 빼앗아 갔는가! 하고 나는 생각했다. 그리하여 다시 한번 그 끈질긴 원인이 무엇인지 알아내려 했고, 그러다 갑자기 발베크에서 그녀가 내게 연필을 주던 날 내가 그녀에게 했던 말이 떠올랐다. 그날 나는 그녀가 내게 키스를 허락하지 않은 걸 비난하면서, 여자들이 다른 여자와 관계를 맺는 건 역겹지만 이런 키스는 자연스러운 게 아니냐고 그녀에게 말했다.* 아 슬프게도! 알베르틴은 아마 이 말을 기억했을지도 모른다.

예전 같으면 마음에 들지 않았을 소녀들을 집으로 데려와

---

* 『잃어버린 시간을 찾아서』 4권 493~494쪽.

서는, 앞가르마를 타고 양옆으로 붙인 머리*를 매끄럽게 해
주고, 잘 빚어진 코와 스페인풍의 창백한 안색을 찬미했다. 물
론 예전에 발베크의 길이나 파리의 거리에서 얼핏 본 여인에
게도 욕망을 느꼈으며, 그래서 나는 내 욕망이 얼마나 개인적
인 것인지를, 이 욕망을 다른 대상으로 충족하는 것은 욕망
을 왜곡하는 거나 다름없음을 느꼈다. 그러나 점차 우리에게
변하지 않는 욕구가 있음을 발견했고, 또 한 존재가 없을 때
에는 다른 존재로 만족해야 한다는 걸 삶이 가르쳐 주었으므
로, 내가 알베르틴에게서 찾았던 것을 다른 여자, 즉 스테르마
리아 양 같은 여자도 줄 수 있을 거라고 느꼈다. 그러나 실제
로 그 욕구를 충족해 준 사람은 알베르틴이었다. 그녀의 애정
을 갈망하는 욕구의 충족과 그녀의 육체적 특징 사이에는 얼
마나 많은 추억이 복잡하게 얽혀 있었는지, 나는 그런 애정에
의 욕구에서 알베르틴의 육체에 대한 추억의 장식품을 떼어
낼 수 없었다. 그녀만이 내게 그 행복을 줄 수 있었다. 알베르
틴의 유일성에 대한 관념은, 지난날 거리를 지나가는 여인들
에 대해 그랬듯이 더 이상 알베르틴의 개인적 성격에서 유추
한 '선험적' 형이상학이 아니라, 우발적이지만 분리할 수 없을
정도로 뒤얽힌 추억을 통해 구성된 '경험적인' 것이었다. 그
녀를 필요로 하지 않고는, 그녀의 부재로 고통을 느끼지 않고
는 애정을 욕망할 수 없었다. 그래서 내가 선택한 여인과 모색

---

* 얼굴의 선이 살아나도록 앞가르마를 타고 양옆으로 머리를 붙여서 내려뜨리
는, 당시에 유행했던 머리 스타일이다.

한 애정이 이미 경험했던 행복과 닮았다는 사실 자체가 그 행복을 되살아나게 하기에 부족한 것을 더욱 절감하게 했다. 알베르틴이 떠난 후부터 내 방에서 느껴지는 공허를, 다른 여인들을 포옹함으로써 채워질 수 있다고 믿었던 그 공허를 오히려 나는 그 여인들에게서 발견했다. 그들은 결코 뱅퇴유의 음악이나 생시몽의『회고록』에 대해 얘기하지 않았으며, 나를 보러 오기 위해 지나치게 진한 향수도 바르지 않았고, 그들의 속눈썹을 내 속눈썹에 섞는 놀이도 하지 않았는데, 이 모든 것은 성적 행위 자체를 몽상하게 해 주고 또 사랑의 환상을 부여하기 때문에 중요했으나, 실은 그것이 알베르틴에 대한 추억의 일부를 이루고 또 내가 찾고 싶었던 사람이 바로 알베르틴이었기 때문에 중요했던 것이다. 그 여인들이 가지고 있던 알베르틴 같은 요소는 오히려 그 여인들에게 부족한 알베르틴의 요소를, 내게는 전부였으며 알베르틴이 죽었으므로 이제는 더 이상 결코 존재할 수 없는 것을 더욱 절감하게 했다. 이렇게 해서 이들 여인들에게로 끌고 갔던 알베르틴에 대한 내 사랑은 나를 그들에게 무관심한 존재로 만들었다. 또 이미 그 지속성에 의해 나의 가장 비관적인 예측을 넘어선 알베르틴에 대한 회한과 끈질긴 질투의 존재가 내 삶의 나머지 부분으로부터 고립되어 다만 내 추억 놀이나 불변의 상태에 적용되는 심리학의 작용과 반작용에만 복종했다면, 그리하여 물체가 공간 속에서 움직이듯 영혼이 시간 속에서 움직이는 보다 광대한 체계로 끌려가지 않았다면, 그것은 그렇게 많이 변하지 않았을 것이다. 마치 공간 지리학이 존재하듯 시간 심리학도 존재하며, 거기서 평면 심리학의 계산은 '시간'을 고려하지 않고 또 시간의 한 형태인 망각을 고려하지 않기에 더 이상 정확하지 않다. 내가 그 힘을 느끼기 시작한 망각은 현실과 지속적인 모순 관계에 있는, 우리 마음속에 살아남은 과거를 조금씩 파괴하기 때문에 현실 적응의 가장 강력한 도구 중 하나이다. 그러므로 언젠가 알베르틴을 더 이상 사랑하지 않게 되리라는 걸 나는 조금 더 일찍 짐작했어야 했다. 그녀의 인간됨과 행동이 내게 가지는 중요성과 타인에게 가지는 중요성의 차이에 의해 내 사랑이 그녀에 대한 사랑이라기보다는 내 마음속에 있는 사랑이라는 사실을 이해했다면, 나는 내 사랑의 이런 주관적 성격으로부터 다양한 결과를 유추해 낼 수 있었으리라. 그리고 사랑은 어떤 정신 상태이므로 사랑하는 사람보다는 더 오래 살아남지만, 그 사람과 진정한 관계를 갖지 못하고 자기 밖에서는 어떤 지지도 받지 못하므로, 결국에는 모든 정신 상태와 마찬가지로 비록 가장 오래 지속되는 것조차 언젠가는 쓸모없는 것이 되어 다른 것으로 '대체될' 수밖에 없다. 또 그런 날이 오면 그토록 다정하고 확고하게 알베르틴에 대한 추억에 결부된 것처럼 보였던 온갖 것이 더 이상 내게 존재하지 않을 것이었다. 그런데 인간이란 불행하게도 우리 사유 속에서 쉽게 마멸되는 수집품 진열대에 지나지 않는다. 바로 그런 이유로 우리가 그들에 대해 세우는 다양한 계획에는 사유의 열정이 담겨 있다. 그러나 사유는 피로해지고 추억은 파괴된다. 예전에 질베르트에게서 받은 마노 구슬이나 다른 선물들을 아무런 슬픔도 느끼지 않고 알베르틴에게 주었던 것처럼, 나를 찾아온 첫 번째 여인에게 알베르틴의 방을 쉽게 내줄 날이 올 것이다.*

---

* 초판에서는 '슬픔과 망각'이라는 제목으로 1장이 이렇게 끝난다. 질베르트에 게서 받은 마노 구슬과 다른 선물에 대해서는 『잃어버린 시간을 찾아서』 7권 248쪽 참조.

2장

이는 내가 이제 알베르틴을 사랑하지 않는다는 말이 아니라, 최근에 사랑했던 방식으로는 더 이상 사랑하지 않는다는, 아니, 그녀와 관련된 것이라면 장소든 사람이든 모든 것이 나의 호기심을 끌었고 고통보다는 더 많은 매혹이 서려 있었던 예전의 보다 오래된 시기와 같은 방식으로 사랑한다는 말이다. 그리고 사실 지금 그녀를 완전히 망각하기 전에, 처음의 무관심한 상태에 도달하기 전에 똑같은 길로 자신이 떠난 지점에 돌아가 보는 나그네처럼, 나의 커다란 사랑에 이르기 전에 통과했던 모든 감정들을 반대 방향에서 횡단해야 한다고 느꼈다. 그러나 과거의 이런 단계와 시기는 부동의 것이 아니라, 오늘날에는 과거가 되었지만 어떤 환각이 소급해서 잠시 그것을 미래라고 생각하게 하는 희망이라는 끔찍한 힘, 행복한 무지의 상태를 지니고 있었다. 나는 저녁 방문을 알리는 알베르틴의 편지를 읽고 있었고, 잠시 기다리는 기쁨을 맛보았다. 다시는 결코 돌아가지 않을 고장에서, 그곳에 갈 때 이미 통과했던 역의 이름과 모습을 모두 알아보게 하는 같은 노선의 기차를 타고 귀갓길에 오를 때면, 그래서 한순간 기차가 그런 역 중 하나에 멈출 때면, 우리가 방금 떠난 장소를 향해 처음에 그랬던 것처럼 기차가 다시 출발하는 환상에 사로잡힌다. 이런 환상은 이내 사라지지만, 그러나 한순간 우리는 떠난 장소를 향해 다시 실려 간다고 느꼈으며, 바로 이것이 추억의 잔인함이다.

그렇지만 처음 출발했던 무관심한 상태로 다시 돌아가기에 앞서 사랑에 이르기 위해 통과했던 모든 거리를 반대 방향에서 편력할 수밖에 없다고 해도, 우리가 따라가는 여정이나 노선이 반드시 동일한 것만은 아니다. 그것의 공통점은 직접적이지 않다는 것인데, 왜냐하면 망각도 사랑과 마찬가지로 규칙적으로 진행되지 않기 때문이다. 게다가 망각과 사랑은 반드시 같은 길을 빌리지도 않는다. 우리가 지나가는 귀로에는 거의 도착지에 이르러 특별히 기억하는 네 단계가 있었다.* 이는 아마도 내가 거기서 알베르틴에 대한 사랑에 속하지 않는

---

* 이렇게 해서 소설의 마지막 부분에 관한 계획이 예고되고 있다. 다른 초고에는 네 단계가 아닌 세 단계로 기재되었는데, 어쩌면 그편이 책의 전개에 보다 잘 부합한다는 지적도 있다.(『사라진 알베르틴』; 리브르드포슈, 223쪽 참조.) 이 네 단계는 불로슈 숲으로의 외출과 질베르트와의 만남, 앙드레와의 대화, 베네치아에서의 체류, 탕송빌에서의 체류를 가리킨다. 탕송빌 체류는 「되찾은 시간」의 서두를 장식하기도 한다.

것들을 보았거나, 또는 적어도 이미 우리 영혼 속에 존재했던 것이 사랑을 부양하거나 사랑과 싸우면서, 또는 사랑을 분석하는 우리 지성에 사랑과 함께 대조나 이미지를 만들면서 커다란 사랑으로 발전하기 전에 이미 그 사랑에 연결되는 것을 보았기 때문인지도 모른다.

이런 단계 중 첫 단계는 어느 해 초겨울의 화창한 일요일 '모든 성인의 날'*에 외출한 일로 시작되었다. 불로뉴 숲 가까이에 이르자, 트로카데로에서부터 나를 찾아왔던 알베르틴의 귀가가 슬프게도 머리에 떠올랐다. 동일한 날인데도 이제 알베르틴은 없었다. 슬프기는 하지만 그래도 기쁨이 없지는 않았다. 왜냐하면 예전의 그날을 채웠던 것과 동일한 모티프가 구슬픈 어조의 단조로 반복되었고, 또 프랑수아즈의 전화나 알베르틴의 도착이 부재한다는 사실이 부정적으로 작용하지 않고 오히려 내가 기억하는 것을 현실에서 지우면서 그날에 뭔가 고통스러운 것을 부여했으며, 또 거기 존재하지 않는 것, 그날로부터 뽑혀 나간 것이 행간에 새겨진 듯 거기 남아 있었으므로, 단조로운 평범한 날에 비해 그날을 한층 아름다운 날로 만들었기 때문이다. 나는 뱅퇴유의 소나타 악절을 콧노래로 불렀다. 알베르틴이 그 소나타를 그토록 여러 번 연주했다고 생각하면서도 별로 마음이 아프지 않았다. 왜냐하면 그녀에 대한 나의 거의 모든 추억이 더 이상 내 가슴에 불안한 압박감을 주지 않고 오히려 평온함을 주는 화학 반응의 두 번째

---

* 모든 성인(聖人)들을 기리는 날로, 11월 1일이다. 만성절이라고도 불린다.

상태에 들어갔기 때문이다. 때로는 그녀가 자주 연주했고 당시 내게 꽤 매력적으로 보인 지적을 했거나 뭔가 머리에 연상되는 것을 암시했던 습관을 가진 악절에 이르자, 나는 "가엾은 아이"라고 슬픔을 느끼지 못한 채로 그저 그 악절에 또 하나의 가치를, 어떻게 보면 역사적 호기심의 가치를 덧붙이면서 중얼거렸을 뿐이다. 그것은 반다이크가 그린 찰스 1세의 초상화처럼,[*] 그 자체로도 아름답지만 왕을 감동시키기 위해 뒤 바리 부인의 뜻에 따라 국가 소장품으로 등록되었다는 사실로 더 많은 가치를 얻는 것과도 같다. 소악절이 완전히 사라지기 전 여러 요소로 해체되어 잠시 흩어진 채로 떠돌아다닐 때, 스완처럼 내게서 사라진 것은 알베르틴의 전령이 아니었다. 소악절이 나와 스완에게서 깨어나게 한 것은 완전히 똑같은 연상 작용이 아니었다. 나는 특히 소나타가 만들어지는 동안, 마치 내가 살아가는 동안 그 사랑이 만들어져 갔던 것처럼 악절의 다양한 구상과 시도, 반복과 '생성'에 주목했다. 그리고 지금은 매일처럼 내 사랑의 요소가 하나 사라지면 질투나 다른 요소도 결국 조금씩 어렴풋한 추억 속에서 출발의 견고하지 않은 부분으로 돌아간다는 사실을 깨달았으므로, 마치 흩어져

---

[*] 공쿠르 형제가 쓴 『뒤 바리 부인』(1878)에 따르면, 루이 15세의 애첩인 뒤 바리 부인은 반다이크가 그린 영국 왕 찰스 1세(의회의 명령에 의해 1649년에 처형된)의 전신 초상화를 구입하고, 루이 15세의 상상력을 자극하기 위해 매일같이 그 그림을 가리키면서 "프랑스, 이 그림이 보이세요. 의회를 그대로 내버려 두면, 저들은 전하의 머리를 칠 거예요."라고 말했다고 한다.(『사라진 알베르틴』; 리브르드포슈, 225쪽 참조.)

가는 소악절을 통해 눈앞에서 내 사랑이 붕괴해 가는 모습을 보는 것 같았다.

매일 점점 얇아지는 베일을 드리운 숲속의 갈라진 오솔길을 따라가면서 알베르틴과 산책하던 추억이, 그녀가 자동차 내 옆자리에 앉아 함께 귀가하면서 내 모든 삶을 감싸던 추억이 어두운 나뭇가지의 흐릿한 안개 속을 떠도는 듯 느껴졌고, 그 사이로 석양빛은 마치 허공에 매달린 듯 수평으로 나 있는 나뭇잎을 금빛으로 물들이면서 반짝거리고 있었다.(게다가 가끔 오솔길 모퉁이에서 걸음을 멈추는 여인을 보면, 마치 고정관념에 사로잡힌 사람들이 "어쩌면 바로 저 여인일지도 몰라."라고 말하면서 자신이 생각하는 여인과 비슷하다고, 같은 여인일 가능성이 많다고 생각하는 것처럼 나도 몸을 떨고 있었다. 우리는 돌아보지만 자동차는 계속 달리고, 우리는 뒤로 돌아가지 못한다.) 나는 나뭇가지를 단순히 기억의 눈을 통해 보는 데 만족하지 못했다. 그것은 나의 관심을 끌었고, 순전히 묘사문만 나오는 페이지처럼 나를 감동시켰는데, 내가 만일 예술가라면 그 묘사문을 보다 완벽하게 만들기 위해 그 안에 뭔가 허구적인 스토리를, 소설 전체를 끌어들였을지도 모른다. 이렇게 자연은 유일하게 내 가슴 깊은 곳까지 와닿는 우수(憂愁)의 매력을 지니고 있었다. 이런 매력의 원인이 내가 여전히 알베르틴을 사랑하기 때문이라고 생각했지만, 진정한 원인은 그 반대로 망각의 작업이 내 마음속에서 계속 진행되고 있었으며, 알베르틴에 대한 추억이 더 이상 잔인하지 않았으며, 다시 말해 변했기 때문이었다. 그러나 그때 내가 우수의 원인을 분명히 식별할 수 있다고 믿었던 것처럼, 우리가 받은 인상의 의미를 분명히 간파한다고 해도 그렇게 멀리 있는 의미까지는 거슬러 올라갈 수 없다. 불편한 증상을 얘기하는 화자의 말에 귀 기울이는 의사가 그 불편함의 도움을 받아 환자가 모르는 깊은 원인까지 거슬러 올라가는 것처럼, 우리의 인상과 관념은 증상으로서의 가치만을 가질 뿐이다. 내가 느낀 매력과 감미로운 슬픔의 인상 덕분에 질투심이 물러나자 감각이 다시 깨어나기 시작했다. 질베르트와 만나지 않기로 결심했을 때처럼, 이미 사랑했던 어느 특정 여인과의 모든 배타적인 관계를 청산하자, 새로운 여인에 대한 사랑이 솟아오르면서, 마치 옛것의 파괴로부터 해방된 정수(精髓)가 봄의 공기 속을 떠돌아다니듯 새로운 존재에게 결합되기만을 바라면서 떠돌고 있었다. 이토록 여인에 대한 사랑이 설령 '나를 잊지 마세요'라고 불리는 꽃이라 해도, 많은 꽃을 피어나게 하는 곳은 묘지밖에 없다. 이렇게 화창한 날, 나는 마치 예전에 빌파리지 부인의 마차에서 본 것처럼, 또는 오늘 같은 일요일에는 알베르틴과 함께 돌아오는 자동차에서 본 것처럼 수를 셀 수 없을 만큼 많은 꽃핀 소녀들을 보고 있었다. 내가 그 소녀들 중 누군가에게 던진 시선에, 곧 알베르틴이 남몰래 던졌을지도 모르는 호기심 어린 은밀한 시선, 포착할 수 없는 생각을 도모하고 투영하는 시선이 겹쳤고, 또 그것은 신비롭고 재빠른 푸른 날개로 내 시선과 하나를 이루면서 그때까지 그토록 자연스러웠던 오솔길에 어떤 미지의 것을 향한 전율을 감돌게 했는데, 나 자신의 욕망만으로는 오솔길을 새롭게 하는 데 미흡했을 것이다. 내 욕망은 내게서 낯선 것이 전혀 없었기 때문이다. 또 때로는 조금은 슬픈 소설의 독서가 나를 돌연 과거로 데려가기도 했다. 몇 권의 소설은 일시적인 커다란 애도의 순간과도 같아서, 우리의 습관을 파기하고 삶의 현실과 다시 접촉하게 하면서도 단지 악몽처럼 몇 시간만 접촉하게 한다. 왜냐하면 습관의 힘과 그 힘이 유발하는 망각, 또 그 힘이 무기력한 두뇌 때문에 거기에 맞서 싸우거나 진실을 재창조할 수 없게 하면서 가져다주는 즐거움은 아름다운 책이 주는 거의 최면술과도 같은 암시 효과보다 훨씬 크기 때문이다. 모든 종류의 암시와 마찬가지로 이런 책의 암시 효과는 아주 짧다. 게다가 발베크에서 내가 처음으로 알베르틴을 알고 싶어 했을 때 그녀는 길이나 거리에서 자주 내 발걸음을 멈추게 하는 소녀들을 표상하는 듯했고, 그리하여 그녀가 그들의 삶을 요약하는 것처럼 보였기 때문은 아닐까? 그러므로 그 소녀들로 응축되었던 내 사랑의 사라져 가는 별이 다시 그런 성운(星雲)의 산포된 먼지 속으로 흩뿌려지는 것은 지극히 자연스러운 일이 아닐까? 그 모든 성운이 내게는 알베르틴처럼 보였고, 내 마음속에 품은 이미지가 도처에서 그녀를 되찾게 했으며, 그리하여 우회로에서 자동차에 오르는 소녀의 모습이 너무도 알베르틴을 떠올리게 했고 몸매도 정확히 똑같았으므로, 나는 한순간 내가 방금 본 소녀가 알베르틴이 아닌지, 그녀의 죽음에 대한 이야기로 사람들이 날 속인 것은 아닌지 스스로에게 물어보았다. 이렇게 해서 나는 길모퉁이에서, 어쩌면 발베크에서와 같은 방식으로 자동차에 오르는 알베르틴을 다시 보았는데, 그때 그녀는 그토록 삶에 대한 강한 확신을 갖고 있었다. 소녀가 자동차에 오르는 행위를 나는 다만 산책 중 재빨리 스쳐 가는 그런 피상적인 모습으로만 간주하지 않았다. 다시 말해 일종의 지속적 행위가 된 그 행위는 즉시 과거에 추가되어 내 가슴을 그토록 관능적으로 쓸쓸하게 누르며 과거 속으로 뻗어 가는 듯했다.

하지만 소녀는 이미 사라졌다. 조금 멀리서 그녀보다 조금은 나이가 든, 어쩌면 젊은 여인이라고 해도 무방한 세 명의 소녀들 그룹을 보았다. 그들의 우아하고 활기찬 자태가 알베르틴과 그녀의 친구들을 처음 만났을 때 나를 매혹했던 것과 너무도 일치했으므로 나는 그 새로운 소녀들의 뒤를 쫓아갔고, 그들이 차를 타려는 순간 나도 절망적으로 모든 방향에서 차를 찾았지만 너무 늦게야 차를 발견했다. 그들을 다시 만나지는 못했다. 그런데 며칠 후 귀가하면서 우리 집 아치형 문 아래로 내가 불로뉴 숲에서 쫓아갔던 세 명의 소녀가 나오는 모습을 보았다. 그중 갈색 머리의 두 아가씨는, 비록 조금 더 나이가 들기는 했지만, 내 방 창문에서 자주 목격하거나 거리에서 마주쳐 내게 수많은 계획을 세우면서 삶을 사랑하게 했던, 그러나 내가 사귈 수는 없었던 사교계 아가씨들과 정확히 일치했다. 금발의 아가씨는 조금 더 예민하고 거의 아픈 듯 보였으며, 내 마음에는 들지 않았다. 그렇지만 나는 그 금발 아가씨 때문에 잠시 그들을 바라보는 데 만족하지 못하고 거기 오래 머물며 무슨 문제에 열중해서 다른 곳으로 주의를 돌리는 것이 불가능한 듯한 눈길로, 마치 눈에 보이는 것 너머에까지 이르는 일과 관계있음을 의식하는 눈길로 바라보왔다. 그들이 내 앞을 지나갔을 때 아마 나는 다른 수많은 여자들처럼 그냥 스쳐 갔을지도 모른다. 그러나 그때 금발의 아가씨가 — 내가 그들을 그토록 주의 깊게 바라본 탓인지는 모르지만 — 내게 은밀히 첫 번째 눈길을 던졌고, 내 앞을 지나간 다음에는 얼굴을 돌려 두 번째 눈길을 던졌는데, 그 눈길이 마침내 내 마음을 타오르게 했다. 그렇지만 그녀는 나를 살피던 걸 멈추고 친구들과 다시 얘기를 시작했으므로, 나의 열정도 다음과 같은 사실로 백배나 커지지 않았다면 금방 식고 말았을 것이다. 나는 그들이 누구인지 문지기에게 물어보았고, 문지기는 "공작 부인을 뵈러 왔다는군요."라고 대답했다. "저들 중 한 아가씨가 부인을 알고, 다른 아가씨들은 그냥 문까지 동반한 거래요. 잘 받아썼는지는 모르겠지만, 이런 이름이었어요." 나는 거기서 '데포르슈빌 양(Mlle Déporcheville)'이란 이름을 읽었고, 그것을 쉽게 드 에포르슈빌(d'Eporcheville)로 바로잡을 수 있었다.* 내가 기억하는 한 그것은 대략 명문가 출신 아가씨의 이름으로, 게르망트네와 먼 친척이 되는, 로베르가 사창가에서 만나 관계를 가진 적 있다고 말한 바로 그 아가씨였다.** 이제 나는 그 시선의 의미를, 왜 그녀가 뒤를 돌

* 귀족의 존칭인 de는 모음으로 시작되는 이름 앞에서는 d'로 표기되어(d' Eporcheville) Déporcheville과의 차이가 드러나지만 우리말에서는 이런 차이가 드러나지 않으므로, 조금은 자의적이지만 '드 에포르슈빌'로 풀어서 표기했다. 에포르슈빌이란 이름은 로맹 롤랑의 『오늘날의 음악가』(1908)에서 빌린 것으로 추정된다.(『사라진 알베르틴』; 리브르드포슈, 230쪽 참조.)
** 사창가에 드나드는 소녀의 이름은 오르주빌이다.(『잃어버린 시간을 찾아서』 7권 174쪽 참조.)

아다보면서 그녀와 동반한 사람들에게 감추려고 했는지 이해할 수 있었다. 로베르가 말한 이름에 따라 그녀를 상상하면서 나는 얼마나 여러 번 그녀 생각을 했던가! 그런데 지금 나는 그녀의 친구들과 전혀 다르지 않은 그녀를 보았고, 다만 뭔가를 숨기는 듯한 시선이 그녀와 나 사이에 자기 삶의 한 부분으로 들어가는 어떤 비밀의 문을 마련했는데, 그녀의 친구들에게도 감추어진 그 부분이 그녀를 통상적인 귀족 아가씨들보다 더 쉽게 접근할 수 있는 — 거의 반쯤은 내 소유라고 할 수 있는 — 보다 온순한 여자로 보이게 했다. 그녀의 정신 속에서도, 만약 그녀가 자유롭게 내게 만남을 약속할 수만 있다면, 우리가 함께 보낼 수 있는 시간이 그녀와 나 공통으로 미리 마련된 것 같았다. 그녀의 시선이 표현하려고 했던 것, 나에게만 분명히 보이도록 설득하려고 했던 것도 바로 그것이 아니었을까? 내 가슴은 힘차게 뛰었고, 에포르슈빌 양이 정확히 어떻게 생겼는지도 말할 수 없으면서 그녀의 옆얼굴을 어렴풋이 다시 떠올렸고, 그렇지만 미칠 듯이 그녀를 사랑했다. 갑자기 나는 세 여자 중 뒤를 돌아보고 나를 두 번이나 쳐다보았던 금발 아가씨가 바로 에포르슈빌 양이라고 나 자신이 짐작하고 있음을 깨달았다. 그런데 문지기는 그에 관한 말은 하지 않았다. 문지기의 거처로 돌아가서 다시 질문했고, 그러자 그는 그것에 대해 더 이상 알려 줄 수 없다고 했다. 자기가 없는 동안 그들이 오늘 처음으로 왔다고 했다. 하지만 아내가 그들을 이미 한 번 본 적이 있으므로, 가서 물어보겠다고 했다. 문지기의 마누라는 하인용 계단을 청소하고 있었다. 우리 중 누가 살아오는 동안 이런 불확실성을, 이와 유사한 감미로운 불확실성을 체험해 보지 않았을까? 어느 자비로운 친구에게 무도회에서 만난 아가씨의 모습을 묘사하면, 친구는 그 아가씨를 자기 여자 친구들 중의 하나로 되돌리면서 아가씨를 그와 함께 초대한다. 하지만 다른 많은 사람들 사이에서, 또 단순히 말로 한 인물 묘사에서 어떤 오류가 생기지 않을까? 잠시 후 만날 아가씨가 당신이 원하는 여자와 다른 여자일까? 아니면 반대로 미소를 지으면서 손을 내미는 여자가 바로 당신이 원했던 여자임을 알게 되지 않을까? 이런 행운은 제법 흔한 일이어서, 에포르슈빌 양과 관련된 논리처럼 그렇게 설득력 있는 논리로 증명할 수는 없지만, 그래도 어떤 직관의 결과로, 또 이따금 우리를 도와주는 행운의 영감을 받아 생겨나기도 한다. 그때 우리는 그녀를 보면서 '바로 그녀였어.'라고 생각한다. 나는 바닷가를 산책하는 소녀들의 작은 그룹 속에서 알베르틴 시모네라고 불리는 소녀를 알아보았던 일을 떠올렸다. 그 추억은 예리한 고통을 야기했지만 짧았고, 문지기가 자기 마누라를 찾으러 간 사이, 나는 ── 에포르슈빌 양을 생각하면서, 또 기다리는 동안 이유도 모른 채 한 얼굴에 연결되었다고 생각했던 이름이나 사실이 어느 한순간 자유로워지면서 여러 얼굴들 사이를 떠돌아다니다 마침내 한 새로운 얼굴에 결부되면서 그 이름이 가르쳐 주었던 첫 번째 얼굴, 낯설고 결백하며 포착할 수 없는 얼굴을 회고적으로 만들어 내는 것처럼 ── 문지기가 어쩌면 내 생각과는 반대로 에포르슈빌 양이 갈색 머리의 두 소녀 중 하나라고 말할지도 모른다고 생각했다. 이 경우 내가 그 존재를 믿고 이미 사랑에 빠진 소녀, 그래서 소유할 생각밖에 하지 않았던 소녀는 사라지고 말 터였다. 그 금발의 앙큼한 에포르슈빌 양은 문지기의 운명적인 대답에 따라 두 개의 상이한 요소로 분리될 터인데, 마치 현실에서 빌린 여러 다양한 요소들을 녹여 상상의 인물을 창조하는 소설가처럼 나는 그것을 자의적으로 결합했다. 그런데 그 요소들을 각각 따로 택하면 — 이름은 시선에 담긴 의도를 보충해 주지 못하므로 — 모든 의미가 사라졌다. 이 경우 나의 모든 주장은 파기될 테지만, 문지기가 돌아와서 에포르슈빌 양이 바로 금발의 아가씨라고 말한다면 내 주장은 반대로 얼마나 확고해질 것인가! 그때부터 나는 동명이인일 가능성은 더 이상 믿지 않았다. 세 아가씨 중 하나가 에포르슈빌 양으로 불리며, 또 나를 그런 식으로 거의 미소를 지으면서 바라본 사람이 바로 그녀이며 — 내가 가정한 사실의 첫 번째 핵심적 증거인 — 그런데 그런 그녀가 사창가에 가지 않았다면 그건 지나치게 놀라운 우연으로 믿기 어려운 일일 것이다.

그리하여 미친 듯한 흥분 상태에서 하루가 시작되었다. 이틀 후에는 게르망트 부인 댁에 가서 그 쉬운 아가씨를 만나 약속을 잡을 수 있을 테니(살롱 한구석에서 잠시 그녀와 대화를 나눌 방법은 쉽게 찾을 수 있을 것이다.) 보다 좋은 인상을 주기 위해 몸치장에 필요한 모든 것을 사러 가려고 했고, 그전에 보다 확실히 하기 위해 로베르에게 전보를 쳐서 아가씨의 정확한 이름과 외모에 관해 물어보려고 했다. 문지기의 말에 따르면 그녀가 이틀 후 게르망트 부인을 보러 다시 올 거라고 했으므로 그 전에 답장을 받기를 기대했다. 그리고(나는 한순간도 다른 생각을 하지 않았고, 심지어 알베르틴 생각조차 하지 않았다.) 그날까지 무슨 일이 일어난다 해도, 설령 병이 나서 들것에 실려 아래층으로 옮겨진다고 해도, 그녀와 같은 시간에 공작 부인을 방문하러 갈 것이었다. 내가 생루에게 전보를 친 것은 그 아가씨의 정체에 관한 의혹이 남아서도, 또 내가 본 아가씨와 생루가 말한 소녀가 다른 사람으로 생각되어서도 아니었다. 그들이 단 한 사람이라는 점에는 조금도 의심을 품지 않았다. 그러나 모레까지 기다려야 하는 초조함 속에 그녀에 대한 상세한 소식으로 가득한 전보를 받는 일이 감미롭게 느껴졌고, 그 자체만으로도 이미 내가 그녀에 대해 어떤 비밀의 힘을 가진 듯 생각되었다. 전신국에서는 희망에 부푼 남자의 활기를 가지고 전보를 쓰면서 유년 시절에 비해, 또 질베르트 때에 비해 에포르슈빌 양에 대해 내가 얼마나 많은 수단을 갖고 있는지도 알아차렸다. 다만 전보를 쓰는 수고만 하면 되고, 직원이 전보를 접수하고 가장 신속한 전기 통신망이 전보를 전송하기만 하면 되는 순간부터 프랑스와 지중해 전 지역의 공간과, 방금 만난 아가씨의 정체를 파악하는 데 적용될 로베르의 모든 방탕한 과거가 내가 지금 막 시작한 소설에 도움을 줄 것이며, 그리하여 나는 그 소설에 대해 생각할 필요도 없을 터였다. 로베르의 전보가 이십사 시간이 채 되기 전에 책임지고 이런저런 방향으로 결론을 내려 줄 테니까. 예전에 샹젤리제에서 프랑수아즈에 끌려 집으로 돌아올 때면, 문명의 실제 수단을 사용할 수 없어 혼자 집에서 무기력한 욕망만 키우며 미개인처럼 사랑했는데. 아니, 몸을 움직일 자유가 없었으므로 꽃처럼 사랑했다고도 할 수 있었다. 그때부터 내 모든 시간은 열띤 흥분 속에 지나갔다. 아버지가 사십팔 시간 동안 집을 비우고 함께 여행하기를 바랐는데, 그렇게 하면 공작 부인 댁 방문을 놓칠 것이므로 나는 극도의 분노와 절망에 빠졌다. 어머니가 개입해서 아버지로부터 나를 파리에 내버려 두라는 허락을 받았다. 그러나 몇 시간 동안 니의 분노는 진정되지 않았다. 반면 에포르슈빌 양에 대한 욕망은 사람들이 우리 사이에 놓은 방해물과 한순간 내가 품었던 두려움 때문에 백배나 커졌다. 게르망트 부인 댁을 방문할 그 시간에 대해, 나는 마치 어느 누구도 나로부터 빼앗아 갈 수 없는 어떤 확실한 재물에 하듯 쉬지 않고 미리 미소를 보냈는데, 그런 시간이 오지 않을지도 모른다는 두려움 때문이었다. 몇몇 철학자에 따르면 외부 세계는 존재하지 않으며, 우리가 삶을 전개하는 곳은 우리 마음속이라고 한다. 어쨌든 사랑은 그것이 지극히 초라하게 느껴지는 처음 시작의 순간에도 현실이 우리에게 얼마나 미미한 것인지를 보여 주는 놀라운 사례이다. 만일 기억을 통해 에포르슈빌 양의 초상화를 그리거나 묘사하거나 특징을 나타내려고 했다면 그 일은 불가능했을 것이며, 또 거리에서도 그녀를 알아볼 수 없었을 것이다. 그녀의 옆모습을, 움직이는 모습만을 보았으므로, 그녀는 내게 그저 아름답고 키 큰 금발 아가씨로 보였을 뿐 더는 말할 수 없었다. 그러나 욕망과 불안으로 인한, 아버지가 나를 다른 곳으로 데리고 간다면 그녀를 보지 못할지도 모른다는 두려움으로 각인된 치명적 타격에 대한 온갖 반응이, 이 모든 것이 내가 알지 못하는, 그저 매력적이라고 믿는 것만으로 충분한 이미지와 결합되면서 이미 사랑을 축조하고 있었다. 드디어 다음 날 아침, 더없이 행복한 불면의 밤을 보내고 난 후, 나는 생루의 전보를 받았다. "그녀의 이름은 드 로르주빌(de l'Orgeville)임. '드(de)'는 귀족의 존칭이고, 호밀과 같은 볏과 식물인 보리를 뜻하는 '오르주(orge)'에 도시를 뜻하는 '빌(ville)'이 붙었음. 키가 작고 갈색 머리에 통통한 그 여자는 현재 스위스에 있음." 내가 본 여자가 아니었다!

며칠 후 어머니가 내 방에 우편물을 들고 들어오시더니, 다른 걸 생각하는 듯한 표정으로 무심코 우편물을 내 침대에 놓았다. 그리고 이내 나를 혼자 두고 나가시면서 미소를 지었다. 사랑하는 어머니의 수법을 아는 나는 다른 사람을 기쁘게 해 주려는 마음이 그 열쇠라고 생각하면 틀릴 염려 없이 언제나 어머니의 얼굴을 읽을 수 있다는 걸 알았으므로, 미소를 지으면서 생각했다. '저 우편물에 뭔가 내 관심을 끄는 게 있는 모양이구나. 그리고 어머니는 내 놀라움이 온전하도록, 또 미리 알려 주어 기쁨을 반감하는 사람들처럼 하지 않으려고 저렇게 무관심하고 방심한 표정을 짓는 체하시는구나. 어머니가 여기 남아 계시지 않은 이유는 내가 자존심 때문에 기쁨을 감추고, 그래서 그 기쁨을 생생하게 느끼지 못할까 봐 염려하신 탓이겠지.' 그렇지만 어머니는 방에서 나가려고 문 쪽으로 가다 내 방에 들어오는 프랑수아즈와 마주쳤다. 그러자 강제로 프랑수아즈로 하여금 오던 길을 되돌아가게 하면서 밖으로 끌고 나갔는데, 프랑수아즈는 질겁하며 기분이 상한 듯했다. 프랑수아즈는 자기가 맡은 임무에는 내 방에 어느 때라도 들어올 수 있는 특권도 포함되어 있다고 생각했기 때문이다. 하지만 이내 그녀의 얼굴에서 놀라움과 분노의 표정이 초월적 연민과 철학적 냉소로 끈적거리는 모호한 미소 아래로 사라졌는데, 그것은 상처받은 자존심을 치유하기 위해 분비하는 점액성 액체 같은 것이었다. 그녀는 자신이 멸시받는다고 느끼지 않으려고 우리를 멸시했다. 그래서 우리가 주인이라는 사실은 알고 있지만, 우리가 지성에 의해 빛을 발하는 사람들이 아니라 주인임을 과시하기 위해 재치 있는 사람들이나 하인들에게 겁을 주면서 엉뚱한 일을 — 이를테면 전염병이 도는 시기에 물을 끓이게 하고, 젖은 걸레로 방을 닦게 하고, 방으로 들어가려고 마음먹은 바로 그 순간에 밖으로 나가라고 하는 따위의 일을 — 강제로 시키는 데서 기쁨을 느끼는 변덕스러운 존재라고 생각했다. 어머니는 서둘러 나가시느라 촛불도 들고 가셨다. 나는 어머니가 내 눈에서 벗어나지 않도록 우편물을 바로 내 옆에 두었다는 사실을 알아차렸다. 그러나 그것은 신문에 지나지 않는 것 같았다. 아마도 내가 좋아하는, 아주 드물게 글을 쓰는 작가의 글이 실려서 나를 놀라게 해 주려고 생각하셨던 모양이다. 창가로 가서 큰 커튼을 열었다. 안개 낀 흐릿한 빛 너머로 마치 이 시각이면 부엌에서 불이 지펴졌을 화덕처럼 분홍빛으로 물든 하늘은, 내가 분홍빛 뺨을 가진 우유 파는 소녀를 보았던 어느 산악 지방의 작은 역에서 하룻밤을 보내고 깨어나고 싶은 희망과 욕망으로 나를 가득 채

윘다. 나는《르 피가로》를 펼쳤다. 얼마나 따분하던지! 신문에 실린 첫 번째 논설* 제목이 마침 내가 전에 보냈지만 게재되지 않은 글과 같았다.** 아니, 제목만 같은 게 아니라 몇몇 단어도 완전히 똑같았다. 너무 심했다. 항의문을 보내야겠다. 그때 자신이 마음대로 드나들 권리가 있다고 여겼던 방에서 쫓겨나는 바람에 화가 난 프랑수아즈의 투덜거리는 소리가 들렸다. "얼마나 불행한 일이야, 태어나는 것도 내가 본 아이인데! 물론 그 모친이 아이를 만들 때는 보지 못했지만. 그래도 내가 그 아이를 알았을 땐, 분명히 말하지만 태어난 지 채 오 년도 안 됐어!" 그러나 거기에는 몇 개의 단어만이 아니라 모든 것이 있었다, 내 서명도……. 마침내 내 기고문이 게재된 것이다! 그러나 어쩌면 그때 이미 내 사유가 노화하기 시작했는지 점차 피로해지면서, 그것이 내가 쓴 글임을 이해하지 못하는 것처럼, 마치 노인들이 한번 어떤 동작을 시작하면 그 동작이 불필요한 경우에도, 뜻하지 않은 방해물이 생겨 즉시 피신하지 않으면 안 되는 위험한 경우에도 끝까지 마쳐야 하는 것처

---

* '첫 번째 논설'로 옮긴 프랑스어의 le premier article은 글쓴이의 주장이나 견해가 담긴 논설로 대개는 신문의 첫머리에 실린 데서 그렇게 불렸지만, 나중에는 사설로 불린다. 이 글에서 article은 문맥에 따라 기고문, 글, 평론, 논설로 다양하게 옮기고 있음도 밝혀 둔다.
** 여기서 말하는 논설은 앞에서 여러 번 언급된 적 있는, 마르탱빌 종탑에 관한 시적 인상을 적은 글이다.(『잃어버린 시간을 찾아서』 1권 311쪽 주석, 6권 144~145쪽, 9권 20쪽 참조.) 프루스트는 1903년부터《르 피가로》에 많은 평론과 작품의 발췌본을 발표했으며, 문학 평론집 『생트뵈브에 반하여』도 게재할 계획이었지만, 이는 신문사의 반대로 무산되었다.

럼, 나는 조금 더 생각을 계속했다. 그러고 나서 신문이라는 그 정신적인 빵을 바라보았다. 금방 인쇄되어 아직 따뜻하고 축축한 채로 안개 낀 아침 동이 트자마자 하녀들에게 배달되어, 하녀들이 그들 주인에게 카페오레와 함께 가져오는 신문은 하나이면서도 만 배로 증식되는 기적의 빵으로, 각자에게 동일하면서도 모든 집에 침투하는 무한한 존재이다.

내가 손에 들고 있는 것은 신문의 어느 한 부가 아니라 수만 부 중 하나다. 거기에는 내가 쓴 글만 있지 않고, 내가 쓰고 모든 사람들이 읽는 글이 실려 있다. 지금 다른 집에서 일어날 현상을 정확히 알아보려면, 나는 기고문의 저자가 아닌, 신문을 읽는 독자로서 읽어야 한다. 신문은 내가 쓴 것만이 아니라, 많은 사람들의 정신 속에 구현되는 것을 상징하기 때문이다. 그러므로 그 글을 읽기 위해서는 글의 저자라는 생각을 잠시 멈추고 신문을 읽는 독자가 되어야 한다. 그러나 우선 첫번째 불안이 나를 사로잡는다. 미리 통보받지 못한 독자는 그 글의 존재를 알기나 할까? 나는 통보받지 못한 독자가 하듯이 건성으로 신문을 펼친다. 오늘 아침 신문에 무슨 글이 실렸는지 전혀 모르는, 그래서 서둘러 사교계 소식이나 정치 기사를 보는 표정을 얼굴에 나타내기까지 한다. 그런데 내가 쓴 기고문은 꽤 장문의 글이므로 내 시선은 그 글을 피하고(진실을 존중하고 내게 유리한 쪽으로 해석하지 않기 위해, 마치 누군가를 기다리는 사람이 일부러 지나치게 천천히 시간을 세듯이) 그러다 지나는 길에 한 문단에 부딪힌다. 하지만 많은 사람들은 신문 사설이 눈에 띄어서 읽는다 해도 서명은 보지 않는다. 나 자신만 해도 전날 실린 사설을 누가 썼는지 말할 수 없으니까. 그래서 이제부터는 신문 사설이라면 언제나 읽고 저자의 이름도 꼭 읽겠다고 다짐한다. 그러나 질투심 많은 연인이 정부의 지조를 믿기 위해 배신하지 않는 것처럼, 내가 주의를 기울여 읽는다고 해서 이전에 사람들에게 주의를 기울여 달라고 강요하지 못했듯이, 슬프게도 앞으로도 강요하지 못하리라는 생각이 든다. 게다가 그들 중에는 사냥하러 떠난 사람도 있을 테고, 집에서 일찍 외출한 사람도 있을 것이다. 그래도 그들 중 몇 사람은 읽을 것이다. 나도 그들처럼 읽기 시작한다. 비록 많은 사람들이 그 글을 싫어하는 걸 내가 안다 해도, 내가 읽는 순간 각각의 단어에서 내가 보는 것이 그대로 종이 위에 쓰여 있는 듯 보여 각자 눈을 떠서 읽는다면 내가 보는 이미지를 — 저자의 생각이 독자에 의해 직접 포착된다고 믿으면서 — 직접적으로 보지 못하리라는 생각은 들지 않는다. 그런데 독자의 정신 속에는 우리의 입을 통해 발음한 말이 전화선을 타고 그대로 전해진다고 믿는 사람들과 같은 순진함과 더불어 내가 그저 한 사람의 독자가 되려고 하는 바로 그 순간, 내 정신은 내 글을 읽는 사람들의 정신을 다시 한번 돌아본다. 게르망트 공작은 블로크가 좋아할 이러저러한 구절을 이해하지 못할 것이며, 반대로 블로크라면 무시했을 이러저러한 성찰을 재미있다고 여겼을 것이다. 이처럼 과거의 독자라면 무시했을 각각의 부분에 새로운 찬미자가 나타나고, 글 전체가 대중의 높은 지지를 받으면서 나 자신에 대한 불신을 압도하고, 그리하여 나는 더 이상 내 글을 변호할 필요가 없다. 사실

내 글의 가치가 아무리 뛰어나다 해도 그것은 의회 보고서의 문장과도 유사해서, "우리는 두고 볼 것입니다."라는 장관의 발언은 문장의 일부, 어쩌면 별 의미 없는 부분에 지나지 않으며, 따라서 그것은 이렇게 읽혀져야 한다. "국무회의 의장 겸 내무 종교 장관이 '우리는 두고 볼 것입니다.'라고 말한다.(왼쪽 끝에서는 열렬한 탄성이 터져 나오고, 왼쪽과 중간 의석에서는 '좋소, 좋소!'라는 소리가 들린다.)(이런 맺음말은 시작 부분에 이울리는 중산 부분보다는 그래도 미문이었다.)"* 이 글이 자아내는 아름다움의 일부는 — 이런 종류의 문학이 지닌 근본적인 결함으로 저 유명한 『월요 한담』**도 예외는 아니다 — 독자에게 주는 인상에 근거한다. 작가의 사상에만 만족하는 논설은 부서진 팔다리

---

* "우리는 두고 볼 것입니다."란 말은 그 자체로는 의미가 없으며 발화의 구체적 상황이나 맥락을 통해서만 그 뜻을 파악할 수 있다는 것이다.(고딕체로 표시된 부분은 발화의 상황을 보여 주는 소위 '지문'에 해당하는 부분이다.) 그리고 괄호 안의 말은 이런 지문의 중요성에 대한 화자의 풍자적 설명으로, 여기서 맺음말은 "왼쪽 끝에서는 열렬한 탄성이 터져 나오고, 왼쪽과 중간 의석에서는 '좋소, 좋소!'라는 소리가 들린다."를 가리키며, 시작 부분은 "국무회의 의장 겸 내무 종교 장관," 중간 부분은 "우리는 두고 볼 것입니다."를 가리킨다. 생트뵈브가 《르 콩스티튀시오넬》에 인용한 의회 보고서의 한 구절을 프루스트가 신문이나 잡지에 실린 글을 읽는 다양한 방식을 풍자하기 위해 재인용했다. 이런 풍자적 태도는 게르망트 공작과의 만남에서도 계속된다.(『생트뵈브에 반하여』; 플레이아드, 226~227쪽 참조.)
** 생트뵈브가 1849년부터 《르 콩스티튀시오넬》을 비롯한 여러 신문에 매주 월요일마다 게재한 논설을 종합해서 펴낸 문학 평론집으로, 문학가뿐 아니라 정치가나 유명 인사가 그 논설의 대상이 되었다. 그는 『속월요 한담』(1863~1870)에 《르 콩스티튀시오넬》에 실렸던 부아뉴 부인에 관한 부고 기사(1866년)를 수록하고 있는데, 그 글에서 부인의 오랜 지기였던 파스키에 귀족원 의장의 부고 기사(1863년)도 환기된다.

만을 가진 집단적인 비너스상*과도 같다. 논설문의 사상은 독자의 정신을 통해서만 완벽하게 구현되는 것이기 때문이다. 또 대중이란 비록 엘리트 집단이라 할지라도 예술가는 아니며, 따라서 대중이 예술가에게 찍는 최종 소인(消印)에는 언제나 조금은 상투적인 것이 들어 있다. 이렇게 해서 생트뵈브는 월요일마다 네 개의 높은 기둥이 달린 침대에서《르 콩스티튀시오넬》에 실린 자신의 논설을 읽고 있는 부아뉴 부인**, 그의 이런저런 미문을 감상하는 부인을 그려 볼 수 있었다. 그 글은 그가 오랫동안 머릿속에서만 즐기다가 연재물로 신문에 쑤셔 넣는 게 그 파장을 더 멀리 퍼지게 하는 데 효과적이라고 판단할 때까지는 어쩌면 한 번도 밖으로 나온 적이 없었는지도 모른다. 아마 귀족원 의장도 그 글을 읽을 테고, 의장은 나중에 오랜 친구인 부아뉴 부인을 방문하러 갈 때면 부인에게 글에 대한 얘기를 할 것이었다. 또 그날 저녁 생트뵈브를 마차로 데려다주면서 회색 바지를 입은 노아유 공작도, 이미 아르부빌 부인이 생트뵈브에게 한마디 하지 않았다면, 사교계에서 그 글을 어떻게 생각하는지 알려 주었을 것이다.*** 그리고 나

---

* 여러 사람에게 연유하는 조각들로 만들어졌다는 의미로, 원문에는 Vénus collective로 표기되었다.
** 프루스트는 1907년 「어느 숙모의 이야기, 오스몽드 태생의 부아뉴 백작 부인의 회고록」을 《르 피가로》에 게재했으며, 이것이 생트뵈브 식의 전기 비평에 반하는 일련의 평론을 집필하는 계기가 되었다.(『잃어버린 시간을 찾아서』 4권 26쪽 주석 참조.)
*** 귀족원 의장 파스키에(Pasquier, 1767~1862)는 왕정 복고 시대의 정치인이자 한림원 회원으로, 부아뉴 부인의 오랜 지기였다. 노아유 공작(Noailles,

를 지지하는 이런 수많은 목소리에 기대어 스스로에 대한 의혹을 반박하면서, 내가 쓴 것이 단지 나만을 대상으로 했을 때 의혹을 길어 올렸던 바로 그 지점에서 그 글을 신문에서 읽게 되자, 나는 내가 가진 힘의 감정과 재능에 대한 희망을 길어 올릴 수 있었다. 이런 같은 시간에 내 사상 때문에, 아니, 내 사상의 부족함 때문에 그 글을 이해할 수 없는 이들에게 내 이름이 되풀이되면서, 또 마치 나란 인간이 비화되어 환기되는 듯 그들 위에 빛나면서 그들의 생각을 여명의 빛으로 물들이는 것을 보았는데, 그 빛은 모든 창문을 장밋빛으로 보이게 하는 저 무수한 형태의 여명보다 더 힘 있고 더 자신감 넘치는 기쁨으로 내 마음을 채워 주었다. 나는 블로크와 게르망트 부부, 르그랑댕과 앙드레와 마리아*가 각각의 문장에 담긴 이미지를 끌어내는 모습을 보았다. 내가 그저 한 사람의 평범한 독자가 되려고 하는 바로 그 순간 나는 저자로서 글을 읽는데, 그러나 단순히 저자로서만 읽지는 않는다. 내가 되려고 시도하는 그 불가능한 존재가 비록 반대되는 요소라 할지라도 내게 호의적인 것은 모두 결합할 수 있도록, 나는 저자로서 읽으며 또 독자로서 자신을 비판하지만, 그 존재가 표현하고 싶었던 이상에 비추어 자신이 쓴 것을 대조하는 요구 따위는 하지 않

1802~1885)은 1849년에 한림원 회원으로 선출되었으며, 파스키에 공작과 브로이 공작과 더불어 한림원의 문학 살롱에서 '공작당(黨)'을 창설했다. 노아유 공작과 아르부빌(Arbouville, 1810~1850)은 생트뵈브의 친구였다.(『사라진 알베르틴』; 리브르드포슈, 240쪽 참조.)

* 초고에서는 화자가 사랑했던 소녀 가운데 하나로 나온다.

을 것이다. 내가 글을 썼을 때, 그 문장은 나의 사유에 비해 지나치게 빈약했고, 조화롭고 투명한 시각에 비해서는 지나치게 복잡하고 불투명했으며, 나로서는 도저히 보완할 수 없는 결함으로 가득 차 있어서 그것을 읽는 일이 내게는 고통이었으며, 나 자신의 무능력에 대한 감정, 고칠 수 없는 재능의 결핍에 대한 감정만을 더욱 강조했을 뿐이다. 그러나 지금 독자가 되려고 애쓰면서, 만일 나 자신을 평가하는 그 고통스러운 임무를 다른 사람에게 맡길 수만 있다면, 적어도 내가 쓴 것을 읽으며 말하고 싶었던 것을 백지상태로 되돌릴 수는 있었을 것이다. 나는 내가 쓴 기고문을 다른 사람이 쓴 것이라고 믿으면서 읽었다. 그러자 그 자체로 포착된 온갖 이미지와 성찰과 수식어가, 그것이 원래 표현하려고 했던 목적에 실패했다는 기억도 없이, 그 광채와 깊이와 뜻밖의 표현으로 나를 매혹했다. 그리고 내 기분이 지나치게 가라앉을 때면, 나는 내 글에 감탄하는 어느 독자의 영혼 속으로 피신하면서 이렇게 중얼거렸다. "설마! 독자가 알아볼 수 있을까. 뭔가 부족하긴 해, 가능한 일이야. 하지만 어쩌지, 독자들이 만족하지 못하면! 그래도 그런대로 독자들이 보통 접하는 것보다는 꽤 아름다운 것들이 있잖아."

지금까지는 내가 쓴 초고를 감히 다시 읽을 용기를 내지 못했는데, 이렇게 내 마음을 격려하는 식으로 읽고 나니, 비록 자신이 이전에 쓴 글이 '한 번 읽은 것은 다시 읽을 수 있다.'라는 문구를 떠올릴 만한 부분은 전혀 없다 해도, 금방 그 글을 다시 읽기를 열망하게 되었다. 나는 프랑수아즈에게 같은 신문을 여러 부 사 오게 하기로 결심했는데, 그녀에게는 친구들에게 줄 거라고 말할 테지만, 실은 내 사상이 확대되어 가는 기적을 직접 손으로 만지고, 또 내가 다른 신사가 되어《르 피가로》를 펼치고, 신문의 다른 부에서 동일한 문장을 읽기 위해서였다. 마침 게르망트 부부도 만난 지 꽤 오래되었으므로, 그들을 방문해서 내 글에 대한 세인들의 견해도 알아보기로 했다. 내가 그토록 들어가 보고 싶은 침실에 있는 어느 여성 독자도 생각했는데, 신문이 그녀가 이해하지 못하는 내 사상을 전해 주지는 못해도, 적어도 내 이름은 마치 나에 대한 찬사처럼 전해 줄 거라고 생각했다. 그러나 좋아하지 않는 것에 주어진 찬사는 마치 우리가 꿰뚫고 들어갈 수 없는 정신에 담긴 사상이 우리의 정신을 움직이지 못하는 것만큼이나 우리 마음을 움직이지 못한다. 하지만 다른 친구들에 대해서는, 만약 내건강 상태가 계속 나빠져서 더 이상 그들을 보지 못한다 해도계속해서 글을 쓸 수 있다면 글쓰기를 통해 그들에게 다가갈수 있고, 행간으로 얘기하고 내 의사에 따라 그들을 생각하게하고 그들을 기쁘게 하고 그들의 마음속에 받아들여지는 일은 즐거울 거라고 생각했다. 내가 이렇게 말하는 것은 지금까지 나의 일상적인 삶에서 사교 관계가 한자리를 차지했고, 그런 관계가 없는 미래가 두려웠으며, 또 이런 처방이 어쩌면 건강이 좋아져서 친구들을 다시 만날 수 있을 때까지 그들의 주의를 끌고 어쩌면 그들의 존경심마저 유발할 수 있다는 생각에 마음의 위로를 받았기 때문인지도 몰랐다. 나는 그렇게 말했지만, 실은 그 말이 진심이 아니라는 걸 느끼고 있었다. 또 친구들의 관심을 끄는 일을 내 기쁨의 목표로 생각하기를 좋아한다고 했지만, 그것은 그들이 줄 수 없는 내적이고 정신적인 고독한 기쁨으로, 그들과의 대화를 통해서가 아니라 그들과 멀리 떨어져서 글을 쓸 때라야 발견할 수 있는 기쁨이었다. 그리하여 만일 그들이 나에 대해 좀 더 나은 인상을 가질 수 있도록 그들과 간접적으로 만나고, 또 사교계에서 보다 나은 위치를 준비하기 위해 글을 쓰기 시작했다고 해도, 아마 글을 쓰는 일이 그들을 보고 싶은 욕구를 앗아 갈 테고, 문학이 내게 가져다줄지 모르는 사교계에서의 지위도 더 이상 누리고 싶은 욕구를 느끼지 못했으리라. 나의 기쁨은 이제 사교계가 아닌 문학 속에 존재할 테니까.

이렇게 해서 나는 점심 식사를 마친 후 게르망트 부인 댁에 갔다. 생루의 전보로 인해 가장 매력적인 인간의 모습을 상실한 에포르슈빌 양을 만날 목적보다는, 공작 부인에게서《르 피가로》의 정기 구독자든 단순한 구입자든, 일반 대중이 내 글에 대해 생각하는 바를 상상하게 해 줄 독자 중 하나를 만나기 위해서였다. 게다가 게르망트 부인을 만나는 일이 즐겁지 않은 것만은 아니었다. 부인의 살롱을 여느 살롱과 다르게 생각하는 것이 오랜 기간 내 상상 속에 만들어진 것의 결과라고 말해 봐야 아무 소용이 없었다. 나는 그런 차이의 원인을 알면서도 그 차이를 파기하지 않았다. 더욱이 내게는 게르망트라는 이름이 여러 개 존재했다. 마치 주소록에 기재하듯 내 기억이 어떤 시적 요소도 동반하지 않는 이름도 있었지만, 오래된 이름 중에는 내가 게르망트 부인을 알기 전 시절로 거슬러 올라가는, 지금도 내 마음속에서 다시 형성될 수 있는 이름도 있었다. 특히 부인을 만난 지 오래되고, 그녀의 인간적인 얼굴에서 꾸밈없는 개성의 투명함이 이름이 지닌 신비로운 광채를 지우지 않을 때면 더욱 그러했다. 그럴 때면 나는 게르망트 부인의 처소를 현실 너머에 존재하는 그 무엇인 양 생각하곤 했다. 처음 몽상했던 시절의 안개 낀 발베크를 다시 생각하면서, 그 후에는 한 번도 그 여행을 하지 않았으며, 한 번도 1시 50분* 기차를 탄 적이 없다고 생각하는 것과 같은 방식이었다. 이따금 사랑하는 존재를 생각하면서 한순간 그 존재가 죽었다는 사실을 망각하듯이, 이 모든 것이 존재하지 않는다는 걸 알면서도 잠시 그 사실을 망각하고 있었다. 그런데 공작 부인 댁의 응접실로 들어가면서 현실 관념이 다시 돌아왔다. 그러나 이 모든 것에도 불구하고, 부인이 현실과 몽상 사이의 진정한 교차점이라고 생각하며 마음을 달랬다. 살롱에 들어서면서, 생루가 말한 여자라고 이십사 시간 동안이나 믿고 있던 금발 아가씨를 보았다. 그녀 스스로가 공작 부인에게 나를 '다시 소개해 달라'고 했다. 사실 방에 들어설 때부터 그녀를 아주 잘 안다는 인상을 받았지만, 그 인상은 공작 부인이 "아! 당신 이미 포르슈빌 양을 만났다고요!"라고 말하는 바람에 그만 사라졌다. 반대로 나는 그런 이름을 가진 어떤 소녀에게도 소개된 적이 없음을 확신했지만, 누군가가 오데트의 사랑과 스완의 질투에 대한 회고담을 말해 준 후부터 그 이름이 강한 인

---

* 146쪽 주석 참조.

상을 남겼는지 내 기억에는 익숙했다. 그리고 오르주빌을 에 포르슈빌로 기억하고 또 사실상 포르슈빌이었던 존재를 에포 르슈빌로 재구성하는 이런 이름에 대한 이중 오류는 그렇게 놀라운 것이 아니었다. 우리의 오류는 사물을 있는 그대로, 이 름을 표기된 대로, 인간을 사진과 심리학이 그들에 대해 제공 하는 부동의 관념으로 제시한다는 데 있다. 그러나 사실 우리 는 평소에 현실을 전혀 그렇게 지각하지 않는다. 우리는 세계 를 부정확한 방식으로 보고 듣고 해석한다. 귀에 들린 대로 이 름을 반복하며, 마침내는 경험이 이 오류를 수정하지만, 반드 시 그런 것만도 아니다. 콩브레의 모든 사람들이 프랑수아즈 에게 이십오 년 동안이나 사즈라 부인이라고 말했지만 프랑수 아즈는 계속해서 사즈랭 부인이라고 불렀는데, 이는 그녀에게 습관적인, 자신의 실수를 의도적으로 뽐내는 완강함 때문이 아니라, 사실상 그녀의 귀에는 언제나 사즈랭 부인으로 들렸 기 때문이다. 그런데 이런 완강함은 우리가 반박하면 더욱 강 화되고, 또 생탕드레데샹 성당이 구현하는 프랑스의 가치*에 그녀가 유일하게 덧붙인, 1789년에 선포된 평등의 원칙이었 다.(그녀는 시민으로서의 권리, 우리처럼 발음하지 않을 권리, '호텔 (l'hôtel)'이나 '여름(l'été)', '공기(l'air)' 같은 단어를 모두 여성 명사 로 간주할 권리를 주장했다.)** 이런 지속적인 오류는 바로 우리

---

* 프랑스의 전통적 가치를 상징하는 생탕드레데샹 성당에 대해서는 『잃어버린 시간을 찾아서』 1권 264쪽 참조.
** 명사에 여성형 어미를 붙이는 프랑수아즈의 습관에 대해서는 『잃어버린 시 간을 찾아서』 5권 40쪽 참조. 여기에 나열된 단어는 모든 무성 자음이나 모음

의 '삶' 자체라고 할 수 있는데, 그것은 시각적이고 청각적인 세계만이 아니라, 사회적이고 감정적이며 역사적인 세게 등등에도 수많은 형태를 부여한다. 뤽상부르 대공 부인은 법원장 아내에게 화류계 신분의 여자로밖에 보이지 않았지만,* 이 일은 그래도 별로 중요한 것이 아니다. 보다 중요한 것은 오데트가 스완에게 접근하기 어려운 여인으로 보인 일로, 그 때문에 스완은 소설을 통째로 지어내고, 나중에 사신의 살못을 깨닫고는 더욱 고통스러워했을 뿐이다. 그리고 보다 심각한 일로는, 독일 사람들 눈에 프랑스인이 오로지 복수만을 꿈꾸는 사람처럼 보인다는 점이 있다. 우리는 세계에 대해 무정형의 단편적인 시각만을 가지며, 그리하여 위험한 암시를 만들어 내는 자의적 연상 작용을 통해 그 시각을 보충한다. 그러므로 그 금발 아가씨가 자신에게 불쾌할지도 모르는 질문을 미리 알려 주고 싶어서 곧바로 재치 있게 다음과 같은 말을 하지 않았다면, 나는 포르슈빌이란 이름을 듣고도(이미 나는 그녀를 전에 그토록 많이 들은 포르슈빌의 친척이 아닌가 생각하고 있었다.) 그렇게 놀라지 않았을 것이다. "전에 나와 잘 알고 지냈던 걸 아마 기억하지 못하나 봐요. 우리 집에 자주 왔었는데. 난 당신 친구 질베르트에요. 당신이 날 알아보지 못한다는 걸 깨달았어요. 난 금방 알아보았는데."(그녀는 살롱에서 금방 나를 알아본 것처럼 말했지만, 사실인즉 길에서 나를 알아보고 인사했다고 했

으로 시작되어 발음상으로는 남성형임이 드러나지 않는 단어들로, 프랑수아즈는 이것들을 모두 여성형으로 간주한다.

* 『잃어버린 시간을 찾아서』 4권 107~109쪽 참조.

다. 또 나중에 게르망트 부인이 질베르트가 한 말을 전해 주었는데, 내가 그녀를 매춘부로 여겼는지 뒤를 쫓아오고 몸을 스치는 등 아주 우스꽝스럽고 놀라운 일을 했다는 것이었다.) 질베르트가 살롱에서 나간 후, 나는 왜 그녀가 포르슈빌이라고 불리는지 이유를 알게 되었다. 스완이 죽은 후 오데트는 많은 이들을 놀라게 할 만큼 진심으로 고통스러워하는 모습을 오랫동안 보여 주었는데 이제 그녀는 지극히 부유한 미망인이었다. 포르슈빌은 일련의 긴 성관 순례 후에, 가족이 오데트를 그의 아내로 받아들인다는 사실을 확인하고 나서 그녀와 결혼했다.(그의 가족은 조금 난색을 표했지만, 가난한 친척이 궁핍한 상태에서 부호가 되면 그가 쓰는 경비를 보조해 주지 않아도 된다는 이해관계 앞에서 굴복했다.) 그로부터 얼마 안 되어 많은 친척들이 연이어 죽으면서 스완의 아저씨 한 분에게 막대한 유산이 축적되었고, 그는 전 재산을 질베르트에게 남기고 죽었으며, 그리하여 이제 질베르트는 프랑스에서 가장 부유한 상속녀 중의 하나가 되었다. 그렇지만 그때는 드레퓌스 사건의 여파로 이스라엘 사람들의 더 많은 사교계 진출 움직임과 병행해서 유대인 배척 운동이 일어나던 시기였다. 정치가들은 재판에서의 오류 발견이 반유대주의 운동에 치명적인 타격이 될 거라고 생각했는데 틀린 생각은 아니었다. 그러나 적어도 일시적인 현상이긴 했지만, 사교계에서는 이와 반대로 반유대주의 운동이 증가하고 고조되었다. 시시한 귀족들이 다 그렇듯이 친척들과의 대화를 통해 자신의 가문이 라로슈푸코 가문보다 더 오래되었다는 확신을 도출한 포르슈빌은 유대인 미망인과 결혼함으로

써 자신이 마치 길거리에서 매춘부를 주워 빈곤과 진흙탕에서 구해 주는 백만장자와도 같은 자선 행위를 베푼다고 생각했다. 그는 수백만의 재산이 결혼에 도움은 되지만 스완이라는 우스꽝스러운 이름이 방해가 되는 질베르트란 인간에게도 선의를 베풀 용의가 있었다. 그는 질베르트를 양녀로 삼는다고 공표했다. 우리는 게르망트 부인이 그녀가 속한 사회의 놀라움에도 불구하고 ── 비록 부인이 도발하기를 좋아하는 취향과 습관을 가졌다고는 하지만 ── 스완이 결혼했을 때 그 아내와 마찬가지로 딸의 접견도 거절했음을 알고 있다. 오데트와의 결혼이 가능하다고 그토록 오랫동안 스완에게 상상하게 했던 것이 바로 게르망트 부인에게 딸을 소개하는 장면이었던 만큼, 부인의 거절은 외관상 더 잔인해 보였다.* 그리고 아마도 이미 삶을 충분히 산 탓에 또 아마도 스완은 마음속에서 그리는 장면들이 여러 다른 이유로 실현되지 못한다는 걸 알았을 테고, 그런 이유 중의 하나가 딸을 부인에게 소개하지 못한 일을 그렇게 섭섭하지 않게 여기게 했을지도 모른다. 그 이유는 마음속에 그리는 이미지가 무엇이든 간에, 이를테면 석양이 질 무렵 집에서 칩거하던 남자가 갑자기 송어가 먹고 싶어서 기차를 탈 결심을 하는 일에서 시작하여 자존심 센 계산대 아가씨 앞에 어느 날 화려한 마차를 타고 나타나서 놀라게 해 주려는 욕망에 이르기까지, 한 비양심적인 남자가 자신이 용감한지 또는 게으른지에 따라, 아니면 자신의 목적을 멀리

──────────

* 『잃어버린 시간을 찾아서』 3권 85쪽 참조.

밀고 나가느냐 아니면 처음 품었던 생각 단계에 그냥 머무느냐에 따라 살인을 저지르고 가족이 죽기를 바라고 유산을 탐내는 것처럼, 어쨌든 그 이미지에 도달할 목적으로 하는 행위는, 여행이나 결혼, 범죄 등등과 같은 행위는 행위 자체가 우리를 그토록 깊이 변화시키므로, 처음 그것을 하려고 했던 이유에 대해서는 더 이상 중요성을 부여하지 않기 때문이다. 어쩌면 아직 여행자나 남편, 범죄자나 칩거자도 아니었을 때 형성되었던 이미지가 단 한 번도 머리에 떠오르지 않을 수도 있다.(명예를 위해 일을 시작한 사람이 그 일 때문에 명예에 대한 욕망으로부터 멀어지는 것처럼.) 게다가 헛된 일을 하지 않으려고 아무리 끈질기게 애쓴다 해도 석양의 효과는 다시 돌아오지 않을 수 있으며, 그래서 추위를 느낀 우리가 야외에서 송어를 먹기보다는 난롯가에서 수프를 먹기를 바라며, 또 계산대 아가씨는 우리가 탄 마차에 냉담하며, 어쩌면 다른 이유로 우리에게 커다란 존경심을 품고 있었던 터라, 그런 갑작스러운 부의 과시에 경계심을 품을지도 모른다. 간단히 말해 우리는 이미 앞에서 스완이 결혼 후 아내와 딸이 특히 봉탕 부인과 교제하는 데 중요성을 부여했음을 알고 있다.

공작 부인으로 하여금 스완이 아내와 딸을 결코 소개하지 못하게끔 결심하게 한 이런 모든 이유들 중에는 게르망트 사람들이 사교계의 삶을 이해하는 방식에서 비롯된 것도 있지만, 거기에는 또한 사랑하지 않는 사람들이 연인들에게 비난하는 것, 오직 사랑에 빠진 사람만이 설명할 수 있는 것으로부터 거리를 두려는, 그런 자기에게 유리한 확신도 있었다. "오!

나는 그 모든 일에 끼어들고 싶지 않아요. 불쌍한 스완이 온갖 바보짓을 하고 자기 삶을 망치는 게 재미있다면 그건 그 사람 일이죠. 어쨌든 그런 일로 내 마음을 설득할 수는 없을 거예요. 아주 나쁘게 끝날 수도 있으니까요. 난 그들이 스스로 해결하도록 내버려 둘 거예요." 바로 이것이 '수아베 마리 마그노(suave mari magno)'*가 말하는 태도인데, 오래전 오데트를 사랑하지 않으면서 베르뒤랭네의 작은 패거리와 소원해신 스완이 내게 그들에 대해 취하라고 충고한 태도였다. 바로 이것이 그들 자신이 느끼지 않은 열정이나 그 열정으로 인해 복잡하게 엮인 행동에 대해 제삼자로 하여금 현명한 판단을 내리게 하는 것이다. 게르망트 부인은 스완의 아내와 딸을 배제하는 일에 다른 사람들을 놀라게 할 정도로 완강함을 보였다. 몰레 부인과 마르상트 부인이 스완의 아내와 교제를 시작하고** 또 스완의 아내 집에 많은 사교계 여인들을 끌고 갔을 때에도 게르망트 부인은 자신의 뜻을 전혀 굽히지 않았을 뿐만 아니라, 그녀와의 모든 연결 고리를 차단하려고 조치했으며, 사촌인 게르망트 대공 부인도 이런 부인의 뜻을 따랐다. 루비에 내각 시절*** 프랑스와 독일 사이에 전쟁이 곧 터질 것 같은 위기감

---

* "바다가 바람으로 요동칠 때, 타인의 불행을 보는 일은 감미롭도다."를 부분적으로 인용한 구절로 이미 앞에서 나온 바 있다.(『잃어버린 시간을 찾아서』 6권 298쪽)

** 『잃어버린 시간을 찾아서』 5권 420~421쪽, 7권 261쪽 참조.

*** 루비에(Pierre Maurice Rouvier)는 1905년 당시 프랑스 국무회의 의장으로, 독일과의 긴장 완화에 많은 공적을 남겼다. 여기서는 빌헬름 2세의 모로코 발언으로 촉발된 독일과의 전쟁 위험, 델카세 외무 장관의 사임(『잃어버린 시간

이 고조되던 어느 날, 나와 브레오테 씨가 게르망트 부인 댁에서 저녁 식사를 하고 있었는데, 부인이 뭔가 근심 어린 표정을 짓는 걸 보았다. 나는 부인이 정치 얘기에도 기꺼이 끼어들었으므로 전쟁에 대한 두려움을 그런 식으로 표현한다고 생각했다. 전에도 근심 어린 표정으로 식탁에 와서는 단음절로만 대답하다가, 누군가가 조심스럽게 근심하는 이유에 대해 물어보면 심각한 표정을 지으면서 "중국 때문에 불안해서요."라고 대답하곤 했다. 그런데 잠시 후 내가 전쟁 선포에 대한 두려움 때문이라고 생각했던 그 근심 어린 표정에 대해, 부인 자신이 브레오테 씨에게 설명했다. "마리에나르가 사교계에서 스완 아내에게 한자리를 마련해 주려고 하나 봐요. 내일 아침에는 꼭 마리질베르에게 가서 그 일을 하지 못하도록 도와달라고 해야겠어요.* 그러지 않으면 사교계란 이제 존재하지 않을 거예요. 드레퓌스 사건은 멋진 것이죠. 하지만 길모퉁이 식료품 가게 여자가 민족주의자라고 떠들어 대는 것의 대가만으로 우리 집에 초대받기를 바라서야." 기대했던 것에 비해 너무도 경박한 말에, 나는 마치《르 피가로》의 최근 러일 전쟁 소식이 실리는 난에서 대신 모르트마르 양**에게 결혼 축하 선물을 보낸 사람들의 명단을 발견했을 때 독자가 느낄 법한

을 찾아서』 10권 294쪽 참조.) 등 당시의 복잡한 정치 상황을 함축적으로 상징하고 있다.

* 마리에나르는 마르상트 부인, 마리질베르는 게르망트 대공 부인을 가리킨다.(『잃어버린 시간을 찾아서』 5권 377쪽 참조.)

** 모르트마르에 대해서는『잃어버린 시간을 찾아서』 6권 212쪽 주석 참조.

놀라움을 느꼈다. 귀족 사회에서 결혼의 중요성이 바다와 육지에서의 전투를 신문 맨 끝으로 밀어낸 것이다. 공작 부인은 모든 정도를 넘어서는 그 연이은 완강한 태도에 자존심이 충족되었는지 그걸 표현할 기회를 놓치지 않았다. "바발*이 말하기를, 우리 두 사람이 파리에서 가장 우아한 사람이라는군요. 나와 그만이 스완 부인과 스완 양의 인사를 허락하지 않고 있으니까요. 그런데 바발은 스완 부인과 교류하시지 않는 일이 우아하다고 단언하는군요." 그런 후 공작 부인은 마음껏 웃었다.

그렇지만 스완이 죽었을 때 그의 딸을 만나지 않겠다는 결심은 마침내 게르망트 부인에게 그녀가 거기서 끌어낼 수 있는 자존심과 독립심, '자치력(self government)'**과 박해에 대한 감정을 완전히 충족해 주었고, 또 그 만족감은 그녀가 그에게 저항한다는 쾌감, 또 자신이 내린 법령을 결코 취소할 수 없다는 쾌감을 주던 존재가 사라지면서 막을 내렸다. 그러자 부인은 또 다른 법령을 공표하는 일로 넘어갔고, 그 일은 살아 있는 사람을 대상으로 한 것이므로, 자신이 좋다고 생각하는 일을 마음대로 할 수 있다는 인상을 주었다. 부인은 스완의 딸을 생각하지 않았지만, 사람들이 그녀 얘기를 하는 걸 들을 때 뭔가 새로운 장소에 대해 그렇듯이 어떤 호기심 같은 걸 느꼈고, 스완의 거만한 태도에 저항하고 싶은 욕망도 그 호기

* 브레오테 씨의 애칭이다.
** 1차 세계 대전 전 영국 정부가 식민지 국가에 상대적 자치권을 부여하던 것을 가리키는데, 이와 병행하여 게르망트 부인이 오데트류의 영국풍 취향을 답습하고 있음도 암시한다.(『사라진 알베르틴』; 리브르드포슈, 251쪽 참조.)

심을 완전히 은폐하지는 못했다. 게다가 수많은 복합적인 감정이 모여 하나의 감정을 형성하는 데 기여하므로, 그런 관심에 뭔가 스완에 대한 애정이 없다고는 말할 수 없었다. 아마도 — 경박한 사교계의 삶이 사회의 모든 계층에서 감수성을 마비시키고 망자를 부활하게 하는 힘을 제거하기 때문인지 모르지만 — 공작 부인은 누군가를 진심으로 사랑하기 위해서는, 또 보다 드문 일이긴 하지만 누군가를 미워하기 위해서는 그 사람이 옆에 있어야 했고, 진정한 게르망트의 일원으로서 그 존재를 영속화하는 데 탁월한 능력을 발휘했다. 그리하여 사람들에 대한 그녀의 좋은 감정은 살아 있을 때는 그들의 이런저런 행동이 야기한 분노 때문에 중단되었다가도 그들이 죽으면 다시 살아났다. 부인은 그때 거의 속죄하고 싶은 마음이 들었는데, 왜냐하면 그들을 생각할 때면 거의 어렴풋하게만 생각났지만, 그래도 그들이 살아 있을 때 그녀를 짜증 나게 했던 작은 만족감이나 허세는 사라지고 그들의 장점만 떠올랐기 때문이다. 이것은 게르망트 부인의 경박함에도 불구하고, 때로 그녀 행동에 뭔가 고결한 — 비록 비열한 점이 섞이기도 했지만 — 면모를 부여했다. 왜냐하면 대부분의 인간들은 산 자에게 영합하고 죽은 자에게는 전혀 신경을 쓰지 않는 데 반해, 그녀는 생전에 냉대했던 사람들이 소망했을 일을 사후에 종종 베풀었기 때문이다.

질베르트로 말하자면, 그녀를 사랑하고 그녀에 대해 약간의 자부심을 가진 사람들이라면, 그녀에 대한 공작 부인의·태도 변화에 그렇게 기뻐하지만은 않았을 것이다. 어쩌면 질베르트가 부인의 호의를 도도하게 물리치고 이십오 년 동안 받은 모욕에 마침내 복수할지도 모른다고 생각했을 테니까. 하지만 불행하게도 도덕적인 반응은 상식적인 사람들이 상상하는 것과는 늘 일치하지 않는 법이다. 때에 맞지 않은 모욕적 행동으로 자신이 좋아하는 사람에 대한 욕망을 영원히 놓쳤다고 생각하는 사람이 반대로 그 모욕으로 인해 욕망을 달성하기도 하기 때문이다. 그녀는 자신에게 다정한 사람들에게는 다소 무관심하고 무례한 게르망트 부인에 대해 계속 생각하고 감탄하며 그런 무례함의 이유에 대해 자문하면서, 한번은 부인에게 아무 짓도 하지 않은 소녀에게 그토록 반감을 가지는 이유가 무엇인지 물어보려고 — 그녀에게 조금이라도 우정을 가지고 있는 사람들에게는 지극히 수치심을 느끼게 했을 테지만 — 편지를 쓸 생각까지 했다. 게르망트네 사람들은 그녀의 눈에 이제 귀족의 작위만으로는 줄 수 없는 그런 비중을 차지했다. 그녀는 그들을 모든 귀족들뿐 아니라 모든 왕족들보다 더 우위에 두었다.

스완의 옛 친구들은 질베르트를 극진히 보살폈다. 그녀가 최근에 유산을 상속한 소식이 알려지자, 귀족 사회에서는 그녀가 얼마나 교육을 잘 받고 자랐으며 또 얼마나 매력적인 여인이 될지 주목하기 시작했다. 그들은 게르망트 부인의 사촌인 니에브르 대공 부인이 아들의 짝으로 질베르트를 생각하고 있다고 주장했다. 게르망트 부인은 니에브르 부인을 몹시 싫어했고, 그런 결혼은 스캔들이라고 사방에 떠들어 댔다. 그러자 겁에 질린 니에브르 부인은 한 번도 그런 생각을 한 적이 없다고 단언했다. 어느 화창한 날 점심 식사 후 게르망트 씨 부부는 외출할 채비를 했다. 게르망트 부인은 거울을 바라보며 모자를 매만졌고, 그녀의 푸른 눈은 거울 속 눈을 보며 아직도 금발인 머리칼을 바라보았다. 그때 시녀는 여주인이 고를 수 있도록 여러 개의 양산을 손에 들고 있었다. 창문을 통해 햇살이 가득 들어왔고, 그들은 그런 아름다운 날을 이용해 생클루를 방문하기로 결정했다. 연회색 장갑에 실크해트를 쓰고 떠날 채비를 마친 게르망트 씨는 '오리안은 아직도 정말 놀라워. 멋진 여자야.'라고 생각했다. 그리고 아내의 기분이 좋은 듯 보였으므로 "그런데," 하고 말을 걸었다. "비를레프 부인이 당신에게 전해 달라는 전갈이 있소. 월요일에 당신이 오페라 좌에 와 줄 수 있는지 요청하고 싶은 모양이오. 하지만 스완의 딸도 올 거라서, 당신에게 감히 말하지 못하고 내게 당신 뜻이 어떤지 알아봐 달라고 부탁하더군. 나는 어떤 의견도 말하지 않았소. 그저 당신에게 전할 뿐이오. 어쩌면 우리가 …… 할 수 있을 것 같기도 하고." 공작은 애매하게 덧붙였다. 한 인간에 대한 그들의 기호는 그들 각각에게 동일하게 형성된 집단적인 것이므로, 공작은 스완 양에 대한 아내의 적개심이 이제 사라졌고 또 아내가 그 딸을 만나고 싶어 한다는 것도 알고 있었다. 게르망트 부인은 베일을 매만진 후 양산을 골랐다. "당신이 원하는 대로 하세요. 그게 나와 무슨 상관이 있다고요? 우리가 그 딸과 알고 지내도 별로 문제 될 일은 없죠. 내가 그 딸에게 '반감이 없다'는 건 당신도 잘 알잖아요. 다만 친구 중에 부적절한 결혼을 한 커플을 초대하는 모습을 보이고 싶지 않았을 뿐이죠. 그게 전부예요." "당신이 옳았소." 하고 공작이 대답했다. "당신은 지혜로운 여인 그 자체요. 더욱이 모자 쓴 모습이 참 멋지오." "당신은 참 다정해요." 게르망트 부인은 이렇게 말한 뒤 남편에게 미소를 지으면서 문을 향해 걸어갔다. 그러나 자동차를 타기에 앞서 몇 마디 남편에게 설명해 주고 싶었다. "지금은 많은 사람들이 그 딸의 어머니와 만나는 모양이에요. 게다가 그녀는 일 년의 4분의 3을 아프냐고 말할 정도로 머리가 멀쩡한 모양이고 딸은 무척 상냥한 것 같고요. 우리가 스완을 좋아했다는 건 모두 아는 사실이고. 그러니 모두들 매우 자연스러운 일로 생각할 거예요." 그들은 함께 생클루로 떠났다.

한 달 후, 아직 포르슈빌이란 이름으로 불리지 않은 스완의 딸이 게르망트 부인 댁에서 점심을 들고 있었다. 그들은 많은 얘기를 나누었다. 식사가 끝날 무렵 질베르트가 수줍게 말했다. "공작 부인께서는 제 아버지를 잘 아신다고 생각해요." "그렇다고 할 수 있죠."라고 게르망트 부인은 딸의 슬픔을 이해하고 있음을 증명하는 듯한 우울한 어조 그리고 그녀의 아버지를 정확하게 기억하는지 확신할 수 없음을 감추는 듯한, 지나치게 강조하는 의도된 어조로 말했다. "우린 당신 아버지와 매우 잘 아는 사이였고, 전 그분을 '매우 잘'* 기억하고 있어요."(그리고 부인은 사실 그를 기억할 수밖에 없었다. 이십오 년 동

---

* 이 따옴표는 게르망트 부인이 '매우 잘'을 뜻하는 프랑스어 '트레 비앵(très bien)'을 그녀만의 독특한 방식으로 발음하고 있음을 환기한다.

안 거의 매일같이 그녀를 보러 왔으니까.) "나는 당신 아버지가 어떤 분이었는지 잘 알아요. 말해 드리죠."라고 부인은 딸에게 그의 아버지가 어떤 사람이었는지 설명하고, 또 아가씨에게 아버지에 대한 정보를 주고 싶다는 듯 덧붙였다. "당신 아버지는 내 시어머니의 친한 친구였고, 시동생인 팔라메드하고도 매우 가까운 사이였어요." "이곳에도 자주 왔고, 이곳에서 식사를 하곤 했다오." 하고 게르망트 씨가 겸손함을 과시하며, 또 정확함에 세심한 신경을 쓴다는 듯 덧붙였다. "오리안, 당신도 기억하잖소. 아가씨의 아버지가 얼마나 선량한 분이었는지! 반듯한 집안 출신이라는 걸 느낄 수 있었소! 게다가 난 예전에 그의 부모님을 뵌 적이 있소. 그분들이나 당신 아버지나 모두 좋은 분들이오!" 만일 부모와 아들이 아직 살아 있다면, 게르망트 공작이 주저하지 않고 그들을 정원사 자리에 추천하려 한다는 걸 느낄 수 있었다. 포부르생제르맹의 귀족들은 어떤 부르주아이건 그에게 다른 부르주아 얘기를 할 때면 늘 그런 식이었다. 대화 상대가 남자든 여자든 그만이 특별 대우를 받는다고 느끼도록 영합하는 투로 — 담소를 나누는 동안 — 아니, 오히려 동시에 멸시하는 투로 말한다. 그렇게 해서 유대인 배척자는 유대인에게 상냥한 말로 유대인의 나쁜 점을 일반론으로 포장하면서, 무례하게 굴지 않고 상처를 줄 수 있었다.

그러나 '순간'의 여왕인 게르망트 부인은, 함께 만날 때면 우리를 기분 좋게 해 줄 줄 알지만, 좀처럼 떠나보낼 결심이 서지 않을 때면 순간의 노예이기도 했다. 스완은 대화의 취기 속에 부인으로 하여금 그에 대해 우정을 느끼는 듯한 착각에 사로잡히게 했으나, 지금은 그렇게 할 수 없었다. "매력적인 분이었어요." 하고 공작 부인은 질베르트에게 쓸쓸한 미소를 지으면서 지극히 다정한 눈길을 던졌다. 만일 우연히도 그 젊은 여자가 감수성이 예민하다면 그녀의 마음을 이해했음을 보여 주고, 또 자신이 그녀와 단둘이 있고 상황이 허락한다면 자신이 가진 모든 감정의 깊이를 보여 주고 싶나는 그런 눈길이었다. 그러나 게르망트 씨는 바로 그런 상황이 감정의 토로에 대치된다고 생각했는지, 아니면 모든 과도한 감정 표현은 여성의 일이며 남성은 여성에게 귀속된 것과 마찬가지로 그런 일에는 상관없다고 생각했는지 — 요리와 포도주만은 예외였다. 이 분야만은 자신이 공작 부인보다 더 많은 걸 알고 있으므로 자신의 것으로 남겨 놓았다 — 또는 대화에 끼어들어 양분을 제공하지 않는 것이 현명하다고 생각했는지 초조한 빛이 역력한 얼굴로 대화를 듣고 있었다. 게다가 게르망트 부인은 그런 격하고 감상적인 순간이 지나가자, 사교적인 경박한 어조로 질베르트에게 덧붙였다. "그래요, 말해 드리죠. 아가씨 아버님은 내 시동생 샤를뤼스의 '가장 치-인한'* 친구였고, 부아즈농 성관(게르망트 대공의 성관)과도 아주 친숙한 친구였어요." 부인은 스완이 샤를뤼스 씨와 게르망트 대공의 지인이라는 사실이 스완에게는 아주 우연한 일이라는 듯, 그저 어느 우연한 기회에 샤를뤼스 씨와 게르망트 대공과 교제

---

* '가장 친한'을 의미하는 grand을 g의 반복을 통해 과장하며 발음하고 있다.

하게 된 것이라는 듯 말했는데, 사실 스완은 그들과 같은 사회의 모든 사람들과 알고 지내는 사이였다. 뿐만 아니라 부인은 질베르트에게 그녀의 아버지가 대략 어떤 사람인지 알려 주고, 또 보통 우리가 알 수 없는 사람과의 관계를 설명하려고 할 때면, 또는 자신의 이야기를 눈에 띄게 하려고 할 때면 어떤 사람의 특별한 비호를 받는다는 사실을 내세우는 것처럼 그런 특징적인 요소들의 도움을 받아 그녀의 아버지를 '위치시키려는' 것 같았다. 질베르트로 말하자면, 스완에게서 매력적인 지성과 세련된 재치를 물려받았으므로, 마침 화제를 바꾸었으면 하던 차에 대화가 시들해지자 기뻐했고, 또 공작 부부는 그런 지성과 재치를 인정하고 높이 평가하면서 질베르트에게 빠른 시일 내에 다시 방문해 줄 것을 요청했다. 게다가 목적 없이 사는 사람들의 세심함을 가지고 그들은 자신들과 사귀는 사람들에게서 아주 작은 장점이라도 발견하면 마치 도시인이 시골에서 풀잎을 발견할 때처럼 천진난만하게 감탄의 소리를 외쳤고, 반대로 작은 결점이라도 발견하면 현미경을 통해 그 결점을 확대하고 끝없이 논평하고 혐오감을 느꼈는데, 이런 일은 자주 동일 인물을 대상으로 번갈아 나타나는 법이다. 질베르트의 경우, 한가로운 게르망트 부부의 통찰력은 우선 그녀의 매력을 간파하는 데 행사되었다. "그 애가 어떤 단어를 말하는 방식에 주목했어요?" 하고 공작 부인은 질베르트가 떠난 후 남편에게 말했다. "스완과 꼭 닮았더군요. 스완이 말하는 걸 듣는 것 같았어요." "나도 당신과 같은 지적을 하려고 했소, 오리안." "재치도 있고, 자기 아버지의 화법과 완전히 똑같아요." "난 그 애가 아버지보다 훨씬 낫다고 생각하오, 물놀이 얘기를 얼마나 재미있게 했는지 기억해 봐요. 스완이 가지지 못했던 활기가 딸에겐 있소." "오! 스완은 그렇지만 재치가 뛰어났어요." "재치가 없다는 말이 아니라, 활기가 없다는 거요." 게르망트 씨는 신음 소리를 내는 어조로 말했는데, 통풍 때문에 신경이 날카로워져, 짜증을 부릴 다른 사람이 없을 때면 공작 부인에게 짜증을 터뜨렸다. 그러나 이런 원인을 이해할 수 없었으므로, 공작은 자기 말이 이해되지 못한다는 표정을 짓기를 더 좋아했다.

공작과 공작 부인의 이런 호의적인 태도 덕분에, 사람들은 이제 필요한 경우 질베르트에게 이따금 "당신의 가엾은 아버지"라고 말했지만, 거의 같은 시기에 포르슈빌이 그녀를 입양했으므로 이 표현은 별로 쓰이지 않았다. 그녀는 포르슈빌에게 "나의 아버지"라고 말했고, 작위를 물려받은 돈 많은 미망인들은 그녀의 이런 예의와 품위에 매혹되었다. 또 사람들은 포르슈빌이 질베르트에게 매우 훌륭하게 처신했고 정 많은 딸도 이에 보답할 줄 안다고 인정했다. 아마도 질베르트 자신이 이따금 사교계에서 자유롭게 행동할 수 있으며 또 그런 모습을 보여 주고 싶어 했는지, 내 앞에서 자신의 친아버지 이야기를 꺼내면서 나로부터 인정받으려고 했다. 그러나 이것은 예외적인 일이었으며, 어느 누구도 그녀 앞에서는 더 이상 스완의 이름을 감히 입 밖에 내지 못했다. 그런데 나는 방금 살롱에 들어서면서 엘스티르가 그린 두 점의 데생을 보았다. 예전에는 위층 진열실에 처박아 두었던 것으로, 어쩌다 우연히 본 적이 있었다. 지금은 엘스티르가 유행이었다. 게르망트 부인은 그렇게 많은 엘스티르의 그림을 사촌 동서에게 준 데 대해 마음을 달래지 못하고 있었는데, 엘스티르의 그림이 유행한다는 이유 때문이 아니라, 지금은 그녀가 그런 그림을 높이 평가했기 때문이다. 유행이란 어느 특정 집단의 열광으로 생겨나며, 게르망트 부부가 그 대표적인 사람들이다. 그러나 부인은 그의 다른 그림을 구입할 수 없었다. 얼마 전부터 그림값이 엄청나게 올랐기 때문이다. 어쨌든 부인은 살롱에 엘스티르의 그림을 걸고 싶었고, 그래서 그 두 데생을 위층에서 내려오게 하여 "그의 회화 작품보다 더 좋아한다."라고 선언했다. 질베르트는 금방 작품을 알아보았다. "엘스티르가 그린 것 같은데요." 하고 그녀가 말했다. "그래요." 하고 공작 부인이 아무 생각 없이 대답했다. "그걸 내게 구입하게 한 사람은 바로 당신의…… 아니, 우리의 친구들이었어요. 정말 대단하죠. 내 생각엔 그의 회화 작품보다 뛰어나요." 이 대화를 듣지 않았던 나는 데생을 보러 갔다. "이런, 이건 엘스티르……." 나는 게르망트 부인의 얼굴에서 절망적인 표정을 보았다. "아! 그렇군요. 내가 위층에서 찬미했던 엘스티르의 작품이군요. 복도에 있는 것보다는 이편이 훨씬 낫군요. 엘스티르 이야기가 나왔으니 말인데, 어제《르 피가로》에 실린 기고문에서 제가 그의 이름을 언급했는데, 혹시 읽으셨나요?" "당신이《르 피가로》에 글을 썼다고?" 하고 게르망트 씨가 소리쳤는데, 마치 "저 애는 내 사촌 누이인데……."라고 외칠 때와 같은 격한 어조였다. "네, 어제요." "《르 피가로》가 확실하오? 우리 부부는 각각 《르 피가로》를 구독하고 있어서, 우리 중 하나가 놓쳐도 다른 하나는 읽었을 텐데. 아무것도 없었는데, 그렇지 않소, 오리안?" 공작은 《르 피가로》를 찾으러 사람을 보냈고, 그 자명한 사실 앞에서는 굴복할 수밖에 없었다. 그때까지는 내가 글을 썼다는 신문에 대해 착각했을 가능성이 더 많다고 생각했던 모양이다. "뭐라고요? 난 뭐가 뭔지 모르겠네요. 그러니까 당신이 《르 피가로》에 글을 썼다는 기죠?" 하고 부인은 자신의 관심을 끌지 않는 뭔가에 대해 얘기하듯 노력을 하며 말했다. "이봐요, 바쟁, 나중에 읽어요." "아니에요, 공작님께서 풍성한 턱수염을 신문에 대고 읽으시는 모습이 참 멋져요."라고 질베르트가 말했다. "전 집에 돌아가자마자 곧 읽겠어요." "그래요, 모두가 턱수염을 깎는 요즘 저 사람만이 기르고 있으니." 하고 공작 부인이 말했다. "저이는 결코 다른 사람들처럼 하지 않아요. 우리가 결혼했을 무렵 저이는 턱수염뿐 아니라 콧수염도 면도했어요. 저이를 알지 못했던 농부들은 프랑스인으로 믿지 않을 정도였어요. 그때는 저이가 롬 대공으로 불렸죠." "아직도 롬 대공이란 분이 있나요?" 하고 오랫동안 자신에게 인사하기를 거절했던 사람들 일이라면 뭐든 관심이 있는 질베르트가 물었다. "아뇨, 없어요." 공작 부인은 울적하고도 다정한 눈길을 보내면서 대답했다. "아주 멋진 작위인데요! 가장 아름다운 프랑스 작위 중 하나인데요!" 하고 질베르트가 말했다. 몇몇 똑똑한 사람들의 입에서도 때가 되면 반드시 어떤 종류의 상투적인 말들이 나오기 마련이다. "그래요, 나도 애석하게 생각해요. 바쟁은 자기 누이의 아들이 계승하기를 바랐지만, 그건 같은 게 아니죠. 사실 가능할지도 몰라요. 반드시 장남이 계승할 필요는 없으니까요. 장남에서 차남으로 넘어갈 수도 있죠. 조금 전에 제가 바쟁이 수염을 전부 면도한 적이 있다고 말했죠. 어느 날인가 성지 순례를 떠났던 날인데, 기억나요, 여보?" 하고 부인이 남편에게 말했다. "파레르모니알*로 성지 순례를 갔던 날인데, 제 시동생 샤를뤼스는 농부들하고 얘기하는 걸 꽤 좋아해서, 이런저런 농부들에게 '자네는 어디서 왔나?'라고 묻곤 했죠. 또 그는 관대했으므로 그들에게 뭔가를 주거나 한잔 마시러 데리고 가곤 했어요. 그런데 메메**만큼 오만하면서도 소탈한 사람도 없답니다. 당신도 보게 될 테지만, 공작 부인이라고 해도 공작 부인답지 않으면 인사를 하려고 하지 않았고, 반면 개를 돌보는 하인에게는 원하는 걸 모두 들어주곤 했어요. 그래서 난 바쟁에게 이렇게 말했죠. '바쟁, 당신도 저 사람들에게 얘기 좀 해 봐요.' 상상력이 그렇게 풍부하지 못한 남편은⋯⋯" "고맙군, 오리안." 하고 공작은 내가 쓴 기고문을 읽는 데 몰두하며 읽는 것을 중단하는 일 없이 말했다. "⋯⋯농부를 찾아냈고, 자기 동생이 한 질문을 문

---

* 이곳은 17세기에 마르그리트마리 알라코크(Marquerite-Marie Alacoque) 수녀가 예수님 심장의 환시를 본 후 예수 성심 숭배의 순례지가 되었다. 프랑스 중동부 부르고뉴 지방 소재의 이 마을은 코트도르에 있는 브나레레롬과 그리 멀지 않은 곳에 위치하며, 또 이곳의 봉건 영주권은 15세기에 크레시 가문의 소유가 되었다. 그런데 크레시 백작은 오데트의 첫 번째 남편이었으며, 이렇게 해서 스완 쪽과 게르망트 쪽은 역사적 맥락에서도 연결된다고 지적된다.(『사라진 알베르틴』; 리브르드포슈, 259쪽 참조.)

** 샤를뤼스의 세례명인 팔라메드의 약칭이다.

자 그대로 되풀이했죠. '자네는 어디서 왔나?' '롬에서 왔습니다.' '롬에서 왔다고? 그렇다면 난 자네의 대공이라네.' 그러자 농부는 수염 하나 없는 바쟁의 얼굴을 바라보면서 그에게 대답했죠. '사실이 아니에요. 당신은 영국 사람인데요.'"* 공작 부인의 이런 작은 일화를 듣고 있노라니 롬 대공이라는 훌륭한 명문가의 작위가 그것의 진정한 자리에서 예전 상태 그대로, 향토색을 풍기며 솟아오르는 것이 보였다. 마치 낭시의 기도서에서 부르주 대성당**의 첨탑을 군중 한복판에서 알아볼 수 있는 것처럼 말이다. 그때 하인이 갖다 놓은 명함이 공작 부인에게 전해졌다. "도대체 무엇이 이 여자를 사로잡았는지 모르겠지만, 난 이런 여자는 알지 못해요. 아마도 당신 때문이겠죠, 바쟁. 어쨌든 이런 종류의 교제가 당신에게 별 득이 될 것 같지는 않네요, 내 불쌍한 친구." 그리고 부인은 질베르트 쪽으로 돌아서면서 말했다. "그 여자가 누군지 아가씨에게 설명할 수도 없네요. 당신도 모를 거예요, 틀림없이. 레이디 뤼퓌스 이스라엘이라는군요." 질베르트의 얼굴이 심하게 붉어졌다. "알지 못해요." 하고 질베르트가 말했다.(이 말은 사실이 아니었다. 레이디 이스라엘은 스완이 죽기 이 년 전 스완과 화

---

* 동일한 일화가 「갇힌 여인」에 브르타뉴에서 생루의 매제인 레옹에게 일어난 일로 소개되었다.(『잃어버린 시간을 찾아서』 9권 59~60쪽) 당시 수염을 길렀던 프랑스인에게 영국인(웨일스 공은 제외하고)은 수염 없는 인간으로 묘사되면서 조롱거리가 되었다고 한다.(『사라진 알베르틴』; 플레이아드 IV, 1099쪽 참조.)
** 중세 프랑스의 고딕 예술을 대표하는 건축물인 부르주의 생테티엔 대성당을 가리킨다. 정면의 팀파눔과 채색 유리가 유명하다.

해했고, 그래서 그 귀부인은 그녀를 질베르트라는 세례명으로 부르고 있었다.) "하지만 공작 부인께서 말씀하신 분이 누구인지는 다른 사람들을 통해 잘 알고 있어요." 나는 어느 날 한 아가씨가 악의로 또는 서툴러서 질베르트에게 그녀의 아버지 이름을, 양부가 아닌 진짜 아버지의 이름을 물었고, 그러자 질베르트가 당황해서, 또 자신이 말해야 하는 이름을 조금은 왜곡하려고 스완이 아닌 스반이라고 발음했다는 사실을 알게 되었다. 원래 영국 이름인 것을 독일 이름으로 만들었으므로, 이런 변화에 조금은 경멸의 뜻이 담겼다는 걸 그녀는 깨달았다. 그리고 그 말에 자신의 사회적 신분을 높이기 위해 비굴하게 굴면서 "내 출생에 관해 이런저런 말들을 많이 하는 모양인데, 난 아무것도 알고 싶지 않아요."라는 말까지 덧붙였다고 한다.

질베르트는 어느 순간 부모를 생각하면서 삶을 그런 식으로 보는 태도에 대해 수치심을 느꼈을지 모르지만(스완 부인도 그녀에게는 좋은 어머니였으므로), 우리는 불행하게도 그 요인이 필시 부모로부터 물려받은 것이라고 생각할 수밖에 없다. 우리 자신이 모든 것을 완전히 만들어 내지는 못하기 때문이다. 어머니에게 존재하는 어떤 자기중심주의에 아버지의 집안에 내재하는 또 다른 종류의 자기중심주의가 합쳐지고, 그것이 언제나 덧셈이나 단순한 곱셈으로 추가되지 않는 새로운, 무한히 강력한 자기중심주의를 만들어 낸다. 그리고 세상이 시작된 이래 어떤 결점이 하나의 형태로 존재하는 집안이 같은 결점이 다른 형태로 존재하는 집안과 결합해서 완전하고 매우 가증스러운 변종의 아이를 낳는 일이 있는데, 이렇게 해서 축적된 자기중심주의는(여기서는 단지 자기중심주의에 대해서만 말하기로 하자.) 인류 전체를 파괴할 만큼 강력한 힘을 발휘한다. 악 자체로부터 악을 적정 비율로 감소시키는 자연의 제약, 마치 적충류의 무한한 번식에서 지구의 멸망을 막고 또는 식물의 단성 생식에서 식물계의 멸종을 막는 것과도 유사한 그런 자연의 제약이 생겨나지 않는다면 말이다. 이따금 미덕이 자기중심주의와 하나가 돼서 이해관계를 초월한 새로운 힘을 만들기도 한다. 이렇게 해서 몇 세대에 걸쳐 지나치게 위험해진 요소를 저지하고 무해한 것으로 만드는 정신의 화학적 결합 방식이 수없이 증가하면서, 가족의 역사에 매우 재미있는 변화를 제공한다. 게다가 질베르트에게서 찾아볼 수 있는 이렇게 축적된 자기중심주의는 부모로부터 물려받은 어떤 매력적인 미덕과도 공존했다. 그 미덕은 혼자서 잠시 막간에 출현하여 그것의 감동적 역할을 지극히 진지한 형태로 연출하기도 했다. 물론 질베르트는 자신이 어느 위대한 인물의 사생아라고 암시할 때처럼* 그렇게 멀리 나가지는 않았지만, 대부분의 경우 자신의 뿌리를 숨기고 있었다. 어쩌면 자신의 뿌리를 고백하는 일이 너무도 불쾌해서 다른 사람들을 통해 듣는 편을 선호했는지, 어쩌면 자신의 뿌리를 정말로 숨길 수 있다고 믿었는지, 의심은 아니지만 이런 불확실한 믿음에 대

* 우리는 앞에서 스완이 베리 공작의 사생아라는 풍문이 떠돌았던 걸 기억한다.(『잃어버린 시간을 찾아서』 7권 133쪽)

해, 자신의 소망에 가능성을 남겨 두는 이런 믿음에 대해서는 뮈세가 '신에 대한 희망'*을 말하며 그 본보기를 보여 준 적이 있다.

"그분을 개인적으로는 알지 못해요."라고 질베르트가 말을 이었다. 그렇지만 그녀는 포르슈빌 양이라고 불리면서 자신이 스완의 딸이라는 걸 사람들이 모르기를 바랐던 걸까? 어쩌면 처음에는 어느 특정 사람들에게 그러기를 바랐을 테지만, 시간이 지나면서 거의 모든 사람들에게 그렇게 되기를 바랐을지도 모른다. 그 사람들 수가 현재 얼마나 되는지에 대해서는 그렇게 큰 환상을 품지 않았을 테고, 또 틀림없이 많은 사람들이 "스완의 딸이래요."라고 속삭이리라는 것도 알고 있었다. 그렇지만 그녀는 우리가 무도회에 가는 동안 사람들이 가난 때문에 자살하는 사람들 얘기를 하는 것과 같은 지식의 수준으로 그 사실을 알고 있었다. 다시 말해 직접적인 인상에 근거하는 정확한 지식으로 바꾸기보다는 멀리 떨어진 막연한 지식으로 알기를 원했다. 이런 거리 두기는 사물을 보다 미미하고 불확실하고 위험하지 않은 것으로 보이게 하므로, 자신의 면전에서 스완의 딸로 태어났다는 사실이 발각되어도 별소용이 없을 거라고 생각했다. 질베르트는 적어도 이 시기에, 세상에 가장 많이 퍼져 있는 인간 '타조'의 한 변종에 속했는데, 타조는 다른 사람에게 보이지 않으려고(그들에게도 가능

---

* 뮈세가 1838년에 쓴 시의 제목으로 『새 시집』(1850)에 수록되었다. 그중 한 시절(詩節)은 "누군가가 우리말을 듣는다면, 우리를 불쌍히 여기소서."로 끝난다.(『사라진 알베르틴』; 리브르드포슈, 262쪽 참조.)

해 보이지 않는) 머리를 숨기는 것이 아니라, 다른 사람이 그들을 보는 것을 보지 않으려고 머리를 숨긴다.(그렇게 하는 것만으로도 그들에게는 충분하다고 여겨져, 나머지는 그저 운에 맡겨 보자는 식이다.) 질베르트는 자신이 스완의 딸이라는 사실이 사람들에게 발각될 때 그들 옆에 있고 싶지 않았다. 또 우리는 자신이 그려 보는 사람들 옆에 있으며 사람들이 그들의 신문을 읽는다고 상상할 수 있으므로, 질베르트는 신문에서 그녀를 포르슈빌 양이라고 불러 주기를 바랐다. 그녀는 자신이 맡은 서류나 편지에서, 잠시 동안 G. S. 포르슈빌이라는 서명을 하는 중간 과정을 거쳤다. 이런 서명에서 진짜 위선적인 행동은 스완(Swann)이란 이름을 이루는 다른 철자의 생략보다는 질베르트(Gilberte)라는 이름의 철자 생략에서 더 두드러졌다. 이 일과는 무관한, 아무 해도 없는 질베르트란 이름을 단순히 G라고 축소함으로써 포르슈빌 양은 스완의 이름에 적용된 동일한 축소가 단순히 이름을 약칭하려는 이유에서 비롯했음을 그녀의 친구들에게 암시했기 때문이다. 그녀는 S라는 글자에 특히 중요성을 부여하여 일종의 긴 꼬리처럼 그리면서 G란 글자를 가렸는데,* 그것은 마치 원숭이에게 아직 남아 있는 긴 꼬리가 인간에게 더 이상 존재하지 않는 것처럼, 뭔가 곧 사라질 운명에 처한 잠정적인 것임을 느끼게 했다.

그럼에도 불구하고 그녀의 속물근성에는 스완과 같은 지적

---

* 철자의 이런 형태적 특징은 나중에 질베르트와 알베르틴의 이름을 혼동하는 요인이 된다.(408쪽 참조.)

호기심이 담겨 있었다. 그날 오후 나는 질베르트가 게르망트 부인에게 로 후작*을 만날 수 있는지 질문했고 공작 부인은 그가 몸이 아파서 외출하지 않는다고 대답했던 걸 기억한다. 질베르트는 그가 어떤 분이냐고 물었다. 그녀는 얼굴을 가볍게 붉히면서 그분에 관해 많은 얘기를 들었기 때문이라고 덧붙였다.(사실 로 후작은 스완이 결혼하기 전 그와 가장 가까운 친구였으며, 질베르트도 어쩌면 게르망트네 사회에 관심을 갖기 전 그를 잠시 만난 적이 있었을지 모른다.) "브레오테 씨나 아그리장트 대공 같은 분이 그분에 관해 뭔가 알려 주실 수 있을까요?" 하고 질베르트가 물었다. "아뇨, 전혀 달라요."라고 게르망트 부인이 외쳤다. 시골 출신이라는 차이에 강한 애정을 갖고 있는 부인은 소박한 묘사를 했지만, 부드럽게 피어난 제비꽃 같은 눈길 아래 금빛의 쉰 목소리로 그 묘사를 채색했다. "로 후작은 페리고르 출신 귀족으로, 그 지방 사람들의 예의 바른 언행과 거리낌 없는 태도를 모두 갖춘 멋진 분이었어요. 그분이 게르망트 성에 그의 친한 친구인 영국 왕과 함께 온 적이 있었어요. 사냥 후 간식 시간이 있었죠. 그런 시간이면 로는 가죽 장화를 벗어 던지고, 커다란 양털 실내화로 바꿔 신으러 가는 습관이 있었죠. 에드워드 왕과 그 모든 대공작들에도 그는 전혀 거북해하지 않고, 게르망트 성의 큰 살롱으로 양털 실내화를 신고 내려왔어요. 자신이 로 달르망(Lau d'Allemans) 후작이므로 영국 왕

---

* 오데트의 살롱을 드나들던 사교계 인사로 스완의 친구이다.(『잃어버린 시간을 찾아서』 7권 260 쪽 주석 참조.) 이 살롱에는 훗날 영국 왕 에드워드 7세가 된 웨일스 공도 드나들었다.(『잃어버린 시간을 찾아서』 1권 37쪽 참조.)

에게 전혀 구속받을 게 없다는 거죠.* 로와 그 매력적인 카시
모도 드 브르퇴유**가 내가 제일 좋아하는 두 사람이었어요.
게다가 그들은 ……와도 아주 친한 친구였는데."(부인은 '당신
아버지와도'라고 말하려 하다가 갑자기 멈추었다.) "아니에요, 그
사람은 그리그리***나 브레오테하고는 전혀 상관없어요. 진짜
페리고르 출신의 대귀족이죠. 게다가 메메가 이 알르망 후작에
관한 생시몽의 글을 인용한 적이 있는데, 정말 맞는 말이에요."
내가 그 묘사의 첫 구절을 낭송했다. "알르망 씨는 페리고르 출
신 귀족 중에서도 가문이나 자신의 업적에 의해 가장 뛰어난
인물이며, 또 성실함과 능력, 온화한 태도로 그곳에 살고 있는
사람들로부터 모든 사람들이 믿고 의지할 수 있는 판관이자 중
개자로 간주된다. 또 그 지방의 수탉으로서……."**** "그래요,
그런 점이 있어요." 하고 게르망트 부인이 말했다. "더욱이 로
후작은 언제나 수탉처럼 얼굴이 붉었으니까요." "그 묘사를 낭

---

* 로 달르망(Lau d'Allemans)이란 성(姓)에서 알르망(Allemans)은 독일인을
뜻하는 Allemand과 발음이 같으므로 영국과는 아무 상관이 없다는, 일종의 농
담이다. 로 후작의 불행한 말년은 「갇힌 여인」에서 이미 언급되었다.(『잃어버린
시간을 찾아서』 9권 60쪽 참조.)
** 게르망트 부인의 모델 가운데 하나로 간주되는 그레퓔(Greffhule) 백작 부
인의 살롱을 드나들던 실제 인물이다. 이 부분에서만 유일하게 언급되었다.
*** 그리그리는 아그리장트 대공의 별칭이다. 스완 부인의 살롱을 드나들던 사
교계 인사이다.
**** 생시몽의 『회고록』을 거의 원문 그대로 인용했다. 친구인 '아르망 뒤 로,
알르망 후작(Armand du Lau, marquis d'Allemans)'이 1719년 파리를 방문했
을 때 쓴 글이다.(『사라진 알베르틴』; 플레이아드 IV, 1100쪽 참조.) 그리고 수탉
은 은어로 여자에게 인기 많은 남자를 가리킨다.

송하는 걸 들은 적 있어요." 하고 질베르트가 말했다. 그렇지만 그 구절을 낭송한 사람이 자신의 아버지라는 말은 하지 않았다. 사실 스완은 생시몽의 대단한 찬미자였다.

질베르트는 또한 아그리장트 대공과 브레오테 씨에 대해서도 얘기하고 싶어 했는데, 거기에는 다른 이유가 있었다. 아그리장트 대공은 상속에 의해 아라곤 왕가의 일원이 되었지만, 그 영지는 푸아투*에 위치했다. 그의 성, 적어도 그가 사는 집은 자기 가족의 것이 아니라 그의 모친의 첫 번째 남편 가족이 소유했던 것으로, 마르탱빌과 게르망트의 중간쯤 되는 곳에 위치했다. 그래서 질베르트는 아그리장트 대공과 브레오테 씨가 마치 자기가 예전에 살던 지방을 연상케 하는 시골 이웃인 듯 말했다. 실제로 그녀의 말에는 거짓말이 일부 섞여 있었다. 그녀는 브레오테 씨를 파리에서 몰레 자작 부인의 소개를 통해서 알게 되었다고 말했지만, 브레오테 씨는 사실 스완의 오랜 친구였다. 그러나 탕송빌 근방의 이야기를 하는 기쁨은 진심일 수 있었다. 속물근성이란 어떤 사람들에게는 유익한 성분을 섞어서 만드는 맛있는 음료와도 같다. 질베르트는 아름다운 책과 나티에**의 그림 몇 점을 소장하고 있다는 이유로 어느 사교계 여인에게 관심을 가졌다. 나의 옛 여자 친구는 아마 그 책이나 그림을 보려고 국립 도서관과 루브르 박물

---

* 1035년 이베리아 반도의 동북부에 세워진 나라로, 1479년 카스티야 왕국과 합쳐진 뒤, 훗날 스페인에 편입되었다. 푸아투는 프랑스 중서부에 위치하며, 푸아티에가 중심 도시이다.

** Nattiers(1685~1766). 루이 15세 시대의 초상화가였다.

관에 가지는 않았을 테지만, 그녀가 탕송빌의 매력에 끌린 것은 거리상으로 보다 인접한 샤즈라 부인이나 구필 부인보다는 아그리장트 대공 쪽의 영향이 더 많이 작용했기 때문이라고 생각한다. "오! 불쌍한 바발과 그리그리!" 하고 게르망트 부인이 말했다. "로 후작보다 병이 더 심하니 두 사람 다 오래가지 않을 것 같아서 걱정되는군요."

내 기고문을 읽기를 마쳤을 때, 게르밍트 씨는 내게 조금은 미온적인 칭찬을 했다. 유행 지난 샤토브리앙의 산문처럼 과장이나 은유가 많은, 조금은 진부한 형식의 문체라고 애석해했다. 반대로 내가 '몰두할' 일을 찾았다는 점에서는 아낌없이 칭찬했다. "나는 열 손가락으로 뭔가 하는 사람을 좋아한다네. 거드름을 피우거나 불안해하는 그런 쓸모없는 인간은 싫어하지. 멍청한 족속들이니까!" 사교계의 예절을 지극히 빠른 속도로 습득한 질베르트는 자기가 작가의 친구라고 말할 수 있어서 얼마나 자랑스러운지 모르겠다고 말했다. "내가 당신을 알게 되어 얼마나 기뻐하며 얼마나 '영광스러워하는지'를 말하는 모습을 좀 상상해 봐요." "내일 우리와 함께 오페라코미크에 가지 않을래요?"라고 공작 부인이 말했다. 내가 부인을 처음 보았고 또 네레이드의 지하 왕국처럼 접근할 수 없는 곳으로 보였던 그 아래층 특별석으로의 초대라고 생각했다.* 하지만 나는 우울한 목소리로 대답했다. "아뇨, 전 극장에 갈 수

---

* 부인을 처음 보았던 오페라좌에서의 만남에 대해서는 『잃어버린 시간을 찾아서』 5권 63쪽; 네레이드에 관해서는 4권 112쪽 주석 참조.

없습니다. 아주 좋아하던 여자 친구가 죽었거든요." 이 말을 하면서 눈에 눈물이 고이는 듯했지만 그 이야기를 처음으로 할 수 있어서 어떤 기쁨마저 느꼈다. 그때부터 나는 최근에 겪은 커다란 슬픔에 대해 모든 사람들에게 편지를 쓰기 시작했고, 그렇게 하면서 슬픔을 느끼는 것을 멈추었다

질베르트가 떠난 후 게르망트 부인이 말했다. "내가 보낸 신호를 알아차리지 못하더군요. 스완 얘기를 하지 말라는 신호였는데." 나는 사과했고, 부인은 "물론 당신을 이해해요. 나도 그 사람 이름을 말할 뻔했으니까. 겨우 실수를 만회할 시간을 가지긴 했지만, 끔찍한 일이죠. 다행히도 때맞춰 멈추긴 했지만요. 당신도 그게 얼마나 불편한 일인지 알 거예요." 하고 마치 모든 사람에게 공통된 성향, 저항하기 힘든 성향에 내가 복종한다고 믿는 듯한 표정을 지으면서, 내 실수를 축소하려는 듯 남편에게 말했다. "내가 어떻게 하면 좋겠소?" 하고 공작이 물었다. "저 데생이 스완을 생각나게 하니까 다시 위층에 갖다 놓으라고 말하기만 하면 되오. 만일 스완이 생각나지 않으면, 그냥 그의 이야기를 하지 않으면 되고."

다음 날 나를 매우 놀라게 한 두 통의 축하 편지를 받았는데, 그중 하나는 콩브레의 귀부인 구필 부인으로부터 온 편지였다. 나는 부인을 오랫동안 다시 만나지 못했고, 콩브레에서 말을 건넨 것도 세 번밖에 되지 않았다. 부인은 독서실*에서

---

* 18세기와 19세기에 약간의 돈을 내고 신문이나 잡지, 신간 서적을 읽거나 빌릴 수 있었던 공공시설을 가리킨다.

《르 피가로》한 부를 전달받았다고 했다. 이렇게 우리 삶에 뭔가 울림을 자아내는 일이 생기면 멀리 있는 탓에 사이가 소원해진 사람들로부터도 소식이 오는데, 그 사람들에 대한 추억은 이미 아주 오래된 것이어서, 특히 깊이란 의미에서 먼 거리에 위치하는 듯 보인다. 오랫동안 잊고 있던 중학교 시절 친구, 우리 기억에 스무 번이나 떠올랐던 친구가, 그렇지만 우리로부터 좋은 소식을 받기를 기대하면서 자신의 소식을 전해 오기도 한다. 내 기고문에 대해 어떻게 생각하는지 내가 그토록 알고 싶었던 블로크는 편지를 보내오지 않았다. 사실 그는 내 글을 읽었지만, 내가 받을 충격의 파장 때문에 편지를 쓰지 않았다고 나중에 털어놓았다. 실은 그 자신도 몇 년 후에 《르 피가로》에 글을 썼고, 그는 즉시 그 사건을 내게 알리고 싶어 했다. 그가 특권처럼 생각했던 것이 자신에게 굴러들어 왔으므로 내가 쓴 글을 알지 못한 척했던 질투심이 마치 압박기를 들어 올린 듯 멈추었고, 그러자 그는 자기 글에 대한 내 평을 듣고 싶다는 말을 아주 다른 방식으로 표현했다. "너 역시 기고문을 쓴 걸 알고 있었어. 하지만 그에 대해 말할 필요가 없다고 생각했어. 널 불쾌하게 할까 두려웠어. 친구에게 수치스러운 일이 생길 때는 말해선 안 되니까. 신문에 대고 군부와 교회, '파이브 어클락(five o'clock)의 사교 모임'에 대해 쓰는 건 명백히 수치스러운 일이니까. 물론 성수반도 잊어서는 안 되겠지만."* 그의 성격은 예전 그대로였지만, 기교주의를 버린

---

* '파이브 어클락,' 즉 5시 모임은 간단히 차나 간식을 먹으면서 담소를 나누는

몇몇 작가들이 그렇듯이, 상징주의 계열의 시를 쓰다가 신문 연재 소설을 쓰기 시작하면서부터 문체에 예전만큼 멋을 부리지 않았다.

블로크의 침묵에 마음을 달래려고, 구필 부인의 편지를 다시 읽었다. 하지만 열기가 느껴지지 않았다. 귀족 세계의 사람들은 몇몇 관례적인 문구로 시작 부분의 "선생님께"와 끝부분의 "경의를 표하며"라는 말 사이에 울타리를 치는데, 그래도 그 사이로 기쁨과 경탄의 소리가 꽃처럼 터져 나오고, 또 울타리 너머로 한 무리의 꽃들이 향기를 풍길 수 있다. 그러나 부르주아의 관례주의는 편지의 내용마저 "당신의 당연한 성공" 또는 기껏해야 "당신의 멋진 성공"이란 틀 안에 가두기 마련이다. 자신이 받은 교육에 충실하고 또 단정한 코르사주를 입은 신중한 부르주아 형수나 처제들은 "제 진심을 담아"라는 문구를 쓰기만 하면 불행이나 열광을 충분히 토로했다고 믿는다. "어머님께서도 인사를 전해 달라고 하셨어요."라는 말은 드물게 후한 최상급 인사이다. 나는 구필 부인의 편지 외에도 다른 한 통의 편지를 받았는데, 사닐롱이란 내가 모르는 이름이었다.* 서민풍의 필체와 매력적인 언어로 쓴 편지였다. 누가

사교 모임을 가리킨다. 프루스트가 「소녀들」로 공쿠르상을 받았을 때 모 비평가가 프루스트에 대해 '파이브 어클락'의 사교 모임과 '성수반,' 즉 성당을 왔다 갔다 하면서 명성을 쌓은 작가라고 비난한 사실을 암시하고 있다.(『사라진 알베르틴』; 리브르드포슈, 270쪽 참조.)

* 「되찾은 시간」에 가면 이 편지를 쓴 사람이 콩브레의 테오도르임이 밝혀진다.(『되찾은 시간』; 플레이아드 IV, 279쪽 참조.)

썼는지 알 수 없어 유감이었다.

이틀 후 베르고트가 내 글의 대단한 찬미자로서 부러운 마음 없이는 읽을 수 없었다고 했으므로 나는 무척 기뻤다. 그렇지만 잠시 후 그 기쁨은 사라졌다. 사실 베르고트는 내게 아무말도 써 보내지 않았다. 나는 그가 내 글을 좋아하지 않을까 봐 두려워, 다만 내 글을 좋아하는지 어떤지 물었을 뿐이다. 내가 스스로 한 이 질문에, 포르슈빌 부인이 베르고트가 그 글을 매우 훌륭한 작가가 쓴 글이라고 생각하며 무한히 감탄했다고 대답했다. 그러나 부인은 내가 자고 있을 때 그 말을 했다. 꿈이었다. 우리가 꾸는 대부분의 꿈에서는, 우리가 스스로에게 묻는 질문에 여러 인물이 등장하지만, 내일이 없는 복합적인 단언으로 응답한다.

포르슈빌 양으로 말하자면, 나는 그녀를 생각하며 비통한 마음을 금할 수 없었다. 뭐라고? 그녀는 스완의 딸이었고, 스완이 그토록 딸이 게르망트 댁에 초대받는 모습을 보고 싶어했으나 게르망트 부부가 그들의 친한 친구의 부탁을 거절했고, 그렇지만 훗날 그들이 자발적으로 그 딸을 찾지 않았는가. 이렇게 지나간 시간은 우리에게 오랫동안 만나지 못했던 존재들에게, 사람들이 그들에 대해 말하는 것에 따라 그들의 면모를 새롭게 하면서 다른 인격을 부여하는데, 그동안 우리 자신도 완전히 다른 사람이 되어 다른 취향을 갖게 된다. 그러나 스완은 딸을 품 안에 껴안고 키스하면서 이따금 이렇게 말하곤 했다. "내 사랑하는 아가, 너 같은 딸이 있다는 게 참 좋구나. 언젠가 내가 여기 없을 때, 만일 사람들이 여전히 네 가엾은 아빠 이야기를 한다면, 그건 오로지 너와 함께 말하려고, 너 때문에 하는 거겠지." 이처럼 스완은 죽은 후에 자신이 딸을 통해 살아남으리라는, 조금은 두렵고 불안한 희망을 품었지만, 그는 자신이 부양하는 어느 품행 단정한 젊은 무용수에게 유언장을 만들어 주면서 자신이 그녀에게 가까운 친구에 지나지 않지만 그래도 그녀가 자신의 기억에 충실할 거라고 생각하는 늙은 은행가만큼이나 착각하고 있었다. 품행이 단정한 그녀는 탁자 밑에서 그녀의 마음에 드는 늙은 은행가의 친구들과 발장난을 치며, 그러나 이 모든 짓은 은밀히 이루어지기 때문에, 겉으로는 훌륭한 외관을 유지한다. 그녀는 그 훌륭한 인간의 장례식에서 상복을 입고, 이제는 이 모든 것에서 벗어났다고 느끼면서 그가 물려준 현금뿐 아니라 부동산이며 자동차까지 마음껏 이용하고, 조금은 수치심을 불러일으키는 예전 소유주의 표시를 도처에서 지워 버리고, 증여받은 재산을 향유할 때에도 증여자에 대해 어떤 회한도 느끼지 않을 것이다. 부성애의 헛된 기대도 은행가의 그것과 다를 바 없다. 대부분의 딸들은 아버지를 그저 그들에게 재산을 남기는 늙은이로만 생각한다. 살롱에서 질베르트의 현존은 아직도 이따금 그녀의 아버지에 대해 얘기할 기회가 되는 대신 오히려 방해물로 작용했고, 아직 말할 수 있는 기회마저 점점 드물게 만들었다. 그가 했던 말이나 그가 준 물건에 대해서도 사람들은 더 이상 그의 이름을 언급하지 않는 습관을 가지게 되었고, 그의 기억을 영속화하지는 못한다 해도 적어도 새롭게 할 수 있는 딸이 오히려 죽음과 망각의 작업을 서둘러 완성했다.

질베르트가 조금씩 망각의 작업을 완성한 것은 비단 스완에 대해서만이 아니었다. 다시 말해 그녀는 내게도 알베르틴에 대한 망각의 작업을 서두르게 했다. 내가 질베르트를 전혀 다른 여자로 혼동했던 몇 시간 동안 그녀는 내 마음속에 욕망을, 행복에의 욕망을 부추겼고, 그런 욕망의 영향으로 조금 전만 해도 내 마음을 사로잡았던 몇몇 고뇌나 고통스러운 걱정이 내게서 빠져나가면서, 그와 너불어 아마도 이미 오래전에 부스러져 연약해진 알베르틴에 대한 추억이라는 묶음도 송두리째 사라지는 듯했다. 왜냐하면 알베르틴에게 연결된 많은 추억들이 처음에는 그녀의 죽음에 대한 회한을 내 마음속에 유지하는 데 기여했지만, 지금은 역방향으로 회한 자체가 추억들을 내 마음에 머무르게 했기 때문이다. 그리하여 날마다 어렴풋이 망각의 지속적인 해체 작업을 통해 조금씩 준비되다가 어느 날 돌연 그 전체 속에 실현된 내 감정 상태의 변화는, 그날 내가 처음으로 공허를 느꼈다는, 내 연상 작용의 한 부분이 온통 삭제된 걸 느꼈음을 기억하는 듯한 인상을 주었다. 오랫동안 사용한 뇌의 혈관이 터져 기억의 일부가 손상되거나 마비된 인간이 겪는 것과 같은 인상이다. 나는 더 이상 알베르틴을 사랑하지 않았다. 기껏해야 어느 날 날씨가 우리의 감수성을 변하게 하거나 깨어나게 하면서 현실과의 접촉을 다시 가능하게 할 때면, 나는 그녀를 생각하며 지극한 슬픔을 느꼈다. 더 이상 존재하지 않는 사랑으로 인해 고통을 느꼈다. 이렇게 해서, 다리를 절단한 사람은 날씨의 어떤 변화로 인해 잃어버린 다리에서 통증을 느낀다.

내 고뇌의 사라짐, 또 그 고뇌를 동반했던 모든 것의 사라짐은 흔히 우리 삶에서 커다란 자리를 차지했던 병에서 회복되었을 때처럼 나를 작아지게 했다. 사랑이 영원하지 않은 것은 아마도 우리의 기억이 언제나 진실하지 못하고, 또 삶이 지속적인 세포 쇄신으로 이루어지기 때문인지도 모른다. 그러나 이런 기억에 의한 쇄신 작업은, 변해야만 하는 것을 한순간 멈추고 고정하는 우리의 주의력 때문에 지체되기도 한다. 그리고 슬픔은 여인에 대한 욕망과 마찬가지로 생각하면 할수록 더욱 커지는 법이므로, 할 일이 많다는 것은 그만큼 순결을 지키거나 망각하는 일을 용이하게 한다.

시간이 점차 망각을 가져다준다 해도, 망각이 이번에는 그 차례로 상이한 반응을 통해(비록 단순한 기분 전환에 지나지 않았지만, 포르슈빌 양에 대한 욕망이 단번에 망각을 실제의 감각할 수 있는 것으로 만들었듯이) 우리의 시간관념에 깊은 변화를 야기한다. 착시 현상은 공간과 마찬가지로 시간에도 존재한다. 일하고 싶고, 잃어버린 시간을 되찾고 싶고, 삶을 바꾸고 싶고, 아니, 차라리 삶을 시작하고 싶다는 그 끈질긴 오래된 욕망은 내가 언제나 젊다는 환상을 주었다. 그렇지만 알베르틴이 살아 있던 마지막 몇 달 동안 내 삶에 연이어 일어난 그 모든 사건들 — 그리고 사람이 많이 변하면 실제보다 더 오래 산 것 같은 느낌이 들기 때문에 내 마음속에 일어난 사건들 — 에 대한 기억은 그 몇 달을 내가 산 일 년보다 더 긴 것처럼 느끼게 했다. 그리고 지금 그토록 많은 것에 대한 망각은 그 사이에 놓인 텅 빈 공간들에 의해 나를 최근의 사건들로부터 떼어

놓았으므로, 그 사건들을 내게 매우 오래전 일로 보이게 했다. 왜냐하면 나는 그 사건들을 망각하는, 소위 사람들이 '시간'이라 부르는 것을 가졌기 때문이다. 기억 한가운데 이처럼 단편적이고 불규칙적인 형태로 끼어드는 망각은 ── 마치 바다의 짙은 안개가 사물의 모든 지표를 지워 버리듯이 ── 시간 속에서 느끼는 거리에 대한 감정을 흐트러뜨리고, 해체하고, 저곳은 줄이고 이곳은 늘어나게 하면서 때로 내가 실제로 있는 곳보다 사물과 더 멀리, 때로는 더 가까이 있다고 믿게 했다. 그리하여 내 앞에 펼쳐진 아직 탐색하지 못한 새로운 공간 속에는, 내가 지금 막 통과한 잃어버린 시간 속에 할머니에 대한 사랑의 흔적이 없었던 것처럼, 알베르틴에 대한 내 사랑의 흔적도 더 이상 없을 터였다. 그리하여 내 삶은 얼마의 시간이 지나면 앞의 시기를 받쳐 주던 것이 다음 시기에는 더 이상 존속하지 않는, 일련의 연속적인 시기만을 제공할 뿐, 뭔가 개인적이고 동일하며 영속적인 자아의 받침대가 없는, 뭔가 과거에서 오래 끈 것처럼 미래에서도 아무 쓸모 없는, 뭔가 죽음이 어떤 결론도 내리지 못한 채 여기저기서 끝낼 수 있는 것으로 보였다. 마치 고등학교 수사학반의 프랑스 역사 수업에서 강의 계획서나 교사의 기분에 따라, 1830년 혁명이나 1848년 혁명 또는 제2제정 말기에서 마음대로 끝낼 수 있는 것처럼 말이다.[*]

---

[*] 수사학반은 수사학을 가르치는 고등학교의 마지막 학년을 가리키며, 제2제정은(1852~1870) 나폴레옹 3세의 몰락으로 끝이 난 시기로, 당시에는 가장 최근 역사로 간주되었다.(『사라진 알베르틴』; 펭귄북스, 671쪽 참조.)

어쩌면 그때 내가 느낀 피로감과 슬픔은 이미 망각한 것을 헛되이 사랑한다는 사실보다는 살아 있는 새로운 사람들, 순수한 사교계 사람들, 그들 자체로서는 전혀 흥미롭지 않은 단순히 게르망트네의 친구에 지나지 않는 사람들과의 만남을 내가 좋아하기 시작했다는 데에서 더 많이 연유하는지로 몰랐다. 사랑했던 여인이 얼마의 시간이 지나면 빛바랜 추억에 지나지 않음을 깨닫는 편이, 활기차지만 기생충과도 같은 인간 식물군으로 우리의 삶을 장식하면서 시간을 낭비하는 공허한 활동의 발견보다는 어쩌면 더 쉽게 내 마음을 달래 주었을 것이다. 그런 식물군도 죽으면 또한 무로 돌아갈 것이며 우리가 알았던 것과도 이미 무관해질 텐데도, 우리의 수다스럽고 우울하고 영합적이며 노쇠한 존재는 그들의 비위를 맞추려고 애를 쓴다. 이제 알베르틴 없이도 쉽게 삶을 견딜 수 있는 새로운 존재가 내 마음속에 출현했다. 게르망트 부인 댁에서 깊은 고통을 느끼지 않고 그저 상심한 말투로 알베르틴 이야기를 할 수 있었으니까. 예전의 자아와는 다른 이름으로 불러야 하는 이 새로운 자아의 가능한 도래가 사랑했던 사람에 대한 무관심 때문에 언제나 나를 두렵게 했다. 다시 말해 예전에 질베르트 일로 그녀의 아버지로부터, 만일 내가 오세아니아에 가서 산다면 다시는 돌아오고 싶은 생각이 없어질 거라는 말을 들었을 때,[*] 보다 최근에는 젊은 시절에 사랑했던 여인과 헤어졌다가 늙어서 다시 만나자 기쁨도 다시 만나고 싶

---

[*] 『잃어버린 시간을 찾아서』 4권 56쪽 참조.

은 마음도 느끼지 못했다는 어느 시시한 작가의 '회고록'을 비통한 심정으로 읽었을 때 그런 두려움을 느꼈다. 그런데 이토록 두렵고 이토록 자비로운 존재가 내게 망각과 더불어 오히려 고뇌의 거의 완전한 소멸을, 행복의 가능성마저 가져다주었다. 이 존재는 바로 운명이 우리를 위해 비축해 놓은 교체용 자아에 다름 아니며, 또 운명은 우리의 기도에 귀 기울이지 않다가 어느 예리한, 그래서 더 권위적인 의사처럼 우리도 모르는 사이에 적절한 때 개입해서 상처투성이의 자아를 다른 자아로 교체해 준다. 마치 낡은 천을 수선하듯 운명이 이따금 이런 교체를 실현하지만, 우리는 옛 자아가 엄청난 고통을, 상처를 주는 낯선 육체를 지니고 있을 때라야 주의를 기울이며, 그래서 낯선 육체를 발견하지 못하면 놀라고, 자신이 다른 사람이 된 것에 감탄한다. 이 다른 사람에게서 옛 자아가 느끼는 고뇌는 다만 타자의 고뇌, 고뇌를 느끼지 않기 때문에 연민의 감정을 가지고 말할 수 있는 그런 고뇌에 지나지 않는다. 고통스러웠던 기억이 어렴풋하게만 떠오르는 탓에, 그토록 많은 고뇌를 겪었다는 사실에도 무관심해진다. 마찬가지로 밤이 되면 우리는 무시무시한 악몽에 시달릴 수 있다. 그러나 잠에서 깨어나면 우리는 다른 사람이 되고, 그래서 잠을 자는 동안 자신이 뒤를 이은 사람이 살인자의 면전에서 도망쳐야 했다는 사실에도 거의 신경을 쓰지 않는다.

물론 이 자아는 아직도 친구처럼 옛 자아와 접촉한 흔적을 간직하고 있었다. 마치 아내를 잃은 자의 슬픔에는 무관심하면서도 장례식에 참석한 사람들과 예의 바르게 슬픈 표정을 지으며 말하고, 그러다 대신 손님 접대를 부탁하고 계속 오열하는 그 상처한 자를 보려고 방으로 들어가 보는 친구와도 같다. 나 역시 잠시 알베르틴의 옛 친구로 돌아갈 때면 여전히 눈물을 흘렸다. 그러나 그것은 나 자신이 송두리째 옮겨 가려고 시도하는 새로운 인물 속에서였다. 다른 사람들에 대한 애정의 약화는 그들이 죽어서가 아니라 우리 자신이 죽어 가기 때문이다. 알베르틴은 자기 친구를 비난할 필요가 전혀 없었다. 친구라는 이름을 가로채 간 사람은 그 상속자에 불과했으니까. 우리는 자신이 기억하는 것에만 충실할 수 있으며, 자신이 알았던 것만을 기억한다. 옛 자아의 그늘에서 자라는 동안 나의 새로운 자아는, 옛 자아가 알베르틴에 대해 하는 얘기를 자주 들었다. 옛 자아를 통해, 옛 자아로부터 수집한 이야기를 통해 나의 새로운 자아는 알베르틴을 안다고 믿었으며, 그녀에게 호감을 가졌고, 또 그녀를 사랑했다. 그러나 그것은 중개자에 의한 간접적인 애정일 뿐이었다.

또 다른 사람이 알베르틴과 관련되어 망각의 작업이 아마도 그 무렵 더 빨리 이루어졌고, 그 여파로 인해 얼마 후에 그 작업이 내 마음에 일으킨 새로운 발전을 이해하게 해 주었는데(결정적 망각에 이르기 전 제2단계의 기억이다.), 바로 앙드레였다. 앞에서 언급했던 대화를 나눈 지 거의 여섯 달쯤 후 나는 앙드레와 대화를 나누었다. 이 대화가 알베르틴을 망각하게 된 주된 유일한 원인은 아니라 해도, 적어도 필요충분조건이었다고는 할 수 있다. 이 대화 중 앙드레는 자신이 처음에 했던 말과 아주 다른 말을 했다. 내 방에서 있었던 일이라고 기억한다. 왜냐하면 그때 나는 작은 그룹의 소녀들에 대해 내가 처음 느꼈고 또 이제 다시 느끼기 시작한 집단적 사랑의 측면 때문에, 그녀와 거의 관능적인 관계를 가지는 데서 어떤 기쁨을 느끼고 있었기 때문이다. 내 사랑은 소녀들 사이에서 오랫동안 분리되어 있지 않다가, 알베르틴의 죽음을 전후해서 마지막 몇 달은 오로지 알베르틴이란 인간에게만 결부되었다.

우리는 또 다른 이유로 해서 내 방에 있었고, 그래서 나는 그 대화를 정확히 위치시킬 수 있었다. 게다가 그날은 어머니의 손님 접대일이어서, 아파트의 다른 방에는 갈 수 없었다. 또 어머니가 사즈라 부인 댁으로 점심 식사를 하러 간 날이기도 했다. 마침 어머니가 손님을 맞는 날이어서, 처음에는 사즈라 부인 댁에 가기를 주저하셨다. 그러나 콩브레에서도 사즈라 부인은 언제나 따분한 사람들만 초대했으므로 모임이 즐거울 리 없다고 확신했고, 그래서 일찍 집에 돌아와도 즐거움을 놓치는 일은 없을 거라고 예상했다. 사실 사즈라 부인 댁에는 손님들이 올 때면 나는 사즈라 부인의 특별한 목소리, 어머니가 그녀의 '수요일 목소리'라고 부르는 목소리에 이미 얼어붙은 지겨운 사람들밖에 없었으므로, 어머니는 시간에 맞춰 귀가했고 후회도 하지 않았다. 하지만 어머니는 부인을 좋아했고 부인이 겪은 불운도 동정했는데 ─ X공작 부인과의 일탈로 파산한 부인의 아버지 때문에 ─, 그 불운으로 인해 부인은 거의 일 년 내내 콩브레에 칩거했다. 파리의 사촌 집에서 몇 주 머무르는 것과 십 년에 한 번 긴 '관광 여행'을 하는 것을 제외하면 말이다. 내가 몇 달 전부터 여러 번 부탁했고 또 대공 부인도 방문해 주기를 계속 요청했으므로, 전날 어머니는 파름 대공 부인을 뵈러 갔다. 부인 자신은 손님 방문을 하지 않았고 방문객들도 보통은 명부에 이름을 기재하는 것으로 끝났지만, 의전상 대공 부인이 우리 집에 올 수는 없었으므로, 내 어머니께 꼭 보러 와 달라고 요청했기 때문이다. 그러나 어머니는 몹시 언짢아하면서 돌아오셨고, "넌 내게 바보짓을 하게 했어."라고 말씀하셨다. "파름 대공 부인은 내게 거의 인사도 하지 않았어. 다른 귀부인들 쪽으로 돌아서서는 나를 아는 체하지도 않고 그들하고만 담소를 나누더구나. 십 분이 지나도 말을 걸지 않기에 그냥 나왔다만, 부인은 내게 손도 내밀지 않았어. 아주 난감했단다. 반대로 나오다가 문 앞에서 게르망트 공작 부인을 만났는데 그분은 얼마나 다정하신지, 네 이야기도 많이 하셨단다. 그분에게 알베르틴 얘기를 할 생각을 하다니 얼마나 괴상한 생각이냐! 그 아이의 죽음이 그토록 큰 슬픔이었다고 네가 말했다고 하던데.(사실 공작 부인에게 그렇게 말하긴 했지만 그 일을 거의 기억하지 못했고, 또 그렇게 주의를 기울이며 말한 것도 아니었다. 그러나 아무리 방심한 사람이라 할지라도 우리가 당연하다고 생각해서 별 뜻 없이 흘리는 말에 각별히 주의를 기울일 때가 있는데, 그 말이 그들의 호기심을 깊이 자극하기 때문이다.) 하지만 파름 대공 부인 댁에는 결코 다시 가지 않을 거다. 넌 내게 바보짓을 하게 했어."

그런데 다음 날, 어머니의 손님 접대일에 앙드레가 나를 보러 왔다. 그녀는 나중에 지젤을 찾아가서 같이 저녁을 먹고 싶기 때문에 시간이 별로 없다고 했다. "그 애의 결점은 알지만,

그래도 가장 친한 친구이고 가장 애정을 느끼는 사람이에요."
라고 그녀가 말했다. 그녀는 내가 그들과 함께 식사하자고 할
까 봐 겁이 난 것 같았다. 그녀는 사람들을 갈망했으므로, 나처
럼 자기를 너무 잘 아는 제삼자가 있으면 즐거움에 제대로 몰
두하지 못하여 그들 옆에서 완전한 즐거움을 맛보지 못했다.

　사실 앙드레가 왔을 때 나는 그곳에 없었다. 그녀는 나를 기
다렸고, 나는 그녀를 만나려고 작은 거실을 지나다 어떤 목
소리를 들었으며, 그래서 또 다른 방문객이 기다린다는 걸 알
았다. 내 방에 있는 앙드레를 보려고 서두르면서 나는 동시에
그 다른 방문객이 누구인지도 알고 싶었다. 다른 방에 있게 한
걸 보면 앙드레를 모르는 사람이 틀림없었다. 나는 작은 거실
방문 앞에서 잠시 귀를 기울였다. 방문객은 말을 하고 있었는
데, 혼자가 아니었다. 그가 한 여인에게 말했다. "오! 내 사랑!"
하고 그는 아르망 실베스트르의 시를 낭송하며 콧노래를 불
렀다. "오! 그대가 한 그 모든 짓에도 불구하고, 그대는 언제나
나의 연인으로 남아 있으리.*

　　죽은 이들은 대지의 품 안에서 평화롭게 잠드나니.
　　이렇게 우리의 꺼져 버린 감정도 잠드나니.
　　이 가슴의 유품에도 먼지는 쌓이나니,

---

* 아르망 실베스트르의 시집 『장미의 나라』(1882)에서 인용한 시구이다. 실베
스트르는 시인이자 오페라 대본 작가로 앞에서 이미 인용되었다.(213쪽 주석
참조.)

그 성스러운 유해에 손을 대서는 안 되나니!*

이건 좀 오래된 시지만, 그래도 아름답지 않은가! 어쨌든 난 첫날부터 그대에게 이렇게 말했을 걸세.

그대는 그들에게 눈물을 흘리게 하리니, 사랑스러운 예쁜 아이여…….

뭐라고, 이 시를 모른다고?

…… 이 모든 아이들이, 미래의 남자들이,
이미 그들의 젊은 몽상을 늘어뜨리고 있네,
그대 순수한 눈의 다정한 속눈썹에.**

아! 나는 한순간 이렇게 말할 수 있다고 생각했네.

그가 이곳에 온 첫날 밤,
자존심 따위는 더 이상 신경 쓰지 않았네.
나는 그에게 말했네. '당신은 나를 사랑하리라고
당신이 할 수 있는 한 언제까지나.'

_____

* 뮈세의 「밤」(1835~1837) 중 「10월의 밤」에 나오는 시구이다.(『잃어버린 시간을 찾아서』 4권 217쪽 참조.)
** 쉴리 프뤼돔(Sully Prudhomme, 1839~1907)의 『공허한 애정』(1875)에 수록된 「튈르리 공원에서」에 나오는 시구이다.

나는 그의 품 안에서만 잠들 수 있었었네.*"

이런 시(詩)의 쇄도가 어떤 여인을 대상으로 하고 있는지 궁금했던 나는 앙드레를 급히 방문하려던 것도 잠시 미루고 문을 열었다. 샤를뤼스 씨가 한 군인에게 시를 낭송하고 있었는데, 나는 그 군인이 모렐임을 금방 알아보았다. 그는 십삼 일의 군 복무를 하기 위해 이제 막 떠나려는 참이었다.** 더 이상 샤를뤼스 씨와 좋은 관계는 아니었지만, 그래도 그는 이따금 도움을 청하려고 샤를뤼스 씨를 만나고 있었다. 평소에는 사랑에 대해 보다 남성적인 형태를 부여하던 샤를뤼스 씨지만 그런 우수에 찬 마음도 가지고 있었다. 게다가 젊은 시절 그는 시인의 시를 이해하고 느끼기 위해서는 그 시가 아름다운 부정한 여인이 아닌, 젊은 남성을 대상으로 한다고 상상할 필요가 있었다. 모렐과 함께 사람들을 방문하는 일이 샤를뤼스 씨에게는 한순간 재혼한 것 같은 환상을 심어 주어 매우 만족해한다고 느꼈지만, 나는 되도록 빨리 그들을 떠났다. 게다가 샤를뤼스 씨에게는 왕비의 속물근성이 하인의 속물근성에 섞여 있었다.

알베르틴에 대한 추억이 파편화하면서 그것은 내게 더 이상 슬픔을 야기하지 않았고, 마치 화성의 변화를 준비하는 화

---

* 샤를 크로(Charles Cros, 1882~1888)의 『할퀸 상처의 목걸이』(1908)에 수록된 「녹턴」에 나오는 구절이다.
** 십삼 일은 예비역 복무 기간으로, 1872년 법령에 의하면 이 주 또는 일요일을 제외한 십삼 일로 규정되었다.(『사라진 알베르틴』; 리브르드포슈, 281쪽 참조.)

음처럼, 새로운 욕망으로 가기 위한 중간 과정에 지나지 않게 되었다. 내가 아직도 알베르틴의 추억에 충실하며, 그리하여 모든 일시적인 관능적 충동에 대한 관념을 멀리한다고 해도, 기적적으로 발견하게 되는 알베르틴보다는, 앙드레를 옆에 두는 편이 더 행복하게 느껴졌다. 앙드레가 알베르틴에 대해, 알베르틴 자신이 내게 말했던 것보다 더 많은 것을 얘기해 줄 수 있었기 때문이다. 그런데 알베르틴에 대한 육체적 애정이나 정신적 애정은 이미 사라졌지만, 그녀에 관련된 문제는 여전히 내 머릿속에 남아 있었다. 그녀의 삶을 알고 싶은 욕망은 별로 줄어들지 않았으므로 지금 내 옆에 그녀가 있기를 바라는 욕구와 비교하면 훨씬 컸다. 다른 한편으로 한 여인이 알베르틴과 관계를 가졌을지도 모른다는 생각이 내게 그 여인과 관계를 가지고 싶다는 욕망을 더 많이 유발했다. 나는 앙드레를 애무하면서 그 말을 했다. 그러자 앙드레는 몇 달 전에 자신이 했던 말에 일치하는 말을 하려는 생각은 전혀 없이, 미소를 반쯤 지으면서 말했다. "아! 그래요, 하지만 당신은 남잔데요. 내가 알베르틴과 했던 걸 당신과 똑같이 할 수는 없죠." 그리고 그 말이 내 욕망을(예전에 속내를 말하지 않을까 하는 기대에서 내가 앙드레에게 알베르틴과 관계를 가졌던 여자와 똑같은 관계를 가지고 싶다고 말한 적이 있어서 그랬는지는 모르지만), 또는 내 슬픔을 커지게 한다고 생각했는지, 아니면 내가 알베르틴과의 관계를 유지한 유일한 사람이라는 우월감을 느낀다고 생각해서 그걸 무너뜨리고 싶었는지 이렇게 말했다. "우리는 둘 다 좋은 시간을 보냈어요. 그 애는 매우 다정하고 격정적이었죠. 하지만 단지 나하고만 쾌락을 맛보기를 좋아했던 건 아니에요. 그 애는 베르뒤랭 부인 댁에서 모렐이라고 불리는 멋진 남자를 만났죠. 두 사람은 금방 서로를 이해했어요. 그는 멀리 떨어진 바닷가 어부 소녀나 세탁소 소녀의 환심을 사는 일을 맡았는데 — 그 역시 어린 풋내기들을 좋아해서 알베르틴으로부터 그들과 재미를 봐도 된다는 허락을 받았으므로, 그 아이들을 못된 길로 들어서게 한 다음에는 금방 그들을 버리곤 했죠 —, 여자아이들은 남자에게는 반했지만 젊은 여자의 수작에는 응답하지 않았죠. 여자아이가 자기 지배하에 들어오면, 곧 아이를 아주 안전한 장소로 오게 해서는 알베르틴에게 넘기곤 했어요. 모렐을 잃을까 봐 겁이 난 여자아이는, 게다가 모렐이 끼어 있었으니까 언제나 복종했는데, 그래도 버림을 받긴 마찬가지였어요. 결과가 두려웠는지, 아니면 한두 번이면 충분했는지, 그가 가짜 주소를 남겨 놓고 도망갔으니까요. 언젠가는 모렐이 용감하게도 그들 중 하나를 알베르틴과 함께 쿨리빌*에 있는 사창가로 데려간 적이 있는데, 거기서는 네다섯 명이 함께 또는 차례로 그 아이를 범하기도 했어요. 그것이 그의 열정이었고, 알베르틴의 열정이기도 했으니까요. 그러나 알베르틴은 그 후에 지독한 회한에 사로잡혔죠. 당신 집에서는 그 열정을 제어했고 거기 빠져드는 걸 매일 미루었다고 생각해요. 그리고 당신에 대한 우정이 매우 깊었으

---

* 쿨리빌 성당 정면 기둥머리에 새겨진 관능적인 그림에 대해서는 『잃어버린 시간을 찾아서』 8권 399~400쪽 참조. 초판에는 코르리빌로 표기되었다고 한다.(『사라진 알베르틴』; 플레이아드 IV, 1103쪽 참조.)

므로 양심의 가책도 느꼈을 거고요. 하지만 만일 당신과 헤어지기라도 했다면 그 앤 틀림없이 다시 시작했을 거예요. 다만 당신을 떠난 후 그 격렬한 욕구에 몸을 맡겼다면 그 후에는 훨씬 큰 회한을 느꼈을 테죠. 그 앤 당신이 구원해 주기를, 자기와 결혼해 주기를 바랐어요. 사실 그 애는 그것이 일종의 범죄 같은 광기임을 느꼈고, 또 나는 그런 일이 있고 나서 가족 중에 자살을 유발하기도 하기에, 그 애가 스스로 목숨을 끊은 것은 아닌지 여러 번 자문해 봤어요. 당신 집에서 머물던 초기에 그 애가 나하고 장난치던 일도 완전히 포기하지 않았음을 고백해야겠네요. 그 애가 그것에 대해 강하게 욕구를 느끼는 날이 있었는데, 한번은 그 욕구가 너무도 심해서 밖에서 했으면 그렇게 쉬웠을 일을, 당신 집에서 나를 자기 옆에 앉히지 않고는 작별 인사조차 하지 않으려고 한 적이 있어요. 그런데 그날은 운이 나빠 우리가 들킬 뻔했어요. 그 아이는 프랑수아즈가 장을 보러 내려가고 또 당신이 아직 돌아오지 않은 걸 이용하려고 했죠. 그래서 전깃불을 완전히 껐는데, 당신이 열쇠로 문을 열려면 스위치를 찾느라 시간이 좀 걸릴 거라고 생각하고 자기 방문을 잠그지 않았어요. 당신이 올라오는 소리가 들리는 순간, 나한테는 옷을 입고 내려갈 시간밖에 없었죠. 그런데 그렇게 서두를 필요가 없었어요. 정말 믿기 어려운 우연이지만 당신이 열쇠를 집에 놓고 가서 벨을 눌러야 했으니까요. 그래도 우리는 몹시 당황했고, 그래서 우리 둘의 난처한 모습을 감추려고, 서로 상의할 필요도 없이 똑같은 생각을 해냈어요. 고광나무 꽃향기를 무척 싫어하는 척하는 것이었는데, 사실

반대로 우리는 그 향기를 무척 좋아했어요. 당신이 그 관목의 긴 꽃가지를 들고 들어왔고,* 그래서 난 얼굴을 돌리고 당황한 표정을 감출 수 있었죠. 그래도 엉뚱한 실수를 저지르고 말았어요. 어쩌면 프랑수아즈가 이미 올라와 있을 테니 당신에게 문을 열어 줄 거라고 말한 거죠. 조금 전에 우리 두 사람이 방금 산책에서 돌아온 길인데, 우리가 도착했을 때 프랑수아즈는 아직 아래층으로 내려가지 않았다고(사실이었다.) 거짓말을 해 놓고서 말이에요. 그런데 운 나쁘게도 — 당신이 열쇠를 가진 걸로 알고 — 전기를 끈 것이 문제였는데, 우린 당신이 올라오다가 전기가 다시 켜진 걸 볼까 봐 겁이 났던 거죠. 아니면 적어도 우리가 너무 망설였던가. 사흘 밤 동안 알베르틴은 잠을 자지 못했어요. 당신이 의심을 품어서 프랑수아즈에게 왜 외출하기 전에 전기를 켜 놓지 않았는지 물을까 봐 내내 겁을 냈던 거죠. 알베르틴은 당신을 무척 어려워했고, 또 이따금 당신이 교활하고 심술궂으며, 사실은 자신을 증오한다고 단언했어요. 사흘 후 당신의 조용한 모습에서 프랑수아즈에게 물어볼 생각을 하지 않는다는 걸 이해하고서야 다시 잠을 잘 수 있었죠. 그러나 그 애는 더 이상 나와 관계를 가지려고 하지 않았어요. 겁이 났는지 아니면 후회했는지 모르지만요. 왜냐하면 당신을 몹시 사랑한다고 주장했으니까요. 어쩌면 다른 누군가를 사랑했는지도 모르고요. 어쨌든 그 애 앞

* 화자는 게르망트 부인이 준 고광나무 꽃가지를 들고 들어오다가 앙드레와 층계에서 마주치고, 이어 알베르틴의 당황한 모습에 강한 의혹을 품었다.(『잃어버린 시간을 찾아서』 9권 90~92쪽 참조.)

에서는 더 이상 고광나무 얘기를 할 수 없었죠. 그 말만 나오면 얼굴이 빨개져서 그걸 가릴 수 있다고 생각했는지 손을 얼굴에 갖다 대곤 했으니까요."

몇몇 행복의 순간처럼, 불행의 순간이 너무 늦게 찾아와 그것이 조금 더 일찍 찾아왔다면 느꼈을 중요성을 느끼지 못할 때가 있다. 앙드레의 그 무시무시한 폭로가 내게 가져다준 불행이 바로 그러했다. 어쩌면 우리를 슬프게 할 나쁜 소식도 우리가 오락거리나 균형 잡힌 대화의 유희에 몰두할 때면 주의를 끌지 못하고 그냥 지나가 버리기도 한다. 그리고 우리가 대답해야 하는 수많은 것에 정신이 팔려, 또 거기 참석한 사람들의 마음에 들고 싶은 욕망에 의해 이 새로운 주기(週期) 안에서 애정과 고통으로부터 보호를 받는 ― 거기 들어가기 위해 떠났으나, 마술적 순간이 깨지면 되찾게 되는 ― 다른 누군가로 변신할 때면, 우리는 그 나쁜 소식을 받아들일 여유도 갖지 못한다. 그렇지만 이런 애정과 고통이 너무 지배적인 경우에는 새로운 일시적인 세계권에 멍한 상태로 들어갈 수밖에 없고, 그 안에서는 지나치게 고통에 열중한 나머지 우리는 다른 사람이 되지 못한다. 그때 말들은 그것과 무관하지 않은 우리 마음과 즉각적으로 관계를 맺는다. 하지만 얼마 전부터 알베르틴과 관계된 말들은 효과가 증발된 독약처럼 더 이상 독성이 없었다. 이미 너무 멀리 떨어져 있었다. 어느 산책하던 사람이 구름 낀 오후 하늘의 초승달을 바라보며, 바로 저것이 그 거대한 달이란 말인가 하고 혼잣말을 하듯이 나도 생각했다. '어떻게! 내가 그렇게도 찾고 두려워하던 진실이 그저 대화에 나오는 몇 마디 말에 지나지 않는단 말인가. 더구나 지금은 혼자가 아니므로 충분히 생각할 수도 없는데!' 게다가 그 진실은 정말로 불시에 나를 덮쳤고, 나는 앙드레와 이미 몹시 지쳐 있었다. 정말로 그런 유의 진실이라면, 그 진실에 전념하기 위해 더 많은 힘을 갖고 싶었다. 그 진실은 아직 내가 마음속에 담아 둘 자리를 발견하지 못했으므로, 내 밖에 있었다. 우리는 진실이 문장을 통해, 그토록 수없이 말해진 것과 비슷한 문장을 통해서가 아니라, 새로운 기호를 통해서 드러나기를 열망한다. 사유의 습관이 때로는 현실을 느끼는 것을 방해하고 현실에 대해 무감각하게 만들면서, 여전히 현실을 사유로 보이게 한다.

어떤 관념도 그 안에 반론의 가능성을 지니고 있으며, 어떤 말에도 반대말은 있는 법이다. 어쨌든 지금 더 이상 존재하지 않는 애인의 삶에 관한 불필요한 진실이, 아무리 그것이 진실이라 해도 저 깊은 곳에서 솟아올라, 우리가 그것에 대해 아무것도 할 수 없을 때 우리 앞에 나타난 것이다. 그때(이미 잊어버린 사람에 대해서는 더 이상 관심이 없기 때문에, 어쩌면 지금 사랑하는 사람에게 똑같은 일이 일어날지도 모른다고 생각하면서) 우리는 가슴 아파한다. '그녀가 아직 살아 있다면!' 하고 나는 생각한다. '살아 있는 그녀가 이 모든 걸 이해하고, 죽은 후에 자신이 숨겼던 모든 걸 내가 알게 되리라는 걸 이해할 수 있다면!' 그러나 이것은 악순환이다. 만일 내가 알베르틴을 살아 있는 사람으로 만든다 해도, 동시에 앙드레가 아무것도 폭로하지 않게끔 할 수도 있을 테니 말이다. 그것은 뭔가 "내가 당신을 사랑하지 않을 때가 오면, 그때 알게 될 거예요."라는 말을 영원히 떠들어 대는 것과도 같다. 이 말은 진실이지만 부조리하다. 우리가 사랑하지 않는다면 실제로 많은 것을 얻을 수 있겠지만, 그때가 오면 그것을 얻는 데 관심이 없어질 테니 말이다. 사실 그것은 완전히 똑같은 것이다. 왜냐하면 우리가 이미 사랑하지 않는 여인을 다시 만났을 때, 비록 그녀가 당신에게 모든 걸 다 말한다 해도, 그녀는 사실 더 이상 그녀가 아니며, 또는 당신도 더 이상 당신이 아니기 때문이다. 우리를 사랑했던 사람은 더 이상 존재하지 않는다. 또한 거기에 죽음이 지나가면서 모든 것을 쉽고 불필요한 것으로 만들었다. 나는 앙드레가 진실을 말했으며 ― 그것은 가능했다 ―, 또 지금은 나와 관계를 맺고 있어서 알베르틴이 초기에 그랬던 것처럼 생탕드레데샹 성당의 가치를 구현하므로* 나에 대한 감정도 진심일 거라는 가정 아래 그런 성찰을 했다. 그 경우 앙드레는 더 이상 알베르틴을 두려워할 필요가 없다는 사실 때문에 그 말을 했을지도 모른다. 존재의 현실성은 죽은 후에는 아주 짧은 순간밖에 지속되지 않으므로, 몇 년이 지나면 마치 폐기된 종교의 신들처럼, 우리는 그들을 모독하면서도 전혀 두려움을 느끼지 않는다. 더 이상 그들의 존재를 믿지 않기 때문이다. 그러나 앙드레가 이미 알베르틴의 실재를 믿지 않는다는 사실이 그 결과로서 그녀가 폭로하지 않겠다고 약속한 진실을 누설한 것처럼, 자칭 그녀의 공범이라고 하는 인물을 사후에 비방하는 거짓말

---

* 「게르망트 쪽」에서 화자는 알베르틴을 "생탕드레데샹 성당에 돌로 새겨진 프랑스 시골 소녀의 화신"으로 간주한다.(『잃어버린 시간을 찾아서』 6권 96쪽 참조.)

을 지어내는 것도 두렵지 않게 했을지도 모른다. 이런 두려움의 부재가 어쩌면 그녀로 하여금 그 말을 하면서 드디어는 내게 진실을 폭로하게 했을까? 아니면 어떤 이유에서인지는 모르겠지만, 내가 행복과 오만에 가득 차 있다고 믿고 나를 아프게 하려고 거짓말을 지어냈을까? 어쩌면 그녀는 내가 알베르틴과 관계를 가졌고, 그래서 어쩌면 나를 부러워했는지 모르지만 — 바로 그런 이유로 내가 그녀보다 유리한 입장에 있나고 생각하면서 — 어쩌면 자신은 얻지 못한, 또 바라지도 않은 그런 유리한 입장 때문에 짜증이 났는지도 모른다.(내가 불행하고 위로받지 못한 모습을 보면 그 짜증 난 모습은 중단되었다.) 이렇게 해서 나는 앙드레가 건강한 안색을 가진 사람들에게 그들이 몹시 아파 보인다고 말하는 것을 자주 듣곤 했는데, 특히 건강한 안색을 가졌다고 의식하는 사람들은 그녀를 몹시 화나게 했으므로, 그들의 기분을 상하게 하려는 기대에서 자신은 매우 건강하다고 말하는 걸 들었다. 그녀는 이 말을 자신이 몹시 아플 때에도, 죽음에 초연해진 상태에서 행복한 사람들이 잘 지내도, 또 그녀가 죽어 간다는 걸 그들이 알아도 더 이상 개의치 않는 날까지 계속해서 부르짖었을 것이다. 그러나 그날은 아직 멀리 있었다. 어쩌면 그녀는 내게 짜증이 났으며, 그러나 나는 그녀가 무슨 이유에서 짜증이 났는지 알지 못했다. 예전에 그녀는 발베크에서 만난, 스포츠라면 해박하지만 나머지 다른 것에는 무지한 젊은 남자에게 몹시 화를 낸 적이 있었는데,* 청년

---

* 이 스포츠를 좋아하는 젊은 남자는 발베크에서 만난 옥타브로, 장 콕토를 연

은 그 후 라셸과 살았고, 앙드레는 무고죄로 고소당하기를 바라면서 그의 명예를 훼손하는 소문을 퍼뜨렸다. 그의 아버지에게 그가 허위임을 입증하지 못하는 수치스러운 사실을 진술하기 위해서였다. 그런데 나에 대한 분노도 내가 슬퍼하는 걸 보자 곧 멈추는 걸로 봐서, 어쩌면 단순한 병의 재발인지도 몰랐다. 사실 그녀는 분노로 반짝이는 눈을 하고 거짓 증언에 근거해서라도 상대를 비방하고 죽이고 단죄하고 싶다고 하다가도, 상대가 슬퍼하거나 부끄러워한다는 걸 알면 더 이상 어떤 해도 끼치고 싶어 하지 않았고, 오히려 선행을 베풀 각오가 되어 있었다. 왜냐하면 그녀는 근본적으로 나쁜 인간이 아니었고, 표면 아래 조금 깊은 곳의 성격이 그녀의 자상한 태도로 미루어 짐작되는 그런 상냥함이 아니라 부러움과 오만이라고 해도, 보다 깊은 곳에 있는 제삼의 성격은 비록 완벽하게 실현된 것은 아니지만 이웃에 대한 사랑과 선의를 지향하고 있었기 때문이다. 다만 어떤 상태에서 살면서 좀 더 나은 상태를 바라는 모든 존재들이 그렇듯이 그 나은 상태를 다만 욕망을 통해서만 알았으므로, 그걸 실현하기 위한 첫 번째 조건이 본래의 상태와 단절하는 것임을 이해하지 못했다. 마치 치유되기를 바라면서도 기벽이나 모르핀을 빼앗기기를 원치 않는 신경 쇠약 환자나 모르핀 중독자처럼, 또는 고독을 원하면서도 그 고독이 이전 삶의 완전한 포기를 의미하지는 않는다고 상상하고 싶어 하는 신앙심 깊거나 속세에 집착하는 예술가

상시키는 인물이다.(『잃어버린 시간을 찾아서』 4권 67쪽, 391쪽, 8권 35쪽 참조.)

정신을 가진 사람들처럼 앙드레는 그 모든 피조물들을 사랑할 준비가 되어 있었지만, 우선 그들이 의기양양해하는 모습을 다시 보여서는 안 된다는 조건에서 그러했는데, 그러기 위해서는 먼저 그들을 굴복시켜야 했다. 그녀는 자만심이 강한 사람들도 사랑해야 하며, 그 자만심을 보다 센 자만심이 아닌, 사랑으로 극복해야 한다는 걸 이해하지 못했다. 그러나 그녀는 병에서 회복되기를 바라면서도 오히려 병을 유지하는 방법, 그들이 좋아하는 치료법에 의해서만 회복되기를 바라는 환자와도 같아서, 만일 그 치료법을 포기한다면* 병을 좋아하던 일도 즉시 멈추게 될 것이다. 그러나 우리는 헤엄치는 법을 배우고 싶어 하면서도, 여전히 발은 땅에 디딘 채로 있기를 원한다.**

스포츠를 좋아하는 젊은 남자로 말하자면 베르뒤랭네의 조카로, 나는 그를 두 번의 발베크 체류 동안 만났다. 앙드레의 방문이 있고 며칠이 지나서, 이 이야기는 조금 후 다시 계속되겠지만, 내게는 꽤 깊은 인상을 남긴 일련의 사건들이 일어났고, 나는 그 얘기를 미리 부수적으로 말해 보고자 한다. 우선 그 젊은 남자는(어쩌면 알베르틴에 대한 추억 때문인지, 나는 그때 그가 알베르틴을 사랑했다는 사실을 전혀 알지 못했다.) 앙드레

---

* 일반적으로 '포기하다'란 뜻을 가진 이 renoncer란 단어의 옛 의미는 종교적·도덕적 의미에서 '부인하다'를 뜻한다고 지적된다.(『사라진 알베르틴』; 리브르드 포슈, 289쪽 참조.)

** 회복되기를 바라면서도 필요한 변화나 치료법을 받아들이지 않는 환자나 앙드레의 태도를 은유적으로 표현하고 있다.

와 약혼했고, 라셀의 절망에도 불구하고 그 사실을 전혀 고려하지 않은 채 앙드레와 결혼했다. 그때 앙드레는 그가 형편없는 사람이라고 더 이상 말하지 않았으며(다시 말해 그녀가 나를 방문한 후 몇 달 지나서), 그녀가 그렇게 말했던 건 그를 미친 듯이 좋아했지만 그가 자신을 원치 않는다고 생각했기 때문이라는 걸 나중에 알게 되었다. 그러나 또 다른 사실이 내게 보다 깊은 인상을 주었다. 그 젊은 남자는 자신이 직접 제작한 무대 장치와 의상으로 단막극을 무대에 올렸고, 그것이 러시아 발레가 구현한 것에 못지않은 혁명을 현대 예술에 초래했다는 사실이었다.* 요컨대 가장 권위 있는 심사 위원들이 그의 작품을 가장 중요한, 거의 천재의 작품에 가까운 작품으로 평가했으며, 또 나 자신도 그들처럼 생각하면서 놀랍게도 라셀이 예전에 그에 대해 가졌던 의견을 수정하게 되었다. 발베크에서 그를 만난 인간들은 그가 교제하는 사람들이 입고 있는 옷의 재단이 우아한지 아닌지에만 관심이 있었고, 그가 모든 시간을 바카라나 경마, 골프와 폴로로 보내면서 학교에서는 언제나 게으른 학생이었고, 또 고등학교에서도 쫓겨났다는 사실(그는 부모를 괴롭히기 위해 샤를뤼스 씨가 모렐을 기습했다고 믿은 그 큰 매춘업소에서 두 달이나 살기도 했다.**)을 알았으므로, 어쩌면 그가 쓴 작품이 실은 사랑 때문에 그에게 영광을

---

* 에릭 사티(Erik Satie)의 음악에 피카소가 의상을 맡고 장 콕토가 시나리오를 쓴 발레 「파라드」를 가리킨다. 1917년에 초연되었다.
** 멘빌의 매춘업소에서 있었던 이 일화에 대해서는 『잃어버린 시간을 찾아서』 8권 396~403쪽 참조.

돌리고 싶어 하는 앙드레가 쓴 것이며, 또는 그의 허튼짓이 재산을 조금 축나게 했을 뿐인 그런 막대한 개인 재산을 가지고 있어서 그 돈으로 어느 궁핍한 천재 전문가를 사서 작품을 만들게 했을지도 모른다고 생각했다.(이런 부류의 부유층은—귀족 사회와의 교제로도 때를 벗지 못하고 예술가에 대해 어떤 개념도 없으므로 예술가를 그저 딸의 약혼식에 불러다가 연극 독백을 낭송하게 하고 그 일이 끝나면 옆방에서 은밀히 사례금을 주는 배우이거나, 아니면 딸이 결혼한 후 아이를 낳기 전 아직 매력이 있을 때 모델로 서게 해서 초상화를 그리게 하는 화가 정도로 여긴다.—글을 쓰고 작곡하고 그림을 그리는 모든 사교계 인사들을 마치 다른 부류의 사람들이 국회의원 자리를 확보하기 위해 그런 것처럼 단지 작가라는 명성을 얻기 위해 남을 시켜 작품을 만들고 돈을 지불하는 사람들이라고 생각한다.) 그러나 이 모든 것은 사실이 아니었다. 젊은 남자는 정말로 경탄할 만한 작품을 쓴 작가였다. 그 사실을 알았을 때 나는 여러 개의 가설 사이에서 망설여야 했다. 그는 사실 긴 세월 동안 '완전히 무식한 사람'으로 보였고, 어떤 생리적인 대변화가 '잠자는 숲속의 미녀'처럼 그의 내면에 잠들어 있는 천재를 깨어나게 했는지 모른다. 아니면 격동의 고3 수사학반을 보낸 후 대학 입학 자격 시험에서 여러 번 실패하고, 발베크 도박장에서 어마어마한 돈을 잃고, 베르뒤랭 아주머니 신도들의 그 끔찍한 옷차림 때문에 그들과 함께 '작은 열차'에 오르기를 두려워했으나 그 시절부터 이미 천재였으며, 어쩌면 젊은 열정의 흥분 속에 방심한 채로 천재라는 사실을 놓치고 있었는지도 모른다. 아니면 자신이 천재라는 사실은 이미 의식했지만, 교사가 키케로에 대한 진부한 얘기를 하는 동안, 반에서 맨 꼴찌인 그는 랭보나 괴테를 읽었을지도 모른다.* 사실 내가 발베크에서 그를 만났을 때는 이런 가설은 상상할 수도 없을 정도로 그는 모든 관심을 오로지 마차 장비 수리나 칵테일을 만드는 일에 쏟고 있었다. 그렇기는 하지만 거기에 반박의 가능성이 아주 없는 것은 아니다. 그는 허영심 많은 인간일 수 있으며, 이 점은 천재와도 잘 어울리는 것으로, 그가 살고 있는 사교계에서 사람들을 현혹하기에 적합하다고 터득한 방법으로 스스로를 빛내려고 애썼을 것이며, 또 이런 방법은 『친화력』에 대한 깊은 지식이 전혀 아닌, 오히려 사두마차를 모는 방법에 대한 지식을 입증해 준다.** 게다가 나는 그가 이렇게 독창적이고 아름다운 작품의 저자가 된 후에도 자신이 잘 알려진 극장 밖의 장소에서, 마치 베르뒤랭네의 신도들이 초기에 그랬던 것처럼 디너 재킷을 입지 않은 사람에게도 쾌히 인사하려고 했는지는 확신할 수 없다. 만일 그랬다면, 이는 어리석음보다는 허영심을 증명하며, 또 자신의 허영심을 바보들의 정신 상태에 맞추려는 어떤 실질적인 감각이나 예리함을 드러냈을 것이다. 그가 존경받기를 바라는 바보

---

* 프루스트는 랭보를 거의 언급하지 않았지만, 괴테의 『친화력』(1809)에 대해서는 저술했다.(「괴테에 대하여」, 『에세이와 평론』; 플레이아드, 647~650쪽)

** 문학 작업에 대한 깊은 인식보다는 사교인의 삶에 대한 지식이 더 필요하다는 의미이다. 사두마차를 몬다는 표현은 본래 의미(세련된 멋쟁이의 삶에 속한다는 점에서)와 사교인의 삶에 대한 비유적 의미로 사용되었다.(『사라진 알베르틴』; 플레이아드 IV, 1105쪽 참조.)

들에게는 어느 사상가의 시선보다 디너 재킷 차림이 어쩌면 보다 찬란한 광채로 빛났을 테니까. 밖에서 보면 재능 있는 사람도, 또는 나처럼 재능은 없지만 지적인 것을 좋아하는 사람도 리브벨이나 발베크의 호텔, 발베크의 방파제에서 만난 사람들에게는 가장 완벽하게 잘난 체하는 어리석은 자의 효과를 자아내지 않았을지 누가 안단 말인가? 그리고 옥타브에게는 예술의 문제가 지극히 내밀하고 자아 깊숙이 은밀한 곳에 머무르고 있어서, 이를테면 생루처럼 그것에 대해 이야기할 생각은 하지 못했을 것이다. 그런데 생루에게 예술은 옥타브에게 마구(馬具)와 마찬가지로 특권적인 자리를 차지했다. 옥타브는 도박에 대해서도 열정을 가지고 있었는데, 그 열정을 잃지 않고 늘 간직했다고 한다. 비록 뱅퇴유의 알려지지 않은 작품을 다시 살아나게 한 효심이 몽주뱅의 혼탁한 환경에서 나오기는 했지만, 나는 그에 못지않게 우리 시대의 가장 경탄할 만한 걸작이 '일반 경시대회'나 브로이 식의 모범적이고 학구적인 교육에서 나오지 않고 경마장의 '검량실'이나 인기 있는 술집 출입에서 나왔다는 생각에 강한 인상을 받았다.* 어쨌든 그 시기에 나는 발베크에서 그 젊은 남자와 알고 지내고 싶었고, 알베르틴과 그 여자 친구들은 내가 그와 알고 지내는 것

---

* '일반 경시대회'로 옮긴 concours général은 고2와 고3 학생 중 가장 우수한 학생을 선발하여 상을 주는 국가 경시대회이다. 또 브로이(Broglie) 가문은 역사학자와 물리학자, 대학교수를 연이어 배출한 명문가이며, '검량실'은 경마장에서 말의 무게를 측정하는 곳을 가리킨다.(『사라진 알베르틴』; 플레이아드 IV, 1105쪽 참조.)

을 원치 않았는데, 그 이유는 모두 그 사람의 가치와는 무관했으며, 단지 한 사교계 인사(골프 치는 젊은이)에 대해 지식인(이 경우 나로 대표되는)과 사회(소녀들의 작은 그룹으로 대표되는) 사이에 존재하는 영원한 오해를 명백히 드러나게 했을 뿐이다. 나는 그의 재능을 전혀 예감하지 못했고, 내 눈에 비친 그의 매력은 — 예전에 블라탱 부인*과 같은 유형의 — 내 여자 친구들이 뭐라고 주장하든, 그가 그들의 친구이며 나보다 더 그들 그룹과 가까운 사이라는 데 있었다. 다른 한편으로 알베르틴과 앙드레는 그렇게 해서 정신의 문제에 관해 유효한 판단을 내릴 수 없는 사교계 인사들의 무능과 가식적인 일에만 몰두하는 그들의 성향을 상징했는데, 내가 그 바보 같은 남자에게 호기심을 갖는 것 자체가 어리석다고 생각했고, 특히 골프 치는 사람들 중에서도 가장 별 볼 일 없는 사람을 선택했다는 데 놀라워했다. 내가 젊은 질베르 드 벨뢰브르와 교류하고 싶어 했다면, 그는 골프 외에 다른 대화도 할 줄 알고, 일반 경시 대회에서도 차석으로 입상했으며 또 꽤 근사한 시(詩)도 쓸 줄 알았으므로(사실인즉 그는 누구보다도 바보였다.) 그 일은 가능했을지도 모른다. 아니면 내 목적이 '연구를 하거나' '책을 쓰기 위한' 것이었다면, 완전한 미치광이자 두 명의 아가씨를 유괴한 기 소무아**라면, 그는 적어도 흥미로운 타입이니까

* 샹젤리제에서 《데바》 신문을 읽던 노부인이다.(『잃어버린 시간을 찾아서』 2권 357쪽, 382~383쪽 참조.)
** 질베르 드 벨뢰브르나 기 소무아는 이 부분에서만 유일하게 언급되는 인물들이다.

내 '관심을 끌 수'도 있었다. 그런 두 종류의 사람이라면 교제를 '허락했을' 테지만, 그 사람에게서 내가 도대체 무슨 매력을 느낄 수 있단 말인가? 그 사람은 '정말로 아둔하고' '완전히 무식한' 타입의 사람이었다.

앙드레의 방문 이야기로 다시 돌아가 보면, 알베르틴과의 관계를 폭로한 후 그녀는 알베르틴이 나를 떠난 주된 이유가, 결혼도 하지 않고 젊은 남자 집에 사는 걸 보면서 작은 그룹의 친구들과 다른 사람들이 어떻게 생각할지를 두려워했기 때문이라고 덧붙였다. "물론 당신 어머니의 집이란 건 알아요. 하지만 그건 별로 중요하지 않아요. 당신은 젊은 여자들의 세계가 어떤 것인지 알지 못해요. 그들은 다른 사람의 의견을 매우 두려워하기 때문에 서로에 대해 무엇을 감추는지도 잘 모른답니다. 자신이 사귀는 젊은 남자에게 아주 엄격하게 대하는 여자들을 본 적이 있는데 상대 남자가 자기 여자 친구들을 알고 있어서 혹시 그 친구들에게 무슨 말을 전하지나 않을까 두려워하기 때문이죠. 그런 여자 친구들조차 어떤 우연한 일로 그들의 의사에 반해 평소 모습과는 완전히 다른 모습을 내게 보여 준 적이 있어요." 몇 달 전에 이 말을 들었다면, 앙드레가 소유한 듯 보이는, 작은 그룹의 소녀들이 따르는 이런 행동 동기에 대한 지식이 내게는 세상에서 가장 소중한 지식으로 보였을 것이다. 어쩌면 왜 알베르틴이 파리에서는 내게 몸을 맡겼으면서 발베크에서는 거절했는지를 이 말이 충분히 설명해 줄 수 있을 것 같았다. 그곳에서는 내가 그녀의 친구들과 지속적으로 접촉할 수 있었는데, 나는 엉뚱하게도 그런 발베크의 환경이 그녀와 친해지는 데 유리하다고 생각했던 것이다. 알베르틴이 한 시간 전만 해도 지극히 당연한 일이라는 듯 내게 어떤 유의 쾌락을 맛보게 해 줄 것처럼 행동하다가 갑자기 돌변하면서 벨을 울리겠다고 협박한 것은, 어쩌면 내가 앙드레를 신뢰하는 듯한 몸짓을 했거나 또는 앙드레에게 알베르틴이 그랜드 호텔로 자러 올 거라고 경솔하게 말했던 탓인지도 몰랐다. 하지만 그렇다면 그녀는 다른 사람들에게도 쉽게 대했던 게 틀림없었다. 이런 생각을 하자 질투심이 다시 깨어났고, 그래서 나는 앙드레에게 물어보고 싶은 것이 있다고 말했다. "당신 할머니가 소유한, 그 사람이 살지 않는 아파트에서도 그 짓을 했나요?" "아뇨, 결코 그런 적 없어요. 사람들이 방해할지도 모르니까요." "그래요, 난 그렇다고 믿었어요. 내게는 ……로 보였으니까요." "게다가 알베르틴은 특히 들판에서 하는 걸 좋아했어요." "어딘데요?" "전에는 우리가 멀리 갈 시간이 없을 때면 뷔트쇼몽 공원으로 가곤 했어요. 그 애가 그곳에 집 하나를 알고 있었거든요. 또는 사람들이 없을 때면 나무 아래에서도 했고요. 또한 프티 트리아농*의 동굴에서도요." "아, 그렇군요. 그런데 어떻게 나보고 당신 말을 믿으라는 거죠? 당신이 내게, 뷔트쇼몽에서는 아무 짓도 하지 않았다고 맹세한 게 아직 일 년도 되지 않았는데요." "당신을 아프게 할까 봐 겁이 나서 그랬어요." 이미 앞에서도 언급했지만, 나는 훨씬 나중에서야 앙드레가 두 번째로 고백한 날 오히려 내 마

---

* 베르사유 궁에 있는 신고전주의 스타일의 궁과 정원의 일부를 가리킨다.

음을 아프게 하기 위해 그런 말을 한 거라고 생각했다. 그녀가
그 말을 하는 동안 즉시 그런 생각을 해야 했다. 내가 만일 전
처럼 아직도 알베르틴을 사랑했다면 금방 그렇게 해야 할 필
요를 느꼈을 테니까. 그러나 앙드레의 말은 나를 그렇게 아프
게 하지 않았으므로 나는 곧바로 그 말을 거짓말로 판단할 필
요가 없었다. 요컨대 앙드레가 말한 것이 진실이며 또 처음에
내가 그 말을 의심하지 않았다면, 알베르틴의 여러 다양한 출
현을 보고 난 후에 내가 발견한 실제의 알베르틴은 발베크의
방파제에서 갑자기 솟아오른 첫날부터 내가 방탕한 소녀라고
짐작했으며 그러다가 그토록 연이어 다른 모습을 제시한 소
녀와 별로 다르지 않았기 때문이다. 이는 마치 한 도시에 다가
갈 때면 다양한 건물들의 배치가 멀리서 유일하게 보이는 주
요 건물 하나를 차례로 달라지게 하고 압도하고 사라지게 하
지만, 마침내 우리가 그 도시를 잘 알고 보다 정확한 평가를
내리게 되면 그 진짜 크기가 처음에 원근법이 가리켰던 바로
그것임을 알게 되는 것과도 같다. 우리가 통과한 나머지 것은
우리 시각에 맞서 세워진, 또 어떤 고통의 대가를 치르고라도
중심부에 도달하기 위해서는 반드시 차례차례로 넘어가야 할
일련의 방위선일 뿐이다. 하지만 나의 고뇌가 감소했기 때문
에 알베르틴의 결백을 더 이상 믿을 필요를 느끼지 않았다면,
역으로 그녀의 고백을 듣고도 그렇게 괴로워하지 않은 까닭
은 얼마 전부터 알베르틴의 결백에 대해 내가 주조했던 믿음
이 점차 알베르틴의 죄에 대한 믿음으로, 내가 의식하지 못하
는 사이에 내 마음속에서 항상 존재했던 믿음으로 바뀌었기

때문이라고 말할 수 있다. 그런데 내가 알베르틴의 결백을 더이상 믿지 않는다면, 더 이상 그걸 믿을 필요도, 믿고 싶은 열정적인 욕망도 이미 없었기 때문이다. 욕망이 믿음을 낳으며, 또 만일 우리가 평소에 이런 사실을 깨닫지 못한다면, 믿음을 낳는 대부분의 욕망이 ― 알베르틴이 결백하다고 나를 설득했던 욕망과는 달리 ― 우리 자신과 더불어서만 끝이 날 수 있기 때문이다. 나의 첫 번째 견해를 뒷받침해 주는 증거는 수없이 많았지만, 나는 어리석게도 알베르틴이 하는 단순한 주장을 더 믿고 싶어 했다. 왜 나는 그녀의 말을 믿었을까? 거짓말은 인류에게 본질적인 것이다. 거짓말은 어쩌면 쾌락의 탐색에서도 중요한 역할을 하며, 게다가 실제로 이런 탐색의 지배를 받는다. 우리는 쾌락을 보호하기 위해, 또는 쾌락의 폭로가 명예에 어긋날 때면 그 명예를 보호하기 위해서라도 거짓말을 한다. 우리는 살아가는 동안 내내 거짓말을 하며, 특히 어쩌면 우리를 사랑하는 사람에게만 거짓말을 하는지도 모른다. 사실 우리는 우리 자신의 쾌락을 위해 그들을 두려워하고 그들의 존경을 욕망한다. 처음에 나는 알베르틴에게 죄가 있다고 믿었고, 오로지 내 욕망만이 그런 의혹을 품는 일에 지성의 모든 힘을 활용하여 잘못된 방향으로 나아가게 했다. 어쩌면 우리는 전기나 지진 같은 징조에 둘러싸인 채로 살고 있어서, 그런 징조를 충실하게 해석해야만 성격의 진실을 알 수 있는지도 모른다. 아무리 앙드레의 말이 나를 슬프게 했다 해도, 내가 나중에 비겁하게 따르게 된 그 초라한 낙관주의보다는 내 본능이 처음 추측했던 것에 현실이 일치한다는 사실을 더 아름답게 여겼음을 말해야 한다. 나는 삶이 우리 직관과 비길 만한 것이기를 바랐다. 게다가 첫날 내가 해변에서 소녀들이 쾌락에의 열광과 악덕을 구현한다고 믿었을 때, 또한 저녁에 알베르틴의 가정교사가 그 열정적인 소녀를 작은 별장 안으로 밀어 넣었을 때 — 마치 그 겉모습에도 불구하고 나중에 아무것으로도 길들일 수 없는 야수를 우리 안에 가두는 것처럼 — 내가 가졌던 직관은 바로 블로크가 말했던, 세상을 그토록 아름답게 만들고 산책을 하거나 여인을 만날 때마다 그모습을 보여 주면서 내 몸을 전율케 했던 그런 욕망의 보편성에 일치하지 않았을까? 어쩌면 이 모든 것에도 불구하고, 지금 증명된 이런 최초의 직관을 다시 발견하지 않는 편이 더 나았을지도 모른다. 알베르틴에 대한 내 모든 사랑이 지속되는 동안 그 직관이 그토록 나를 아프게 했으므로, 차라리 거기서 단 하나의 흔적만이, 내가 직접 보지는 못했지만 그럼에도 끊임없이 내 가까이에서 일어났던 일에 대한 나의 지속적인 의혹이라는 흔적만이, 그리고 어쩌면 예전의 보다 광대한 다른 종류의 흔적, '내 사랑 자체'에 대한 흔적만이 남는 것이 더 나았을지도 모른다. 사실 알베르틴을 선택하고 사랑하는 것은 내 이성의 온갖 부인에도 불구하고 그녀의 추악함까지도 모두 인정한다는 뜻이 아닐까? 그리고 그녀에 대한 불신이 진정된 순간에도, 사랑은 그 불신의 연속이자 변형이 아닐까? 사랑은 우리가 가진 예지력의 증거(연인 자신에게는 이해할 수 없는 증거)가 아닐까? 왜냐하면 욕망은 언제나 우리와 가장 대립되는 것을 향하면서, 우리를 고통스럽게 하는 것을 사랑하도록 강요하기 때문이다. 한 존재의 매력이나 그 눈과 입과 몸매의 매력 안에는 우리를 지극히 불행하게 만드는 낯선 요소들이 들어 있어, 우리가 그 존재에게 끌린다고 생각하며 사랑을 시작할 때에도 비록 그 존재의 결백을 믿는다고 주장하면서도 이미 다른 설명을 통해서는 그 존재의 온갖 배신과 과오를 읽고 있기 때문이다.

그리고 나를 유혹하기 위해 한 존재가 가진 유독하고* 위험하고 치명적인 부분을 구체화하는 이런 매력과 은밀한 독의 관계에는, 몇몇 유독한 꽃이 상징하는 화려한 유혹과 독액의 관계보다 더 직접적인 인과 관계가 있는 것이 아닐까? 어쩌면 훗날 내 고통의 원인이었던 알베르틴의 악덕 자체가 그녀에게 솔직하고 선한 태도를 유발하면서, 다른 남자 친구와 가지는 성실하고 한계 없는 우정을 그녀와 더불어 맛본다는 환상을 주었는지도 모른다. 마치 유사한 악덕이 샤를뤼스 씨에게 감수성과 재치가 넘치는 여성적인 섬세함을 만들었듯이 말이다. 완전히 눈먼 상태에서도 우리의 예지력은 편애나 애정의 형태로 지속되며, 따라서 사랑의 영역에서 나쁜 선택 운운하는 것은 잘못된 일로, 선택을 해야 한다면 그것은 필연적으로 나쁜 선택일 수밖에 없기 때문이다. "뷔트쇼몽에서의 그 산책은 당신이 집으로 그녀를 찾으러 왔을 때 있었던 일인가요?" 하고 나는 앙드레에게 물었다. "오! 아니에요, 알베르틴

---

* 플레이아드판에는 'novice(미숙한)'로 표기되었으나 폴리오판에는 'nocive(유독한)'로 표기되어 있어 이에 따랐다.(『사라진 알베르틴』; 폴리오, 191쪽 참조.)

이 발베크에서 당신과 함께 돌아온 날부터는, 내가 조금 전에 말했던 일을 제외하면 나와는 더 이상 아무 짓도 하지 않았어요. 알베르틴은 그런 일을 말하는 것조차 허락하지 않았는걸요." "하지만 앙드레, 왜 아직도 거짓말을 하는 거죠? 지극히 우연한 기회에, 난 아무것도 알아보려고 하지 않았음에도 알베르틴이 했던 그런 종류의 일에 관해 아주 상세히 알게 되었거든요. 당신에게 분명히 말할 수 있어요. 죽기 며칠 전까지도 그녀가 바닷가에서 세탁소 소녀하고 했던 짓을." "아! 당신을 떠난 후의 일은 저도 아는 바가 없어요. 그 애는 당신의 신뢰를 회복하지 못했고, 다시는 회복할 수 없을 거라고 느꼈어요." 이 마지막 말이 나를 짓눌렀다. 그래서 고광나무 가지 사건이 있었던 저녁을 다시 생각했다.* 그 일이 있고 나서 약 이 주가 지난 후, 나의 질투심이 계속 대상을 바꾸었으므로, 나는 알베르틴에게 한 번도 앙드레와 관계를 가진 적이 없었는지 물었고, 그러자 그녀가 이렇게 대답했었다. "오! 한 번도 없어요! 물론 난 앙드레를 매우 좋아해요. 그녀에게 깊은 애정을 갖고 있어요. 하지만 그건 자매 같은 애정이죠. 내가 만일 당신이 믿는 것 같은 그런 취향을 가졌다 해도, 그 애는 내가 그걸 하기 위해 마지막으로 생각했을 사람이에요. 당신이 원하는 거라면 뭐든지 걸고 맹세할 수 있어요. 아주머니나 내 가없은 어머니의 무덤을 걸고라도." 그때 나는 그녀를 믿었다. 그렇지만 그녀가 예전에 어떤 일을 반쯤 털어놓았다가 그 일에

---

* 『잃어버린 시간을 찾아서』 9권 91~92쪽 참조.

내가 관심이 있는 걸 보고는 이내 부인한 적이 있는데, 거기에 어떤 모순이 있다는 걸 느끼면서도 그렇게 경계심을 품지 않았으나, 샤를뤼스 씨의 우정의 플라토닉한 성격을 확신하던 스완이 바로 내가 샤를뤼스 씨와 조끼 재봉사의 모습을 안마당에서 목격한 그날 저녁에 그 사실을 단언했음을 기억해야 했다.* 하나가 다른 하나 앞에 나란히 놓인 두 세계, 가장 훌륭하고 성실한 존재들의 말로 구축된 세계와 그 뒤에 동일한 존재가 하는 일련의 행동으로 구성된 또 다른 세계가 있음을 나는 생각해야 했다. 그리하여 결혼한 여인이 한 젊은 남자에 대해 "오! 제가 그에게 커다란 우정을 품은 건 사실이에요. 하지만 지극히 결백하고 순수한 우정이죠. 나는 부모님의 추억을 걸고 맹세할 수 있어요."라고 말할 때면, 우리는 망설이지 않고 여인이 청년하고 밀회를 할 때마다 아이를 갖지 않으려고 틀림없이 서둘러서 화장실에 다녀오는 길이라고 다짐해야 한다. 고광나무 가지 사건이 나를 극도로 슬프게 했고, 또한 알베르틴이 내가 교활하며 그녀를 증오한다고 믿고 사람들에게 그렇게 말했을 거라고 생각하자 더욱 슬펐다. 어쩌면 다른 무엇보다도 그녀의 거짓말이 너무도 예상하지 못한 것이어서, 나의 생각으로는 도저히 그 거짓말에 적응하기 어려웠다. 어느 날 알베르틴은 비행기 이착륙장에 갔던 얘기를 하면서 자신이 비행사의 여자 친구였다고 했다.(아마도 내가 남성에 대해

---

* 「소돔」에서 스완은 샤를뤼스 씨의 남성 취향이 단순히 플라토닉한 관계로서, 그의 감상적인 기질 탓이라고 단언한다.(『잃어버린 시간을 찾아서』 7권 199쪽 참조.)

서는 질투를 덜 한다고 생각해서 여성에 대한 의혹의 방향을 돌리려고 그랬는지도 모른다.)* 비행사가 알베르틴에게 보내는 그 모든 찬사에 앙드레가 감격하는 모습을 보는 것은 무척 재미있었는데, 앙드레가 너무도 감격해서 그와 함께 비행기를 타고 산책하고 싶어 할 정도였다고 했다. 그런데 그 이야기는 알베르틴이 순전히 지어낸 것으로, 앙드레는 한 번도 비행장에 간 적이 없었다.

앙드레가 떠나자 저녁 식사 시간이 되었다. "오늘 누가 나를 세 시간이나 방문했는지 넌 결코 짐작하지 못할 거다."라고 어머니가 말씀하셨다. "세 시간이라고 말했지만 어쩌면 그 이상인지도 모른다. 그분은 먼저 도착한 코타르 부인과 거의 동시에 도착하셨는데, 꼼짝도 않고, 다른 손님들 — 서른 명도 더 되었단다 — 이 드나드는 걸 지켜보다가 십오 분 전에 가셨단다. 네 여자 친구 앙드레가 없었다면 널 불렀을 거다." "도대체 누군데요?" "방문 같은 건 결코 하지 않는 분이란다." "파름 대공 부인요?" "정말이지 내가 생각한 것보다 훨씬 똑똑한 아들이구나. 금방 알아맞혔으니 이름을 찾게 하는 즐거움은 없지만." "대공 부인이 어제 냉담하게 군 데 대해 사과하시던가요?" "아니다. 그렇게 하는 게 조금은 어리석어 보이셨을 거다. 방문하신 게 바로 사과의 표시지. 네 할머니라면 그걸로 충분하다고 하셨을 거다. 대공 부인께서 2시경에 시종을 보내

---

*이 일화는 소설 속에서 다루어진 적이 없다. 그러나 알베르틴은 여러 번 화자와 함께 파리 근교의 비행장을 방문했다.(『잃어버린 시간을 찾아서』 9권 170~171쪽 참조.)

손님 접대일이 따로 있는지 물으셨다는구나. 그래서 마침 오늘이라고 대답하자, 곧바로 부인께서 올라오셨단다." 어머니께는 감히 말할 수 없었지만 그 말을 듣고 나는 곧바로 파름 대공 부인이 전날 아주 가까운 지인들과 또 그들과 함께 담소하기를 좋아하는 그런 유명 인사들에 둘러싸여 있다가 어머니가 들어오는 걸 보자 기분이 언짢아졌고, 또 그런 모습을 감추고 싶지도 않았을 거라고 생각했다. 오만한 행동도 나중에 세심한 친절을 베풀면 쉽게 만회할 수 있다고 믿는 태도는 온전히 독일계 귀부인들의 스타일로, 게르망트네 사람들도 곧잘 그런 태도를 취하곤 했다. 그러나 어머니는 파름 대공 부인이 처음에는 어머니를 알아보지 못하고 그래서 신경 쓸 필요가 없다고 생각하다가, 어머니가 떠난 후 아래층에서 만난 게르망트 공작 부인이나 또는 다른 방문객이 집 안으로 들어오기 전에 안내원이 이름을 물어보고 적는 방문객 명단을 보고 어머니가 누구인지 알았을 거라고 생각했고, 나 역시 어머니처럼 생각했다. 대공 부인은 어머니에게 "알아보지 못했어요."라고 말하거나 다른 사람을 시켜 말하는 것이 다정한 처사가 아니라고 생각했지만, 이 역시 독일 궁정의 예법이나 게르망트네 방식에 부합하지 않는 것은 아니었으므로, 내 첫 번째 해석은 전하 쪽에서 보면 매우 예외적인 방문이고, 특히 몇 시간이나 계속된 이 방문이 내 어머니에게 간접적이긴 하지만 똑같이 설득력 있는 방식으로 자신의 행동을 설명하려고 한 거라는 것이었으며, 또 사실상 그렇게 되었다. 그러나 나는 어머니에게 대공 부인의 방문 이야기를 물어보면서 더 이상 시간을 지체할 수 없었다. 앙드레에게 알베르틴에 관해 물어보고 싶었던 몇 가지 가운데 잊어버린 게 생각났기 때문이다. 나는 알베르틴의 이야기에 대해, 어쩌면 내 관심을 특별히 끄는 유일한 이야기, 적어도 몇몇 순간에 다시 내 관심을 끌기 시작한 이야기에 대해 얼마나 아는 게 없으며, 또 앞으로도 알지 못할 것인가! 왜냐하면 인간이란 나이가 정해지지 않은, 몇 초 만에 몇 해씩이나 다시 젊어질 수 있는 능력을 가진 존재로서, 자신이 살아온 시간의 내벽(內壁)에 둘러싸인 채로 떠돌지만, 마치 수위가 끊임없이 변하는 저수조 안에 있기라도 한 듯, 때로 한 시대에 때로는 다른 시대에 닿을 수 있기 때문이다. 나는 앙드레에게 다시 와 달라는 편지를 썼다, 그녀는 일주일 후에야 올 수 있었다. "결국 당신은 알베르틴이 이곳에서 살게 되면서부터는 그런 종류의 짓은 더 이상 하지 않았다고 주장하는데, 그렇다면 그녀가 나를 떠난 것은 그런 짓을 보다 자유롭게 하기 위해서라는 말인가요? 그럼 어느 여자 친구 때문인가요?" "천만에요, 그 때문에 떠난 게 전혀 아니에요." "그렇다면 내가 너무 역겨워서 떠난 건가요?" "아뇨, 그렇다고는 생각하지 않아요. 아마도 아주머니가 그 건달 같은 녀석을 마음속에 두고 있어서 당신을 떠나야 했다고 생각해요. 당신이 '꼴찌랍니다'*라고 불렀던 그 젊은 남자 있잖아요. 그가 알베르틴을 좋아해서 청혼을 했답니다. 당신이 알베르틴과 결혼하지 않는 걸 보고, 봉

---

* 골프 치고 돌아오는 옥타브에게 알베르틴이 골프 시합에 대해 물어보자 옥타브가 연발한 대답 "꼴찌랍니다.(je suis dans les choux.)"를 환기하고 있다.(『잃어버린 시간을 찾아서』 4권 390쪽 참조.) 패배나 실패를 뜻한다.

탕 부부는 당신 집에서의 체류가 예외적으로 길어지면 알베르틴이 그 젊은 남자와 결혼하는 데 방해가 될까 봐 겁이 났던 거죠. 그 젊은 남자가 계속해서 봉탕 부인에게 행동하도록 강요했고, 그래서 부인이 알베르틴을 불러들인 거죠. 사실 알베르틴에겐 아저씨와 아주머니가 필요했으며, 결국은 어느 한쪽을 택해야 한다는 걸 알고 당신을 떠난 거예요." 질투에 사로잡힌 나는 이런 설명의 가능성은 한 번도 생각해 보지 못한 채로, 여성에 대한 알베르틴의 욕망과 그녀를 감시하는 일만 생각했던 것이다. 거기에는 또한 처음부터 어머니를 놀라게 했던 일, 즉 우리 집에서의 알베르틴의 체류를 나중에 가서야 이상하게 생각한 봉탕 부인도 있었음을 나는 잊고 있었다. 적어도 부인은 그 일이 내가 알베르틴과 결혼하지 않을 경우에 대비해서 아껴 둔 그 약혼자 후보를 놀라게 하지나 않을까 염려했던 것이다. 왜냐하면 전에 앙드레의 어머니가 믿었던 것과는 반대로, 알베르틴이 결국은 훌륭한 부르주아 혼처를 찾아냈기 때문이다. 알베르틴이 베르뒤랭 부인을 만나고 싶어했을 때, 부인과 은밀히 얘기를 나누었을 때, 또 내가 그녀에게 미리 알리지 않고 부인의 저녁 파티에 가서 그녀가 몹시 화를 냈을 때, 알베르틴과 베르뒤랭 부인 사이에 있었던 모의의 목적이 실은 뱅퇴유 양이 아닌, 알베르틴을 좋아한다는 그 조카를 만나게 하는 데 있었던 것이다. 베르뒤랭 부인은 조카를 위해 어떤 부류의 가족들에게는 놀라운 일인, 비록 그들의 정신 상태를 완전히 이해하지는 못하지만, 그런 결혼을 주선하는 데서 만족감을 느끼며 부유한 집안과의 결혼에 집착하지 않았다. 그런데 나는 그 조카를 한 번도 다시 생각해 본 적이 없었다. 그가 어쩌면 그녀의 순결을 잃게 했고, 그 덕분에 그녀가 처음으로 내게 키스했을지 모르는데도 말이다.* 그러므로 내가 마음속에 축조한 알베르틴에 대한 온갖 불안이 그려진 지도를 다른 것으로 교체하거나, 아니면 그 지도에 다른 지도를 겹쳐 놓아야 했다. 왜냐하면 여성에 대한 취향이 결혼을 방해하지 않는다면 필시 그 지도가 다른 지도를 배제하지 않을 수도 있기 때문이다. 이 결혼이 정말로 알베르틴이 떠난 이유였을까? 그리고 아주머니에게 의존하는 것처럼 보이지 않으려는 자존심에서, 또는 내게 자신과의 결혼을 강요하는 모습을 보이기 싫어서 그런 말을 하고 싶지 않았던 것일까? 단하나의 행동을 여러 다양한 이유로 설명하는 이런 체계 — 이것의 신봉자였던 알베르틴은 여자 친구들과의 관계에서 각각의 친구에게 그 친구 때문에 일부러 자신이 왔다고 생각하게 했다 — 가 하나의 행동이 보는 관점에 따라 다양한 양상을 가진다는 걸 보여 주는 일종의 인위적, 의도적 상징에 지나지 않음을 나는 이해하기 시작했다. 알베르틴이 내 집에서 뭔가 부적절한 상태로 사는 것이 그녀의 아주머니를 불편하게 할 수도 있다는 점을 한 번도 생각해 보지 못한 나는 놀라움과 수치심 같은 걸 느꼈지만, 이런 놀라움을 느낀 게 이번이 처음은 아니었고 마지막도 아니었다. 나는 얼마나 여러 번 두 사람

---

* 발베크에서는 화자에게 거절했던 키스를, 파리에서는 알베르틴이 주도적으로 한다.(『잃어버린 시간을 찾아서』 6권 81쪽 참조.)

의 관계와 그 관계가 초래하는 위기를 이해하려고 애쓰다가, 갑자기 제삼의 인물이 나타나 그 인물의 관점에 따라 얘기하는 걸 들었던가! 그 제삼자가 두 사람 중 어느 한 사람과 보다 긴밀한 관계를 갖고 있어서, 그의 관점이 어쩌면 그들의 위기를 초래한 원인일 수도 있는데 말이다! 그리고 이처럼 우리의 행동이 언제나 불확실하다면 어떻게 사람들 자체도 불확실하지 않을 수 있단 말인가? 알베르틴이 이런저런 남자와 결혼하려고 애쓰는 교활한 여자라고 주장하는 사람들의 말을 들으면, 그녀가 우리 집에서 보낸 삶을 그들이 어떻게 규정했는지 쉽게 짐작할 수 있다. 하지만 내 의견으로 그녀는 희생자였다. 어쩌면 완전히 무고한 희생자는 아니지만, 그러나 다른 이유로, 사람들이 전혀 언급하지 않은 악덕 때문에 죄가 있는 희생자였다.

그러나 특히 다음과 같은 사실은 생각해 봐야 한다. 한편으로 거짓말은 흔히 성격적인 특징이다. 다른 한편으로 그런 성격적 특징이 없다면 거짓말을 하지 않았을 여인에게, 거짓말은 자신의 모든 삶을 파괴할지도 모르는 갑작스러운 위험, 즉 사랑에 맞서기 위한 일종의 자연스럽고도 즉흥적인 방어 기제로서, 그러나 점점 효과적으로 체계화되어 가는 방어 기제이다. 또한 지적이고 감수성 풍부한 사람들은 늘 둔감하고 열등한 여자에게 빠지고 집착하며, 또 그들이 사랑받지 못한다는 증거를 본다 해도 그 증거가 그 여자를 그들 옆에 간직하기 위해 모든 것을 희생하는 일로부터 치유해 주지 못하는데, 이것은 우연의 결과가 아니다. 만일 내가 이런 인간은 고통을 필요로 하는 사람이라고 말한다면, 비록 이 고통의 필요 ─ 어떤 의미에서는 비의지적인 ─ 를 완전히 이해 가능한 결과로 설명하는 전 단계의 진실이 생략되어 있기는 하지만, 나는 진실을 말하는 셈이다. 완벽한 성격은 드문 법이므로, 매우 지적이고 감수성 풍부한 사람은 대개 의지가 약한 탓에 습관의 노리개가 되며, 또 지속적인 고통에 처하게 될 곧 다가올 미래의 순간에 괴로워하게 될까 봐 두려워하는데, 이런 조건에서는 자신을 사랑하지 않는 여인이라 해도 결코 버리지 못하는 법이다. 그가 이처럼 사랑이 주는 미미한 것에 만족하는 걸 보고 사람들은 놀랄 테지만, 오히려 우리는 그가 느끼는 사랑이 어떤 고통을 불러일으키는지를 상상해 봐야 한다. 그렇다고 해서 그 고통을 지나치게 동정할 필요는 없다. 왜냐하면 불행한 사랑이나 연인의 떠남과 죽음으로 인한 엄청난 충격은 처음에는 우리를 벼락처럼 후려치고 마비시키지만 나중에는 근육이 조금씩 탄력과 생명력을 회복해 나가는 그런 병의 발작과도 흡사하기 때문이다. 더욱이 이런 고통에 보상이 없는 것은 아니다. 지적이고 감수성이 풍부한 사람은 일반적으로 거짓말하는 성향을 지니고 있지 않다. 거짓말은 그들을 불시에 사로잡으며, 가능 세계*에 살면서 거의 반응하지 않는 가장 지적인 사람들조차 사로잡는다. 그들은 여인이 원하는 것, 여인이 하는 것, 여인이 좋아하는 사람에 대한 명확한 지각보다 여인

---

* 칸트에 의하면, 가능 세계란 경험에 앞서는 선험적 종합 판단을 가리킨다.(『사라진 알베르틴』; 리브르드포슈, 305쪽 참조.)

이 그들에게 부과하는 고통 속에 살아가는데, 그런 지각은 특히 의지가 강한 자, 또 과거를 한탄하기보다는 미래에 대비하기 위해 그 지각을 필요로 하는 자에게 주어진다. 그러므로 이런 존재들은 왠지 이유도 모르면서 자신이 속았다고 느낀다. 바로 그런 이유로 그들이 별 볼 일 없는 여인을 사랑하게 될 때면, 그런 여인들이 지적인 여인보다 훨씬 더 그들의 세계를 풍요롭게 하는 걸 보면서 놀란다. 여인이 하는 각각의 말 뒤에서 그들은 거짓말을 감지한다. 그녀가 간 적이 있다고 말하는 집 뒤의 다른 집을, 각각의 행동이나 각각의 존재 뒤의 다른 행동과 다른 존재를 감지한다. 물론 그들은 그 존재가 누구인지 알지 못하며, 그것을 알 수 있는 힘도, 어쩌면 거기 도달할 가능성도 갖지 못한다. 거짓말하는 여자는 아주 간단한 속임수를 써서 그 속임수를 거의 바꾸지 않고도 많은 사람들을 속일 수 있으며, 더 나아가 그 속임수를 간파할 수밖에 없는 사람조차 속일 수 있다. 이 모든 것은 감수성 예민한 지식인 앞에 매우 심오한 깊이를 가진 우주를 창조하며, 그래서 그의 질투심은 그 깊이를 파헤치려 하고, 또 그의 지성은 거기에 관심을 가진다.

내가 바로 그런 사람들과 같은 부류는 아니었지만, 알베르틴이 죽은 지금 어쩌면 나는 그녀 삶의 비밀을 알게 될지도 몰랐다. 그러나 지상에서의 삶이 끝난 후에 한 인간의 비밀이 드러나는 것은, 어느 누구도 사실상 미래의 삶을 믿지 않는다는 증거가 아닐까? 이런 비밀의 누설이 사실이라면, 살아 있는 동안에는 비밀을 지켜 주어야 한다고 생각하면서 두려워했던 만큼, 하늘에서 만날지 모를 날을 생각해서라도 그녀의 행동이 폭로될 때 그녀가 느낄 원한을 두려워해야 할 것이다. 그러나 그 비밀의 누설이 거짓이며, 그 사실을 부인할 사람이 이제 존재하지 않는다는 이유로 지어낸 것이라면, 우리가 하늘을 믿을 경우 우리는 더욱 망자의 분노를 두려워해야 할 것이다. 그러나 어느 누구도 하늘을 믿지 않는다. 그러므로 알베르틴의 마음속에서 내 집에 남을지 아니면 떠날지에 대한 갈등이 오래 지속되었고, 그렇지만 그녀가 나를 떠나기로 한 결정이 어쩌면 한 번도 생각해 본 적 없는 여자들 때문이 아닌 그녀의 아주머니나 그 젊은 남자 때문이라는 것은 가능한 이야기였다. 내게 가장 중요했던 사실은 알베르틴의 품행에 대해 더 이상 아무것도 감출 필요가 없는 앙드레가 알베르틴과의 사이에서, 또 뱅퇴유 양과 그 친구 사이에서 그런 종류의 일이 한 번도 없었다고 단언했다는 점이다.(뱅퇴유 양과 그 여자 친구를 처음 만났을 때 알베르틴은 자신의 취향을 알지 못했으며, 또 그 두 사람은 그녀가 욕망하는 방향에 대해 잘못 생각할까 봐 두려워했으므로 — 이런 두려움은 욕망 자체보다 더 많은 오해를 낳는 법이다 — 알베르틴이 그런 종류의 일을 아주 싫어한다고 생각했을 것이다. 어쩌면 훗날 두 사람은 그녀가 그들과 같은 취향을 가졌음을 알았을 테지만, 그때 그들은 알베르틴과 너무 잘 아는 사이였으므로 그런 짓을 함께 할 생각은 하지 못했으리라.) 요컨대 나는 알베르틴이 왜 나를 떠났는지 여전히 이해할 수 없었다. 만일 한 여인의 얼굴이, 그 움직이는 표면 전체나 입술이, 더욱이 기억에 담을 수 없는 우리의 눈에 포착하기 어려운 것이라면, 또 그녀의 사회적 신분이나 우리가 처한 위치에 따라 그 얼굴이 흐려지고 달라진다면, 우리의 눈에 보이는 그녀의 행동과 행동의 동기 사이에는 얼마나 두꺼운 장막이 쳐져 있단 말인가! 행동의 동기는 훨씬 깊은 곳에 있어서 우리 눈에 보이지 않으며, 게다가 그것은 이미 우리가 알고 있는 행동과는 다른 행동을, 그것과 대개는 완전히 모순되는 행동을 유발한다. 도대체 어떤 시대에 친구들에게 성인으로 간주되던 공적 인물이 위조를 하고, 국가 재산을 훔치고, 조국을 배신한 죄로 발각되지 않은 적이 있단 말인가? 대귀족이 어렸을 때부터 키웠고 충직한 사람이라고 확신하는, 또 어쩌면 실제로 충직한 관리인이 해마다 얼마나 여러 번 대귀족의 재산을 훔치고 있는가? 그런데 다른 사람의 동기를 가리는 이 장막은, 우리가 그 사람에게 사랑을 느끼는 순간 얼마나 더 뚫고 들어갈 수 없는 것이 되어 버리는가! 사랑은 우리의 판단력을 흐리게 하는 동시에 여인의 행동도 흐리게 하는데, 여인은 자신이 사랑을 받는다고 느낄 때, 그렇지 않았으면 중요시했을 재산 같은 것도 돌연 중요시하지 않는 법이다. 어쩌면 여인은 부분적으로 재산을 경멸하는 척하면서 상대를 괴롭혀 더 많은 재산을 얻어 내려고 그렇게 했을지도 모른다. 또한 거기에는 흥정을 하려는 속셈도 끼어들 수 있다. 그녀는 삶에서 많은 긍정적인 일조차 자신의 모습을 폭로하게 될까 두려워 어느 누구에게도 털어놓지 않지만, 그럼에도 많은 사람들이 우리처럼 알고 싶은 열정과 보다 자유로운 정신을 가지고 상대에게 덜 의심을 품게 했다면, 그 은밀한 관계는 드러났을 것이다. 어쩌면 몇몇 사람들은 이미 그것에 대해 알고 있을 테지만, 우리는 그들을 알지 못하며 또 어디서 찾아야 할지도 모른다. 그리고 우리에 대해 이해할 수 없는 태도를 취했던 그 모든 이유 중에 자신의 이익을 무시하거나 증오심 또는 자유에 대한 사랑, 느닷없는 분노의 충동, 또는 다른 사람들이 어떻게 생각할까 하는 두려움 때문에 자신이 생각했던 것과 반대되는 행동을 하게끔 한 성격적인 특이함도 포함해야 할 것이다. 그리고 서기에는 환경이나 교육의 차이도 있어서, 둘이서 대화할 때면 말로 그 차이를 지우면서 믿지 않지만 혼자 있을 때면 정반대의 관점에서 각자의 행동을 끌고 가기 때문에 차이를 다시 발견하게 되고, 그리하여 진정한 만남은 가능하지 않게 된다.

"그런데 앙드레, 당신은 아직도 거짓말을 하고 있어요. 내가 전날 전화했을 때 당신 자신이 고백했던 일을 기억해요?* 베르뒤랭 댁에서 열리는 오후 모임에, 뱅퇴유 양이 오기로 되어 있던 모임에 알베르틴이 내가 알아서는 안 되는 뭔가를 숨기면서 그토록 가고 싶어 했던 걸 기억해 봐요.""그래요, 하지만 그 애는 뱅퇴유 양이 온다는 걸 전혀 몰랐어요.""뭐라고요? 당신 자신이 내게 며칠 전에 알베르틴이 베르뒤랭 부인을 만났다고 말했어요. 게다가 앙드레, 이제 우린 서로를 속일 필요가 없잖아요. 난 알베르틴의 방에서 종이쪽지를 발견했는데, 베르뒤랭 부인이 자기 집 오후 모임에 와 달라고 간청하는 쪽지였어요." 그리고 알베르틴이 떠나기 며칠 전 프랑수아

---

* 『잃어버린 시간을 찾아서』 9권 162~164쪽 참조.

즈가 내 눈에 보이도록 그녀의 소지품 맨 위에 놓아 둔 쪽지를 보여 주었다. 프랑수아즈가 그 쪽지를 거기 두면서 내가 알베르틴의 소지품을 뒤졌다는 걸 알베르틴으로 하여금 믿게 하려고 했던 건 아니었는지 두려웠다. 어쨌든 프랑수아즈는 내가 그 쪽지를 보았다는 걸 그녀에게 알려 주려고 했다. 프랑수아즈의 이런 술책이 알베르틴으로 하여금 내게 더 이상 아무것도 감출 수 없다고 느끼게 해 좌절하고 절망한 나머지 떠나기로 결심하는 데 영향을 미친 것은 아닌지 나는 여러 번 자문해 보았다. 나는 앙드레에게 "양심의 가책 같은 건 전혀 느끼지 않아요. 이 모든 건 가족의 정으로 용서될 수 있으니까요." 라고 쓰인 쪽지를 보여 주었다. "당신도 잘 알잖아요, 앙드레, 뱅퇴유 양의 여자 친구란 사람이 사실상 그녀에게는 어머니이자 언니 같은 존재라고 알베르틴이 언제나 말해 왔다는걸." "하지만 당신은 이 편지를 잘못 이해했어요. 베르뒤랭 부인이 자기 집에서 알베르틴과 만나게 해 주고 싶었던 사람은 뱅퇴유 양의 친구가 아니라, 그 '꼴찌랍니다'라는 약혼자였어요. 가족의 정이란 베르뒤랭 부인이 그 방탕아에게 품은 정인데, 사실 그자는 베르뒤랭 부인의 조카예요. 그렇지만 알베르틴은 뱅퇴유 양이 그 집에 온다는 걸 나중에 알았을 거예요. 베르뒤랭 부인이 곁다리로 알려 주었을 테니까요. 물론 알베르틴은 옛 친구를 다시 만난다는 사실이 기뻤겠죠. 행복했던 과거가 떠오를 테니까요. 하지만 그건 당신이 엘스티르가 있는 걸 아는 장소에 갈 때 느끼는 만족감 그 이상의 것도, 아니, 그 정도도 아니에요. 그래요, 알베르틴이 왜 베르뒤랭 부인의 집에 가고 싶어 했는지 이유를 말하지 않은 건, 베르뒤랭 부인이 매우 적은 수의 손님들만 부른 리허설이 있었고, 손님들 가운데는 당신이 발베크에서 만났으며 또 봉탕 부인이 알베르틴과 결혼시키고 싶어 했던 그 조카가 있었기 때문이에요. 알베르틴은 그와 얘기하고 싶어 했죠. 그는 한심한 건달이었어요. 게다가 지금은 이렇게 많은 설명을 찾을 필요도 없잖아요." 하고 앙드레가 덧붙였다. "네가 얼마나 알베르틴을 좋아했는지, 그리고 그 애가 얼마나 착한 애였는지는 하느님만이 아실 거예요. 하지만 특히 장티푸스에 걸린(당신이 우리 모두와 알기 일 년 전의 일이죠.) 뒤부터, 그 애는 지나치게 열정적이고 무모한 사람으로 변했어요. 갑자기 하던 일에 염증을 내고, 그러면 그 즉시 바꾸어야 했어요. 그 애 자신도 틀림없이 그 까닭을 몰랐을 거예요. 당신이 발베크에 왔던 첫해를 기억하세요? 우리가 서로 알게 된 해를? 어느 날 그 애는 느닷없이 자신을 파리로 부르는 전보를 보내게 했어요. 가방을 쌀 시간도 거의 없었죠. 그런데 그 애는 발베크를 떠날 이유가 전혀 없었거든요. 그 애가 말한 구실은 모두 거짓이었어요. 그 시기의 파리를 그 앤 아주 지겨워했으니까요. 우리 모두는 발베크에 그대로 있었죠. 골프장도 아직 문을 닫지 않았고, 그 애가 그렇게 탐내던 우승컵을 타기 위한 시합도 끝나지 않았고요. 틀림없이 우승컵을 탔을 거예요. 일주일만 기다리면 됐으니까요. 그런데도 그 애는 아주 빨리 떠나더군요. 나중에 내가 여러 번 그 이야기를 했죠. 그 애는 자기도 왜 그렇게 떠났는지 모르겠다고 하더군요. 향수병 때문인지(고향이 파리라는 게 당신은 가능하다고 생각해요?), 발베크가 역겨워졌는지, 자기를 비웃은 사람들이 있다고 믿었는지." 앙드레가 한 말에는, 사고방식의 차이가 이런저런 사람에게 동일한 예술 작품에 대해 다양한 인상을 설명해 주고, 감정의 차이가 우리를 사랑하지 않는 사람을 설득할 수 없다는 불가능성을 설명해 준다면, 거기에는 또한 행동의 동기가 되는 성격적 차이나 성격의 개별성이 있다는 점에서 진실의 요소가 들어 있다고 생각되었다. 그러다 나는 이런 설명에 대한 생각을 접고, 삶의 진실을 안다는 것이 얼마나 어려운 일인지 상기했다. 알베르틴이 베르뒤랭 부인 댁에 가고 싶어 하면서도 그걸 숨겼다는 점에 나는 주목했으며, 또 내가 틀린 것도 아니었다. 그러나 이렇게 하나의 사실을 알아도, 우리가 그 겉모습밖에 알지 못하는 나머지 다른 사실 — 벽걸이 융단의 이면처럼 행동이나 은밀한 관계의 이면 또는 마음에 대한 이해력의 이면 — 들은 우리로부터 빠져나가며, 그리하여 우리는 그저 평범한 실루엣이 지나가는 걸 보면서 이거다 저거다 또는 그녀 때문이다 다른 여자 때문이다라고 말할 뿐이다. 뱅퇴유 양이 오기로 되어 있었다는 사실의 폭로가, 더욱이 알베르틴이 선수를 쳐서 미리 알려 주었다는 사실이 내게는 그녀가 그 집에 가고 싶어 했던 이유를 설명해주는 것 같았다. 나중에 그녀는 뱅퇴유 양의 존재가 어떤 즐거움도 주지 않았다고 맹세하기를 거부하지 않았던가? 그 젊은이에 관해 내가 잊고 있다가 기억해 낸 일이 여기 있다. 얼마 전 알베르틴이 아직 우리 집에 살고 있을 때 나는 그 젊은이와 만난 적이 있었다. 그는 발베크에서 보여 주던 태도와는 달리 무척이나 상냥하고 다정하기까지 했으며 나를 보러 오는 걸 허락해 달라고 간청했지만, 나는 여러 이유로 거절했다. 그런데 지금 생각해 보니 알베르틴이 우리 집에 산다는 사실을 알고, 나와 친해져서 그녀를 쉽게 만나고 나로부터 그녀를 빼앗아 가려고 했음을 알게 되었고, 그래서 나는 그에 대해 비열한 자라는 결론을 내렸다. 그런데 그 젊은이의 첫 작품이 나를 위해 공연 된 지 얼마 되지 않아,* 나는 그가 그렇게 우리 집에 오고 싶어 한 이유가 틀림없이 알베르틴 때문이라고 계속 생각하면서 그에게 죄가 있다고 생각했으나, 그럼에도 내가 예전에 생루를 만나러 동시에르로 간 것이 실은 게르망트 부인에 대한 사랑 때문이었음을 상기했다.** 물론 그 일과 이 일은 사정이 달랐다. 생루는 게르망트 부인을 사랑하지 않았고, 그에 대한 나의 애정에는 어쩌면 약간의 이중성은 있었을지 모르지만 배신 같은 것은 전혀 없었다. 하지만 그 후 나는 우리가 원하는 보물을 소유한 사람에 대해 느끼는 애정을, 비록 그 보물을 가진 사람이 그 보물을 사랑한다고 해도 똑같이 느낄 수 있다고 생각했다. 아마도 그때 우리는 우정이 곧바로 배신으로 이어질지 모르기에 그런 우정에 맞서 싸워야 할 것이다. 그리고 나

---

* 프루스트는 아마도 옥타브의 모델이 되는 장 콕토를 1910년경 처음 스트로스 부인 댁에서 만난 것처럼 보이는데, 이후 두 사람의 관계는 찬미와 비난이 섞인 조금은 묘한 양상을 띠었다고 한다. 그럼에도 장 콕토는 자신이 각본을 쓴 발레 뤼스의 「파라드」 공연에 프루스트를 초대하는 등 발레 뤼스와 실험 예술, 큐비즘 같은 새로운 형태의 예술에 프루스트를 입문시키는 계기를 마련한다.(『마르셀 프루스트 사전』, 오노레샹피옹, 216쪽)

** 『잃어버린 시간을 찾아서』 5권 112쪽 참조.

의 경우 언제나 그렇게 해 왔다고 생각한다. 그러나 그런 힘이 없는 사람의 경우, 그들의 보물을 소유한 자에 대해 보여 주는 우정이 단순한 술책이라고는 할 수 없고, 그들도 진심으로 우정을 느끼며, 또 그런 이유로 그들은 그 우정을 열정적으로 표현하는데, 그러나 배신하는 일이 생기면 배신당한 남편이나 연인은 경악하고 분노하면서 이렇게 말한다. "저 비열한 자가 내게 퍼부었던 애정의 맹세를 당신도 들었다면! 누군가에게서 보물을 훔치려 한다면 그래도 그건 이해할 수 있어. 하지만 먼저 우리를 우정으로 안심시키려는 저 악마 같은 욕구는 도저히 상상할 수 없는 그런 치욕과 변태의 수준이야." 그런데 아니다. 거기에는 어떤 변태적인 기쁨도, 완전히 의식적인 거짓말도 없다. 알베르틴의 '가짜 약혼자'가 내게 보여 준 그런 종류의 애정은, 단순히 알베르틴에 대한 사랑에서 파생된 것 이상의 다른 복합적인 이유가 있었다. 그는 최근에야 자신이 지식인임을 깨닫고 스스로 인정하고 그렇게 공표되기를 바랐다. 처음으로 그에게 스포츠나 방탕한 가치 외에 다른 가치가 존재했다. 내가 엘스티르나 베르고트로부터 높은 평가를 받고 있으며, 알베르틴이 어쩌면 얘기했을지 모르지만, 내가 작가들을 판단하는 방식이나 또 거기에 대해 나 자신이 글을 쓸지도 모른다고 알베르틴이 상상한 것 때문에 갑자기 내가 그에게(그가 마침내 자각한 새로운 인간에게) 흥미로운 존재로 보였고, 그래서 나란 존재와 엮이면 즐거울 거라는 생각, 내게 자신의 계획도 털어놓고 어쩌면 베르고트에게 소개해 달라고 부탁할 수도 있다는 생각이 들었는지 모른다. 따라서 그가 내 집에 오고 싶어 하면서 호감을 표한 것은 진심이었다. 알베르틴의 영향과 지적인 이유가 그 호감을 진지한 것으로 만들었다. 물론 그가 그토록 내 집에 오고 싶어 하고 또 그렇게 하기 위해 모든 것을 버린 것은 '그런 이유' 때문만은 아니었다. 그러나 처음의 두 이유를 지극한 열정으로 끌어올린 이 마지막 이유를 그 자신은 어쩌면 몰랐을 것이다. 그리고 마치 알베르틴이 음악회 리허설이 열렸던 오후 베르뒤랭 부인 댁에 가고 싶어 했을 때 어린 시절의 친구들을 다시 보고, 담소를 나누고, 자신이 베르뒤랭 부인 댁에 있다는 사실만으로도 그들이 알던 가난한 소녀가 이제는 저명한 살롱에 초대받는다는 것을 보여 주고, 어쩌면 또한 뱅퇴유의 음악을 들으면서 즐거움을 느끼는 그들에게와 마찬가지로 그녀에게도 전혀 사악하지 않은 순결한 즐거움이 진짜 존재할 수 있었던 것처럼, 그 두 가지 이유도 실제로 존재했다.* 만약 이 모든 것이 사실이라면, 내가 뱅퇴유 양 이야기를 했을 때 알베르틴의 얼굴에 떠오른 홍조는 내가 결코 알아서는 안 되는 결혼 계획 때문에 내게 감추고 싶었던 그 오후 모임을 내가 언급한 데서 기인했을 것이다. 그 모임에서 알베르틴이 뱅퇴유 양을 다시 만나도 전혀 기쁘지 않다는 걸 맹세하기를 거부했다는 사실이 당시에는 나의 고통을 크게 하고 의혹을 더 견고하게 만들었지만, 이

---

* 여기서 처음의 두 가지 이유는 알베르틴을 유혹하고 싶은 욕망과 화자를 만나 지적 호기심을 충족하고 싶은 욕망을 말하며, 마지막 이유란 이에 대한 알베르틴의 태도, 즉 베르뒤랭의 연회에서 어린 시절의 친구들을 만나 얘기하고 싶은 순결한 기쁨을 가리킨다.

제 회고적으로 생각해 보니 그녀는 무고한 일에 대해서도, 아니, 어쩌면 그것이 정말로 무고한 일이기에 자신이 진실하다는 데 집착했음을 증명해 보였다. 그렇지만 알베르틴과의 관계에 대해서 앙드레가 했던 말이 아직 남아 있다. 어쩌면 내가 행복하다고 느끼지 못하게 하려고, 또 자기보다 우월감을 갖지 못하게 하려고 앙드레가 그 말을 완전히 지어냈다고는 생각하지 않았지만, 여하튼 앙드레는 알베르틴과 했던 짓을 조금은 과장했고, 또 알베르틴은 내가 어리석게도 이 주제에 관해 표명했던 몇몇 정의를 교묘하게 이용하여 앙드레와의 관계는 내게 고백해야 하는 것 안에 들어가지 않으며, 또 그것을 부인해도 거짓말이 아니라고 여기면서 앙드레와 한 짓을 정신적 구속에 의해 조금은 줄여서 말했다고 생각할 수 있었다. 그러나 왜 앙드레가 아닌 알베르틴이 거짓말을 했다고 믿는 것일까? 진실이나 삶은 어려운 문제이며, 결국 그것에 대해 알지 못한 채로, 어쩌면 내게는 피로가 슬픔을 좌우한다는 인상만이 남아 있었는지 모른다. 내가 세 번째로 알베르틴에 대해 완전한 무관심에 가까워졌다고 의식한 순간은(또 마지막으로 내가 완전히 무관심한 상태에 이르렀다고 느낀 순간은) 앙드레의 마지막 방문 후 꽤 오랜 시간이 지나고 나서 어느 날 베네치아에서였다.*

---

* 알베르틴의 진실이 드러난다고 화자가 생각하는 세 단계는 에메의 조사와 편지, 앙드레의 방문, 그리고 베네치아에서 카르파초의 그림을 관조한 일이다.

3장

어머니는 몇 주일 동안 나를 베네치아에 데려갔고 — 아름다움이란 가장 초라한 것뿐만 아니라 가장 세련된 것에도 존재할 수 있으니까 — 나는 그곳에서 예전에 콩브레에서 자주 느꼈던 것과 유사한, 그러나 완전히 다른 방식으로 보다 풍요롭게 전환된 인상을 맛보았다. 아침 10시에 덧창을 열면, 햇빛을 받아 검은 대리석으로 변한 생틸레르 성당의 슬레이트 지붕 대신 산마르코 대성당의 종탑을 장식하는 '황금 천사'의 타오르는 모습이 보였다.* 눈길을 고정할 수 없을 만큼 눈부시

---

* 햇빛에 의해 슬레이트가 대리석으로 변하는 모습은 뒤 벨레(Du Bellay)의 시 「회한」을 환기한다고 지적된다.(『사라진 알베르틴』; 플레이아드 IV, 1109쪽 참조.) 산마르코 대성당은 베네치아의 수호신 성 마르코에게 헌정된 성당으로, 알렉산드리아에서 훔쳐 온 성 마르코의 유해를 모시기 위해 건축되었다. 황금 천사는 산마르코 성당 종탑 꼭대기에 설치된 대천사 가브리엘의 황금동상을 가리

게 빛나는 황금 천사는 나를 향해 두 팔을 크게 벌리면서, 삼십 분 후 내가 피아제타*에 내려갔을 때 느낄 기쁨을, 예전에 선의의 인간들에게 알리는 책임을 맡았을 때보다 더 확실한 기쁨을 약속했다. 침대에 누우면 황금 천사만 보였으나, 세상이 햇빛 비치는 부분만으로도 시각을 알 수 있는 거대한 해시계로 변한 듯, 첫날 아침부터 나는 성당 앞 광장에 있는 콩브레의 가게들을 생각했다. 일요일 미사에 도착할 즈음이면 가게 문은 이미 닫혀 있었고, 시장에는 밀짚들이 이미 뜨거워진 햇살에 강한 냄새를 풍겼다. 그러나 둘째 날부터 내가 잠에서 깨어나자마자 본 것, 또 그 때문에 내가 침대에서 일어난 것은 (바로 그것이 내 기억과 욕망 속에서 콩브레의 추억을 대신했기 때문이다.) 내가 베네치아에서 처음 외출했을 때 받은 인상이었다. 베네치아의 일상적인 삶은 콩브레에서와 마찬가지로 현실적이었다. 일요일 아침이면 사람들은 콩브레에서처럼 축제 속의 거리로 내려가는 기쁨을 느꼈지만, 거리는 온통 사파이어 빛깔의 물로 뒤덮였으며, 따스한 바람에 상쾌한 물은 언제나 한결같은 빛깔을 띠었고, 내 피로한 눈은 물의 색깔이 희미해질까 걱정할 필요도 없이 휴식을 취하면서 시선을 거기 기댈 수 있었다. 콩브레에서 루아조 거리**의 선량한 사람들처

킨다.

* 피아제타 또는 작은 광장은 산마르코 광장과 두칼레 궁전 사이에 있으며 선착장으로 통한다. 그리고 이 문단에서 말하는 기쁨은 「루카 복음서」 2장 14절에 대한 환기로, 천사가 목자들에게 예수님의 탄생을 알리는 기쁨을 말한다.
** 『잃어버린 시간을 찾아서』 1권 93쪽 참조.

럼, 이 새로운 도시의 주민들 또한 큰길을 따라 나란히 늘어선 집들로부터 나왔다. 그러나 발밑에 미세한 그림자를 드리우는 집의 역할을 베네치아에서는 반암과 벽옥으로 만들어진 궁이 맡았고, 아치형의 문 위에는 수염 달린 신(神)의 두상 (콩브레의 집들에 달린 문망치처럼 집들의 대열에서 튀어나와 있는) 이 조각되어 있어, 그 그림자가 흙갈색 땅바닥이 아닌 반짝이는 푸른 물을 더욱 짙게 만드는 결과를 자아냈다. 콩브레에서 신제품 가게의 차양이나 이발소의 간판으로부터 흘러나오는 그림자 대신, 산마르코 광장*에서는 르네상스식 건물 정면에 새겨진 부조가 발밑 햇빛이 비치는 포석의 사막 위로 작은 푸른 꽃을 흩뿌리고 있었다. 그렇지만 햇살이 너무 강하게 내리쬐면, 베네치아에서도 콩브레에서처럼 운하 기슭에서는 차양을 쳐야 했다. 그러나 이 차양은 고딕식 창문의 네 잎 클로버 무늬와 덩굴무늬 장식 사이에 쳐져 있었다. 우리가 머무르는 호텔의 창문도 그와 같았는데, 어머니는 호텔 난간 앞에서 운하를 바라보며 어쩌면 예전에 나에 대해 희망을 품었던 콩브레 시절에 보여 주지 않았던, 또 그 희망이 실현되지 않은 후에도 여전히 나를 사랑한다는 걸 보여 주려고 하지 않았던 그런 인내심을 가지고 나를 기다렸다. 이제는 자신이 아무리 냉담한 척해 봐야 아무것도 바꿀 수 없다고 느꼈고, 그래서 어머니가 그렇게 아낌없이 퍼붓는 애정은, 마치 더 이상 고칠 수

---

* 원문에는 산마르코 광장을 가리키는 '피아차(Piazza)'로 표기되었다. 피아제타와 구별하기 위해 여기서는 산마르코 광장으로 옮긴다.

없다고 확신한 환자가 더 이상 거절하지 않는 금지된 음식과도 같았다. 물론 루아조 거리에 면한 레오니 아주머니의 방 창문을 특이하게 만드는 작은 특징들, 이를테면 이웃하는 두 창문 사이의 고르지 않은 간격 때문에 생긴 불균형, 지나치게 높은 나무 받침대, 덧문을 여는 데 쓰이는 구부러진 막대, 커튼 끈으로 묶여 양쪽으로 나뉜 반짝이는 푸른 새틴의 늘어진 두 자락 등의 모든 등가물이 베네치아의 호텔에도 존재했는데, 나는 그곳에서 우리가 점심을 먹기 위해 돌아갈 때면 멀리서도 그 처소를 알아보게 하고. 또 훗날 우리의 기억 속에 얼마 동안 그 처소가 우리의 것이었음을 증언하는 그토록 특이하고 웅변적인 말을 듣곤 했다. 그러나 그 말을 하는 책임이 베네치아에서는 콩브레나 대부분의 다른 곳에서처럼 가장 단순하고 게다가 추하기까지 한 것들에 주어지지 않고, 중세 주택 건축물의 걸작을 전시하는 온갖 모형 박물관이나 예술 서적에 재현된, 아직도 절반이 아랍풍 양식인 건물 정면의 첨두아치에 주어졌다.* 아주 멀리서 산조르지오마조레** 성당을 지난 후에도 나를 바라보던 첨두아치가 보였다. 부서진 아치의

---

* 프루스트는 여기서 정확한 창문 이름을 언급함 없이, 러스킨의 가르침에 따라 베네치아 건축에서의 이슬람 건축의 영향을 환기하고 있다.(프루스트,『모작과 잡문』, 플레이아드, 139쪽; 러스킨, 박인곤 옮김,『베네치아의 돌』(예경, 2006) 참조.) 첨두아치란 크고 높은 원호를 그리면서 연결된 아치로 고딕 건축에서 많이 사용되었으며, 이슬람 건축을 통해 전해진 것으로 간주된다.
** 산마르코 성당 맞은편 독립된 섬에 위치하는 이 성당은 안드레아 팔라디오(Andrea Palladio, 1518~1580년)의 고전 건축 이론에 의해 설계되었으며, 틴토레토의「최후의 만찬」과 카르파초의 제단화를 소장한 것으로 유명하다.

열정이 나를 환대하는 미소에 보다 고고한, 인간이 이해하지 못하는 시선을 덧붙이고 있었다. 그리고 다양한 빛깔의 대리석 난간 뒤에서, 어머니가 나를 기다리며 책을 읽고 있었는데, 얇은 하얀 망사 베일에 싸인 어머니의 얼굴은 어머니의 흰머리만큼이나 내 가슴을 찢어 놓았다. 어머니가 눈물을 감추면서 밀짚모자에 베일을 씌운 것이 조금은 호텔 사람들에게 '정장' 차림을 한 것으로 보이려는 셍긱보다는 할머니의 숙음에서 어느 정도 진정되어 애도의 마음이나 슬픔을 덜 느낀다는 것을 내게 보여 주기 위해서임을 느꼈기 때문이다. 내가 곤돌라에서 어머니를 부르자마자, 어머니는 금방 나를 알아보지 못한 것처럼, 그녀의 마음 깊은 곳으로부터 우러나온 사랑을, 그것을 떠받쳐 줄 실체가 없을 때에만 멈추는 그런 사랑을 되도록이면 내게 가까이 보내려는 듯 열정적인 시선의 표면까지 입술을 내밀고 미소를 지으며 높이 들어 올리려고 애썼는데, 정오 햇살에 빛나는 첨두아치의 보다 은밀한 미소의 테두리 안에서, 또 그 덮개 아래에서 내게 키스하는 것 같았다. 바로 그런 이유로, 그 창문은 내 기억 속에서 어떤 특정 시간이 울릴 때면 우리와 동시에, 우리 옆에서 우리와 그들에게서 동일한 부분을 차지했던 사물의 부드러움을 지니고 있었다. 그리하여 창문의 창살대가 아무리 멋진 형태로 가득 차 있다 해도, 그 유명한 창은 내게 동일한 휴양지에서 함께 한 달을 보내고 우리에게 우정을 느낀 어느 천재적 인간의 내밀한 모습을 간직하며, 이후 창문의 모형을 박물관에서 볼 때마다 나는 눈물을 흘리지 않으려고 애써야 했다. 그 창문이 단지 내게 가

장 감동적인 "난 당신 어머니를 아주 잘 기억해요."라는 말을
하기 때문이다.

창가를 떠난 어머니를 찾기 위해 내가 집 밖의 열기를 뒤로
하고 위층으로 올라갈 때면, 예전에 콩브레에서 내 방으로 올
라갈 때 느꼈던 것과 똑같은 서늘한 감각을 느꼈다. 그러나
베네치아에서 서늘함을 유지해 주는 것은 촘촘히 붙은 좁은
나무 계단이 아니라 대리석 계단의 우아한 표면에 부딪치는
바닷바람이었는데, 대리석 계단은 청록색 태양 빛으로 매 순
간 반사되면서 예전에 샤르댕에게서 받은 유익한 교훈에 베
로네제의 가르침을 덧붙였다.* 베네치아에서 삶의 친숙한 인
상을 주는 책임을 맡은 것은 가장 아름다운 예술 작품들이었
고, 만일 몇몇 화가들이 그린 유명한 베네치아 회화(막심 드토
마의 멋진 습작품은 제외하고)가 미학적으로 지나치게 차갑다는
구실 아래 그 찬란한 모습을 사라지게 하고 도시의 초라한 모
습만을 재현하거나 또 베네치아를 보다 내밀하고 진실한 것
으로 만든다는 구실 아래 오베르빌리에와의 유사성만을 부
각하려 한다면 베네치아란 도시의 성격 자체를 외면하는 거

* 샤르댕의 교훈은 예술 작품의 아름다움이란 우리를 둘러싼 일상적인 사물
의 평범한 소재에서 발견될 수 있다는 견해이며(『잃어버린 시간을 찾아서』 4권
531쪽 참조.), 베로네제의 가르침은 화려한 색채나 장식적인 아름다움 역시 예
술에서 중요하다는 견해이다. 자연의 소박한 아름다움과 대비되는 이런 예술의
화려하고도 기교적인 아름다움을 프루스트는 베네치아 방문을 통해 깨닫게 된
다.(『사라진 알베르틴』; 리브르드포슈, 25쪽 참조.) 베로네제는 산조르조마조
레 성당의 구내식당을 위해 「가나의 혼인 잔치」(1562~1563)를 그렸다.(이 그림
은 현재 루브르 박물관에 소장되어 있다.)

나 다름없다.* 시시한 화가들이 그린 인위적인 베네치아 그림에 대한 자연스러운 반동 작용으로 위대한 예술가들이 보나 사실적이라고 생각되는 초라한 광장이나 버려진 소운하가 있는 베네치아에만 몰두한 것은 잘못된 판단이라고 할 수 있었다.** 바로 이런 베네치아를 나는 어머니와 외출하지 않는 날이면, 자주 오후마다 탐색하러 나섰다. 사실 거기서 나는 성냥팔이 소녀나 진주 꿰는 여자, 유리나 레이스 만드는 여자, 술이 달린 커다란 검정 숄을 두른 어린 여직공 같은 서민층 여자들을 보다 쉽게 만날 수 있었는데, 그들을 사랑하는 데 방해가 되는 것은 아무것도 없었다. 이제 알베르틴은 거의 잊었지만 그래도 조금은 알베르틴이 생각났으므로, 그 서민층 여자들이 다른 여자들보다는 훨씬 더 매력적으로 보였다. 더욱이 베네치아 여인들에 대한 이런 열정적인 탐색에서 그 열정이 그들 자신으로부터 온 것인지, 아니면 알베르틴, 혹은 베네치아 여행을 꿈꾸던 내 오래된 욕망으로부터 온 것인지 누가 정확히 말할 수 있단 말인가? 우리의 작은 욕망은 하나의 화음처럼 유일하지만 그 위에 우리의 모든 삶이 세워진 기본음을 내포하고 있다. 그리하여 이따금 우리가 듣지 못하거나 의식하

---

* Maxime Dethomas(1867~1929). 도안가이자 무대 장식가로, 프루스트가 베네치아에 대해 쓴 글의 발췌본을 1919년 「예술의 책갈피」에 수록할 때 삽화를 그렸다. 오베르빌리에는 파리 북동쪽에 위치한 공업 도시로, 자크 프레베르(Jacques Prévert)의 「오베르빌리에」란 시로 더욱 유명해졌다.
** 원문에는 이탈리아어 '캄포(campo)'와 '리오(rio)'로 표기되었지만, 별도의 표시 없이 각각 광장과 소운하로 옮겼다.

지 못하는, 또는 우리가 추구하는 대상과 아무 관계도 없는 그런 음 중의 하나를 지우면 그 대상에 대한 우리의 욕망 또한 송두리째 사라지는 것을 느낀다. 이렇게 흥분에 들뜬 마음으로 베네치아 여인들을 찾아서 돌아다닌 데에는 내가 밝히려 하지 않는 많은 것들이 있었다. 내가 탄 곤돌라는 소운하를 따라갔다. 그것은 어느 신비스러운 정령의 손길이 이 동방 도시의 굽이 안으로 나를 인도하는 듯 내가 나아감에 따라 길을 내고 동네 한복판을 뚫으면서, 제멋대로 그은 아주 가느다란 고랑, 거의 붙어 있는 듯한 좁은 간격의 고랑으로 무어풍의 작은 창문이 달린 높은 집들을 가르고 있었다. 그리고 어느 마술적인 안내인이 손가락 사이에 촛불을 들고 내가 지나가는 길을 비춰 주는 듯 소운하가 자기 앞에 햇빛을 반짝이며 길을 열고 있었다. 소운하가 방금 갈라놓은 초라한 집들, 그러지 않았으면 하나의 조밀한 덩어리를 이루었을 집들 사이에는 어떤 빈자리도 없는 듯했다. 그렇게 해서 성당 종탑이나 정원의 격자 울타리는 홍수에 휩쓸린 도시처럼 운하 위에 수직으로 불쑥 솟아 있었다. 하지만 성당으로 말하자면 정원도 마찬가지만, 대운하처럼 바다가 기꺼이 교통 수단 역할을 하는 전환 작업 덕분에, 소운하 양옆에 있는 성당은 인구가 많은 가난한 옛 동네에서 빈곤층의 서민들이 많이 다닌다는 소인이 찍힌, 초라하지만 신자가 많은 교구의 본당으로 물 위에 솟아 있었다. 또 운하의 길이 관통하는 정원에는 나뭇잎들과 놀란 열매들을 수면까지 늘어지도록 내버려 두었고, 또 집의 가장자리에는 거칠게 쪼갠 사암석이 느닷없이 톱으로 잘린 듯 울퉁불퉁

했으며, 놀란 아이들은 그래도 침착하게 다리를 수직으로 걸친 채, 마치 가동교가 양쪽으로 갈라지면서 바닷물이 사이로 지나갈 때 그 위에 앉아 있는 뱃사람들처럼 균형을 잃지 않았다. 상자를 열면 뜻밖의 물건을 발견하듯이, 때로 아름다운 건물이, 코린토식 기둥과 건물 정면에 우의적(寓意的) 조각이 새겨진 상아로 만든 작은 신전이 나타나기도 했는데, 그것이 뒹굴고 있는 일상적인 깃들 사이에서 조금은 낯설어 보였다. 왜냐하면 우리가 그 신전에 아무리 자리를 내주려고 해도, 운하가 마련한 신전 앞 회랑이 마치 대규모로 재배한 채소와 과일 하역장 같은 모습을 띠었기 때문이다. 나는 다시 한번 밖에 있지 않고 뭔가 점점 더 비밀스러운 장소로 들어가는 듯 내 욕망이 커져 가는 인상을 받았는데, 내 양옆으로 작은 건축물이나 뜻하지 않은 작은 광장이 나타날 때마다 그것은 우리가 처음 보는, 아직 목적도 용도도 파악하지 못한 아름다운 사물의 놀란 표정을 간직하고 있어 매번 새로운 것을 발견하는 듯했기 때문이다. 나는 좁은 골목을 통해 걸어서 그곳에 갔고, 알베르틴이 어쩌면 했을 것처럼 서민층 소녀들의 발걸음을 멈추게 했고, 또 알베르틴이 내 옆에 있었으면 했다. 그렇지만 그들은 같은 소녀일 수가 없었다. 알베르틴이 베네치아에 있던 시기에 그들은 아직 어린아이였을 테니까. 그러나 처음에 유일한 것으로 생각했던 내 욕망에 대해, 나는 비겁하게도, 또 본래 의미에서 불충실하다고 할 수 있었는데, 왜냐하면 동일한 대상을 찾기보다는 유사한 대상을 찾아 나섰기 때문이다. 나는 지금 체계적으로 알베르틴이 모르는 여인들을 찾았으며,

마찬가지로 과거에 욕망했던 여인들을 더 이상 찾지 않았다. 물론 새로운 욕망의 격렬함과 더불어 메제글리즈나 파리에서 만난 소녀, 또는 지난날 발베크로 첫 번째 여행을 했을 때본 아침 언덕 기슭에 서 있던 우유 파는 소녀*가 종종 머리에 떠오르기도 했다. 그러나 슬프게도 그들의 그때 모습만이, 다시 말해 지금은 더 이상 존재하지 않는 모습만이 떠올랐다. 그래서 내가 예전에 시야에서 놓쳤던, 수녀원에서 운영하는 기숙사에 다니는 여학생을 그녀와 유사한 여학생으로 대체하면서 욕망의 유일성이라는 견해를 조금 약화했다면, 이제 내 사춘기와 알베르틴의 사춘기를 불안하게 했던 소녀들을 되찾기 위해, 또 한 번 욕망의 개별성이라는 원칙을 위반하는 데 동의해야 했다. 다시 말해 내가 찾아야 했던 이들은 그 시절에 열여섯 살이었던 소녀가 아니라 지금 열여섯 살인 소녀였다. 인간에게서 가장 개별적인 것이 내게서 빠져나간 지금 내가 사랑하는 것은 젊음이었으니까. 내가 알았던 사람들의 젊음은 내 기억 속에만 존재하며, 또 내 기억이 그들의 모습을 떠올리면서 아무리 그들을 붙잡으려고 해도 내가 정말로 젊음과 세월의 꽃을 거두어들이고 싶다면, 내가 따야 하는 것은 그들이 아니라는 걸 잘 알고 있었다.

어머니를 찾으러 피아제타에 갔을 때, 태양은 아직 하늘 높이 솟아 있었다. 우리는 곤돌라를 불렀다. "저토록 소박한 장엄함을 네 가엾은 할머니가 보셨다면 얼마나 좋아하셨을까!"

---

* 『잃어버린 시간을 찾아서』 4권 32쪽.

라고 어머니는 두칼레 궁전*을 가리키면서 말했는데, 그 궁전
은 건축가가 위임한 사상을 충실히 지키고 사라진 총독을 침
묵 속에 기다리면서 바다를 응시하고 있었다. "할머니는 저런
분홍색의 부드러움도 좋아하셨을 거다. 일부러 꾸민 듯한 모
습이 아니니까. 네 할머니가 얼마나 베네치아를 좋아하셨을
까. 어떤 손질도 필요하지 않은 것들로 가득한, 있는 모습 그
대로를 보여 주는 이 모든 아름다움에서 할머니는 자연에 버
금가는 친숙함을 발견하셨을 거다. 정육면체 모양의 두칼레
궁전이나 네가 헤롯 왕 궁전에서 가져왔다고 말한 피아제타
한복판에 놓인 깃대들, 또 마치 다른 곳에 자리가 없어서 저기
잘못 놓인 듯한 생장다크레의 원기둥들과 산마르코 성당 발
코니에 놓인 말[馬]들에서 말이다.** 네 할머니는 해가 산 위
로 지는 것 못지않게 총독 궁 위로 지는 모습을 보며 기뻐하셨
을 거다." 어머니의 말에도 사실 약간의 진실은 들어 있었다.

---

* 120명에 이르는 베네치아 총독들이 살았던 궁전이다. 14~15세기에 완성된,
고딕 양식과 비잔틴, 르네상스 양식이 한데 어우러진 복합적인 건축물로 흰색과
분홍색을 띤다.

** 산마르코 광장 한복판에는 헤롯 왕의 궁전에서 가져왔다는 전설이 전해지
는 세 개의 높은 깃대가 있으며(실제로는 1505년 레오파르디가 만든 청동 받침
대에 세워졌다.), 보다 멀리 바다를 향한 쪽에는 아크리타니 기둥 또는 프톨레마
이스의 기둥이라고 불리는 두 개의 거대한 원통형 기둥이 세워져 있다. 이 원기
둥은 십자군이 이스라엘의 생장다크레(현재는 아크레라고 불리는)를 탈환한 기
념으로 가져왔다고 하는데, 서쪽 원기둥에는 베네치아의 첫 번째 수호성인인 성
테오도투스가 창으로 악어를 제압하는 청동상이, 동쪽 원기둥에는 베네치아의
수호성인인 산마르코를 상징하는 날개 달린 사자상이 놓여 있다. 그리고 산마르
코 성당 2층 발코니에는 네 번째 십자군 원정의 전리품인 네 마리의 말 동상이
놓여 있다.

왜냐하면 우리를 데려다주는 곤돌라가 대운하를 거슬러 올라가는 동안, 우리는 총독궁의 분홍색 벽면에 빛과 시간을 반사하는 궁들의 행렬이 빛과 시간과 더불어 변해 가는 모습을 보았기 때문이다. 그 궁들은 개인 저택이나 유명 건축물이라기보다는, 저녁이면 사람들이 해가 지는 광경을 보기 위해 쪽배를 타고 그 아래까지 산책하러 가는 일련의 대리석 절벽과도 같았다. 이처럼 운하 양쪽에 배열된 저택들은 자연의 풍경을 떠올리게 했지만, 인간의 상상력으로 작품을 창조한 것 같은 자연이었다. 하지만 동시에(베네치아는 거의 바다 한복판에 있어서 그 물결 위로 밀물과 썰물이 하루에 두 번씩 느껴지며, 궁전의 그 멋진 바깥 계단은 차례차례로 만조가 되면 잠기고 간조가 되면 드러나는데도 불구하고 항상 도시풍의 인상을 주기 때문에) 마치 파리의 대로나 샹젤리제, 불로뉴 숲과 그 넓은 유행의 거리*에서처럼, 우리는 저녁 먼지를 머금은 빛 속에서 지극히 우아한 여인들, 대부분이 외국인인 여인들과 마주치곤 했다. 물 위에 떠 있는 배의 쿠션에 나른하게 몸을 기대고 있던 여인들은 줄을 서서 차례를 기다리거나, 또는 자신이 찾아가는 여자 친구가 있는 궁 앞에서 멈추고 혹시 그녀가 있는지 물어보거나 했는데, 대답을 기다리는 동안에는 마치 게르망트 저택의 문 앞에서 하는 것처럼 만일을 생각하여 명함을 준비하고, 안내 책자에서 그 궁이 어느 시대에 어떤 양식으로 건축되었는지를 찾아보기도 했다. 그러다가 갑자기 치솟으면서 반짝거리는 물,

---

* 파리 8구의 아브뉘 몽테뉴(Avenue Montaigne)를 가리킨다.

춤추는 곤돌라와 소리가 울리는 대리석 사이에 끼여 당황한 물의 소용돌이에 의해, 푸른 물결의 꼭대기에 있는 것처럼 여인들의 몸이 흔들거렸다. 이렇게 단지 타인의 집을 방문하거나 시장 보러 갈 때에도 베네치아에서 하는 산책에는 삼중의 고유한 의미가, 단순한 사교 왕래와 미술관 방문과 바다 항해라는 형식과 매력이 있었다.*

대운하를 따라 세워진 궁들 중에 여러 개가 호텔로 개소되었다. 기분 전환을 할 겸, 또는 우리가 만난 사즈라 부인에게 친절을 베풀기 위해 — 여행할 때마다 뜻밖의 귀찮은 지인들을 만나기 마련이므로 — 어머니는 부인을 초대했고, 그래서 묵고 있는 호텔이 아닌, 음식이 더 낫다고 사람들이 말하는 다른 호텔에서 저녁 식사를 하기로 했다. 어머니가 곤돌라 뱃사공에게 돈을 지불하고 예약한 방으로 사즈라 부인과 함께 들어가는 사이에 나는 아름다운 대리석 기둥이 있는 레스토랑의 큰 홀을 한번 살펴보려고 했는데, 예전에는 전체가 벽화로 덮여 있던 벽이 지금은 형편없이 복원된 벽화로 덮여 있었다. 두 명의 종업원이 이탈리아어로 얘기한 걸 여기 옮겨 본다.

"저 노인네들은 방에서 식사할까? 한 번도 미리 알려 준 적이 없으니. 정말이지 귀찮아 죽겠어. 저들을 위해 테이블을 잡아두어야 할지 어떨지를 결코 알 수 없으니까.** 저들이 내려왔다

---

* '항해'라고 옮긴 bordée라는 말에는 '진로를 바꾸지 않고 항해한다'라는 의미 외에도, 은어로 '선원들이 항해 후에 술집을 누빈다'는 의미도 있다.
** 원문에는 이탈리아어로 괄호 안에 non so se é bisogna concervar loro la tavola라고 표기되어 있다.

가 테이블이 비어 있지 않은 걸 보아도 어쩔 수 없어. 왜 이렇게 우아한 호텔에 저런 외국인들(forestieri)을 초대하는지 도저히 이해할 수 없다니까. 우리 호텔에 맞는 사람들이 아니야."

그들을 멸시하면서도 종업원은 테이블에 대해 어떤 결정을 해야 할지 알고 싶었고, 그래서 엘리베이터 보이에게 위층으로 가서 물어보고 오라고 부탁하려고 했는데, 그렇게 하기도 전에 대답이 주어졌다. 종업원은 늙은 여자가 들어오는 걸 보았다. 세월의 무거움이 주는 울적하고 피로한 표정, 또 얼굴을 뒤덮고 있는 일종의 습진과 나병 환자의 붉은 반점 같은 것에도 불구하고, 나는 별로 힘 안 들이고 챙 없는 모자와 W*의상실에서 맞춘 긴 검정 상의에서 빌파리지 후작 부인을 알아보았는데, 문외한에게는 아마 늙은 문지기 여자로 보였을 것이다. 아름다운 대리석 내벽을 따라 벽화의 잔해를 살펴보던 내가 서 있는 장소는, 우연하게도 방금 빌파리지 부인이 와서 앉은 테이블 뒤였다.

"그럼 빌파리지 씨도 곧 내려오겠군. 그들이 이곳에 묵는 한 달 동안 따로 식사한 적은 딱 한 번밖에 없으니까." 하고 종업원이 말했다.

나는 부인이 함께 여행하는 친척이, 또 그들이 빌파리지 씨라고 부르는 사람이 누구인지 자문하고 있었는데, 얼마 후 부인의 오래된 연인 노르푸아 씨가 테이블로 다가와서 부인 옆

---

* 1860년에 파리에 의상실을 낸, 외제니 황후의 디자이너였던 워스(Worth, 1825~1895)를 가리키는 것으로 보인다고 지적된다.(『사라진 알베르틴』; 플레이아드 IV, 1114쪽 참조.)

에 앉는 것을 보았다.

노령의 나이가 그의 우렁찬 목소리를 조금 약화하긴 했지만, 대신 예전에 신중함으로 가득했던 언어가 지금은 절제할 줄 모르는 과도한 양상을 띠고 있었다. 우리는 그 이유를 어쩌면 이미 자신의 야망을 달성할 시간이 없다고 느껴 그를 그토록 격렬함과 흥분감으로 채우는 그런 야망에서 찾아야 할까, 아니면 다시 복귀하고 싶어서 애태우는 정계로부터 멀리 떨어져 있어, 욕망하는 것에 대한 천진난만한 생각에 자신이 그토록 대신하고 싶은 사람들을 신랄하게 비판하면 그들을 물러나게 할 수 있을 거라고 믿는 데서 찾아야 할까? 이처럼 우리는 자신이 속하지 않은 내각은 사흘도 못 갈 거라고 확신하는 정치가들을 목격한다. 물론 노르푸아 씨가 외교 언어의 전통을 완전히 상실했다고 믿는 것은 지나치다. '중대 사건'이 문제가 되는 경우, 다음에서도 볼 수 있듯이 그는 우리가 알던 사람으로 다시 돌아갔으며, 그러나 나머지 시간에는 여인을 향해 몸을 던지지만 더 이상 커다란 해도 끼치지 못하는 그런 노인의 난폭함을 가지고 이런저런 사람에게 자신의 감정을 토로했다.

빌파리지 부인은 마치 노년의 피로가 과거에 대한 회상에서 현재로 거슬러 올라가는 일을 어렵게 만든다는 듯, 잠시 침묵을 지켰다. 그러다 서로간의 애정의 흔적이 새겨진 매우 실질적인 질문을 했다.

"살비아티* 가게에 들렀어요?"

---

* Antonio Salviati(1816~1890). 베네치아 유리 공업에서 중요한 역할을 한 인

"그렇소."

"내일 보내 줄까요?"

"내가 직접 굽 달린 유리잔을 가져왔소. 식사 후에 보여 드리리다. 자, 메뉴를 봅시다."

"내가 가진 수에즈 운하 주식 건은 중개인에게 지시했나요?"

"아니오, 지금은 증권 거래소의 관심이 온통 정유 주식에 쏠려 있소. 가장 인기 있는 분야라오. 로열더치* 주식이 또다시 3000프랑은 오르지 않았소. 하지만 4만 프랑도 예상된다니, 내 의견으로는 그때까지 기다리는 편이 신중할 것 같소만. 경기가 아주 좋으니 서두를 필요는 없을 것 같소. 여기 메뉴가 있군. 전채로 성대**가 나오는군. 그걸 먹겠소?"

"전 먹어도 되지만, 당신에겐 금지되었잖아요. 대신 리조토를 달라고 하세요. 여기서는 제대로 할 줄 모르지만."

"상관없소. 종업원, 우선 부인께 성대를 드리고 내게는 리조토를 주시오."

또다시 긴 침묵이 흘렀다.

"아 참, 당신을 위해 신문을 가져왔소.《코리에레 델라 세

물로, 1859년에 베네치아에 유리 제품 가게를 열었다.(『사라진 알베르틴』; 플레이아드 IV, 1115쪽 참조.)

* 로열더치는 1907년에 셸과 합병한 세계 2위의 정유 회사이다. 프루스트는 로열더치의 주식을 지갑에 가지고 다닌 것으로 알려졌다.(『사라진 알베르틴』; 리브르드포슈, 327쪽 참조.)

** 성대과에 속하는 생선으로 붉은빛을 띤다.

라》와 《가제타 델 포폴로》 같은 거요.* 요즘 외교계의 개편 움직임이 크게 문제가 되는 모양인데, 그 첫 번째 희생양이 세르비아에서 명백히 미흡했던 팔레올로그**가 되려나? 사람들은 그가 어쩌면 로제***로 바뀔지 모른다고 말하고 있소. 그러면 콘스탄티노플 대사직을 임명해야 할 거요." 하고 노르푸아 씨는 서둘러 신랄한 어조로 덧붙였다. "그렇게 중요한 대사직인데 명백히 영국은 협싱 데이블에서 기어코 상석을 차지하려 할 테고, 우리의 동맹국인 영국이란 적들의 함정에 걸려들지 않기 위해서는 결국은 고개를 숙이고 함정에 빠져들고 말 새로운 학파의 외교관들보다는 경험이 풍부한 인사에게 부탁하는 게 신중할 거요." 노르푸아 씨가 이 마지막 말을 그토록 분노하면서 수다스럽게 지껄인 것은, 자신의 충고에도 불구하고, 특히 신문이 그의 이름이 아닌 외무성의 젊은 공사를 '유망한 후보'로 언급했기 때문이었다. "나이 든 사람이 어떤 길고 복잡한 술책에 의해 조금은 무능한 신참들이 차지한 장소

---

* 《코리에레 델라 세라》는 이탈리아어로 '저녁 통신'이란 뜻으로 1876년에 석간으로 밀라노에서 창간되었지만 후에 조간으로 바뀌었다. 《가제타 델 포폴로》는 1848년 토리노에서 창간된 신문이다. 두 신문 다 진보 중도 좌파의 색채를 띠는 신문으로 간주된다.(『사라진 알베르틴』; 플레이아드 IV, 1115쪽 참조.)
** 외교관 팔레올로그는 세르비아에서 직접 외교관직을 수행하지는 않았으나 중부 유럽에 많은 관심을 가진 것으로 알려졌으며, 1905년 모로코 문제로 사임한 델카세 외무 장관의 측근이었다.(『잃어버린 시간을 찾아서』 7권 95쪽, 10권 294쪽 참조.)
*** 앙리 로제(Henri Lozé, 1850~1915). 1893~1897년에 빈 대사를 지냈지만, 노르푸아가 원하는 콘스탄티노플 대사는 지낸 적이 없다.(『사라진 알베르틴』; 플레이아드 IV, 1115쪽 참조.)

나 자리로부터 멀어지게 되는지는 하느님만 아실 거요. 나는 모든 희망을 '발롱 데세'*에 거는 자칭 경험주의 교육을 받은 외교관들을 많이 알고 있소만, 내가 그 기구의 공기를 빼는 데는 그리 오래 걸리지 않았다오. 만약 정부가 소란 피우는 자들에게 국가 관리를 맡기는 그런 현명하지 못한 짓을 한다고 해도, 신병은 업무 수행의 부름에는 언제나 예라고 대답할 거요. 그러나 누가 알겠소(노르푸아 씨는 누구에 대해서 말하는지 아주 잘 아는 것 같았다.), 지식과 열정이 넘치는 전문가를 찾으러 올 날이 머지않았는지. 각자 자신만의 보는 방식이 있을 테지만, 내 관점에서 본다면 콘스탄티노플 대사직은 독일과의 난제를 해결한 후에만 수락할 수 있는 자리요. 우리는 어느 누구에게도 빚진 것이 없으며, 따라서 반년마다 기만적인 술책으로, 또 우리 의사에 반하여 언제나 뇌물을 상납 받은 신문을 내세워 뭐가 뭔지 모르는 결산 확인증을 요구하러 오는 것은 결코 용납할 수 없는 일이오. 이런 일은 이제 끝나야 하고, 또 뛰어난 능력을 증명해 보인 사람이라면, 내가 감히 황제의 귀를 가진 사람이라고 부를 수 있는, 보다 권위 있는 사람이라면 이런 갈등에 종지부를 찍을 수 있을 거요."

식사를 거의 마친 한 신사가 노르푸아 씨에게 인사했다.

"아! 포기 대공이군!" 하고 후작이 말했다.

"아! 난 당신이 정확히 누구에 대해 말하는지 모르겠군요."

---

* ballon d'essai. 시험 관측 기구를 의미하는 기상 용어이나, 여론의 동향을 파악하기 위해 몇몇 의견이나 정보를 흘리는 것을 가리키기도 한다.

하고 빌파리지 부인이 한숨을 내쉬었다.

"아니오, 확실하오. 오동 대공이오. 바로 당신 사촌인 두도 빌의 처남 말이오. 내가 그와 함께 보네타블에서 사냥했던 걸 기억하오?"*

"아! 오동? 그림을 그리던 친구 말이에요?"

"천만에, N대공작의 누이와 결혼한 분 말이오."

노르푸이 씨는 이 모든 밀을 제자에게 불만인 교수처럼 꽤 불쾌한 어조로 하고 나서는, 푸른 눈길로 빌파리지 부인을 뚫어지게 바라보았다.

대공이 커피를 마시고 식탁을 떠나려고 할 때, 노르푸아 씨는 자리에서 일어나 서둘러 그쪽으로 걸어가서는 정중한 몸짓으로 비켜서서 자신은 눈에 띄지 않게 하면서 그를 빌파리지 부인에게 소개했다. 대공이 그들과 함께 잠시 앉아 있는 동안 노르푸아 씨는 푸른 눈길로 빌파리지 부인을 감시하는 일을 한순간도 멈추지 않았는데, 오랜 연인으로서의 배려나 엄격함보다는, 전에는 높이 평가했지만 지금은 우려하는 그런 언어의 일탈에 부인이 빠져들지 않을까 두려웠기 때문이다. 부인이 뭔가 부정확한 것을 대공에게 말하면, 그는 금방 그 말을 수정하고, 마치 최면술사와 같은 지속적이고 강렬한 눈길로 온순하고 피로한 후작 부인을 노려보았다.

종업원이 와서 어머니가 기다린다는 말을 했으므로 나는

---

* 포기 대공은 허구의 인물이며, 두도빌(Doudauville)은 라로슈포크 백작으로, 루아르 지방의 사르트에 있는 보네타블 성(城)의 소유자이다.

어머니와 합류했고, 사즈라 부인에게는 빌파리지 부인의 모습을 보는 게 재미있어서 조금 늦었다고 사과했다. 부인의 이름을 듣자 사즈라 부인은 얼굴이 창백해지더니 거의 기절할 것 같았다. 부인은 마음을 가라앉히려고 애쓰면서 말했다.

"빌파리지 부인이라니, 부이용 양 말인가요?"

"네."

"그분을 일 초라도 뵐 수 없을까요? 내 평생의 꿈인데요."

"그렇다면 너무 시간을 지체해서는 안 됩니다. 곧 식사가 끝날 테니까요. 하지만 왜 그분에게 그토록 관심이 많으십니까?"

"빌파리지 부인이 처음 결혼했을 때는 천사처럼 아름답고 악마처럼 사악한 아브레 공작 부인이었는데,* 그분이 내 아버지를 미치게 하여 파산하게 하고는 곧 버렸답니다. 아버지에게 최하층의 매춘부처럼 행동했던 부인 때문에, 나와 우리 가족은 콩브레에서 지극히 옹색하게 살아야 했지요. 아버님이 돌아가신 지금, 그나마 내 위안은 아버지가 당대의 가장 아름다운 여인을 사랑했다는 거랍니다. 한 번도 뵌 적은 없지만, 이 모든 것에도 불구하고 그래도 즐거울 거예요……."

나는 감동에 떠는 사즈라 부인을 레스토랑까지 데리고 가서 빌파리지 부인을 가리켰다.

그러나 볼 곳은 보지 않고 다른 데로 눈길을 보내는 눈먼 사

_____

* 이 결혼은 여기서 처음으로 언급되었다.

람들처럼, 사즈라 부인은 빌파리지 부인이 식사하는 테이블에서 눈길을 멈추지 않고, 식당의 다른 지점을 찾고 있었다.

"벌써 나가신 모양이군요. 당신이 말하는 곳에는 보이지 않아요."

그녀는 그토록 오래전부터 그녀의 상상 속에 살고 있는, 증오하면서도 동시에 숭배하던 환영을 쫓으며 계속 찾고 있었다.

"아뇨, 계세요. 저기 둘째 테이블에."

"당신과 내가 같은 지점에서부터 세고 있지 않나 봐요. 내 셈법에 따르면 둘째 테이블에는 나이 든 신사 옆에 얼굴이 붉고 끔찍하게 생긴 작은 꼽추밖에 없는데요."

"바로 그분이에요!"

그동안 빌파리지 부인이 노르푸아를 통해 포기 대공의 합석을 제안했으므로, 세 사람 사이에는 다정한 대화가 이어졌고, 그들은 정치 이야기를 하고 있었다. 대공은 내각의 운명에 별 관심이 없다고 단언하면서, 베네치아에 일주일 더 머물 거라고 했다. 그때까지는 내각이 모든 위기에서 벗어나기를 기대하고 있었다. 처음에 포기 대공은 이런 정치 이야기가 노르푸아 씨의 관심을 끌지 못한다고 생각했다. 왜냐하면 지금까지 그토록 격한 말투로 말하던 그가 갑자기 천사 같은 침묵을 지켰고, 어쩌다 목소리가 돌아오면 그 침묵은 멘델스존이나 세자르 프랑크의 순수 멜로디 형태의 노래로만 피어날 수 있을 것 같았기 때문이다. 대공은 또한 이 침묵이 이탈리아 사람 앞에서 이탈리아 정치 문제를 논하고 싶지 않은 프랑스인의 신중함에서 비롯한다고 생각했다. 그러나 대공은 완전히 잘

못 생각하고 있었다. 침묵이나 무관심한 표정은 노르푸아 씨에게 신중함의 표시가 아니라, 어떤 중요한 문제에 개입하려고 할 때마다 나타나는 습관적인 서곡 같은 것이었다. 후작은 독일 문제에 대한 선제적 해결과 더불어 콘스탄티노플 대사직을 원했고, 그 문제의 해결을 위해 로마 정부에 압력을 가할 생각이었다. 사실 후작은 만일 자신이 국제적 울림을 불러올 행동을 성취할 수 있다면 그 행동은 자신의 경력을 완성하는 정점이 될 수 있으며, 어쩌면 그가 포기하지 않은 새로운 명예나 어려운 업무의 시작이 될 수도 있다고 생각했다. 왜냐하면 늙음이란 뭔가를 시도하게는 하지 못하지만 욕망하는 것은 막지 못하기 때문이다. 아주 늦게까지 산 사람들이 행동을 단념하듯, 욕망을 포기하는 것은 셋째 시기에 이르러서이다. 그들은 성공하기 위해 자주 시도했던, 이를테면 대통령 선거 같은 그런 시시한 선거에는 더 이상 출마하지 않는다. 외출하고 먹고 신문을 읽는 데 만족하면서, 자기 자신보다 더 오래 목숨을 이어 간다.

대공은 후작을 편하게 해 주고 또 그를 같은 나라 사람처럼 여긴다는 것을 보여 주기 위해, 현 총리의 가능한 후임자들에 대한 이야기를 시작했다. 후임자의 업무는 힘들 것이다. 포기 대공이 총리 직책을 수행할 만한 정치가들의 이름을 스무 개 이상이나 인용했을 때, 전직 대사는 푸른 눈의 눈꺼풀을 반쯤 내린 채 그 이름들을 들으면서 전혀 움직임을 보이지 않다가, 마침내 침묵을 깨뜨리고 이런 말을 했다. 이 말은 앞으로 이십 년 동안 대사관에 화젯거리를 제공할 것이며, 나중에 그것이 잊힐 무렵이면 '소식통'이니 '증인'이니 혹은 '마키아벨리'라는 이름으로 서명한 몇몇 인사에 의해 신문에 공개되어,* 망각 속으로 사라졌던 만큼 더욱 새로운 파문을 일으키는 이점을 가지게 될 것이다. 이렇게 포기 대공이 부동의 자세로 벙어리인 양 침묵을 지키는 외교관 앞에서 스무 명도 넘는 이름의 인용을 마쳤을 때, 노르푸아 씨는 가볍게 머리를 들고, 지극히 중대한 결과를 초래한 외교적 중재에 사용되었던 그런 형식을 취했는데, 그러나 이번에는 전보다 더 대담하고 덜 간략한 형식을 취하면서 교묘하게 물었다. "졸리티 씨**를 거명한 사람은 아무도 없었습니까?" 이 말에 포기 대공은 바로 자신의 잘못을 깨달았다. 천국의 속삭임을 들었다. 그런 후 노르푸아 씨는 이런저런 말을 하며 시끄러운 소리를 내는 것도 꺼리지 않았는데, 이는 마치 바흐의 숭고한 아리아 연주에서 맨 마지막 음이 끝났을 때 청중이 큰 소리로 말하거나 옷을 찾으러 보관소에 가기를 겁내지 않는 것과도 같았다. 게다가 노르푸아 씨는 대공에게 왕과 왕비 폐하를 뵐 기회가 있으면 대신 경의를 표해 달라고 부탁하면서 작별 인사를 했는데, 그건 음악

* 여기서 '소식통'과 '증인'으로 옮긴 Renseigné와 Testis 같은 보통 명사를 마키아벨리처럼 고유 명사화하여 사용하는 일은 당시에 꽤 빈번한 관행이었다고 한다. '증인'은 외교관 가브리엘 아노토(Gabriel Hanotaux, 1853~1944)가 신문의 대외 정책 칼럼에서 사용하던 필명이기도 했다.(『사라진 알베르틴』; 플레이아드 IV, 1116쪽 참조.)
** 조반니 졸리티(Giovanni Giolitti, 1842~1928). 1892년과 1921년 사이에 여러 번 이탈리아 총리를 지냈던 인물이다.(『사라진 알베르틴』; 리브르드포슈, 333쪽 참조.)

회가 끝날 무렵 "벨루아 거리의 마부 오귀스트요."라고 외치는 소리가 작별 인사를 대신하는 것과도 비슷했다. 우리는 포기 대공이 정확히 어떤 인상을 받았는지 알 수 없다. 그는 틀림없이 "졸리티 씨를 거명한 사람은 아무도 없었습니까?"라는 걸작에 매료되었을 것이다. 왜냐하면 노르푸아 씨는 나이를 먹어 가면서 그의 가장 훌륭한 자질이 사라지고 흐트러졌지만, 대신 그런 짧은 '화려한 곡'은 완벽하게 연주했기 때문이다. 몇몇 나이 든 음악가들이 나머지 부분에서는 퇴조를 보이지만, 실내악에서는 전에 가지지 못했던 완벽한 기교를 마지막 날까지 구사하는 것과도 같다.

어쨌든 베네치아에서 이 주를 보낼 생각이었던 포기 대공은 그날로 로마에 돌아갔고, 이미 앞에서 말했다고 생각되지만, 며칠 후 시칠리아에 소유한 영지 문제로 왕을 알현했다. 내각은 사람들이 생각했던 것보다 오래 유지되었다. 마침내 내각이 사퇴하자, 왕은 새로운 내각의 수장에 누가 적합한지 여러 정치가들에게 자문했다. 그런 후 졸리티 씨를 불렀고, 그가 수락했다. 석 달 후 포기 대공이 노르푸아 씨와 가진 대담이 한 신문에 보도되었다. 대화의 내용은 우리가 앞에서 말한 대로 인용되었지만, 독자는 '노르푸아 씨가 교묘하게 물었다.'라는 말 대신 "노르푸아 씨는 사람들이 그에게서 익히 알고 있는 그 교묘하고도 매력적인 미소를 지으면서 말했다."라는 표현을 읽을 수 있었다. 노르푸아 씨는 '교묘하게'라는 표현이 이미 외교관에게는 그 자체로서 충분히 폭발적인 힘을 가지며, 다른 수식어를 덧붙이는 것은 적절치 않다고 생각했다. 그래서 그는 케도르세*가 그 내용을 공식적으로 부인해 주기를 요청했고, 케도르세는 이에 대해 어찌할 바를 몰랐다. 사실 회담이 폭로된 후 바레르 씨는 키리날 궁에 또 한 명의 비공식 대사가 있다는 사실을 항의하기 위해, 또 이 사건이 유럽 전역에 야기한 불만을 전하기 위해, 시간마다 여러 번 파리로 전보를 보냈다.** 사실 이런 불만은 존재하지 않았지만, 모든 사람들이 틀림없이 반대했을 거라는 바레르 씨의 단언을 부인하기에 대사들은 지나치게 예의가 발랐다. 자신의 생각만 경청하는 바레르 씨는 이 예의 바른 침묵을 자신의 말에 동의한 것으로 해석했다. 그래서 그는 파리에 전보를 쳤다. "비스콘티베노스타*** 후작과 한 시간 회담했음……." 등등. 그의 비서들은 매우 난처한 입장에 처했다.

그렇지만 노르푸아 씨에게는 아주 헌신적인 오래된 프랑스 신문****이 있었는데, 이 신문은 그가 1870년 독일에서 프랑스 공사로 재임했을 때에도 많은 도움을 주었다. 신문(특히 익명으로 게재된 첫 번째 논설) 편집은 훌륭했다. 그러나 이 첫 번

---

* 프랑스 외무성이 위치한 파리의 '오르세 강변'을 지칭한다.
** 카미유 바레르(Camille Barrère, 1851~1940)는 1897년부터 1924년까지 로마 주재 프랑스 대사였으며, 키리날은 1870년부터 이탈리아 왕이 거주하던 궁전이다.
*** 에밀리오 비스콘티베노스타(Emilio Visconti-Venosta, 1829~1914). 1863년부터 1901년 사이에 여러 번 이탈리아 외무 장관을 지냈다. 바레르처럼 프랑스와 이탈리아 사이의 협력에 우호적이었다.(『사라진 알베르틴』; 리브르드 포슈, 334~335쪽 참조.)
**** 아마도 1789년에 창간된 《주르날 데 데바》를 가리키는 것으로 보인다.(『사라진 알베르틴』; 플레이아드 IV, 1117쪽 참조.)

째 논설이(아주 오래전에는 '파리의 첫 번째 논설'이라고 불렸지만, 오늘날에는 무슨 이유에서인지 모르지만 그냥 '사설'이라고 불린다.*) 같은 단어가 무한히 반복되면서 기대에 어긋날 때면 수천 배나 더 독자들의 관심을 끌었다. 독자들은 감동하며 그 논설이 '영감을 받았다'고 느꼈다. 어쩌면 노르푸아 씨로부터, 어쩌면 당시의 다른 인기 있는 대가로부터 영감을 받았는지도 모른다. 이탈리아에서 일어난 사건에 대한 대략적인 이해를 위해 미리 말해 보면, 노르푸아 씨가 1870년에 이 신문을 어떻게 이용했는지 우선 알아볼 필요가 있다. 물론 사람들은 이미 전쟁이 일어났으므로 이 사건에 대한 언급이 불필요하다고 생각할 것이다. 그래도 노르푸아 씨에게는 매우 효과적인 방법으로 생각되었는데, 다른 무엇보다도 여론을 조성해야 한다는 것이 그의 지론이었기 때문이다. 각각의 단어를 오래 숙고한 후에 기술된 논설은 환자의 사망 후 즉시 발표된 낙관적인 의학 보고서와도 흡사했다. 이를테면 1870년의 선전 포고 전날, 군사 동원이 거의 끝났을 무렵, 노르푸아 씨는(물론 어둠 속에 머무르면서) 그 저명한 신문에 다음과 같은 사설을 보내야 한다고 생각했다.

"권위 있는 소식통에서 지배적 견해는 어제 오후 중반부터 현 상황이 물론 매우 우려할 만한 것은 아니지만 그래도 심각하며, 어떤 측면에서는 매우 위태로운 상황으로 간주될 수 있다고 판단하는 것 같다. 노르푸아 후작은, 이렇게 말할 수 있

---

*255쪽 주석 참조.

을지는 모르겠지만, 현재의 분쟁에 대한 다양한 동기를 결의와 중재의 정신에서, 또 매우 구체적인 방식으로 검토하기 위해 프로이센 장관과 여러 차례 회담을 가진 것으로 보인다. 불행하게도 이 사설을 신문사에 넘기는 시간까지는, 두 장관이 외교적 수단의 토대가 될 만한 공식 문구의 합의에 이르렀다는 소식은 받지 못했다."

"최신 뉴스. 소식통에 의하면 사람들은 프랑스와 프로이센의 관계에 가벼운 긴장 완화를 인지하고 만족해하는 모양이다. 노르푸아 씨가 '보리수나무 아래(Unter den Linen)'* 거리에서 영국 공사와 이십 분가량 만났을 가능성에 각별한 중요성을 부여할지도 모른다. 이 소식은 정통한 사람들에게는 매우 만족스러운(befriedigend) 결과로 간주된다." 그리고 다음 날 아침 우리는 사설에서 이런 글을 읽었다. "프랑스의 불가침 권리를 수호할 줄 아는 그 숙련된 정력에 우리 모두가 기꺼이 경의를 표하는 노르푸아 씨의 유연한 노력에도 불구하고, 외교적 단절은 말하자면 거의 피할 수 없는 것으로 보인다."

이런 사설 다음에 신문은 노르푸아 씨의 글에 대한 몇몇 논평을 싣지 않을 수 없었는데, 그것은 물론 노르푸아 씨가 보낸 것이었다. 독자는 앞의 글에서 아마도 '외교 문헌'에서 대사가 선호하는 문법 형식 중 하나가 조건법이라는 사실에("각별

---

* 베를린의 브란덴부르크 문에서 출발하는 주요 산책로 '운터 덴 린덴(Unter den Linden)'을 가리킨다. '보리수나무 아래'란 의미의 이 산책로를 원문에서 독일어로 표기한 것은 비공식적 만남의 성격을 강조하기 위한 것이라고 설명된다.(『사라진 알베르틴』; 리브르드포슈, 336쪽 참조.)

한 중요성을 부여하는 것 같다."라고 쓰는 대신 "각별한 중요성을 부여할지도 모른다."라고 썼다는 데) 주목했을 것이다. 직설법 현재도 통상적인 의미가 아니라, 예전의 기원법(祈願法) 같은 의미로 썼다.* 이 사설을 뒤잇는 논평은 다음과 같았다.

"일반 대중이 지금까지 이토록 놀랄 만한 냉정한 태도를 보인 적은 없었다.(노르푸아 씨는 그것이 사실이기를 바랐지만, 실은 그 반대를 두려워했다.) 대중은 불필요한 소요에 피로를 느낄 뿐이며, 또 만일의 사태가 발생할 경우 폐하의 정부가 책임질 것임을 알고 만족해하고 있다. 대중은 그 이상의 것은 요구하지 않는다.(기원법) 이미 성공의 징조라 할 수 있는 이런 멋진 침착한 태도에 여론을 안심시키기에 적절한 소식을, 필요하다면 하나 덧붙이고자 한다. 사실 오래전부터 건강상의 이유로 단기 치료차 파리에 올 예정이던 노르푸아 씨가 더 이상 머물 필요가 없다고 판단한 베를린을 떠났다고 누군가는 단언한다. 최신 뉴스로 폐하께서는 오늘 아침 노르푸아 후작과 전쟁 장관, 여론이 특별히 신뢰하는 바젠 원수와의 회담을 위해 콩피에뉴를 떠나 파리로 출발했다고 한다.** 또 황제께서는

---

* 프랑스어의 조건법은 소망이나 의견을 완곡하고 공손한 형태로 표현하거나 미래에 일어날 일을 추측할 때(이를테면 "각별한 중요성을 부여할지도 모른다."와 같은) 사용된다. 그러므로 노르푸아에게 조건법은 자신의 의견이나 소망을 표현할 수 있는 적절한 도구가 되며, 이런 그에게는 직설법 현재도 있는 그대로의 사실을 기술하는 것이 아니라, 자신이 원하는 견해나 소망을(이를테면 "이 소식은 정통한 사람들에게는 매우 만족스러운(befriedigend) 결과로 간주된다."와 같은) 표현하는 수단이 된다.

** 콩피에뉴는 나폴레옹 3세와 신하들이 거주했던 곳이다. 이곳에서 황제의

처형인 알바 공작 부인*에게 베풀 예정이던 만찬도 취소했다. 이 조치가 알려지면서 곳곳에 특별히 호의적인 인상을 불러 일으키고 있다. 황제께서는 군대를 사열했으며, 그 열광은 말로 표현하기 힘든 것이었다. 황제가 파리에 도착하자마자 내려진 동원령으로, 여러 사단이 모든 돌발 사건에 대비하기 위해 라인 강 방향으로 출발했다."

이따금 노을이 질 무렵 호텔로 돌아갈 때면, 과거의 알베르틴이 눈에는 보이지 않지만 내 마음 깊은 곳에 갇혀 있어, 마치 베네치아 내부에 있는 '피옴비'** 감옥에 갇혀 있기라도 한 듯 이따금 작은 사건이 그 견고한 내벽을 움직이면서 과거로의 출구를 만드는 듯했다.

이렇게 해서 이를테면 어느 날 저녁 주식 중개인에게서 온 편지가, 알베르틴이 내 마음속에는 살아 있지만 아주 멀리 깊은 곳에 있어서 나로서는 도저히 접근할 수 없었던 감옥 문을

마지막 체류는 1869년 10~11월에 대부분 내각 회의를 소집하기 위해서 이루어졌는데, 당시 전쟁 장관은 르뵈프(Leboeuf) 원수였으며, 바젠(Bazaine) 원수는 황실 근위대의 책임자였다.(『사라진 알베르틴』; 리브르드포슈, 337쪽 참조.)
* 스페인 귀족 출신으로 나폴레옹 3세의 황후 외제니 드 몽티조(Eugénie de Montijo, 1826~1920)의 언니이다.
** 베네치아 중심부에 위치한 두칼레 궁전에는 베네치아 총독의 처소와 집무실뿐만 아니라 법정과 감옥도 있었다. 16세기까지 죄수들은 검정 납판이 깔렸다는 데서 그 이름이 유래하는, '피옴비(piombi)'라고 라고 불리는 지붕 밑 다락방 감옥에서 여름에는 더위, 겨울에는 혹독한 추위에 시달려야 했다. 카사노바는 이 피옴비 감옥에서 탈출한 것으로 유명하다.(『사라진 알베르틴』; 리브르드포슈, 338쪽 참조.)

단번에 다시 열어 주었다. 그녀가 죽은 후부터는 예전에 그녀를 위해 더 많은 돈을 벌려고 했던 투기 같은 것은 더 이상 하지 않고 있었다. 그런데 세월이 흘렀고, 이전 시대에는 가장 뛰어난 지혜로 간주되던 것이 지금은 부정되고 있었다. 마치 과거에 철도 산업이 결코 성공하지 못할 거라고 단언하던 티에르 씨*에게 일어났던 것처럼, "이윤은 아마도 그렇게 높지 않을지 모르지만, 적어도 원금을 손해 보는 일은 결코 없을 걸세."라고 노르푸아 씨가 말했던 주식이 대부분 주가가 가장 하락한 주식으로 판명되었다. 영국의 콘솔 공채와 '세 제당' 주식**만으로도 주식 브로커에게 상당한 차액을 지불해야 했고, 동시에 이자와 거래 유예금까지 지불해야 했으므로, 나는 충동적으로 이 모든 걸 팔기로 결정했고, 그러자 할머니로부터 물려받은 재산이 갑자기 알베르틴이 살아 있을 때 가지고 있던 재산의 5분의 1만 남게 되었다. 게다가 이 소식이 콩브레에 남아 있는 친척과 지인들에게 알려졌으며, 또 그들은 내가 생루 후작과 게르망트네 사람들과 교제하는 것을 알았으므

---

* 루이 아돌프 티에르(Louis Adolphe Thiers, 1797~1877). 1870년 전쟁 후 임시 정부 수반을 거쳐 1873년까지 프랑스 대통령을 지냈다. 레미 드 구르몽(Remy de Gourmont)은 1907년 "티에르 씨는 철도가 구경거리를 좋아하는 사람들이 재미있어하는 미끄럼틀에 지나지 않는다고 생각했다."라고 술회했다.(『사라진 알베르틴』; 리브르드포슈, 338~339쪽 참조.)
** 영국의 콘솔 공채에 대해 노르푸아 씨는 "수익은 그다지 높지 않지만 자산 가치가 떨어지는 일은 없으니 적어도 안심하실 수는 있을 겁니다."라고 말하며 화자의 아버지에게 투자를 권한 적이 있다.(『잃어버린 시간을 찾아서』 3권 55쪽) '세 제당'은 19세기 중반 세(Say) 가문에 의해 창설된 제당 회사로, 1871년 주식회사가 되었다.

로 "명예욕이 사람을 어디로 이르게 하는지 잘 보여 주는군."
이라고 말했다. 내가 이런 투기를 하게 된 이유가 알베르틴
과 같은 보잘것없는 신분의 소녀, 다소간 할머니의 옛 피아노
선생의 보호를 받던 소녀 때문임을 알았다면 그들은 매우 놀
랐을 것이다. 더욱이 인도의 카스트 제도처럼 누구나 알고 있
는 소득에 따라 영원히 분류되는 콩브레의 삶에서는, 게르망
트의 세계를 지배하는 그 커다란 지유에 대해 어떤 생각도 하
지 못했을 것이다. 게르망트 사람들은 재산에 일말의 중요성
도 부여하지 않았고, 가난은 위장병처럼 물론 불편하다고 여
겨질 수는 있지만, 누군가의 사회적 위치를 떨어뜨리거나 영
향을 미친다고는 전혀 생각하지 않았다. 아마도 콩브레 사람
들은 이와는 반대로 생루나 게르망트 씨가 파산한 귀족들이
며 그들의 성관이 저당 잡혀 있어서 내가 그들에게 돈을 빌려
준다고 상상했을 테지만, 그들은 만일 내가 파산한다면, 별 소
용은 없었을 테지만, 맨 먼저 내게 도움을 주겠다고 나섰을 것
이다. 그런데 파산과 관련해서 나는 무척 곤란한 입장에 빠졌
다. 베네치아에서 내 관심이 얼마 전부터 한 유리 제품 가게에
서 일하는 소녀에게 쏠렸고, 그녀의 꽃 같은 살결이 오렌지 빛
깔의 온갖 다양한 색조를 내 황홀해하는 눈에 제공했으며, 또
어머니와 내가 곧 베네치아를 떠나야 한다는 걸 느끼면서 그
녀를 매일같이 다시 보고 싶은 욕망에 그토록 시달렸으므로,
그녀와 떨어져 있지 않도록 어떤 일자리 같은 것을 파리에 마
련해 주기로 결심했다. 열일곱 살 소녀의 아름다움이 얼마나
고결하고 눈이 부셨는지, 마치 이곳을 떠나기 전에 티치아노

의 그림 원본을 구입하는 듯한 느낌이 들었다.* 내게 남은 작은 재산이 소녀로 하여금 자기 나라를 떠나 나만을 위해 파리로 살러 올 마음이 들게 할 만큼 충분할 수 있을까? 그런데 주식 중개인의 편지 읽기를 마쳤을 때, "선생님의 거래 유예금 건은 제가 보살펴 드리겠습니다."라는 중개인 말이 마치 발베크의 샤워장 담당자가 에메에게 알베르틴 얘기를 하면서 "제가 그분을 보살펴 드렸어요."**라고 말한, 거의 직업적인 특성에서 오는 위선적인 표현을 상기시켰다. 그 후에는 단 한 번도 머리에 떠오르지 않았던 이 말이 '참깨야, 열려라'처럼 감옥의 경첩을 움직였다. 그러나 잠시 후에 그 경첩이 다시 감옥에 갇힌 여인 위로 닫혔고 ── 그녀를 볼 수도 기억할 수도 없고, 또 사람들은 우리가 그들에 대해 가진 관념에 의해서만 존재하므로, 그녀와 합류하려고 하지 않은 것은 죄가 아니었다 ── , 그러자 그녀는 자기도 모르는 그 버림받은 상태에서 한순간 더욱 애처로워 보였다. 다시 말해 어느 섬광 같은 순간에 나는 밤낮없이 그녀의 추억과 함께 살면서 괴로워했던 시간을, 지금은 멀리 있는 그 시간을 그리워하고 있었다. 어떤 때는 산조르조 델리 스키아보니*** 신자 회관에서 프랑수아즈가 그 유

---

* 오데트가 보티첼리의 그림 속 여인과 흡사하다는 생각 때문에 스완이 사랑에 빠졌듯이(『잃어버린 시간을 찾아서』 2권 68쪽 참조.), 화자는 유리 가게 소녀가 티치아노의 「플로라」(?)를 연상시키는 듯하여 사랑에 빠진다.
** 169쪽 참조.
*** 1451년에 건립되었으며, 카르파초가 1502~1508년에 그린 일련의 성인들 그림을 소장한 곳으로 더 많이 알려졌다. 그러나 이 글에서 말하는 성 요한과 관련된 독수리는 산조르조 델리 스키아보니가 아닌, 스쿠올라 그란데 데 산조반

사성을 지적했지만 누가 알베르틴에게 주었는지 내가 결코 알아내지 못한 반지에 새겨진 것과 똑같은 양식으로 한 사도 옆에 그려진 독수리가 반지로 인한 추억과 고뇌를 다시 깨어나게 했다. 그렇지만 어떤 저녁에는 내 사랑이 되살아나는 듯한 상황이 만들어지기도 했다. 우리가 탄 곤돌라가 호텔 계단 앞에 멈추었을 때 호텔 수위가 전보 한 통을 주었는데, 우체국 직원이 내게 진하려고 세 번이나 왔나 갔나고 했다. 수신인 이름이 정확하지 않아서(이탈리아 우체국 직원이 잘못 적었는데도 나는 수신인이 나라는 걸 알아보았다.) 전보가 내게 왔음을 증명하는 수령증을 받기 위해서였다. 방에 들어가자마자 나는 전보를 개봉했고, 잘못 전달된 글자로 채워진 전보에 눈길을 던지면서, 그래도 다음과 같은 말을 읽을 수 있었다. "내 친구, 당신은 내가 죽은 줄로만 알 거예요. 용서해 줘요, 난 살아 있어요. 당신을 만나 결혼 얘기를 하고 싶군요. 언제 돌아올 건가요? 다정한 마음으로, 알베르틴." 똑같은 일이 할머니 때와는 반대되는 방식으로 일어났다. '사실상' 할머니가 돌아가신 것을 알았을 때, 처음에는 어떤 슬픔도 느끼지 못했다. 내가 할머니의 죽음에 대해 실제로 괴로워한 것은, 비의지적 기억이 할머니가 내 마음속에 살아 있다는 걸 느끼게 했을 때였다. 그런데 알베르틴이 내 생각 속에서 살고 있지 않은 지금, 그녀가 살아 있다는 소식은 내가 기대하던 기쁨을 전혀 주지 못했다.

니 에반젤리스타에서 발견된다고 지적된다.(『사라진 알베르틴』; 리브르드포슈, 341쪽 참조.) 원문에는 산조르조 데이 스키아보니로 표기되었으나, 보다 많이 알려진 산조르조 델리 스키아보니로 표기했다.

알베르틴은 내게 한 묶음의 상념에 지나지 않았고, 그 상념이 내 마음속에 살아 있는 한, 그녀는 물리적 죽음보다 더 오래 살아남았다. 그러나 반대로 이제 그 상념은 죽었고, 알베르틴은 그녀의 육체와 함께 전혀 부활하지 못했다. 그녀가 살아 있다는 사실이 나는 조금도 기쁘지 않았고, 또 그녀를 더 이상 사랑하지 않는 자신을 보면서, 여러 달 동안 여행을 하거나 병을 앓고 난 후 거울을 들여다보면서 흰머리의 새로운 얼굴, 성숙한 남자 또는 노인의 얼굴을 발견하는 누군가보다 더 혼란에 빠졌을지도 모른다. 다시 말해 금발의 청년이었던 인간은 더 이상 존재하지 않고 내가 다른 사람이 되었음을 의미하기에 그토록 혼란스러운 것이다. 그런데 그것은 옛 얼굴과 바뀐, 하얀 가발을 쓰고 주름투성이가 된 얼굴을 볼 때와 같은 그렇게도 깊은 변화, 과거에 나였던 자의 완전한 죽음이자 새로운 자아로의 완전한 교체가 아닐까? 세월이 흘러가면서 또 시간의 연속적인 순서 안에서, 우리는 동일한 시기에 매일같이 번갈아 가며 모순된 존재가 되어도, 즉 심술궂고 예민하고, 섬세하고 야비하고, 초연하고 야심 많은 존재가 되어도 슬퍼하지 않는다. 그리고 우리가 슬퍼하지 않는 이유는 동일한데, 그 이유는 사라진 자아 — 성격과 관계되는 후자의 경우에는 일시적으로 사라지며, 앞에서 언급한 정념의 경우에는 영원히 사라지는 — 가 그때 당신인, 또는 이제부터 완전히 당신의 전부가 될 또 다른 자아를 슬퍼하기 위해 거기 더 이상 존재하지 않기 때문이다. 야비한 자는 그 자신이 야비한 자이기에 야비함을 비웃으며, 건망증 환자는 바로 모든 것을 잊어버렸기에 기억력을 잃어도 슬퍼하지 않는다.

나는 나 자신을, 그때의 자아를 되살릴 수 없었으므로, 알베르틴을 되살릴 수 없었다. 습관에 따르는 삶, 무한히 미세한 요소들의 부단한 작용으로 세계의 모습을 변화시키는 삶은 알베르틴이 죽은 다음 날 내게 '다른 사람이 되라'고는 말하지 않았지만, 변화라는 사실 자체를 의식하지 못할 만큼 아주 미세한 변화가 내 마음속의 기의 모든 것을 새롭게 했으므로, 내 생각이 자아의 변화를 알아차렸을 때는 이미 새로운 주인 ─ 나의 새로운 자아 ─ 에 익숙해 있었다. 나의 생각은 바로 이 새로운 자아로부터 비롯되었다. 알베르틴에 대한 나의 애정이나 질투는, 이미 앞에서 본 것처럼, 연상 작용을 통해 몇몇 달콤하고 고통스러웠던 핵심적인 인상의 방사나 몽주뱅에서의 뱅퇴유 양의 추억, 알베르틴이 내 목에 했던 감미로운 키스에 기인했다. 그러나 이런 인상들이 희미해져 감에 따라, 고뇌나 달콤한 어조로 채색되었던 광대한 인상의 영역도 다시 흐릿한 색조를 띠었다. 고뇌와 쾌락이 지배하던 몇몇 지점을 망각이 사로잡자 내 사랑의 저항도 무너졌고, 나는 더 이상 알베르틴을 사랑하지 않았다. 그녀를 기억하려고 애썼다. 알베르틴이 떠나고 이틀 뒤 내가 그녀 없이 사십팔 시간을 살 수 있었다는 걸 깨닫고 겁에 질렸을 때, 나는 이미 그 사실을 정확히 예감하고 있었다. 이는 마치 전에 질베르트에게 편지를 쓰면서 이렇게 이 년만 계속된다면 더 이상 그녀를 사랑하지 않게 되리라고 마음속에서 말했을 때와도 같다. 그리고 스완이 내게 질베르트를 다시 만나러 와 달라고 했을 때, 나는 마

치 죽은 여자를 환대해 달라는 청을 받은 듯 거북함을 느꼈는
데, 그러나 알베르틴의 경우 죽음은 —— 또는 내가 죽음이라고
믿었던 것은 —— 질베르트에게서 결별이 길어진 것과도 같은
효과를 자아냈다. 죽음은 부재(不在)로서만 작용한다. 내 사랑
은 망각이라는 괴물의 출현에 전율했고, 결국은 내가 생각했
던 것처럼 망각이 내 사랑을 송두리째 집어삼키고 말았다. 그
녀가 살아 있다는 소식은 내 사랑을 다시 깨어나게 하지 못했
을 뿐만 아니라, 무관심으로의 회귀가 얼마나 빨리 진척되었
는지 확인해 주었으며, 또 그 작업을 얼마나 즉각적으로 급격
하게 가속화했는지, 나는 예전에 이와 반대되는 소식, 즉 알베
르틴의 죽음이라는 소식이 그녀의 떠남이라는 작업을 완성하
면서 오히려 내 사랑을 열광하게 하고 그 사랑의 퇴조를 지연
했던 것은 아닌지 회고적으로 자문해 보았다. 그렇다, 이제 그
녀가 살아 있으며 다시 그녀와 결합할 가능성이 있다는 걸 알
자 그녀가 돌연 내게 소중하지 않은 존재가 되었고, 그래서 그
녀에 대한 내 사랑을 길어지게 했던 것이 프랑수아즈의 암시
적인 말이나 우리의 결별 자체, 또 죽음(허구지만 실제라고 믿
었던)이 아니었나 하는 생각이 들었다. 제삼자나 운명의 노력
이 그토록 한 여인과 헤어지려는 우리를 오히려 그녀에게 집
착하게 했기 때문이다. 그런데 지금 그 반대의 일이 일어났다.
게다가 내가 그녀를 기억하려고만 하면, 아마도 그녀를 내 옆
에 두기 위해서는 그저 신호만 보내면 되어서 그런지, 이미 뚱
뚱하게 살찐 남자 같은 여자, 봉탕 부인의 옆얼굴이 씨앗처
럼 이미 솟아 있는 시든 얼굴의 여자가 떠올랐다. 그녀가 앙드

레나 다른 사람들과 했을지도 모르는 짓은 더 이상 내 관심을 끌지 못했다. 그렇게 오랫동안 치유될 수 없다고 믿었던 병으로 나는 더 이상 괴로워하지 않게 되었고, 사실 나는 그 점을 예감할 수 있었는지도 모른다. 물론 연인에 대한 회한과 살아남은 질투심은 결핵이나 백혈병처럼 육체의 병이다. 그렇지만 이런 육체의 병 가운데서 우리는 순수하게 신체적인 요인에 의해서 생긴 병과 지능을 매개로 해서 신체에 작용하는 병을 구별할 필요가 있다. 특히 전달 고리로 사용되는 지능 부분이 기억력인 경우 — 다시 말해 병의 원인이 소멸했거나 멀리 있는 경우 — 아무리 고통이 극심하고 우리 신체에 생긴 장애가 심각해 보여도, 우리 사고가 쇄신의 힘을 가진 때문인지 아니면 차라리 보존력을 가진 신체의 조직과는 달리 보존력을 갖지 못한 탓인지, 낙관적인 예측을 하지 않는 경우는 드물다. 얼마의 시간이 지나면 암에 걸린 환자는 사망하지만, 절망에 빠진 홀아비나 아버지가 병에서 회복되지 않는 경우는 드물다. 나도 그러했다. 그렇게도 살이 찌고, 또 예전에 그녀가 좋아했던 소녀들과 마찬가지로 지금은 틀림없이 늙어 있을 여자, 그런 그녀를 다시 보기 위해 내 전날의 추억이며 내일의 희망인 저 찬란한 소녀를 단념해야 한단 말인가?(만일 내가 알베르틴과 결혼한다면, 다른 여자와 마찬가지로 그 소녀에게도 아무것도 줄 수 없을 테지만.) "지옥의 신이 보았던 모습 그대로가 아니라" "충실하고도 오만하며 조금은 사납기까지 한"* 이 '새로

---

* 라신의 『페드르』 2막 5장 635~638절을 조금 수정해서 인용했다. 라신의 작

운 알베르틴'을 단념해야 한단 말인가? 지금 내 옆에 있는 소녀가 바로 예전의 알베르틴인 것이다. 알베르틴에 대한 내 사랑은 젊음을 숭배하는 내 헌신의 일시적 형태에 지나지 않았다. 우리는 한 소녀를 사랑한다고 믿지만, 슬프게도 그녀의 얼굴에서 순간적으로 반사하는 붉은빛의 여명만을 사랑할 뿐이다. 밤이 흘렀다. 아침에 나는 호텔 수위에게 전보가 실수로 전달되었으며 내게 온 것이 아니라고 말하면서 돌려주었다. 수위는 이미 전보가 개봉되어서 곤란한 일이 생길지도 모르니 내가 그냥 간직하는 편이 낫겠다고 말했다. 나는 전보를 다시 주머니에 넣었지만, 받지 않은 것처럼 행동하기로 결심했다. 나는 이제 결정적으로 알베르틴에 대한 사랑을 접었다. 이렇게 해서 질베르트에 대한 내 사랑에 따라 내가 예측했던 것에 비해 그토록 멀리 벗어난 이 사랑은 지극히 머나먼 고통스러운 우회를 거친 후에, 비록 예외적인 경우가 있기는 했지만, 결국은 질베르트에 대한 내 사랑과 마찬가지로 똑같이 망각의 일반 법칙 안으로 들어갔다.

하지만 그때 나는 나 자신보다 알베르틴에게 더 열중했으며, 지금 그녀에게 열중하지 않는 것은 얼마 동안 그녀를 보지 못했기 때문이라고 생각했다. 죽음에 의해서도 나 자신과 떨어지고 싶지 않은 욕망, 죽은 뒤에도 다시 태어나고 싶은 욕망, 이 욕망은 영원히 알베르틴과 헤어지고 싶지 않은 욕망과

품에서 지옥의 신을 본 사람은 남편 테제를 가리키며, 오만하고 사나운 사람은 아들 이폴리트를 가리키지만, 화자는 알베르틴의 화신인 그 '새로운 알베르틴'이 이 모든 가치를 갖추었다고 상상한다.

달리 여전히 지속되고 있었다. 이것은 내가 그녀보다 나 자신을 더 소중한 존재로 믿고 있으며, 내가 그녀를 사랑했을 때에도 나 자신을 더 사랑했기 때문일까? 아니다, 그녀를 만나지 않게 되면서 사랑하기를 멈추었고, 또 나 자신과의 일상적인 관계는 알베르틴과의 관계가 끊어진 것처럼 그렇게 끊어지지 않았으므로, 나 자신을 사랑하는 일은 멈추지 않았기 때문이다. 그러나 만약 내 육체와의 관계나 나 자신과의 관계도 끊어진다면……? 물론 결과는 동일할 것이다. 삶에 대한 우리의 사랑은 우리가 청산할 줄 모르는 오래된 관계에 지나지 않는다. 그 힘은 영속성에 있다. 하지만 죽음은 그 힘을 중단하고, 불멸에 대한 욕망으로부터 우리를 치유해 줄 것이다.

　점심 식사 후 홀로 베네치아를 배회하지 않을 때에는 어머니와 함께 외출할 준비를 하기 위해, 또 러스킨에 대한 작업과 관련해서 내가 적어 놓은 노트를 가지러 방에 올라갔다.* 벽 모서리를 가리는 가파른 돌출부에 부딪친 나는, 바다 때문에 선포된, 지면을 절약해야 한다는 제약을 절감할 수 있었다. 나를 기다리는 어머니와 합류하기 위해 계단을 내려가면서, 콩브레에 있었다면 덧창을 닫아 어둠을 유지하면서 그토

---

* 화자와 저자가 동일 인물로 나타나는 이 부분은 『잃어버린 시간을 찾아서』에서는 드문 것이다. 프루스트는 『생트뵈브에 반하여』와 『잃어버린 시간을 찾아서』를 집필하기에 앞서 러스킨 번역에 몰두했으며(그 결과물이 러스킨의 『아미앵의 성서』와 『참깨와 백합』의 프랑스어 번역본이다.), 또 이를 위해 1900년 봄과 가을 두 번에 걸쳐 베네치아를 방문했다. 그러나 러스킨의 영향이나 이런 연구의 직접적인 흔적은 「사라진 알베르틴」을 제외하고는 작품 전체에서 그렇게 많이 발견되지 않는다.(『사라진 알베르틴』; 플레이아드 IV, 1121쪽 참조.)

록 가까워진 태양을 기분 좋게 맛보았을 시각에 지금 이곳에서는 마치 르네상스 시대의 그림에서처럼 궁전 안에 세워졌는지 갤리선 위에 세워졌는지도 분명하지 않은 대리석 계단을 위에서 아래로 내려가면서, 지속적으로 열려 있는 창문 앞에 쳐져 있는 그 펄럭이는 차양 덕분에 콩브레에서 느꼈던 것과 같은 바깥의 상쾌함과 찬란함을 느낄 수 있었다. 또 창문을 통해 끊임없이 불어오는 바람 속에서 따스한 그늘과 초록빛 햇살은 부유하는 표면 위인 듯 달려갔으며, 또 가까운 곳에서 움직이는 빛의 조명을 받은 물결의 불안정한 반짝임을 환기했다. 나는 자주 산마르코 성당을 향해 출발했고, 그곳에 가기 위해서는 우선 곤돌라를 타야 했으므로 더욱 기쁘게 느껴졌는데, 산마르코 성당이 내게는 단순한 건축물이 아닌, 봄의 바다를 지나서 이르는 여정의 종착역으로 그 모습을 드러냈고, 또 그런 바다와 산마르코 성당이 내게는 분리될 수 없는 어떤 살아 있는 전체를 이루는 듯했기 때문이다. 어머니와 나는 대리석과 유리 모자이크로 덮여 있는 바닥을 밟으면서 세례실* 안으로 들어갔다. 우리 앞에 놓인 폭넓은 아치형 구조물의 벌어진 분홍빛 표면은 시간이 흐르면서 가볍게 휘어져 있었는데, 시간이 색조의 선명함을 보존한 곳에서 성당은 마치 거대한 벌집 모양의 밀랍 모형처럼 부드럽고 유연한 재료로 만들

---

* 세례실은 산마르코 성당 안 남쪽 입구 쪽에 위치하며, 14세기의 모자이크로 장식되어 있다. 세례 요한의 삶을 묘사한 모자이크에는 그리스도에게 세례를 주는 장면과 살로메의 춤추는 장면, 또 살로메가 세례 요한의 머리를 처든 모습이 새겨져 있다.

어진 듯 보였고, 반대로 시간이 재료를 딱딱하게 만들고 또 예술가들이 투조 세공하고 금박으로 장식한 곳에서는 코르도바 가죽으로 장정한 베네치아의 거대한 복음서 귀중본처럼 보였다. 그리스도의 세례 장면을 재현한 모자이크 앞에서 내가 오래 머무르는 걸 본 어머니는, 세례실 안에 감도는 차가운 냉기를 걱정하면서 내 어깨에 숄을 걸쳐 주셨다. 발베크에서 알베르틴과 함께 있을 때, 그녀는 나와 함께 이런저런 그림을 보면서 느낄 즐거움에 대해 얘기했는데 — 나에게는 별 근거도 없는 말처럼 들렸지만 — 그때 나는 정확히 사고하지 못하는 많은 사람들의 정신을 가득 채우고 있는 그런 환상 중의 하나를 그녀가 보여 준다고 생각했었다. 오늘 나는 적어도 어느 특정 사람과 아름다운 것을 보는 즐거움은 아니라 해도 예전에 그것을 보았다는 즐거움이 존재한다는 것은 확신하고 있다. 곤돌라가 피아제타 선착장 앞에서 우리를 기다리는 동안 서늘한 미광 속 세례 요한이 그리스도를 잠기게 한 요단강 물결 앞의 세례실을 떠올렸을 때, 베네치아에 있는 카르파초의 「성녀 우르술라의 전설」*에 나오는 나이 든 여인처럼 경건하고도 열정적인 상복 입은 여인이 내 옆에 서 있었으며, 또 붉은 뺨에 슬픈 눈을 하고 검은 베일을 쓴 그 여인은 산마르코 성당의 성소 안에 마치 모자이크처럼 자신을 위해 마련된 부동의 자리

---

* 카르파초의 「성녀 우르술라의 전설」에 대해서는 『잃어버린 시간을 찾아서』 4권 422~423쪽 참조. 여기서 말하는 그림은 총 아홉 편의 그림 중 여덟 번째 그림 「성녀의 순교와 장례」를 연상시키는데, 계단 옆에서 무릎을 꿇고 있는 여인을 재현하고 있다.(『사라진 알베르틴』; 리브르드포슈, 348쪽 참조.)

를 갖고 있어서 그 여인을 성소 밖으로 내보낼 수 있는 것은 아무것도 없으며, 그리하여 내가 그곳에 가기만 하면 언제라도 만날 수 있다고 확신하는 그 여인이 바로 내 어머니라는 사실에 더 이상 무관심할 수 없는 시간이 다가왔음을 깨달았다. 내가 방금 그 이름을 언급했으며, 또 산마르코 성당을 연구하러 가지 않을 때면 기꺼이 보러 가고 싶었던 화가 카르파초가 어느 날 알베르틴에 대한 내 사랑을 다시 살아나게 할 뻔했다. 나는 처음으로 「마귀 쫓는 의식을 거행하는 그라도의 총대주교」*란 그림을 보았다. 높은 굴뚝을 상감하듯 박아 넣은 선홍빛과 보랏빛의 그 경이로운 하늘을 나는 오래 바라보고 있었는데, 튤립꽃이 피어나듯 벌어진 굴뚝 모양과 붉은색이 휘슬러**가 그린 많은 베네치아 풍경을 연상시켰다. 그리고 내 시선은 오래된 리알토 나무다리에서 금빛 기둥머리로 장식된 대리석 궁전이 있는 그 '15세기의 베키오 다리'로 갔다가 다시 대운하로 돌아갔는데,*** 분홍빛 재킷 차림에 깃털 달린 챙 없

---

* 「리알토 다리에서의 십자가 유물의 기적」(1495)이라고 불리기도 하는 이 그림은 그라도의 총대주교가 리알토 다리 옆에서 마귀 쫓는 의식을 거행하는 모습을 담았다. 왼쪽의 높은 궁전 주위에서 행해지는 구마 의식, 그 아래 모여든 사람들과 거리 풍경, 그리고 14세기에 건축된 리알토 나무다리와 뱃사공들과 배들의 묘사라는, 총 세 부분으로 구성된 작품이다. 카르파초의 또 다른 걸작인 「성녀 우르술라의 전설」과 함께 베네치아의 아카데미아 미술관에 소장되어 있다.
** 엘스티르의 모델 가운데 한 사람으로 거론되는 휘슬러는 1879~1880년의 베네치아 체류를 통해 50여 점의 판화를 남겼다.(『잃어버린 시간을 찾아서』 4권 21쪽 참조.)
*** 오래된 리알토 나무다리에서 15세기의 돌로 지어진 베키오풍의 다리로

는 모자를 쓴 젊은이들이 작은 배를 모는 모습이, 마치 세르트
와 슈트라우스와 케슬러가 만든 그 경탄할 만한 발레「요셉의
전설」에 나오는, 진짜 카르파초를 연상시키는 인물과 혼동될
정도로 닮아 있었다.* 마지막으로 그림을 떠나기 전, 내 눈은
당시 베네치아 삶의 정경으로 가득한 운하 기슭으로 되돌아
갔다. 면도기를 문지르는 이발사, 술통 든 흑인, 대화 중인 이
슬람교도들, 다마스쿠스산의 화려한 비단 옷과 버찌 빛깔의
챙 없는 벨벳 모자를 쓴 베네치아 귀족들. 그러다 나는 갑자기
가슴을 가볍게 깨무는 듯한 아픔을 느꼈다. 소매와 깃에 금박
과 진주로 수놓은 장식에서 그들이 가입한 즐거운 협회의 표

(피렌체에 있는), 대리석 아치의 갖가지 가게들로 장식된 근대식 다리로 이동한
다는 의미이다. 이 문단은 프루스트 연구가들 사이에서 논란의 대상이 되는 부
분으로, 플레이아드와 GF-플라마리옹 판본에는 "오래된 리알토 나무다리에
서 15세기의 베키오 다리로(du vieux Rialto en bois, à ce Ponte Vecchio du XV
siècle)"라는 해석을 가능케 하는 전치사 à가 기재된 반면, 나탈리 모리악 다이
어와 요시카와 교수는, 이 à를 de로 바꿀 것을 제안하면서 "리알토 나무다리에
서, 15세기의 베키오 다리에서, 금빛 기둥머리로 장식된 대리석 궁전으로"라는
해석 가능성을 개진하고 있다.(K. Yoshikawa, *Proust et l'art pictural*, Champion,
2010, 26쪽 참조.) 이런 논의의 진위야 어떠하든, 12세기에 축조된 리알토 다리
는 처음에는 목조 다리였다가 1588년에 돌로 축조되었으며 1345년에 피렌체에
축조된 베키오 다리는 처음부터 돌로 만들어졌다는 점에서, 소박한 나무로 만
들어진 리알토 다리와 화려하고 단단한 대리석의 베키오 다리가 대비되고 있음
을 알 수 있다.
* 구약 성서에 나오는 요셉을 주제로 한 이 발레는 케슬러의 대본에 슈트라우
스가 작곡하고, 세르트가 박스트와 함께 무대 장식을 제작한 작품으로, 파리 오
페라좌에서 1914년 댜길레프가 이끄는 발레 뤼스에 의해 초연되었다.(『사라진
알베르틴』; 리브르드포슈, 349쪽 참조.)

시를 알아볼 수 있는 그 '칼차의 동반자들'* 중 한 사람의 등에서, 알베르틴이 나와 함께 베르사유로 무개차를 타고 갔을 때 입었던 망토를 알아본 것이다.** 그날 저녁 나는 겨우 열다섯 시간 뒤면 그녀가 내 집을 떠날 거라고는 짐작도 하지 못했다. 내가 그녀에게 떠나 달라고 청할 때마다 항상 준비가 되어 있던 그녀가 "밤이 오고 또 우리는 헤어지려고 했으므로 이중으로 황혼이었던 그 산책을 나는 결코 잊지 못할 거예요."***라고 마지막 편지에서 말했던 그 슬픈 날 그녀는 포르투니의 망토를 어깨에 걸쳤으며 다음 날 그 망토를 함께 가져갔으므로, 나는 그 뒤로 한 번도 기억 속에서 그걸 떠올리지 않았다. 그런데 베네치아의 천재 계승자가 바로 카르파초의 그림에서 그 망토를 발견했고, 그래서 '칼차의 동반자'의 어깨로부터 분리하여 수많은 파리 여인들에게 입혔으며, 그러나 파리 여인들은 나와 마찬가지로 그 모델이 베네치아의 아카데미아 미술관에 있는 「그라도의 총대주교」 그림 전면에 그려진 귀족들 무리 속에 있다는 사실은 알지 못했을 것이다. 나는 이 모든

---

* 15세기 베네치아에서 연회나 오락, 공연을 조직하던, 또는 기쁨조의 역할을 하던 귀족들의 모임인 '콤파니아 델라 칼차(Compagnia della Calza)'를 가리킨다. 그들은 동일한 표시가 있는 양말(칼차)을 신었다고 한다. 그러나 화자는 그들이 소매나 옷깃에 금박으로 표시된 옷을 입었다고 하면서 카르파초의 그림에서 이런 표시가 있는 옷을 알아보고 금방 알베르틴을 떠올린다. 이 묘사의 상당 부분은 로젠탈(Gabrielle & Léon Rosenthal)의 『카르파초 평전』(1906)에 근거한다고 지적된다.(K. Yoshikawa, 앞의 책, 27쪽 참조.)
** 『잃어버린 시간을 찾아서』 10권 368~369쪽 참조.
*** 94쪽 참조.

걸 알아보았고, 한동안 잊고 있던 망토가 그 그림을 보기 위해 그날 저녁 알베르틴과 함께 베르사유를 향해 출발하려던 남성의 눈과 가슴을 돌려주었으므로 잠시 혼란스러운 감정에 빠졌으나, 이내 욕망과 우울증도 사라졌다.*

마침내 어머니와 함께 베네치아의 미술관이나 성당을 방문하는 것으로 만족할 수 없는 날들이 있었고, 그렇게 해서 한번 특별히 날씨가 좋은 날, 어쩌면 아직도 콩브레 집 공부방에 걸려 있을, 스완 씨가 내게 준 복제화 '미덕'과 '악덕'을 보기 위해 우리는 파도바까지 갔다.** 한낮의 태양이 내리쬐는 가운데 아레나 성당 정원을 통과해서, 지오토의 벽화가 있는 예배당으로 들어갔다. 성당의 둥근 천장과 벽화 배경이 얼마나

---

* 르네상스 시대의 베네치아를 재현한 카르파초의 그림(특히 「성녀 우르술라의 전설」과 「그라도의 총대주교」로 상징되는), 19세기 말에 그 그림에서 착상을 얻어 의상으로 재현한 포르투니(여기서는 '베네치아의 천재 계승자'로 묘사된), 또 베네치아를 판화로 표현한 화가 휘슬러, 발레 뤼스의 무대를 제작한 세르트, 이 모든 인물들이 중첩되면서 드디어는 포르투니의 망토를 입은 알베르틴으로 귀결된다. 이렇게 카르파초의 「마귀 쫓는 의식을 거행하는 그라도의 총대주교」란 그림은 화자의 알베르틴에 대한 사랑에서 중요한 단계를 구축하는데, 시간이 '총대주교'의 역할을 수행한 덕분에, 화자는 더 이상 정념의 마귀에 시달리지 않으며, '가볍게 깨무는 듯한 아픔'밖에 느끼지 못한다. 또한 '칼차의 동반자들'에 대한 묘사는 알베르틴이 바로 이 집단의 일원임을, 저주받은 족속임을 확인하는 듯 보이지만, '즐거운 협회'란 표현이 뭔가 이 집단에 긍정적인 의미를 부여함으로써 조금은 모호한 감정을 나타낸다고도 볼 수 있다.(『사라진 알베르틴』; 리브르 드포슈, 24쪽 참조.)
** 파도바의 아레나 성당에 있는 지오토의 벽화에 대해서는 『잃어버린 시간을 찾아서』 1권 147~150쪽 참조. 어떤 판본에는 여기서 화자가 퓌트뷔스 부인의 시녀를 만나며 또 이 시녀가 테오도르의 누이임이 밝혀진다는 내용이 들어 있다. 그러나 플레이아드를 비롯한 대부분의 판본에 이 일화는 수록되지 않았다.

푸르렀던지, 눈부신 햇살이 방문객들과 함께 문지방을 넘어서서 맑은 하늘을 잠시 그늘지게 하고 시원하게 만든 것 같았다. 빛의 금박을 걷어 낸 맑은 하늘은 조금은 더 짙어 보였는데, 마치 화창한 날씨가 잠시 중단되는 그 짧은 휴식 시간 동안 태양이 구름 한 점 보이지 않는데도 시선을 잠시 다른 곳으로 돌려 그 푸른 하늘이 보다 부드럽게 어두워진 듯했다. 푸른빛 도는 돌 위로 옮겨진 하늘에서 나는 처음으로 천사들이 날아다니는 모습을 보았다. 스완 씨가 '미덕'과 '악덕'의 복제화를 주었을 뿐, 성모 마리아와 그리스도의 이야기를 묘사한 벽화의 복제화는 주지 않았기 때문이다. 그런데 나는 천사들이 날아다니는 모습에서 '자비'나 '선망'의 몸짓을 통해 내가 받았던 것과 동일한 인상, 실제 행동이라는, 문자 그대로 현실 속의 행동이라는 인상을 받았다. 아레나 성당의 천사들은 하늘의 열정을 담은, 또는 적어도 손을 모아 기도하는 아이들의 지혜와 열정을 담은 모습으로 재현되었지만, 그것은 특별한 종류의 새로서 실제로 존재했으며, 틀림없이 구약과 신약 시대의 자연사에서 그 모습을 드러냈을 것이다. 이 작은 새들은 성인들이 산책할 때면 빠지지 않고 그들 앞을 날아다니는데, 그중 몇몇은 언제나 자유롭게 풀려나 그들 머리 위를 자유롭게 날아다니기도 한다. 그것은 현실에 있는 정말로 날아다닐 수 있는 존재이기에, 높이 날거나, 곡선을 그리거나, 편안한 자세로 공중 곡예(looping)*를 하거나, 머리를 숙이고 중력의

* 수직적 곡선을 그리면서 하는 공중 곡예를 가리키기 위해 1911년에 만들어

법칙에 어긋나는 자세를 유지하는 날갯짓으로 힘을 보강하면서 땅을 향해 달려들기도 한다. 그리하여 그것은 날개가 이미 상징에 지나지 않으며, 날개의 유지도 흔히 날개 없는 다른 천상의 인물과 비교해서 거의 동일하게 취급되는 르네상스 시대와 이후 시대의 예술에서 찾아볼 수 있는 천사라기보다는, 지금은 사라진 새의 변종이나 활공으로 비행하는 퐁크*의 젊은 제자들을 연상시킨다.

나는 호텔로 돌아오면서 젊은 여인들, 특히 꽃이 피지 않은 베네치아의 첫 화창한 봄날들을 베네치아에서 보내려고 온 오스트리아의 젊은 여인들과 만났다. 그중에는 알베르틴의 얼굴과 닮지는 않았으나 알베르틴과 같은 싱그러운 안색과 웃음 짓는 경쾌한 눈길이 내 마음에 드는 한 여인이 있었다. 나는 이내 내가 알베르틴에게 처음 했던 말과 똑같은 말을 하기 시작하며, 그녀가 다음 날 베로나에 가기 때문에 만날 수 없다고 말했을 때는 똑같은 고통을 감추려 하고, 나 역시 곧 바로 베로나에 가고 싶은 욕구를 감추려 한다는 것을 느꼈다. 그러나 그 일은 오래 계속되지 않았고, 그녀는 다시 오스트리아로 돌아가야 했으며, 나는 그녀와 다시는 만나지 못할 테지만, 누군가를 사랑하기 시작하면 그렇게 되는 것처럼 이미 어렴풋이 질투를 느끼기 시작했다. 그녀의 매력적이고 수수께

진 신조어이다.(『사라진 알베르틴』; 리브르드포슈, 352쪽 참조.)

* 르네 퐁크(René Fonck, 1894~1953). 프랑스 비행사로 1차 세계 대전의 전사였다. 초고에서 프루스트는 롤랑 가로스와 라이트 형제 사이에서 망설였던 것으로 보인다.(『사라진 알베르틴』; 리브르드포슈, 352쪽 참조.)

끼 같은 얼굴을 바라보면서, 그녀 또한 여인들을 사랑하는 것은 아닌지, 알베르틴과 공통점이 있는 것은 아닌지, 다시 말해 그 맑은 안색과 투명한 시선, 모든 사람을 매혹하고 또 자신의 관심을 끌지 않는 타인의 행동은 전혀 알려고 하지 않고, 대신 지나치게 유치한 거짓말로 감추면서 자신의 행동을 털어놓는 그런 다정하고 솔직한 표정을 알베르틴과 공유하는 것은 아닌지, 또 이 모든 것이 여성을 사랑하는 여성의 형태학적 특징을 구성하는 것은 아닌지 자문해 보았다. 내가 논리적으로 이해할 수 없는 그녀의 이런 부분이 바로 내게 매력을 행사하고 불안을 초래하여(어쩌면 보다 깊은 원인은 자신을 고통스럽게 하는 것에 더 마음이 끌리는 성향에 있는지 모르지만), 눈에는 보이지 않지만 어떤 고장의 공기 중에 떠돌면서 그토록 우리에게 거북함을 주는 자기 요소(磁氣要素)처럼, 내가 그녀를 만날 때면 그렇게 많은 기쁨과 슬픔을 주었던 것은 아닐까? 슬프게도 나는 그에 대해 아무것도 알지 못할 것이다. 그녀의 얼굴에서 뭔가를 읽으려고 할 때마다 나는 이렇게 말하고 싶었다. "당신은 내게 말해야 해요. 그것이 인간 박물학의 법칙을 알기 위해 내 관심을 끄니까요." 그러나 그녀는 결코 말하지 않을 것이다. 그녀는 이런 악덕과 흡사한 것에 특별한 혐오감을 표명했고, 그녀의 여성 친구들과도 매우 냉정한 태도를 유지했다. 어쩌면 이 점이 바로 그녀가 뭔가를 숨기고 있으며, 어쩌면 그 때문에 그녀가 조롱당하거나 멸시를 받았는지 모르며, 그래서 자신이 여성을 좋아한다는 것을 믿지 않게 하려고 취한 태도가 마치 동물이 자기를 때린 존재에 대해 갖는 거리감처럼 오히려 비밀을 폭로하는지도 모른다고 생각했다. 그녀의 삶을 알아보는 건 불가능했다. 알베르틴에 대해서도 뭔가를 알아내기 위해 얼마나 많은 시간이 필요했던가! 알베르틴도 이 젊은 여인과 마찬가지로 자기 처신에 대해 그토록 용의주도한 신중함을 보였으므로, 사람들의 말문을 열게 하기 위해서는 죽음이 필요했다. 게다가 알베르틴에 대해서도 내가 뭔가를 안다고 확신힐 수 있을까? 그리고 우리가 가장 원하는 삶의 조건도 그것이 사랑하는 사람 곁에 살게 해 줄 것이며 또 그 사람을 기쁘게 해 줄 것이라고 생각했기 때문에 우리도 모르는 사이에 그 조건을 욕망하고 있었는데, 그 사람에 대한 사랑이 멈추면 무관심해지듯이, 몇몇 지적 호기심도 이와 같았다. 엷은 분홍빛 뺨의 꽃잎 아래, 여명처럼 햇빛이 비추지 않는 창백한 눈의 맑은 투명함 속에, 그녀가 한 번도 얘기한 적 없는 그 나날들 속에 어떤 종류의 욕망이 감추어져 있는지를 알기 위해 내가 부여했던 학문적 중요성도 알베르틴을 더 이상 사랑하지 않는 날이 오면, 또는 그 젊은 여인을 조금도 사랑하지 않는 날이 오면 틀림없이 사라져 버릴 것이다.

저녁마다 나는 이 마법의 도시에서 홀로 외출했고, 마치 『천일 야화』에 나오는 인물처럼 새로운 동네 한복판에 있는 자신을 발견했다. 산책을 하다가 우연히 어떤 안내 책자도 여행자도 말한 적 없는 넓고 낯선 광장을 발견하는 것은 그리 드문 일이 아니었다. 좁은 길, 즉 '칼리'*의 그물망 속으로 들어

---

* 이탈리아어로 특히 베네치아의 골목길을 뜻한다. calli는 calle의 복수형이지

갔다. 저녁에 석양이 그 위가 벌어진 높은 굴뚝에 가장 선명한 분홍빛이나 가장 밝은 붉은빛을 비출 때면, 그것은 집들 위로 그토록 다양하고도 미묘한 빛깔의 꽃이 피어 있는 정원, 마치 도시 위에 델프트나 하를럼*의 튤립 애호가들이 세워 놓은 정원처럼 보였다. 더욱이 아주 가까이 붙은 집들의 인접성이 각각의 창문을, 한 부엌 소녀가 몽상에 잠겨 내려다보거나 또는 어둠 속에 가려졌지만 마녀의 얼굴로 짐작되는 늙은 여자가 의자에 앉은 소녀의 머리를 빗겨 주는 액자로 만들면서, 100여 점의 네덜란드 그림이 나란히 걸려 있는 전시회, 지극히 협소한 '골목길' 때문에 각각의 초라하고 고요한 집들이 아주 가까이 붙어 있는 전시회로 만들었다. 집들이 서로서로 밀착해 있는 이런 '골목길'은 운하와 간석지 사이에서 도려낸 베네치아란 덩어리를 마치 그 덩어리가 무수히 미세하고 가느다란 형태에 따라 결정화되었다는 듯, 모든 방향으로 가늘게 파인 고랑으로 나누고 있었다. 갑자기 이런 좁은 길 끝에서, 뭔가 결정체 안에서 팽창이 일어난 듯했다. 이 좁은 길의 그물망에서 내가 물론 그 크기를 짐작할 수 없고 그런 곳에서는 결코 발견할 수 있으리라고 생각도 못 했던 거대하고도 찬란한 '캉포,' 즉 광장이 멋진 궁전과 더불어 창백한 달빛에 둘러싸인 채로 내 앞에 펼쳐졌다. 건물들이 한데 모여 있는 그곳은, 다른 도시였다면 모든 길들이 그쪽으로 향하고 있어, 우리

_____

만, 프랑스어로 아름다움을 뜻하는 접두사이기도 하다. 다음부터는 작은따옴표를 붙여 '골목길'로 표기하고자 한다.
* 『잃어버린 시간을 찾아서』 6권 359쪽 참조.

를 인도하고 그곳을 보라고 가리켰을 것이다. 그러나 이곳의 광장은 마치 밤이면 누군가가 한 인물을 데려다주고 새벽이 되기 전에 집으로 데리고 가는, 그래서 자신이 머물렀던 그 마술적인 처소를 찾을 수 없는 인물이 마침내는 꿈속에서 갔다고 믿게 되는 그런 동방 이야기에 나오는 궁전처럼, 좁은 길들의 뒤얽힘 속에 일부러 감춰져 있는 것 같았다. 다음 날 나는 전날 밤의 아름다운 광장을 찾아 그 '골목길'들을 따라갔지만, 그 길들은 모두가 다 비슷하고 어떤 가르침도 주지 않아 나를 더욱 헤매게 할 뿐이었다. 때로 내가 알아보는 듯한 어렴풋한 지표가 고독과 고요 속에 갇힌 그 유배당한 아름다운 광장이 나타나는 것을 내가 곧 보게 될 거라고 상상하게 했다. 그 순간 새로운 '골목길'의 모습으로 변장한 심술궂은 정령이 내 뜻과는 반대로 오던 길을 거슬러 올라가게 했고, 그리하여 나는 돌연 대운하에 돌아와 있었다. 꿈의 기억과 현실의 기억 사이에는 그렇게 큰 차이가 없으므로, 나는 베네치아의 어두운 결정체 안에서 그 기이한 흔들림이 — 낭만적인 궁전으로 둘러싸인 거대한 광장을 달빛 아래 계속되었던 내 명상에 제공한 흔들림이 — 일어난 것은 바로 내가 잠을 자는 동안이 아니었는지 마침내 자문하기에 이르렀다.

그러나 몇몇 광장 이상으로 몇몇 여인들을 결코 잃고 싶지 않다는 욕망이 베네치아에 있는 동안 나를 어떤 흥분 상태에 머물게 했는데, 이런 흥분이 어머니가 떠나기로 결정한 날, 그날 끝자락에 가방이 이미 곤돌라 편으로 역에 보내졌던 날, 호텔의 예약된 외국 손님 명단에서 '퓌트뷔스 남작 부인과 그 일행'*이라는 문구를 읽었을 때는 나를 거의 열광 상태로 몰고 갔다. 그러나 지금 출발하면 놓칠지도 모르는 그 모든 관능적인 쾌락의 시간에 대한 느낌이 내게 만성적인 상태로 존재하던 욕망을 어떤 감정의 수준으로 높아지게 했고, 그리하여 그 욕망을 우울과 아련함으로 감쌌다. 나는 어머니에게 출발을 며칠 연기하자고 말했다. 그러자 내 부탁을 단 한순간도 진지하게 고려하지 않는 어머니의 표정이 베네치아의 봄 때문에 흥분한 내 신경 상태 속에, 부모님이 나에 대해 꾸몄다고 (내가 굴복할 수밖에 없을 거라고 상상하면서) 생각되는 그 상상적인 음모에 저항하고 싶은 오래된 욕망을 깨어나게 했다. 내가 가장 사랑하는 사람들에게 느닷없이 내 의사를 강요하고, 일단 그들을 굴복시키는 데 성공하면 그들의 의사에 따를 준비가 되어 있는 그런 투쟁 의지를 깨어나게 했다. 어쨌든 나는 어머니에게 떠나지 않을 거라고 말했지만, 어머니는 내가 진지하게 말하지 않는다고 생각하는 편이 보다 능숙한 처사라고 여겼는지 대답도 하지 않았다. 이 말이 진심인지 아닌지는 곧 알게 될 거라고 나는 말을 이었다. 그때 호텔 수위가 편지 세 통을 가져왔다. 두 통은 어머니에게, 한 통은 내게 온 것이었는데, 나는 겉봉을 보지도 않은 채로 서류 가방의 다른 것들 사이로 편지를 집어 던졌다. 그리고 어머니가 떠날 시간이 되어 내 모든 짐을 뒤따르게 하면서 역으로 떠나셨을 때 나는 운하가 내려다보이는 테라스로 음료수를 갖다 달라고 부탁하고

* 394쪽 주석 참조.

거기 앉아서 석양이 지는 모습을 바라보고 있었는데, 호텔 앞에 정박한 작은 배에서 한 가수가 「오 솔레 미오」*를 불렀다. 해는 계속 기울고 있었다. 어머니는 지금쯤 역에서 그리 멀지 않은 곳에 계실 것이다. 어머니는 곧 떠나실 테고, 나는 홀로 베네치아에, 어머니가 나 때문에 마음 아파한다는 걸 아는 슬픔과 더불어, 그러나 나를 위로해 줄 어머니의 존재가 없는 이곳에 홀로 남을 것이다. 기차가 출발할 시각이 다가왔다. 취소할 수 없는 고독이 그토록 임박했으므로, 그것은 이미 시작된 듯 완전해 보였다. 혼자라고 느꼈기 때문이다. 주위의 모든 사물이 낯설어 보였고, 두근거리는 가슴에서 벗어나 사물에 안정감을 부여할 만한 마음의 평정도 찾을 수 없었다. 내 앞에 있는 도시는 더 이상 베네치아가 아니었다. 그 성격이며 이름이 거짓된 허구로 보였고, 더 이상 그 이름을 베네치아의 돌에다 새겨 넣을 용기도 없었다. 도시의 궁전들은 다른 모든 것과 비슷한 양의 대리석으로 만든 몇 개 부분으로 환원되는 듯했고, 바다는 영원하고도 눈먼, 베네치아 이전에 존재했거나 또는 밖에 존재했던, 총독들이나 터너**도 모르는 그저 단순한 수소와 질소의 결합물로 보였다. 그렇지만 이 평범한 장소

---

* 원문에는 「솔레 미오」로 표기되었으나, 보다 일반적인 「오 솔레 미오」로 표기했다. 1898년 나폴리의 작곡가 에두아르도 디 카푸아(Eduardo di Capua)가 조반니 카푸로(Giovanni Capurro)의 가사를 가지고 만든 곡이다.
** 터너(William Turner, 1775~1851)는 1819년부터 세 번에 걸친 베네치아 체류에서 많은 영감을 받았으며, 또 베네치아의 풍경을 담은 여러 점의 수채화 및 유화를 남겼다. 러스킨이 좋아했던 화가이다.

가 지금 막 도착해서 아직 우리를 모르는 장소, 우리가 떠나면 곧장 우리를 망각할 장소처럼 낯설었다. 나에 대한 것은 아무 것도 말할 수 없고 나에 대해 그곳에 놓일 만한 것은 아무것도 남길 수 없는 그곳에서 나는 축소된 듯 보였고, 다만 두근거리는 가슴과 「오 솔레 미오」의 전개를 불안한 마음으로 쫓고 있는 주의력을 가진 자에 지나지 않는 듯했다. 나는 리알토 다리의 특징이라고 할 수 있는 그 아름답게 휘어진 곡선에 필사적으로 생각을 집중하려고 했지만 소용없었다. 다리의 평범한 성격이 명백하게 그 모습을 드러내는 듯했는데, 그것은 저급한 다리일 뿐만 아니라, 마치 금발 가발을 쓰고 검정 옷을 입어도 그 본질이 햄릿이 아님을 우리가 아는 배우처럼, 내가 그 다리에 대해 가졌던 관념과 무관했다. 궁전과 마찬가지로 '운하'도 '리알토 다리'도, 그것의 개별성을 이루던 관념이 벗겨져 나가자 평범한 물질적 요소로 해체되는 것이었다. 그러나 동시에 이 평범한 장소가 내게는 아주 멀리 있는 듯 보였다. 아르세날레*는 과학적 요소, 즉 위도 때문에, 또 사물의 독특한 양상 때문에 우리 나라의 사물과 외관상 비슷하면서도 다른 하늘 아래 유배된 듯 낯설게 보였다. 한 시간이면 닿을 것 같은 그토록 가까이 있는 수평선도 프랑스의 바다가 보여 주는 것과는 다른 대지가 만든 만곡(彎曲), 여행이란 인위적 수단에 의해 내 옆에 정박한 듯 보이지만 아주 멀리 있는 만곡처

---

* 아르세날레 또는 '아르세날레 디 베네치아(Arsenale di Venezia)'는 조선소이자 병기창 복합 단지로, 1104년 베네치아 공화국 시기에 건축되어 베네치아가 세계적인 무역을 주도하는 데 크게 기여한 유럽 최고의 해운 산업 시설이었다.

럼 느껴졌다. 그래서 평범하면서도 멀리 있는 그 아르세날레
가 마치 어린 시절 어머니와 들리니 수영장*에 처음 갔을 때
느꼈던 혐오와 공포가 섞인 감정으로 나를 가득 채웠다. 사실
하늘이나 햇빛으로 가려지지 않고, 그렇지만 그 가장자리에
탈의실이 쭉 늘어서 있는 어두운 물로 구성된 그런 환상적인
풍경 속에서 사람들은 수영복을 입은 인간 육체들로 덮인 그
눈에 보이지 않는 깊은 곳과 소통하는 듯 느꼈는데, 사리에서
는 짐작도 하지 못하는 그런 일련의 가건물들이 인간에게 가
리는 깊이가 바로 거기서 시작되는 빙하의 입구를 말해 주는
것은 아닌지, 극지가 그 안에 포함된 것은 아닌지, 또 그 협소
한 공간이 바로 극지의 부동해(不凍海)는 아닌지 자문해 보았
다. 내가 홀로 남게 될, 내게 호의적이지 않은 베네치아, 그렇
지만 고립되고 비현실적으로 보이는 베네치아에서 「오 솔레
미오」 노래가 마치 내가 알았던 베네치아에 대한 탄식처럼 솟
아오르면서 나의 비탄을 증인으로 삼는 것 같았다. 물론 아직
어머니와 합류하고 함께 기차 타기를 원한다면, 노래 듣는 걸
멈추고 일 초도 지체하지 말고 떠날 결심을 해야 했다. 하지만
나는 바로 그 일을 할 수 없었다. 일어서거나 일어설 결심도
하지 못한 채 나는 꼼짝 않고 있었다. 나의 생각은 어떤 결심
을 하는 일도 피하려는 듯, 연달아 흘러나오는 「오 솔레 미오」
의 소절을 쫓아가는 일에만 온통 사로잡혀, 가수와 함께 머릿

---

* 1801년 들리니(Deligny) 수영 감독의 주도하에 센 강 좌안, 오늘날의 아나톨
프랑스 강변로에 정박한 바지선에 설치된 풀장이다.

속에서 노래를 부르며 그의 목소리가 갑자기 높아지는 순간을 미리 예상하고 나 자신도 그 소절에 맞춰 목소리를 높였다가, 이내 낮게 떨어뜨리곤 했다. 백번이나 들은 탓에 별 의미 없는 이 노래에 마음이 끌렸던 것은 전혀 아니다. 노래를 끝까지 충실히 들으면서 나 자신이나 어느 누구도 기쁘게 하지 못했다. 마지막으로 내가 이미 알고 있는 이 통속적인 로맨스의 어떤 멜로디도 내가 필요로 하는 결심을 하게 해 주지 못했다. 아니, 오히려 각각의 소절이 나타날 때마다 차례로 내가 효과적으로 결심하는 데 방해가 되었고, 오히려 그것과 반대되는, 떠나지 않을 결심을 하도록 강요했다. 그 소절을 듣는 일이 시간을 흘러가게 했기 때문이다. 이렇게 해서 그 자체로는 어떤 기쁨도 느끼지 못하는 「오 솔레 미오」를 듣는 일이 깊은 슬픔, 거의 절망적인 슬픔으로 채워졌다. 사실 그곳에서 꼼짝 않는다는 사실 자체가 떠나지 않기로 결심한 것이라고 느꼈다. 하지만 "떠나지 않겠어."라고 생각하던 것이, 직접 화법으로 가능하지 않았던 것이 "이제 「오 솔레 미오」의 한 소절만 더 듣자."라는 다른 형태의 말로 가능해졌다. 그러나 이 비유적 언어의 실제 의미는 나로부터 빠져나가지 않았으므로, "요컨대 한 소절만 더 듣는 데 지나지 않아."라고 생각하면서도 나는 그 말이 '나 홀로 베네치아에 남는구나'라는 뜻임을 알고 있었다. 그리고 어쩌면 일종의 추위 같은 것으로 무감해진 슬픔이 이 노래를 절망적이지만 매혹적인 것으로 만들었는지도 모른다. 가수의 목소리가 힘을 가지고, 또 거의 근육질의 힘을 과시하듯 내던지는 각각의 음이 내 가슴 한복판을 때렸다. 낮은

음의 소절이 소진되고 곡이 다 끝난 것처럼 보였을 때, 가수는 그걸로 충분하지 않은 듯, 다시 한번 내 고독과 절망을 선포할 필요가 있다는 듯 다시 고음으로 노래하기 시작했다. 어머니는 지금쯤 틀림없이 역에 도착했겠지. 곧 떠나시겠지. 베네치아의 영혼이 빠져나간, 지금은 아주 작아진 운하나 더 이상 리알토가 아닌 지극히 평범한 리알토가 야기하는 고뇌가, 또 단단하지 못한 궁전 앞에서 큰 소리로 부르다가 궁전을 산산조각 내고 베네치아를 폐허로 만드는 「오 솔레미오」가 절망의 노래로 변하면서 내 가슴을 조였다. 산조르조마조레 성당 뒤에서 멈춘 석양을 놀란 시선으로 바라보던 가수가 능숙하게 서두르는 일 없이 내는 각각의 음에 의해 만들어지는 불행의 실현 과정을 나는 목격하고 있었다. 그리하여 그 황혼빛은 내 기억 속에서 영원히 감동의 전율과 가수의 구릿빛 같은 목소리와 더불어 뭔가 모호하고도 변하지 않는, 가슴을 에는 듯한 혼합물을 만들어 내는 것 같았다.

그리하여 나는 확고한 결심도 하지 못한 채, 허물어진 의지와 더불어 그냥 꼼짝 않고 있었다. 물론 그런 순간이면 이미 결심은 취해진 거나 다름없다. 다시 말해 우리 친구들조차 그 사실을 예측할 수 있다. 그러나 우리는, 우리는 예측할 수 없다. 만일 그렇게 할 수만 있다면, 그토록 많은 고뇌를 피할 수 있었을 것이다.

그러나 마침내 예측할 수 있는 혜성이 발사되는 동굴보다 더 어두운 동굴로부터 — 고질적인 습관의 생각지도 않은 방어력과 갑작스런 충동적인 행동으로 마지막 순간에야 우리를 혼란 상태에 뛰어들게 하는 숨겨진 신중함 덕분에 ── 내 행동이 터져 나왔다. 나는 전력을 다해 뛰었고 역에 도착했다. 이미 기차 출입문은 닫혔지만 제때 어머니와 만날 수 있었고, 어머니는 감격해서 얼굴을 붉히며 울음을 터뜨리지 않으려고 참았다. 내가 오지 않을 거라고 믿었기 때문이다. 이어 기차가 출발했고, 파도바 다음에는 베로나가 기차를 마중하러 와서 거의 역까지 작별 인사를 하는 모습이 보였고, 또 ── 우리가 멀어질 때면 ── 다시 제자리로 돌아가는 모습이 보였다. 도시들은 떠나지 않고 각각의 삶을, 하나는 평원에서의 삶을, 다른 하나는 언덕에서의 삶을 되찾으러 갔다.*

시간이 흘렀다. 어머니는 편지를 개봉하긴 했지만 서둘러 읽으려 하지 않았고, 내게도 호텔 수위가 전해 준 편지를 즉시 서류 가방에서 꺼내지 못하게 했다. 내가 여행을 너무 길고 지루하게 생각할까 봐 늘 걱정했으므로, 그 남은 마지막 시간 동안 내게 뭔가 할 일을 주기 위해 어머니는 삶은 달걀을 꺼내고, 신문을 건네고, 내게 말하지 않고 구입한 책 꾸러미 포장을 뜯는 순간을 되도록이면 늦추려고 하셨다. 나는 먼저 편지를 읽다 놀란 표정으로 고개를 드는 어머니를 보았는데, 어머니의 눈이 뭔가 분명하면서도 모순된 추억, 서로 연결될 수 없는 추억에 번갈아 놓이는 것 같았다. 그동안 나는 내가 받은 편지 봉투에서 질베르트의 필체를 알아보았다. 봉투를 열

────────────

* 파도바는 포 평원에, 베로나는 산피에트로 언덕 기슭에 위치한다. 베네치아에서 로마로 가는 노선에 포함되는 도시들이다.

었다. 질베르트가 로베르 드 생루와의 결혼을 알리고 있었다. 그녀는 이 주제로 베네치아에 전보를 쳤으나 나로부터 답장을 받지 못했다고 말했다. 그곳 전신 업무가 엉망이라고 누군가가 말했던 것이 기억났다. 나는 그런 전보를 결코 받은 적이 없었다. 어쩌면 그녀는 내 말을 믿지 않을지도 몰랐다. 그러다 갑자기 추억의 상태로 내 머릿속에 자리 잡은 한 가지 사실이 그것의 자리를 다른 사실에 넘겨주는 것을 느꼈다. 내가 최근에 받은 전보, 알베르틴에게서 왔다고 믿었던 전보가 실은 질베르트에게서 온 것이었다. 질베르트의 조금은 꾸민 듯한 독창적인 필체가 주로 t자의 가로획을 윗줄 선에 닿게 하면서 단어에 밑줄을 그은 것처럼 보이게 하거나 또는 i자 위에 찍힌 점을 바로 윗줄 문장의 마침표로 보이게 하거나, 반대로 아랫줄에는 거기 겹쳐진 듯 보이는 글자의 꼬리와 아라베스크 모양의 곡선을 끼워 넣게 했으므로, 전신국 직원이 윗줄의 s자나 y자의 구부러진 모양을 Gilberte라는 글자 뒤에 붙은 ine으로 읽은 것은 지극히 당연했다. 그리고 Gilberte란 이름의 G자는 고딕체의 A와도 비슷했다.* 이 밖에도 두세 개의 단어가 서로 뒤엉켜서(게다가 몇 개의 글자는 내게도 이해할 수 없는 것으로 보였다.) 틀리게 읽혔고, 이런 사실만으로도 내 오류의 내역을 설명하기에 충분하며, 또 그럴 필요조차 없었다. 방심하고 특히 선입견을 가진 인간은 편지가 어느 특정인에 의해 쓰였다

---

* 이런 필체의 특징과 오류 가능성에 대해서는 화자가 받은 질베르트의 편지를 통해 이미 예고된 바 있다.(『잃어버린 시간을 찾아서』 3권 133쪽 참조.)

는 관념에서 출발하기 때문에 하나의 단어에서도 얼마나 많은 글자를 읽으며, 하나의 문장에서도 얼마나 많은 단어를 읽는가? 우리는 글을 읽으면서 짐작하고 창작한다. 모든 것은 첫 번째 오류에서 비롯한다. 다음에 이어지는 오류는(그리고 이것은 편지나 전보 읽기에만, 모든 독서 행위에만 국한된 것도 아니다.) 출발점이 같지 않은 사람에게는 아무리 놀랍게 보일지라도 지극히 자연스러운 것이다. 이처럼 우리가 믿는 것의 상당 부분은, 그 최종적인 결론까지도 똑같이 완강하고 충실하게 사물의 전조를 처음 오인한 데서 비롯한다.

4장

"오! 정말 믿을 수 없구나!" 하고 어머니가 말했다. "내 나이에는 어떤 일에도 놀라지 않는 법이지만, 이 편지가 전하는 소식보다 더 예기치 못한 일은 없을 거다." "제 말도 좀 들어 보세요."라고 나는 대답했다. "그게 어떤 일인지는 모르지만, 또 아무리 놀라운 일이라고 해도, 제가 받은 편지가 전하는 소식보다는 덜 놀라울걸요. 결혼 소식이에요. 로베르 드 생루가 질베르트 스완과 결혼한다는군요." "아!" 하고 어머니가 말했다. "아마 아직 내가 개봉하지 않은 다른 편지가 알리는 소식인가 보구나. 네 친구 필체를 알아보았으니까." 그리고 어머니는 내게 가벼운 감동의 미소를 지으셨는데, 할머니가 돌아가신 후부터는 아무리 작은 사건이라고 해도 그 사건은 그것에 대해 고통이나 추억을 느낄 수 있는 사람, 그들 역시 누군가를 잃은 사람과 관계되는 감동적인 양상을 띠었다. 이렇게 어머니는 내게 미소를 지으면서 매우 다정한 목소리로 얘기하셨다. 마치 그 결혼을 가볍게 취급하면, 스완의 딸과 미망인, 이제 막 아들과 이별하려고 하는 로베르의 어머니에게 결혼으로 인해 생길지도 모르는 우울한 감정을 이해하지 못한다고 할까 봐 두려워하시는 것 같았다. 어머니는 선의에서, 또 나에 대한 그들의 선의 때문에 호의적인 감정에서 자식과 아내와 어머니로서 자신이 느꼈던 감정을 가지고 그들을 생각하셨다. "이보다 더 놀라운 일은 없을 거라고 한 내 말이 맞죠?"라고 나는 어머니에게 말했다. "저런, 그런 일이 있는데 어떡하지!" 하고 어머니는 다정한 목소리로 말했다. "내가 가장 놀라운 소식을 쥐고 있단다. '가장 큰 일, 가장 시시한 일'*이라고는 하지 않으마. 세비녜 부인에 대해 아는 거라곤 그 말이 전 부인 사람들이 부인을 인용하는 걸 보고 네 할머니는 무척 불쾌하게 생각하셨단다. '건초를 말리는 일은 아주 재미있단다.'라는 말도 마찬가지지만. 난 모든 사람들이 다 아는 세비녜 부인의 말을 줍는 일 따위는 하고 싶지 않다. 이 편지는 캉브르메르의 아들이 결혼한다는 소식을 전하고 있구나." "그래요!"

---

* 세비녜 부인이 조카인 쿨랑주 씨에게 1670년에 보낸 편지에 적혀 있던 문구로, 세비녜 부인은 로쟁과 '그랑드 마드무아젤(루이 14세의 사촌인 안 마리 루이즈 도를레앙)'의 결혼을 다음과 같이 전하고 있다. "나는 가장 놀라운 일, 가장 뜻밖의 일, 가장 신기한 일, 가장 기적적인 일, 가장 성공적인 일, 가장 눈부신 일, 가장 상상을 초월하는 일, 가장 기이한 일, 가장 경이로운 일, 가장 믿지 못할 일, 가장 예기치 못한 일, '가장 큰 일, 가장 시시한 일,' 가장 드문 일, 가장 평범한 일…… 전해 주겠다."(『사라진 알베르틴』; 리브르드포슈, 364쪽에서 재인용.) 건초에 관한 인용은 『잃어버린 시간을 찾아서』 4권 27~28쪽 참조.

나는 별 관심 없이 대꾸했다. "누구랑요? 어쨌든 약혼자의 면모가 벌써 결혼의 놀라운 성격을 다 지워 버리는군요." "약혼녀의 면모가 놀랍지 않다면 그렇겠지." "그렇다면 약혼녀가 누군데요?" "아! 내가 금방 말해 버리면 말한 보람이 없을 테니, 네가 좀 찾아봐라." 기차가 아직 토리노에 도달하지 않은 걸 본 어머니는 내게 할 일을 남겨 놓고 싶어 하셨다. "하지만 제가 어떻게 알 수 있을 거라고 생각하세요? 대단한 사람인가요? 르그랑댕과 그 누이가 만족하는 걸 보니 대단한 결혼임을 확신할 수 있군요." "르그랑댕 씨는 모르지만, 결혼식을 내게 알려 준 사람 말에 의하면 캉브르메르 부인은 몹시 기뻐한다는구나. 네가 이걸 대단한 결혼이라고 부를지는 잘 모르겠다만, 어쨌든 내게는 왕이 양치기 소녀와 결혼했던 시절의 결혼과도 같은 효과를 자아내고 있으니. 하물며 이 양치기 소녀가 보통 양치기 소녀보다 훨씬 못해 보인다만, 그래도 매우 매력적인 아이란다. 할머니라면 이 소식을 듣고 놀라기는 하시겠지만, 싫어하지는 않으셨을 거다." "도대체 약혼녀가 누군데요?" "올로롱 양이란다." "굉장한 이름 같은데요, 양치기 소녀와는 전혀 닮지 않았지만. 어머니가 누굴 말하는지 전혀 모르겠어요. 게르망트네 가문에 있던 작위 중의 하나이긴 한데." "바로 그렇단다. 샤를뤼스 씨가 쥐피앵의 조카딸을 양녀로 삼으면서 그 작위를 주었단다. 바로 그 조카딸이 캉브르메르 씨의 아들하고 결혼하는 거고." "쥐피앵의 조카딸이라고요! 그건 불가능해요!" "미덕에 대한 보상이란다. 상드 부인이 쓴 소설의 결말에 나오는 결혼 같은 거라고 할 수 있지."라고 어머니가 말했다. '악덕의 대가이죠. 발자크 소설의 결말에나 나오는 결혼이에요.'라고 나는 생각했다.* "어쨌든." 하고 나는 어머니에게 말했다. "생각해 보니 꽤 자연스러운 일이군요. 캉브르메르네 사람들이 드디어 게르망트네 패거리에 돛을 내리게 되네요. 그런 곳에 새로 이주해서 살 수 있을 거라고는 도저히 기대하지 못했을 텐데. 게다가 샤를뤼스 씨가 양녀로 삼은 아이라면 무척 돈이 많을 테니, 재산을 잃어버린 캉브르메르네에게는 필요했겠네요. 요컨대 그녀는 양녀지만, 아마도 캉브르메르에 따르면 그들이 왕위 계승권을 가진 왕족으로 간주하는 사람의 친딸 ― 사생아 ― 일 테니까요. 거의 왕족이라 할 수 있는 가문의 사생아는 프랑스나 외국 귀족에게는 늘 영광스러운 결혼 상대로 여겨져 왔죠. 지금부터 그렇게 멀리 뤼생주 가문**까지 거슬러 올라가지 않아도, 바로 여섯 달 전 로베르의 친구가 한 아가씨와 결혼했는데, 사람들이 추측하기로, 사실인지 아닌지는 모르겠지만 그녀의 사회적 신분이 군주의 사생아라는 이유가 전부였다는 걸 기억하세요?" 어머니는 이 결혼에 대해 할머니가 분개했을 원인인 사회적 카스트 개념을 고수하면서도, 다른 무엇보다 할머니의 판단력을 보

---

* 조르주 상드와 발자크는 결혼 소설이란 장르를 개척했다고 할 정도로 이 주제를 많이 다루었는데, 조르주 상드의 『앵디아나』, 『발랑틴』, 『자크』와 발자크의 「버려진 여인」, 「삼십 대의 여인」, 「결혼 계약」 등이 여기 해당된다.
** 부아뉴 부인의 『회고록』에 대한 암시로, 베리 공작이 숨을 거두기 직전 영국에서 얻은 두 사생아를 아내에게 부탁했는데, 그중 딸 하나가 훗날 뤼생주 대공부인이 되었다. 프루스트는 이 뤼생주 부인을 브레오테 씨의 조모로 만들고 있다.(『잃어버린 시간을 찾아서』 6권 381~382쪽 참조.)

여 주고 싶어 하셨다. "사실 아가씨는 그 자체로 완벽하고, 또 아가씨가 지극히 착하고 한없이 너그러운 성격이 아니라고 해도, 네 할머니는 캉브르메르 아들의 선택에 그렇게 엄격하게 굴지 않으셨을 거다. 아주 오래전 일이지만, 할머니가 치마를 꿰매 달라고 그들의 가게에 들어갔을 때 아가씨가 무척 품위 있다고 말씀하셨던 거 기억하니?* 그때는 아주 어렸는데, 지금은 혼기가 꽉 찬 노처녀로 완전히 다른 여자, 전배나 완벽한 여자가 되었지만. 네 할머니는 이 모든 걸 한눈에 알아보셨단다. 할머니는 조끼 짓는 재봉사의 어린 조카딸이 게르망트 공작보다 더 '고결하다'고 생각하셨어." 그러나 어머니로서는 할머니에 대한 찬사보다 훨씬 더, 할머니 자신을 위해 할머니가 지금 안 계시는 편이 '낫다'고 생각할 필요가 있었다. 그것이 그녀로서는 애정의 최고 지향점이며, 할머니에게 마지막 슬픔을 면하게 해 드렸을 테니까. "그렇지만." 하고 어머니가 말씀하셨다. "그래도 스완의 아버지가 — 사실 너는 모르지만 — 훗날 자신이 모저 모친('안녕하쎄요, 신싸분들.'이라고 발음하던)과 기즈 공작의 피가 섞인 증손자나 증손녀를 보게 될 거라고 상상이나 했겠느냐!"** "그런데 어머니, 이건 어머니의

---

* 『잃어버린 시간을 찾아서』 1권 45쪽 참조.
** 스완의 아버지는 프루스트의 외조부와 마찬가지로 유대인 주식 중개인이었다. 작가는 이런 스완의 아버지에게 독일 혈통을 부여하면서 풍자적으로 묘사하고 있는데, 모저(Moser)는 독일에서 가장 흔한 성 중 하나이며, 또 Bonjour Messieurs란 인사말을 Ponchour Mezieurs(여기서는 '안녕하쎄요, 신싸분들'이라고 임의로 옮김)라고 독일어식으로 표기한 것이 그러하다. 이런 유대인 '모저'의 자손이 프랑스의 명문인 플로리몽 드 기즈 공작의 손녀 빌파리지 부인(『잃어

말씀보다 더 충격적인 일이에요. 그래도 스완네는 꽤 괜찮은 사람들이었고, 그래서 아들이 가진 사회적 지위로 보아, 만일 그가 합당한 결혼을 했다면 딸도 아주 훌륭한 결혼을 할 수 있었을 거예요. 그런데 스완 씨가 화류계 여자와 결혼하는 바람에 모든 것이 바닥으로 떨어져서 다시 시작해야 했지만." "오! 화류계 여자라고. 너도 알겠지만, 어쩌면 사람들이 너무 가혹하게 굴었는지도 모른다. 난 그 모든 걸 결코 믿지 않았단다." "아뇨, 화류계 여자예요. 언젠가 가족에 관한 일을…… 어머니께 폭로할 수 있어요."* "네 아버지라면 내가 인사하는 것도 결코 허락하지 않았을 여자의 딸이, 네 아버지가 너무 찬란한 세계의 분이라고 처음에는 가서 뵙는 것도 허락하지 않았던 빌파리지 부인의 조카와 결혼한다고!" 그리고 어머니는 말했다. "우리가 그들에 비해 충분히 우아한 사람이 못 된다고 르그랑댕 씨가 겁을 내며 소개해 주려고도 하지 않았던 캉브르메르 부인의 아들이 언제나 우리 집에 하인 전용 계단으로만 올라오려고 했던 남자의 조카딸과 결혼한다고!……. 어쨌든 네 가엾은 할머니 말이 옳았어. 기억나니? 대귀족들은 프티부르주아들의 감정을 거스르는 일만 하며 또 마리아멜리 왕비가 콩데 대공으로 하여금 오말 공작에게 유리한 유언장을 쓰도록 하기 위해 콩데 대공의 정부에게 제안한 일로 체면을 손상했

버린 시간을 찾아서』6권 371쪽 참조.)의 조카 생루와 결혼하는 것을 풍자하고 있다.
* 아돌프 작은할아버지 댁에서의 분홍빛 드레스 여인과의 만남을 환기한다.(『잃어버린 시간을 찾아서』1권 144쪽 참조.)

다고 하신 말씀이.* 또 여러 세기 전부터 진짜 성녀라고 할 수 있는 그라몽 가문의 딸들이 그들의 조상 가운데 한 분이 앙리 4세와 가진 관계를 기념하려고 코리잔드라는 이름으로 불린다는 데 대해 분개하셨던 모습도 기억나니?** 이런 일들은 어쩌면 부르주아 계급에서도 일어나는 일이겠지만, 귀족 계급에서는 더 많이 감추어지고 있는지 모른다. 네 불쌍한 할머니가 이런 일들을 재미있어하셨을 깃 같으냐!" 어머니는 서글프게 말씀하셨다. 할머니가 배제되어 우리가 안타깝게 생각하는 기쁨은 삶의 가장 소박한 기쁨으로, 이를테면 한 권의 단편 소설이나 희곡, 그보다 못한 '춘극'에도 할머니는 기뻐하셨을 것이다. "할머니가 놀랐을 거라고 생각하니? 그래도 이런 결혼에는 기분이 상하셨을 거야. 마음이 아프셨을 거다. 차라리 모르시는 편이 낫다는 생각이 드는구나." 하고 어머니가 말을 이었다. 어머니는 어떤 사건과 마주하든 그 사건에서 할머

* 부아뉴 부인의 『회고록』에 대한 또 다른 암시로, 작가는 콩데 대공의 아들 부르봉 공작의 유언장 문제를 환기한다. 1870년 부르봉 공작은 영국에서 알게 된 푀셰르(Feuchères) 부인이라는 정부의 지배 아래 있었는데, 콩데 가문의 재산이 부르봉 공작의 대자인 오말 공작에게 상속되기를 원한 집안에서 푀셰르 부인에게 이런 뜻을 제안했고 부인은 궁전 출입을 첫 번째 조건으로 내세웠으므로, 이를 마리아멜리 왕비가 수락하고 유언장이 서명되었으며, 오말 공작이 샹티이 성을 물려받게 되었다.(『사라진 알베르틴』; 플레이아드 IV, 1133쪽 참조.)
** '아름다운 코리잔드'로 불린 디안 당도니우스(Diane d'Andonius, 1554~1620) 또는 디안 당두앵(Diane d'Andoins)은 기슈 공작인 필리프 드 그라몽(Philippe de Gramont)의 미망인으로, 앙리 4세의 정부였다. 1920년 프루스트의 친구인 아르망 드 기슈(Armand de Guiche)는 자신의 다섯째 아이에게 코리잔드라는 세례명을 붙였다고 한다.(『사라진 알베르틴』; 리브르드포슈, 368쪽 참조.)

니의 독특하고 멋진 성격에서 비롯하는 특별한 인상을 받았다고 생각하기를 좋아했으므로, 그 인상을 매우 중요시했다. 예전에는 짐작도 못 했을 그런 슬픈 사건들, 이를테면 우리 옛 친구의 실추나 파산, 어떤 국가적 재해, 전염병이나 전쟁 또는 혁명 같은 일이 일어날 때마다, 이 모든 일이 너무도 할머니의 마음을 아프게 하여 어쩌면 견디지 못하실 거라고 하시면서, 차라리 보지 않는 편이 낫다고 생각하셨다. 이 결혼 이야기처럼 어떤 불쾌한 일이 있을 경우, 어머니가 좋아하지 않는 사람이 자신이 생각하는 것보다 더 많은 고통을 받았을 거라고 상상하며 기뻐하는 그런 사악한 사람과는 정반대되는 마음의 움직임에 의해, 할머니에 대한 애정에서 어떤 슬픈 일도, 어떤 체면을 손상시키는 일도 할머니에게는 일어나지 않기를 바라셨다. 할머니가 모든 종류의 악, 일어나서는 안 되는 악의 손길이 미치는 곳 위에 있다고 상상하는 어머니는, 결국 할머니의 죽음도 지나치게 추악한 우리 시대의 광경, 그 고결한 성품 탓에 결코 체념하고 받아들이지 못할 광경을 보지 않게 해 주는 일종의 행운이라고 생각하셨다. 낙천주의는 과거의 철학이었기 때문이다. 일어날 가능성이 있는 것 중 실제로 일어난 사건만이 우리가 아는 유일한 것이며, 그것이 초래한 악만 불가피해 보이며, 또 거기에 수반해 나타날 수밖에 없는 최소한의 선에 대해서도, 그 일이 없었다면 그마저 일어날 수 없었을 거라고 상상하면서 경의를 표했다. 그러나 동시에 어머니는 할머니가 이 소식을 들었다면 어떻게 생각하셨을지를 짐작해 보려고 애쓰면서, 동시에 할머니보다 고결하지 못한 우리의 정신으로는 도저히 짐작하지 못할 거라고 생각하셨다. "좀 생각해 봐라." 하고 어머니가 먼저 말했다. "가엾은 네 할머니가 얼마나 놀라셨을지!" 나는 어머니가 이 소식을 할머니에게 알려 드릴 수 없어서 괴로워한다고 느꼈다. 할머니가 이 일을 알지 못한 것을 안타까워하면서, 삶이 할머니가 결코 믿을 수 없는 일들을 드러나게 한 데 대해 뭔가 부당하다고 여기면서, 그렇게 하여 삶이 할머니가 인간이나 사회에 대해 가졌던 지식을 사후에 불완전하고 틀린 것으로 만든다고 생각하면서 괴로워한다고 느꼈다. 쥐피앵의 조카딸과 르그랑댕 손자의 결혼은 할머니가 지금까지 가졌던 통념을 수정할 만한 성질의 것이었으므로, 이 소식은 — 만일 어머니가 할머니에게 전해 드릴 수만 있다면 — 할머니가 풀 수 없다고 믿었던 문제, 즉 공중 비행이나 무선 전신과 같은 문제를 해결하게 해주었을 것이다. 그러나 우리는 할머니에게 우리가 가진 과학의 혜택을 공유하게 하고 싶은 욕망이 이내 어머니에게 지나치게 이기적으로 느껴졌음을 나중에 보게 될 것이다. 내가 들은 것은 — 베네치아에서 이 모든 것을 직접 볼 수는 없었으므로 — 포르슈빌 양이 샤텔로 공작과 실리스트리 대공으로부터 청혼을 받았고, 한편 생루는 뤽상부르 공작의 딸인 앙트라그 양과의 결혼을 모색하고 있었다는 것이다. 이 일은 다음과 같이 전개되었다. 포르슈빌 양에게는 1억 프랑의 재산이 있었고, 마르상트 부인은 그녀가 아들에게 매우 훌륭한 혼처라고 생각했다. 부인의 실수는 아가씨가 아주 매력적이며, 부자인지 아닌지는 모르지만, 또 알고 싶은 생각도 없지만, 비록 지참금이 없다 해도 까다로운 청년에게 이 같은 아내를 맞이하는 것은 행운이라고 말한 데 있었다. 사실 나머지는 못 본 체하고 오로지 1억 프랑에만 관심이 있던 부인으로서는 지나치게 멀리 나간 셈이었다. 사람들은 금방 부인이 마음속으로 아들을 생각한다는 걸 눈치챘다. 실리스트리 대공 부인은 가는 곳마다 큰 소리로 생루 가문의 위대함을 떠벌리며, 만약 생루가 오데트와 유대인 사이에서 난 딸과 결혼한다면 포부르생제르맹도 더 이상 없을 거라고 외치고 다녔다. 마르상트 부인도 자신감 넘치는 사람이었지만, 그래도 더 멀리 나가지 않고 실리스트리 대공 부인의 부르짖는 소리 앞에 물러섰는데, 그러자 대공 부인은 즉시 아들 대신 사람을 보내 청혼했다. 부인은 단지 질베르트를 붙잡아 두기 위해 소리쳤던 것이다. 그동안 마르상트 부인은 자신의 실패에 계속 매달릴 수 없어서, 이내 뤽상부르 공작의 딸인 앙트라그 양 쪽으로 돌아섰다. 앙트라그 양의 재산은 2000만 프랑으로, 스완 양에 비해 한참 적었지만, 그래도 부인은 생루 같은 사람이 스완 양 같은 여자와 (포르슈빌이란 이름은 더 이상 문제 삼지 않았다.) 결혼할 수는 없다고 모든 사람에게 떠들어 댔다. 얼마 후 누군가가 경솔하게 샤텔로 공작이 앙트라그 양과 결혼할 생각이라고 말했고, 그러자 어느 누구보다 작위에 대해 까다롭게 따지는 마르상트 부인은 작전을 바꾸어 도도하게 다시 질베르트에게 돌아가 생루 대신 사람을 보내 청혼했고, 약혼식은 즉시 거행되었다.

이 약혼은 지극히 다양한 사회 계층에서 활기찬 논쟁을 유발했다. 어머니의 친구 중 우리 집에서 생루를 본 적이 있는 여러 친구들이 어머니의 '손님 접대일'에 찾아와서는 약혼자가 분명 내 친구였던 사람이 맞느냐고 물었다. 몇몇 사람은 다른 한쪽의 결혼에 대해 캉브르메르-르그랑댕과는 상관없는 일이라고 주장했다. 믿을 만한 소식통에게 들은 사실이라며, 르그랑댕 태생인 캉브르메르 후작 부인이 약혼식 공표 전날에도 그 사실을 부인했다고도 했다. 내 쪽에서도 얼마 전에 샤를뤼스 씨와 생루로부터 각각 편지를 받을 기회가 있었는데, 왜 그들이 편지에서 우정이 담긴 여행 계획을 알리면서도 — 그 계획을 실현하려면 결혼식의 가능성은 배제되는 — 결혼 이야기는 전혀 하지 않았는지 자문하고 있었다. 이런 종류의 일에 대해 사람들이 끝까지 비밀을 지킨다는 것은 생각도 못 하고, 내가 믿었던 것만큼 그들의 친구가 아니라는 결론에 이르렀고, 이것이 생루에 대해 특히 내 마음을 아프게 했다. 그런데 귀족 계급의 상냥함과 '대등한 입장에서의 동반자'라는 소탈한 면이 연극에 지나지 않는다는 사실을 이미 주목했음에도, 왜 나는 거기서 제외되었다고 생각하며 놀라는 것일까? 샤를뤼스 씨가 모렐을 기습했던 매춘업소* — 점점 더 남자들을 알선해 주는 — 에서 《골루아》의 열렬한 애독자인 '포주 여자'는 사교계 소식을 논평하면서, 이미 상당히 뚱뚱한데도 만일 전쟁이라도 나면 '붙잡히기' 싫으니 충분히 살이 쪄야 한다며 노상 젊은 남자애들과 샴페인을 마시러 오

---

* 샤를뤼스 씨가 멘빌의 매춘업소에서 모렐을 기습한 일화에 대해서는 『잃어버린 시간을 찾아서』 8권 399~403쪽 참조.

는 한 비대한 신사에게 이렇게 선언했다. "그 젊은 생루도 '그 렇고' 캉브르메르 아들도 '그렇다네요.' 가엾은 마누라들! 어 쨌든 당신이 그 두 약혼자를 안다면 우리에게로 보내세요. 여 기서는 그들이 원하는 건 뭐든지 찾을 수 있을 테니까요. 그 들 덕분에 우리도 많은 돈을 벌 수 있을 거고." 이 말에 뚱뚱한 신사는 자신도 '그런' 사람이지만 조금은 속물이었는지, 캉브 르메르와 생루를 사촌인 아르동빌레르 집에서 자주 만난다면 서 그들은 대단한 여자 애호가들로 '그런 부류의 사람들'과는 정반대라고 반박했다. "아!" 하고 포주 여자는 회의적인 어조 로 말을 맺었고, 우리 시대에는 어떤 증거도 없으면서 풍속의 퇴폐가 남을 비방하는 터무니없는 험담과 경쟁한다고 확신했 다. 내가 만난 적 없는 몇몇 사람들도 편지를 보내서는, 내가 이 두 결혼에 대해 어떻게 '생각하는지' 물었다. 마치 극장 안 에서 착용하는 여성 모자의 높이나 심리 소설에 관한 설문 조 사를 하듯이 말이다. 나는 그런 편지들에 답할 용기가 없었다. 두 결혼에 대해 아무 생각도 하지 않았고, 다만 커다란 슬픔을 느꼈을 뿐이다. 마치 지나간 삶의 두 부분이 두 척의 배처럼 우리 옆에 정박하고 있어서, 어쩌면 말은 하지 않아도 나날이 느긋하게 커다란 희망을 품고 있었는데, 이제 그것이 즐거운 불꽃 소리를 내며 낯선 곳을 향해 결정적으로 멀어져 가는 것 만 같았다. 결혼 당사자들로 말하자면, 남의 일이 아니라 그들 자신의 일이기 때문에 그 결혼이 지극히 당연하다는 견해였 다. 지금까지는 그런 숨겨진 결함에 근거하는 '성대한 결혼'을 조롱하는 데 결코 싫증을 낸 적이 없었지만 말이다. 아주 오래된 가문이지만 지극히 소박한 집안이라고 주장하는 캉브르메르네 사람들조차, 만일 이 결혼을 가장 자랑스러워했을 사람인 캉브르메르-르그랑댕 후작 부인에게 예외적인 일만 일어나지 않았다면 누구보다 먼저 쥐피앵을 망각하고 오로지 올로롱 가문의 놀라운 위대함만 기억하려고 애썼을 것이다. 그러나 천성적으로 심술궂은 캉브르메르 부인은 스스로를 자랑하는 기쁨보다 가족을 모욕하는 기쁨을 우선시했다. 그 결과 아들을 사랑하지 않으며, 또 미래의 며느리에 대해서도 일찍부터 반감을 가진 부인은 캉브르메르 같은 가문의 사람이 요컨대 어디에서 왔는지도 모르고 또 치아도 고르지 않은 여자와 결혼하다니 불행한 일이라고 선언했다. 아들 캉브르메르의 성향으로 말하자면, 베르고트 같은 문인이나 블로크와도 교제하다 보니, 그런 찬란한 결혼이 그를 더 속물로 만드는 결과는 초래하지 않았지만, 이제 그는 스스로 올로롱 공작 가문의 후계자, 신문이 말하듯이 거의 '군주'라고 느꼈으므로 아무하고나 사귀어도 무방할 만큼 자신의 위대함을 확신하고 있었다. 전하들께 헌신하지 않는 날부터 그는 시시한 귀족들을 버리고 지적인 부르주아에 합류했다. 특히 생루에 관해서는 그의 조상인 왕족들이 나열된 신문 기사가 내 친구에게 새로운 위대함을 부여했지만, 내게는 그가 다른 사람이 된 듯하여, 얼마 전까지만 해도 마차 안 좌석에 내가 편안하게 앉을 수 있도록 보조 의자에 앉던 친구라기보다는 로베르 르 포르*의 후손이 된

---

* 9세기 프랑크족 귀족의 대표적 인물이다.

듯하여 슬프기까지 했다. 그가 질베르트와 결혼할 거라고는 일찍이 한 번도 생각해 보지 못했던 나는, 내가 받은 편지를 통해 그들 각자에 대해 전날 상상할 수 있었던 것과는 아주 다른 모습으로, 마치 화학 침전물처럼 전혀 예기치 못한 모습으로 그가 나타나자 무척 괴로웠다. 생루가 할 일이 많으며, 게다가 사교계에서의 결혼은 흔히 갑자기 성사되는 경우가 많으며, 그것도 이전의 실패한 혼담을 만회하기 위해 성사된다는 사실을 생각해야 했다. 그리고 이 두 결혼이 갑작스럽고 예상치 못한 충격으로 내게 초래한 슬픔, 마치 이사 가는 날처럼 우울하고 질투처럼 씁쓸한 슬픔은 매우 깊은 것이었으므로, 훗날 사람들이 내가 이중 삼중으로 멋진 예감을 했다는 듯 엉뚱한 칭찬을 하며 그 일을 환기했지만, 그것은 당시에 내가 느꼈던 슬픔과는 정반대되는 것이었다.

질베르트에게 전혀 주목하지 않았던 사교계 사람들은 "아! 생루와 결혼하는 분이 저분인가요?"라며 관심이 지대한 표정으로 말했다. 그리고 파리 생활에서 일어나는 모든 사건들에 열광하고, 뿐만 아니라 뭔가를 알려고 애쓰고, 또 자신이 가진 시선의 깊이를 믿는 그런 사람들의 주의 깊은 시선을 그녀에게 던졌다. 반대로 질베르트만 아는 사람들은 생루를 매우 주의 깊게 바라보면서 내게 자신들을 소개해 달라고 부탁했고 (대부분은 나를 잘 모르는 사람들이었지만), 또 약혼자를 소개받고 돌아올 때면 축제의 기쁨을 과시하며 "참 멋진 분이네요."라고 말했다. 질베르트는 생루 후작의 이름이 오를레앙 공작의 이름보다 천배는 위대하다고 확신했지만, 특히 재치를 중요시하는 세대에 속했으므로(차라리 평등주의자라고 할 수 있는) 다른 사람들보다 재치가 없는 모습을 보이고 싶지 않았다. 그래서 마르상트란 이름의 어원을 즐겨 '유대인 어머니(mater semita)'라고 칭했는데, 거기에 재치를 발휘하여 "나한테는 반대로 '아버지(pater)'라고 할 수 있겠죠."라고 덧붙였다.*

"캉브르메르 아들의 결혼을 성사시킨 분은 파름 대공 부인인 것 같더구나." 하고 어머니가 말했다. 그 말 역시 사실이었다. 파름 대공 부인은 르그랑댕 씨가 쓴 작품을 통해 그를 알고 훌륭한 사람으로 간주했으며, 또한 캉브르메르 부인과도 아는 사이였는데, 르그랑댕 씨의 여동생이냐고 묻는 대공 부인의 질문에 캉브르메르 부인은 대화를 돌리곤 했다. 대공 부인은 캉브르메르 부인이 귀족들의 상류 사회 문 앞에서, 어느 집에서도 받아 주지 않아 무척 안타까워한다는 걸 알고 있었다. 올로롱 양의 결혼 상대를 구하는 책임을 맡은 파름 대공 부인은 샤를뤼스 씨에게 혹시 르그랑댕 드 메제글리즈(르그랑댕은 이제 자신의 이름을 그렇게 부르고 있었다.)라는 이름을 가진 상냥하고 교양 있는 남자를 아느냐고 물었고, 남작은 처음에

---

* 드레퓌스 사시파인 생루를 조롱하기 위해, 라셸과 게르망트 공작은 생루의 아버지 이름인 마르상트(Marsantes)를 잘못된 어원학에 따라 '유대인 어머니'를 뜻하는 mater semita로 해석한다. 그러나 semita는 유대인이 아니라 오솔길을 뜻하며, 따라서 '마테르 세미타'는 '오솔길의 어머니' 또는 '원조 오솔길'로 해석하는 것이 맞다. 그러나 질베르트는 이런 잘못된 해석을 그대로 이어받아, 거기에 자기 아버지 스완이 유대인이므로 '마테르 세미타'가 아닌 '파테르 세미타'라고 불러야 한다고 재담을 하고 있는 것이다.('마테르 세미타'에 대해서는 『잃어버린 시간을 찾아서』 5권 287~288쪽 참조.)

는 모른다고 대답했다가, 갑자기 어느 날 밤 기차에서 알게 된 여행객이 그에게 명함을 준 일을 기억하고는 입가에 모호한 미소를 띠었다. '어쩌면 같은 사람일지도 몰라.'라고 그는 생각했다. 상대가 르그랑댕 여동생의 아들이라는 걸 알았을 때 그는 말했다. "정말 놀라운 일이군! 그가 자기 외삼촌을 닮았다면, 어쨌든 나를 무섭게 하지는 않겠지. 나는 언제나 그들이 좋은 남편이 될 거라고 말해 왔으니까." "그들이라니, 누군가요?"라고 대공 부인이 물었다. "오! 부인, 더 자주 뵙게 되면 설명해 드리죠. 부인과는 얘기할 수 있을 것 같군요. 전하께서는 그토록 지적인 분이시니." 샤를뤼스는 속내를 털어놓고 싶은 욕구를 느꼈으나, 더 이상은 멀리 가지 않았다. 그리고 그는 캉브르메르의 부모는 좋아하지 않았지만 그들의 이름은 좋아했는데, 그것이 브르타뉴 지방에 있는 네 개의 남작령 가운데 하나라는 걸 알고 있었다. 또한 그것은 아주 오래된 존경받는 작위로, 그 지방에서의 인척 관계도 단단하여 그가 양녀를 위해 기대할 수 있는 최선의 것이었다. 대공이란 작위는 불가능했으며, 게다가 바람직하지도 않았다. 그에게 필요했던 것은 바로 그런 작위였다. 그 후 대공 부인은 르그랑댕을 소환했다. 그는 신체적으로 상당히 변했는데, 얼마 전부터는 상당히 자신에게 유리한 쪽으로 변해 있었다. 날씬한 몸매를 위해 얼굴을 단호하게 포기하고 마리엔바트*를 더 이상 떠나지 않는 여

---

* 체코에 있는 마리안스케 라즈네를 가리키는데, 독일명 마리엔바트로 더 많이 알려졌다. 알랭 로브그리예가 시나리오를 쓰고 알랭 레네가 만든 영화 「지난해 마리엔바트에서」로 더욱 유명해졌다.

인들처럼, 르그랑댕은 기병 장교 같은 경쾌한 태도를 취했다. 샤를뤼스 씨가 비대해지고 동작이 느려진 데 반해, 똑같은 원인에서 생긴 정반대의 결과로 르그랑댕은 날씬해지고 동작이 민첩해졌다. 이런 민첩함에는 게다가 심리적 요인도 있었다. 그는 몇몇 좋지 못한 장소에 가는 습관이 있었고, 자신이 그곳에 들어가고 나오는 것을 사람들이 보기를 원치 않았으므로, 사람들 틈으로 휩쓸려 들어갔다. 파름 대공 부인이 그에게 게르망트 부부와 생루 이야기를 하자, 그는 '이름으로' 게르망트 성주 부부를 아는 것과 '직접 개인적으로' 우리 아주머니 댁에서 미래의 생루 부인의 아버지 스완을 만난 사실 사이에서 어떤 혼동을 일으켜, 그들과는 오래전부터 아는 사이라고 단언했다. 그런데 르그랑댕은 콩브레에서 스완의 아내나 딸과 사귀려고 하지 않았다. "최근에는 게르망트 공작의 동생 되는 샤를뤼스 씨와 함께 여행한 적도 있습니다. 그분이 스스로 대화를 시작하셨는데, 그건 언제나 좋은 신호라고 할 수 있죠. 점잔 빼는 바보도, 잘난 체하는 사람도 아니라는 걸 증명하니까요. 오! 저는 사람들이 그분에 대해 하는 말을 알고 있습니다. 하지만 그런 말은 절대 믿지 않습니다. 게다가 타인의 사생활은 제가 관여할 바가 아니죠. 감수성이 풍부하고 정말로 교양 있는, 상냥한 분이라는 인상을 받았습니다." 그러자 파름 대공 부인은 올로롱 양 얘기를 했다. 게르망트네 사회에서는 샤를뤼스 씨의 고결한 마음씨에 감동하고 있었는데, 언제나처럼 마음이 착한 그가 가난하고 매력적인 아가씨의 행복을 만들어 준다고 생각했기 때문이다. 동생의 평판 때문에 괴로워하는 게르망트 공작은, 아무리 훌륭한 일이라고 해도 그것이 지극히 자연스러운 일임을 넌지시 비추려고 했다. "내 말뜻을 잘 알아들었는지는 모르겠소만, 이 일에 관한 것은 모두 자연스러운 거요." 너무 능숙하게 말하려고 하다 보니 서투르게 말한 꼴이 되었다. 그러나 공작의 목적은 그 여자아이가 동생이 낳은 딸이며, 동생도 그걸 인정한다는 것을 보여 주는 데 있었다. 이 일은 단번에 쥐피앵과의 관계도 설명해 주었다. 파름 대공 부인은 르그랑댕에게 캉브르메르의 아들이 루이 14세의 사생아 중 하나인 낭트 양 ── 오를레앙 공작도 콩티 대공도 함부로 대하지 못했던 ── 같은 사람과 결혼한다는 것을 보여 주기 위해 그 이야기도 넌지시 암시했다.*

　파리로 가는 기차 안에서 어머니와 얘기한 이 두 결혼은 지금까지 소설에 등장했던 몇몇 인물들에게 꽤 주목할 만한 영향을 미쳤다. 우선 르그랑댕 씨에 대해 말하자면, 그는 샤를뤼스 씨 저택에 들어갈 때면, 절대로 들켜서는 안 되는 어느 악명 높은 집에 들어간다는 듯, 또 동시에 자신이 용감하다는 걸

──────────

* 프랑스어로 사생아는 enfant naturel로, 직역하면 '자연의 아이'라는 의미이다. 게르망트 공작이 '자연스럽다'라는 말을 반복한 것은 올로롱 양이 샤를뤼스의 사생아라는 사실을 강조하기 위함이다. 이 문단에서 작가는 사생아지만 나중에 적자로 인정받은 루이 14세의 세 딸을 언급하고 있는데, 그중 두 명은 '블루아 양(Mlle de Blois)', 다른 한 명은 '낭트 양(Mlle de Nantes)'이라고 불렀다. 그러나 여기서 언급된 결혼은 낭트 양이 아닌 블루아 양에 해당하는 것으로, 라 발리에르 부인과의 사이에서 난 마리안을 가리킨다. 이 첫째 블루아 양은 1680년에 콩티 대공과 결혼했으며, 둘째 블루아 양 프랑수아즈마리는 1692년에 미래의 섭정인 오를레앙 공작과, 낭트 양은 1685년 콩데 공과 각각 결혼했다.(『사라진 알베르틴』; 플레이아드 IV, 1135~1136쪽 참조.)

과시하고 나이를 감추려는 듯 쏜살같이 들어가곤 했는데, 습관이란 아무 용도가 없을 때에도 우리를 따라다니기 때문이다. 그래서 샤를뤼스 씨가 그에게 인사하면서 남이 알아보기 힘든, 해석하기는 더 힘든 미소를 보내도 아무도 주목하지 않았다. 이런 미소는 상류 사회에서 자주 만나는 습관을 가진 두 남자가 우연히 좋지 못한 장소에서 마주쳤을 때 짓는 미소와 겉보기에는 비슷하지만 실은 정반대되는 것이었다.(이를테면 예전에 엘리제 궁에서 프로베르빌 장군이 스완을 만났을 때, 롬 대공 부인의 살롱을 드나들던 두 단골손님이 그레비 대통령 관저에 가는 잘못을 범하는 그런 냉소적이고 신비스러운 공범의 눈길로 스완을 바라보았던 것처럼.)* 그러나 주목할 만한 사실은 르그랑댕의 성격이 정말로 개선되었다는 점이다. 르그랑댕은 이미 오래전부터 ── 내가 아주 어린 시절 콩브레로 휴가를 보내러 갔을 때부터 ── 귀족 사회와의 교제를 남몰래 유지하고 있었는데, 그 결과는 기껏해야 별로 생산적이지 못한 별장 생활에 가끔, 그것도 별도로 초대받는 것이 고작이었다. 그러다 갑자기 조카의 결혼이 그들 사이에 머나먼 시절의 기억의 토막을 연결하러 온 것이었다. 르그랑댕은 이제 사교계에서 지위도 갖

---

* 쥘 그레비는 1879년부터 1887년까지, 즉 「스완의 사랑」 시기에 프랑스 대통령이었다.(『잃어버린 시간을 찾아서』 2권 57쪽 참조.) 공화주의자인 그레비 대통령과의 교제를 왕당파인 롬 대공 부인(미래의 게르망트 공작 부인)은 용납하지 않았으므로, 롬 대공 부인의 단골들로 간주되는 프로베르빌과 스완이 엘리제 궁에서 만날 때면 냉소적인 표정을 지을 수밖에 없었다는 의미이다. 스완과 프로베르빌은 둘 다 왕당파가 지배하는 사교계와 공화파가 지배하는 엘리제 궁(여기서는 좋지 못한 장소로 비유된)을 모두 드나드는 경계인이었다.

게 되었고, 과거에 그를 개인적으로 그러나 은밀하게 알던 지인들이 뒤늦게 그 지위를 공고하게 해 주었다. 누군가가 그를 귀부인들에게 소개하면, 부인들은 그가 이십 년 전부터 자기들 별장에서 보름씩 보내곤 했으며, 또 작은 살롱에 걸린 아름다운 기압계를 준 것도 바로 그분이라고 얘기했다. 그는 어쩌다 공작들이 나타나는 '단체'에 휩쓸린 적이 있었는데, 이제는 그 공작들이 그의 친지가 되었다. 그런데 이런 사교적 지위를 가지게 된 후부터, 그는 더 이상 그 지위를 이용하려 하지 않았다. 이제는 사람들이 그를 초대한다는 사실을 알고도 더 이상 초대받는 데서 기쁨을 느끼지 않았으며, 뿐만 아니라 오랫동안 서로 경쟁해 온 두 개의 악덕 중 덜 자연스러운 속물근성이 덜 인위적인 악덕에 자리를 양보했는데, 이는 적어도 조금은 우회적인 방식이긴 하지만 자연으로의 회귀를 의미했다.*
물론 이 두 악덕은 양립할 수 없는 것은 아니어서, 공작 부인의 연회 후 변두리를 탐색하러 갈 수도 있었다. 그러나 나이와 더불어 냉각된 감정이 르그랑댕을 너무 많은 쾌락을 누리거나 분별없이 외출하는 일로부터 멀어지게 하면서, 그는 이제 주로 우정이나 담소로 이루어진, 보다 정신적 성질의 기쁨을 추구하게 되었고, 그리하여 대부분의 시간을 서민들 사이에서 보내면서 사교계의 삶을 위한 시간은 거의 갖지 못했다. 캉브르메르 부인조차 게르망트 공작 부인의 상냥함에 꽤 무

---

* 여기서 두 악덕은 속물근성과 동성애를 가리킨다. 자연스럽지 않은 속물근성에 비해 동성애는 생리적인 현상이므로 보다 자연스러운, 즉 본성에 가까운 행위로 간주되고 있다.

관심해졌다. 후작 부인과 교제를 해야 했던 공작 부인은, 사람들과 보다 자주 지내다 보면 종종 있는 일이지만, 장점과 단점이 한데 섞인 사람인 경우 장점은 드러나고 단점은 익숙해지기 마련이어서, 캉브르메르 부인이 타고난 지성과 교양을 겸비한 여인임을 알게 되었다. 나로 말하면 캉브르메르 부인의 교양을 별로 높이 평가하지 않았지만, 공작 부인에게는 뛰어난 것으로 보였던 모양이다. 그래서 공작 부인은 해가 질 무렵이면 캉브르메르 부인을 자주 보러 갔고, 꽤 긴 시간씩 방문을 했다. 그러나 공작 부인에게 존재한다고 상상했던 그 경이로운 매력은 부인이 자신과 교류하고 싶어 한다는 걸 아는 순간 그만 사라지고 말았다. 그래서 그녀는 공작 부인을 즐거운 마음이 아닌 예의상의 태도로 맞았다. 그보다 더 두드러진 변화는 질베르트에게서 찾아볼 수 있었는데, 그 변화는 스완에게 일어났던 것과 유사하면서도 다른 것이었다. 물론 처음 몇 달 동안 질베르트는 가장 엄선된 사교계 사람들을 즐겁게 초대했다. 어머니가 애착을 가진 친한 친구들을 초대한 것은 아마도 유산 때문이겠지만, 다른 우아한 사람들과 멀리 떨어져 별도로 그들끼리 갇혀 있는 날에만 초대했다. 마치 봉탕 부인이나 코타르 부인이 게르망트 대공 부인 또는 파름 대공 부인과 접촉하면, 불안정한 화합물의 접촉처럼 돌이킬 수 없는 파국이 초래된다는 듯이. 그렇지만 봉탕 부부와 코타르 부부와 여타의 사람들은 자기들만의 만찬에 실망했음에도 "생루 후작 부인 댁에서 만찬을 들었어요."라고 말할 수 있어 자랑스러워했고, 때로 질베르트는 대담하게 그들과 함께 마르상트 부인을 초대하기도 했는데, 부인은 유산 문제에 도움이 되기 위해 거북 등껍질과 깃털로 만든 부채를 든 진짜 귀부인의 모습으로 나타났다. 부인은 다만 자신이 신호를 보내지 않으면 결코 거기서 만나지 못할 신중한 손님들을 이따금 칭찬하는 데 신경을 썼고, 이런 경고를 이용하여 코타르 부인이나 봉탕 부인과 같은 말귀를 잘 알아듣는 사람들에게 우아하고 거만한 인사를 보냈다. 어쩌면 나의 '발베크 여자 친구'와 이런 세계에 있는 나를 보고 싶어 했던 그녀의 아주머니 때문에 나도 그런 모임에 끼고 싶었는지 모른다. 그러나 질베르트에게 나는 특히 그녀의 남편과 게르망트 부부의 친구였다.(또 질베르트는 ─ 어쩌면 우리 부모님이 그녀의 어머니와 교제하고 싶어 하지 않았던 콩브레 시절부터 ─ 우리가 사물에 이런저런 장점을 덧붙이고 더 나아가 사물을 종류별로 분류하던 나이에, 이미 내게 그런 매력을 부여하고 그대로 잃지 않고 간직했을지도 모른다.) 그녀는 그런 저녁 파티가 나에게 맞지 않는다고 생각했고, 그래서 내가 그 집을 나올 때면 이렇게 말하곤 했다. "당신을 만날 수 있어서 정말 반가웠어요. 하지만 차라리 모레 오세요, 게르망트 아주머니와 푸아 부인을 만날 수 있을 거예요. 오늘은 엄마를 기쁘게 해 드리려고 엄마 친구들을 초대한 거예요." 그러나 이런 일이 지속된 것도 몇 달뿐이었고, 모든 것이 아주 빠르게 밑에서 꼭대기까지 변했다. 질베르트의 사교 생활이 스완의 그것과 동일한 대조를 제시해야 했기 때문일까? 어쨌든 질베르트가 생루 후작 부인이 된 것은 얼마 안 되었지만(그리고 독자는 오래지 않아 그녀가 게르망트 공작 부인이 되는 걸 보게 될 것이다.),

가장 찬란하고 가장 어려운 것에 도달했으므로, 게르망트라는 이름이 이제 그녀와 금갈색 칠보처럼 합체되고, 자신이 어떤 사람과 교제하든 모든 사람에게 게르망트 공작 부인으로 남을 거라고 생각하면서(이것은 잘못된 생각이었다. 귀족 작위의 가치는, 증권 거래소의 주가도 마찬가지지만, 수요와 공급에 따라 상승 또는 하락한다. 결코 사라지지 않을 듯 보였던 것도 파괴를 향해 나아간다. 사교계에서의 지위도 다른 모든 것과 마찬가지로 결코 단번에 만들어지지 않으며, 제국의 세력처럼 매 순간 일종의 지속적이고 끊임없는 창조 작업에 의해 재구성되며, 바로 이것이 반세기 동안 사교계 역사나 정치사에 일어난 그 명백한 현상들을 설명해 준다. 세계의 창조는 태초에 일어나지 않았으며 나날이 일어난다. 생루 후작 부인은 '나는 생루 후작 부인이야.'라고 생각했고, 전날만 해도 자신이 공작 부인들의 만찬을 세 건이나 거절했음을 인지했다. 그러나 후작 부인이라는 그녀의 이름이 그녀가 초대하는, 거의 귀족이 아닌 모임은 어느 정도 승격시켜 주었지만, 이와 반대되는 움직임에 의해 후작 부인을 초대한 모임은 그녀가 가진 이름의 가치를 떨어뜨렸다. 이런 움직임에 저항하는 것은 아무것도 없으며, 가장 위대한 이름도 결국에는 굴복하고 만다. 프랑스 황실 출신의 어느 대공 부인의 살롱이 그냥 아무나 초대한 탓에 최하위로 추락한 사실을 스완은 알고 있지 않은가? 어느 날 롬 대공 부인이 예의상 그 전하 댁에 잠시 들러야 했을 때, 거기서 시시한 사람밖에 만나지 못한 부인은 다음으로 방문한 르루아 부인 댁에 들어가면서 스완과 모덴 후작에게 이렇게 말했다. "드디어 친숙한 고장에 왔네요. X백작 부인 댁에서 오는 길인데, 그곳에는 내가 아는 얼굴이 셋밖에 없었어요."), 한마디로 "내 이름만 말하면 더 이상 긴말은 필요 없다고 생각해요."*라고 선언하는 어느 오페레타에 나오는 인물과 같은 견해를 공유하면서 질베르트는 예전에 그토록 욕망했던 것에 대해 경멸을 표방하기 시작했고, 포부르생제르맹 사람들은 모두 바보이고 사귈 만한 사람들이 못 된다고 선언하더니, 드디어는 그 말을 실행에 옮겨 그들과 절교했다. 이런 시기가 지나 질베르트를 알게 되고 그녀 옆에 처음 등장한 사람들은 이 게르망트 공작 부인이 그렇게도 쉽게 만날 수 있는 사교계 사람들을 조롱하고 그런 사회의 사람들은 단 한 명도 초대하지 않는다는 얘기를 들었다. 만일 그들 중 누군가가, 가장 찬란한 사람이 그녀 집에 가는 위험을 무릅쓰기라도 하는 날에는 그 사람 면전에서 그녀가 공공연하게 하품하는 걸 보고 자신들이 상류 사회에서 뭔가 커다란 매력을 발견했던 일을 나중에 회상하면서 낯을 붉혔고, 그들 과거의 약점에 대한 수치스러운 비밀을, 본질적으로 천성이 고귀해서 결코 이해할 수 없을 거라고 생각되는 여인에게 털어놓을 생각은 감히 하지 못했다. 그들은 그녀가 열변을 토하며 공작들을 야유하는 소리를 들었을 뿐만 아니라, 보다 의미 있는 것, 그녀가 그런 야유에 완전히 부합하는 행동을 하는 것을 보았다. 그들은 아마 스완 양을 포르슈빌 양으로, 포르슈빌 양을 생루 후작 부인으로, 다음에는 게르망트 공작 부인으로 만든 사건의 동기가 무엇인지 찾아볼

---

* 오펜바흐가 작곡하고 메이야크와 알레비가 대본을 쓴 「아름다운 엘렌」(1864)에서 아가멤논의 대사이다.(『사라진 알베르틴』; 플레이아드 IV, 1136쪽 참조.)

생각은 하지 못했을 것이다. 어쩌면 이런 사건의 동기 못지않게 그 결과 역시 질베르트의 훗날 태도를 설명하는 데 도움이 되리라고도 생각하지 못했을 것이다. 평민과의 교제도 그녀가 스완 양이었을 때와 모든 사람들이 '공작 부인'이라고 부르고 공작 부인들이 '내 사촌'이라고 부르면서 귀찮게 하는 귀부인이 되었을 때에는 완전히 같은 방식으로 이루어지지 않기 때문이다. 우리는 흔히 자신이 달성하지 못한 목표나 또는 결정적으로 달성한 목표는 기꺼이 경멸한다. 그리고 이 경멸은 우리가 아직 알지 못했던 사람들의 일부를 이루는 것처럼 보인다. 어쩌면 우리가 세월의 흐름을 거슬러 올라갈 수 있다면, 그들이 어느 누구보다 그토록 완벽하게 은폐하거나 극복하는 데 성공한 동일한 결점으로 보다 갈기갈기 찢긴 모습을 발견하게 될 것이다. 그들은 그 결점을 은폐하고 극복했으므로 우리는 그들이 그런 결점을 가졌다고는 결코 생각하지 못하며, 뿐만 아니라 그런 결점을 상상할 수도 없는 사람인 만큼 타인의 결점도 결코 용서하지 않으리라고 생각한다. 더욱이 새로운 생루 후작 부인의 살롱이 드디어 그 결정적인 모습을 드러냈다.(적어도 사교적 관점에서 그러했다. 다른 관점에서 어떤 혼란에 휩쓸리는지는 곧 보게 될 것이다.) 그런데 이 모습은 다음과 같은 점에서 매우 놀라웠다. 파리에서 가장 화려하고 가장 세련되며 게르망트 대공 부인 댁의 연회만큼 찬란한 연회가 생루의 어머니 마르상트 부인이 베푸는 연회였음을 사람들은 아직도 기억하고 있었다. 그런데 최근에는, 비록 그보다는 무한히 낮은 평가를 받았지만, 오데트의 살롱이 그에 못지않은 사치와 우아함으로 빛을 발했다. 그런데 생루는 아내의 막대한 재산 덕분에 자신이 원하는 만큼 안락한 생활을 누리는 데 만족해서, 예술가들이 집으로 와 멋진 음악을 연주하는 훌륭한 만찬이 끝난 후에는 조용히 집에 있으려고만 했다. 한때는 그토록 오만하고 그토록 야심 많은 것처럼 보였던 이 젊은이가 어머니 같으면 초대하지도 않았을 친구들에게 자신의 사치를 함께 공유하자고 청했다. 질베르트 쪽에서도 "내게 질(質)은 중요하지 않아. 양이 문제이지."라고 했던 스완의 말을 실천에 옮겼다. 아내를 사랑하고 또 그런 엄청난 사치를 아내에게 빚지고 있는 생루는 아내 앞에 완전히 무릎을 꿇었고, 자신의 취향과도 비슷한 그녀의 취향을 거스르지 않으려고 조심했다. 그래서 그들 자식의 찬란한 입지를 마련하기 위한 목적으로 여러 해 동안 개최되었던 마르상트 부인과 포르슈빌 부인의 대연회가 생루 부부에게는 어떤 연회도 베푸는 계기가 되지 못했다. 그들에겐 함께 승마할 수 있는 아주 훌륭한 말도 몇 필 있었고, 크루즈를 위한 지극히 아름다운 요트도 있었지만, 그러나 데리고 간 손님은 두 명뿐이었다. 파리에서도 저녁 식사에 서너 명의 손님을 초대했을 뿐 결코 그 이상은 초대하지 않았다. 그리하여 예기치 못한, 그렇지만 자연스러운 퇴행 과정에 의해, 두 어머니가 쌓아 올린 거대한 새장은 조용한 둥지로 바뀌었다.

이 두 결혼에서 가장 득을 보지 못한 사람은 젊은 올로롱 양이었다. 종교적 결혼식을 거행하던 날 이미 장티푸스 열병에 걸린 이 아가씨는, 성당에서 고통스럽게 몸을 질질 끌고 다니다가 몇 주 후 사망했다. 그녀의 사망 후 얼마 안 되어 보낸 부고장에는 쥐피앵의 이름과 함께 몽모랑시 자작과 자작 부인, 부르봉-수아송 백작비 전하, 모덴-에스트 대공, 에뒤메아 자작 부인, 레이디 에섹스 등등과 같은 유럽의 거의 모든 저명인사들의 이름이 섞여 있었다.* 아마도 고인이 쥐피앵의 조카딸이라는 사실을 아는 사람들은 그녀에게 이처럼 저명한 친척들이 있는 걸 보고 그리 놀라지 않았으리라. 사실 그 모든 것은 수많은 인척 관계를 과시하는 데 목적이 있었으니까. 이렇게 '조약 해당 사유(Casus foederis)'**가 작동하면서 유럽의 모든 왕족들은 젊은 평민 여자의 죽음을 애도한다. 그러나 실제 상황을 잘 알지 못하는 많은 새로운 세대의 젊은이들은 캉브르메르 후작 부인이 된 마리앙투아네트 돌로롱*** 양을 지극히 고귀한 가문 태생으로 간주하는 오류 외에도, 이 부고장을 읽으면서 다른 많은 오류를 범할지도 모른다. 이렇게 프랑스

---

* 프루스트는 초고에서 쥐피앵의 조카딸의 결혼을 계기로 대연회 장면을 묘사하고, 이 연회 후 조카딸이 장티푸스에 걸린 쥐피앵을 간호하다가 죽는 것으로 설정한다. 그리고 초대받은 저명인사들 중 에뒤메아(Edumea)는 아마도 고타 연감에 나오는 영국 이름 '이뒤미아(Idumea)' 또는 성경에 나오는 '이두메아', '이두메'를 의미하는 '에돔(Edom)'과 관계되는데, 이는 귀족들 이름에 유대인의 함의를 끼워 넣으려는 시도로 보인다고 지적된다.(『사라진 알베르틴』; 플레이아드 IV, 1137쪽 참조.)

** 라틴어 '카수스 페데리스(Casus foederis)'는 동맹국 간의 조약 실행을 가리키는 외교 용어이다.

*** 이 책에서는 일반적으로 귀족의 존칭인 de를 생략했으나, 세례명이 앞에 붙은 경우에는 de를 붙여 '마리앙투아네트 돌로롱'으로 표기했으며, 세례명이 없는 경우 그대로 '올로롱'으로 표기했음을 밝힌다.

일주 여행을 해서 조금이라도 콩브레 지역을 아는 사람이라면, 부고장 첫째 줄에 L. 드 메제글리즈 부인과 메제글리즈 백작이 게르망트 공작 이름 바로 옆에 기재된 걸 보아도 그리 놀라지 않았을 것이다. 다시 말해 메제글리즈 쪽과 게르망트 쪽이 서로 닿아 있어도, 그들은 '같은 지역의 오래된 귀족 가문으로, 어쩌면 여러 세대 전부터 혼인 관계로 맺어졌는지 모르지.'라고 생각했을 수도 있다. "누가 알랴? 어쩌면 게르망트의 한 분파가 메제글리즈 백작이란 이름을 쓰고 있는지도?" 그러나 메제글리즈 백작은 게르망트와 아무 관계가 없으며, 또 그의 이름은 게르망트 가문 쪽이 아닌, 캉브르메르 가문 쪽에 올라 있었다. 메제글리즈 백작은 다름 아닌 르그랑댕 드 메제글리즈란 이름으로 이 년 동안 불리다가 빠른 상승으로 메제글리즈 백작이 된, 바로 우리의 옛 친구 르그랑댕이었기 때문이다. 아마도 가짜 작위 중에서도 그 가짜 작위만큼 게르망트네 사람들을 불쾌하게 한 것도 없었으리라. 게르망트 가문은 예전에 진짜 메제글리즈 백작 가문과 혼인으로 맺어지기도 했지만, 이제 그 가문에는 어느 몰락한 무명 집안의 딸인 한 여자만 남았는데, 그녀는 내 고모의 소작인이었다가 아주 부자가 되어 고모로부터 미루그랭 농장을 산 사람과 결혼했다. 그런데 그 사람은 '메나제(Ménager),' 즉 관리인이라는 직함으로 불렸고, 그래서 지금은 메나제 드 미루그랭이란 이름을 쓰고 있었다.* 그래서 사람들은 아내의 결혼 전 이름이 메제글리즈

---

* 콩브레에서 레오니 아주머니는 "폭포가 떨어지는 아름다운 미루그랭 농가"를

라고 하면, 남편이 미루그랭 출신인 것처럼 그녀도 메제글리즈에서 태어난, 그곳 출신이라고 생각했다.

그것이 다른 가짜 작위였다면, 게르망트네 사람들을 덜 불쾌하게 했을지도 모른다. 그러나 귀족들은 어떤 관점에서든 유익하다고 판단되는 결혼이 걸려 있다고 생각하면 그보다 더 불쾌한 일도 감수할 줄 안다. 게르망트 공작의 보호를 받은 르그랑댕은 같은 세대의 일부 사람들에게, 그리고 다음 세대에서는 모든 사람들에게 진정한 메제글리즈 백작이 될 것이다.

이런 내용을 잘 모르는 젊은 독자가 저지르기 쉬운 또 다른 오류는 포르슈빌 남작 부부가 생루 후작의 친척이자 장인 장모로서, 다시 말해 게르망트 쪽에 이름을 올렸다고 생각하기 쉽다는 점이다. 그러나 이들 부부는 게르망트 쪽 명단에는 이름을 올릴 수 없었다. 게르망트의 친척은 로베르이지 질베르트가 아니었으니까. 또 포르슈빌 남작 부부는 외관상으로는 그렇게 보였을지 모르지만, 사실 캉브르메르 쪽이 아닌 신부 쪽 명단에 이름을 올렸는데, 이는 게르망트와의 관계 때문이 아니라 쥐피앵 때문이었다. 보다 정통한 독자는 오데트가 쥐피앵의 사촌임을 알 것이다.*

샤를뤼스 씨는 양녀의 결혼 후 오로지 젊은 캉브르메르 후작만을 총애했다. 청년의 취향은 남작과 비슷했는데, 그것이

소유한다. 일리에의 지형학에서 미루그랭은 일리에 북쪽 1킬로미터 되는 지점, 루아르 냇가에 위치한다.(『사라진 알베르틴』; 플레이아드 IV, 1138쪽 참조.)
* 이들이 사촌 관계라는 사실은 지금까지 언급된 적이 없다.

올로롱 양의 남편으로 선택받는 데 방해되지 않았고, 더욱이 이제는 홀아비가 되었으니 더 높은 평가를 받았다. 하지만 올로롱 후작이 샤를뤼스 씨의 매력적인 동반자가 되는 데에는 다른 장점도 있었다. 아무리 재능이 뛰어난 사람이라 해도 샤를뤼스 씨의 내밀한 친구로 받아들여지기 위해 간과해선 안 되는, 또 특별히 편리하다고 할 수 있는 장점은 바로 휘스트 게임을 할 줄 안다는 것이었다. 젊은 후작의 지성은 뛰어났고, 그가 아이였을 때부터 사람들은 페테른에서 그가 완전히 '할머니 쪽'이며, 할머니처럼 열정적인 데다 음악가라고 했다. 또 몇 가지 특징도 똑같이 반복했는데, 그것은 다른 가족도 마찬가지였지만, 격세유전보다는 모방에 의한 것이었다. 그래서 그의 아내가 죽고 얼마 안 되어 레오노르라고 서명한 편지를 받았을 때, 나는 그것이 그의 세례명인지 잘 기억하지 못하다가 "제 마음, 진실함을 믿어 주세요."라고 쓴 마지막 인사말을 읽고서야 비로소 누가 쓴 것인지 이해할 수 있었다. 그가 진실한 마음이라고 쓰는 대신 '진실함'이라고 쓴 자리가 레오노르란 이름 다음에 캉브르메르란 성을 붙인 자리와 같았기 때문이다.*

기차가 파리 역에 들어섰을 때에도 어머니와 나는 여전히 이 두 소식에 대해 얘기하고 있었다. 여정이 내게 너무 길게 느껴지지 않도록 어머니가 여행의 후반부를 위해 이 이야기

---

* 보통 명사 앞에 '진실한(vrai)'이라는 형용사를 쓰는 관례를 깨고 과감하게 명사 뒤에 쓰는 캉브르메르 부인의 습관을 풍자한 것이다.(이 습관에 대해서는 『잃어버린 시간을 찾아서』 8권 168~169쪽 참조.)

를 남겨 두었다가, 밀라노를 지난 다음에야 알려 주었기 때문이다. 어머니는 그녀에게 진정으로 유일한 관점, 할머니의 관점으로 재빨리 돌아갔다. 어머니는 할머니께서 처음엔 놀랐다가, 다음에는 슬퍼하셨을 거라고 말했는데, 이는 단지 할머니가 이렇게 놀라운 사건을 듣고 즐거워하셨을 거라는 말을 표현하는 한 방식에 지나지 않았다. 할머니가 그런 즐거움을 빼앗겼다는 사실을 인정할 수 없었던 어머니는 이 소식이 할머니에게 슬픔만 안겨 주었을 테니 차라리 이대로가 낫다고 생각하셨다. 그러나 집에 돌아오자마자 어머니는 벌써 우리 삶에서 일어나는 온갖 놀라운 일을 할머니와 공유할 수 없어 슬퍼하는 자체가 지나치게 이기적이라고 생각하셨다. 어머니는 이런 소식들은 할머니의 예측을 인정하는 것에 불과하므로, 할머니를 놀라게 하지 않았을 거라고 생각하는 편이 차라리 낫다고 생각하셨다. 어머니는 이런 예측에서 할머니의 예지력에 대한 확인을, 할머니의 정신이 우리의 생각보다 더 깊고 더 통찰력이 있으며 더 바르다는 증거를 보고 싶어 하셨다. 그래서 어머니는 이런 순수한 존경심의 관점에 이르기 위해 지체하지 않고 덧붙였다. "하지만 네 가엾은 할머니가 그 결혼에 동의하지 않으셨을 거라고 누가 말할 수 있단 말이냐? 그렇게도 관대하신 분이었는데. 그리고 너도 알겠지만, 할머니께 사회적 조건 따위는 아무것도 아니었단다. 타고난 품위가 중요했으니까. 그런데 너도 기억하니, 기억하니, 정말 신기한 일이야, 두 사람 다 할머니가 마음에 들어 하셨으니. 할머니가 빌파리지 부인 댁을 처음 방문했던 날 집에 돌아오셔서 게르망트 씨는 지극히 평범한 사람이지만, 반대로 그 쥐피앵네에 대해서는 얼마나 칭찬하셨는지 너도 기억할 거다. 가엾은 어머니는 그 쥐피앵에 대해 이렇게 말씀하셨다. '내게 딸이 하나 더 있으면 그 사람에게 줄 텐데. 그리고 딸은 그런 아버지보다 훨씬 낫고.' 그리고 스완의 딸은! 할머니는 이렇게 말씀하셨다. '그 아인 정말 귀엽더구나. 두고 봐라 아주 멋진 결혼을 할 테니.' 가엾은 어머니, 그토록 정확하게 모든 걸 예측하셨는데, 이 모든 걸 보셨다면 얼마나 좋았을까! 마지막까지, 아니, 이제는 안 계시지만, 할머니는 우리에게 통찰력과 선의, 사물을 올바르게 판단하는 데 대한 가르침을 주셨을 거다." 그리고 할머니가 빼앗겼다고 생각하며 우리가 괴로워하는 즐거움은 삶의 아주 소박하고 작은 즐거움들로, 뭔가 할머니를 즐겁게 해 주는 배우의 억양이나 좋아하시는 음식, 할머니가 선호하는 작가의 새로운 소설 따위였다. 어머니는 얘기했다. "할머니가 얼마나 놀라셨을까, 얼마나 즐거워하셨을까! 얼마나 멋진 답장을 써 보내셨을까!" 또 어머니는 말을 이었다. "그토록 질베르트가 게르망트 댁에 초대받기를 바랐던 그 가엾은 스완이, 자기 딸이 게르망트의 일원이 되는 걸 보고 행복했을 거라고 생각하니!" "자신의 이름이 아닌 다른 이름, 포르슈빌 양으로 성당 제단 앞에 인도되는데도 스완이 행복했을까요?" "아! 그렇구나, 그 생각은 하지 못했어." "그 '고약한' 딸을 생각하면 전 기뻐할 수가 없어요. 그토록 다정했던 아버지의 이름을 버릴 생각을 했다는 게." "그래, 네 말이 맞다. 모든 걸 생각해 보니 어쩌면 할머니가 모르시는 편이 낫겠구나." 살아 있는 사람과 마찬가지로 죽은 사람에게도 어떤 일이 더 많은 기쁨을, 또는 아픔을 주는지는 알 수 없는 일이다! "생루 부부는 탕송빌에서 살려고 하는 모양이더라. 그토록 네 가엾은 할아버지에게 자기 집 연못을 보여 주고 싶어 하셨던 스완의 부친께서 특히 아들이 그런 수치스러운 결혼을 했다는 걸 알았다면, 게르망트 공작이란 사람이 그 연못을 자주 보게 될 거라고 상상이나 할 수 있었겠느냐? 네가 생루에게 탕송빌의 뷰홍색 산사나무며 라일락이며 아이리스꽃 이야기를 그토록 여러 번 했으니 생루는 네 말을 더 잘 이해할 거다. 이제는 그의 소유가 될 테니." 이렇게 해서 우리 집 식당의 등잔불 아래에서, 그것과 친구인 담소가 펼쳐졌는데, 민족의 지혜가 아닌 가족의 지혜가 죽음이나 약혼, 상속, 파산과 같은 몇몇 사건을 붙잡아 기억의 확대경 아래로 밀어 넣으면서 돋보이게 하고, 분리하고, 간격을 만들고, 뒤로 밀고, 원근법에 따라 시간과 공간의 상이한 지점에 배치하는데, 실제로 그 일을 체험하지 못한 사람들에게는 이를테면 망자의 이름이나 연이은 주소, 재산의 기원과 변화, 소유권 이전이 같은 표면 위에 혼합된 것처럼 보인다. 이런 가족의 지혜는, 만일 우리가 생생한 인상과 창조적 미덕을 간직하고 싶다면, 가능한 한 오랫동안 그 존재를 모르는 편이 나을지도 모르는 그런 뮤즈로부터 영감을 받은 것은 아닐까? 뮤즈의 존재를 전혀 몰랐던 사람들조차 삶의 황혼에 이르러, 오래된 시골 성당의 중앙 홀에서 이런 뮤즈와 우연히 마주칠 때가 있다. 그때 그들은 성당 제단의 조각품이 표현하는 영원한 아름다움보다 오히려 개인의 유명 소장품 그리고 예배당과 미술관을 거쳐 다시 성당으로 복귀한 그 조각품이 감수해야 했던 여러 다양한 운명의 인식에 보다 민감하게 반응한다. 또는 아르노나 파스칼의 유해*로 만들어졌다고 거의 생각하면서 성당 포석을 밟거나, 또는 단지 나무 기도대에 달린 동판에서 어느 싱그러운 시골 아가씨를 상상하면서 시골 귀족이나 공중인 딸의 이름을 판독하는 것이 그러하다. 철학이나 예술의 가장 고결한 뮤즈들이 거부한 모든 것을 거두어들이는 뮤즈, 진리에 기초하지 않는 모든 것, 우연성에 지나지 않는 모든 것, 그렇지만 또한 다른 법칙을 드러내는 뮤즈는 바로 '역사'이다!

어느 정도 콩브레와 관련 있는 어머니의 옛 친구들은 질베르트의 결혼 이야기를 하기 위해 어머니를 찾아왔다. 그들은 이 결혼에 조금도 현혹되지 않았다. "포르슈빌 양이 누군지 아시죠? 바로 스완 양이랍니다. 그리고 결혼 증인은 자칭 '남작'이라고 하는 샤를뤼스 남작인데, 전에 그 여자아이 어머니하고 이미 관계가 있었던 늙은이죠. 스완은 그런 사실을 보고 알면서도 자신에게 득이 되니까 그냥 내버려 두었고요." "뭐라고 하셨나요?" 하고 어머니가 반박했다. "우선 스완은 엄청난 부자예요." "다른 사람의 돈을 필요로 하는 걸 보니 생각만큼 그렇게 부자가 아니었나 봐요. 그런데 그 여자가 과거의 애인들을 잡아 두는 걸 보면, 도대체 무슨 생각을 한 걸까요? 첫 번

---

* 앙투안 아르노(Antoine Arnauld, 1612~1694)는 장세니즘을 대표하는 신학자로 파리 남쪽 교외에 위치한 팔레조 예배당에 심장이 안치되어 있다. 파스칼의 묘소는 파리 6구 생쉴피스 성당에 있다.

째 남자와는 결혼하는 방법을 발견했고, 세 번째 남자와도 결혼하는 방법을 발견했지만, 반쯤 무덤에 가 있는 두 번째 남자를 끌어내서는, 첫 번째 남자와의 사이에서 얻었는지 또는 다른 남자와의 사이에서 얻었는지도 모르는 딸의 결혼식에 증인으로 서게 하다니. 그렇게 많은 남자들 중에서 어떻게 알아볼 수 있겠어요? 그 여자 자신도 알지 못할걸요. 나는 세 번째라고 말했지만, 삼백 번째라고 말해야 할걸요. 게다가 그 딸도 당신과 나처럼 포르슈빌 가문 사람이 아니라는 걸 알잖아요. 재산을 노리고 결혼하는 사람만이 그런 딸과 결혼하려고 할걸요. 뒤퐁 씨나 뒤랑 씨 같은 어떤 시시한 사람이겠죠. 신부님께 인사도 하지 않는 급진파가 현재 콩브레 시장이 아니라면* 이 일의 결말을 알았을 텐데. 성당에서 혼인 공시를 할 때는 진짜 이름을 말해야 하거든요. 신문이나 청첩장을 발송하는 문구 업체에게는 생루 후작이라고 부르는 편이 훨씬 멋질 테죠. 아무에게도 해를 끼치지 않고 또 선량한 사람들을 기쁘게 해 줄 수만 있다면 비난할 게 뭐가 있겠어요. 그 일이 어떤 점에서 나를 불편하게 할 수 있겠어요? 사람들 입에 오르내리는 여자의 딸하고는 결코 교제하지 않을 테니, 하인들에게 위력이 대단한 후작 부인이건 뭐건 상관없어요. 하지만 호적 등본으로 말하자면 그건 다른 문제이죠. 아! 내 사촌 사즈라가 아직도 부시장이었다면 편지를 보냈을 테고, 그러면 그가 어

---

* 교회와 국가의 분리(1905년) 시기에 성직자와 반교권주의를 주장하는 정치가 사이의 갈등을 암시한다.(『사라진 알베르틴』; 리브르드포슈, 392쪽 참조.)

떤 이름으로 혼인 공시를 했는지 말해 주었을 텐데."

게다가 나는 이 시기에 다시 친분을 쌓게 된 질베르트와 꽤 자주 만났다. 왜냐하면 우리의 삶은 장기적으로 보면 우리 우정의 삶과 같은 리듬으로 산정되지 않기 때문이다. 일정 기간이 지나면, 오랫동안 끊어졌던 우정이 다시 나타나 예전과 같은 사람들 사이에서(정계에서 과거의 장관이 다시 등장하고, 극장에서 오랫동안 잊혔던 작품이 다시 공연되는 것처럼) 기쁘게 다시 회복되는 것을 본다. 십 년이 지나면 어느 한쪽이 지나치게 사랑했던 이유도, 다른 한쪽이 지나친 요구로 횡포를 부려 견딜 수 없었던 이유도 더 이상 존재하지 않게 된다. 관습적인 예절만이 살아남으며, 그리하여 질베르트는 예전 같으면 거절했을 온갖 것을 쉽게 허락했는데, 아마 내가 더 이상 그런 것을 욕망하지 않았기 때문일 것이다. 그녀에게 견딜 수 없었던 또는 불가능하게 보였던 것을 하면서, 물론 이런 변화의 이유에 대해 우리는 서로 말하지 않았지만, 그녀는 언제나 내게 올 준비가 되어 있었고, 결코 나를 서둘러 떠나지도 않았다. 그 이유는 바로 나의 사랑이라는 방해물이 사라졌기 때문이다.

나는 게다가 얼마 후 탕송빌로 며칠 지내러 갔다. 이런 이동이 조금은 불편하게 느껴졌는데, 파리에서 빌린 임시 거처로 잠을 자러 오는 한 소녀가 있었기 때문이다. 다른 사람들이 숲의 향기나 호수의 속삭임을 필요로 하듯이, 내게는 내 옆에서 잠든 소녀의 모습이 필요했고, 또 낮이면 항상 그 잠든 모습을 자동차 안 내 옆에 두어야 했다. 사랑이 잊혀도, 그 사랑이 다음에 나타날 사랑의 형태를 정할 수 있기 때문이다. 지난날의 사랑에도 일상적인 습관은 이미 존재했으며, 다만 그 기원이 무엇이었는지를 기억하지 못할 뿐이다. 첫날의 불안한 마음이 우리로 하여금 사랑하는 여인을 그녀의 집까지 또는 우리 집에 있는 그녀의 처소까지 차로 데려다주거나, 그녀가 외출할 때마다 매번 함께하거나, 또는 우리가 신뢰하는 누군가를 그녀와 동반하게 하는 그런 귀가를 열정적으로 소망하게 했으며, 다음에는 뭔가 의미를 잃어버린 습관처럼 정해진 방식대로 그 습관을 따르게 했다. 이 모든 습관은 우리의 사랑이 매일 지나가는 변함없는 똑같은 대로(大路)였으며, 예전에는 열렬한 감동의 화산 같은 불길 속에 녹아 있었다. 하지만 이런 습관은 여인보다, 여인의 추억보다 더 오래 살아남는다. 습관은 우리의 사랑 전체가 아니라면 적어도 번갈아 나타나는 몇몇 사랑의 형태가 된다. 이렇게 해서 내 처소는 이미 망각한 알베르틴의 추억으로 인해 지금도 연인을 옆에 두기를 원했고, 나는 이 연인을 방문객에게 숨겼으며, 또 그녀는 예전의 알베르틴처럼 내 삶을 채워 주었다. 그리고 탕송빌에 가려면, 여자를 좋아하지 않는 내 친구 중 하나가 며칠 동안 그녀를 보살펴도 좋은지 그녀로부터 허락을 받아야 했다. 내가 탕송빌에 간 것은 로베르의 배신 때문에 질베르트가 불행하다는 소식을 들었기 때문이다. 그는 모든 사람들이 믿는 그런 방식으로 배신하지는 않았지만, 그녀 자신이 어쩌면 아직도 그렇게 믿고 있었는지, 어쨌든 그렇게 말했다. 우리는 자존심이나 다른 사람을 속이고 자신을 속이고 싶은 욕망, 더 나아가 속임을 당한 사람이 가지기 마련인 그런 배신에 대한 불완전한 지식을 간과해서는 안 된다.* 더욱이 로베르는 샤를뤼스 씨의 진짜 조카로서, 자신의 평판을 위태롭게 하는 여자들과 공공연하게 모습을 드러냈으며, 그래서 모든 사람들이, 결국은 질베르트조차 그 여자들을 그의 정부라고 믿게 되었다. 사교계에서도 그가 파티가 계속되는 동안 거리낌 없이 이런저런 여자의 곁을 잠시도 떨어져 있지 않다가 집까지 데려다주고 생루 부인은 혼자 알아서 돌아가게 내버려 둔다고 생각했다. 그렇게 끌어들인 여인이 실은 그의 정부가 아니라고 말하는 사람은 자명한 사실에도 눈이 먼 숙맥으로 보였으리라. 그러나 나는 불행하게도 쥐피앵이 자기도 모르게 한 몇 마디 말 때문에 진실로 향하게 되었고, 그 진실은 내 마음을 무한히 아프게 했다. 탕송빌로 출발하기 몇 달 전, 심장 질환 증세가 나타나 많은 우려를 자아낸 샤를뤼스 씨의 근황을 알아보기 위해 갔다가 나는 혼자 와 있는 쥐피앵을 발견했고, 그래서 생루 부인이 로베르에게 보베트란 이름으로 보낸 연애 편지를 우연히 보게 되었다는 얘기를 했는데, 남작의 옛 집사로부터 그 편지를 보낸 사람이 다름 아닌 바로 우리가 앞에서 말한, 또 샤를뤼스의 삶에서 그토록 중요한 역할을 했던 바이올리니스트이자 시사 평론가라는 걸 알고 얼마나 놀랐는지 모른다! 쥐피앵은 그 말을 하면서 참지 못하고 분노를 터뜨렸다. "녀석은 자

---

* 원문에서 이 문장은 미완으로 남아 있다. 미이의 교수의 제안에 따라 '간과해서는 안 된다'란 동사구를 붙여 문장을 완성했다.(『사라진 알베르틴』; GF-플라마리옹, 342쪽 참조.)

기가 원하는 대로 할 수 있어요. 자유니까요. 하지만 쳐다봐서는 안 되는 상대도 있는 법인데, 바로 남작님의 조카죠. 더욱이 남작님은 조카를 친자식처럼 사랑하시는데 말입니다. 녀석이 부부 사이를 갈라놓으려고 애쓰고 있어요. 수치스러운 일입니다. 악마 같은 술책을 쓴 게 틀림없습니다. 생루 후작만큼 그 일에 반대되는 기질을 가진 분도 없는데 말입니다. 그분이 자기 정부들에게 했던 그 미친 짓들을 생각해 보세요! 아니, 저 파렴치한 음악가는 자신이 했던 대로 비열하게 남작님을 떠났어요. 녀석이 남작님을 떠난 건 그의 일이고 우리가 상관할 바가 아니라고 말할 수도 있겠죠. 하지만 조카 쪽으로 방향을 돌리다니! 세상에는 해서는 안 되는 일도 있으니까요."

쥐피앵의 분노는 진심이었다. 자칭 부도덕하다고 일컫는 사람이라 할지라도 그 도덕적 분노는 다른 사람들만큼이나 강렬하며, 다만 분노의 대상이 조금 바뀔 뿐이다. 게다가 그들의 마음이 직접 연루되지 않은 사람들은, 마치 사랑을 우리 마음대로 선택할 수 있는 대상이라도 된다는 듯, 늘 그것을 피해야 하는 관계 또는 형편없는 결혼이라고 판단하면서 사랑이 투사하는 그 감미로운 신기루를 고려하지 않는다. 그것이 사랑하는 사람을 그토록 완전하고 유일하게 감싸는 탓에, 부엌 하녀나 가장 친한 친구의 정부와 결혼하는 '바보 같은 짓'은 그가 살아가는 동안 대체로 성취하는 단 하나의 시적 행위라고 할 수 있다. 나는 로베르와 아내 사이에 결별 소식이 터져 나올 뻔했다는 걸 알게 되었는데(질베르트는 아직 무엇이 문제인지 잘 알지 못했지만), 다정하고도 야심 많은 어머니이자 철학가 마르상트 부인이 그들의 화해를 주선하고 강요했다. 부인은 끊임없이 증가하는 혈통의 뒤섞임과 재산 감소가 매 순간 이해관계나 정념의 분야에서 유전적 악덕과 타협을 다시 번성하게 하는 사회에 속했다. 그런 정력적인 힘으로 부인은 예전에 스완 부인과 쥐피앵 조카딸의 결혼을 옹호했으며, 또 그녀 자신을 위해 고통스러운 체념과 더불어 포부르생제르맹 전체에도 득이 되게 했던 것과 동일한 유전적 지혜를 사용하면서 자기 아들과 질베르트의 결혼을 성사시켰던 것이다. 어쩌면 어느 순간 부인이 로베르와 질베르트의 결혼을 서둘렀던 것은, 라셀과의 관계를 끊게 하는 것보다 분명 힘도 들지 않고 눈물도 덜 흘리게 했지만, 로베르가 어쩌면 그를 구해 주었을지도 모르는 매춘부와 — 라셀을 잊는 데 그토록 오랜 시간이 걸렸으므로, 어쩌면 같은 매춘부와 — 다시 관계를 맺을까 봐 두려웠기 때문인지도 모른다. 이제 나는 로베르가 게르망트 대공 부인 댁에서 나에게 했던 말을 이해했다. "네 발베크 여자 친구에게 우리 어머니가 요구하는 재산이 없다는 게 유감이야. 우리 두 사람은 서로 잘 지낼 수 있을 텐데." 그의 말은 자신이 소돔에 속하듯이, 알베르틴이 고모라에 속한다는 뜻이었다. 또는 어쩌면 그가 아직 거기에 속하지 않는다면, 어떤 특별한 방식으로 사랑할 수 있는 여인들과 또 다른 여인들이 함께 있을 때에만 쾌락을 맛볼 수 있다는 의미였다. 그러므로 드물게 과거를 회상하는 순간을 제외하고, 만일 내가 내 여자 친구에 관해 무엇이든 알고 싶은 호기심을 잃지 않았다면 질베르트뿐 아니라 그 남편에게도 물어볼 수 있었다. 요컨대 알베르틴과 결혼하고 싶은 욕망을 로베르와 내게 불러일으킨 것은 동일한 사실(말하자면 그녀가 여성을 사랑한다는)에 연유했다. 그러나 우리 욕망의 동기는 그 목적과 마찬가지로 서로 상반되었다. 나는 그 사실을 알고 느낀 절망감 때문에, 로베르는 만족감 때문에, 나는 지속적인 감시를 통해 그녀가 그런 취향에 몰두하는 것을 방해하기 위해, 로베르는 그런 취향을 부양하고 또 그녀를 자유롭게 내버려 두어 다른 여자 친구들을 데려오게 하기 위해 결혼을 욕망했던 것이다. 쥐피앵은 로베르의 관능적 취향이 원래와 다른 새로운 방향으로 가게 된 것이 그리 멀지 않은 가까운 시기라고 말했지만, 내가 에메와 가졌던 대화, 그토록 나를 불행하게 했던 대화가, 발베크 호텔의 옛 식당 책임자가 이런 일탈이나 성도착을 아주 오래전 일로 거슬러 올라간다는 것을 보여 주었다. 발베크에서 보낸 며칠 동안 나는 이런 대화 기회를 가질 수 있었는데, 생루 자신도 장기 휴가를 얻어 아내와 함께 그곳에 와 있었다. 결혼 초기여서 그런지 그는 아내 곁에서 한 발짝도 떨어지지 않았다. 나는 라셸의 영향이 아직도 그에게서 느껴지는 것을 보고 놀랐다. 오랫동안 정부를 가졌던 젊은 신랑은 식당에 들어가기 전에 아내의 외투를 능숙하게 벗기거나 적절한 예의를 표할 줄 안다. 그가 관계를 가진 동안 좋은 남편이 해야 하는 일들을 교육받았던 것이다. 그에게서 얼마 떨어지지 않은 내 옆 테이블에서는 블로크가 잘난 체하는 젊은 대학 교수들 가운데서 가식적으로 편한 표정을 지으며 친구 중 하나에게 큰 소리로 외치면서 과시하는 몸짓으로 메뉴를 전하다가 물병을 두 개나 넘어뜨렸다. "아니, 아니, 괜찮아. 자네가 주문하게. 난 살아오는 동안 한 번도 메뉴를 제대로 고른 적이 없어서 말이야. 한 번도 제대로 주문할 줄 몰라서 말이야." 하고 그는 별로 진지하지 않은 거만한 태도로 되풀이했고, 또 문학을 식탐과 혼동하면서 "완전히 상징적인 방식으로" 대화를 장식하는 모습을 보고 싶다면서 샴페인 한 병을 주문하자는 의견을 냈다. 생루는 주문할 줄 알았다. 그는 그때 이미 임신한(이후에도 틀림없이 계속해서 아이를 만들게 했을) 질베르트 옆에 앉아 있었는데, 마치 호텔의 더블 침대에서 그녀 곁에 드러누워 있는 것 같았다. 그에게 호텔의 다른 부분은 존재하지 않는 듯 그는 아내에게만 얘기했으나, 한 종업원이 주문을 받으러 바로 그 옆에 서는 순간 재빨리 맑은 눈을 들어 눈길을 던졌는데, 그 순간은 이 초밖에 되지 않았지만 그 투명하고 예리한 눈길을 통해 그가 표현하는 호기심과 탐색은 아무개 손님이 제복 입은 종업원이나 보조 요리사를 쳐다보면서, 심지어는 오래 쳐다보면서 옆의 친구에게 그에 대해 익살스러운 지적이나 그 밖의 지적을 전하는 것과는 완연히 다른 유형의 것이었다. 그 초연하고 빠른 미세한 눈길은 그가 종업원에게 관심이 있다는 걸 보여 주었고, 또 그를 관찰하는 사람들에게는 이 훌륭한 남편, 예전에 그토록 라셸에게 열정적이었던 연인의 삶에 또 다른 측면이 있으며, 그것이 그가 의무로 움직이는 측면보다 그에게는 무한히 흥미로운 것임을 드러냈다. 하지만 우리는 그것을 단지 그의 눈길에서만 볼 수 있었다. 이미 그의 눈은 아무 것도 보지 못한 질베르트에게 돌아가 있었고, 그는 지나는 길에 마주친 친구를 아내에게 소개하고, 아내와 함께 산책을 나갔다. 그런데 그 무렵 에메는 내게 그보다 훨씬 더 오래된 일을, 내가 발베크에서 빌파리지 부인으로부터 생루를 처음 소개받았을 때의 일을 얘기해 주었다.

"예, 도련님." 하고 그가 말했다. "아주 잘 알려진 얘기죠. 이미 오래전에 전 다 알고 있었어요. 도련님이 발베크에 오셨던 첫해, 후작님은 도련님 할머니의 사진을 현상한다는 구실로 엘리베이터 보이와 방 안에 틀어박혔었죠. 보이는 고소를 하려 했고, 우리는 그 일을 무마하느라 무척이나 애를 먹었답니다. 아마도 도련님께서는 생루 후작님과 후작님의 바람막이 노릇을 했던 애인과 함께 식당에 점심 식사를 하러 갔던 날을 기억하실 겁니다. 후작님께서 화가 났다는 핑계로 나가 버렸던 것도 기억하시겠죠. 물론 그 여자분이 옳았다는 말은 아닙니다. 아주 잔인하게 굴었으니까요. 그러나 그날 나는 후작님의 분노가 위장된 것이며 후작님이 도련님과 그 여자분을 멀리할 필요가 있었다는 생각을 지울 수 없습니다." 그러나 적어도 그날 일에 대해, 비록 에메가 의도적으로 거짓말을 한 건 아니지만, 그의 말이 완전히 틀렸음을 나는 잘 알고 있었다. 그때 로베르가 어떤 상태였는지, 그가 신문기자의 따귀를 때린 일을 너무도 생생하게 기억하고 있었기 때문이다.* 게다가 발베크에서 있었던 일도, 엘리베이터 보이가 거짓말을 했거나 아니면 에메가 거짓말했을 것이다. 적어도 나는 그렇게 생

---

* 『잃어버린 시간을 찾아서』 5권 290~291쪽 참조.

각했다. 다만 확신할 수는 없었다. 우리는 사물의 한쪽 면만을
보며, 그리하여 그 일이 그렇게 내 마음을 아프게 하지 않았다
면 나는 거기서 어떤 종류의 매력마저 발견했을지 모른다. 나
로서는 엘리베이터 보이를 생루에게 심부름 보내 편지를 전
하고 답장을 받아 오게 하는 것이 편리한 방법이었고, 또 생루
에게는 마음에 드는 자와 사귈 기회가 되었을 테니까 말이다.
사실 모든 일은 적어도 이중적이다. 우리가 하는 지극히 무의
미한 행위에도, 타인은 전혀 다른 일련의 행위들을 연결시킨
다. 생루와 엘리베이터 보이의 모험이 실제로 일어났다 해도
내게는 편지를 전하는 따위의 평범한 일에는 틀림없이 포함
되지 않을 것 같았다. 마치 바그너의 「로엔그린」에 나오는 이
중창밖에 모르는 사람이 「트리스탄」 서곡을 예견하지 못하
듯이 말이다.* 물론 인간이 가진 감각의 빈약함 때문에 사물
은 그 무한한 속성 가운데서 지극히 제한된 수의 속성만을 제
공한다. 사물이 채색되는 것은 우리가 가진 눈 때문이다. 우리
에게 수백 개의 감각이 있다면, 그 감각 덕분에 사물은 얼마나
다른 수식어들을 받게 될 것인가? 그러나 사물이 가지는 이런
다양한 양상은, 우리 삶의 아무리 하찮은 사건이라 해도 우리
가 아는 것은 일부에 지나지 않지만 전체를 안다고 믿으며, 또

---

* 「로엔그린」은 1850년, 「트리스탄과 이졸데」는 1865년 작으로, 유배와 정념
에 관한 바그너의 온 체험과 사상이 녹아 있는 작품이다. 이 문단에서 「트리스탄
과 이졸데」는 젊은 시절 바그너의 이름만 들어도 박수를 치던 초기작(여기서는
「로엔그린」으로 대표되는)과는 결코 혼동하면 안 되는, 진정한 걸작임을 환기한
다.(『사라진 알베르틴』; 플레이아드 IV, 1141쪽 참조.)

어떤 사람은 집 반대편에 면한 다른 조망을 가진 창문을 통해
바라보는 것처럼, 그 사건을 바라본다는 것을 쉽게 이해하게
해 준다. 에메의 말이 틀리지 않았을 경우, 생루가 얼굴을 붉
힌 것은 어쩌면 블로크가 엘리베이터 보이 얘기를 하면서 '리
프트(lift)'라고 발음하는 대신 '라이프트(laïft)라고 발음했기
때문만은 아닐 것이다.* 그러나 나는 생루의 생리적 진화가 이
시기에 시작되지 않았으며 그 시기에는 아직 그가 여인들만
을 사랑했음을 확신하고 있었다. 생루가 발베크에서 내게 보
여 주었던 우정을 회고적으로 생각해 봐도, 나는 거기서 어떤
다른 표시도 인지하지 못했다. 그에게서 진정 우정이 가능했
던 시기는 그가 여인을 정말로 사랑했을 때였다. 그런 다음 그
는 적어도 얼마 동안은 남성에게 직접 흥미를 느끼지 못하고
무관심했으며, 그런 그가 부분적으로는 진심이었다고 생각한
다. 왜냐하면 그가 남성에게 매우 냉담했으며, 자신이 여성에
게만 주의를 기울인다고 믿게 하려고 조금은 그 사실을 과장
했기 때문이다. 그럼에도 어느 날 동시에르에서 베르뒤랭네
에 저녁 식사를 하러 갔을 때 그가 조금은 오랫동안 모렐을 바
라보더니 이렇게 말했던 걸 기억한다. "참 신기하지, 저 아이
에겐 뭔가 라셸과 같은 데가 있어. 넌 놀라지 않았니? 그들에
겐 동일한 점이 있어. 어쨌든 이젠 관심 밖이긴 하지만." 그럼
에도 그의 눈은 오랫동안 지평선을 헤매는 듯했는데, 마치 카
드놀이를 하거나 시내로 식사를 하러 가기 전, 한 번도 가지

---

* 『잃어버린 시간을 찾아서』 4권 167쪽 참조.

않을 먼 곳으로의 여행을 생각하며 잠시 향수를 느끼는 것과
도 같았다. 그러나 만일 로베르가 샤를리에게서 뭔가 라셀과
같은 점을 발견했다면, 질베르트는 남편의 마음에 들기 위해
뭔가 라셀과 같은 모습을 하려고 선홍색이나 분홍색 또는 노
란색 실크 리본을 머리에 달거나 아니면 그녀와 같은 모양의
머리 스타일을 했는데, 그녀는 남편이 아직도 라셀을 사랑한
다고 믿고 질투심을 느꼈기 때문이다. 로베르의 사랑이 때로
여성에 대한 남성의 사랑과 남성에 대한 남성의 사랑이 나뉘
는 경계에 있다는 것은 가능했다. 어쨌든 라셀에 대한 추억은
이 점에서 그저 미학적인 역할을 수행했을 뿐이다. 그 추억이
다른 역할을 할 개연성은 전혀 없어 보였다. 어느 날 로베르는
라셀을 찾아가서 남장을 하게 하고 긴 머리칼 타래는 그냥 흘
러내리게 내버려 두라고 요구했지만, 충족되지 못한 채 그저
그녀를 바라보았을 뿐이다. 그럼에도 그녀에게 애착이 있었
는지 성실하게 그러나 별다른 기쁨 없이 자신이 약속한 막대
한 액수의 생활비를 정기적으로 지불했는데, 그렇다고 해서
훗날 그녀가 그에게 비열한 행동을 하는 것은 막지 못했다. 라
셀에 대한 남편의 관대함이 다만 약속 때문에 체념해서 한 행
동이며 더 이상 거기에는 어떤 사랑의 감정도 들어 있지 않다
는 걸 알았다면 질베르트는 그렇게 괴로워하지 않았으리라.
그러나 그는 반대로 라셀에 대해 사랑을 느끼는 것처럼 가장
했다. 여성을 사랑하는 척하는 연극만 하지 않으면 동성애자
들은 가장 좋은 남편이 될 것이다. 게다가 질베르트는 불평하
지 않았다. 그녀는 로베르가 상당히 오랫동안 라셀의 사랑을

받았다고 믿었으며, 바로 그 때문에 그를 욕망했고 가장 매력적인 혼처마저 포기했다. 로베르가 자신과 결혼함으로써 어떤 양보를 했다고 생각했기 때문이다. 사실 이 두 여인을 비교해 본다면(매력이나 아름다움의 관점에서 그들은 전혀 대등하지 않았지만), 처음 순간 유리한 쪽은 매력적인 질베르트가 아니었다. 그러나 그녀에 대한 남편의 평가가 점점 높아져 가면서 라셀에 대한 평가는 눈에 띄게 감소했다. 또 한 사람이 이전에 가졌던 의견을 바꾸었다. 스완 부인이었다. 결혼 전 로베르는 질베르트에게 이중의 후광으로 둘러싸인, 즉 마르상트 부인이 지속적으로 한탄하면서 폭로했던 라셀과의 삶이라는 후광과 또 게르망트 가문이 자기 아버지에게 늘 행사해 왔고 그녀도 아버지로부터 물려받은 그런 게르망트 가문의 매력이라는 후광으로 둘러싸인 존재였다. 그러나 포르슈빌 부인은 이와 달리 그보다 화려한 결혼, 어쩌면 왕족과의 결혼을 원했으며(가난한 왕족 가문은 많았고, 게다가 포르슈빌이라는 이름으로 신분을 세탁한 이상 약속한 8000만 프랑, 아니, 그보다 훨씬 적은 돈을 받고도 승낙할 가문은 많았으니까), 또 사교계와 멀리 떨어진 삶으로 그 평판이 실추되지 않은 사위를 원했는지도 모른다. 부인은 질베르트의 의지를 이길 수 없었으므로, 모든 사람들에게 사위를 비난하면서 신랄한 불평을 늘어놓았다. 그런데 어느 날 갑자기 모든 것이 달라졌다. 사위는 천사가 되었고, 그에 대한 조롱도 남몰래 했을 뿐이다. 그 까닭은 나이가 들어서도 스완 부인(현재는 포르슈빌 부인이지만)에게는 부양받는 여인으로 살면서 간직한 취향이 그대로 남아 있었지만, 그녀의 찬미자들이 모두 그녀 곁을 떠나면서 그 취향을 충족할 수 단을 박탈당했기 때문이다. 그녀는 날마다 새 목걸이나 다이 아몬드가 박힌 새 드레스, 보다 사치스러운 자동차를 갖고 싶 었지만, 포르슈빌 씨가 재산을 거의 탕진한 바람에 그녀에 게는 재산이 거의 남아 있지 않았고, 또 귀여운 딸이 있긴 하 나 ── 어떤 이스라엘 조상이 그런 면에서 질베르트를 지배했 는지? ── 지독한 수전노인 탓에 남편에게 인색했고, 어머니에 게는 더 인색하게 굴었다. 그런데 갑자기 오데트는 자신의 후 원자가 될 사람의 냄새를 맡았고, 그걸 로베르에게서 발견했 다. 여성을 좋아하지 않는 사위에게 자신이 더 이상 전성기의 젊음이 아니라는 사실은 별로 중요하지 않았다. 사위가 장모 에게 바라는 것은 그와 질베르트 사이에 생기는 이런저런 어 려움을 제거하여 모렐과의 여행 승낙을 받도록 해 주는 것이 전부였다. 오데트가 그 일을 맡자마자, 그는 멋진 루비로 사례 했다. 그렇게 하려면 질베르트가 남편에게 보다 관대해질 필 요가 있었다. 오데트는 자신이 그 관대함의 혜택을 볼 당사자 이기에 딸에게 보다 관대해지라고 열정적으로 설교했다. 그 래서 로베르 덕분에 그녀는 쉰 살의 문턱에서(어떤 이들은 예순 살이라고 했다.) 식사하러 가는 테이블마다, 참석하는 파티마 다 더 이상 돈을 내거나 승낙해 줄 '친구'를 필요로 하지 않고 상상을 초월한 사치로 사람들을 매혹시켰다. 그리하여 그녀 는 최후의 순결한 시기로 영원히 들어간 듯했고, 또 그처럼 우 아했던 적도 없었다.

샤를리가 남작을 괴롭히기 위해 생루에게 접근한 것은, 다만 그를 부자로 만들어 주면서도 신분의 차이를 느끼게 하는 주인에 대해(이는 샤를뤼스 씨의 성격으로, 그가 사용하는 어휘를 통해 더 많이 표출되었다.) 과거에 가난했던 자가 품는 그런 원한 때문만은 아니었다. 어쩌면 이해관계 때문인지도 몰랐다. 나는 로베르가 모렐에게 상당히 많은 돈을 준다는 인상을 받았다. 콩브레로 출발하기 전 나는 어느 파티에서 로베르를 만난 적이 있었는데, 그때 그는 그의 정부로 알려진 어느 우아한 여인 곁에서 스스로를 전시하며 그녀에게 열중하고, 공개적으로 그녀의 치마폭에 감싸여 한 몸이 된 것처럼 행동하고 있었다. 그 태도는 물론 로베르의 경우 조금 더 신경질적이고 움칫하는 모습이었지만, 이전에 내가 샤를뤼스 씨에게서 관찰할 수 있었던 몰레 부인(또는 어느 여인)의 장신구, 즉 '여성을 사랑하는 사람'이라는 이유의 깃발에 휘감겨 조상의 몸짓을 무의식적으로 반복하던 모습을 떠올렸다. 이 '여성을 사랑하는 사람'이란 깃발은 그의 것이 아니며, 또 그것을 가질 권리도 없으면서 샤를뤼스 씨가 즐겨 자기방어나 미학적인 이유에서 내세웠던 것이다. 나는 파티에서 돌아오는 길에 돈이 많지 않았을 때는 그토록 인심이 후하던 로베르가 돈을 절약하는 걸 보고 깜짝 놀랐다. 인간은 자신이 소유한 것에만 관심이 있는 법이어서, 재산이 없을 때는 돈을 뿌리고 다니던 자가 재산이 생기면 돈을 저축한다는 것은 꽤 일반적인 현상이지만, 그래도 이 경우에는 보다 특별한 형태를 취한다고 생각했다. 나는 생루가 삯마차 타기를 거절하고 손에 전차 환승권을 가지고 있는 걸 보았다. 아마도 이 점에서 생루는 라셀과의 관계에서 터득한 재능을 다른 목적을 위해 발휘하고 있는지도 몰랐다. 오랫동안 한 여자와 산 남자는 자신이 만난 첫 번째 여자와 결혼한 숫총각처럼 초보자가 아니다. 로베르가 아내와 함께 식사를 하러 레스토랑에 가는 일은 드물었지만, 그래도 그 드문 기회에 아내의 외투를 벗겨 주는 그 능숙하고 예의 바른 태도, 식사를 주문하고 내오게 하는 기술, 질베르트가 재킷을 다시 걸치기 전에 옷소매를 평평하게 해 주는 그런 배려 깊은 행동을 하는 것만 보아도, 그가 질베르트의 남편이 되기 전에 오랫동안 한 여인의 애인이었음을 충분히 이해할 수 있었다. 마찬가지로 라셸이 집안일에 대해 아무것도 알지 못했고, 또 질투심 때문에 하인들에 대한 주도권을 가지고 싶었으므로 집안일의 아주 세세한 부분까지 살펴야 했던 그는 아내의 재산 관리나 가정 생활의 유지란 점에서 매우 익숙하고 정통한 역할을 계속할 수 있었고, 질베르트는 어쩌면 잘할 줄 몰라서 그랬는지 그 역할을 기꺼이 남편에게 맡겼다. 그러나 아마도 그가 그렇게 했던 것은 특히 샤를리에게 도움이 되기 위한 것으로, 양초 자투리를 모아 절약한 아주 적은 돈도 샤를리를 위해서 쓰고, 요컨대 질베르트 모르게, 또 질베르트를 괴롭히는 일 없이 샤를리를 풍족하게 부양하기 위해서였을 것이다. 어쩌면 그는 바이올리니스트를 '모든 예술가들처럼' 낭비가라고 생각했는지도 모른다.(샤를리는 그렇게 큰 확신이나 자만심 없이, 남의 편지에 답장을 하지 않는 따위의 수많은 결점들을 변명하기 위해 자신을 예술가라고 칭했는데, 그는 이 결점들이 예술가들의 확고한 심리 상태의 일부를 이룬다고 믿었다.) 나는 개인적으로 남성이나 여성 옆에서 쾌락을 느끼는 일이 도덕적 관점에서 전혀 차이가 없다고 생각하며, 또 쾌락을 발견할 수 있는 곳에서 쾌락을 찾는 건 지극히 자연스러운 인간적인 행동이라고 생각한다. 그러므로 만일 로베르가 결혼하지 않았다면, 그와 샤를리의 관계는 내 마음을 조금도 아프게 하지 않았을 것이다. 그렇지만 만일 로베르가 결혼하지 않은 상태로 남았다 해도, 내가 느끼는 아픔은 여전히 생생했으리라고 생각한다. 그가 아닌 남이었다면 무슨 짓을 하건 무관심했을 것이다. 하지만 예전에 나는 지금과는 다른 생루를 몹시 좋아했고, 그런 그가 내게 냉담하고 피하는 듯한 새로운 태도를 보이자, 나는 남성이 그에게 욕망의 대상이 되면서 우정을 불러일으키지 않게 되자 더 이상 내 애정에 응답하지 않는다고 생각하며 눈물을 흘렸다. 그토록 여성을 좋아해서 '라셀, 주님께서'*가 그를 떠나려고 했을 때 절망한 나머지 자살할까 봐 그토록 걱정했던 남성에게 어떻게 이런 일이 일어날 수 있단 말인가? 로베르에게 샤를리와 라셀의 유사성은 — 내 눈에는 보이지 않았지만 — 그의 생리적인 진화를 완성하기 위해 아버지의 취향에서 외삼촌의 취향으로 넘어가게 해 준 건널목이었을까? 비록 외삼촌에게 그 변화는 꽤 늦게 나타났지만 말이다. 그럼에도 이따금 에메의 말이 떠올라 나를 불안하게 했다. 그해 발베크에서의 로베르를 상기했다. 그가 엘리베이터 보이에게 무심한 척 말을 거는 모습은 샤를뤼스 씨가 어떤 특정 남자들에

---

* 라셀의 별명에 대해서는 『잃어버린 시간을 찾아서』 3권 265~266쪽 참조.

게 말을 걸 때의 모습을 연상시켰다. 하지만 로베르의 그런 태도는 샤를뤼스 씨나 게르망트네 사람들에게 특유한 어떤 오만함이나 몸가짐에서 나온 것이지, 남작의 특별한 취향과는 전혀 관계가 없었다. 이렇게 해서 그런 취향이 전혀 없는 게르망트 공작은 샤를뤼스 씨처럼 손목에 레이스 소맷부리를 조이듯 신경질적으로 손목을 돌리거나 똑같이 날카롭고 꾸민 억양의 목소리로 말을 했다. 하지만 사람들은 샤를뤼스 씨의 모든 태도에 다른 의미를 부여하려 했고, 샤를뤼스 씨 자신은 거기에 또 다른 의미를 부여했다. 개인이란 저마다의 특수성을 비개성적이고 유전적인 특징의 도움을 받아 표현하며, 그런 특징 자체가 어쩌면 목소리나 몸짓에 고착된 옛 조상들의 특수성이라고 여기는 것 같다. 박물학에 근접한 이런 후자의 가설에 따르면 어떤 결함을 가진 게르망트 사람, 또 게르망트란 종족이 가진 특징의 도움을 받아 그 결함을 부분적으로 표현한다고 부를 수 있는 사람은 샤를뤼스 씨가 아니라 바로 게르망트 공작으로, 그는 타락한 집안에서 태어난 예외적인 존재, 유전적인 병을 모두 면제받았으므로 그 병이 남긴 외적 상흔마저 모두 의미를 상실한 그런 존재라고 할 수 있었다. 나는 발베크에서 생루를 처음 보았던 날을 상기했다.* 금발에 그토록 진귀한 천으로 만든 옷을 입고 몸을 비틀면서 외알 안경을 휘날리던 그에게서 나는 어떤 여성적인 면모를 발견했는데, 그것은 물론 내가 그에 대해 지금 알게 된 사실의 효과가 아니

---

* 『잃어버린 시간을 찾아서』 4권 151~152쪽 참조.

라, 게르망트네 특유의 우아함, 공작 부인을 빚어낸 것과 같은 작센 도자기의 섬세함이었다. 또한 나는 그가 나에 대해 품었던 애정과 그 애정을 표현하던 다정하고도 감성적인 태도도 기억했다. 다른 사람에게 오해를 불러일으킬 만한 그런 태도 역시 당시에는 아주 다른 의미를, 오늘 내가 아는 것과는 완전히 반대되는 의미를 가졌다고 생각했다. 하지만 그 일은 언제 시작되었을까? 만일 내가 다시 발베크에 돌아갔던 해에 시작되었다면, 왜 생루는 한 번도 엘리베이터 보이를 보러 오지 않았으며, 또 내게도 그의 이야기를 하지 않았을까? 만일 그 일이 첫해에 시작되었다면, 당시에 그는 라셀을 그토록 열정적으로 사랑하고 있었는데 어떻게 엘리베이터 보이를 주목했겠는가? 그 첫해에 나는 진짜 게르망트가 특별한 것처럼 생루를 특별하게 생각했다. 그런데 그는 내가 생각했던 것보다 훨씬 더 특별했다. 그러나 우리가 직관으로 파악하지 못하고 다만 타인을 통해 아는 것은, 이미 시간이 지난 탓에 영혼에 알려 줄 어떤 방법도 갖지 못한다. 현실과 소통하는 영혼의 길이 닫힌 것이다. 그러므로 우리는 그런 사실의 발견도 너무 늦게 발견한 탓에 즐기지 못한다. 어쨌든 그 발견을 내가 정신적으로 음미하기에는 그것이 너무도 내 마음을 아프게 했다. 아마도 샤를뤼스 씨가 파리의 베르뒤랭 부인 댁에서 한 말을 들은 후부터,* 나는 로베르의 사례가 수많은 신사들에게 해당되며 그것도 가장 지적이고 가장 훌륭한 사람들에게 해당된다는 사

---

* 『잃어버린 시간을 찾아서』 10권 184~185쪽 참조.

실을 믿어 의심치 않았던 것 같다. 그러나 다른 사람에 대해서는 그런 이야기를 들어도 상관없지만, 로베르에 대해서는 예외였다. 에메의 말이 남긴 의혹은 발베크와 동시에르에서의 모든 우정을 퇴색하게 했고, 또 비록 내가 우정을 믿지 않고 로베르에 대해서도 진심으로 우정을 느낀 적이 없었음에도 불구하고, 엘리베이터 보이나 그와 라셀과 함께 식사했던 레스토랑 얘기를 생각할 때마다, 나는 울음을 터뜨리지 않으려고 애써야 했다.

이 콩브레에서의 체류는 나의 온 삶을 통해 가장 콩브레를 생각하지 않았던 시기에 이루어졌는데, 바로 그런 이유로 그것이 내가 예전에 게르망트 쪽에서 품었던 관념과 다음에는 메제글리즈 쪽에서 품었던 다른 관념에 적어도 잠정적이나마 어떤 사실을 입증해 주지 않았다면, 이 체류에 그렇게 오래 멈출 필요가 없었을 것이다.* 예전에 콩브레에서 오후에 메제글리즈 쪽으로 갈 때면 하던 산책을, 지금은 저녁마다 다른 방

---

* "이 콩브레에서의 체류는 나의 온 삶을 통해 내가 가장 콩브레를 생각하지 않았던 시기에 이루어졌는데"부터 이 책의 마지막까지 이어지는 부분은 1989년 판본에 새로이 추가된 부분으로, 1954년 판본에서는 「되찾은 시간」의 앞머리에 해당되는 부분이다. 탕송빌 체류를 두 부분으로 나누는 위험에도 불구하고, 플레이아드뿐만 아니라, GF-플라마리옹, 리브르드포슈 판본에서도 이 단락은 「사라진 알베르틴」의 끝부분을 장식하고 있다. 이런 분할은 이미 어린 시절 다른 남자와 샹젤리제를 산책한다고 오해하고 질베르트와의 결별을 결심했던 일이 물론 작품에는 명시적으로 표기되어 있지 않지만 알베르틴과의 사랑에서도 똑같이 되풀이되고 있으며, 이런 오해와 오인으로 얼룩진 사랑에 대한 비극적 인식이 「사라진 알베르틴」의 주요 모티프라는 점에서, 어쩌면 책의 구성상 불가피해 보인다.(『사라진 알베르틴』, 리브르드포슈, 417쪽 참조.)

향에서 반복하고 있었다.* 예전에 콩브레에서라면 오래전에 잠들었을 시각에, 탕송빌에서는 저녁 식사를 했다. 그리고 더운 계절 탓에, 또 오후에는 질베르트가 성관 예배당에서 그림을 그렸으므로, 우리는 저녁 식사 두 시간 전에야 산책을 나갔다. 예전에 산책에서 돌아올 때면 자줏빛 하늘이 '십자가상'을 에워싸고 또는 비본 시내에서 헤엄치는 모습을 보았는데, 그런 즐거움에 지금은 고르지 못한 움직임을 그리며 귀가하는 양 떼의 푸르스름한 삼각형만을 마을에서 민나는, 어둠이 깔린 시각에야 산책을 떠나는 즐거움이 이어졌다. 들판의 반쪽에는 노을이 졌고, 다른 반쪽에는 벌써 달빛이 비추었으며, 그러다 달빛이 이내 들판 전체를 적셨다. 이따금 질베르트는 그녀 없이 나 혼자 산책하도록 내버려 두었고, 그러면 나는 마법에 걸린 넓은 바다를 가로지르며 항해를 계속하는 쪽배처럼 내 뒤로 그림자를 남기면서 나아갔다. 대개는 그녀가 나를 동반했다. 이렇게 해서 우리의 산책은 대부분 내가 예전에 어렸을 때 했던 산책과 흡사했다. 그런데 나는 왜 예전에 게르망트 쪽에서 결코 글을 쓸 수 없다고 느꼈던 감정을 지금 더 강렬하게 느낄 수밖에 없을까? 거기에는 내가 콩브레에 별 관심이 없는 걸 보면서 느끼는, 상상력이나 감수성이 약화했다는 감정도 더해졌다. 지나간 세월을 왜 이토록 다시 느낄 수 없는지 가슴이 다 아팠다. 예인로를 따라 흐르는 비본 시내도 좁고

---

* 콩브레의 두 산책로에 대해서는 『잃어버린 시간을 찾아서』 1권 237~239쪽 참조.

보기 흉했다. 이는 내가 기억하는 것에서 상당히 중요한 물질적인 부정확한 사실을 찾아냈다는 의미는 아니다. 그러나 지금 내가 다시 지나가는 이 장소에서 전혀 다른 삶으로 오래 떨어졌던 탓에 우리가 의식하기도 전에 추억이 즉시 완전히 감미롭게 터져 나오는 그런 인접성에 의한 연상 작용이 이 장소와 나 사이에는 없었다는 것이다. 어쩌면 추억의 성질이 무엇인지 잘 이해하지 못했으므로, 느끼고 상상하는 능력이 내게서 줄어든 탓에 산책을 하면서도 기쁨을 느끼지 못하는 거라고 생각하니 마음이 서글퍼졌다. 나 자신이 느끼는 것보다 더 나를 이해하지 못한 질베르트 역시 내 놀라움을 공유하면서 그 슬픔을 더욱 커지게 했다. "어떻게 당신이 예전에 올라가던 이 가파른 오솔길에 들어섰는데도 아무 느낌이 없다는 거죠?" 라고 그녀는 말했다. 그리고 그녀 자신도 매우 많이 변했으므로 나는 그녀가 아름답다고 생각하지 않았고, 사실 그녀는 전혀 아름답지 않았다. 우리가 걸어가는 동안, 나는 고장의 풍경이 변하는 모습을, 언덕을 올라가야 한다 싶으면 이내 내리막길이 되는 것을 보았다. 질베르트와 대화를 하는 것이 내게는 아주 즐겁게 느껴졌다. 하지만 어려움이 없었던 것도 아니다. 사람마다 아버지의 성격이나 어머니의 성격 같은, 서로 비슷하지 않은 다른 지층이 존재하는 법이다. 그중 한 지층을 통과하고, 다음에는 다른 지층을 통과한다. 그러나 다음 날이면 그 겹쳐진 순서가 뒤바뀐다. 그리하여 마침내 우리는 누가 그 부분들을 분리할 수 있는지 더 이상 알지 못하며, 또 누구의 판단을 신뢰할 수 있는지도 알지 못한다. 질베르트는 너무 자주 내각을 바꾸는 바람에 동맹을 체결하지 못하는 국가들과도 흡사했다. 그러나 이는 근본적으로 우리 잘못이다. 연속적으로 변하는 존재에게 기억은 일종의 동일성을 설정하며, 그리하여 존재가 기억하는 약속을, 비록 그가 서명하지 않는다 해도 그 약속을 지키도록 만든다. 질베르트의 지성으로 말하자면, 뭔가 자기 어머니의 엉뚱한 면이 있긴 했지만, 그래도 매우 예리했다. 그러나 이 점은 그녀의 장점과는 무관한 것으로, 산책하는 동안 우리가 한 대화에서 그녀가 여러 번 나를 놀라게 했던 걸 기억한다. 그 첫 번째는 그녀가 "너무 시장하지 않고 또 시간도 늦지 않았으면, 왼쪽 길로 가다가 오른쪽으로 돌면, 십오 분도 안 돼 게르망트 성에 도착하게 될 거예요."라는 말을 했을 때였다. 마치 그녀가 이렇게 말하는 것 같았다. "왼쪽으로 도세요, 다음엔 오른쪽으로 가세요, 그러면 당신은 만질 수 없는 것을 만질 수 있으며 우리가 도달할 수 없는 먼 곳, 우리가 이 땅에서 단지 방향만 알 수 있는 곳 — 지난날 우리가 게르망트에 대해 알 수 있는 전부라고 믿었던, 어쩌면 어떤 의미에서는 내가 틀리지 않았던 '쪽'이라고 불리는 곳 — 에 도달할 수 있을 거예요." 다른 놀라움 중의 하나는 '비본 내의 수원지'*를 보는 일이었다. '지옥'의 입구처럼 뭔가 이 세상 밖에 존재한다고 상상했던 것이 실은 거품이 떠오르는 일종의 네모난 공동 세탁장에 불과했던 것이다. 세 번째는 질베르트가 이런 말을 했을 때였다. "당신이 원한다면, 그래도 오후에

---

* 『잃어버린 시간을 찾아서』 1권 296쪽 참조.

산책하러 갈 수 있어요. 메제글리즈를 거쳐서 게르망트에 갈 수 있어요, 가장 멋진 방법이죠." 어린 시절에 품었던 온갖 관념을 송두리째 흔들어 놓는 이 말은 그 두 개의 '쪽'이 내가 믿었던 것처럼 결코 서로 만날 수 없는 길이 아님을 가르쳐 주었다. 그러나 나를 가장 놀라게 한 것은 이 체류 기간 동안 내가 과거의 시간을 거의 다시 느끼지 못하고, 콩브레도 보고 싶어 하지 않으며, 비본 시내도 좁고 보기 흉하다고 생각한다는 사실이었다. 그러나 내가 메제글리즈 쪽에서 상상했던 걸 그녀가 확인해 준 것은 바로 저녁 식사 전에 하는— 비록 그녀가 매우 늦은 시각에 저녁 식사를 하긴 했지만!— 그런 밤의 산책 동안이었다. 달빛에 뒤덮인 깊고 완전한 골짜기의 신비로움 속으로 내려가는 순간, 우리는 잠시 푸르스름한 꽃받침 한가운데 깊숙이 박히려고 하는 두 마리 곤충처럼 걸음을 멈추었다. 그때 질베르트는 우리가 곧 떠나게 되어 섭섭하다는 듯, 또 단순히 우리가 높이 평가하는 것처럼 보이는 고장을 더 잘 안내하고 싶어 하는 여주인의 호의적인 인사말인지는 모르지만, 자신의 감정을 표현하는 데 있어 침묵이나 단순함 그리고 절제된 태도를 이용할 줄 아는 사교계 여인의 능숙함이 돋보이는 그런 말로 우리가 그녀의 삶에서 어느 누구도 가질 수 없는 자리를 차지하고 있음을 믿게 했다. 우리가 들이마시는 감미로운 공기와 산들바람으로 가득해진 나는 그녀에게 느닷없이 내 애정을 토로하면서 이렇게 말했다. "요전 날 당신은 그 가파른 비탈길에 대해 말했는데, 그때 내가 얼마나 당신을 좋아했는지 모를 거예요!" 그녀가 대답했다. "왜 말을 안 했어요? 나는 짐작도 못 했는데. 나도 당신을 좋아했거든요. 그리고 한번은 당신에게 불쑥 나타나기도 했어요." "언제요?" "첫번째는 탕송빌에서 당신이 가족과 산책하고 있었고 난 집으로 돌아가는 길이었는데, 그렇게 잘생긴 소년을 본 적이 없었거든요. 난……" 하고 그녀는 수줍은 듯 아련한 표정을 지으면서 말을 이었다. "남자 친구들과 루생빌 성탑의 폐허로 자주 놀러 가곤 했어요. 당신은 날 불량소녀로 생각했을 거예요. 거기에는 어둠을 이용하는 온갖 남자아이들과 여자아이들이 있었죠. 콩브레 성당의 성가대원이었던 테오도르는, 고백하지만 매우 상냥했어요(또 얼마나 잘생겼었는지!), 지금은 얼굴이 매우 흉해졌지만.(메제글리즈에서 약사로 일하고 있죠.) 그 아인 거기서 이웃 마을의 모든 시골 여자아이들과 재미를 보았어요. 집에서는 내가 혼자 외출해도 방임했으므로, 집에서 빠져나오자마자 그곳으로 달려갔죠. 당신이 와 주기를 얼마나 바랐는지 말로 다 할 수 없어요. 내가 원하는 걸 당신에게 이해시킬 틈이 한순간밖에 없어서, 당신 부모님과 내 부모님에게 들킬 각오를 하고 내가 얼마나 노골적으로 그걸 알리려고 했는지 아주 잘 기억해요. 지금 생각해도 부끄러울 정도예요. 그러나 당신이 얼마나 심술궂은 표정으로 나를 바라보았던지, 나는 당신이 원치 않는다고 이해했어요." 그러자 갑자기 나는 진정한 질베르트, 진정한 알베르틴은 어쩌면 첫 순간 자신들의 시선 속에 자신을 내맡기던 바로 그녀들이 아닐까 하는 생각이 들었다. 한 소녀는 분홍빛 산사나무 울타리 앞에서, 다른 한 소녀는 바닷가에서. 그리고 당시 그걸 이해하지 못했던 나는 나중에 얼마의 시간적인 거리가 있은 후에 기억 속에서 그 사실을 떠올렸고, 그들도 나와의 어중간한 감정의 대화를 통해 첫 순간처럼 솔직해지는 것이 두려웠으므로, 결국 내 서투른 행동이 모든 걸 망쳐 버렸던 것이다. 나는 생루가 라셸에 대해 했던 것보다 더 완전하게 그들과의 관계를 '엉망으로 만들었는데', 솔직히 말하면 그들과 관련된 내 실패는 동일한 이유로 해서 덜 부조리한 것인지도 모른다. "그리고 두 번째는." 하고 그녀가 말을 이었다. "많은 세월이 지나 당신 집 문 아래에서 마주쳤을 때였어요. 오리안 아주머니 댁에서 당신을 만나기 전날이었죠. 난 당신을 금방 알아보지 못했어요. 아니, 의식하지 못한 채 알아보았는지도 모르죠. 탕송빌에서와 같은 욕망을 느꼈으니까요." "하지만 그 사이에 샹젤리제 일이 있었는데요." "그래요, 그러나 그때는 당신이 나를 너무 좋아해서 내가 하는 모든 일을 꼬치꼬치 캐묻는다고 느꼈으니까요." 내가 그녀를 다시 만나러 갔던 날, 그녀와 함께 샹젤리제 대로를 걸어간 젊은 남자가 누구인지 물어볼 생각은 하지 못했지만 그때, 아직 그녀와 화해할 시간이 있었을 때 그녀와 화해했다면, 그날 두 사람의 그림자가 나란히 황혼 속을 걸어가는 모습을 보지 못했다면, 어쩌면 나의 모든 삶은 달라졌을지도 모른다.* 만일 내가 그때 그 일에 관해 질문을 했다면, 그녀는 아마도 내게 진실을 말해 주었을 것이다. 마치 알베르틴이 부활한다면 그렇게 했을 것처럼 말이다. 또 사실 우리가 사랑하지 않는 여인들을 오

---

* 『잃어버린 시간을 찾아서』 3권 342~347쪽.

랜 세월이 지난 후에 만난다 해도 그들이 더 이상 이 세상 사람이 아닌 것처럼, 우리와 그들 사이에는 죽음이 놓여 있는 게 아닐까? 이미 우리의 사랑이 존재하지 않는다는 사실이 그때의 그 여인들이나 그때의 우리였던 젊은 남자를 죽은 사람으로 만들 테니까. 어쩌면 그녀는 기억하지 못할 테고, 또는 거짓말을 할지도 몰랐다. 어쨌든 그런 사실을 안다는 것도 이제는 더 이상 내 관심을 끌지 못했다. 내 마음이 이미 질베르트의 얼굴보다 더 많이 변했기 때문이다. 질베르트의 얼굴은 이제 내 마음에 들지 않았고, 특히 나는 불행하다고 느끼지 않았으므로, 만일 내가 그때의 일을 다시 생각한다 해도, 젊은 남자 옆에서 천천히 걸어가는 질베르트와 마주쳤을 때 "이젠 끝이야. 다시는 그녀를 만나지 않을 거야."라고 말하면서 그토록 불행하게 느낄 거라고는 상상할 수 없었다. 그 먼 시절이 긴 고통에 지나지 않았던 영혼의 상태로부터 이제 남아 있는 것은 아무것도 없었다. 왜냐하면 모든 것이 마멸되고 사라지는 이 세상에서 폐허로 변하는 것, 아름다움보다 잔해를 덜 남기면서 보다 완전하게 파괴되는 것은 바로 슬픔이기 때문이다.

그렇지만 그녀에게 그날 누구와 함께 샹젤리제를 걸어갔는지 묻지 않은 데 대해 나 자신이 별로 놀라지 않았다면,* 그것

---

* 초고에는 알아보기 힘든 필체로 다음과 같은 글이 쓰여 있었다고 한다. "나는 그녀에게 물었다. 그 사람은 남장을 한 레아였다. 질베르트는 자신이 알베르틴을 알고 있다는 걸 알았지만 더 이상 말할 수 없었다. 이처럼 몇몇 사람들은 우리의 기쁨과 고통을 준비하기 위해 언제나 우리 삶에서 발견된다."(『사라진 알베르틴』; 리브르드 포슈, 414쪽 참조.)

은 '시간'이 가져다주는 이런 무관심의 예를 이미 나는 여러 번 목격했기 때문이다. 그럼에도 질베르트에게 그날 그녀를 만나기 전에 그녀에게 줄 꽃을 사기 위해 오래된 중국산 대형 도자기를 판 일을 얘기하지 않은 것은 나 자신이 생각해도 조금은 놀라웠다. 그 일이 있은 후 그토록 슬펐던 시간 동안 내 유일한 위안은 언젠가 별 위험 없이 나의 이 다정한 의도에 대해 그녀에게 얘기할 수 있으리라는 생각이었다. 일 년이 지난 후 내가 탄 자동차에 다른 자동차가 부딪치는 걸 보아도 죽고 싶지 않았던 것은 오로지 질베르트에게 그 얘기를 하고 싶었기 때문이었다. 그때 나는 "너무 서두르지 말자, 그 일을 위해 내 앞에 삶이 있으니까."라고 말하면서 마음을 위로했다. 바로 그런 이유로 나는 내 목숨을 잃고 싶지 않았다. 그런데 지금은 그런 말을 하는 게 별로 유쾌하지 않았고 거의 우스꽝스러웠으며, 또 '그녀를 유혹하려는' 행동처럼 생각되었다. "게다가." 하고 그녀가 말을 계속했다. "당신 집 문 앞에서 만난 날에도 당신이 얼마나 콩브레에서의 모습 그대로였는지. 당신이 변하지 않았다는 걸 당신이 알 수 있다면!" 나는 질베르트를 기억 속에서 다시 떠올렸다. 햇살이 산사나무 아래 만들던 빛의 네모, 소녀가 손에 쥐고 있던 삽, 나를 뚫어지게 쳐다보며 길게 흘기던 시선, 나는 그 모든 것을 스케치할 수 있었으리라. 다만 그 시선에 동반되었던 무례한 손짓 탓에, 나는 그것을 경멸의 시선으로 생각했다.* 왜냐하면 내가 소망하는 것이, 소녀

---

* 『잃어버린 시간을 찾아서』 1권 248~249쪽 참조.

들은 알지 못하지만 뭔가 내 욕망의 시간에 상상 속에서 그들이 한다고 여겨지는 그 어떤 것으로 보였기 때문이다. 더욱이 그 소녀들 중 하나가 그토록 쉽고 빠르게, 거의 내 할아버지가 보는 앞에서 그렇게 대담하게 그 욕망을 표현하리라고는 도저히 믿기 어려웠다.

그렇게 해서 오랜 세월이 지난 후, 그토록 선명하게 기억했던 이미지에 나는 수정을 가해야 했고, 이 일은 당시 나와 어떤 유형의 금발 소녀들 사이에 존재한다고 믿었던 그 극복할 수 없는 심연이 파스칼의 심연*처럼 상상의 산물임을 보여 주면서 나를 행복하게 했고, 또 그 일은 일련의 긴 세월 동안 깊은 곳에서 이루어져야 했기에 시적 행위로 생각되었다. 루생빌의 지하를 생각하자 욕망과 회한에 가슴이 소스라쳤다. 그렇지만 그때 내 온 힘을 기울여 추구했으며 이제는 그 어떤 것도 내게 줄 수 없다고 생각했던 행복이 내 생각이 아닌 다른 곳에, 사실상 바로 내 가까이에, 내가 그토록 여러 번 얘기했으며 아이리스꽃 향기를 풍기는 화장실 너머로 내가 바라보았던 바로 그 루생빌에 존재했다고 말할 수 있어 행복했다. 나는 아무것도 알지 못했던 것이다! 요컨대 질베르트는 내가 산책하면서 욕망했던 것을, 나무들이 열리고 살아 움직일 거라고 믿으면서 집에 돌아갈 결심을 하지 못했던 일까지 모든 것을 간추려서 말해 주었다. 당시 내가 그토록 열렬히 소망

* 파스칼은 『팡세』에서 상상력의 기만적인 힘에 대해 언급했으며, 또 프루스트는 기회가 있을 때마다 『팡세』를 인용했다고 한다.(『사라진 알베르틴』; 리브르 드포슈, 416쪽 참조.)

했던 것, 그것이 무엇인지를 만일 내가 이해하고 되찾을 수 있었다면, 그녀는 이미 내 소년 시절에 그것을 경험하게 해 주었을지도 모른다. 그 시기에 질베르트는 내가 생각했던 것보다 훨씬 더 완전히 메제글리즈 쪽에 속해 있었다.

그리고 내 집 문 앞에서 질베르트를 만났던 날, 그녀는 비록 로베르가 사창가에서 만났다는 그 오르주빌 양은 아니었지만 (장차 남편이 될 사람에게 그녀가 누군지 밝혀 달라고 부탁하다니 얼마나 우스꽝스러운 일이었던가!),* 그녀의 시선에 담긴 의미나 당시 그녀가 어떤 종류의 여자였으며 또 지금 그녀가 어떤 여자인지 스스로 고백하는 점에 대해서도 완전히 오해한 것만은 아니었다. "이 모든 것은 아주 오래전 일이에요." 하고 그녀가 말했다. "로베르와 약혼한 날부터 나는 오직 로베르만 생각했어요. 그런데 내가 가장 자책하는 건 그런 어린아이가 제멋대로 한 행동도 아니에요."**

---

* 250~253쪽 참조.
** 초고에는 '아버지 죽음의 잔혹'이라는 제목 아래 몇 페이지가 공란으로 남아 있었다고 한다.(『사라진 알베르틴』; 플레이아드 IV, 1145쪽 참조.)

작품 해설

1 알베르틴 효과*

『잃어버린 시간을 찾아서』 전체를 통해 「사라진 알베르틴」만큼 많은 논란과 의혹을 자아낸 작품도 없다. 사랑하는 이의 도주와 죽음이라는 긴 시련 후 새로운 출발을 시도하는 베네치아 여행이라는 짧은 두 개의 장만을 남겨 놓고 프루스트는 정말로 작품의 3분의 2에 해당하는 부분을 삭제하려 했던 것일까? 1986년 가족의 서고에서 발견되어 1987년 그라세 출판사에서 발간한 새로운 판본의 출현은 플레이아드를 위시한 출판사들, 더 나아가 프루스트 연구가들 사이에 많은 혼란을

---

* 이 표현은 로랑 제니에게서 빌린 것이다.(Laurent Jenny, "L'effet Albertine", *Poétique*, n.142, 2005/2, 205~219쪽 참조.)

야기한 사건으로, 「사라진 알베르틴」이란 제목의 변화와 더불어 소설의 불완전한 성격을 증폭시키는 동인이 된다.* 1925년의 「사라진 알베르틴」에서 1954년의 「도주한 여인」, 1989년의 「사라진 알베르틴」에 이르기까지 불안정한 움직임을 보이는 작품의 제목에 대해,** 프루스트가 맨 처음 생각했던 제목은 「소돔과 고모라 III」으로 1부 「갇힌 여인」, 2부 「도주한 여인」이었지만, 갈리마르 출판사는 이들 부분을 각각 독립된 권으로 묶기를 원했고, 거기다 1922년 타고르의 시집이 『탈주자(La Fugitive)』***란 제목으로 프랑스에서 발간되면서 「사라

---

* 이런 새로운 판본의 출현은 장 미이(Jean Milly) 교수에 따르면 크게 두 개의 대립되는 시각으로 요약된다. 하나는 피에르 에드몽 로베르(Pierre Edmond Robert)를 위시한 플레이아드 측의 시각으로, 이 새로운 판본은 《외브르 리브르》라는 잡지에 실리기 위해 작가가 준비한 요약본에 지나지 않으며, 그 증거로 프루스트 생전에 「소돔과 고모라」의 요약본인 '질투'(1921년)와 「갇힌 여인」의 요약본인 '부질없는 조심성'(프루스트 사후 1923년에 출간되긴 했으나 프루스트 생전에 원고가 발송된)이 동일 잡지에 게재된 사실을 든다. 이에 반해 유족 측 입장을 대변하는 나탈리 모리악(Nathalie Mauriac)과 그라세 출판사는 프루스트 문체의 변화(앞부분의 긴 시적 문체와 대조를 이루는 짧고 사실적인 문체)와 작가의 서신 교환, 구체적인 교정 작업을 제시하면서 이 판본이 프루스트가 기획했던 「사라진 알베르틴」의 최종본이자 진본임을 주장한다.(J. Milly, "A propos d'Albertine disparue," *Ecrire sans fin*, CNRS Editions, 1996, 53~55쪽 참조.)
** 그 예로 펭귄북 개정판(2003)은 「사라진 알베르틴」 대신 「도주한 여인」이라는 제목을 사용한다. 그러나 「사라진 알베르틴」은 현재 프랑스에서 발간되는 모든 판본에서 최종 제목으로 채택되고 있다.
*** 여기서 '도주한 여인'으로 옮긴 프랑스어 표현은 la Fugitive로서 '사라진 여인', '덧없는 여인', '도망친 여자', '도주한 여인', '탈주한 여인' 등 다양한 번역이 가능하다. 타고르 시집의 제목을 고려한다면 「탈주자」로 옮겨야겠지만 「갇힌 여인」과 운을 맞추기 위해 「도주한 여인」으로 옮긴다.

진 알베르틴」으로 빛을 보게 되었다면, 우리는 기욤 페리에처럼 이 제목이 단순히 우발적 상황 때문에 강요된 제목인가에 대해 물음을 던지게 된다.* 왜냐하면 '사라진(disparue)'이란 단어에는 "알베르틴 양이 떠났어요."라는 프랑수아즈의 목소리와 "알베르틴은 더 이상 이 세상에 없답니다."라는 봉탕 부인의 목소리가 동시에 들어 있기 때문이다. 따라서 이 단어는 더 이상 '우리 시야에 보이지 않는 여인'이라는 본래 의미 외에도 완곡어법에 의해 '죽은 여인', '육체적으로 죽은 여인'일 뿐만 아니라 '우리의 의식에서도 사라진 여인', '망각한 여인'이라는 비유적 의미도 내포한다. 또한 사라진다는 말은 마치 사라졌다 다시 돌아오는 뱅퇴유의 소절처럼, 나타남의 움직임을 그 자체로 배태한다. 어느 순간 망각 속으로 추락했던 과거가 비의지적 기억의 출현에 의해 찬란히 솟아오르듯이, 사랑하는 사람에 대한 고통스러운 추억이 갑자기 되살아나는 '마음의 간헐'이나, 더 나아가 어느 날 돌연 흔적도 없이 사라진 실종자처럼 우리 마음을 그토록 아프게 하는 연인이 사라지기를 바라는 욕망, 또는 이런 죽음을 바란 데 대한 죄의식을 투영하는 것은 아닐까? 따라서 「갇힌 여인」이 현존하는 연인을 대상으로 하는 사랑 이야기라면, 「사라진 알베르틴」은 부재하는 여인을 대상으로 하는 사랑 이야기라고 할 수 있다.

게다가 알베르틴(Albertine)이라는 이름은 '타자(Autre),' 즉 절대적인 이타성의 세계를 표상한다. 알베르틴이 그 '무시무

* G. Perrier, "L'image de la disparition", *Texutel*, n° 50, 2007, 87~89쪽 참조.

시한 미지의 땅' 고모라의 세계를 가리킨다면, 그것은 다른 무엇보다 쾌락의 확실성, 충족될 수 없는 욕망과 관계된다.("불행하게도 나는 (……) 알베르틴 성격의 또 다른 특징을 떠올렸는데, 그것은 억제할 수 없는 쾌락의 유혹에 사로잡혔을 때 그녀가 보여 주는 격렬함이었다."(10권 346쪽) 또한 이 A는 프루스트가 사랑했던 알프레드 아고스티넬리(Alfred Agostinelli)의 이니셜이기도 하다. 그러므로 화자의 문학적 소명을 다루는 『잃어버린 시간』을 구성하는 여타의 소설들과는 달리, 스완과 게르망트에 이어 알베르틴이란 고유 명사를 작품 전면에 내세운 것은 1914년 아고스티넬리의 죽음으로 인한 깊은 상흔과 1차 세계 대전의 폭력을 겪으면서 뭔가 작가의 내면에 깊은 변화가 있었음을 보여 주는 것이 아닐까? 그것은 사랑하는 사람을 잃은 고통을, 그 이해할 수도 받아들일 수도 없는 현실을 되뇌면서, 결코 끝날 수 없는, 어쩌면 우리의 죽음에 의해서만 끝나는 고통을 반복적으로 서술하면서 사랑하는 이를 망각의 늪에서 구원해 기억 속에 보존하려는 욕망을 드러내는 것은 아닐까? 그리고 이 욕망은 글쓰기를 통해서만, 예술을 통해서만 가능하다는 것을?

사랑하는 이의 떠남과 죽음으로 인한 고통을 다루는 이 작품은 어떤 점에서는 발베크 해변에서 처음 만나 사랑에 빠지고, 「갇힌 여인」에서 사랑과 질투를 체험하고, 「사라진 알베르틴」에서 이별과 망각을 얘기한다는 점에서 전통적인 사랑 이야기로 정의될 수 있다. 그러나 그것은 사랑하는 사람을 잃었을 때의 엄청난 고통, 그 고통을 견디기 위해 수많은 상상과 추론과 탐문, 그리고 이런 조사로 얻어진 결과물을 의문시하고 부정하고 해체하면서 마치 우리의 사유가 고통의 충격 아래 스스로의 미궁 속으로 빠져들어 결코 사랑하는 이의 진실에 도달할 수 없다는 듯, 그 반복적인 목소리가 고장 난 레코드처럼 계속해서 돌아간다는 점에서 오히려 연도문이나 주문의 이미지를 연상케 한다. 사랑하는 이의 부재와 마주하여, 그 사랑했던 각각의 기억이나 인상과 감각을 망각하지 않기 위해서는 마치 베네치아에서 만난 그 늙은 가수가 부르는 「오 솔레 미오」처럼 끝없이 되풀이될 수밖에 없으며, 이런 반복적이고 계열적인 노래가 곧 '애도의 글쓰기'이며, 그리고 바로 이것이 비의지적 기억을 통한 과거의 부활과 총체적인 인식을 겨냥하는 '마들렌 효과'와는 반대되는, 일시적이고 단편적인 것, 늙음과 죽음, 욕망과 질투, 광기와 환상, 무의식과 타자 등 '알베르틴 효과'라고 불리는, 그리하여 프루스트 소설의 현대성을 담보하는 또 다른 공명 상자를 대성당의 거대한 건축물 아래 울리게 하는 것이다.

2 애도와 망각

「사라진 알베르틴」은 사랑하는 사람의 상실로 인한 고통, 그 고통을 견디기 위한 일련의 탐문 조사(생루를 중개자로 보내고, 에메를 탐문자로 파견하고, 앙드레를 공범으로 소환하는), 그리하여 무관심과 망각으로 귀결되는 세 개의 주요 모티프를 중심으로 이루어진다. 그런데 프루스트의 동생 로베르 프루스트의 주관 아래 출간된 1925년의 판본은 총 4장으로 구성되어 각각의 장에 1장 슬픔과 망각, 2장 포르슈빌 양, 3장 베네치아 체류, 4장 로베르 드 생루의 새로운 면모*라는 소제목이 붙어 있었다. 이중 '슬픔과 망각'은 프로이트가 말하는 '애도와 애도 작업'과 거의 맥을 같이한다고 지적된다.** 우선 애도(deuil)가 "사랑하는 사람의 상실로 인한 반응"***을 가리킨다면, 이것은 「사라진 알베르틴」에서 알베르틴의 도주와 죽음이라는 두 개의 움직임으로 표출된다. 알베르틴의 갑작스러운 떠남은 그 존재가 우리 옆에 있을 때 느끼게 했던 온갖 모순되는 인상이나 감각을 망각하게 하고, 사랑하는 육체의 현존과 완전한 일체감을 이루었던 순간에 대한 추억만을 상기시키면서, 이런 그녀를 옆에 두기 위해서라면 모든 것을 희생할 수 있다는 결심으로 이어진다. 그리하여 화자는 생루를 봉탕 부인에게 보내 3만 프랑이라는 거금을 제시하지만 중개자의 전언을 통해서 하지 말고 직접 나서라는 알베르틴의 추상같은 명령에 따라(편지를 통해), 롤스로이스와 요트를 사 주겠다고 유혹하는 답장을 써 보내며, 또 알베르틴의 가장 친한 친

---

* 이런 소제목들은 1954년 판본이나 1989년의 플레이아드 판본에서는 모두 삭제된다.
** Danielle Constantin, "Sur l'absence et le deuil dans *Albertine disparue* de Marcel Proust", *Textuel*, n°50, 2007.
*** Freud, "Deuil et mélancolie", *Métapsychologie*, Gallimard, idées, 1968, 148쪽.

구인 앙드레와 결혼하겠다는 계획을 암시하면서 알베르틴의 질투를 유발하는 술책을 쓰기도 한다.("인간은 외부 세계에 영향을 미칠 수 있으므로, 계략이나 지성, 이득이나 애정을 연출하다 보면 알베르틴의 부재라는 그 끔찍한 일을 없애는 데 이를 수 있지 않을까?"(11권 66쪽)) 그러나 사랑하는 이의 부재로 야기된 이런 균열을, 결핍을 메우려는 화자의 온갖 시도는 "우리의 사랑하는 알베르틴은 이제 세상에 없답니다."(11권 107쪽)라는 봉탕 부인의 전보 앞에서 그만 송두리째 무너져 버리고 모든 미래의 가능성은 차단된다. "그때는 함께였지만, 지금은 그 동일한 심연 앞에서 돌연 길을 멈춰야 했다. 그녀가 죽었으니까." (11권 113쪽), "그런 쾌락을 줄 여자를 찾아 온 세상을 헤맨다 해도 만나지 못할 것이다. 알베르틴이 죽었기 때문이다."(11권 127쪽)라는 동일한 시니피앙만을 되풀이하며, 그러다 마침내 화자는 그 고통스러운 시간을 견디기 위해 사랑하는 사람에 대한 존재론적인 탐색을 시도하기로 결심한다.

그런데 프로이트가 말하는 '애도 작업(travail de deuil)'은 사랑하는 대상이 더 이상 존재하지 않는다는 현실 인식 아래 "사랑하는 대상에 묶여 있던 리비도를 모두 철회하고" 그 애착을 다른 대상으로 이동하는 것을 가리킨다. 그렇게 하기 위해서는 "많은 시간과 에너지의 투자"가 필요하며, 또 사랑했던 시절로 다시 거슬러 올라가는 역여행을 해야 한다.* 이런 현실 인식은 「사라진 알베르틴」에서도 거의 동일한 울림을 발견하며, 그러

---

* 프로이트, 앞의 글, 150쪽 참조.

나 화자는 애도 작업이라고 말하지 않고 '망각'을 얘기한다.

내가 그 힘을 느끼기 시작한 망각은 현실과 지속적인 모순 관계에 있는, 우리 마음속에 살아남은 과거를 조금씩 파괴하기 때문에 현실 적응을 위한 가장 강력한 도구 중 하나이다. (……) 그녀를 완전히 망각하기 전에, 처음의 무관심한 상태에 도달하기 전에 똑같은 길로 자신이 떠난 지점에 돌아가 보는 나그네처럼, 나의 커다란 사랑에 이르기 전에 통과했던 모든 감정들을 반대 방향에서 횡단해야 한다고 느꼈다.(11권 237, 239쪽)

화자는 이런 시간 속의 역여행, 반대 방향에서의 횡단을 통해 알베르틴을 사랑하기 이전의 시절로 돌아가서 알베르틴의 실체적 진실에 접근하려고 한다. 그러나 이 여행은 그가 지금까지 해 왔던 것처럼 사랑의 대상이 자기도 모르게 폭로하는 시선이나 말투, 몸짓 같은 세부적인 것에 관한 탐색이 아니라, 사랑하는 대상의 본질에 관한 존재론적 탐색이다.

이 말들이 얼마나 내 마음 깊은 곳까지 닿았는지를 이해하려면, 내가 알베르틴에 대해 제기한 질문들이 부차적이고 그저 그런, 세부적인 것에 관한 질문이 아니었음을 상기해야 한다. (……) 아니다. 알베르틴에게서 그것은 본질에 관한 질문이었다. 다시 말해 마음속 깊은 곳에서 그녀는 무엇이었는지, 그녀가 무엇을 생각하고 무엇을 좋아했는지, 그녀가 내게 거짓말을 했는지, 그녀와 나의 삶이 스완과 오데트의 삶만큼 그렇게 비참

했는지?(11권 171쪽)

　화자는 더 이상 알베르틴이 누구였는지(qui), 그녀가 누구를 생각하고 누구를 좋아했는지와 같은 그녀의 정체성에 관한 질문이 아닌, "그녀가 무엇이었는지(que), 무엇을 생각하고 무엇을 좋아했는지"와 같은 그녀의 자질이나 특성, 즉 고모라적 실체에 관한 질문을 하고자 한다. 다시 말해 그녀의 말투나 몸짓, 안색, 기분의 변화를 통해 막연히 감지했던 그 모든 의혹에 하나의 공통된 일반적인 의미를 부여할 수 있는 본질을 탐색하고자 하는 것이다. 그런데 우리는 이런 존재의 본질을 막연히 의미하는 '무엇'에, 갑자기 "그녀가 내게 거짓말을 했는지"라는 문장이 이어지는 것을 본다. 마치 "화자와 알베르틴의 관계가 존재한다면, 이 관계는 거짓말 위에 설정되거나 매개된다는 듯,"* 이제 모든 것은 이런 거짓말의 진위를 파악하는 일로 귀결된다. 그리하여 화자는 셜록 홈스처럼 지금까지 그에게서 빠져나갔던 알베르틴의 과거 행적들에 대한 증거들을 수집하고 추론하고 논리적 결론을 유도하는 탐정 놀이를 시작한다.

　조금은 비극적이고 희극적인 방식으로 전개되는 이런 탐문에 앞서 우선 우리는 조사의 주체인 화자가 이 일에 적합한 존재인가 하는 물음을 던지게 된다. 그는 알베르틴의 부재를 달

---

* Christina Kkona, "Le narrateur informé ou le roman de l'aimé(e)", *Textuel*, n°50, 36~37쪽 참조.

래기 위해 어린 소녀를 집에 데려왔다가 그 부모로부터 "미성년자 유괴"로 고소되어 경찰의 조사를 받았으며, 또 그의 집은 감시 대상이 된다.(11권 54쪽) 또 화자가 그토록 신뢰하는 생루(알베르틴의 귀환을 위해 봉탕 부인에게 중개자로 보낸)도 어떤 점에서는 알베르틴이 머무는 집 근처에 고모라적 성향으로 유명한 여배우가 살고 있으며, 또 봉탕 부인의 집으로 들어가기 위해서는 창고 같은 곳을 지나가야 했다는 말로 화자의 호기심을 자극하지만, 이런 그가 임무를 마치고 화자를 방문하기에 앞서 게르망트 부인의 하인과 가진 대화에서 그토록 "마키아벨리적이고 잔인한 말"(11권 98쪽)을 구사하는 것을 보고 화자는, 혹시 그가 자신에 대해 '배신자' 역할을 한 것은 아닌지 의심한다. 두 번째 증인 에메에 대해서도 화자는 그가 "이해타산을 따지고, 자신이 섬기는 주인에게 충실하고, 모든 종류의 도덕심에 무관심하며"(11권 132쪽) 돈만 주면 뭐든지 하는 인간임을 알고 있다. 게다가 에메에게 알베르틴의 이야기를 전했다는 샤워장 담당자에 대해, 할머니는 일찍이 그녀가 거짓말하는 병에 걸렸다고 말한 적이 있지 않은가.(11권 177쪽) 알베르틴의 결백을 주장하는 세 번째 증인인 앙드레 또한 거짓말에 소질이 있다는 걸 화자는 발베크 첫 번째 체류 때부터 감지하고 있었다.(4권 403쪽)

그러므로 화자가 발베크와 투렌으로 생루와 에메를 파견한다 해도, 증인들의 진정성 자체가 의문시되는 이런 종류의 증언들은 화자의 의혹을 가라앉혀 주기는커녕 질투심만을 증폭한다. 따라서 샤워장 안에서 알베르틴이 다른 여성과 쾌락을 맛보았다는 샤워장 담당자의 이야기나, 해변에서 알몸으로 서로를 만지면서 놀았다는 세탁소 여자아이의 이야기는 그 선정적인 내용으로 인해 실제로 있었던 일인지, 아니면 화자가 무의식적 환상 속에서 스스로 지어낸 상상의 시나리오인지 미해결 상태로 남아 있다. 이처럼 알베르틴의 성적 탐닉에 대한 조사가 실패로 끝날 수밖에 없다면, 그것은 사랑하는 사람의 성적 행위만이 아니라 그 은밀한 생각과 감정과 고백하지 않은 욕망, 자신이 경험해 보지 못한 미지의 쾌락을 상상하는 데 있어서의 어려움 등 그 모든 것이 포착할 수 없는 타자의 이미지로 귀결되기 때문이다.

지금 직면한 이 예기치 못한 불행은 그토록 많은 전조들을 통해 내가 이미 읽어서 알고 있는 듯했고(알베르틴과 그 두 레즈비언의 우정처럼), 나는 그 전조들에서 (알베르틴 자신의 말에 기대어 그 말을 반박하는 내 이성에도 불구하고) 그녀가 그렇게 노예로 사는 삶에 대해 느끼는 피로와 혐오감을 식별했으며, 또 그 전조들은 이런 피로와 혐오감을 알베르틴의 쓸쓸하고도 온순한 눈동자 뒤에, 까닭 모를 홍조로 느닷없이 달아오른 뺨에, 갑자기 열리는 창문 소리 속에, 눈에 보이지 않은 잉크로 그려 넣고 있었다!(11권 22쪽)

이처럼 알베르틴의 이타성이 다른 무엇보다도 육체가 느끼는 쾌락의 확실성과 충동적인 움직임("까닭 모를 홍조", "느닷없이 달아오른 뺨", "갑자기 열리는 창문 소리")으로 정의된다면, 화자는 사피즘의 사랑이나 실체를 결코 이해할 수 없으며, 어쩌면 바로 이런 불가능성이 화자로 하여금 레즈비언이라는 단어보다는 성경에 나오는, 보다 막연한 고모라라는 단어를 선호하게 했는지 모른다. 그런데 이 레즈비언이라는 단어는 『잃어버린 시간』 전체를 통해서 단 한 번 이렇게 「사라진 알베르틴」에서, 그것도 괄호 안의 비교절을 통해서만 나타나며, 또 이런 알베르틴의 고모라적 실체에 관한 확실성의 결여가 어쩌면 화자의 존재론적 탐색을 알베르틴의 결백이나 유죄의 문제로 몰고 가게 하는지도 모른다.

하지만 나의 고뇌가 감소했기 때문에 알베르틴의 결백을 더 이상 믿을 필요를 느끼지 않았다면, 역으로 그녀의 고백을 듣고도 그렇게 괴로워하지 않은 까닭은 얼마 전부터 알베르틴의 결백에 대해 내가 주조했던 믿음이 점차 알베르틴의 죄에 대한 믿음으로, 내가 의식하지 못하는 사이에 내 마음속에서 항상 존재했던 믿음으로 바뀌었기 때문이라고 말할 수 있다. 그런데 내가 알베르틴의 결백을 더 이상 믿지 않는다면, 더 이상 그걸 믿을 필요도, 믿고 싶은 열정적인 욕망도 이미 없었기 때문이다. 욕망이 믿음을 낳으며, 또 만일 우리가 평소에 이런 사실을 깨닫지 못한다면, 믿음을 낳는 대부분의 욕망이 — 알베르틴이 결백하다고 나를 설득했던 욕망과는 달리 — 우리 자신과 더불어서만 끝이 날 수 있기 때문이다.(11권 327~328쪽)

만일 화자가 오랫동안 품어 왔던 의혹의 진위를 결정하기 위해 증인들을 소환했다면, 이제 남은 것은 '믿음'의 문제이다. 그런데 믿음은 우리 욕망의 산물이다. 따라서 내가 선택하는 믿음은 욕망의 존재 유무에 따라 달라진다. 만일 내가 알베르틴이 결백하다고 믿는다면, 그것은 알베르틴에 대한 욕망이 아직 남아 있다는 증거이며, 만일 알베르틴의 유죄를 믿는다면, 그것은 망각이 어느 정도 진행되어 알베르틴에 대한 욕망도 소멸했다는 의미이다. 왜냐하면 이 모든 것은 내 정신 상태가 부재의 고뇌를 감소하기 위해, 또는 무의식적 욕망을 충족하기 위해 만들어 낸 산물이기 때문이다. 그러므로 알베르틴이 거짓말을 했을지도 모른다는 가능성은 이제 화자 자신이 거짓말했을 가능성으로 그 방향을 돌린다.

한 존재와 우리의 관계는 오로지 우리 사유 속에만 존재한다. (……) 인간은 자신으로부터 벗어날 수 없는 존재이며, 자기 안에서만 타자를 인식하며, 그렇지만 그와 반대되는 말을 하면서 거짓말하는 존재이다.(11권 65쪽)*

이렇게 끊임없이 우리로부터 빠져나가는 존재를 붙잡기 위한 유일한 방법이 거짓말이라면, 따라서 한 존재와 우리가 맺

----

* 우리는 이미 「갇힌 여인」에서 이런 거짓말의 도식이 반복되는 것을 보았다. 뱅퇴유 딸의 친구에 의해 키워졌다고 말한 것이 단지 화자의 관심을 끌기 위한 것이었다는 알베르틴의 말에, 화자는 "가장 멋진 이별은 가능한 빨리 이루어지는 법이니, 내가 느낄 그 커다란 슬픔을 단축하기 위해서라도, 오늘 밤 작별 인사를 하고 내일 아침 나를 만날 필요도 없이 내가 자는 동안 그냥 떠나 주었으면 좋겠어요."(10권 262쪽)라는 거짓말로 대응함으로써 알베르틴의 떠남과 죽음을 촉발한다.

는 관계가 다만 거짓말이라는 소통 수단으로만 축소된다면, 이 거짓말은 어떤 점에서는 사랑의 수사학이며 질투의 또 다른 표현이라고 할 수 있다. 알베르틴의 고모라적 성향을 알기 위해 알베르틴과 헤어지겠다는 화자의 거짓말이 바로 알베르틴을 떠나게 했으며, 그럼에도 화자는 그녀가 유폐된 생활에 혐오감을 느끼고 또 다른 쾌락을, 자유를 찾아 떠났다고 믿으면서, 다시 말해 그녀가 죄가 있다고 믿으면서 그녀를 망각하고 다른 대상을 찾아 나설 것이기 때문이다.

사랑은 어떤 정신 상태이므로 사랑하는 사람보다는 더 오래 살아남지만, 그 사람과는 진정한 관계를 갖지 못하고 자기 밖에서는 어떤 지지도 받지 못하므로, 결국에는 모든 정신 상태와 마찬가지로 비록 가장 오래 지속되는 것조차 언젠가는 쓸모없는 것이 되어 다른 것으로 '대체될' 수밖에 없다.(11권 238쪽)

다른 대상으로 '대체될' 운명에 놓인 연인, 이것이 현실의 원칙이며 망각의 본질이다. 망각은 부재하는 여인으로 인한 슬픔을 잊게 해 주고 치유해 주며, 마치 정신병원에 입원한 환자가 자신의 정체성을 망각하고 예수 그리스도라고 자처하는 것처럼, 끊임없이 자아를 위협하는 자아 상실의 공포로부터 벗어나게 해 준다. 왜냐하면 "망각하지 않은 연인은, 지나친 피로, 기억의 긴장으로 죽어"* 갈 것이기에 우리는 살아남

---

* 롤랑 바르트, 김희영 옮김, 『사랑의 단상』(동문선, 2004), 32쪽.

기 위해 망각해야 하며, 그러나 이내 사랑하는 사람을 버렸다는, 방치했다는 죄책감으로 괴로워하고 죽기를 바란다. 이처럼 망각은 그 자체 안에 삶의 충동과 죽음의 충동을 동시에 담고 있는지도 모른다. 마치 스완이 "오데트가 무슨 사고라도 당해 고통 없이 죽어 주기를"(2권 286쪽) 바랐던 것처럼, 화자는 알베르틴이 "어떤 돌발 사건의 희생물이 되었다가 살아난다면 (……) 스완의 말처럼 살아가는 자유를 되찾을 수 있었을지도 모른다."(11권 106쪽) 그러나 이런 회한이나 고통도 시간이 지나면 잊히기 마련이고, 그리하여 화자는 질베르트를, 게르망트 부인을 사랑하고 망각했던 것처럼, 이제 알베르틴을 망각하고 새로운 사랑을 찾아 베네치아로 여행을 떠난다.*

3 베네치아 여행과 카르파초의 그림

베네치아는 화자의 삶에서 중요한 자리를 차지한다. 질투

---

* 화자는 이런 망각의 진행 과정에 대해 불로뉴 숲에서의 세 소녀와의 만남(그 중 하나가 포르슈빌 양, 즉 질베르트로 판명되는), 알베르틴의 고모라적 성향이 확인되는 앙드레와의 대화, 그리고 베네치아에서 질베르트의 전보를 받고 알베르틴의 필체로 착각하지만 알베르틴이 살아 있다는 소식에도 아무런 감정도 느끼지 못하는 일화를 망각의 세 단계로 들고 있다. 그러나 앙드레와의 대화는 고모라적 실체를 드러나게 한다는 점에서 앞의 존재론적 탐색과 맥을 같이하며, 세 소녀와의 만남은 결혼 이야기로, 질베르트와 알베르틴의 필체의 혼동은 베네치아 여행과 결혼 이야기로 각각 연결된다는 점에서 텍스트에 서술된 순서에 따라 이야기를 재구성해 보았다.

의 속박이 잠시도 파리에서 떨어져 있는 것을 허락하지 않아 그동안 미루어 왔지만, 이제 알베르틴이 죽고 상실의 고통도 진정되고 그동안 출발을 방해했던 요소들이 어느 정도 사라지면서 여행은 가능해진다. 「되찾은 시간」에 이르면, 이 베네치아의 고르지 못한 포석 위에서 비틀거렸던 감각이 시간과 공간 속에 분리되었던 감각을 유추의 기적에 의해 되찾게 해 주면서 화자에게 작가의 가능성을 확인하는 결정적인 계기로 작용하지만, 베네치아 여행은 또한 프루스트에게 사물을, 예술을 읽는 방법을 가르쳐 준 러스킨과, 이런 러스킨을 프랑스어로 번역하는 데 도움을 준 어머니와의 여행이라는 점에서 중요한 의미를 가진다. 그런데 베네치아는 화자에게 다른 무엇보다도 콩브레와의 유사성과 차이로 그 존재감을 드러낸다.

　　어머니는 몇 주일 동안 나를 베네치아에 데려갔고 — 아름다움이란 가장 초라한 것뿐만 아니라 가장 세련된 것에도 존재할 수 있으니까 — 나는 그곳에서 예전에 콩브레에서 자주 느꼈던 것과 유사한, 그러나 완전히 다른 방식으로 보다 풍요롭게 전환된 인상을 맛보았다.(11권 351쪽)

이 문단은 프루스트가 예전에 존재하는 것이 곧 아름다움으로 이어지는 샤르댕의 미학과 어떤 초월적인 아름다움이 덧붙여지는 렘브란트의 미학을 비교하는 대목, 더 나아가 플로베르의 실체적 글쓰기와 자신의 은유적 글쓰기를 비교하는 대목을 상기시킨다.* 즉 '초라한' 일상의 아름다움이 숨 쉬는 콩브레에 비해, 베네치아는 '세련된' 예술적인 기교가 녹아 있는 곳이다. 그렇지만 "베네치아에서 삶의 친숙한 인상을 주는 책임을 맡은 것은 가장 아름다운 예술 작품들"(11권 350쪽)이다. 물론 베네치아에도 콩브레와 같은 소박한 아름다움은 존재하며, 화자는 이런 아름다움을 찾아 베네치아의 미로 같은 골목길인 '칼리'를 찾아 나서고, 서민 출신의 아가씨들과 모험을 즐기며, 낯선 밤의 풍경에 매혹되기도 하지만, 망각의 진행 과정은 특히 베네치아에서는 건축물이나 예술작품의 은유를 통해 형상화된다.

이따금 노을이 질 무렵 호텔로 돌아갈 때면, 과거의 알베르틴이 눈에는 보이지 않지만 내 마음 깊은 곳에 갇혀 있어, 마치 베네치아 내부에 있는 '피옴비' 감옥에 갇혀 있기라도 한 듯 이따금 작은 사건이 그 견고한 내벽을 움직이면서 과거로의 출구를 만드는 듯했다.(11권 379쪽)

자신의 욕망을 쫓아 무한히 도주하는 알베르틴을, 그녀의 죽음과 더불어 이제 마음 깊은 곳에, 베네치아 한복판 산마르코 대성당 옆 두칼레 궁전에 위치한 피옴비 감옥에 가두었다고 생각했던 화자에게, 마치 카사노바가 피옴비 감옥을 탈출

---

* 샤르댕과 렘브란트의 비교에 대해서는 『잃어버린 시간을 찾아서』 4권 53쪽 참조.

한 것처럼, '시간의 위대한 여신'(10권 339쪽)인 알베르틴이 갑자기 감옥의 벽을 부수고 유령처럼 나타나, 그녀가 입은 포르투니의 망토와 더불어 '과거로의 출구'를 연다.

나는 처음으로 「마귀 쫓는 의식을 거행하는 그라도의 총대주교」란 그림을 보았다. 높은 굴뚝을 상감하듯 박아 넣은 선홍빛과 보랏빛의 그 경이로운 하늘을 나는 오래 바라보고 있었는데, 튤립꽃이 피어나듯 벌어진 굴뚝 모양과 붉은색이 휘슬러가 그린 많은 베네치아 풍경을 연상시켰다. 그리고 내 시선은 오래된 리알토 나무다리에서, 금빛 기둥머리로 장식된 대리석 궁전이 있는 그 '15세기의 베키오 다리'로 갔다가 다시 대운하로 돌아갔는데, 분홍빛 재킷 차림에 깃털 달린 챙 없는 모자를 쓴 젊은이들이 작은 배를 모는 모습이, 마치 세르트와 슈트라우스와 케슬러가 만든 그 경탄할 만한 발레 「요셉의 전설」에 나오는, 진짜 카르파초를 연상시키는 인물과 혼동될 정도로 닮아 있었다. 마지막으로 그림을 떠나기 전, 내 눈은 당시 베네치아 삶의 정경으로 가득한 운하 기슭으로 되돌아갔다. 면도기를 문지르는 이발사, 술통 든 흑인, 대화 중인 이슬람교도들, 다마스쿠스산의 화려한 비단옷과 버찌 빛깔의 챙 없는 벨벳 모자를 쓴 베네치아 귀족들. 그러다 나는 갑자기 가슴을 가볍게 깨무는 듯한 아픔을 느꼈다. 소매와 깃에 금박과 진주로 수놓은 장식에서 그들이 가입한 즐거운 협회의 표시를 알아볼 수 있는 그 '칼차의 동반자들' 중 한 사람의 등에서, 알베르틴이 나와 함께 베르사유로 무개차를 타고 갔을 때 입었던 망토를 알아본 것이

다."(11권 392~393쪽)

「리알토 다리에서의 십자가 유물의 기적」(1495)이라고 불리기도 하는 이 작품은 그라도의 총대주교가 리알토 다리 옆에서 마귀 쫓는 의식을 거행하는 장면을 묘사한 것으로, 왼쪽 높은 궁전 주위에서 행해지는 구마 의식, 그 아래 모여든 사람들과 거리 풍경, 그리고 오른쪽 리알토 나무다리와 곤돌라와 뱃사공들이라는 총 세 부분으로 구성되어 있다. 요시카와 교수에 따르면 하늘의 색깔과 굴뚝 형태, 인물의 옷은 거의 대부분 로젠탈의 「카르파초 평전」을 인용했다고 설명되는데,* 화자는 특히 왼쪽 아랫부분에 묘사된 "다마스쿠스산의 화려한 비단 옷과 버찌 빛깔의 챙 없는 벨벳 모자를 쓴 베네치아 귀족들"에 주목한다. 그들은 15세기 베네치아에서 연회나 오락, 공연을 조직하던, 또는 기쁨조의 역할을 하던 귀족들의 모임인 '칼차의 동반자들(Compagnia della Calza)'을 가리키는 것으로, 아마도 프루스트는 로젠탈의 책에서 이들을 '쾌락의 기사들'로 명명한 것을 보고 '즐거운 협회(joyeuse confrérie)'로 칭한 듯 보인다고 서술된다.** 그런데 이 confrérie라는 단어는 『잃어버린 시간』에서 '협회'나 '동업자' 또는 '그런 부류'로 다양하게 표현되면서 발베크 해변의 소녀들 무리를 가리키기도 하고,

---

* K. Yoshikawa, *Proust et l'art pictural*, champion, 2010, 27쪽 참조.
** Sophie Berthot, "Le roman pictural d'Albertine", *Littérature*, n°123, 2001, 114쪽. 포르투니의 망토에 대해서는 『잃어버린 시간을 찾아서』 10권 413~417쪽 참조

또 샤를뤼스를 움찔하게 만들었던 동성애자들의 집단을 환기하기도 한다.(8권 160쪽) 또 이런 '칼차의 동반자들'의 표시를 알베르틴이 떠나기 전날 자동차 산책에서 입었던 포르투니의 망토(10권 368~369쪽)에서 알아보았다는 화자의 말은 '가볍게 깨무는 듯한 아픔(une légère morsure)'이란 표현의 반복("그러고는 너무 흥분에서 절 깨물지 않고는 못 배기더군요. 전 세탁소 여자아이의 팔에서 아직도 그 깨문 자국이 남아 있는 걸 볼 수 있었습니다."(11권 184쪽))과 더불어 쾌락의 상징인 알베르틴을 투사한다. 그러므로 카르파초의 그림이 쾌락의 전도사인 알베르틴, 곤돌라와 뱃사공들로 표현되는 무한한 항해에 대한 알베르틴 또는 화자의 욕망, 그리고 밖으로의 유혹을 상징하는 타자의 이미지와 관계된다면 이런 알베르틴의 망토에 새겨져 있는 흔적을 보면서 '혼란스러운 감정'에 빠졌다는 화자의 발언은 조금은 당혹스러운 것이다.

　내가 그녀에게 떠나 달라고 청할 때마다 항상 준비가 되어 있던 그녀가 "밤이 오고 또 우리는 헤어지려고 했으므로 이중으로 황혼이었던 그 산책을 나는 결코 잊지 못할 거예요."라고 마지막 편지에서 말했던 그 슬픈 날 그녀는 포르투니의 망토를 어깨에 걸쳤으며 다음 날 그 망토를 함께 가져갔으므로, 나는 그 뒤로 한 번도 기억 속에서 그걸 떠올리지 않았다. (……) 나는 이 모든 걸 알아보았고, 한동안 잊고 있던 망토가 그 그림을 보기 위해 그날 저녁 알베르틴과 함께 베르사유를 향해 출발하려던 남성의 눈과 가슴을 돌려주었으므로 잠시 혼란스

러운 감정에 빠졌으나, 이내 욕망과 우울증도 사라졌다.(11권 394~395쪽)

이처럼 망각했던 여인이 욕망했을 때의 눈과 가슴을 돌려주어 '잠시 혼란스러운 감정'에 빠졌지만 이내 이런 '욕망과 우울증'이 사라졌다는 화자의 말은, 이제 사랑하는 이의 상실이 주체를 무겁게 짓누르는 '우울증'이 사라지고 마침내 애도의 작업이 완성되었음을 의미하는 걸까? 왜냐하면 사랑하는 이에 대한 욕망이 아직도 자아를 짓누른다면, 그것은 화자가 여전히 연인의 지배하에 놓여 있으며, 그래서 우울증에서 벗어나지 못한 채로 죽음을 욕망한다는 걸 의미하기 때문이다. 뤼크 프레스(Luc Fraisse) 교수에 따르면, 이 그림은 화자의 알베르틴에 대한 사랑에서 중요한 단계를 구축하는 것으로, 시간이 '총대주교'의 역할을 수행한 덕분에 화자는 더 이상 정념의 마귀에 시달리지 않으며('가볍게 깨무는 듯한 아픔'밖에 느끼지 못하는), 또 '칼차의 동반자들'에 대한 묘사는 알베르틴이 바로 이 집단의 일원임을, 저주받은 족속임을 확인하는 듯 보이지만 '즐거운 협회'란 표현이 뭔가 이 집단에 긍정적인 의미를 부여함으로써 조금은 모호한 감정을 나타낸다고 설명된다.* 또한 이 문단은 진정한 상호 텍스트성의 공간을 구축한다. 르네상스 시대의 베네치아를 재현한 카르파초의 그림, 베네치아의 풍경을 판화로 제작한 화가 휘슬러, 그 그림에서 착

---

* 뤼크 프레스, 『사라진 알베르틴』, 리브르드포슈, 24쪽 참조.

상을 얻어 의상으로 재현한 포르투니, 케슬러의 대본에 슈트라우스가 작곡하고 세르트의 무대 장식의 도움을 받아 러시아 발레로 재현된 「요셉의 전설」, 이 모든 것이 동방과 서양, 비잔틴 문명과 고딕 문명이 혼재하는 베네치아의 아름다움을, 또 시간과 공간을 초월한 예술의 영속성과 위대함을 구현한다.

그러나 카르파초의 또 다른 그림은 쾌락을 찾아 끝없이 움직이는 알베르틴의 모습과는 대조적으로 산마르코 성당에 침묵과 부동의 자세로 고정되어 있는 어머니의 이미지를 표상한다.

곤돌라가 피아제타 선착장 앞에서 우리를 기다리는 동안 서늘한 미광 속 세례 요한이 그리스도를 잠기게 한 요단강 물결 앞의 세례실을 떠올렸을 때, 베네치아에 있는 카르파초의 「성녀 우르술라의 전설」에 나오는 나이 든 여인처럼 경건하고도 열정적인 상복 입은 여인이 내 옆에 서 있었으며, 또 붉은 뺨에 슬픈 눈을 하고 검은 베일을 쓴 그 여인은 산마르코 성당의 성소 안에 마치 모자이크처럼 자신을 위해 마련된 부동의 자리를 갖고 있어서 그 여인을 성소 밖으로 내보낼 수 있는 것은 아무것도 없으며, 그리하여 내가 그곳에 가기만 하면 언제라도 만날 수 있다고 확신하는 그 여인이 바로 내 어머니라는 사실에 더 이상 무관심할 수 없는 시간이 다가왔음을 깨달았다.(11권 391~392쪽)

문단의 가장 핵심적인 표현인 '내 어머니'라는 글귀를 끝
부분에 위치시킴으로써 효과를 극대화하고 있는 이 문단에
서, 어머니는 카르파초의 또 다른 걸작「성녀 우르술라의 전
설」을 이루는 총 아홉 편의 연작화 중「우르술라 성녀의 순교
와 장례식」에 나오는 상복 입은 늙은 여인을 재현한다. 그것
은 더 이상「소녀들」에서 묘사된 "화려한 버찌 빛 비단 옷과
초록빛 다마스 천으로 지은 옷을 입은"(4권 423쪽) 베네치아
의 귀족 부인들이 아니라, 성녀의 죽음을 애도하며 제단 앞에
무릎을 꿇고 있는 여인, 또는 할머니의 죽음을 애도하며 검은
옷을 항상 입고 있는 어머니를 묘사한 것으로, 이런 어머니가
세례 요한이 그리스도에게 세례를 주는 장면과 살로메가 춤
을 주는 장면, 살로메가 세례 요한의 머리를 쳐든 모습이 새겨
진 산마르코 성당의 모자이크와 더불어 영원히 성당 안에 안
치된 묘석처럼 부동의 자리를 차지하게 될 거라는 화자의 발
언은, 앞에서 서술된「요셉의 전설」과 더불어 유대인의 신앙
이 기록된 성서의 세계로 우리를 안내한다. 어머니는 유대인
이며 이런 고백하고 싶지 않은 비밀과 마주하여 화자는 자신
이 은폐했던 기원을 환기하면서, 마치 뱅퇴유의 딸이 아버지
사진에 침을 뱉은 것처럼 이런 원죄의 상흔인 어머니를 부정
하고 모독한 데 대해, 또 자신의 악덕으로 고통스럽게 만든 어
머니에 대해 깊은 죄책감을 느끼고 있는 것이다. 그리하여 모
자이크처럼 부동의 모습으로 굳어 있는 산마르코 성당과 어
머니는, 삶으로 들끓고 있는 리알토 다리와 곤돌라를 타고 무
한한 항해를 꿈꾸는 알베르틴과 대조를 이루면서, 사랑하는

연인과 어머니 사이에 놓인 그 고통스러운 간극을 드러나게 한다.

4 두 결혼 이야기

모든 것이 화자의 내적 독백처럼 진행되는 이 소설에서 유일하게 사건이라고 할 수 있는 것이 결혼 이야기이다. 화자와 알베르틴의 관계가 단순한 사랑 이야기라면, 그것은 필연적으로 결혼이라는 문제에 부딪힐 수밖에 없으며, 사실 작품을 자세히 들여다보면 이 결혼 이야기는 앙드레의 마지막 폭로, 즉 알베르틴이 베르뒤랭 연회에 참석하고 싶어 했던 이유가 봉탕 부인이 알베르틴의 결혼 상대로 생각한 베르뒤랭 부인의 조카 옥타브를 만나기 위한 것이지, 알베르틴의 고모라적 취향을 입증하는 뱅퇴유 딸과의 만남 때문이 전혀 아니었다는 사실에서부터, 알베르틴의 필체로 오인한 질베르트의 전보가 실은 질베르트와 생루의 결혼을 알리는 청첩장이라는 사실에 이르기까지 작품의 후반부를 장식하는 주요 모티프로 작동한다. 마치 「금빛 눈의 소녀」에서처럼 '황금과 쾌락,' 즉 '돈과 악덕'이 지배하는 사회에서는 행복한 결혼이란 존재하지 않으며, 생루가 질베르트와 결혼한 것도 실은 그녀가 가진 엄청난 부와 또 모렐과의 관계를 숨길 수 있는 방패막이로 삼기 위해서이며, 또 샤를뤼스가 모렐로부터 버림받은 쥐피앵의 조카딸을 양녀로 삼고 캉브르메르 후작의 아들과 결혼시킨 것 역시 모렐의 배신으로 인한 상처받은 자존심을 보상하려는 샤를뤼스의 선의 또는 복수라는 듯, 모든 것은 파국으로 끝날 수밖에 없는 운명임을 확인한다. 게다가 샤를뤼스의 선의에도 불구하고 전염병으로 일찍 죽음을 맞는 조카딸이나 남편의 배신으로 고통을 받는 질베르트의 모습, 게다가 베네치아에서 우연히 목격한, 비록 합법적인 결혼 관계는 아니라고 해도 오랫동안 서로에게 지조를 지켜 온 부부나 다름없는 노르푸아와 빌파리지 부인의 모습은 시간에 의해 모든 것이 변질되어 버린, 애정이라고는 전혀 찾아볼 수 없는 그저 단순히 습관의 노예가 되어 버린 관계(11권 363~368쪽)의 부조리한 현실을 조망한다.

게다가 질베르트의 불행한 결혼은 또 다른 의미를 배태하는 동인이 된다. 스완의 죽음 이후 어머니 오데트가 포르슈빌 후작과 결혼해서 포르슈빌 양으로 불리게 된 질베르트, 그래서 지금은 파리에서 가장 매력적인 상속녀가 되었으며, 이런 질베르트를 돈 때문에 아들과 결혼시키려고 애쓰는 게르망트가의 마르상트 부인, 또 스완에 대한 죄책감 때문에 과거에는 부정했던 그의 딸 질베르트를 게르망트 가의 일원으로 받아들이면서 적극적인 보호자 역할을 하겠다고 나서는 게르망트 부부, 이런 일련의 모습 뒤로 우리는 앞에서 언급했던 부친 모독 또는 모친 모독의 주제가 나타나는 것을 본다.

스완은 죽은 후에 자신이 딸을 통해 살아남으리라는, 조금은 두렵고 불안한 희망을 품었지만, (……) 살롱에서 질베르트의 현존은 아직도 이따금 그녀의 아버지에 대해 얘기할 기회가 되는 대신 오히려 방해물로 작용했고, 아직 말할 수 있는 기회마저 점점 드물게 만들었다. 그가 했던 말이나 그가 준 물건에 대해서도 사람들은 더 이상 그의 이름을 언급하지 않는 습관을 가지게 되었고, 그의 기억을 영속화하지는 못한다 해도 적어도 새롭게 할 수 있는 딸이 오히려 죽음과 망각의 작업을 서둘러 완성했다.(11권 298쪽)

오직 게르망트 부인에게 아내와 딸을 소개하고 싶다는 간절한 소망 때문에 오데트와의 결혼을 감행했던, 딸을 통해 자신의 이름이 기억되기를 바랐던 스완이 이제 아버지의 이름을 거론하는 것조차 수치스럽게 생각하며 아버지에 대한 '죽음과 망각의 작업'을 완성하는 딸에 의해 부인되고 잊힌 존재가 되는 것이다. 그럼에도 불구하고 이따금씩 질베르트를 사로잡는 죄책감이 "로베르와 약혼한 날부터 나는 오직 로베르만 생각했어요. 그런데 내가 가장 자책하는 건 그런 어린아이가 제멋대로 한 행동도 아니에요."(11권 473쪽)라는 고백이 비추듯이 '부친 모독'을 상징하는 몽주뱅의 어두운 그림자가 그녀의 내면에도 짙게 드리워져 있음을 보여 주는 것은 아닐까? 이처럼 아버지의 이름을 부정하고 모독한 데 대한 죄책감은 질베르트뿐만 아니라 화자에게도 해당하며, 프루스트는 이런 부친/모친 모독에 대한 '원죄의 상흔'을 1907년《르 피가로》에 「존속 살해에 대한 자식의 감정」이란 제목으로 게재한 바 있다.* 그러므로 결혼 이야기는 '돈과 악덕'에 의해 타자와의 결합이 실패로 끝날 수밖에 없는 벨에포크 시대의 사회적 현실을 반영하면서도, 더 나아가 자신의 악덕에 의해 아버지나 어머니에게 무한한 고통을 유발한 뱅퇴유의 딸이나 질베르트 또는 화자에 이르기까지, 사랑을 하면서도 증오하고 또 증오하면서도 자책하는 그런 가족 간의 심리적 갈등을 재현한다.

5 무한한 글쓰기

프루스트는 「사라진 알베르틴」의 서두부터 일반 심리학이 존재의 내면을 이해하지 못하는 절름발이 이론이며 고통만이 존재의 깊이를 파헤치게 해 준다고 역설한다. 그것은 명철한 의식 속에서 우리 지성이 수집하는 객관적이고 외적인 사실의 나열이 아닌, 어둠과 침묵 속에서 느끼는 인상을 일체의 수사적 표현 없이 진솔하게 경험한 그대로 묘사하는 일을 통해 이루어진다는 것을 말해 준다. 그런데 고통 속에서 체험한 이 현실은 알베르틴이 거짓말을 했는지, 아니면 화자 자신이 믿고 싶어 하는 것만을 얘기했는지, 알베르틴의 본질을 알고 싶어 하는 그 모든 질문은 불확실성의 회로에 사로잡힌 채 빙빙 제자리만 돌 뿐, 시간이나 계절, 그날의 기분에 따라 끊임없이 변화하는 알베르틴의 실체 앞에서는 순간적으로 반짝거리는

---

* 『잃어버린 시간을 찾아서』 8권 518쪽 참조.

신기루 같은 움직임만을 창출한다.

　우리가 '유일하다'고 생각하는 여인은 무한한 존재이다. 그
렇지만 그녀를 사랑하는 우리 눈에 그녀는 농밀하고 파괴할 수
없으며 오랫동안 다른 여인으로 대체할 수 없는 존재이다. 그
이유는 여인이 우리 마음속에 파편화된 상태로 존재하는 수많
은 다정한 조각들을 일종의 마술적인 부름으로 솟아오르게 하
고, 그 사이에 있는 모든 균열을 지우고, 그 조각들을 한데 모으
고 결합하지만, 이런 그녀에게 윤곽을 부여하고 사랑하는 사람
으로서의 온갖 단단한 질료를 제공하는 것은 바로 우리 자신이
기 때문이다.(11권 149~150쪽)

　'파편화된 상태로 존재하는 수많은 다정한 조각들,' 무한한
얼굴을 가진 타자를 있는 그대로 있는 그대로 느낀 그대로 묘
사하는 것, 이것이 어쩌면 화자가 「사라진 알베르틴」에서 시
도하는 글쓰기인지도 모른다. 마치 고통 속에 체험한 '현실의
묘사'가 그 포착할 수 없는 연인의 본질 앞에서는 끝없이 질문
하고 중단하고 다시 되풀이하는 반복적이고 계열적인 글쓰기
로 표현될 수밖에 없다는 듯이, 매시간 변하는 우리의 감수성
이나 인상을 외부가 아닌 내부에서 포착하려고 한다면, 그리
하여 가식이나 거짓이 아닌 진실의 감정을 통해서 표현하고
자 한다면, 그것은 끝없이 시간을 횡단하고 과거를 반추하며
미래를 예측하는 여정을 통해서만 가능하다는 듯이 「사라진
알베르틴」은 일종의 '반복 강박'처럼 온갖 인상이나 감각을

느린 리듬의 미로 속으로 이끌고 간다.("지나칠 정도로 긴 여름날 저녁, 해는 얼마나 느리게 저무는지!"(11권 115쪽)) "영혼의 이런 긴 탄식"(11권 144쪽)이나 '지옥'으로의 하강은 꿈과 환상에서 가장 유사한 구조를 발견하며, 그리하여 유추와 이동에 의한 반복적이고 계열적인 글쓰기를 구현한다.

우선 알베르틴의 상실과 죽음이라는 이중의 시나리오는, 할머니의 죽음을 다룬 '마음의 간헐'과 거의 동일한 의미화 과정을 반복한다. 화자는 꿈에서 할머니의 주소를 잃어버린 것을 자책한다.("할머니는 틀림없이 당신이 죽으면 내가 할머니를 잊는다고 생각하실 거야! 당신이 혼자이며 버림받았다고 느끼시겠지!"(7권 287쪽)) 할머니에 대한 이런 자책감은 알베르틴에게도 그대로 적용되어, 화자는 알베르틴을 떠날 결심을 하고 알베르틴이 죽기를 바라지만 정작 떠난 것은 알베르틴이며, 죽은 것도 알베르틴이다. 화자는 이런 할머니와 알베르틴의 죽음을 동일시하면서 "이중의 살인"을 저지른 자신을 자책한다.("할머니의 죽음과 알베르틴의 죽음을 가까이 놓고 생각하는 순간이면, 내 삶은 이중의 살인으로 더럽혀진 듯했"다.(11권 138쪽)) 게다가 할머니/어머니는 산마르코 성당 안의 묘소 안에 안치되며(모자이크처럼), 알베르틴은 피옴비 감옥과 카르파초의 그림 안에 안치된다. 이런 유추나 이동에 의한 움직임을 상징적으로 묘사한 장면이 바로 질베르트의 필체를 알베르틴의 필체로 혼동하는 장면이다. 화자가 묵고 있는 호텔의 수위가 화자에게 전보 한 통을 준다. 화자는 자신에게 온 것임을 알아보고 전보를 개봉한다. 그런데 그 전보에는 "내 친구, 당신은 내

가 죽은 줄로만 알 거예요. 용서해 줘요, 난 살아 있어요. 당신
을 만나 결혼 얘기를 하고 싶군요. 언제 돌아올 건가요? 다정
한 마음으로, 알베르틴."(11권 382쪽)이라는 글이 적혀 있다.
알베르틴이 살아 있다는 그런 엄청난 소식에도 화자는 전혀
기쁨을 느끼지 못한다. 이미 그녀는 그의 생각 속에서 죽었기
때문이다. 이처럼 질베르트의 필체와 알베르틴의 필체를 혼
동한 것은 이미 화자의 마음에서 그의 사랑이 다른 대상을 향
해 이동했음을 말해 준다. 더구나 질베르트는 화자가 유년 시
절에 사랑했던 소녀로, 이런 그녀가 알베르틴이 그토록 소망
하던(또는 봉탕 부인이 소망하던) 결혼 이야기를 하고 있지 않
은가? 이것은 동일한 구조의 반복이지만, 들뢰즈의 말대로 그
안에 차이를 내포하고 있다. 왜냐하면 질베르트가 전하는 생
루와의 결혼 소식이 또 다른 결혼 이야기, 즉 샤를뤼스의 양
녀인 쥐피앵의 조카딸과 캉브르메르 후작의 아들의 결혼으로
반복되고, 또 그 결혼이 결혼에 대한 모든 환상을 무화시켜 버
리는 빌파리지 부인과 노르푸아의 늙고 추한 습관적인 관계
로 반복된다면, 이것은 지금까지 화자가 사랑이나 우정을 통
해 추구해 왔던 모든 타자와의 관계가 실패로 끝났으며(생루
의 새로운 얼굴처럼), 화자의 삶을 구축했던 모든 요소들이 차
례로 붕괴되고 있음을 말해 주기 때문이다.

또 이런 반복적인 글쓰기는, 마치 망각의 진행 과정을 피톤
뱀이라는 타자의 침입 앞에서 사자가 느끼는 공포로 형상화
하듯, 우리 본능에 가장 가까운 글쓰기임을 말해 준다.

내 사랑은 그것이 물리칠 수 없는 유일한 적인 망각을 인식했고, 그러자 우리에 갇힌 사자가 자신을 삼킬 피톤 뱀을 갑자기 보았을 때처럼 공포에 떨기 시작했다.(11권 60쪽)

피톤 뱀이 주는 공포 앞에서 겁에 질려 벌벌 떠는 사자의 이미지는, 사랑하는 사람으로부터 버림을 받았을 때 느끼는 감정이 온갖 편견이나 관습에서 벗어난 정제되지 않는 감정임을, 더 나아가 그 앞에서 우리의 모든 이성적 사유나 절제된 노력은 무력할 수밖에 없음을 의미하는 듯 가장 원초적이고 본능적인 동물의 이미지로 묘사되고 있다. 그런데 피톤 뱀이 야기하는 이 공포는 알베르틴의 반지에 새겨진 독수리의 문양을 보면서 화자가 느꼈던 감정을 환기한다.("심한 충격을 받은 나는 두 개의 반지를 손에 든 채로, 그 비정한 독수리를 바라보았다. 독수리의 부리가 내 심장을 쪼아 대고, 돋을새김한 깃털 날개가 내 여자 친구에 대해 간직했던 신뢰를 앗아 가" 버렸다.(11권 89쪽)) 또 이것은 "산조르조 델리 스키아보니 신자 회관에서 프랑수아즈가 그 유사성을 지적했지만 누가 알베르틴에게 주었는지 내가 결코 알아내지 못한 반지에 새겨진 것과 똑같은 양식으로 한 사도 옆에 그려진 독수리가 반지로 인한 추억과 고뇌를 다시 깨어나게"(11권 381~382쪽)한 장면과 연결된다. 이처럼 행복한 결혼을 상징하는 반지와 거기 새겨진 동물의 문양이, 알베르틴의 악덕을 증명하고 연인에 대한 신뢰를 깨뜨리고, 당시 자아가 느꼈던 고통을 환기하는 은유로 작동하고 있는 것이다. 또한 망각의 진전은 "서로 잇닿은 인접한 추억들이 쌓인 어두운 터널"(11권 200쪽)에서 빠져나오는 이미지나, 알베르틴의 부드러운 현존이 해변에서 멀리 사라져 가는 썰물로 비유되기도 한다.(11권 201쪽)

꿈의 세계처럼 유추와 이동에 의한 이런 반복적이고 계열적인 글쓰기는, 아마도 타자의 얼굴, 결코 하나로 고정할 수 없는 그 무한한 얼굴 앞에서 결코 그것의 진실을 포착할 수 없다는, 하나의 본질로 환원할 수 없다는 불가능성의 인식에 연유하는지도 모른다.

존재는 기억의 영역에 속하며, 또 어느 한순간의 기억은 그 후에 일어난 일을 전혀 인지하지 못한다. 그러나 그때 그 기억이 기록한 순간은, 그리고 그 순간과 더불어 드러난 존재는 여전히 살아 있으며 여전히 지속된다. 그리고 그런 파편화는 다만 죽은 이를 살아나게 할 뿐만 아니라 죽은 이를 무한대로 증식한다. 내 마음을 달래기 위해 망각해야 했던 것은 한 명의 알베르틴이 아니라 무한한 알베르틴이었다. 알베르틴을 잃은 슬픔이 견딜 만한 상태에 이르자, 나는 다른 알베르틴, 다른 수백 명의 알베르틴과 더불어 같은 일을 다시 시작해야 했다.(11권 110쪽)

수많은 시간 속으로의 여행, 꿈과 환상 속에서 다시 체험하는 알베르틴은 이처럼 단 하나의 얼굴을 가진 인간이 아니라, 시간에 의해 끊임없이 증식되고 변화하는 얼굴, 망각 속에 지워지고 기억에 의해 다시 살아나면서 앞의 얼굴을 지워 버리는 무한한 얼굴이다. 그러므로 이런 무한한 육체를 가진 연인을 기록하기 위해서는, 그가 남긴 흔적을 망각 속으로 추락시키지 않기 위해서는 글쓰기라는 여행이 필요하며, 이 여행은 연인의 현기증 나는 변신들을, 그 순간적인 흔적들을 무한히 반복함으로써만 차이를 만드는 그런 글쓰기이다. 이런 맥락에서 화자가 질베르트의 초대를 받아 콩브레 근방의 탕송빌에서 체류하는 모습은 마치 프로이트가 말하는 우울증의 상태, 즉 "외부 세계에 대한 관심의 유보, 사랑하는 능력의 상실, 모든 활동의 억제와 자기 존중의 감소"*를 환기하듯, 질베르트가 예전에 알베르틴을 알고 있었는지, 또 그녀가 샹젤리제를 다른 남자와 걷는다고 생각하며 그녀에 대한 사랑을 접었던 것이 혹시 그의 오해에서 비롯된 행동은 아니었는지 묻고 싶은 호기심마저 모두 상실한 인간을 묘사한다. 예전에는 "'지옥'의 입구처럼 뭔가 이 세상 밖에 존재한다고" 상상했던 그런 비본 내의 수원지가 지금은 지극히 산문적인, "거품이 떠오르는 일종의 네모난 공동 세탁장"(11권 466쪽)에 불과하다는 사실을 깨달으며, 마치 지옥 속으로 내려가는 베르길리우스의 인물처럼, "마법에 걸린 넓은 바다를 가로지르며 항해를 계속하는 쪽배처럼 내 뒤로 그림자를 남기면서,"(11권 464쪽) "달빛에 뒤덮인 깊고 완전한 골짜기의 신비로움 속으로"(11권 467쪽) 빠져 들어간다. 망자의 세계에 함몰되어 지옥으로 하강하는 이런 우울증의 상태에서도, 화자는 탕송빌 체류에서 두 가지 주목할 만한 사실을 알게 된다. 그것은 질베르트를 사

* 프로이트, 앞의 글, 148~149쪽.

랑했던 유년 시절, 자신을 경멸한다고 믿었던 질베르트가 실은 자신을 사랑하고 있었으며, 또 그녀가 다른 남자와 산책한다고 여겼던 그 샹젤리제에서의 사건 역시 자신의 오해가 빚어낸 사건으로, 사랑이란 이렇듯 수많은 오인과 우연에 의해 굴절되는 왜곡된 실체임을 알게 된다. 게다가 탕송빌 근방으로의 산책을 제안하는 질베르트를 통해 유년 시절 완전히 분리되었다고 믿었던 게르망트 쪽과 메제글리즈 쪽이 서로 연결될 수 있으며, 그것도 메제글리즈 쪽을 통해 우회하면 보다 빠르게 게르망트 쪽에 이를 수 있다는 사실의 인식은 『잃어버린 시간』의 거대한 움직임이 이런 분리와 통합이라는 움직임 위에 축조된 성장 소설임을 확인하는 동시에, 거기에 또 다른 의미가 중첩되어 있음을 드러낸다.

"당신이 원한다면, 그래도 오후에 산책하러 갈 수 있어요. 메제글리즈를 거쳐서 게르망트에 갈 수 있어요, 가장 멋진 방법이죠." 어린 시절에 품었던 온갖 관념을 송두리째 흔들어 놓는 이 말은 그 두 개의 '쪽'이 내가 믿었던 것처럼 결코 서로 만날 수 없는 길이 아님을 가르쳐 주었다.(11권 467~468쪽)

그리하여 분리되었던 두 세계(귀족 사회와 부르주아 사회)가 게르망트 가의 생루와 스완 가의 질베르트의 결혼을 통해 하나로 통합된다면, 그것은 소돔과 고모라로 불리는 성(性)의 분리가 양성의 출현(뱅퇴유 양이나 카르파초의 그림에 나오는 그 '칼차의 동반자'처럼), 즉 '성의 횡단'에 의해 통합되고 있음을 의미한다. 더 나아가 이런 사회적이고 성적인 현상 너머로 이 부분은 보다 인식론적인 차원에서 "개인 속에서 두 가지 성이라는 두 부분의 공존, 서로 소통하지 못하는 '부분적 대상들'의 공존"*을 암시하는 것은 아닐까? 그러므로 알베르틴의 이타성에 대한 존재론적 탐색이 자아에 내재하는 타자성, 화자 자신도 알지 못하는 수많은 다른 자아가 자아 내부에 존재한다는 인식의 문제로 전환되는 것은 지극히 당연한 논리적인 귀결인지도 모른다.

　　이런 순간들의 연속에 지나지 않은 것은 다만 알베르틴만이 아니었다. 나 자신도 마찬가지였다. 그녀에 대한 내 사랑은 단일한 것이 아니었다. 다시 말해 미지의 것에 대한 호기심에는 관능적 욕망이, 거의 가족적으로 보이는 따사로운 감정에는 때로 무관심이, 때로는 격렬한 질투가 더해졌다. 나는 단 한 사람의 남자가 아니라 때에 따라 정열적인 남자, 무관심한 남자, 질투하는 남자가 등장하는, 시시각각 변하는 혼성 부대의 행렬과도 같았다. 이 질투하는 남자들은 어느 하나도 동일한 여인에 대해 질투하지 않는다. 그리고 아마도 바로 거기에 내가 원하지 않는 치유의 방법이 있는지도 모른다. 그 군중을 구성하는 요소는 자기도 모르는 사이에 하나씩 다른 요소로 대체되고, 또 다른 요소가 나타나 그 요소들을 제거하고 보강하며, 그리하여 마

---

* 질 들뢰즈, 서동욱·이충민 옮김, 『프루스트의 기호들』(민음사, 1997), 211쪽 참조.

침내 우리가 단일한 존재였다면 생각할 수 없는 변화가 완성된
다. 내 사랑이나 인격의 복합적인 성격이 고뇌를 증식하고 다양
하게 만들었다.(11권 128쪽)

항상 도주하는 알베르틴 앞에서 화자는 결코 알베르틴의
진실을 알지 못하며, 성적으로 그녀를 소유하는 데도(죽음에
의해서가 아니라면) 실패한다. 이처럼 끊임없이 빠져나가는 타
자의 육체에 대한 인식은 영혼이나 영원한 결합이라는 낭만
주의적 개념을 무화시키며, 또 이런 의혹과 불안정성은 이타
성의 표징인 알베르틴에 의해 극화되어 미완성의 소설이라
는 구조적인 특색마저도 띠게 한다. 그러나 동시에 이런 이타
성의 체험은 자신을 떠받쳐 줄 어떤 절대적인 지시물도 존재
하지 않으며, 다만 나를 구성하는 여러 다양하고도 모순되는
감각이나 감정들("정열적인 남자", "무관심한 남자", "질투하는 남
자"), 즉 공포나 쾌락, 욕망, 충동, 질투가 곧 자아라는 것을, 그
리고 이 자아는 매 순간 그것이 생각하고 느끼고 말하고 욕망
하는 내용에 따라 달라질 수밖에 없다는 것을 조명한다. 마치
어제 내가 느꼈던 질투의 감정이 오늘 내가 느끼는 질투의 감
정과 다른 것처럼, 오늘의 나는 내일의 나에 대해 영원히 타자
인 것이다. 그러므로 알베르틴의 끝없는 탐닉이 화자로서는
도저히 이해할 수 없는 저 '무시무시한 미지의 땅' 고모라의
세계를 가리킨다면, 이런 환원 불가능한 이타성을 체험하면
서 화자는 "우리가 단일한 존재였다면 생각할 수도 없었던 변
화"를, 자신 속에 내재하는 여러 다양한 '복합적인 성격'의 존

재를 인식하게 되고, 그리하여 이런 인식이 화자로 하여금 알베르틴의 이타성을 존중하고 기억하고 글쓰기로 흔적을 남기는 여정을 시작하게 한 것은 아닐까? 그러므로 이 소설의 저자인 마르셀 프루스트가 죽음과 사투하며 마지막으로 쓴 것이 「되찾은 시간」이 아니라 「사라진 알베르틴」이라는 사실은, 프루스트에게서 알베르틴은 '무한한 존재', '끝없는 글쓰기' 그 자체로서, 사랑하는 사람을 있는 그대로 사랑하고, 그 이타성을 받아들이고("알베르틴을 선택하고 사랑하는 것은 내 이성의 온갖 부인에도 불구하고 그녀의 추악함까지도 모두 인정한다는 뜻이 아닐까?"(11권 328쪽)), 바로 그렇게 함으로써만 사랑하는 이의 상실로 인한 '우울증'에서 벗어나 죽음의 욕망을 극복할 수 있다는 것을 말해 주는 것은 아닐까? 사랑하는 이의 도주와 죽음이라는 그 고통스러운 시련 앞에서, 현실의 법칙에 따라 사랑하는 사람을 망각할 수밖에 없는 운명에 처한 자아에게, 사랑하는 이의 죽음을 유발했다는, 그리고 망각했다는 죄책감으로부터 그를 구원할 수 있었던 것은 그가 유일하게 기댈수 있었던 글쓰기라는 공간이 아니었을까?

참고 문헌

1 불어 텍스트

A la recherche du temps perdu, édition établie sous la direciton de Jean Milly, GF Flammarion, 1984~1987.

A la recherche du temps perdu, édition établie sous la direciton de Jean-Yves Tadié, Gallimard, Pléiade, 1987~1989.

Le Temps retrouvé, Texte présenté par Pierre-Louis Rey et Brian Rogers, établi par Pierre-Edmond Robert et Brian Rogers, et annoté par Jacques Robichez et Brian Rogers, Gallimard, Pléiade, 1989.

Le Temps retrouvé, édition présentée par Pierre-Louis Rey, établie par Pierre-Edmond Robert, et annotée par Jacques Robichez avec la collaboration de Brian G. Rogers, Gallimard, Folio, 1990.

Le Temps retrouvé, édition présentée, établie et annotée par Eugène Nicole, Le livre de Poche, 1993.

Le Temps retrouvé, édition corigée et mise à jour par Bernard Brun, GF Flammarion, 2011.

Contre Sainte-Beuve précédé de *Pastiches et mélanges* et suivi de *Essais et articles*, Gallimard, Pléiade, 1971.

*Marcel Proust Lettre*s, sélection et annotation revue par Françoise Leriche, Plon, 2004.

Dictionnaire Marcel Proust, publié sous la direction d'Annick Bouillaguet et Brian G. Rogers, Honoré Champion, 2004.

2 한·영 텍스트

「되찾은 시간」, 『잃어버린 시간을 찾아서』, 김창석 옮김, 정음사, 1985.

Finding Time Again, In Search of Lost Time, Translated and with an Introduction and Notes by Ian Patterson, Penguin Books, 2003.

3 작품명과 약어 목록

『잃어버린 시간을 찾아서(À la recherche du temps perdu)』 → 『잃어버린 시간』

1편 「스완네 집 쪽으로(Du côté de chez Swann)』 → 「스완」

2편 「꽃핀 소녀들의 그늘에서(À l'ombre des jeunes filles en fleurs)』 → 「소녀들」

3편 「게르망트 쪽(Le côté de Guermantes)』 → 「게르망트」

4편 「소돔과 고모라(Sodome et Gomorrhe)』 → 「소돔」

5편 「갇힌 여인(La Prisonnière)』 → 「갇힌 여인」

6편 「사라진 알베르틴(Albertine disparue)」 → 「알베르틴」

7편 「되찾은 시간(Le Temps retrouvé)」 → 「되찾은 시간」

옮긴이 **김희영** Kim Hi-young. 한국외국어대학교 프랑스어과를 졸업하고 프랑스 파리 3대학에서 마르셀 프루스트 전공으로 불문학 석사와 박사 학위를 받았다. 서울대 불어불문학과 및 대학원 강사, 하버드대 방문교수와 예일대 연구교수, 한국외국어대학교 서양어대 학장 및 프랑스학회와 한국불어불문학회 회장을 역임했다. 「프루스트 소설의 철학적 독서」, 「프루스트의 은유와 환유」, 「프루스트와 자전적 글쓰기」, 「프루스트와 페미니즘 문학」 등의 논문을 발표했고, 『문학장과 문학권력』(공저)을 썼으며, 롤랑 바르트의 『사랑의 단상』과 『텍스트의 즐거움』, 사르트르의 『벽』과 『구토』, 디드로의 『운명론자 자크와 그의 주인』을 번역 출간했다. 현재 한국외국어대학교 명예 교수로 있다.

잃어버린 시간을 찾아서 11

사라진 알베르틴

1판 1쇄 펴냄 2022년 1월 28일
1판 3쇄 펴냄 2023년 1월 25일

지은이 마르셀 프루스트
옮긴이 김희영
발행인 박근섭·박상준
펴낸곳 (주)민음사

출판등록 1966. 5. 19. 제16-490호
주소   서울시 강남구 도산대로1길 62(신사동)
        강남출판문화센터 5층(우편번호 06027)
대표전화 02-515-2000 | 팩시밀리 02-515-2007
홈페이지 www.minumsa.com

ISBN 978-89-374-8571-8 (04860)
      978-89-374-8560-2 (세트)

＊잘못 만들어진 책은 구입처에서 교환해 드립니다.